Jennifer Benkau · Himmelsfern

Jennifer Benkau

HIMMELSFERN

Roman

script5

Für meine Uroma,
meine Oma und meine Mama

ISBN 978-3-8390-0143-1
1. Auflage 2013

script5 ist ein Imprint der Loewe Verlag GmbH, Bindlach
Dieses Werk wurde vermittelt durch
die Literarische Agentur Thomas Schlück GmbH, 30827 Garbsen.
Umschlag- und Kapitelillustration: Martina Hoffmann
Umschlaggestaltung: Christian Keller
Printed in Germany

www.script5.de

INTRO

Das Gefühl überkam mich flüchtig wie ein Déjà-vu von fallenden Federn und gleichzeitig drängend, als drücke eine Hand gegen meine Brust. Es packte nach mir, als ich in die U-Bahn steigen wollte.

Nicht weitergehen.

Ich verlangsamte meine Schritte, ohne im Strom der Menschen stehen zu bleiben. Wie Schafe trotteten wir in die U-Bahn. Jeder mit gesenktem Kopf, darauf bedacht, niemanden anzusehen und nicht aufzufallen. Man trat sich schnell zu nahe in dieser Stadt, besser man hielt erstens den Mund und zweitens ausreichend Abstand. Aber woher kam die Stimme? Mein Blick huschte über ein paar Gesichter, ausdruckslos, aber voller Falten – mehr als in den Fetzen der Bildzeitung, mit denen Obdachlose ihre Stammplätze polstern.

Hatte überhaupt jemand mit mir gesprochen? Eigentlich hätte ich die Stimme gar nicht hören dürfen, denn aus meinen Kopfhörern dröhnte Musik aus den Achtzigern; Prince jaulte sein *Purple Rain*. Papa hatte mir den Mix zusammengestellt – eine Hommage an seine besten Jahre.

Aber ich war sicher, etwas gehört zu haben …

Meine innere Stimme sprach selten in ganzen Sätzen mit mir, meist beschränkte sie sich darauf, genüsslich zu seufzen, wenn Lukas sein Hemd offen ließ. Lukas und seine Band würden auf mich warten müssen, wenn ich die Bahn nicht nähme.

Ich trat über die Lücke, die zwischen Bahnsteigkante und Türschwelle klaffte. Als Kind hatte ich mich immer gefürchtet, dort hineinzufallen. Während des Schrittes über den Abgrund, der noch heute größer als nötig ausfällt, hörte ich die Stimme erneut. Diesmal viel deutlicher.

Nicht einsteigen! Nicht!

Ich zupfte die Kopfhörer aus den Ohren, ließ Prince ungehört verhallen und lauschte.

Nichts als die üblichen Bahnsteiggeräusche. Alles ganz normal. Und doch … Ein Kribbeln breitete sich zwischen meinen Schulterblättern aus. Zum ersten Mal in meinem Leben spürte ich Blicke im Rücken. Ich wurde angesehen. Nein, fixiert. Unbehagen prickelte auf meiner Haut und grub sich in mein Fleisch. Es schlängelte sich um meine Wirbelsäule, bis ich mich fühlte wie unter Strom. Mich umzusehen fiel mir schwer, und als ich es tat, entdeckte ich nichts Verdächtiges. Ich reagierte à la Vogel Strauß, indem ich mein Handy aus der Handtasche kramte und ohne Interesse die letzten drei SMS durchlas. Wer auch immer mich angaffte – sollte er doch! Ich würde so tun, als bemerkte ich es nicht. Vielleicht verschwand er dann. Hoffentlich.

Einen Moment später dachte ich bereits, mir alles nur eingebildet zu haben. Ich sah definitiv zu viel fern.

Das Vinyl der Sitzbezüge knirschte, als ich mich auf einen freien Platz fallen ließ. Erst dadurch wurde ich mir der plötzlichen Ruhe bewusst. Auf dem Bahnsteig wuselten und schwatzten und stritten die Leute, aber im Abteil war es eigenartig still. Eine mollige, mit vielen Ketten und Medaillons behangene Frau, die gerade einsteigen wollte, fasste sich an den Kopf, als hätte sie etwas vergessen, wendete sich um und drängte sich wortlos an anderen Fahrgästen vorbei wieder nach draußen. Ich lehnte die Stirn gegen die kühle Fensterscheibe und sah, wie die Frau seltsam in sich gekehrt den Kopf schüttelte und sich bekreuzigte, bevor sie die Treppen hocheilte.

Ein etwa einjähriges Kind in einem Buggy nahe der Tür lenkte meine Aufmerksamkeit auf sich, da es plötzlich mit einem derartig lauten Plärren die Stille zerriss, dass einige Leute zusammenzuckten. Eine sehr junge Frau, vermutlich die Mutter, versuchte es mit einem Schnuller zu beruhigen, doch das Kleine spuckte ihn aus und schrie noch schriller. Beschämt sah die Frau sich um und traf auf verständnislose und genervte Blicke. Sie zog den Kinderwagen kurzerhand mit ruckenden Bewegungen aus der Bahn. Die Türen schlossen sich hinter ihr und mir schoss der Gedanke durch den Kopf, dass ich ihr am liebsten gefolgt wäre. Wie albern.

Ich drückte eine Handfläche an die Fensterscheibe und wünschte mich hinaus, in die warme, staubige Luft auf dem Bahnsteig. Doch dieser schien sich nun in Bewegung zu setzen. Er entfernte sich, während im Inneren des Abteils eingefrorene Stille und Bewegungslosigkeit herrschten.

Ich ahnte, warum sie alle schweigend verharrten. Es war so deutlich, als stünde es in ihren Gesichtern geschrieben. Diese Stimme … sie hatten sie auch gehört.

* * *

Heute, lange Zeit später, würde ich gerne behaupten, dass ich wieder in diese U-Bahn stiege, sollte jemand die Zeit zurückdrehen und mich die Entscheidung erneut treffen lassen. Ich wäre wohl die Heldin in diesem Stück, wenn ich sagen könnte, dass ich nichts von dem, was passiert ist, bereue.

Dem ist nicht so.

In diese Bahn zu steigen, hat mein Leben verändert. Diese winzige Entscheidung – einzusteigen oder nicht – hat mich in Stücke zerfetzt; ein Loch in meinem Inneren geflickt, von dem ich nicht wusste, dass es da war; mir Glück geschenkt und wieder entrissen; mich mit Wunden zurückgelassen und nichts als einer vagen Hoffnung, eines Tages Heilung zu erfahren.

Den Abgrund zu überschreiten und der warnenden Stimme zu trotzen, war die beste Entscheidung meines Lebens. Sie änderte alles und lehrte mich, wer ich bin. Doch ich würde sie nicht wieder treffen.

LEKTION 1

Wie man am Leben bleibt

Wenn schlimme Dinge passieren, verzerrt sich oft das, was man für die Realität hält, und das Unterbewusstsein pflanzt einem akzeptable Fantasien in den Kopf. Wahrheit? Indiskutabel.

Als ich meinen Bruder damals leblos in seiner Wiege vorfand, war es genauso gewesen. Ich sah den unnatürlichen Graustich in seinem Gesichtchen und für einen Sekundenbruchteil war es ganz deutlich. Unter der wächsernen Haut regte sich kein Leben mehr.

Mein Gehirn ließ den Gedanken allerdings nicht zu, sondern sagte: Er schläft doch nur, er schläft nur! So lange, bis ich die Worte schrie. Stundenlang.

In diesem Augenblick war es ähnlich. Die Bahn ruckelte, ich wurde nach vorn geschleudert und die Kopfhörer schlugen mir ins Gesicht. Schon beim ersten metallenen Knirschen wusste ich, was geschah. Die U-Bahn entgleiste.

Und dann war der Gedanke weg, wie aus meinem Kopf gerissen und fortgeschleudert.

Der Schock schluckt die Angst und mit ihr jedes andere Gefühl.

Alles um mich herum verschleierte zu einem Film. Man sieht, man hört. Aber das ist vorerst auch schon alles. Man hat keine Ahnung, was geschieht.

Es ging sehr schnell. Dass solche Momente wie in Zeitlupe vor einem ablaufen, ist ein Gerücht. Ich fühlte mich eher wie auf Fast-Forward gestellt. Inklusive dem Quietschen, das ein vorgespultes Tonband von sich gibt, wenn man die Taste nur zur Hälfte herunterdrückt.

Ein Krachen. Die Bahn stoppte aus voller Fahrt. Menschen flogen herum wie von Katapulten abgeschossen. Überall Geschrei. Sogar das Eisen kreischte. Ich wurde von meinem Sitz über die vor mir liegende Rückenlehne geschleudert und landete im Mittelgang. Hilflos schlitterte ich über den Boden, prallte gegen Bänke und Haltestangen und brachte eine Frau zu Fall. Vor mir zerbarst ein Fenster. Ich rutschte durch die Scherben und kam bäuchlings zwischen den Abteiltüren zum Halten. Irgendjemand stolperte über meine Beine, dann fiel jemand auf mich, sein Gesicht drückte mich flach auf den Boden und blieb auf mir liegen. Er war schwer. Mir versagte der Atem. Für einen Moment war alles still. Schwärze füllte meinen Blick. Dann blinzelte ich mühsam und bemerkte, dass das Licht flackerte. Nicht nur die Lampen, sondern irgendwie alles Licht.

Die Bahn stand. Einen Augenblick herrschte gespenstische Ruhe, dann schwoll ein einzelnes Weinen zu Gebrüll an. Gegen den Boden gepresst, konnte ich nur Füße erkennen, die an mir vorbeirannten, auf meine Hände traten und über meinen Kopf stiegen. In Panik drängten die Menschen zu den Türen. Ich lag im Weg, festgenagelt zwischen den Flüchtenden und dem rettenden Ausgang.

Ein Stiefel erwischte mich an der Stirn. Er war die rettende Ohrfeige, die mich zur Besinnung kommen ließ. Das war kein Film! Ich konnte nicht liegen bleiben! Sie würden mich tottrampeln, wenn ich nicht auf die Beine kam! Ich keuchte, wollte mich aufrichten, aber immer noch lag ein entsetzliches Gewicht auf meinem Rücken. Ich versuchte, um Hilfe zu schreien, aber da kam nur ein Wimmern. Alles, was ich tun konnte, war, das Gesicht in meinen Armen zu verbergen.

Endlich hörte ich den Mann, der auf mir lag, aufstöhnen und er rutschte von mir herunter. Ich zog Arme und Beine an den Körper, um mich vor den fliehenden Leuten zu schützen, die gegen die Türen drängten, sie in ihrer Panik jedoch nicht aufbekamen.

»Mädchen?« Ein älterer Herr mit einer immensen Platzwunde auf dem kahlen Kopf beugte sich zu mir herab. »Ganz ruhig, ist alles wieder gut. Kannst du aufstehen?«

Ich nickte mechanisch, obwohl wirklich nichts gut war.

Blut rann über die Glatze des Mannes, tropfte erst neben mir zu Boden und dann auf meine Hand. Ich wollte wegschauen, aber mein Blick klebte daran fest. Das Blut sah aus wie das flüssige Wachs von zinnoberroten Weihnachtskerzen und fühlte sich auf meiner Haut genauso heiß an. Der Mann fasste mich an der Schulter und rüttelte behutsam an mir. Er sagte etwas, aber ich verstand ihn nicht. Zu allem Überfluss roch er auch noch nach Knoblauch, aber auf die angenehme Art, die einen hungrig macht.

Er sollte aufhören. Aufhören zu reden und aufhören zu bluten.

Alles drehte sich, bis mir schlecht wurde. Nur peripher registrierte ich das Chaos. Der vordere Bereich des Abteils sah aus, als hätte ihn eine riesige Hand zwischen ihren Fingern zerquetscht. Das Kreischen ebbte ab zu einem jämmerlichen Weinen, die Panik legte sich langsam und wurde zu trägerer Fassungslosigkeit. Irgendwer bekam die Tür auf. Weitere Menschen begannen, den Verletzten zu helfen. Manch einer floh in den U-Bahn-Schacht, andere blieben reglos sitzen, zitternd. Noch hatte ich die Hoffnung, gleich aus einem Traum aufzuwachen. Es musste sich um einen Traum handeln, denn ich spürte keine Schmerzen. Da war so viel Blut auf dem Boden, auf mir, überall. Erst als ich sah, dass die zähen roten Rinnsale immer nach links flossen, bemerkte ich die Schieflage des Waggons.

Der ältere Herr mit der blutenden Glatze wandte sich dem Mann zu, der neben mir auf der Seite lag. Ich ahnte, dass er derjenige war, der auf mich gefallen war. Ein junger Mann, so viel verrieten seine Kleidung und die Hände. Schöne Hände, helle, saubere Haut, aber sie rührten sich nicht. Blondes Haar verdeckte fast sein ganzes Gesicht, sodass ich nicht sehen konnte, ob er bei Bewusstsein war. Lebte er überhaupt noch? Der alte Mann drehte ihn behutsam auf den Bauch und stieß entsetzt die Luft aus. Im nächsten Moment kam mir der Mageninhalt hoch und ich drehte mich hastig weg. Ich spuckte, taumelte, drohte in mein Erbrochenes zu fallen und kämpfte gegen eine Ohnmacht sowie gegen das Bild an, das sich in Sekundenschnelle unauslöschlich in mein Hirn tätowiert hatte.

Dem jungen Mann steckte ein trapezförmiges Stück Kunststoff wie ein Messer im Rücken.

* * *

Im Rettungswagen war ich noch der festen Überzeugung gewesen, ich würde sterben. Tatsächlich hatte ich nur einen Schock und eine schwere Gehirnerschütterung, weshalb ich drei Tage im Krankenhaus bleiben musste. Ein paar schmerzhafte Prellungen waren außerdem zu verzeichnen und mein linkes Handgelenk war verstaucht.

»Fantastisch«, maulte ich am Abend des zweiten Tages ins Telefon und kämpfte gegen ein paar Tränen an. Am anderen Ende der Leitung war meine beste Freundin Rosalia, die die Sommerferien bei ihren Großeltern in der Nähe von Rom verbrachte. Ich sprach leise, denn meine Bettnachbarin, eine uralte Dame, die an der Hüfte operiert worden war, schlief bereits. Außerdem reagierte mein Kopf noch äußerst gereizt auf laute Geräusche. »Ich habe doch gerade erst eine tolle Band ausfindig gemacht, die mit mir zusammen auftreten will. Jetzt war alles Training umsonst. Mit der Hand kann ich sicher zwei Wochen nicht Poi spielen. Drei Shows werden ausfallen. Und ob mich Lukas und die anderen danach noch dabeihaben wollen …«

Das Poi-Spiel, bei dem man Gewichte, Bälle oder brennende Fackeln an Ketten in tänzerischen Bewegungen um den Körper schwingt, war meine Leidenschaft. Nach über einem Jahr täglichen Trainings war ich endlich so weit, die Übungs- gegen die Feuerpoi zu ersetzen. Seit Wochen träumte ich von den bevorstehenden Auftritten, von meiner Feuershow als Special-Gig auf den Rockkonzerten der Death Ponys.

»Noa, Schätzchen? Du spinnst!« Das war Rosalia, wie sie leibt und lebt. Sie hat immer die passenden Worte auf Lager, um mich auf den Boden der Tatsachen zurückzuholen, wenn ich abzuheben drohe. Das mochte ich so an meiner heißblütigen, italienischen Freundin. »Du solltest Gott danken, auf Knien danken, Noa, und zwar auf nackten Knien und auf Kiesboden, dass du noch lebst und okay bist. Einige in der U-Bahn hatten nicht so viel Glück und sind schwer verletzt. Und es gibt einen Toten! Weine um den, nicht um deine blöden Auftritte.«

Baff, das hatte gesessen. Ich wäre sofort zum Gegenangriff übergegangen, wenn sie nicht mit jeder Silbe recht gehabt hätte. Ein

Mensch, der mit mir im Abteil gesessen hatte, betrachtete nun die Radieschen von unten, während ich darüber jammerte, zwei Wochen lang nicht mit Feuer spielen zu dürfen. Doch ich tat mich schwer mit der Vorstellung, dass tatsächlich jemand sein Leben in dem U-Bahn-Schacht gelassen hatte. Es war unwirklich, nicht real, solange ich darüber nicht nachdachte. Die Nachrichten im Fernsehen konnte ich ausschalten, die Zeitung ungelesen liegen lassen. Gedanken jedoch waren unaufhaltsam, wenn sie erst einmal rollten. Wie eine U-Bahn. Ich fröstelte und verkroch mich trotz schwüler Sommerhitze tiefer unter meiner Decke.

»Weißt du inzwischen wenigstens, was aus deinem Retter geworden ist?«

Rosalia hatte sich in den Kopf gesetzt, dass der junge Mann, der auf mich gestürzt war, mich absichtlich unter sich begraben hatte. Warum? Natürlich um mich vor den herumfliegenden Trümmern zu schützen. Rosa fand das romantisch. Ich glaubte nicht daran, dafür war alles viel zu schnell gegangen, aber zweifelsfrei hatte der Mann mein Leben gerettet, ob nun bewusst oder aus Versehen, konnte mir herzlich egal sein. Daher hatte ich mich am Vortag nach ihm erkundigt, doch die Krankenschwestern waren meinen Fragen ausgewichen. Ich war von seinem Tod ausgegangen, woraufhin ein Weinkrampf mich außer Gefecht gesetzt hatte. Das wiederum hatte das Herz einer Schwesternschülerin erweicht und sie verriet mir, dass er lebte. Mehr konnte sie mir allerdings nicht sagen. Doch von da an ließ ich nicht mehr locker. Und inzwischen hatte ich tatsächlich etwas herausgefunden.

»Hör zu, Rosa!« Meine Stimme wurde vor Aufregung eine Oktave höher, als ich meine neueste Erkenntnis mit ihr teilte. Frau Neue schnarchte lauter, als wolle sie mich damit zur Ruhe mahnen. »Die

Nachtschwester hatte ein Einsehen und hat mir streng vertrauliche Informationen verraten, die ich in jedem Fall für mich behalten soll.«

Rosalia marterte mein geschundenes Hirn mit einem Meerschweinchen-Quieken. »Raus damit, ich will alles wissen. Wer ist der Typ? Und vor allem: Wo ist er?«

Ich grübelte einen Moment über die Definition von streng vertraulich, befand meine beste Freundin dann aber für einen optimalen Mitwisser.

»Das ist das Problem. Keiner weiß, wo er ist. Er ist nach der Erstversorgung einfach verschwunden.« Ich ließ meine Worte einen Augenblick wirken und setzte dann nach: »Und zwar aus dem Fenster. Es stand offen, als die Schwester nach ihm sehen wollte.«

»Willst du mich veralbern? Warum sollte er weglaufen? Wie konnte er das mit den Verletzungen überhaupt? Hast du da vielleicht ein bisschen übertrieben? Und wo ist er hin?« Rosalia ließ mich nicht zu Wort kommen, aber ich hatte ohnehin keine Antworten auf all ihre Fragen.

»Mehr weiß ich nicht«, meinte ich, obwohl ich wirklich gerne mehr gewusst hätte. Ich wickelte mir das Telefonkabel so fest um die Finger, dass sie anschwollen und zu prickeln begannen. »Er hatte wohl keinen Ausweis dabei und hat auch keinen Namen genannt. Zuerst schien er unter Schock zu stehen und war nicht ansprechbar und dann ist er abgehauen. Einfach weg. Futschikato. Er muss aus dem Fenster geklettert sein, vermutlich ist er über die Balkone nach unten gelangt.«

»Moment, Noa. In welchem Stockwerk war er?«

Ich musste tief Luft holen. Sehr tief. »Im siebten.«

»Heilige Muttergottes auf Crack!«, stieß Rosalia aus und schwieg dann für einen Moment derart penetrant ins Telefon, dass ich mir Sorgen um ihre Sauerstoffzufuhr machte.

»Rosa, bist du noch dran? Atmest du?«

»Klar. Sag mal – sah er gut aus?«

Hatte ich mich verhört? »Äh. Ich habe erst mal gekotzt, als ich freie Sicht hatte! Da war alles voller Blut und er sah verdammt tot aus. Ich habe auf so was nicht geachtet – da hätten Michael Jackson, Elvis und Bruno Mars in Reih und Glied liegen können und ich hätte es nicht mitbekommen.«

»Verstehe. Noa, glaubst du eigentlich …« Sie setzte eine Pause und trampelte trotz der Entfernung von tausend Kilometern auf meinen Nerven herum. »Glaubst du an Schutzengel?«

Nein. Ich glaubte nicht an Schutzengel. Zumindest hatte ich nicht daran geglaubt, bevor ich in diese verfluchte Bahn gestiegen bin. Seit man mich im Krankenhaus eingeliefert hatte und sich, abgesehen von dem winzigen Fernseher am anderen Ende des Zimmers, den Besuchen meines Vaters, den Anrufen meiner Mutter sowie der Gesellschaft der alten Dame im Bett neben mir, keine Ablenkung bot – von Zeitvertreib ganz zu schweigen –, ging mir eine Sache nicht mehr aus dem Sinn. Die Stimme. Die Stimme in meinem Kopf, die hatte verhindern wollen, dass ich in die U-Bahn stieg. Rosa hatte der nebulösen Ahnung, dass *etwas* da gewesen war, einen Namen gegeben: Schutzengel.

Ich dachte den ganzen Tag an das blonde Haar des Mannes. Was blieb mir auch anderes übrig – außer seinem Haar und einem gewaltigen, blutenden Loch im Rücken hatte ich ja nichts von ihm gesehen.

Konnte er etwas anderes sein als ein Mensch?

Selbst während der Visite am nächsten Tag dachte ich an ihn. Der Oberarzt machte ein paar gutmütige Scherze, um mich aufzumuntern, und der Assistenzarzt erklärte mir, dass er meinem Vater bereits die Adressen einiger Psychologen gegeben hatte. Nach dem traumatischen Erlebnis sollte ich professionelle Hilfe bekommen. Ich hörte nur halbherzig zu. Meine Pläne lauteten, gleich am nächsten Tag in die U-Bahn zu steigen, dem Trauma damit die Stirn zu bieten und außerdem im gleichen Atemzug den Marsch zu blasen. Ich würde eine Bahn in die Innenstadt nehmen, zur Belohnung ein, zwei oder drei Eisbecher mit Schuss verputzen und wieder nach Hause fahren. Trauma? Abgehakt. Wenn man sich die Finger verbrennt, muss man das Poi-Training gleich wieder aufnehmen. Und zwar bevor sich die Angst eingenistet hat und Eier legt. In meinem Kopf waren keine Kapazitäten frei, um Angst zu empfinden.

Ich lächelte und tat möglichst unbekümmert (aber auch nicht *zu* unbekümmert, so was wirkt verdächtig), als die Ärzte sich verabschiedeten. Artig versprach ich, meinen Vater zu grüßen, zum Therapeuten zu gehen und alles zu tun, was sie sonst noch von mir wollten, nur damit sie endlich verschwanden. Der Schwester, die mir am verständnisvollsten schien, steckte ich meine Handynummer zu, für den Fall, dass mein mysteriöser Retter doch noch auftauchen sollte. Sie versicherte, ihm die Nummer zu geben und mich zu informieren, dann ging auch sie.

Zum ersten Mal nach dem Unfall war ich allein, denn meine Bettnachbarin ärgerte man gerade in der Physiotherapie. Immer noch geisterte Rosalias Bemerkung durch meinen Kopf. Und da ich endlich etwas Zeit für mich hatte, wagte ich, das Wort auszusprechen.

»Schutzengel«, flüsterte ich. Erst kaum wahrnehmbar, dann etwas lauter. »Schutzengel. Habe ich einen Schutz–?«

Ein heftiges Bollern an der Tür ließ mich zusammenfahren, dabei war mir sofort klar, wer da kam.

»Hey, Papa!«

Mein Vater grinste. Sehr breit, sehr herzlich – und sehr aufgesetzt. Er war aschfahl um die Nase. Seit er von dem Unglück erfahren hatte, sah er tatsächlich aus wie fünfundvierzig. Vorher hätte ihn jeder auf allenfalls Mitte dreißig geschätzt. Noch immer schien er zu befürchten, dass ich es mir anders überlegt haben und nachträglich tot umfallen könnte. Sorge stand ihm nicht, sie machte ihn alt und mir fremd.

»Du könntest dir endlich mal angewöhnen, zu klopfen und die Klinke zu benutzen, statt jedes Mal fast die Tür einzuschlagen.«

»Hat Frau Alte sich wieder beklagt?« Er linste misstrauisch in Richtung des Nachbarbettes und schien zufrieden, dass es leer war.

Mir entwich ein grabestiefes Seufzen. »Sie heißt Frau Neue. Und ja, sie hat sich beklagt. Sie fällt immer fast aus dem Bett, wenn du klopfst. Außerdem mag sie deine Scherze nicht.«

Was ihn natürlich nicht wunderte, trotzdem gab er ein »Verstehe ich nicht« von sich und sah mich dabei mit großen Augen an. Zweifellos wusste er, dass einer Achtzigjährigen Witze über von Dämonen besessene Gebissprothesen und Fußsprudelbäder mit Garfunktion nicht gefielen, schließlich besaß er ein Gehirn und arbeitete zudem als Altenpfleger. Außerhalb seiner Dienstzeiten konnte er allerdings der reinste Trampel sein, respektlos und unsensibel, aber er meinte es nie böse. Er war wie der Eismann, der hin und wieder in unsere Siedlung kam: Nach seiner Tour brauchte der nichts dringender als eine dreifache Portion heißer, salziger und fettiger Fritten.

»Ich bin froh, dass ich dich wieder mitnehmen kann«, sagte Papa, während er meine Kleidung aus dem Wandschrank nahm und achtlos in den Hello-Kitty-Trolley stopfte. Ein Relikt aus meiner Grundschulzeit, aber wir mussten aufs Geld achten und mit siebzehn war Hello Kitty schließlich fast schon wieder cool.

Ich zog die Beine aufs Bett, machte es mir im Schneidersitz bequem und musterte meine Zehen. Der Nagellack begann abzublättern. »Habe ich dir gefehlt?«

»Schrecklich. Vor allem der Lärm aus deinem Zimmer, den du Musik nennst. Außerdem kann ich kaum noch einschlafen, wenn nicht die ganze Wohnung nach verbranntem Benzin stinkt.«

»Petroleum«, korrigierte ich und knibbelte mir etwas himmelblaue Farbe vom großen Zeh.

»Und all diese Arbeit.« Papa warf die Schranktür mit einem Knall zu, kam zum Bett und räumte auf Knien den Nachtschrank aus. »Spülen, kochen, Wäsche waschen, bügeln, Fenster putzen, Böden schrubben. Wie schaffst du das bloß alles allein?«

»Du hast das Holzhacken und Wasserschleppen vergessen.«

»Und das Mehlmahlen, Schlachten und Wursten. Wartet selbstverständlich alles auf dich.«

»Wow. Danke.« Ich streckte ein Bein aus und klaubte mir meinen MP3-Player mit den Zehen vom Nachttisch, ehe er bei der sauberen und schmutzigen Wäsche im Trolley landete. »Damit ich nicht glaube, du würdest mich nicht brauchen, und infolgedessen depressiv werde, das Rauchen anfange, Drogen nehme und all das, richtig?«

»Ich sorge mich eben um die Leistungsfähigkeit meiner besten Arbeitskraft.«

Ich liebe meinen Vater. Wirklich. Wir kannten allerdings beide die Schwierigkeit, das laut auszusprechen, also hatten wir eine Art Code entwickelt. Wir redeten Unsinn und knallten uns Unverschämtheiten an den Kopf, um dem anderen zu zeigen, wie sehr wir ihn schätzten. Das war selten logisch, aber immer lustig – vor allem vor ahnungslosen Zuhörern.

Ich schlüpfte in meine Sandalen und mühte mich einhändig mit dem Verschluss ab. Papa hatte alles eingepackt und setzte sich neben mich aufs Bett.

»Hast du heute noch etwas vor?«, fragte er.

»Meinst du heute Nachmittag, wenn ich die verdammten Schuhe endlich zubekommen habe?« Ohne meine linke Hand bekam ich das Lederriemchen einfach nicht durch diese winzige Schnalle. »Oder heute Abend, wenn mein Sklavendienst getan ist?« Mir war klar, dass keine Hausarbeit auf mich wartete, aber mein Plan ging auf. Papa grinste endlich. Und jedes Grinsen verwandelte ihn ganz langsam wieder in meinen Vater. Den Vater, den ich kannte, nicht die Alt-und-besorgt-Version, die in den letzten drei Tagen ungefragt seinen Platz eingenommen hatte.

»Ich dachte an jetzt gleich. Hast du Hunger?«

Dumme Frage. »Hab ich je keinen Hunger?«

Ich erntete ein »Pff«. Papa, dem gutes Essen über alles ging, fand es ungerecht, dass ich mir den Bauch vollschlagen konnte und trotzdem gertenschlank blieb. Ungerecht fand ich das auch, allerdings eher, weil ich immer noch eine sehr jungenhafte Figur besaß. Das wiederum fand Papa gut, ersparte es mir doch – seiner Meinung nach – Typen, die nur aufs Äußere achteten. Das bedeutet im Klartext: Jungs, wie er in meinem Alter einer gewesen war.

Er warf einen Blick auf seine Armbanduhr, ein abscheuliches Plastikding. Mama hatte sie vor vielen Jahren bei ihrem ersten Date auf einem Rummel als Trostpreis beim Schießen gewonnen und ihm geschenkt. Es war ein Wunder, dass die Uhr noch immer lief, als würde sie sich über diese Zeit lustig machen. Die Ehe war vor fünf Jahren in die Brüche gegangen, nur die verdammte Uhr war einfach nicht kleinzukriegen.

»Wir haben erst elf«, überlegte Papa laut, »aber wenn du nichts gegen ein zweites Frühstück beim Italiener hast …«

»Perfekt!« Ich begutachtete zufrieden meine endlich geschlossenen Sandalen, meinte mit meinem Kommentar allerdings den Vorschlag, Pizza essen zu gehen. Das kam nicht so häufig vor, aber wenn Papa der Ansicht war, eine überlebte U-Bahn-Katastrophe wäre ein guter Grund, sich etwas zu gönnen, würde ich ihm nicht widersprechen. Mir schauderte, weil ich erneut an die Leute denken musste, die an diesem Tag weniger Glück gehabt hatten als ich. Schon füllte er meinen Kopf wieder vollends aus – der Gedanke an den blonden Mann.

Für eine Sekunde spielte ich mit der Idee, meinen Vater zu fragen, ob er an Schutzengel glaubte. Doch sofort tauchte vor meinem inneren Auge Joels Grabstein aus der Dunkelheit auf, um sogleich wieder darin zu versinken. Ein pausbäckiger Engel war in den cremefarbenen Kalkstein gehauen. Als Kind war mir der zur Reglosigkeit verdammte Engel ebenso schaurig vorgekommen wie mein toter Bruder, der irgendwo tief darunter lag. Doch schlimmer war es gewesen, meinen Vater – einen Mann von einem Meter neunzig, dessen Schultern einen Türrahmen ausfüllten – weinend davor auf dem Boden knien zu sehen.

»Noa?« Papa holte mich sanft aus meinen Gedanken, indem er seine warme Hand auf meine Schulter legte. »Alles in Ordnung? Hast du noch Kopfschmerzen? Wir müssen nicht zum Italiener gehen, wenn du nicht möchtest.«

Ich verbannte den Schutzengel und Joel aus meinem Kopf und

zwang ein Lächeln auf meine Züge. »Hast du eine Vorstellung, was man hier zu essen bekommt? Kein Wunder, dass die Patienten türmen.«

Papa zog die Augenbrauen zusammen, bis es aussah, als hätte er nur eine. »Wer ist denn getürmt?«

»Nicht so wichtig. Lass uns nur endlich von hier verschwinden. Und damit eins klar ist: Ich möchte nicht zum Italiener – ich *muss*! Sofort.«

Mein Vater hatte tatsächlich die Spendierhosen an. Nicht nur dass er mich zu meinem Lieblingsitaliener einlud, der diese fantastische, überteuerte Calzone Speciale auf der Karte hatte. Nein, er parkte unseren Bulli sogar im Parkhaus, statt einen kostenlosen Parkplatz zu suchen und mich ein paar Minuten länger laufen zu lassen. Ich sagte es ihm nicht, aber ich konnte nicht behaupten, dass mir seine übliche Sparsamkeit fehlen würde.

Wir schlenderten über den Marktplatz und spekulierten, ob das Wetter sich halten würde – für den frühen Nachmittag war ein Gewitter angekündigt. Der Himmel hing jetzt schon schwer und grau wie Blei über der Stadt und die Leute stöhnten unter dem Druck der Hitze. Ich schwitzte in meinem dünnen Sommertop und ärgerte mich, kein Haargummi dabeizuhaben. Mit einem kurzen Zopf hätte mein überhitzter Nacken zumindest Luft abbekommen. So klebten mir die Haarenden im Genick.

»Weißt du noch, wie du als Kind mal da reingefallen bist?« Papa wies auf den Brunnen am Rande des Platzes. Ich blickte in die Richtung, in die er deutete, und obwohl ich mich lebhaft an mein unfreiwilliges Bad erinnerte, hörte ich ihm im nächsten Augenblick kaum noch zu.

Ein Junge, ungefähr in meinem Alter, hockte dicht neben der Löwenstatue auf der Umrandung des Brunnens und fesselte meine Aufmerksamkeit. Was machte er da? Es sah aus, als tastete er unser Stadtwahrzeichen ab, so wie ein Tierarzt eine betäubte Großkatze nach Verletzungen absucht. Ich ging langsamer. Wonach mochte er suchen? Seine Lippen bewegten sich minimal, er schien mit sich selbst zu reden, denn es war niemand in der Nähe. Die Augen hatte er geschlossen, als koste ihn das, was er tat, viel Konzentration.

»Kennst du den komischen Vogel?«, fragte Papa.

Leider nicht, lag mir auf der Zunge, denn der Junge sah auf den ersten Blick alles andere als uninteressant aus. Ich mochte es, wenn Jungs die Haare lang trugen. Seine waren länger als meine, sie gingen ihm bis über die Schultern.

Papa räusperte sich vernehmlich.

Ich sagte schnell »Nee« und wandte das Gesicht ab, weil der Junge auf dem Brunnen die Augen öffnete. Kurz ärgerte ich mich, mit meinem Vater unterwegs zu sein. Wäre ich allein gewesen … nun gut, dann hätte ich auch weggesehen. Ich wagte noch einen kurzen Blick über die Schulter, registrierte, dass der Junge sich wieder ganz dem steinernen Löwen widmete und dass er ein viel zu großes Sepultura-T-Shirt trug. Papa besaß auch so eins. Unweigerlich musste ich schmunzeln und hakte mich bei ihm unter.

Kurz darauf, im Angesicht einer duftenden Pizza und eines großen Eistees mit jeder Menge Zitrone, hatte ich den Jungen schon fast wieder vergessen und auch an meinen Schutzengel dachte ich für eine entspannte halbe Stunde nicht.

Als wir jedoch später über den Marktplatz zurück in Richtung Parkhaus liefen – diesmal eilig, da es von einem Augenblick auf den anderen begonnen hatte, wie aus Kübeln zu schütten –, saß der

Junge immer noch am Brunnen. Mit triefenden Haarsträhnen im Gesicht beugte er sich zu dem Löwen, die linke Schulter und den Kopf gegen das steinerne Vorderbein gelehnt. Immer noch bewegten sich seine Lippen, immer noch waren seine Augen geschlossen. Er sah erschöpft aus, seine Frustration strahlte beinahe sichtbar von ihm ab. Ich hätte mir das rechte Handgelenk auch noch verstauchen lassen, wenn ich als Gegenwert erfahren würde, was der Typ dort machte. Er tat mir irgendwie leid und das ärgerte mich, weil ich nicht wusste, warum.

Er singt, überlegte ich. Ein Schwall Regenwasser rann mir aus den Haaren ins Top, lief mir den Rücken hinunter und ließ mich schaudern. Ich starrte ihn noch an, als wir bereits am Brunnen vorbei waren und obwohl Papa mich zur Eile rief. Mit verdrehtem Hals stieß ich fast mit einer Frau zusammen, die ihren Regenschirm so tief hielt, dass sie mich nicht hatte kommen sehen. Ein Blitz zuckte über den Himmel, der Donner krachte in der Ferne und schien zeitgleich zwischen den Häusern um den Marktplatz hindurchzurollen. Ich spürte den Hall unter meiner regennassen Haut.

»Noa, mach schon!«, rief Papa.

Ich lief schneller, drehte mich aber trotzdem noch einmal zum Brunnen um. Der Junge hatte jetzt den Kopf angehoben, sodass ihm der Regen ins Gesicht peitschte. Ungeachtet dessen öffnete er die Augen und sah mich an. Ich wollte rufen: Was machst du da?, tat es aber nicht. Stattdessen hob ich die Hand und winkte. Im nächsten Moment schalt ich mich, denn fremden Jungs zuzuwinken war absolut peinlich. War es das tatsächlich? Ich war mir nicht mehr sicher.

Ich sah, wie der Junge die Faust hob, die Hand öffnete … um sich dann das Haar aus der Stirn zu streichen und an mir vorbeizublicken. Sein Gesicht war so gleichgültig, als wäre ich nichts weiter als ein Gegenstand, der ihm die Sicht versperrte. Ein ausgestreckter Mittelfinger wäre mir freundlicher erschienen. Mir schoss das Blut in die Wangen und ich wandte mich rasch ab. Wären damit alle Unsicherheiten bereinigt? Fremden Jungen zuzuwinken *war* peinlich.

»Noa!«

»Ich komme.« Und das tat ich, ohne mich noch einmal umzudrehen.

Die Gegend, in der ich mit Papa wohnte, zeichnete sich durch vorherrschendes Grau aus. Graue, klotzförmige Mehrfamilienhäuser, graue Straßen und erschreckend viele graue Menschen. Menschen mit Gesichtern von der Art, für die sich jedes Lächeln zu schade ist, weil es an ihnen verschwendet wäre. Das bisschen Unkraut, das hin und wieder durch den Asphalt brach, wurde, sobald sich die ersten grünen Blättchen hervorwagten, von den angeleinten Hunden entdeckt, für die es eine Wohltat sein musste, ihr Geschäft auf einem Hauch von Grün zu verrichten. Das einfachste Viertel einer ohnehin einfachen Stadt, aber es bot ein paar entscheidende Vorteile.

So grau es auf der einen Seite auch war – die Fenster unserer Schlafzimmer gingen nach hinten raus und dort lagen Schrebergärten. Nicht diese liebevoll gepflegten Anlagen voller Rosen, Himbeersträucher und geharkter Gemüsebeete, sondern brachliegende kleine Parzellen, getrennt von Brennnesseln, wuchernden Dornenhecken und rostenden Stacheldrähten. Nicht einmal die Hundebesitzer gingen dorthin. Die meisten mieden die Gärten, weil Obdachlose die wilden Brombeeren und sauren Äpfel holten und sich bei Nacht in den Lauben versteckten. Alle nannten sie verwahrlost und verkommen. In meinen Augen waren sie verwildert, was man mit wunderschön übersetzen konnte. Als Kinder hatten meine Freunde und ich Jahre gebraucht, sie zu erforschen, uns in jedem Gestrüpp zu verheddern, in die ein oder andere Wellblechhütte einzubrechen und alle Geheimnisse zu entwirren, die wir dort fanden.

Ein weiterer Vorteil der Gegend war die geringe Miete. Mein Vater liebte seinen Beruf als Altenpfleger, aber er hasste sein Gehalt.

Zuletzt waren da noch die Nachbarn und die waren ein besonders dicker Pluspunkt für unsere Siedlung. Rosalia wohnte im Haus gegenüber. Wir hatten uns früher oft aus den Fenstern im Treppenhaus über die Straße hinweg unterhalten, bis die Hausmeisterin sich über unser Geschrei beschwerte. In der Wohnung unter uns lebte eine alte Frau, die taub war und damit unsagbar sympathisch, weil sie sich nie an meiner Musik störte. Und Tür an Tür mit uns war kürzlich Frau Martin eingezogen, eine alleinstehende Mittdreißigerin, die sich ebenso wenig beklagte, weil sie meinen Musikgeschmack teilte. Von dieser Frau Martin fanden wir heute einen Zettel auf unserer Fußmatte.

»Ihre Katze ist weggelaufen«, fasste ich den Inhalt zusammen, während Papa aufschloss. »Sie bittet uns, auf unserem Balkon nachzusehen, ob Stevens zu uns rübergeklettert ist.«

»Stevens? Wer nennt seine Katze denn …« Er stutzte, stellte meinen Trolley vor meine Zimmertür und lachte. »Ach so. Cat Stevens, ja? Die Frau ist mir sympathisch.«

»Und sehr hübsch«, fügte ich hinzu. Das war sie wirklich, mit ihrem wildlockigen feuerroten Haar.

Auf unserem Balkon fand ich leider keine Spur der Katze, aber mein Vater beschloss, später bei Frau Martin zu klingeln, um ihr anzubieten, sie zum Tierheim zu fahren. Ich hoffte, dass Stevens dort war, und freute mich insgeheim, dass Papa unserer Nachbarin helfen wollte. Seit der Scheidung hatte er sich nicht ein einziges Mal mit einer Frau getroffen. Er hing noch an Mama, obwohl selbst ein Blinder erkannte, dass zwischen den beiden ein Abgrund von der Größe des Marianengrabens klaffte. Nicht dass er sich beklagte, allein zu sein, aber mich bedrückte die Vorstellung, er könnte es auf Dauer bleiben.

»Bekommst du deine Sachen allein ausgepackt?«, wollte er von mir wissen.

Nein, ich war ein hilfloser Invalide und brauchte eine persönliche Pflegekraft! Ich behielt meinen Sarkasmus für mich und strafte ihn mit einem Blick, der dasselbe aussagte. Dann ging ich in mein Zimmer.

Endlich wieder zu Hause. Meine Rumpelkammer – so nannte es Papa – war klein und so vollgestellt, dass ein Umwerfen eines einzelnen Gegenstandes meist eine Kettenreaktion auslöste, die an den *Domino Day* erinnerte. Aber außer mir betrat auch kaum jemand meine vier Wände und ich war geschickt genug, nirgendwo anzuecken. Ich stieß meine selbst gemachten Trainingspoi an, sodass die Tennisbälle am Schrank hin- und herschwangen, und seufzte. Zwei ganze Wochen …

Ein Klackern riss mich aus meiner Schwermut. Ich öffnete das Fenster und sah Dominic neben der abgeknickten Wäschespinne im Hof stehen. Vermutlich hatte er ein Steinchen an die Fensterscheibe geworfen. Um ihn herum verdampfte der Regen auf dem Asphalt, sodass es aussah, als stünde Dominic in einer Wolke.

Dom und mich verband seit dem Kindergarten eine dicke Freundschaft. Wir hatten viele erste Male miteinander geteilt: das erste Zeltlager, die erste (und einzige) Zigarette, den ersten Kinobesuch ohne Eltern, das erste Mal in der Disco, den ersten Vollrausch und den ersten Schwur: nie wieder Alkohol. Er war ein Charmeur, der uns mit einem Lächeln Probleme einhandeln und diese mit seinem Hundeblick wieder zu lösen vermochte, und ich war sein kleiner, fast unsichtbarer Schatten, den er aus Gründen, die keiner verstand, zu seiner besten Freundin erklärt hatte. Ich glaube nicht, dass unsere Freundschaft Bestand gehabt hätte, wenn mir Ansehen oder Äußerlichkeiten etwas wichtiger gewesen wären. Schon so beneidete ihn jede einzelne meiner Sommersprossen um seine Biskuitporzellanhaut und für seine tintenschwarzen Wimpern hätten auch Frauen gemordet, die nicht wie ich mit karamellfarbenen Stoppeln um die Augen gestraft waren. Dom war immer schon hübsch gewesen, aber nun *wusste* er es und nutzte es ohne jede Hemmung aus. Nachdem er sein Haar, das wie meins immer kinnlang und braun gewesen war, stachelig kurz schnitt und wie Jared Letos blond färbte, vergötterten ihn die Mädchen – wofür ihn die Jungs wiederum nur hassen konnten.

»Hallo, du Held!«, rief ich zu ihm hinunter. »Danke für die Blumen! Und die Pralinen! Ach, und danke für all deine Besuche, die mich aus meiner Langeweile gerettet haben.«

Der Held hatte mich nicht mal angerufen, sondern lediglich mit meinem Vater telefoniert. Er behauptete, es läge daran, dass er unentwegt lernen musste, weil ihm nach den Ferien eine Nachprüfung blühte, die über seine Versetzung entschied. Der konnte mir viel erzählen. Er hatte eine Arzt-Phobie, aber ich hatte angenommen, ihm wichtiger zu sein als seine Angst vor weißen Kitteln. Trotz meiner Enttäuschung war es irgendwie tröstlich, dass er immer derselbe blieb, egal was auch geschah. Selbst ein U-Bahn-Crash änderte nichts an Dominic.

Meine Vorwürfe kommentierte er mit einem Grinsen. »Kommst du runter?«

Ich warf einen Blick auf den Radiowecker, der exakt 14.00 Uhr anzeigte. »Später, ich muss erst auspacken. Sagen wir, in einer halben Stunde?«

»Klar.«

Von wegen. Ich würde ihn versetzen. Oder zumindest warten lassen. Fünf Minuten, mindestens.

Zunächst fuhr ich meinen Computer hoch und rief noch vor dem E-Mail-Check YouTube auf. Unter den Kommentaren zu meinem aktuellen Poi-Clip, den ich als firefly17 hochgeladen hatte, fanden sich zwei neue.

Awesome!!!11!, schrieb killiodic009. Fand ich auch.

Der letze Beitrag war von death-pony; das war Lukas, der sich im Internet wie seine Band nannte.

hey fire, hab gehört, was passiert ist. tut mir leid, hoffe, du bist wieder okay und bald wieder am start?! ohren steifhalten, baby!

Zumindest er hatte an mich gedacht. Mit einem verträumten Lächeln sowie weit besserer Laune als zuvor widmete ich mich meinem Trolley und sortierte Schrank- und Dreckwäsche mithilfe der Schnüffelprobe. Dabei fiel mir ein Portemonnaie in die Hände, das ich nicht kannte. Seltsam, wo kam das denn her? Ich ging zu Papa, der im Wohnzimmer über eine Computerzeitschrift gebeugt saß, und hielt ihm das unbekannte Stück unter die Nase.

»Ist das deins?«

Er schüttelte den Kopf. »Das lag in deinem Nachttisch, gehört es nicht dir?«

»Nee.« Ich drehte mich um und öffnete den Druckknopf.

»Dann hat es sicher der Patient vor dir dort vergessen«, rief Papa mir nach. »Leg es auf die Kommode, ich bring es beim Krankenhaus vorbei, wenn ich heute Abend zur Arbeit fahre.«

Auf dem Weg in mein Zimmer brummte ich ein »Okay«, dachte jedoch gar nicht daran, das Portemonnaie unbesehen zurückzugeben. Vielleicht war es nach dem Unfall in meiner Nähe gefunden worden und die Sanitäter hatten es zu meinen Sachen gelegt. Was bedeutete, dass es möglicherweise meinem verschwundenen Retter gehörte. Ja klar, träum weiter, Noa. Oder einem der anderen Menschen, die in dem Waggon herumgeschleudert worden waren wie Kugeln in einem riesigen Flipperautomaten. Aber von der Art her passte es zu einem jungen Mann, warum sollte es also nicht meinem blonden Helden gehören?

Es handelte sich um ein abgegriffenes, schmales Leinenportemonnaie in Schlammgrün. Dominic besaß ein ähnliches. Ich inspizierte den Inhalt ohne schlechtes Gewissen, aber er verriet leider so gut wie nichts über seinen Besitzer. Ein bisschen Münzgeld war darin, nicht einmal zehn Euro. Ein Zettel mit einer Adresse, die mir nichts sagte; ich wusste nur, dass die Stadt an der Küste lag. Das Papier sah aus, als wäre es mehrmals zusammengeknüllt und wieder glatt gestrichen worden. Ansonsten fand ich Bus- und Bahnfahrkarten und jede Menge Kassenbons aus verschiedenen Läden. Nein, Moment, einige waren aus demselben Geschäft, einem Tierfachhandel, und sie quittierten alle Katzenfutter. In Dosen. Immer dieselbe Sorte. Kaninchen in Jelly. Na lecker.

Ich zog die Unterlippe zwischen die Zähne und befand die aufkeimende Idee, dort nach dem Blonden zu fragen, für im höchsten Maße infantil. Um Detektiv zu spielen, war ich deutlich zu alt. Dennoch steckte ich einen der Bons in meine Hosentasche, übertrug die gefundene Adresse auf ein Post-it, tat dann alles andere zurück ins Portemonnaie und legte es auf die Kommode im Flur. Die Uhr grinste mir entgegen. Viertel nach zwei.

»Papa? Ich geh runter, treff mich mit Dominic.«

»In Ordnung. Viel Spaß.«

Den würden wir haben. Ob es nun kindisch war oder nicht, aber die Möglichkeit, mehr über meinen mysteriösen Retter zu erfahren – der immerhin ein potenzieller Schutzengel war –, ließ mein Herz schneller schlagen.

LEKTION 2

Wie man einen Engel jagt

Zwerk, by Basti the brain. Diese Worte, geschrieben in zwei unterschiedlichen Handschriften, waren das Erste, was ich an Dominic wahrnahm. Er saß mit hängendem Kopf auf der Stufe im Hauseingang und wandte mir den Rücken zu, sodass ich direkte Sicht auf den Schriftzug hatte, der seine geliebte Jeansweste verunstaltete.

»Hey, Nono«, begrüßte er mich. Er hatte so viel Anstand, betreten zu lächeln. »Sauer?«

»Weil du mich außerirdischen Ärzten überlassen hast, die verbotene Experimente an meinem Gehirn durchgeführt haben? Wie kommst du darauf?« Ich hielt ihm mein bandagiertes Handgelenk vor die Nase, einzig und allein aus Gewohnheit, weil wir uns gegenüber schon immer mit Verletzungen geprahlt hatten. »Ist verstaucht. Ich habe gefühlte siebenhundert blaue Flecke. Mein Schädel ist dafür schon wieder okay.«

Dom drehte meine Hand leicht, um den Verband zu begutachten. Dann stand er auf und klopfte mir mit den Fingerknöcheln an die Stirn. »Es geht nichts über die Pharmatechnologien der Aliens.

Gute Arbeit.« Einen Moment lang sah er mich an, dann stieß er eine Salve Geräusche aus, die klangen, als hätte ein Lachen mit einem Schluchzen einen Haufen winziger Babys gemacht. »Scheiße, Noa, ich steig nie wieder in eine U-Bahn, ich schwöre es.«

Was bedeutete, dass ich ihn überreden musste, diesen Schwur zu brechen, oder meinen Plan zur Traumata-Bekämpfung allein durchführen musste. Doch das war ohnehin erst für morgen angedacht. Jetzt war wichtiger, dass er mir nicht in Tränen ausbrach, sonst würden wir beide in wenigen Sekunden heulend vor der Haustür sitzen.

Ich deutete auf seine Weste. »Was ist passiert? Sieht nach Ärger mit Bastien aus.«

Bastien, ein Junge aus der Nachbarschaft, war ein knappes Jahr älter als Dom und ich und wog ungefähr so viel wie wir beide zusammen. Er führte die Liste der Nachteile unserer Wohngegend mit immensem Vorsprung an. Bastien war einer der Typen, der Omas von der Treppe schubste, Frösche aufblies, bis sie platzten, und Hundebabys Chinaböller ans Halsband schnürte. Nicht dass wir ihn je dabei erwischt hätten. Aber da Bastien es mit seinen ständig wechselnden Kumpanen auf uns abgesehen hatte – in erster Linie auf Dom, denn der hatte einmal mit Bastiens Cousine geflirtet –, war er für uns schlicht und ergreifend Bad Boy Basti.

Skrupellos.

Zu allem fähig.

Ganz bestimmt.

Dom rückte nicht mit der Sprache raus, aufmunternd tätschelte ich mit der gesunden Hand seinen Unterarm.

»Was war denn wieder?«, fragte ich ihn. »Los, spuck es aus, sonst bekommst du noch ein Magengeschwür.«

Dominic grunzte. »Nichts von Bedeutung. Er hat mir nur meine

Weste abgezogen und sie mit seinem Edding beschmiert. Zwerg mit k, ich bitte dich! Und dann hat er die Weste in den Papiercontainer geworfen.«

Dieses miese Schwein! Dom hing an der ollen Weste, sie war so etwas wie sein Markenzeichen.

»Es war schon mal schlimmer«, versuchte ich ihn zu trösten. »Beim letzten Mal warst du es, der da reingeworfen wurde.«

Sein Blick ließ mich bereuen, etwas gesagt zu haben. »Das Pech war, dass ich schon vor der Weste drin saß.«

»Oh. Und dann hast du *by Basti the brain* druntergeschrieben.«

Er brummte zustimmend.

»Das wird ihm nicht gefallen.« Nun, mir gefiel es dafür umso besser. Bastiens Dummheit war es wirklich wert, aller Welt präsentiert zu werden. Allerdings würde Dominic das ausbaden müssen.

»Ich werde sie wegschmeißen müssen«, presste er zwischen den Zähnen hervor. »Verdammt, ich hasse diesen Mistbock.«

»Er ist eine richtige Hackfresse!«

»Ein Opfer von chronischem geistigem Brechdurchfall.«

»Der König der Sackratten!«

Wir spielten *Bastien-Beleidigen*, bis die Ausdrücke unschön wurden, dann grinsten wir uns an, schlugen die Fäuste gegeneinander und schlossen gemeinsam mit der übelsten aller Beleidigungen.

»Bad Boy Basti!«

Doms Selbstbewusstsein richtete sich langsam wieder auf, trotzdem hoffte ich, er würde seine Weste wirklich entsorgen, ehe uns unser Lieblingsfeind über den Weg lief. Schließlich wusste auch ich, wie der Altpapiercontainer von innen aussah. Ich schüttelte die Gedanken ab und erzählte Dominic von meiner Entdeckung. Gebannt hörte er mir zu, während wir die Straße entlangschlenderten.

»Du glaubst wirklich, die Geldbörse gehört dem Typen, der dich gerettet hat?«

»Dramatisier das nicht so.« Ich hatte zuvor dieselben Worte verwendet, aber wenn Dom es sagte, klang es, als sei ich dem Tod haarscharf von der Schippe gesprungen. »Er hat es schließlich auch überlebt, so schlimm wäre es schon nicht geworden. Und ich habe keine Ahnung, ob es sein Portemonnaie ist. Aber ich werde es herausfinden.«

Dom grub die Hände in die Taschen seiner viel zu weiten Jeans. »Ich wüsste gerne, warum er abgehauen ist.«

»Aus dem Grund, Dummie, fahren wir jetzt zu dieser Tierhandlung. Vielleicht finden wir ja etwas heraus und können ihn fragen.« Ich hatte Dom längst Richtung Haltestelle gelotst und registrierte zufrieden, dass der nächste Bus in fünf Minuten kommen sollte.

Er kratzte sich am Kopf und zwirbelte danach seine weißblonden Haarstacheln wieder in Form. »Vielleicht ist er ein Vampir.«

Eher bist du einer, dachte ich, kicherte aber pflichtbewusst und kickte Dom ein Steinchen zu, das er mit der Außenseite seines Turnschuhs zurückschoss. »Oder ein Zombie.«

»Wie auch immer, in jedem Fall ist er ein Freak.«

Ich stimmte ihm zu. Insgeheim musste ich mir allerdings eingestehen, dass mir Rosalias Theorie immer noch am besten gefiel.

»Herzchen, glaubst du wirklich, ich wüsste, wer hier letzte Woche eine Dose Katzenfutter gekauft hat?«

Ich spürte, wie mir das Blut in die Wangen stieg. Teils aus Scham – ja, das hatte ich geglaubt –, teils aus Wut. Herzchen? Ich war siebzehn, durfte Bier trinken, auch wenn ich es nicht mochte, und sollte mich langsam mal entscheiden, welche Partei ich wählen wollte.

Was bildete sich diese Spinat-Herzchen-Wachtel im grünen Kittel ein? Dom rettete die Situation, ehe mir eine freche Antwort einfiel.

»Außergewöhnlich ist«, er legte den Kassenbon auf den Tresen und klopfte ein paarmal mit dem Zeigefinger drauf, »dass er häufiger hier war. Regelmäßig, möchte ich fast sagen.«

»Genau«, mischte ich mich ein, um ein freundliches Gesicht bemüht. »Und er hat immer nur eine oder zwei kleine Dosen gekauft. Immer dasselbe Futter. Kaninchen in Glibber.«

Die Verkäuferin überlegte, dann nickte sie langsam. »Ja, ich glaube, jetzt weiß ich, wen ihr meint. Was wollt ihr denn von dem jungen Mann?«

Bingo! Junger Mann, das klang, als könnte er es sein. Mein Puls nahm an Fahrt auf. »Wie sah er aus? Blondes Haar, etwa bis hier?« Ich deutete auf einen Punkt unterhalb meiner Augen.

»Wenn mich nicht alles täuscht.« Die Kassiererin zuckte mit den Schultern und zwinkerte. »In jedem Fall ein hübsches Kerlchen. Gut gebaut. Stimmt, er erwähnte mal, dass er auf dem Weg ins Fitnessstudio sei. Man sah schon, dass er was fürs Aussehen tut. Wenn ich zehn Jahre jünger wäre …«

Dom wandte sich grinsend ab und spielte mit ein paar Gummihühnchen, die kopfüber neben der Kasse hingen und Quietschlaute von sich gaben, wenn er draufdrückte.

»Ich muss dringend mit ihm sprechen. Wissen Sie zufällig, wo er wohnt, wie er heißt oder sonst irgendetwas?«

»Nein, tut mir leid.« Sie rieb sich sinnierend über die Lippen, kam aber zu keinem Ergebnis. »Er hat immer bar bezahlt und selten mehr gesagt als Guten Tag und Danke. Er wird ja bestimmt wiederkommen, aber wann, kann ich euch nicht sagen. Wollt ihr ihm eine Nachricht hinterlassen?«

Ich wechselte einen Blick mit Dom.

»Er ist dir schon mal abgehauen«, meinte er leise. Mich irritierte die Idee, dass er eventuell vor mir geflüchtet war. Absurd, warum hätte er das tun sollen? Aber Herrgott, er war aus dem Fenster im siebten Stock getürmt – was konnte absurder sein?

»Das scheint dir ja sehr wichtig zu sein?«, fragte die Verkäuferin und zwinkerte erneut. War das ein Tick oder fand sie das witzig?

Wieder reagierte Dom schlagfertiger als ich. Er lehnte sich leicht über den Tresen, setzte seine Kupplermiene auf und raunte im verschwörerischen Ton: »Er hat meiner Freundin das Leben gerettet, wissen Sie? Sie brauchen nicht zufällig eine Hilfskraft über die Ferien?«

So kam es, dass ich am übernächsten Tag einen Vorstellungstermin beim Inhaber der Zoofachhandlung hatte. Klar, warum auch nicht? Da meine Poi-Gigs ins Wasser fielen, ging mir auch das Honorar durch die Lappen, das zwar klein, aber bereits fest in mein mageres Budget eingeplant gewesen war. Vogelsand in Regale einsortieren, Goldfische füttern und Kaninchengehege reinigen konnte ich auch mit einer Hand. Die Arbeit mit den Tieren würde mir Spaß machen und schon beim Betreten des Ladens hatte ich den Geruch nach Sägespänen, Futtergetreide, Aquarienwasser und Fell als angenehm empfunden. Es gab schlechtere Ferienjobs.

Als ich abends nach Hause kam, war Papa schon weg. Das Portemonnaie hatte er mitgenommen, stattdessen lag ein Zettel auf der Kommode, ich möge doch morgen früh endlich mal wieder Oma besuchen. Das hatte ich mir ohnehin vorgenommen. Ich zerrte die Alufolie von einem Fertignudelgericht, was einhändig nicht so einfach war, und ließ die essbare Masse ein paar lauwarme Runden in der Mikrowelle drehen. Mit Nudeln, Chips und Instant-Chai-Latte machte ich mich vor dem Fernseher breit und verschickte SMS an Rosalia, Lukas und Dom.

Nachdem ich gegessen hatte und das TV-Programm sich als unzumutbar erwies, beschloss ich, früh schlafen zu gehen, und begab mich in mein Zimmer. Beim Zuziehen der Vorhänge bemerkte ich eine Silhouette im Hof. Zuerst dachte ich, es sei Dominic, doch die Person dort unten war größer und kräftiger. Gesicht und Haare verbargen sich unter einer Kapuze – kein Wunder, denn es regnete schon wieder. Sicher war es einer der Nachbarn, denn der Schatten floss Richtung Treppe, die in den Keller führte, und verschwand aus meinem Blickfeld. Ich überlegte, ob es vielleicht Frau Martin gewesen war, die ihren Kater noch immer nicht gefunden hatte. Im Hausflur haftete inzwischen ein Aushang mit einem Foto des grau getigerten Stevens und mit der Bitte, bei der Suche zu helfen. Ich beschloss, mir von unserer Nachbarin eine Kopie zu holen und in der Tierhandlung aufzuhängen.

Nach der Zeit im Krankenhaus freute ich mich auf mein Bett und die Ruhe, die ein eigenes Zimmer ohne Nachtschwesternbesuche mit sich brachte. Und so war es kein Wunder, dass ich innerhalb von Minuten einschlief.

Jedoch erwachte ich nur wenige Augenblicke darauf wieder. Mein Herz raste, aber ich konnte mich an keine schlechten Träume erinnern. Nur das Gefühl eines Vakuums um mich herum war zurückgeblieben. Als triebe ich schwerelos im All. Unfähig, eine Richtung zu bestimmen, unfähig, meine Glieder zu bewegen. Ich wollte wissen, was ich geträumt hatte, und schloss die Augen, fischte in meinem Geist nach den zerrinnenden Erinnerungen. Mir fiel ein Geräusch ein, von dem ich geträumt hatte. Ein helles Singen, wie von einer Metallkette, die schnell herumgewirbelt wird. Dahinter eine Stimme, kaum zu verstehen.

Nicht weitergehen!

Nicht einsteigen!

Und dann war da plötzlich ein großer Vogel, dessen Schatten über mich hinwegfloss. Er schrie auf. Das metallische Singen ging in ein Kreischen über, das ich nur zu gut kannte. Das Kreischen der U-Bahn!

Ich schoss in die Aufrechte, schlug auf den Schalter meiner Nachttischlampe und schüttelte den Kopf, um die beschworenen Traumbilder wieder zu vertreiben. Doch waren sie eben kaum zu erahnen gewesen, schienen die Erinnerungen nun plötzlich tranig und klebten an mir.

Es dauerte eine kleine Ewigkeit, bis ich wieder einschlafen konnte.

Wer erfuhr, dass mein Vater Altenpfleger war und meine Großmutter in einem Heim lebte, der fragte meist irritiert nach, warum mein Vater die Pflege seiner Mutter nicht selbst übernahm. Die zwei hielten grundsätzlich eine Stadt Abstand zueinander, was beiden ein enormes Bedürfnis war und den Familienfrieden sicherstellte. Es war nicht so, dass sie sich nicht mochten. Sie liebten sich. Man durfte sie nur nicht dazu drängen, sich länger als fünfzehn Minuten im gleichen Gebäude aufzuhalten.

Auf dem Weg zu Oma Elli dachte ich darüber nach, ob ich das schwierige Verhältnis zwischen ihr und Papa vielleicht noch verschärft hatte. Omas Mann war früh gestorben, ich hatte meinen Großvater nie kennengelernt. Oma hatte den Friseursalon nach seinem Tod allein weitergeführt. Auch wenn sie finanziell immer dicht am Abgrund tanzte, hatte sie sich einen Verkauf nie vorstellen können. Der Betrieb war ihr Ein und Alles, das war schon so, als Großvater noch am Leben gewesen war. Papa hatte den größten Teil seiner Kindheit im Hinterzimmer des Salons verbracht, wo er sich leise zu verhalten hatte. Bis heute konnte er es seiner Mutter nicht verzeihen, dass nie Zeit für ihn gewesen war. Für mich allerdings nahm Oma sich diese Zeit und es schien, als wolle sie alles, was sie bei Papa verpasst hatte, bei mir nachholen – sei es durch Geschenke, die sie sich nicht leisten konnte, oder Zuneigung, obwohl niemand zuvor geglaubt hatte, dass sie überhaupt in der Lage war, zärtliche Gefühle zu empfinden, geschweige denn diese zu zeigen. Freunde hatte sie nie gehabt und Kunden wählten damals die Bezeichnung frostig, um sie zu beschreiben. Womöglich verwöhnte sie mich aus Frustration, weil mein Vater sich über ihren Wunsch, als Friseurmeister den Laden zu übernehmen, stur hinweggesetzt hatte. Nach ihrem ersten Schlaganfall hatte sie schweren Herzens verkaufen müssen. Der zweite hatte die rüstige alte Dame mit den Haaren auf den Zähnen ins Altenheim katapultiert. Und zwar im hohen Bogen mit einer Arschbombenlandung – Omas Wortwahl.

Dem Pflegeheim gegenüber befand sich eine Metzgerei, wo ich wie immer drei Brötchen mit Mett und Zwiebeln kaufte und dann in meinem Rucksack versteckt in Omas Zimmer schmuggelte. Sie liebte diese belegten Brötchen, auch wenn ihre Ärzte und Pflegerinnen sie davon zu überzeugen versuchten, dass rohes Fleisch in ihrem Alter einem Suizidversuch glich. Oma sah das anders. Sie wäre vermutlich lieber an einer Salmonellenvergiftung oder Toxoplasmose gestorben statt an Sehnsucht nach ihren Mettbrötchen. Zumindest redete ich mir damit mein Gewissen rein.

Charakter und Lebenslauf meiner Oma Elli irritierten vermutlich ein Gros der Menschen, aber das war nichts im Vergleich zu dem

Moment, wenn man sie zum ersten Mal sah. Sie scherzte, man hätte ihr für den dritten Herzinfarkt, den sie bei den anderen Heimbewohnern verursachen würde, eine Prämie versprochen. Selbst ich musste jedes Mal schlucken, wenn ich ihr Zimmer betrat, sie sich langsam in meine Richtung drehte und lächelte.

Der zweite Schlaganfall hatte ihre linke Körperhälfte vollständig gelähmt, was dazu führte, dass ihr Gesicht zu einer ständigen Fratze verzogen war. Die rechte Gesichtshälfte sah weitgehend normal aus, was die linke umso grotesker wirken ließ. Dieses Auge stand weit offen, selbst im Schlaf. Es schien wie aus der Höhle gepresst, als könnte es durch die kleinste Erschütterung herausplumpsen. Der Eindruck wurde durch die Haut über den Wangen noch verstärkt, die das Unterlid nach unten zog und am Kinn schlackerte wie bei einem Basset. Der linke Mundwinkel hing ebenfalls nach unten und die Lippen waren geöffnet, sodass Oma immer ein Tuch benötigte, um den Speichel abzuwischen.

»Ich sehe nicht nur aus wie ein Gargoyle, ich spucke sogar Wasser«, hatte sie einmal gesagt. Diesen Satz sollte man mal versuchen nachzusprechen, während man seine linke Gesichtshälfte mit der Hand daran hindert, sich zu bewegen, und gleichzeitig die Zunge zwischen die Zähne klemmt. Nach wenigen Sekunden muss man unweigerlich lautstark Speichel einsaugen, damit er einem nicht über die Lippen tropft. Was auch immer meine Oma von sich gibt, es klingt ungefähr so.

»Nach dem Theater, das dein Vater veranstaltet hat«, begrüßte sie mich und verengte konzentriert ihr gesundes Auge, »könnte man meinen, du würdest nach deinem Unfall aussehen wie ich.«

Ich musste lachen. Das war typisch für meine Oma. Sie spürte meine Beklemmung, wenn ich ihr kleines, abgedunkeltes Zimmer betrat, und jedes Mal nahm sie sie mir durch eine ihrer schwarzhumorigen Bemerkungen.

Ich ging zu ihrem Sessel und drückte ihre Hand. »So schlimm war es nicht, ich hatte Glück. Was liest du da? Die Rentner-Bravo, Apotheken-Umschau?«

Sie winkte ab und stopfte das Magazin, das eben noch in ihrem Schoß geruht hatte, zwischen ihren Oberschenkel und die Armlehne. Ich konnte nur erkennen, dass es eine Esoterik-Zeitschrift war. Esoterik? So was hatte ich nun wirklich nicht bei meiner Oma erwartet.

»Kein Glück«, nuschelte sie, schüttelte dann aber den Kopf, als hätte sie Unsinn geredet. »Natürlich hattest du Glück, und was für eins. Stimmt es, was sie im Radio sagen? Dass es Sabotage war?«

Ich nickte, das hatte ich auch gehört, doch darüber reden wollte ich nicht. Die Presse hatte lediglich die Information gebracht, dass die Schienen manipuliert worden waren, was zur Entgleisung geführt hatte. Wie, warum und wer verdächtigt wurde, geriet nicht an die Öffentlichkeit, vermutlich, um die laufenden Ermittlungen nicht zu gefährden.

Oma streichelte meine Hand und für einige Augenblicke schwiegen wir gemeinsam.

Dann seufzte sie. »Ich wusste, dass etwas passieren würde.«

»Was meinst du?«

»Ich habe viele schwarze Vögel gesehen. Unheilvolle Vögel.«

Darauf wusste ich nicht mehr zu erwidern als ein »Hm«. Meine Oma war nie eine abergläubische Frau gewesen und plötzlich faselte sie von Unheil bringenden Vögeln und las Esoterik-Quatsch?

»Sie suchen etwas«, fuhr sie fort. »Oder jemanden. Sie erinnern mich an jemanden. Aber an wen nur?«

Omas Erinnerungen waren seit dem Schlaganfall löchrig. Momente aus ihrer Kindheit sah sie manchmal so deutlich vor Augen, als wären sie erst gestern geschehen, wusste dafür aber oft nicht, was am Tag zuvor passiert war. Manche dieser Erinnerungen schienen unter Leichentüchern zu liegen, die auf den richtigen Schlüsselreiz hin verschwanden, worauf das Darunterliegende meine Oma gelegentlich schwer überforderte.

»Ich sehe sie über der Stadt kreisen«, flüsterte sie, »höre ihre Schreie. Sie geben nicht eher auf, bis sie gefunden haben, wonach sie suchen.«

»Oma, Vögel zerstören keine U-Bahn-Gleise.«

Sie versuchte, unwirsch den Kopf zu schütteln, wobei ihr Kinn immer in Richtung rechter Schulter zuckte. »Das weiß ich selbst, Noa. Hältst du mich für senil?«

Ich zögerte bei dieser Frage, aber sie erwartete keine Antwort.

»Wer dem Tod ins Auge gesehen hat, sieht und hört Dinge, die andere nicht bemerken. Seit dem Schlaganfall habe ich manchmal gewisse … Ahnungen. Nein, eigentlich hatte ich sie immer schon. Habe aber lange nichts drauf gegeben.«

Mein erster Impuls war, ihre Worte als die Absonderlichkeiten einer alten Frau abzutun. Einer sehr alten Frau, die klinisch tot gewesen war. Aber mir fiel mein Traum von letzter Nacht ein sowie die Stimme, die ich gehört hatte, als ich in die Unglücksbahn gestiegen war. Es prickelte an meiner Stirn und meinen Schläfen, als würde mir die Farbe aus dem Gesicht rinnen. Ich bekam nur ein Flüstern zustande. »Oma, glaubst du … an Engel?«

Das Lächeln, mit dem sie antwortete, war das skurrilste Bild, das ich je gesehen hatte, und wunderschön, weil es aus reiner Ehrlichkeit gemacht schien. Könnte ich malen, hätte ich es mit Bleistift oder Pinsel festgehalten, doch da ich dafür kein Talent besaß, ertappte ich mich bei der Überlegung, wie ich dieses Lächeln in meinen Tanz mit dem Feuer einflechten konnte.

»Ich versuche herauszufinden, welche Bedeutung die Vögel haben«, sprach Oma weiter und zog das Esoterik-Heft unter ihrem gelähmten Oberschenkel hervor. »Aber alles, was ich finde, klingt nach dem Gewäsch gelangweilter Hausfrauen.«

»Ich habe diese Nacht auch von einem schwarzen Vogel geträumt«, gab ich zu. Oma hakte nach und so erzählte ich ihr alles; angefangen bei der Stimme, die mich vor dem Unfall warnen wollte, bis hin zu dem jungen Mann, dem ich auf der Spur war.

Oma lauschte gebannt und wiegte dann den Kopf. »Das passt nicht zusammen. Die Vögel, von denen ich rede, scheinen mir keine Engel zu sein, die Menschen schützen. Sie sind gefährlich. Sie bringen den Tod, seelischen Tod. In ihren Augen ist die Grausamkeit des Himmels.«

Ich schauderte. Nicht weil Oma Unsinn redete, wie so viele der Heimbewohner, sondern weil ich Angst hatte, es könnte wahr sein. So gerne ich alles als Humbug abgetan hätte, es fiel mir erschreckend schwer. Diese Vögel gefielen mir nicht. Ich wollte weder über sie sprechen noch etwas über sie wissen – und erst recht nicht von ihnen träumen. Ich flocht einen Käfig aus Omas verletztem Geist und sperrte die unheimlichen Federviecher hinein. Sie waren nicht existent, nichts als ein Hirngespinst.

Mir fiel auf, dass die Brötchen noch in meinem Rucksack lagen, Oma hatte gar nicht danach gefragt, was ungewöhnlich war. Ich lenkte uns beide ab, indem ich meine Mitbringsel auspackte, aber auch kauend sah ich Oma weitergrübeln. In ihrem offen stehenden Auge, das von der Salbe, die es vorm Austrocknen schützte, milchig glänzte, schienen sich Schlieren zu bewegen. Schatten schwarzer Vögel, die über ihr kreisten.

Zum ersten Mal hatte ich ernsthaft Angst, dass sie sterben würde. So blieb ich an diesem Tag lange bei ihr. Ich half ihr, das Mittagessen zu verputzen, obwohl wir beide von den Brötchen satt waren, schob sie danach im Rollstuhl durch den Park und bedachte jeden mit bösen Kommentaren, der es wagte, sie anzustarren: »Gaffen macht 'nen Euro!«

Als ich zu meinem Vorstellungsgespräch aufbrechen musste, bat Oma mich inständig, sehr vorsichtig zu sein und auf mich aufzupassen. Ich verlangte dasselbe von ihr, wenn auch nur in Gedanken.

Je stärker ich versuchte, die schwarzen Vögel aus meinem Kopf zu verscheuchen, desto präsenter schienen sie. Auf dem Weg durch die Stadt ließ ich mich von lauter Musik aus dem MP3-Player berieseln, die jedes Vogelsingen übertönte. Als ich aus dem Bus stieg und in die Straße einbog, die zur Tierhandlung führte, zuckte ich vor einer harmlosen Amsel zurück. Und ich wollte mich gleich um einen Job bewerben, bei dem es galt, Vogeldreck wegzumachen? Ich seufzte und ahnte bereits, dass ich vom Regen in die Traufe spazierte.

Gegen kurz vor drei stand ich vor der Tierhandlung und fühlte mich nervös. Mein erstes Vorstellungsgespräch für einen Ferienjob – und ich hatte immer noch den Geschmack von Zwiebelmettbrötchen im Mund. Das ging gar nicht. Auf der anderen Straßenseite befand sich ein kleiner Supermarkt und so kratzte ich meine letzten Münzen zusammen und kaufte ein Päckchen Kaugummi. Als ich durch die mit Werbeflyern vollgeklebte Glasschiebetür wieder nach draußen trat, blendete mich die Sonne so stark, dass ich die Augen zusammenkneifen musste.

Und dann sah ich ihn.

Den Engel.

Er stand inmitten von flackernden Lichtreflexionen, die im Takt meines Pulses vor meiner Linse herumtanzten. Eine kleine Tüte in der Hand haltend, verließ er die Tierhandlung; was darin war, konnte ich mir denken. Kaninchen in Glibber. Ich verbarg mich rasch hinter der Glastür und schaute zwischen einem blassrosa Werbezettel und dem Aushang der Öffnungszeiten hindurch; beobachtete, wie er die Straße auf und ab sah, als sondiere er die Lage, und sich dann in Bewegung setzte. Mein Vorstellungsgespräch war vergessen.

Ich ließ ihm Vorsprung, bis er um die nächste Ecke bog, dann flitzte ich hinterher. Es stand außer Frage, dass ich ihn ansprechen und ihm danken musste, doch mein Hirn rückte keine Worte raus, zu denen mein Mund bereit gewesen wäre. Daher blieb ich auf Abstand und grübelte. Von diesem Engelsquatsch konnte ich ihm schwerlich erzählen. Blöderweise konnte ich an kaum etwas anderes denken. Dass er in dem Moment, als ich ihn zum ersten Mal richtig sah, von einem Halo aus buntem Licht umgeben war, machte es nicht besser. Und ja, ich wusste sehr wohl, dass dieses Licht nur entstanden war, weil mich die Sonne geblendet hatte. Und nein, dieses Wissen änderte nichts daran, dass seine Erscheinung mich beeindruckt hatte.

Als ich um die Hausecke lugte, sah ich ihn gerade noch um die nächste Ecke verschwinden. Ich rannte ein paar Schritte. Das Restgeld hüpfte in meiner Hosentasche und mir kam endlich die rettende Eingebung: Ich würde ihn nach dem Portemonnaie fragen und ihm erzählen, dass er es im Krankenhaus abholen konnte. Ich folgte ihm in eine Seitenstraße und prallte mit einem Jungen zusammen, der in Folie gepackte Zeitungsstapel in einen Müllcontainer warf. Offenbar nahm er seinen Ferienjob auch nicht ernster als ich meinen.

»Ver–« …zeihung, hatte ich sagen wollen, doch er stieß mich von sich, murrte eine Beschimpfung, die ich nicht wiederholen möchte, da sie die Intimsphäre meiner Mutter verletzt, und spuckte auf den Boden.

Statt der Entschuldigung zeigte ich ihm einen Vogel, verzichtete aber auf einen verbalen Schlagabtausch. Diese endeten bei solchen Gestalten für einen der Kontrahenten oft in ernsthaften Schwierigkeiten und seine Oberarmmuskulatur, die von einem Lakers-Trikot eindrucksvoll in Szene gesetzt wurde, sagte mir, dass ich den Kürzeren ziehen würde. Ich sah also zu, dass ich Land gewann, und bekam gerade noch mit, wie der blonde Mann ein paar Meter vor mir in einem Hochhauseingang verschwand. Obwohl ich rannte, so schnell ich konnte, was der Zeitungsjunge offenbar lustig fand, da er es mit begeistertem Grölen kommentierte (diesmal meinen »Knackarsch« betreffend), erreichte ich die Tür erst, als sie schon ins Schloss gefallen war. Na prima. Drei nebeneinander angeordnete Säulen aus je sechs schwarzen Klingelaugen nebst Namensschildern glotzten mir hämisch entgegen. Das verdammte Haus hatte achtzehn Parteien und ich null Ahnung, wo ich klingeln sollte. Letztlich konnte ich nur hoffen, ihn noch im Flur zu erwischen, also drückte ich wahllos auf irgendeinen Knopf.

Die Gegensprechanlage knurrte.

»Wochenblatt«, kiekste ich.

»Steck's dir sonst wo hin!«

Eine furchtbar reizende Gegend, wirklich. Ich begann zu verstehen, warum der Zeitungsbote seine Exemplare direkt in den Müll warf, und drückte den nächsten Knopf. Endlich ließ man mich ein. Im Treppenhaus roch es nach kaltem Zigarettenrauch und zu lang getragenen Schuhen. Ich reduzierte meine Atmung auf ein Mindestmaß und lauschte. Irgendwo in einem der oberen Stockwerke hörte ich, wie eine Tür aufgeschlossen wurde. Ich warf einen Blick auf die Fahrstuhlanzeige. Wenn mein Retter diesmal nicht seine Flügel, sondern den Lift benutzt hatte, befand er sich im vierten Stock. Meine Hand fuhr wie von selbst in Richtung Fahrstuhlknopf, hielt dann aber abrupt inne. Das Kreischen von Metall echote durch meine Hirnwindungen. Ein abstürzender Fahrstuhl klang sicher nicht viel anders als eine zur Ziehharmonika zweckentfremdete U-Bahn.

Ich nahm die Treppe, beeilte mich sehr und war im vierten Stock außer Atem. An die grob verputzte Wand gelehnt, gönnte ich mir einen Moment Pause. Drei Wohnungstüren zweigten vom Flur ab, vor einer standen Kindergummistiefel. Diese Wohnung schloss ich aus. Meine Chancen standen demnach fifty-fifty. Trotzdem zögerte ich, als mein Finger schon fast den Klingelknopf berührte. Was sollte ich sagen? Entschuldigung, aber ich würde gerne wissen, ob Sie mein Leben gere–

Hinter der Tür schellte die Klingel. Ich zuckte zusammen, denn *ich* hatte den Knopf nicht gedrückt. In der Wohnung lief jemand auf schweren Sohlen umher, eine Tür wurde zugeschlagen, eine männliche Stimme bellte einen derben Fluch. Offenbar stand ich an der richtigen Tür, nur die Zeit war denkbar ungünstig. Kein Problem, dachte ich erschrocken, dann komme ich später wieder. Viel später!

Im ganzen Treppenhaus war zu hören, wie jemand in vielen verschiedenen Wohnungen Sturm klingelte. Hunde begannen zu kläffen und zu jaulen, jemand schimpfte sie lautstark aus – ohne jeden

Erfolg. Kurz darauf ging die Haustür auf. Schritte polterten ins Haus, ich hörte gezischte Befehle und Antworten von mindestens zwei Personen. Einfach wieder runterzugehen kam nicht infrage – wer immer da die Treppen hochstürmte, schien verdammt mies gelaunt. Also lief ich eine Etage höher und hockte mich dort nah ans Geländer, sodass ich einen guten Blick auf das Treppenhaus hatte, selbst aber nicht gleich gesehen wurde. Drei Personen eilten nach oben.

Plötzlich wurde im vierten Stock die Tür aufgestoßen. Mein Engel stürzte aus der Wohnung und preschte die Treppe hoch, immer drei Stufen auf einmal nehmend. Er floh regelrecht vor diesen Typen. Sie schienen ihn zu suchen und sie kamen garantiert nicht von der GEZ! Ich versuchte noch, ihm auszuweichen, aber er rannte schnurstracks in mich hinein. Mit rasendem Herz starrte ich in himmelblaue Augen, die mich verwirrt und zugleich verärgert ansahen. Aus seiner Jacke schoss ein Schatten, wand sich um seinen Hals und schnappte verärgert in die Luft. Ein Frettchen. Mein Mund klappte auf, ein Teil von mir wollte unbedingt etwas sagen, wusste allerdings nicht, was. Er hielt sich in einer hastigen Bewegung einen Finger an die Lippen. Im Stockwerk unter uns knallte es. Einmal, zweimal, dann ein dumpfes Bollern. Die traten seine Tür ein! Der junge Mann packte mich am Arm und zerrte mich ein weiteres Stockwerk mit sich. Ich war alles andere als unsportlich, doch mit seinen Siebenmeilenschritten konnte ich nicht mithalten. Ein eigenartiger Geruch kroch uns hinterher und breitete sich aus. Gas? Nein, das musste ich mir einbilden. Auf halber Höhe der Treppe geriet ich ins Stolpern. Ich stürzte, stieß mir mein Knie an, das Kaugummi fiel mir aus dem Mund und meinen Lippen entwich ein Keuchen. Der Engel mit dem Frettchen sah sich noch einmal nach mir um, rannte aber weiter. Im nächsten Moment hörte ich, dass man uns bereits folgte. Zunächst wollte ich einfach stehen bleiben – ich hatte mit alldem schließlich nichts zu tun. Sie würden auf ihrer Verfolgungsjagd an mir vorbeilaufen, mich schlimmstenfalls zur Seite stoßen. Doch dann brüllte jemand von unten Worte, die wie eine Druckwelle durch das Treppenhaus wallten. Von den Wänden zurückgeworfen, bohrten sie sich in meine Ohren und ließen mein Blut gefrieren.

»Lass sie nicht entwischen, Em! Knall sie ab!«

Oh Gott, nichts wie weg hier!

Den Schmerz im Knie ignorierend, rannte ich hinter dem Engel her, doch er war viel zu schnell und schien kein Interesse daran zu haben, mich ein weiteres Mal zu retten. Wieder strauchelte ich und hielt mich am Geländer fest. Doch schon hatte der erste Verfolger mich erreicht und von hinten gepackt. Er riss meinen Kopf an den Haaren zurück und schloss zugleich seinen Unterarm wie einen Schraubstock um meinen entblößten Hals. Ich funktionierte nicht länger auf Grundlage meines Verstands. Statt stillzuhalten und darauf zu hoffen, eine Erklärung abgeben zu können, kreischte ich los.

Mit den Hacken trat ich gegen die Schienbeine meines Peinigers, schlug mit den Fäusten nach ihm und rammte sie ihm in die Rippen. Ich versuchte, ihm die Fingernägel quer übers Gesicht zu ziehen, ertastete jedoch nur Stoff. Er trug eine Skimaske, wie die Gangster in den billigen Filmen. Ich schrie gegen eine Hand in Lederhandschuhen an, die sich mir auf Mund und Nase presste. Er knurrte mich an, ich solle das Maul halten.

Schemen huschten an uns vorbei, aus dem Augenwinkel erkannte ich, dass die Typen Schwarz trugen und ihre Gesichter alle hinter Sturmhauben verborgen hielten. Ich hörte einen Knall. Einen Schuss? Bei den verzweifelten Bemühungen, die Hand von meinem

Mund zu reißen, bekam ich etwas zwischen die Zähne und biss zu. Der Mann in meinem Rücken brummte nur unwirsch und verstärkte den Druck gegen meine Kehle. Aber endlich ließ er meinen Mund frei.

Ein japsender Atemzug.

Ich schrie.

Etwas Dunkles tauchte wie aus dem Nichts neben meinem Auge auf.

Schmerz und Blitze aus gleißendem Licht. Überall.

Filmriss.

LEKTION 3

Wie man sich irren kann

Ich erwachte mit der Nase im Kissen. Oh Gott, was für ein Albtraum! Erleichtert über das Aufwachen rekelte ich mich … und wurde von höllischen Kopfschmerzen aus meiner Illusion gerissen.

Ein Traum? Von wegen. Im Traum tut weder der Kopf noch ein verstauchtes Handgelenk weh.

Das war weder ein Albtraum gewesen noch war das mein Kissen. Es war nicht einmal mein Bett oder mein Zimmer! Wo zum Geier war ich? Meine Zunge hing wie eine in Bier ersoffene Nacktschnecke in meinem Mundwinkel. Mühsam blinzelte ich gegen grelles Licht und versuchte mich zu orientieren. Ich war allein, das war schon mal unter positiv zu verbuchen. Und immerhin konnte ich noch positiv denken – das schloss schwerere Schockzustände aus. Demnach war mir nichts Traumatisches passiert – zumindest noch nicht –, von der Entführung einmal abgesehen.

Ein karger, fast leer stehender Raum schwankte vor meinen Augen. Mir war ein wenig übel; offenbar hatten meine Entführer damit gerechnet, denn neben der Matratze, auf der ich lag, stand ein Eimer bereit. Neben meinem Gesicht sickerte Feuchtigkeit aus einem Lappen ins Kissen. Meiner kühlen Stirn und dem feuchten Pony zufolge hatte er eben noch auf meinem Kopf gelegen. Ganz reizend, wie man sich um mich sorgte. Ein kurzes Abtasten meiner Sachen ergab, dass man mir Handy und Schlüssel weggenommen hatte. Ich sah mich um. Die Matratze lag auf blankem Betonboden, auch die Wände waren, bis auf ein paar Tapetenreste, nackt. Zwei Umzugskartons standen wie Tische angeordnet im Raum, um sie herum lagen ein paar platt gesessene Kissen. An der Decke brannte eine Glühbirne, die Jalousien waren heruntergelassen, sodass ich nicht erkennen konnte, ob es Tag oder Nacht war. Keine Ahnung, wie lange ich hier schon lag. Der pelzige Modergeschmack in meinem Mund ließ mich drei Wochen vermuten. Ich steckte mir ein paar Streifen Kaugummi gleichzeitig in den Mund – wenigstens das hatten mir meine Entführer gelassen – und warf das Papier bockig mitten in den Raum. Ob es mir etwas nützen würde, um Hilfe zu schreien? Nein, vermutlich hatte man mich nicht entführt, um mich dann in einer belebten Wohngegend gefangen zu halten. Guter Gott, und jetzt?

Mühsam richtete ich mich auf und kam auf die Beine. Meine Knie fühlten sich an wie Pudding, aber der Schwindel wurde nicht schlimmer. Ich trat ans Fenster, doch der Gurt, an dem man die Rollläden hochziehen konnte, war durchtrennt. Ich betrachtete meine Reflexionen in der Scheibe. Über meiner linken Augenbraue prangte eine pochende Beule. Ich erinnerte mich nur langsam, dass der Kerl mir ins Gesicht geschlagen hatte. Tränen brannten in meinen Augen, ich zwinkerte sie fort. Ich ging zur Matratze, bückte mich nach dem feuchten Tuch und drückte es gegen die Schwellung. Was auch passierte, ich musste um jeden Preis die Nerven behalten.

Für einen Moment spielte ich mit dem Gedanken, auszutesten, ob die Tür verschlossen war. Ebenso könnte ich SOS gegen die Wände klopfen oder wenigstens versuchen, Hilfe herbeizubrüllen. Doch mir fehlte der Mut, denn wenn ich auf mich aufmerksam machte, musste ich mich meinen Entführern stellen.

Ich wagte es, an der Tür zu lauschen, vernahm murmelnde Stimmen, konnte aber nicht verstehen, worüber sie sprachen. Allein war ich jedenfalls nicht, an Flucht brauchte ich also gar nicht erst zu denken. Resigniert setzte ich mich zurück auf die Matratze, lehnte den Rücken gegen die Wand, zog meine Beine an den Körper und wartete.

Ich weiß nicht mehr, wie lange ich dort hockte und mir die Innenseite der Unterlippe blutig biss. Vielleicht waren es ein oder zwei Stunden, vielleicht auch nur fünf Minuten. Auf jeden Fall hörte ich irgendwann Schritte und Stimmen, die sich meinem Gefängnis näherten. Was würde nun geschehen? Der Schmerz in der Beule fühlte sich wie das Jaulen einer an- und abschwellenden Sirene an. Die Tür wurde aufgestoßen und ein junger Mann und ein Mädchen traten ein, eine dritte Person blieb im Türstock stehen.

»Sie ist wach«, sagte das Mädchen. Sie ließ sich vor der Matratze auf die Fersen nieder und sah mich ernst an. Ich schätzte sie auf achtzehn Jahre – reichlich jung, um schon Menschen zu kidnappen. Ihr Haar war von verschiedenen Brauntönen und so fest am Hinterkopf hochgesteckt, dass die Haut an ihren Schläfen spannte.

In der Miene des Mannes, der dicht neben ihr blieb, stand Missbilligung und Skepsis.

»Was weißt du?«, fragte sie mich, wobei sie jede Silbe betonte, als sei ich geistig nicht ganz auf der Höhe.

Ich presste meinen Rücken, so fest ich konnte, gegen die Wand, wäre am liebsten mit dem Gemäuer verschmolzen. »Was sollte ich wissen? Dass ihr mich niedergeschlagen und entführt habt. Mehr nicht.«

Sie schüttelte langsam den Kopf. Meine Antwort gefiel ihr nicht. »Was weißt du über Stephan Olivier?«

»Nie gehört. Wo bin ich? Was wollt ihr überhaupt von mir?«

Erneutes Kopfschütteln. »Stephan Olivier«, beharrte sie. »Du warst bei ihm, also lüg mich nicht an. Was wolltest du von ihm?«

Ein hysterisches Schnauben, fast ein Lachen, kam ungewollt über meine Lippen. »Ich kenne den Typen nicht. Ich war zufällig in diesem Haus, ich –«

»Du hattest nicht rein zufällig Informationen für ihn?«, unterbrach mich der Mann. Die Art, wie er auf mich heruntersah, trieb meine Angst ins Bodenlose. Er war groß, breitschultrig und hatte schwarzes, zu einem Irokesen hochgestyltes Haar. Im künstlichen Licht schienen sogar seine Augen schwarz. Er mochte allenfalls zwanzig sein, doch seine Augen wirkten alt und hart wie Steine.

»Ich weiß überhaupt nicht, wovon ihr redet!« Meine Stimme geriet ins Wackeln, taumelte in nervöse Höhen und ich räusperte mich mehrmals.

Der Mann glitt geschmeidig vor mir in die Hocke, fixierte mich, bis ich mich nicht mehr zu rühren wagte. Selbst ein Blinzeln schien mir zu riskant. Er griff in seine Gesäßtasche und zog ein Butterflymesser hervor. Ließ es aufschnappen. Fuhr mit Daumen und Zeigefinger die Schneide entlang. Ich bemerkte die aufsteigenden Tränen in meinen Augen nur, weil das Bild plötzlich verschwamm. Mein Körper schien vor Angst betäubt. Ganz langsam streckte er den Arm aus, brachte die Klinge Zentimeter für Zentimeter näher an meine Haut. Ich sah, wie das Mädchen die Lippen zusammenpresste und dem Mann unruhige Blicke zuwarf. Sie schien nicht einverstanden mit dem, was er tat, machte jedoch keine Anstalten, ihn aufzuhalten. Das Messer berührte meine Wange. Eiskalt.

»Was weißt du, Kleines?« Seine Stimme war ein Schnurren.

Meine ein Krächzen. »Nichts. Ich weiß wirklich nichts. Ich wollte mit dem Typen reden, weil er –«

Der Mann zog das Messer zurück und kippte nach hinten. Zuerst verstand ich den Grund dafür nicht, aber dann registrierte ich, dass er von der dritten Person, ebenfalls ein junger Mann, der sich bisher im Hintergrund gehalten hatte, fortgerissen worden war.

»Es gibt keinen Grund, sie noch mal zu verletzen!«, zischte er.

Und dann erkannte ich ihn. Oh mein Gott, es war der Junge vom Brunnen! Er war ein wenig jünger und kleiner als der dunkelhaarige Hüne, außerdem nicht ganz so muskulös, sah ihm aber dennoch extrem ähnlich. Schwarzes Haar, wenn auch länger, ähnliche kantige Züge und dieselben dunklen Augen, misstrauisch verengt. Und nebenbei war er verdammt wütend.

Der andere richtete sich wortlos auf und warf ihm Blicke zu, die mich zum Heulen gebracht hätten. Doch der Junge deutete nur ein Kopfschütteln an und setzte sich neben mich auf die Matratze.

Ich verstand. Sie spielten *Guter Bulle, böser Bulle*. Schade nur, dass sie keine Bullen waren.

Naserümpfend rückte ich ein Stück von ihm ab. »Was wollt ihr von mir?« Diesmal hielt die Stimme, aber da ich meine Wange abtastete, um mich zu vergewissern, dass das Messer mich nicht verletzt hatte, zerstörte ich den selbstsicheren Eindruck vermutlich sofort wieder.

»Wir müssen erfahren, was du weißt«, sagte der Junge. »Was du gesehen hast und warum du dort warst. Bei Olivier.« Er sprach leise, wie zu einem Tier, das er beruhigen wollte. Seine Stimme war melodisch und hatte einen leichten Akzent, den ich nicht zuordnen konnte. Auf den T und D lag eine eigenartige Betonung, als machte ihm die Aussprache Mühe. Spanisch vielleicht? Dem Aussehen nach waren diese Typen vermutlich Südländer. »Du könntest uns in immense Schwierigkeiten bringen« – oh, das werde ich, verlass dich drauf! – »und wir müssen uns absichern.«

Das Mädchen unterstrich seine Worte mit einem Nicken. »Das verstehst du bestimmt.«

Na sicher. Wenn das so ist, dann sei euch alles verziehen.

Mein Blick machte dem Jungen offenbar klar, was ich von seinem Gefasel hielt. Er seufzte. »Du hast recht. Du verstehst gar nichts. Würde ich auch nicht.«

»Dann glaubst du ihr?«, mischte sich das Mädchen wieder ein.

Der Mann im Hintergrund stieß einen abfälligen Laut aus und zog seine volle Oberlippe auf arrogante Weise hoch.

Der Jüngere beobachtete jede Regung meiner Miene mit schief gelegtem Kopf. »Ich bin nicht sicher, aber ich denke schon.« Er musterte mich weiter. Betrachtete, wie erneut Tränen in meine Augen stiegen, ich dagegen anblinzelte, schluckte und mir immer wieder auf die Unterlippe biss. Er begutachtete mich wie eine Mikrobe unterm Mikroskop. Nach schier endloser Zeit hielt er mir die Hand hin. Ich ignorierte sie, zog nur die Stirn kraus. Er glaubte doch nicht wirklich, dass ich nun freudig mit ihm Frieden schloss, oder?

»Mein Name ist Marlon«, meinte er und ließ die Hand wieder sinken, um auf das Mädchen zu deuten. »Das ist Em, Emma. Und der Kerl dahinten ist mein Bruder Corbin.«

Das klang nun nicht gerade spanisch. Ich war ratlos, merkte mir jedoch alles sehr genau. Ich war ein erbärmliches Entführungsopfer, aber ich würde eine wunderbare Zeugin abgeben.

»Gib ihr am besten gleich noch unsere Autokennzeichen«, schnarrte Corbin, »unsere Sozialversicherungsnummern und die genauen Geburtsdaten inklusive Sternzeichen und Aszendenten. Für diese Mistkröten kann alles von Bedeutung sein.«

Trotz aller Angst, die ich vor ihm hatte, machte er mich gleichzeitig unfassbar wütend. »Ihr meint, ihr würdet mich interessieren? Falsch gedacht!« Ich zog geräuschvoll die Nase hoch. »Ihr interessiert mich einen feuchten Dreck. Alles, was ich will, ist, von hier zu verschwinden!«

»Okay.« Marlons Geduld schien zu bröckeln, er atmete tief durch. »Sag uns einfach, was wir wissen wollen. Es liegt alles bei dir.«

Hinter dem Rücken seines Bruders formte Corbin mit den Lippen ein stilles, aber sehr deutliches »Vergiss es!«, was mir überhaupt nicht behagte. Aber hatte ich eine Wahl?

Das Mädchen, Emma, reichte mir ein Papiertaschentuch. Also tupfte ich mir die Augen ab, putzte meine Nase und erzählte stockend, wie und warum ich in das Haus gekommen war. Ich hielt mich an die Geschichte mit dem verlorenen Portemonnaie und ließ das Wort Schutzengel ungesagt.

»… und dann hat jemand gebrüllt, dass sie mich erschießen soll«, beendete ich meinen Bericht und deutete auf Emma. »Also habe ich versucht wegzurennen, wurde an den Haaren gezogen, in den Schwitzkasten genommen und bewusstlos geschlagen. Den Rest kennt ihr besser als ich. Und nun wäre ich euch wirklich sehr verbunden, wenn ich einfach wieder gehen könnte. Ich mache euch keinen Ärger, ich schwöre es! Ich sage niemandem auch nur ein Sterbenswörtchen.«

Emma schien ernsthaft darüber nachzudenken, sie blickte unsicher von einem Bruder zum anderen. Sie musste ebenfalls zur Familie gehören. Zwar hatte sie ein vollkommen anderes Gesicht – schmal, mit eng stehenden braunen Augen –, aber auf eine Art, die ich nicht benennen konnte, war sie ihnen unglaublich ähnlich.

»Wir werden das besprechen.« Marlon stand auf. Irgendetwas an meiner Erzählung schien ihn nervös gemacht zu haben, er fuhr sich permanent mit allen fünf Fingern durch die Haare, wobei er sich kleine Strähnen ausriss, da er offenbar schon länger keinen Kamm mehr bemüht hatte.

»Du hast gesagt, ihr lasst mich gehen, wenn ich euch sage, was ich weiß.«

Er zuckte mit den Schultern. »Das habe ich so nie gesagt. Du solltest uns sagen, was wir erfahren wollen.«

Der Mistkerl hatte mich gelinkt! »Aber …«

Zwecklos, sie gingen. Marlon warf noch einen Blick zurück, als Corbin und Emma das Zimmer längst verlassen hatten.

»Warte!«, rief ich ihm nach. »Bekomme ich wenigstens etwas zu trinken? Darf ich meinen Vater anrufen und ihm sagen, dass es mir gut geht?«

Schien er auf meine erste Frage noch antworten zu wollen, hatte ich es mir mit der zweiten offenbar verscherzt. Er zog die Tür energisch von außen ins Schloss.

Ich blieb mit mehr Wut als Angst zurück. Frustriert quetschte ich das feuchte Tuch in der rechten Hand aus, ließ das Wasser auf die Matratze tropfen und schleuderte das Stück Stoff dann quer durchs Zimmer. Ich stand auf, tigerte in meinem Gefängnis umher, murmelte wüste Beschimpfungen und kickte, so fest ich konnte, gegen die Pappkartons. Warf die Sitzkissen gegen die Wand. Trat auf die Kartons ein, bis sie nur noch Altpapier waren. Es war sinnlos, alles zu zerstören; vermutlich würde es die Laune meiner Entführer nicht heben. Aber ich wollte nicht in blinde Panik geraten und mich meiner Angst ergeben, also zündelte ich mit meiner Wut, bis ich mein Handgelenk kaum noch bewegen konnte, und hielt mich an Zorn und Schmerz fest. Am liebsten hätte ich das Fenster eingeschlagen, aber meine Zelle gab nichts her, womit mir das hätte gelingen können.

Als ich gerade auf die Idee kam, die Kissen kaputt zu reißen, wurde die Tür aufgeschlossen. Emma trat ein. Sie beachtete das Chaos, das ich veranstaltet hatte, gar nicht, sondern legte eine Plastikflasche Mineralwasser und zwei Äpfel neben meiner Matratze ab. Ich spielte mit dem Gedanken, sie anzugreifen, doch sie musste die Idee in meinem Blick erkannt haben. »Versuch es gar nicht erst. Du kommst nicht mal bis zur Haustür. Wir sind alle bewaffnet. Und Corbin ist stinksauer.«

Warum nur machte mir der letzte Satz am meisten Angst? Ich lehnte mich gegen die Wand und fühlte mich so schwach und hilflos wie nie zuvor in meinem Leben.

»Warum macht ihr das?«, flüsterte ich, obwohl ich mir keine Antwort erwartete. »Was habe ich euch denn getan?«

»Nichts. Noch nicht.«

»Ich war einfach nur zur falschen Zeit am falschen Ort. Verdammt, ich wünschte, ich wäre diesem Stephan Olivier nie begegnet.«

Emma sah mich an und irgendetwas in ihren Augen veränderte sich. Sie wirkten plötzlich unfassbar traurig. »Dann haben wir etwas gemeinsam.«

»Könnt ihr mir nicht erklären, was hinter alldem steckt? Ich möchte wenigstens wissen, warum ich hier festgehalten werde.« Und ich brauchte Informationen für die Polizei.

Sie zögerte und rieb sich über den Haaransatz an der Stirn, als würde ihr die straffe Hochsteckfrisur Schmerzen bereiten. »Alles, was ich dir sagen kann«, meinte sie schließlich, »ist, dass Olivier und seine Leute uns verfolgen. Sie jagen uns und machen dabei vor nichts halt. Nicht einmal vor Mord. Ich glaube dir, dass du nicht zu ihnen gehörst. Es war offenbar eine Verkettung unglücklicher Umstände.«

»Dann lasst ihr mich gehen.« Ich bemühte mich, weder fragend noch bittend zu klingen.

Emma schluckte und kratzte sich an der Schläfe, bis die gespannte Haut rote Streifen zeigte. Absurderweise fiel mir ihr olivfarbener Nagellack auf, ich hatte den gleichen Farbton zu Hause.

»Ich würde dich gehen lassen«, murmelte sie, meinen Blick meidend. »Aber ich kann das nicht entscheiden. Ich weiß es wirklich nicht. Tut mir leid.«

Sie ließ mich allein. Diesmal wütete ich nicht. Mit ihren letzten Sätzen hatte Emma mir allen Zorn genommen und durch Fassungslosigkeit ersetzt. Ich ließ mich zu Boden gleiten und begriff ganz langsam die Bedeutung ihrer Worte. Wenn sie mich nicht gehen ließen – weder jetzt noch morgen oder in drei Tagen –, würden sie mich, früher oder später, umbringen.

Im Nebenraum hörte ich die drei reden. Es schien, als stritten sie. Eine Weile versuchte ich zu verstehen, was sie sagten, doch obwohl sie immer lauter wurden, fast schon brüllten, gelang es mir nicht. Ich schlich zur Tür und legte mein Ohr ans Holz. Mehr als Fetzen ihrer Diskussion verstand ich nicht, ebenso wenig konnte ich die Stimmen der beiden Männer unterscheiden.

»Du hast doch …«

»… Irrtum!«

»… erwartest du eigentlich … meinen Hals zu riskieren …«

»Sind nicht schon genug gestorben?«

»Darum geht es nicht … noch mehr von unseren Leuten opfern? … Das ist eben Krieg!«

»Ich will das nicht! Nicht so!«

»Hör auf zu träumen, Marlon! Wach endlich auf!«

Ich vernahm lautes Poltern, offenbar war ich nicht die Einzige, die ihre Frustration am Mobiliar ausließ. Es war ein geringer Trost, dass die drei sich uneinig waren. Ich konnte nichts tun, außer zu hoffen, dass sich die richtige Partei durchsetzte.

Nachdem ich eine gefühlte Ewigkeit auf die verschlossene Wasserflasche gestarrt hatte, kam Emma zurück. Sie hielt eine kleine Nintendo-Konsole in der Hand, setzte sich zu mir auf die Matratze und legte das Gerät zwischen uns.

»Gegen die Langeweile«, erklärte sie mit einem verschämten Grinsen. »Mach nur bitte nichts kaputt, das gehört Marlon und der macht mir eine Szene, wenn er ihn nicht wiederbekommt.«

Mit Super-Mario würde ich mich sicher nicht beschwichtigen lassen. »Wie viel Uhr ist es?«

»Gleich Mitternacht.«

So spät schon. »Wie lange war ich ohnmächtig?«

»Knappe drei Stunden.« Sie warf mir einen Blick zu, als müsse sie überlegen, wie viel sie mir sagen konnte. »Wir haben mit ein wenig Chloroform nachhelfen müssen, um dich herzubringen.«

Gefangen genommen, niedergeschlagen, entführt, eingesperrt und bedroht. Nun verlängerte sich meine Liste also noch um *narkotisiert*. Ich musste an meinen Vater denken, der sicher langsam verrückt wurde vor Sorge. Vermutlich hatte er längst die Polizei informiert.

»Ihr scheint mir bestens ausgestattet. Macht ihr das häufiger? Leute kidnappen?«

Emma antwortete nicht. Stattdessen nahm sie die Wasserflasche, drehte den Verschluss auf und trank ein paar lange Schlucke. Dann hielt sie mir die Flasche hin. »Es ist nicht vergiftet.«

Ich nippte nur an dem Wasser, obwohl ich großen Durst und trotz meiner Kaugummis immer noch einen üblen Geschmack im Mund hatte. Ob das Nachwirkungen des Chloroforms waren?

»Was, wenn ich pinkeln muss?«

Emma stand auf und deutete mit dem Kinn auf den Eimer.

Ich vergrub das Gesicht in den Händen und setzte *gedemütigt* auf meine Liste.

Als ich erwachte, war es hinter den Jalousien ein wenig heller. Das Licht hatte ich die ganze Nacht brennen lassen. Ich klappte die Spielkonsole auf – kurz nach acht Uhr morgens. Das war sie also gewesen, meine erste Nacht als Entführungsopfer. Gut geschlafen hatte ich nicht, jedoch besser als erwartet. Keine Albträume von Folter, Mord und Vergewaltigung, zumindest konnte ich mich nicht daran erinnern. Ich trank ein paar kleine Schlucke und kühlte mit dem Rest des Wassers meine Beule sowie meine geschwollenen Lider. Anschließend aß ich beide Äpfel und war danach hungriger als zuvor. Irgendwo in der Wohnung hörte ich eine Tür, dann eine leise Stimme. Schließlich wurde meine Zimmertür geöffnet. Diesmal war es Marlon.

»Komm«, forderte er mich auf. »Du kannst ins Bad.«

Er führte mich durch einen mit Kisten vollgestellten Flur zu einem olivfarben gekachelten Badezimmer. Ich kann mich nicht erinnern, jemals etwas Hässlicheres gesehen zu haben, trotzdem erfüllte mich der Anblick der lindgrünen Kloschüssel mit Erleichterung. Marlon überreichte mir eine originalverpackte Zahnbürste und ein Handtuch, das ungefähr so flauschig war wie Schmirgelpapier.

»Die hattet ihr bestimmt rein zufällig hier herumliegen«, bemerkte ich sarkastisch und riss die Zahnbürste aus dem Blister, was meiner verletzten Hand gar nicht gefiel.

»Du glaubst, wir bereiten uns mit Gästezahnbürsten auf Entführungen vor? Ich muss dich enttäuschen, so weit geht unsere Planung nicht. Ich war heute Nacht bei der Tankstelle einkaufen und dachte, dir damit einen Gefallen zu tun. Bitte.« Er wies ins Bad. Mit hocherhobenem Kopf stapfte ich an ihm vorbei, er folgte mir, schloss die Tür von innen und wandte mir den Rücken zu.

Moment mal. Das konnte nicht sein Ernst sein!

»So kann ich nicht pinkeln.«

»Ich werde dir ganz sicher nicht dabei helfen.«

Scherzkeks. »Ich kann nicht aufs Klo gehen, wenn du im gleichen Raum bist.«

»Dann lass es.«

Ich schnaubte, es klang viel hysterischer, als ich beabsichtigt hatte. Ich musste verdammt dringend aufs Klo – aber doch nicht, wenn er zwei Meter danebenstand! »Bitte lass mich fünf Minuten allein. Oder nur zwei. Eine!«

Marlon schüttelte den Kopf.

»Was denkst du dir eigentlich? Dass ich aus Duschgel und einer Klopapierrolle eine Bombe baue?« Dafür hatte ich eindeutig zu wenige Folgen von Papas Lieblingsserie *MacGyver* gesehen. Papa. Er fehlte mir so. Die beiden Rasierer, die neben dem Waschbecken lagen, erschienen mir zwar ganz hilfreich, aber solange Marlon mich nicht allein ließ, würde ich nicht an die Klingen gelangen.

Er grinste mir über die Schulter zu. »Willst du lieber warten, bis Corbin aufsteht, und es mit ihm versuchen?«

Eher würde ich mir in die Hose machen. »Was ist mit Emma?«

»Die hat die ganze Nacht Wache gehalten und wird bis Mittag schlafen.«

»Weck sie!«

»Vergiss es. Ich gucke nicht, versprochen. Mach jetzt oder mach nicht, aber dann will ich später kein Gejammer hören, wenn du dich vollpinkelst.«

»Arschloch!«, knurrte ich, ließ aber die Hose runter, bemüht, das Handtuch so vor meinen Körper zu halten, dass er nichts sehen konnte, sollte er sich umdrehen.

Ich hörte ihn leise lachen, wieder in diesem melodischen Ton. »Angenehm. Und ich dachte, du stellst dich mir gar nicht mehr vor.«

»Das ist der älteste Witz, den ich je gehört habe.«

»Ich weiß. Aber ich dachte, du fühlst dich besser, wenn ich mich auch ein bisschen lächerlich mache. Besser kann ich das leider nicht, da fehlt mir die Routine.«

So peinlich die Sache auch war, in den Eimer pinkeln zu müssen, wäre schlimmer gewesen. Marlon hielt Wort und drehte sich erst wieder um, als ich mich gewaschen und mir die Zähne geputzt hatte. Zu meiner Überraschung brachte er mich nicht zurück in meine Zelle, sondern führte mich in eine kleine Küche, die ebenso in den Siebzigern stehen geblieben war wie das Bad. Der PVC-Boden war rissig, die Schranktüren hingen schief in den Angeln oder fehlten gänzlich. Über dem Herd deutete eine völlig verkohlte Wand darauf hin, dass die Bewohner eine Sache offenbar noch schlechter konnten, als unschuldige Menschen zu entführen: kochen. Nichtsdestotrotz war es überraschend sauber.

Marlon wies mich an, auf einem der beiden Campingstühle Platz zu nehmen, die an einem klapprigen Plastiktisch standen. Er klaubte Brot sowie ein paar andere Dinge aus den Schränken und befüllte einen Wasserkocher. Wenig später schob er mir zwei mit Nussnugatcreme bestrichene Scheiben Toast hin und platzierte eine Tasse Hagebuttentee daneben. Ich betrachtete den Dampf, der daraus aufstieg, und versuchte, meine Chancen für eine Flucht abzuschätzen. Anscheinend war ich allein mit Marlon. Ob ihn der heiße Tee im Gesicht lange genug aufhalten würde, um mir den nötigen Vorsprung zu verschaffen? Ganz sicher – die entscheidende Frage war, ob ich es über mich bringen würde, den Tee dorthin zu befördern.

Sein Seufzen ließ mich zusammenzucken. Marlon griff über den Tisch, nahm sich eine der Toastbrotscheiben und biss hinein. Dann legte er sie zurück auf meinen Teller, kaute und schluckte demonstrativ.

»Ich vergifte dich nicht. Du kannst ruhig essen.«

Das ließ ich mir nicht zweimal sagen und verwarf meine Fluchtpläne fürs Erste. Vielleicht war ich ein Feigling, aber ich konnte ihm einfach nicht das Gesicht verbrühen, nicht einmal im Kampf um meine Freiheit. Ich redete mir ein, dass seine Reaktionszeit meiner sicher überlegen war und meine Angriffsversuche mir höchstens noch mehr Schwierigkeiten verursachen würden.

Das ungetoastete Brot war trocken, krümelte und schmeckte bescheiden, aber mich plagte ein solcher Hunger, dass ich es auch steinhart verschlungen hätte. Kaum war es aufgegessen, legte Marlon mir zwei Müsliriegel hin.

»Schmeckt's?«, wollte er wissen.

Ich antwortete: »Wie Vogelfutter«, was er aus irgendeinem Grund sehr komisch fand.

»Noch mal zu dem Gift«, sagte ich mit vollem Mund. »Ihr könntet mich doch wieder mit Chloroform betäuben.«

Marlon zog eine Augenbraue hoch. »Hast du Gefallen daran gefunden? Nichts da. Keine Macht den Drogen.«

Fast hätte ich gelacht. »Um mich zurückzubringen«, erklärte ich ungeduldig. »Dann würde ich nichts mitbekommen und könnte demnach auch niemandem verraten, wo ihr euch versteckt.«

Er legte den Kopf schief und sah mich wieder auf diese unangenehm musternde Weise an. Es schien, als würde er mehr sehen als bloß mein Gesicht. Als könnte er hinter meine Fassade blicken und wenn schon nicht meine Gedanken, dann doch zumindest meine Gefühle lesen. Seine schwarzen Augen machten mich nervös. Ich hatte noch nie jemanden mit rabenschwarzer Iris gesehen, aber da war tatsächlich kein Hauch von Braun, sodass man unmöglich sagen konnte, wo die Pupille aufhörte und die Regenbogenhaut begann. Wobei Regenbogenhaut in diesem Fall ein schlechter Scherz war. Selbst der Nachthimmel war bunter als diese Augen. Zu spät fiel mir auf, wie lange ich ihn angestarrt hatte. Ich spürte meine Wangen erröten, verfluchte mich dafür im Stillen und räusperte mich.

»Das wäre doch eine Möglichkeit. Ich könnte nach Hause und ihr wärt mich los. Bei meinen Eltern gibt es ohnehin nichts zu holen, wir haben nicht genug, um Lösegeld zu –«

»Darum geht es nicht und ging es nie!«, unterbrach Marlon mich, sprang auf und stieß seinen Stuhl dabei mit erschreckender Heftigkeit zurück. »Wir wollen kein Geld. Los, komm jetzt.«

»Wohin?«

Ich hätte nicht fragen müssen. Er brachte mich zurück in meine Zelle. Wohin auch sonst.

»Überleg dir das mit dem Chloroform!«, bat ich ihn durch die Tür hindurch, als er abschloss. Nein, ich bat ihn nicht. Ich flehte. Und ich hasste mich dafür, denn ich wollte kein bettelndes Opfer sein. »Bitte, Marlon. Bitte!«

Er gab keine Antwort und das demütigte mich weit mehr, als zu pinkeln, während er danebenstand.

Ich ließ mich wieder auf der Matratze nieder, vergrub das Gesicht in den Händen und weinte, bis ich solche Kopfschmerzen bekam, dass mir übel wurde und das Frühstück retour kam. Ich übergab mich, brüllte: »Ich hasse euch!«, und würgte erneut.

Der Morgen verging still. Mittags begann ich, SOS-Signale gegen die Wände zu klopfen. Irgendwann antwortete ein Bollern, doch es klang eher nach einem Besenstiel. Also trat ich auf die Heizung ein und schrie um Hilfe, so laut ich konnte.

Marlon stürzte ins Zimmer und drohte mir mit knappen Worten, mich zu fesseln und zu knebeln, wenn ich nicht aufhörte. »Ich will das nicht, bitte zwing mich nicht dazu, es ist so schon schlimm genug«, waren seine Worte.

Seine Unverschämtheit raubte mir den Atem. Wie konnte er es wagen, mich zu entführen und mich gleichzeitig dafür verantwortlich zu machen, dass er sich schlecht fühlte? Wie konnte er mir vorwerfen, hier rauszuwollen? Meine Angst verpuffte, zurück blieb ein solcher Zorn, dass ich mich auf ihn stürzte, ihm beide Fäuste ins Gesicht schlug und das Knie in die Weichteile rammte. Er stöhnte vor Schmerz, bekam aber meine Hände zu fassen.

»Ist gut, ist schon gut, schon gut!«, japste er, was mich nur noch wütender machte. Er war der Letzte, der mir zu sagen hatte, was gut war.

Ich brüllte: »Nichts ist gut. Gar nichts!« Und das war seine Schuld.

»Okay«, stieß er hervor. Er zog die Luft ein, weil ich ihn mit dem Fuß hart am Knie erwischt hatte. Immer wieder wiederholte er seine Worte. »Ist okay, ist schon gut, alles okay.«

Irgendwann ließ ich von ihm ab, da meine Hände in seinem festen Griff nutzlos waren und er den meisten meiner Tritte auswich. Ich warf meine Schuhe gegen die Wand, rollte mich in meiner Matratzenecke zu einer Kugel zusammen und weinte tränenlos. Eine Weile blieb er bei mir, schwer zu sagen, wie lange. Dann ging er ohne ein weiteres Wort. Ich begann am ganzen Leib zu zittern und sackte irgendwann in einen traumzerfetzten Schlaf.

Pure, alles beherrschende Angst erfüllte mich. Ich musste weglaufen, doch meine Glieder kamen nicht gegen die zähe Masse an. Ich kam nicht vom Fleck.

Nicht weitergehen.

Auf meinem Rücken hockte ein garstiges kleines Geschöpf von der Größe einer Ratte. Es grub seine Klauen tief in mein Fleisch, klammerte sich mit den Krallen an meiner Wirbelsäule fest und rief meinen Namen.

Noa. Noa! Nooaaa!

Ich versuchte, das Monster abzuschütteln. Doch es klebte wie ein Klecks heißer Teer unterhalb meines Nackens. Manchmal bewegte es sich leicht hin und her, glitt wie eine Schlange über meine Haut. Gleich würde es mich an anderen Körperstellen berühren – ich spürte sein Verlangen, mich überall zu berühren. Flucht war sinnlos, ich kam nicht von der Stelle. Meine Schreie verhallten auf meinen Lippen, nur ein mattes Stöhnen war zu hören.

Noanoanoa …

»Noa! Wach auf.«

Nur langsam zerfiel der Traum und vor meinen blinzelnden Augen entstand die Realität. Oder war es ein weiterer Traum? Es fühlte sich unwirklich an, noch unwirklicher als das Monster von eben. Ich lag bäuchlings auf der Matratze. Neben mir hockte Marlon. Seine Hand klebte zwischen meinen Schulterblättern. Ich spürte seine Wärme durch den dünnen Stoff meines durchgeschwitzten Tops.

»Hey.« Er lächelte. Sein Anblick in diesem Moment ließ sich kaum in Worte fassen, mir fiel nur eins ein: surreal. Dieses Surreale verlieh Marlon etwas Wunderschönes, weil nichts davon echt war. Nur ein Traum, oder etwa nicht? Er wirkte wie die Konstante in einem Wirbel aus Chaos.

Durch den wattigen Halbschlafschleier drangen Sätze an mein Ohr. Eine Dialogzeile aus Giraudoux' Stück *Undine*, dessen Hauptfigur ich beim Schultheater gespielt hatte. In miteinander verschlungenen Worten hörte ich mich selbst die beiden letzten tragischen Zeilen hauchen. »Wenn doch alles anders wär. Ach, wie schade. Wie hätt ich ihn geliebt.«

Ich schüttelte den Kopf, jagte den Traum fort und erwachte gerade rechtzeitig, als Marlon Anstalten machte, mir die Haare aus dem Gesicht zu streichen.

»Hey, bist du okay –?«

Ich schlug seine Hand weg. »Fass mich bloß nicht an!«

»In Ordnung, ist gut.« Langsam, als wäre ich bewaffnet, hob er die Hände und wich ein Stück zurück. »Komm, beeil dich. Steh auf und zieh deine Schuhe an.« Er hatte sie mir schon bereitgestellt.

Ich gehorchte und folgte ihm aus dem Zimmer. In der ganzen Wohnung war es still. Zunächst wagte ich nicht zu fragen, wohin wir gingen. Hoffnungen können nur zerstört werden, wenn man welche hat, richtig? Doch als wir sowohl am Bad als auch an der Küche vorbeigingen und uns der Tür näherten, hinter der ich das Treppenhaus vermutete, klopfte mein Herz schneller. Ob aus Aufregung, Freude oder Angst, konnte ich nicht sagen.

Marlon presste die Lippen zu einem blassen Strich zusammen, sodass seine Wangenpartie steinhart wirkte. Ich konnte das Blut an seinem Hals pulsieren sehen, so angespannt war er. Was hatte er vor?

»Wohin gehen wir?«

»Ich bringe dich nach Hause. Sei jetzt still. Kein Wort!«

Euphorie ließ meinen Körper zittern. Ich fühlte mich schwindelig und musste mich auf dem Weg durchs Treppenhaus am Geländer festhalten. Peripher bemerkte ich, warum niemand in diesem Haus auf meine Rufe reagiert hatte. Fast alle Wohnungen schienen leer zu stehen. Vielleicht war es eins dieser Abrisshäuser, die nur noch standen, weil die eine oder andere störrische Mietpartei sich gegen den Auszug wehrte.

Vor dem Haus fühlte ich mich vollkommen desorientiert. Die Gegend war mir fremd, ich konnte keine Straßenschilder entdecken, nur die Hausnummer: 87. Fast unwirklich erschien mir die Wärme der Sonne auf der Haut, als wäre ich Wochen im Finsteren eingesperrt gewesen. Ich musste blinzeln, weil es so hell war.

Am Straßenrand stand ein schwarzer Sportwagen. Zwar flackerte der Impuls auf, dass ich mir das Kennzeichen merken sollte, aber ich vergaß die Buchstaben und Zahlen nahezu im gleichen Moment wieder. Mein Kopf schwamm vor Glück, wieder frei zu sein.

Marlon öffnete mir die Beifahrertür wie ein englischer Butler und nahm hinter dem Lenkrad Platz. Er drehte das Radio leiser, bevor er den Motor startete. Ein Song von Linkin Park ertönte, untermalt vom Schnurren des Wagens. Ich mied jeden Blick in einen der Spiegel, vermutlich würde mir mein fürchterlich verquollenes Gesicht Angst machen. Meine Wangen glühten und meine Lider brannten vom Weinen. Es war vollkommen egal; ich wollte einfach nur noch nach Hause.

»Warum lasst ihr mich plötzlich gehen?«, fragte ich, weil ich das Schweigen nicht mehr aushielt.

»Passt dir das etwa auch nicht?« Marlon fuhr mit solchem Tempo an, dass ich hastig nach dem Sicherheitsgurt griff und mich anschnallte. »Ich hätte dich gestern schon gehen lassen. Aber wir mussten uns darüber erst einig werden.« Seine Stimme klang seltsam abweisend, aber ich hatte keine Lust, Rücksicht auf seine Launen zu nehmen.

»Und weshalb sollte Emma mich erschießen?« Ich biss mir auf die Unterlippe. Die Frage war die ganze Zeit in meinem Kopf herumgegeistert, aber sie laut auszusprechen, ließ mich erschauern.

Marlon sah mich erschrocken an. »Was?«

»Du warst es doch, der ihr das zugerufen hat.« Ich würde diese Stimme nie vergessen. »Du hast gerufen: ›Erschieß sie, Em!‹ Warum?«

Sein nächster Atemzug klang fast wie ein erschöpftes Stöhnen. Für einen Augenblick wirkte er, als hätte er tagelang nicht geschlafen. »Mit *sie* meinte ich nicht dich, sondern unsere Feinde. Wir mussten befürchten, dass es mehrere waren, nicht nur Stephan Olivier. Um ehrlich zu sein, dachte ich, dass du zu ihnen gehörst. Am Tag davor hatte ich dich in der Stadt beim Brunnen wiedergesehen, erinnerst du dich? Ich dachte, du würdest mir folgen und mich ausspionieren.«

»Wie bitte? Ich bin da einfach nur entlanggegangen. Und wir sind uns nie zuvor begegnet.« Das wüsste ich.

Ich hatte den Eindruck, dass Marlon etwas entgegnen wollte, sich aber nicht traute. »Glaub mir einfach, dass es ein seltsamer Zufall war, aus dem ich falsche Schlüsse gezogen habe. Besser kann und werde ich es dir nicht erklären. Das Ganze hat uns reichlich Nerven gekostet. Unseren Feinden ist einfach alles zuzutrauen.«

Ich verstand überhaupt nicht, was er da redete. »Feinde«, wiederholte ich verwirrt. »Das klingt, als wärt ihr im Krieg.«

»Das sind wir auch.«

Ich hatte neulich erst in der Zeitung gelesen, wie viele Kriege es aktuell weltweit gab. Mir fiel die genaue Zahl nicht mehr ein, doch es waren erschreckend viele. Aber doch nicht in Deutschland! Nicht in unserer Stadt!

»Was soll das für ein Krieg sein? Geht es um Bandenstreitigkeiten oder Religion?«

Marlon schüttelte den Kopf. »Es geht darum, dass wir in ihren Augen keine Daseinsberechtigung haben. Sie jagen uns, wollen unser Vol… uns auslöschen.«

Viele Fragen lagen mir auf der Zunge, doch ich konnte mich nicht entscheiden, welche ich ihm zuerst stellen sollte. Da war zunächst mal ein entrüstetes: Und darum dreht ihr den Spieß um, jagt sie und nehmt dabei unschuldige Opfer in Kauf? Doch ebenso wollte ich fragen: Warum jagen sie euch? sowie: Was meinst du mit euer Volk? Von welchem Volk bist du denn?

Letztlich schwieg ich, weil ich nicht wusste, ob ich diesem Jungen mit den schwarzen Augen überhaupt ein Wort glauben sollte. War es nicht viel wahrscheinlicher, dass er bloß seine Haut zu retten versuchte? Vermutlich hatten sie mich entführt, weil sie Geld erpressen wollten. Nachdem dann feststand, dass meine Familie keins hatte, musste man mich loswerden, und nun tischten sie mir bewegende Lügenmärchen auf, damit ich sie nicht an die Polizei verriet.

»Darf ich dich um eins bitten?«, fragte Marlon, während er auf die Autobahn fuhr.

Langsam dämmerte mir, dass wir in einer mir vollkommen fremden Stadt waren. Ich versuchte mir die Wege zu merken, aber er fuhr so schnell und war im Stadtverkehr derart oft abgebogen, dass ich nur noch ein Gewirr aus Straßennamen im Kopf hatte.

»Noa.« Er sah mich fordernd an, als ich nicht gleich antwortete.

»Woher kennst du eigentlich meinen Namen?«

Er griff in die Potasche seiner Hose, zog mein metallisch blaues Handy hervor und hielt es mir hin. »Daher. Lass es bitte ausgeschaltet, bis du zu Hause bist.« Meinen Schlüssel fischte er aus seiner Hemdtasche.

Ich nahm ihm beides aus der Hand und gab acht, seine Finger nicht zu berühren. Sie hatten also meine SMS durchstöbert. Wunderte mich das? Ich musste gegen das Gefühl ankämpfen, völlig nackt zu sein, und rief mir ins Gedächtnis, dass er mich gerade freiließ.

Ich seufzte. »Worum wolltest du mich bitten?«

Marlon zögerte, fuhr sich durch die Haare und sah mich länger an, als es bei 160 Sachen auf der mittleren Spur vernünftig war. »Halte dich von Olivier fern. Hau ab, solltest du ihn sehen. Lauf weg, egal wie albern es dir erscheint.«

Ich musste gegen ein wissendes Grinsen ankämpfen, denn ganz offensichtlich hatte ich mit meinen Vermutungen recht.

»Lass mich raten, er ist zu allem fähig und vollkommen skrupellos.«

»Ja.«

»Skrupelloser als ihr oder spielt ihr in der gleichen Liga?«

Darauf antwortete er lange nicht, und als er es tat, klang seine Stimme unsicher. »Ich weiß es nicht mehr.«

Nun, ich wusste, dass Stephan Olivier mich in der U-Bahn gerettet hatte. Und niedergeschlagen, entführt und mit Chloroform betäubt hatte er mich auch nicht.

Wir schwiegen über fünfzehn Minuten, in denen Marlon stur auf der linken Spur blieb und langsamere Wagen mit der Lichthupe verscheuchte. Immer wieder warf er Blicke in den Rückspiegel. Einmal verließ er die Autobahn und zockelte mit bemerkenswerter Ruhe durch eine Kleinstadt. Er machte einen Umweg, um dann an der Anschlussstelle, an der wir zuvor schon vorbeigekommen waren, wieder auf die Autobahn zu fahren. Er wollte verhindern, dass ich mir den Weg merkte, eindeutig.

Als der Tacho wieder 180 km/h anzeigte – ich grübelte derweil, wie sich Menschen, die derart abgerissen hausten, solche Autos leisten konnten –, stieß Marlon einen Seufzer aus.

»Ich muss dich um ein oder zwei weitere Gefallen bitten.«

»Du willst, dass ich über alles, was passiert ist, schweige«, riet ich.

Er lächelte. »Wäre das ein Problem?«

Wie kam er bloß auf die Idee. Ich musste ja nur all meine traumatischen Erlebnisse in mich hineinfressen, statt mit jemandem darüber zu reden, um es zu verarbeiten. Außerdem musste ich meinen Vater belügen, der mir vermutlich eine Strafe aufbrummen würde. Überhaupt kein Problem.

Oh Marlon, du wirst bald erfahren, wie es sich anfühlt, eingesperrt zu sein! Im Gegensatz zu mir würde er innige Bekanntschaft mit Handschellen schließen und sehr interessante Menschen kennenlernen. Pflichtverteidiger, Gefängniswärter, Staatsanwälte und

Richter zum Beispiel. Und am Tag seiner Gerichtsverhandlung würde ich sein blödes Grinsen erwidern.

»Eine letzte Sache noch«, meinte er und verstellte die Außenspiegel mit unruhigen Fingern. »Ich … G…glaubst du … K…k…kannst du …« Er brach ab, presste die Lippen zusammen und schüttelte den Kopf. »Entschuldige.« Er machte keinen Versuch, den angefangenen Satz zu beenden. Stattdessen trommelten seine Finger auf dem Lenkrad im Takt der Musik und er wisperte den zungenbrechend schnellen Text mit.

»Ich habe als Kind gestottert«, sagte er unvermittelt. »Nicht nur ein bisschen, sondern so stark, d…dass man k…kein Wort verstanden hat. Manchmal bereitet es mir heute noch Probleme.« Erneut wisperte er den Songtext mit.

»Ist ja rührend.« Mein Zynismus war echt, doch gleichzeitig fühlte ich eine gewisse Genugtuung. Einerseits, weil er wegen mir wieder stotterte, aber in erster Linie, weil sein Geständnis das Rätsel um seine besondere Art zu sprechen erklärte. Es war kein ausländischer Akzent, sondern seine Methode, um nicht zu stottern.

»Ich habe das Sprechen über Gesang gelernt«, erklärte er, als der Song zu Ende war. Ich hätte schwören können, dass er errötete, wenn auch nur ganz wenig. »Ich konnte zwar nie gut singen, aber ich konnte es immerhin besser, als drei Worte geradeaus zu sagen.«

Ich wollte erwidern, dass mich seine Lebensgeschichte nicht interessierte, leider wäre das gelogen gewesen. Er war mir längst nicht so gleichgültig, wie ich es gerne gehabt hätte. Nein, es war sogar auf eine gewisse Art liebenswürdig von ihm, mir so viel über sich zu erzählen. Dadurch musste ich mich ihm nicht ganz so unterlegen fühlen. Ich grübelte, ob ich Gefahr lief, das berühmte Stockholm-Syndrom zu entwickeln, bei dem das Entführungsopfer Zuneigung zum Täter entwickelt. Aber das konnte ich ausschließen. Marlon war nicht der aktive Kidnapper gewesen, er hatte mich gut behandelt und brachte mich nun sogar nach Hause. Allerdings durfte ich auch nicht vergessen, dass er mich ursprünglich hatte um die Ecke bringen lassen wollen, hinter der man normalerweise nicht mehr wieder hervorkam.

Nein, definitiv keine Zuneigung! Er war und blieb ein Dreckskerl und ein Psycho. Mit mir stimmte alles!

Marlon räusperte sich. »Glaubst du, du kannst uns irgendwann verzeihen?«

Seine Frage traf einen empfindsamen Teil in mir mit brachialer Wucht. Das konnte er nicht von mir verlangen. Mein Inneres fühlte sich an wie von einer Explosion erschüttert und zitterte unter dem Nachhall.

»Dir und Emma vielleicht«, hörte ich mich nuscheln. Alles fühlte sich taub an. Ich sagte das bloß, weil ich ihm vermutlich alles erzählt hätte, was er hören wollte. Nur damit er mich auch tatsächlich gehen ließ. Zumindest redete ich mir das ein, denn verstehen konnte ich meine Worte nicht. Tief in meinem Inneren fragte eine leise Stimme nach dem Motiv seiner Taten. Ein winziges bisschen von mir wollte begreifen, warum er all das getan hatte; wollte eine Erklärung; wollte vielleicht sogar einen Grund, um ihm zu verzeihen. Energisch brachte ich dieses bisschen zum Schweigen.

Marlon erstaunte mich ein weiteres Mal, als er sagte: »Corbin meint es nicht böse, das musst du mir glauben. Er hat Schreckliches durchgemacht. Sie haben ihm alles genommen, was ihm wichtig war. Und … die Zeit läuft ihm weg.« Er schluckte schwer, ich hörte das klackende Geräusch aus seiner Kehle.

»Du sprichst in Rätseln.« Das war ein deutlicher Vorwurf, aber

Marlon nickte nur, seine Miene spiegelte irgendetwas zwischen Amüsement und Verzweiflung.

Ich gab es auf, etwas verstehen zu wollen, lehnte meinen Kopf an die Fensterscheibe und starrte nach draußen.

Bald erreichten wir die Stadt und sofort fiel weitere Anspannung von mir ab. Marlon hielt Wort und fuhr auf dem schnellsten Weg in mein Viertel. Er hielt direkt vor der Haustür und mir rieselte ein kalter Schauer über den Rücken. Woher wusste er, wo ich wohnte?

»Warte«, sagte er, als meine Hand schon an der Türverrieglung lag. Hastig sah er sich um. »Du bist mir noch eine Antwort schuldig.«

Ich war ihm eine Tasse voll kochendem Tee im Gesicht schuldig, sonst nichts, aber er wiederholte erneut, was er von mir wollte.

»Du wirst kein Wort sagen. Zu niemandem.«

»In Ordnung«, murmelte ich halbherzig, doch offenbar log ich miserabel.

Marlons Gesicht wurde eisig. »Wir sind nicht so weit gekommen, um nun an der Polizei zu scheitern. Uns bleibt weder Zeit, noch haben wir eine Wahl. Aber wir haben nichts zu verlieren. Jeder, der von dir etwas über uns erfährt, ist tot. Hast du das verstanden, Noa? D…du …« Er stockte und sah mir ins Gesicht, das schreckensstarr sein musste. Für eine Sekunde wurde sein Blick weich, doch schon im nächsten Augenblick schien mir das nur eine Illusion gewesen zu sein. »Du willst sicher nicht am Tod deiner Leute schuld sein.« Brutal knallte er mir die Drohung erneut vor den Kopf.

Ich riss die Tür auf, stolperte aus dem Wagen und rannte zur Haustür. Marlons Worte warfen Echos durch jede Windung meines Gehirns und reanimierten den Kopfschmerz. Er hatte gedroht, meine Familie und Freunde umzubringen! Das war der Gipfel der

Schrecklichkeiten, die man mir in den letzten vierundzwanzig Stunden angetan hatte, und dass das ausgerechnet von ihm kam, schmerzte auf ätzende Weise. Ich hörte, wie Marlon die Beifahrertür zuzog, sah ihn im Augenwinkel wegfahren.

Zu spät fiel mir auf, dass ich vergessen hatte, mir das Kennzeichen zu merken.

LEKTION 1

Wie man Alltag imitiert

Papa stand nicht auf, als ich mit hängendem Kopf in die Wohnung trat. Er saß am Esstisch, beide Ellbogen auf der Tischplatte, die Hände zu Fäusten geballt. Druckstellen an seiner Stirn verrieten, dass er lange den Kopf auf die Fingerknöchel gestützt hatte. Auf dem Stuhl ihm gegenüber saß Frau Martin. Sie atmete erleichtert durch. Auch Papa zog Luft ein, jedoch schien er eher um Beherrschung zu ringen.

»Es tut mir leid«, murmelte ich, mein Blick haftete auf meinen Chucks.

Er nickte. »Glaub ich dir.« Seine Stimme war so trocken, dass er beim kleinsten Wutfunken vermutlich in Flammen aufgegangen wäre wie Reisig nach sechs Wochen Dürre. »Wo warst du?«

»Bei einer Freundin.«

»Ah. Die maskuline Freundin mit dem Audi TT, schätze ich.«

Oh verdammt. Er hatte Marlon vom Fenster aus gesehen. Hatte ich bis eben bis zum Hals im Mist gesteckt, schwappte dieser nun bis an meine Unterlippe.

»Hattest du nicht gesagt, du kennst ihn nicht? Das war also gelogen. Hoffe ich zumindest. Oder bleibst du immer gleich über Nacht, wenn du jemanden kennenlernst?« Papa befand es nicht einmal für nötig, mich anzusehen.

»Nein. Es waren … besondere Umstände.«

»Ich bin gespannt.«

Frau Martin räusperte sich geräuschvoll. »Ich geh dann mal besser. Bis später.« Die Art, mit der sie den Handrücken meines Vaters flüchtig berührte, ließ es mir warm im Bauch werden. Ich lächelte sie an.

»Ist Ihre Katze wieder aufgetaucht?«, fragte ich, als sie an mir vorbeiging.

Traurig schüttelte sie den Kopf. »Ich bin nur froh, dass du wieder aufgetaucht bist. Dein Vater ist fast gestorben vor Sorge.« Der Vorwurf in ihrer Stimme entging mir nicht. Ich konnte sie verstehen und brodelte innerlich vor Zorn auf Marlon. Wie konnte er verlangen, dass ich das hier schweigend hinnahm, nach alldem, was sie mir angetan hatten!

Ich wartete, bis Frau Martin gegangen war, dann trat ich vorsichtig näher an Papa heran.

»Ich wünschte, ich könnte dir erklären, was schiefgelaufen ist. Aber das geht nicht. Können wir es dabei belassen?«

Er blickte auf. Erstmals sah er mich an und zog kritisch die Augenbrauen zusammen. »Du siehst furchtbar aus. Ist dir … ist dir etwas zugestoßen?«

»Nein.« Ich zwang ein Grinsen auf mein Gesicht. »Nichts, was nicht jeder in meinem Alter durchmacht.« Ihn an seine eigenen wilden Zeiten zu erinnern, war der einzige Plan zur Schadensregulierung, den ich hatte.

»Hast du eine Vorstellung, welche Sorgen ich mir gemacht habe?

Noa, vor ein paar Tagen hätte ich dich beinahe bei diesem Zugunglück verloren, und kaum bist du aus dem Krankenhaus zurück, bringst du diesen Klopper und verschwindest ohne ein Wort. Warum? Warum hast du nicht wenigstens angerufen? Oder eine SMS geschrieben? Herrgott, du schreibst doch den ganzen Tag über bescheuerte SMS!«

Ich seufzte. Verzweifelt, weil mir keine Lüge einfiel und die Wahrheit nicht infrage kam. »Es hat sich eben nicht ergeben. Ich habe es vergessen.«

»Vergessen«, wiederholte er müde. »Ja, ich hätte mich auch fast vergessen. Lass mich allein, Noa. Ich muss die Polizei anrufen und die Vermisstenanzeige zurückziehen. Außerdem muss ich versuchen, deine Mutter zu erreichen, und sie beruhigen. Sie ist auf dem Weg hierher.«

»Sie kommt extra aus Japan zurück?« Meine Mutter arbeitete als Dolmetscherin und verbrachte die meiste Zeit in Asien.

»Tut sie. Als sie heute Morgen hörte, dass du über Nacht weggeblieben bist, ohne ein einziges, blödes, verdammtes, beschissenes Wort zu sagen«, Papa atmete ein weiteres Mal sehr tief ein und langsam wieder aus, »da hat sie sich in den nächsten Flieger gesetzt. Stell dich auf die erste Ohrfeige deines Lebens ein.«

Ich berührte meine Wange und flüsterte: »Die habe ich mir wohl verdient.«

»Ja.« Papa kämpfte sich schwerfällig auf die Füße. »Und jetzt geh in dein Zimmer. Du bleibst die nächste Woche zu Hause, verstanden?«

Oh, ich verstand ihn gut, wirklich. Aber diese Strafe war zu hart. Vor allem, da ich keine Schuld trug und es nur deshalb nicht erklären konnte, um sein Leben nicht zu gefährden. »Du hast immer gesagt, Hausarrest sei nichts als sinnlose Machtdemonstration«, versuchte ich ihn umzustimmen.

»Das habe ich einer Tochter gegenüber behauptet, die mich angerufen hat, wenn sie länger wegblieb. Du warst es, die die Regeln geändert hat, Noa. Nicht ich.«

Nachdem ich geduscht und etwas gegessen hatte, öffnete ich das Fenster in meinem Zimmer sperrangelweit, legte mich aufs Bett und starrte an die Decke. Vor wenigen Stunden noch hätte ich alles dafür gegeben, um in meinen eigenen vier Wänden sein zu dürfen. Nun fühlte ich mich hier gefangen und das lag nicht am Hausarrest. Es waren die Gedanken, die mich gefesselt hielten. Ich kam mir vor, als stünde ich auf einem schmalen Balken über einem gähnenden Abgrund. Ich musste darübergehen, durfte keinesfalls stehen bleiben. Aber mich hemmte, dass ich beim kleinsten Fehltritt ins Ungewisse stürzen würde. Von allen Seiten riss der Sturm an mir. Was sollte ich nur tun? Am liebsten hätte ich mich auf den Balken gelegt, mich mit Armen und Beinen festgeklammert und gewartet, bis jemand kam, um mir die Entscheidung abzunehmen. Aber es kam niemand. Es gab niemanden, mit dem ich über das Geschehene sprechen konnte. Niemanden außer Marlon. Und Marlon – ich hielt mich an dem Gedanken fest, als wäre er eine Sicherungsleine – war nicht echt. Er spielte mir etwas vor, log, manipulierte und bedrohte mich. Das Schlimmste war, dass ich es wusste und mich ihm dennoch nicht entziehen konnte. Ich war eine ihrer Entscheidungskraft beraubte Puppe. Er zerrte an meinen Fäden. Und dabei lächelte er mich an.

Über meine Grübeleien musste ich eingeschlafen sein. Ich erwachte fröstelnd, schlug die Augen auf und schrak zusammen. Ein mannsgroßer Schatten fiel in mein Zimmer. Mit einem Krächzen breitete er die Arme aus und berührte mich.

Hastig blickte ich zum Fenster, wo sich im gleichen Moment ein großer schwarzer Vogel vom Sims erhob und Richtung Horizont davonflog, wo die Sonne in einem Farbenmeer aus Orange und Flieder verschwamm.

Erleichtert ließ ich das Gesicht zurück ins Kissen sinken. Jetzt machten mich schon Vögel verrückt. Das Tier hatte sicherlich nur an dem Meisenknödel picken wollen, der das ganze Jahr über in meinem Fensterrahmen hing. Üblicherweise kamen Spatzen, Meisen oder hin und wieder ein Türkentaubenpärchen. Bei meinem heutigen Besucher hatte es sich dagegen eindeutig um einen Raben gehandelt – und zwar einen ziemlich großen. Kopfschüttelnd stand ich auf, schloss das Fenster und ließ meinen Blick dabei über den Hof und die Kleingärten schweifen. Der Vogel war verschwunden.

Nachdem ich den Nachmittag und frühen Abend verschlafen hatte, lag ich fast die ganze Nacht wach. Die Dunkelheit bot den furchtsamsten unter meinen Gedanken die perfekte Kulisse, um sich richtig auszutoben. Ich war heilfroh, als die Schwärze des Himmels in den Morgenstunden endlich zerfloss und dem neuen Tag Platz machte.

Meine Mutter traf am frühen Vormittag ein und entgegen der Prognose meines Vaters bekam ich keine Ohrfeige. Stattdessen setzte sie auf radikalere Methoden körperlicher Züchtigung, indem sie mir mit ihrer Umarmung die Luft aus den Lungen quetschte. Ich ließ Tiraden aus Vorwürfen über mich ergehen und mich zwischendurch ungefähr hundertmal auf Stirn und Wangen küssen. Niemand kam dazu, das auf dem Tisch bereitstehende Frühstück zu essen. Selbst Papa betrachtete nur, wie die Wurstscheibe auf seinem Brötchen sich langsam wellte. Erst als Mama eine Pause einlegte, um eine Tasse schwarzen Kaffee runterzukippen, ohne dabei ein Mal abzusetzen, kam ich zu Wort.

»Wie geht's Rex? Hast du ihn in Japan gelassen?«

Wer nun glaubt, Rex sei ihr Hund, den muss ich enttäuschen. Es wäre einfacher, wenn er ein Hund wäre, zumindest würde ich ihn dann ganz sicher wenigstens ein bisschen mögen oder ihm aus Mangel an Alternativen ein Stöckchen zuwerfen. Aber so einfach ist es nicht. Rex ist ihr Lebensgefährte. Ich habe keine Ahnung, wie er wirklich heißt – es interessiert mich auch nicht –, jeder scheint ihn einfach Rex zu nennen. Mama war ihm regelrecht verfallen. Nach Joels Tod war sie monatelang vollkommen verzweifelt, war abgemagert und nur noch durch Antidepressiva und Kaffee lebensfähig gewesen. Irgendwann hatte sie einen Hauch von Glück im Fahrtwind und im Adrenalin gefunden, wenn sie auf ihrem Motorrad mit zweihundert Sachen die Autobahnen entlangjagte. Damals hatten Papa und ich ihre Maschine geliebt – verhinderte das Motorradfahren doch, dass Mama sich vollends verlor. Sie lernte Rex, Großhandelsvertreter für Unterhaltungselektronik und Harley-Fahrer, auf einem ihrer Biker-Treffen kennen. Während sie sich von mir und Papa immer weiter entfernte, brauste sie buchstäblich mit Vollgas in seine Richtung. »Freiheit und Abenteuer« nannte sie das. Und sie ließ uns wissen: »Ich bin zu jung, um mit fünfunddreißig lebendig begraben zu werden.« Offenbar war unsere Familie ein Sarg für sie geworden, seit ihr Baby am plötzlichen Kindstod gestorben war.

Meine Frage nach ihrem Neuen brachte sie leicht aus der Fassung. Sie tupfte sich den Mund ab. Als sie die Serviette wieder senkte, lag ein nervöses Lächeln auf ihren Lippen. »Dem geht es gut, alles bestens. Kennst ihn doch.« Ja, bedauerlicherweise. »Solange nur genug Sprit im Tank ist …«

Papa war so höflich, über den flachen Scherz auf Kosten des noch flacheren Rex zu lachen, doch Mama verbarg beschämt den Blick hinter ihren langen umbrafarbenen Haaren. Rasch goss sie sich Kaffee aus der Thermoskanne nach und trank das dampfende Gebräu so schnell, als sei es allenfalls lauwarm.

Ich erwecke manchmal den Eindruck, meine Mutter nicht leiden zu können, aber dem ist nicht so. Im Gegenteil, ich liebe sie. Nie habe ich ihr einen Vorwurf gemacht, weil sie uns nach Joels Tod verlassen hat. Warum auch? Papa und ich kommen allein sehr viel besser zurecht als zu den Zeiten, als meine Eltern noch verzweifelt versucht hatten, ihre Ehe zu kitten. Ich liebe meine Mutter wirklich. Ich sehe sie nur nicht gerne in der Nähe meines Vaters. Er liebt sie nämlich auch. Und das ist, gelinde gesagt, eine Katastrophe.

Mama hatte beschlossen, für eine Woche in Deutschland zu bleiben, da sie schon einmal hier war. Ein paar Termine, die sie ursprünglich für ihren nächsten Besuch im Herbst geplant hatte, ließen sich vorverlegen.

»Aber es bleibt etwas Zeit für dich übrig, Noa, wir könnten ja endlich wieder gemeinsam shoppen gehen«, schlug sie vor. »Was meinst du?«

Wie großzügig. Ich sah Hilfe suchend zu Papa.

»Sie hat Hausarrest.«

»Hausarrest?« Mama sprach das Wort aus, als könne man sich daran mit Parasiten infizieren. »Seit wann bist du ein solcher Spießer, Christian?«

»Seit deine Tochter sich nicht mehr an Absprachen hält, Sybille.«

Ui, flogen da kleine Blitze aus ihren Augen? Papa war eindeutig der Schlagfertigere von beiden, aber Mamas Spitzen waren schmerzhafter. Sie verhandelten meinen Fall mit Frühstücksbissen im Mund und fällten sehr schnell ein Urteil: Der Hausarrest blieb bestehen, wurde allerdings durch Freigang unter Aufsicht abgemildert. Damit konnte ich zufrieden sein. Ich begann mich zu freuen, dass Mama für eine Woche zu Besuch war.

Nach dem Frühstück räumten wir gemeinsam den Tisch ab. Ich sah aus dem Küchenfenster und staunte nicht schlecht, als ich auf der Wiese vor dem Haus mehrere große schwarze Vögel entdeckte.

»Seit wann haben wir denn hier Raben?«, fragte ich verdutzt.

Papa lugte ebenfalls an der Gardine vorbei. »Sind die nicht schön? Ich habe sie vor zwei Tagen das erste Mal gesehen. Vier Stück sind es. Offenbar gefällt es ihnen hier, sie haben gestern schon den Biomüll durchwühlt und eine riesige Schweinerei veranstaltet.«

»Die werden euch alles vollklecksen«, meinte Mama, stellte einen Stapel Teller mit Schwung neben der Spüle ab, sodass es klirrte, und sah dann ebenfalls aus dem Fenster. »Aber süß sind sie schon.«

Oberflächlich, da stimmte ich ihr zu. Aber das war nicht alles. Sie waren sehr viel mehr als nur süß, wie sie so erhaben und misstrauisch zugleich durchs Gras stolzierten. Ihren schwarzen Knopfaugen entging nichts, und wenn man genau darauf achtete, wie sie sich gegenseitig ansahen, bestand kein Zweifel, dass sie auf intelligente Weise miteinander kommunizierten. Ein Schauer rieselte mir den Rücken hinab, weil ich daran denken musste, dass Oma von gefährlichen Vögeln gesprochen hatte. Doch ich tat diese abergläubischen Ängste rasch als Unsinn ab, als ich beobachtete, wie die Raben miteinander zu spielen begannen und sich übermütig neckten. Nein, diese Tiere waren nicht böse. Und ich hoffte inständig, dass sie bleiben würden.

Die nächsten Tage waren ein stetiges Auf und Ab. Shopping-Ausflüge mit meiner Mutter waren ein Vergnügen, die Notwendigkeit, Mama weitestgehend von Papa fernzuhalten, kostete mich dagegen zahlreiche Nerven. Ich sah, wie sehr er sie vermisste. Wen ich allerdings nicht mehr sah, war Frau Martin. Es schien fast, als ginge sie uns aus dem Weg. Ebenso deutlich wie Papas zum Scheitern verurteilte Liebe erkannte ich, dass auch Mama sich nach der alten Vertrautheit sehnte. Doch – so abgedroschen diese Floskel aus dem Mund einer Poi-Spielerin auch klingen muss – ein gebranntes Kind scheut das Feuer. In diesem Fall hatten wir uns alle bereits zu oft verbrannt. Wenn sie es wieder miteinander versuchten, würde die Beziehung erneut zerbrechen. Mama kam darüber hinweg, sie war zäh. Papa nicht. Im Gegensatz zu mir schien Mama aber nicht zu begreifen, wie zerbrechlich er hinter seiner breiten Brust war. Womöglich wollte sie es auch nicht begreifen. Für sie war er der starke Held und würde es immer bleiben. Dass Liebe blind macht, wusste ich, auch ohne es bisher am eigenen Leib erfahren zu haben. Und dieses Wissen war der Grund, warum ich so fest daran glaubte, nie selbst in diese Einbahnstraße zu geraten.

Wenn ich nicht gerade meine Eltern auf Abstand hielt, telefonierte ich mit Rosalia und lauschte ihren Erzählungen über das Kolosseum, römische Jungs und den Vatikan – in dieser Reihenfolge – oder chattete mit Dom, der für die Dauer meiner Strafe leider auch Hausverbot bei uns hatte. Ich plante neue Choreografien und begann, langsam wieder die Trainingspoi zu schwingen. Zunächst nutzte ich nur meine gesunde rechte Hand, doch bald schon versuchte ich einfache Techniken auch mit links und beidhändig. Solange ich den Poi an meiner Hand fixierte und keine Faust machen musste, ging es bereits ganz gut.

Manchmal beobachtete ich die Raben von meinem Fenster aus. Inzwischen hatte ich im Internet recherchiert und war mir ziemlich sicher, dass es sich um Kolkraben handelte, auch wenn diese für gewöhnlich kleiner waren. Sie schienen sich vor Zuschauern gerne zu beweisen, denn oft flogen sie besonders waghalsige Verfolgungsjagden, wenn ich sie im Blick hatte. Einmal, als eine ältere Nachbarin im Hof Wäsche aufhängte, stürzten sich alle vier zu Boden und hüpften und tippelten in enger werdenden Kreisen mit neckendem *Kraabraab* um die Frau herum. Rasch wurde sie nervös, gab *Kuschkusch*-Laute von sich und bewarf einen der Raben mit einer Wäscheklammer. Daraufhin geschah etwas, das mir für einen Moment den Atem stocken ließ: Sie griffen an. Ich glaubte wirklich an einen Angriff, bis ich sah, dass die Frau schon angesichts der hüpfenden Vögel schreiend das Feld räumte und den Raben nicht nur die bunten Klammern, sondern auch die frisch gewaschene Wäsche überließ. Scheinbar gezielt pickten die Vögel ein paar überdimensionale Schlüpfer sowie einen fleischfarbenen BH aus dem Korb und flogen mit ihrem Diebesgut in die nahen Buchen, wo sie die Wäschestücke wie Christbaumschmuck in die Äste hängten. Ich kam kaum aus dem Staunen heraus, machte unzählige Fotos von dem tierischen Kunstwerk und legte den Raben junge Maiskölbchen auf die Fensterbank. Die schienen sie besonders gerne zu fressen. Immer wenn ich sie auslegte, kamen sie so nah an mich heran, dass ich nur die Hand hätte ausstrecken müssen, um die schwarzen, in Blau und Petrolgrün schimmernden Federn zu berühren. Ich wagte es nicht. So ein Rabe hat einen eindrucksvollen Schnabel und Klauen, mit denen er Kaninchen töten kann. Lieber sah ich ihnen aus sicherem Abstand zu. Den kleinsten des Quartetts beobachtete ich häufiger, wie er im Blumenkasten der Wohnung unter uns scharrte, sein Futter dort versteckte und sein Vorratslager mit ausgerissenen Blumen tarnte. Ein anderer Rabe, der mir aufgrund seiner schief gewachsenen Schwanzfedern aufgefallen war, schien regelrechten Tauschhandel zu betreiben und warf seinen Kumpels, sobald diese eine Schnecke gefunden hatten, einen anderen Leckerbissen hin, um sich das Kriechtier zu ergaunern. Es waren faszinierende Tiere und ich lernte schnell, sie anhand ihres Aussehens und Verhaltens zu unterscheiden.

Bitterer Wermutstropfen dieser Tage war die Tatsache, dass sie endeten und mich den Nächten auslieferten.

Ums Schlafen kam ich nicht herum. Und ich träumte.

Träumte von der zusammengefalteten U-Bahn; von Männern, in denen Plastikmesser steckten; von Vermummten, die mich mit Pistolen vor sich herjagten; von Monstern zwischen meinen Schulterblättern, die sich in mein Fleisch krallten und manchmal in Flammen aufgingen und lodernd um meine Wirbelsäule tanzten. Papa weckte mich mehrmals pro Nacht, weil ich im Schlaf schrie oder um mich schlug. Seine Bitte, ich möge endlich einen Psychologen aufsuchen, um das Bahnunglück aufzuarbeiten, wurden beharrlicher. Auch Mama stieß ins gleiche Horn. Doch das Letzte, was ich brauchte, war ein Seelenklempner, der an Ängsten schraubte, von deren Existenz niemand erfahren durfte. In meinem Kopf lagerte eine Büchse der Pandora, die um jeden Preis verschlossen bleiben musste. Ich weigerte mich, erbat mir mehr Zeit und suchte mir meinen eigenen Weg, etwas von meinen Sorgen loszuwerden.

Ich brauchte mehr Informationen über Marlon und seine Leute. Ich musste Stephan Olivier finden!

Es war Mama, die mir ungewollt die Idee brachte. Sie beklagte sich über den schlecht ausgestatteten Wellnessbereich ihres Hotels, woraufhin mir wieder einfiel, dass die Verkäuferin in der Tierhandlung von einem Fitnessstudio gesprochen hatte. Laut Google gab es nur ein einziges in der Nähe von Stephan Oliviers Wohnung, eine McSweat-Filiale. Ein bescheuerter Name, aber einen Versuch war es wert. Einen besseren Plan hatte ich nicht und für den Fall, dass meine Kidnapper die Wahrheit gesagt hatten und Olivier wirklich gefährlich war, dürfte ich an einem gut besuchten Ort in der Öffentlichkeit zumindest sicher sein. Meine Mutter sprang dankenswerterweise auf meinen Vorschlag an, unsere Bodys in Form zu bringen, und meldete uns am gleichen Tag zu einer Probestunde an.

Ich weiß nicht, was ich von so einer Probestunde erwartet hatte. Auf jeden Fall weder einen detaillierten Trainingsplan noch eine Aufbau-Diät, die zum größten Teil aus Avocados bestand. Igitt. Allein die Trainerin – sonnenbankgeröstet, weiß gebleichtes Haar und von einer Nikotinwolke umgeben – ließ mich die McSweat-Idee gleich wieder bereuen. Allerdings hatte ich, dem Hausarrest sei Dank, gerade ohnehin nichts Besseres zu tun. Die Alternative lautete: daheim sitzen und im eigenen Saft schmoren. Also rackerte ich mich, soweit mein Handgelenk es zuließ, an futuristischen Folterbänken ab, hielt meine Mutter bei Laune und Ausschau nach einem blonden Mann, der mir ein paar Antworten schuldig war.

In der folgenden Nacht fand ich mich im Griff eines Mannes wieder – schwarz gekleidet, das Gesicht hinter einer Sturmhaube versteckt, sodass ich nur das Profil scharf geschnittener Wangenknochen sowie einer geraden Nase erkannte. Ich kannte diesen Mann …

Wir waren im Fitnessstudio, jedoch hatte jemand die Geräte aus den Hallen geräumt. Übrig blieben Spiegel, tausend Spiegel an jeder Wand, in denen ich zusehen musste, wie mein Peiniger mich schüttelte, mich herumschleuderte, mich schlug. Ich spürte keinen Schmerz. Seine Finger in den dünnen schwarzen Lederhandschuhen legten sich um meine Kehle. Strichen tiefer. Plötzlich schubste er mich von sich weg, direkt in die Arme eines weiteren Mannes, der alles wiederholte. Die Vermummten wurden immer zahlreicher, formierten sich im Kreis um mich herum und schwebten immer näher. Angst und Demütigung lähmten meine Glieder. Die Männer stießen mich von einem zum anderen und erstickten mit ihren Händen meine Schreie. Mein Körper erschlaffte, ich sackte an irgendeiner Brust zusammen und hatte nur noch einen Gedanken.

Marlon würde mich befreien.

Da lachten sie los, es mussten inzwischen über hundert sein. Hunderte von Fratzen in einem irren Spiegelkabinett. Hunderte von Männern, die mich auf ewig verfolgen würden. Synchron nahmen sie die Masken ab und ich fiel auf die Knie, als ich erkannte, dass jeder Einzelne von ihnen Marlon war.

Als ich erwachte, war mein Kissen nass. Da ich die InEar-Kopfhörer des MP3-Players nicht rausgenommen hatte, taten mir die Ohren weh. Ein Lied von Jupiter Jones in meinen Gehörwindungen war nur ein geringer Trost. Ich versuchte erst gar nicht, wieder einzuschlafen. Auf einen weiteren dieser Träume konnte ich gut verzichten. Stattdessen stand ich auf, öffnete das Fenster und ließ die kühle Nachtluft mein Gesicht trocknen und meine verschwitzte Haut kühlen. Das Flüstern der Bäume im Wind beruhigte mich und ließ mich mit jedem Atemzug klarer denken. Als ich zu frösteln begann, hatte ich eine Entscheidung getroffen.

So konnte es nicht weitergehen. Ich musste mit jemandem reden, wenn ich nicht ernsthaft depressiv werden wollte. Das alles war zu viel für mich allein. Doch der Einzige, der zum Reden infrage kam, ohne jemanden damit in Gefahr zu bringen, war Marlon. Und Marlon konnte ich nicht vertrauen. Es sei denn …

Ich schaltete meinen Laptop ein, rief die Website eines Freemail-Anbieters auf und richtete einen Account ein.

marlons-shadow@topmail.de

Passwort? IchHA$$Edich

Ich begann sofort, die erste Mail an die Adresse zu tippen. Reine Anklage. All meine Wut floss in die Zeilen. Absenden. Ich klickte erneut auf Verfassen, schrieb eine zweite Mail, dann eine dritte.

Ich verstehe nicht, warum du mir das angetan hast! Warum, Marlon? Macht es Spaß, mich wie ein Spielzeug zu behandeln? Ich bin kein Spielzeug! Und erst recht kein Opfer. Du hast nicht das Recht, mich so zu behandeln! Ich bin viel zu stark für deine Spiele, also such dir jemand anderen dafür.

Spar dir deine Warnungen! Du musst mich nicht vor diesem Stephan warnen, im Gegensatz zu euch hat er mir nämlich nichts getan. Im Gegenteil. Du weißt es nicht, aber er hat mir das Leben gerettet. Während ihr, nein, während du mich erschießen lassen wolltest! Er ist nicht der Feind. Du bist es!!!

Noa

Eine Stunde verging, eine weitere. Meine vierte Mail war frei von Anklagen. Stattdessen schilderte ich meine Träume, jeden einzelnen, so detailliert es mir möglich war.

Zufrieden mit deiner Leistung, Marlon?, tippte ich darunter. Doch vor dem Absenden löschte ich den Satz wieder und schrieb stattdessen: *Ich schreibe dir morgen Nacht wieder, Noa.*

Ich schaltete den Laptop aus, ohne den neuen Account einmal aufzurufen, ging ins Bett und schlief traumlos.

Am nächsten Morgen kam mir meine E-Mail-Aktion schizophren und albern vor, außerdem waren mein Nacken und meine Schultern vom stundenlangen Tippen verspannt. Ich beschloss, den ganzen Blödsinn gleich am Abend zu löschen.

Papa war arbeiten und Mama wollte den Tag nutzen, um eine Freundin zu besuchen, ich hatte also den ganzen Tag lang Zeit, mich eingesperrt und nutzlos zu fühlen. Fantastische Aussichten, die nicht besser wurden, als ein Anruf bei Dom ergab, dass er nicht zu Hause war. Also lungerte ich ein wenig vor dem Fernseher herum, nur um festzustellen, dass das Programm mich noch verrückt machen würde. Was eine verunglückte U-Bahn und eine Entführung nicht geschafft hatten – dem Hausarrest, in Kombination mit dem Vormittagsprogramm im Fernsehen, würde es mühelos gelingen, mich in den Wahnsinn zu treiben. Mir war nicht danach, eine DVD anzusehen, und auch Musik schaltete ich nur ein, um nicht hinzuhören. Weil ich nicht rausdurfte, brachte mich jeder Blick in Richtung Fenster zur Weißglut. Der verdammte Tag draußen schien mich regelrecht zu verhöhnen.

Ich war doch kein Verbrecher, den man einsperren musste! Warum ließ ich mich so behandeln?

Schließlich pfiff ich auf den Hausarrest, schnappte mir meinen Schlüssel und verließ die Wohnung. Ich wollte meine Eltern nicht provozieren. Der Hausarrest dauerte nur noch zwei Tage und ich wollte ihn keineswegs durch Dummheit verlängern. Zu schnell geriet man durch mangelnde Vorsicht in die berühmten Abo-Fallen, das war bei meinen Eltern sicher nicht anders als bei dubiosen Abzockerunternehmen. Aber ich musste einfach raus! Ich würde zurück sein, ehe Papa nach Hause kam, mein kleiner Ausflug sollte unbemerkt bleiben. Alles, was ich wollte, war die Gewissheit, mich frei bewegen zu können. Nicht eingesperrt zu sein, war seit der Nacht in Gefangenschaft überlebenswichtig für mich.

Ich schlenderte zum Kanal. Dom, Rosalia und ich verbrachten viel Zeit an der Trasse, die kilometerweit am Wasser entlangführte. Dom joggte, Rosalia fuhr Fahrrad und ich lief auf meinen Inlineskates. Beschrieben mag das Szenario idyllisch klingen, doch ich kann versichern, dass dies nicht der Fall ist. Unser Kanal ist dem strengen Modediktat der Stadt unterworfen und trägt bei jedem Wetter grau. In den späten Siebzigern hatte man den natürlich entstandenen Fluss begradigt, um an den Ufern mehr Platz für Wohnsiedlungen zu schaffen. Seitdem fließt das Wasser durch ein tief liegendes Asphaltbett, was ihm die Farbe von nassem Pappkarton verleiht, selbst bei Sonnenschein, wenn sich darin eigentlich der blaue Himmel spiegeln müsste. Warum auch immer, das Wasser bleibt immer stur schlammgrau. Aus Sicherheitsgründen war Stacheldraht zwischen dem Kanal und der geteerten Trasse gezogen worden. Der Weg entlang des Wassers war nicht wirklich sehenswert, doch gerade das machte ihn zu einer geeigneten Strecke zum Fahrradfahren und Skaten, denn Spaziergänger traf man hier nur selten an und darum hielten sich auch die Tretminen aus Hundehaufen in Grenzen.

In meinem Schlenderschritt brauchte ich für die Wegabschnitte sehr viel länger als gewöhnlich. Der durch die Hitze aufgeweichte Teer klebte unter meinen Sohlen und machte jeden Schritt zu einer

Anstrengung. Ich merkte schnell, dass es zu lange dauern würde, bis zur nächsten Brücke zu spazieren und auf der anderen Kanalseite zurückzugehen. Daher entschied ich, am Rüdenfels, einem verwitterten Denkmal gleich am Wasser, umzudrehen. Doch auch der Weg bis dorthin zog sich in die Länge. Ganz wohl fühlte ich mich nicht. Was, wenn Papa zu Hause anrief und bemerkte, dass ich die Rufumleitung eingeschaltet hatte? Oder wenn er die Strömung im Hintergrund hörte, sollte er es auf meinem Handy versuchen? Ach, sollte er doch. Er konnte ruhig erfahren, dass ich die Knasti-Nummer satthatte. Den Blick auf den Boden gerichtet, trottete ich weiter und versuchte, dem schlechten Gewissen zum Trotz die warme Sommerluft zu genießen.

Als der Rüdenfels in mein Blickfeld kam, verspürte ich ein jähes Déjà-vu von der Durchschlagskraft einer Abrissbirne. Ich nahm kaum mehr als Konturen wahr. Eine schlanke Silhouette, die sich an die massige Statue schmiegte. Schwarzes Haar, das über den grauen Stein strich.

Marlon.

Mir war klar, dass ich umdrehen und verschwinden sollte, solange er mich noch nicht gesehen hatte. Alles andere war unvernünftig; nein, es war dumm, idiotisch. Ich musste gehen. Aber, verdammt sollte ich sein, es wollte mir einfach nicht gelingen. Wie in Trance bewegte ich mich weiter auf ihn zu. Ich biss mir heftig auf die Innenseite der Unterlippe, als mir bewusst wurde, dass er mich schon wieder dazu brachte, Dinge zu tun, die ich nicht tun wollte.

Mit verschränkten Armen blieb ich vor der Statue stehen. Marlon hatte mich inzwischen bemerkt, ließ von dem Hundedenkmal ab, blieb aber auf dem Sockel sitzen, sodass ich fast zwei Meter zu ihm aufschauen musste. Die Partie um sein rechtes Auge war in verschiedenen Facetten von Blau bis hellem Lila verfärbt, auf der linken Seite des Kinns prangte ebenfalls ein verblassendes Hämatom.

»Du gehst also wieder allein raus?«, fragte er. Mir schoss Blut in die Wangen. Woher wusste er von meinem Hausarrest? Er konnte doch nicht wirklich meine Mails gelesen haben? Mir fehlten die Worte, um auf seine Frage etwas zu erwidern.

»Was tust du hier?«, presste ich eine gefühlte Ewigkeit später hervor. Meine Stimme klang vollkommen kraftlos und entlockte Marlon ein unglückliches Lächeln. Der Wind spielte mit unseren Haaren, doch während mir meine strähnig ins Gesicht gepustet wurden, bewegten sich seine nur sanft, als würde die Brise ihn liebkosen, mich aber ärgern wollen.

»Ich muss eine Weile hierbleiben«, antwortete er und ich verstand augenblicklich, dass er mit *hier* nicht das Denkmal, die Gegend oder die Stadt meinte, sondern meine Nähe. Darum wusste er, dass ich das Haus nicht allein verlassen hatte. Er beobachtete mich, der Mistkerl schien mich regelrecht zu observieren.

»Kontrollierst du, ob ich dich verpfeife? Keine Angst, das tue ich schon nicht. Du kannst also aufhören, mich zu stalken.« Wollte ich das? Oder wollte ich mit ihm reden, ihm all das sagen, was ich bis heute nur hatte aufschreiben können? Konnte ich das? Ich wollte ihn zum Teufel wünschen. Wollte stärker sein als seine Psychospielchen. Ich nahm all meinen Mut zusammen. »Ich habe bisher kein Wort über dich verloren, aber ich muss dich ernsthaft warnen. Meine Geduld ist am Ende. Wenn du mich weiter belästigst, werde ich nicht länger schweigen.«

Zu meiner tiefsten Befriedigung zuckte ich nicht einmal zusammen, als Marlon vom Sockel des Denkmals sprang und, beinahe lautlos, so dicht neben mir landete, dass ich den Luftzug spürte. Ich erwiderte den Blick seiner schwarzen Psychopathenaugen kühl und sah das hauchfeine Zucken seiner Lippen, das auf Unruhe hinwies.

»Ich würde gerne mit dir reden. Gehen wir ein Stück?«

Entschieden schüttelte ich den Kopf. »Ich muss mich langsam auf den Heimweg machen.« Außerdem habe ich kein Interesse, mit dir zu reden, solange du manipulative Antworten gibst. Ich schreibe dir heute Nacht.

»Ich muss in dieselbe Richtung. Bitte. Es ist mir wichtig.«

Ich stemmte die Hände in die Hüften und bewegte mich nicht von der Stelle. »Rede! Ich höre.«

Marlon trat einen Schritt zurück, bis er am Steinsockel lehnte. Sein Hinterkopf berührte den Stein und mit den Fingern fuhr er die filigranen Zweige der Kletterpflanze nach, die sich daran emporrankte.

»Ich würde dich gerne um etwas bitten. Darf ich?« Er neigte das Gesicht zur Seite, als lauschte er einer Stimme im Stein. Wieder konnte ich mich nicht gegen die Neugier wehren, was er da machte. Ich zuckte mit den Schultern, eine halbherzige Antwort auf seine Frage.

»Erzähl mir die Geschichte dieses Denkmals.«

Damit hatte ich nicht gerechnet. Doch ich war entschlossen, mich nicht mehr von ihm vorführen zu lassen. »Gut. Aber dann erklärst du mir, warum du das wissen willst, was du hier tust und warum du ständig an Steinen herumfummelst.«

Er grinste breit. »Gleich drei Wünsche auf einmal?«

»Du hast es erfasst. Und du fängst an.«

»Nein.«

»Dann«, ich setzte eine bedauernde Miene auf, »such dir einen anderen, der dir die Geschichte vom namenlosen Hund erzählt.«

Ich wendete mich ab, doch wie ich vermutet hatte, hielt Marlon mich zurück. Sein »Warte!« klang mürrisch, aber es kam unverzüglich.

»Ich beantworte zwei deiner Fragen vor der Geschichte, die dritte danach. Du wolltest wissen, was ich hier mache. Nun, wie du so treffend bemerkt hast, befummle ich Steine.«

Ich wollte widersprechen, dass mir diese Antwort nicht ausreichte, aber er sprach schon weiter.

»Und das tue ich, wei…weil sie singen.«

Ah. Logisch. Weil sie singen. Was sollen sie auch sonst mit ihrer Zeit anstellen. Tanzen dürfte schwierig werden.

Der Typ war nicht nur ein Verbrecher, er war auch noch geisteskrank. Rosalia hatte recht gehabt, als sie sagte, Männer wären wie Schuhe im Schlussverkauf: Entweder sie sind hässlich, zu klein oder sie haben irreparable Macken. Dieses Exemplar hier schien nur aus Macken zu bestehen, sah man mal von der Optik ab.

Aber Verrückten sollte man nicht widersprechen. »Okay. Nehmen wir mal an, dass sie singen. Warum lässt du dir die Geschichte des Denkmals dann nicht einfach vorsingen?«

»Weil es so nicht funktioniert. Sie singen nicht selbst. Ihre Lieder müssen erst in den Stein hineingesungen werden. Solche Steine zu finden, ist nicht leicht. Sie singen längst nicht alle und jedes Jahr werden es weniger. Meine Aufgabe ist es, jene zu finden, die es noch tun.«

Singende Steine – so ein Schmock! Doch um ehrlich zu sein, erinnerten mich seine Fantasien an eine Begebenheit vor einigen Jahren. Ich hatte ein Vibrieren in einem Stein wahrgenommen – ein Gefühl, als sei der Stein hohl und ein Bienenstock hätte sich darin versteckt. Und als Einbildung abgetan. In Marlons Augen blitzte der

Schalk, als er mein Interesse wahrnahm. Vermutlich veräppelte er mich doch nur.

»Wenn dir das mit dem Singen zu abgedreht erscheint«, fuhr er fort, »dann stell es dir einfach so vor, dass Informationen im Stein gespeichert werden, die akustisch wieder abgerufen werden können. Ich bin also so etwas wie ein Experte für Töne und Akustik. Sag mal ehrlich: Ist es so abwegig, Töne in Steinen zu speichern, wenn man Massen an Informationen auf einem winzigen Metallchip archivieren kann?«

»Das ist Wissenschaft, physikalisch erklärbar.«

»Beides ist Wissenschaft. Die eine ist nur noch nicht erforscht.«

Klar, außer von dir, du Intelligenzbestie, dachte ich, beließ es aber beim Denken. »Also gut, die Geschichte des Denkmals.« Ich seufzte, setzte mich in Bewegung und ging langsam in Richtung meiner Siedlung. Marlon blieb mit respektvollem Abstand neben mir, was es etwas leichter machte. »Vor mehr als dreißig Jahren floss der Fluss noch in seinem natürlichen Bett, die Leute angelten und die Kinder planschten darin. Nachdem er begradigt und die Ufer asphaltiert worden waren, floss die Strömung gefährlich stark, doch einige Leute wollten das nicht wahrhaben und nutzten das flache Kiesufer ein paar Hundert Meter stromaufwärts, um ins Wasser zu gelangen. Ein Junge wurde abgetrieben und von der Strömung mitgerissen. Keiner der Passanten hatte den Mut, ihn zu retten, und er wäre um ein Haar jämmerlich ertrunken. Doch plötzlich erschien ein Hund, sprang ins Wasser und packte den Jungen am Kragen. Er paddelte mit ihm ans Ufer, wo Helfer das Kind zu fassen bekamen. Der Hund wurde von der Strömung erfasst und fortgetrieben.« Mein Blick floss mit dem Kanalwasser in die Ferne. »Man hat seinen Kadaver nie gefunden. Als Andenken an diesen Tag wurden überall Stacheldrahtzäune gezogen, Schilder aufgestellt und das Baden unter Strafe gesetzt. Tja, und der Vater des Kindes – rein zufällig war er der Bürgermeister der Stadt – ließ diese Statue errichten, damit der Hund weiterhin über den Kanal wacht.«

Marlon lächelte versonnen. »Eine schöne Geschichte. Ebenso schön wie diese Stadt.«

Ich schnaubte. »Diese Stadt ist nicht schön. Sie ist so hässlich, dass die Menschen nie den Kopf heben, sondern permanent den Boden anstarren.« Vielleicht war die Stadt aber auch nur so hässlich, *weil* die Menschen permanent den Boden anstarrten.

»Ich finde sie schön«, beharrte er.

»Es ist eine vergessene Stadt.«

Dem widersprach er nicht. Vielleicht mochte er die Stadt ja gerade, weil sie von der Welt vergessen schien. Möglicherweise wollte auch er etwas vergessen. Oder selbst vergessen werden.

»Aber du solltest hören, wie die Geschichte weiterging.« Ich gab mir alle Mühe, meinen Sarkasmus zu verbergen, was nicht ganz gelang. »Bestimmt wird sie dir dann noch besser gefallen. Der gerettete Junge wuchs nämlich zu einem Mann heran, einem sehr reichen Mann, dem alle Wege offenstanden. Ansehen und Reichtum waren ihm allerdings nicht genug, er wollte immer mehr Macht und akzeptierte keine Grenzen. Er schlug seine Frau, bis sie ihm weglief, verprellte seine Freunde und versoff all das viele Geld seiner Familie. Und eines Nachts vergewaltigte er eine Prostituierte, weil sie sich weigerte zu tun, was er verlangte. Sie schrie um Hilfe und da hat er sie kurzerhand«, ich setzte mir theatralisch einen Finger an die Schläfe, »erschossen. Seitdem steht der steinerne Hund als Mahnmal dort und erinnert uns daran, nicht die Falschen zu retten. Nicht jeder ist es wert, gerettet zu werden.«

Schweigen klang meinen Worten nach. Ich spürte, wie Marlon die Luft nach Worten absuchte, aber keine fand. Ich fühlte mich wunderbar stark im Angesicht seiner Hilflosigkeit und zugleich schämte ich mich dafür. Aber nur ein bisschen.

»Und jetzt will ich wissen, warum ich dir die Geschichte erzählen sollte«, verlangte ich, als ich die Umrisse meines Wohnblocks als grauen Klotz vor dem Azur des Himmels ausmachte. Marlon schien immer nervöser zu werden, er drehte sich ständig um, schaute in alle Richtungen, selbst nach oben, und machte mich dadurch ganz unruhig.

Er blickte mich kurz an, sah dann auf seine Schuhe. »Ich mag Geschichten, darum. Und ich mag es, dich reden zu hören.«

»Tzz«, machte ich abfällig. Sofort erinnerte ich mich wieder daran, wer da neben mir lief. Marlon. Im einen Moment war er freundlich und im nächsten bedrohte er mich.

Ich wollte ihn zurückweisen, als er nach meinem Unterarm fasste, aber mein Körper gefror um mich herum, sodass ich mich ihm nicht entziehen konnte. Hätte er einen Hauch fester zugepackt, wäre ich vermutlich in Panik geraten. Doch seine Hand lag so leicht auf meiner Haut, dass ich meinen Arm jederzeit hätte wegziehen können. Zu wissen, dass ich es theoretisch konnte, beruhigte mich wieder.

»Ich werde bald fortgehen«, murmelte er, meine Hand betrachtend. »Du bist dann in Sicherheit. Bis dahin musst du mir erlauben, dass ich ein Auge auf dich habe. Wir haben dich in Gefahr gebracht, das ist nicht mehr rückgängig zu machen und es tut mir leid. Aber ich lasse nicht zu, dass dir etwas passiert. Ich werde in deiner Nähe sein, so lange es nötig ist. Danach siehst du mich nicht wieder. Ich verspreche es.«

Blut rauschte in meinen Ohren. »Erklär mir diese Gefahr genauer«, hauchte ich. Plötzlich war ich dankbar für seine Hand auf meinem Arm, völlig haltlos wäre ich ins Schwanken geraten.

»Du wirst beobachtet. Mehr kann ich nicht sagen.«

Ich schüttelte den Kopf und er ließ mich los. »Beobachtet? Von wem?«

»Schwer zu erklären.«

Zaghaft meinte ich zu begreifen. Vor allem aber begann ich, ihm zu glauben. »Es ist Corbin, nicht wahr?« Ich ballte die Hände zu Fäusten. »Du hast mich gegen seinen Willen freigelassen. Es gab keine Einigung, oder?«

»*Ich* war mir sehr einig«, antwortete Marlon mit einem Lächeln.

Ich wies auf sein blaues Auge. »Verstehe. Und dann hat er dich verdroschen.«

Zu meinem Erstaunen fand er das anscheinend komisch, denn er lachte. »Ja, tatsächlich. Ich dachte, mein Schwein pfeift, als er mir eine langte.« Seine plötzliche Entrüstung lockerte meine Anspannung, doch das hielt nur kurz, bis er weitersprach. »Das war das erste und das letzte Mal, dass er mich geschlagen hat. Ich habe ihm daraufhin den Arm ausgekugelt. Muss sauweh getan haben. Schlimmer fand er allerdings, dass ich ihm das Versprechen abverlangt habe, dich in Ruhe zu lassen, bevor ich bereit war, ihm den Arm wieder einzurenken.«

Ich tippte mir demonstrativ an die Stirn. »So eine sympathische Familie.«

»Normalerweise sind wir weniger rabiat.« Er klang ernsthaft zerknirscht, aber ich konnte darüber nur freudlos grinsen, denn meine Erfahrungen sahen geringfügig anders aus.

»Corbin steckt in schrecklichen Schwierigkeiten, nimm es ihm nicht übel. Die Wahrheit ist, dass wir im Moment alle sehr dünnhäutig reagieren.«

»Lass mich raten. Kaum war sein Arm wieder funktionstüchtig, hast du ihm auch noch die andere Wange hingehalten.«

Er rieb über den blauen Fleck an seinem Kinn. »Meinst du das hier? Das hatte ich vorher schon. Das warst du, als –«

»Na klar«, fuhr ich ihm aufgebracht ins Wort. »Das war meine Schuld, willst du das sagen?«

»Nein!« Marlon riss ein Blatt von einer Ligusterhecke und zerknickte es zwischen den Fingern. »Du bist an überhaupt nichts schuld. Ich bin froh, dich endlich getroffen zu haben, um dir das zu sagen und um mich zu entschuldigen. Ich habe die Nerven verloren und viel gesagt, was ich nicht so meinte.« Seine Stimme wurde immer leiser, immer melodischer, als würde er die Worte singen, um nicht zu stottern. »Ich würde so vieles gerne rückgängig machen, so viele Fehler wiedergutmachen, aber ich kann nicht. Ich habe vieles getan, was ich bedaure und bereue, und kann nichts davon wieder in Ordnung bringen, weil mir die Zeit davonrennt. Nichts, außer vielleicht …« Wieder hob er die Hand und berührte meinen Unterarm, als wollte er sagen, dass er mich meinte. Seine Haut war eiskalt.

Ich wollte wissen, was er mit der ablaufenden Zeit meinte. Was er überhaupt mit all seinen Worten meinte. Die entscheidende Frage war allerdings eine andere.

Ich hatte also begonnen, ihm zu glauben. Schön.

Doch wann würde mir das zum Verhängnis werden?

Ganz in der Nähe meines Hauses lag ein Kinderspielplatz oder eher gesagt das, was davon noch übrig war. Er bestand aus zwei Metallskeletten zum Klettern und einem sandgefüllten Katzenklo, außerdem einem eisernen Gerüst, an dem irgendwann mal Schaukeln gehangen hatten. Das musste vor meiner Zeit gewesen sein, ich konnte mich nicht daran erinnern. Da ich Marlon nicht mit nach Hause nehmen konnte, aber zu neugierig auf seine Geschichten war – egal ob wahr oder gelogen –, schlug ich vor, dort zu bleiben. Wir setzten uns auf die Mauer, die den Spielplatz von der Straße trennte. Ich mit an den Po gezogenen Fersen, das Kinn auf den Knien abgelegt; Marlon mir gegenüber, seine Beine baumelten rechts und links der Mauer. Einer meiner Raben fand sich auf dem Spielplatz ein und räumte enthusiastisch die Mülltonne aus, dass die Essensreste nur so flogen.

»Erzähl mir, was es mit eurem Krieg auf sich hat«, bat ich. Ich musste wissen, in was ich da hineingeraten war.

Marlon war sichtlich unbehaglich zumute, aber er wies mich nicht ab, sondern überlegte. Vielleicht spann er sich Lügen zurecht, aber wenn ich nicht bereit war, mir seine Version anzuhören, hätte ich so konsequent sein müssen, zu gehen. Und das wollte ich nicht.

»Stell dir vor, ich würde einer Kultur angehören, von der du noch nichts gehört hast«, begann er schließlich. Er sah zum Himmel und ich registrierte fasziniert, dass seine Onyxaugen das Blau widerspiegelten. Selbst Wolkenschemen waren darin zu erahnen. »Wir sind ein Volk wie jedes andere, haben unseren Glauben, unsere Vorlieben und unsere Sehnsüchte. Und wie jedes andere Volk haben auch wir in unserer Geschichte unsere Fehler und uns Feinde gemacht.«

»Stephan Olivier?«, vermutete ich.

»Er ist nur einer von vielen. Sie nennen sich Huntsmen Federation. Ihren Hauptsitz vermuteten wir irgendwo in den Vereinigten Staaten, aber es gibt sie inzwischen auf der ganzen Welt. Ihre Gründer haben vor vielen Hundert Jahren geschworen, unser Volk zu vernichten, und das ist ihnen bis heute todernst. Sie wählen ihre Mitglieder schon im Kindesalter aus. Die Aufnahmebestimmungen sind extrem hart, und wer sie besteht, wird über Jahre hinweg einem Training unterworfen, das dem Menschen Dinge ermöglicht, die anderen übernatürlich vorkommen müssen.«

Übernatürlich? Ja, *natürlich*. Es fiel mir nicht leicht, zu verbergen, wie bescheuert mir das Ganze vorkam. »So was wie Superhelden, ja? Sind auch genmanipulierte Spinnen im Spiel?«

»Schon möglich.« Marlon grinste. »Die Huntsmen sind eine ganz große Nummer in der Medizin. Früher nannte man ihre Forscher Alchimisten, heute sind sie führend in der Pharmaindustrie. Sie entwickeln Stimulantia und Mittel, die die Selbstheilung unterstützen, um ihre Mitglieder leistungsfähiger zu machen. Was sie nicht selbst nutzen, verkaufen sie an andere Pharmakonzerne. Angeblich sollen sie im 19. Jahrhundert das Rezept für Acetylsalicylsäure veräußert und damit Millionen gemacht haben.«

»Dann verdanken wir euren Feinden das Aspirin? Das müssen ja wahnsinnig schlechte Menschen sein.«

»Sie hätten das Rezept sicher nicht verkauft, wenn sie nicht längst ein besseres Mittel entwickelt hätten. Und sie verkaufen ihre Forschungsergebnisse ebenso an zahlungskräftige Drogenbarone. So finanzieren sie ihre Einsätze und in den Laboratorien können sie ungestört ihre Experimente an …« Er schluckte und deutete ein Kopfschütteln an. Ich hätte gerne gewusst, was er sagen wollte, ahnte aber, dass er es nicht verraten würde. Um seine Augenbrauen lag ein finsterer Zug, der ausdrückte, dass er schon mehr gesagt hatte, als er eigentlich wollte. Sehr viel mehr.

»Merk dir einfach Folgendes«, fuhr er nach einem Räuspern fort.

»Sie sind extrem stark, bestens organisiert, bekommen von klein auf eingetrichtert, uns zu hassen, und kennen kaum finanzielle Grenzen. Das macht sie sehr gefährlich.«

»So etwas wie eine Eliteeinheit«, fasste ich zusammen. Das würde auch erklären, wie Stephan Olivier trotz der schweren Verletzungen hatte fliehen können. Mein Schutzengel war ein Elitesoldat, der an einer ganz speziellen Front kämpfte. Das war weit weniger romantisch als Rosalias Version, aber in gewisser Weise glaubwürdiger. Auch dass er im Fitnessstudio trainierte, passte ins Bild. Trotzdem blieb so vieles unklar.

»Woher weißt du all das?«, fragte ich Marlon. »Man wird das kaum im Internet nachlesen können.«

Seine Antwort kam staubtrocken: »WikiLeaks.« Während mir der Mund aufklappte, presste er die Lippen zusammen, ganz eindeutig, um nicht zu grinsen. »Nein, das war Spaß. Meine Großeltern haben die Huntsmen intensiv studiert und mein Urgroßvater und davor mein Ururgroßvater.« Die Heiterkeit verschwand so schnell aus seinen Zügen, wie sie gekommen war. Seine Stimme bekam einen Unterton, der klang, wie Grünkohl schmeckt: bitter, mit einem Nachgeschmack, von dem man glaubt, er wird nie mehr weggehen. »Für meine Großeltern endete die Sache nicht so gut.«

Mir wurde unbehaglich zumute. Ich wollte ihm mein Beileid aussprechen, aber es kam mir nicht über die Lippen. Es hätte so hohl geklungen, nachdem ich ihn eben noch verspottet hatte, so unecht und leer. »Und deine Eltern?«, flüsterte ich stattdessen.

Er winkte ab, sah einem VW-Bus nach, der vorbeiknatterte und eine schwarze Abgaswolke über die Straße zog. »Die wollen damit nichts zu tun haben. Das finanzielle Erbe meiner Großeltern kam ihnen dagegen ganz recht. Nicht dass sie es gebraucht hätten ...«

Wir schwiegen. Marlon schien mit seinen Gedanken weit weg und ich schaffte es nicht einmal, denen zu folgen, die er laut ausgesprochen hatte. Es schwebten zu viele Fragen wie Pollen in der Luft.

»Was ich nicht verstehe«, sagte ich schließlich, »ist das Warum. Diese … Huntsmen werden euch doch nicht ohne Grund jagen. Was habt ihr getan?«

War es für Marlon zuvor schon schwierig gewesen, so schien ihn diese Frage in arge Bedrängnis zu bringen. Ich beobachtete ihn genau. Sein Blick flackerte unstet den Himmel entlang, seine Atemzüge wurden flacher, als laste Druck auf seiner Brust. Er blieb scheinbar lässig sitzen, doch die Adern an seinen Unterarmen traten ein wenig stärker hervor.

»*Kannst* du es mir nicht sagen oder *willst* du nicht?«, fragte ich.

»Nichts davon. Ich habe Angst.«

»Hm.« Ich ließ den Kopf sinken, schloss die Augen und massierte meine Schläfen. Dieser Tanz zwischen Wahrheit und Lüge, Misstrauen und Glauben strengte mich an. Mein Hirn pulsierte wie die rot glühende Beule einer Comicfigur. Plötzlich berührten seine Finger meinen Handrücken.

»Ich werde mir überlegen, auf welche Art ich dir mehr sagen kann«, versprach Marlon leise.

Wenn ich die Lider ein winziges Stück öffnete, konnte ich durch meine Wimpern seine Hand erkennen, die langen Finger und die schlanken, sehnigen Muskeln an seinem Unterarm. Er musste ganz schön stark sein, wenn er seinen bulligen Bruder einfach so in die Schranken wies. Meinetwegen. Eine angenehm kribbelnde Wärme schlängelte sich durch meinen Bauch. Marlon strich zaghaft meinen Arm entlang, meine Schulter, kämmte durch meine Haarspitzen und berührte vorsichtig meinen Hals. Ich hielt die Luft an. Vermutlich fühlte er meinen Puls rasen – wie er das wohl einschätzte? Glaubte er, dass ich Angst hatte? Oder dass ich seine Berührung angenehm fand? Ich wusste es selbst nicht. Es war nichts davon und beides zugleich. Meine Hände schwitzten plötzlich, mein Mund wurde trocken. Seine Fingerspitzen fuhren mit leichtem Druck die verspannten Muskelstränge in meinem Nacken nach. Das war angenehm, befand mein Körper, doch mein Verstand rang noch immer mit dem Bedürfnis, Marlon wegzustoßen. Es war falsch, ihn gewähren zu lassen. Aber meine Glieder gehorchten mir nicht. Marlons Berührungen linderten den Schmerz in meinem Genick und verursachten Qualen an anderen Stellen. Stellen, die ich nicht lokalisieren konnte. Er hatte mich in zwei Teile zerrissen, die sich völlig uneinig waren. In meinen Ohren erklang das Echo des Songs, den ich gehört hatte, als ich vergangene Nacht aufgewacht war. *Denn man muss ertragen, heutzutage,* hieß es dort. *Und ich hab fast nie an dich gedacht, außer am Tag und in der Nacht.*

»Ist das okay?«, flüsterte Marlon.

»Ich weiß es nicht. Ja und nein. Beides.« Das klang nach Unfug, war aber die Wahrheit.

Er nahm die Hand weg und auf meiner Haut blieb ein hungriges Sehnen zurück, doch mein Inneres entspannte sich. Ich war mir nach wie vor uneins mit mir selbst und bis ins Mark verwirrt. Es dauerte eine Weile, bis ich es schaffte, aufzusehen. Marlon blickte auf die Risse im Asphalt. In seinen Augen war kein Himmel mehr zu sehen, sondern tiefstes, schwärzestes Unglück.

»Verstehst du jetzt?«, fragte er, ohne mich anzusehen.

Ich verstand überhaupt nichts, dabei wollte ich es so gerne. Was hatte er eben gemacht? Wüsste ich es nicht besser, würde ich glauben, dass er auf irgendeine magische Art mein Denken manipulierte. Wieder fühlte ich mich wie über einem Abgrund. Diesmal war Marlon da, aber noch immer wusste ich nicht, ob er mich halten oder hinabstoßen würde. Das Schlimmste war, dass er es selbst nicht zu wissen schien.

Nur zeitverzögert registrierte ich, dass ein Taxi auf unserer Höhe stehen blieb.

»Ich denke, dein Typ wird verlangt«, meinte Marlon.

Jetzt erst erkannte ich meine Mutter, die den Fahrer bezahlte, mich aber bereits fest im Visier hatte.

»Verdammt«, zischte ich. »Du solltest besser verschwinden.«

Er schwang sich von der Mauer. »Bekommst du Ärger?«

Es sah verdächtig danach aus. »Ach was. Ich habe nur keine Lust auf ein Verhör. Geh!« Vor allem hatte ich keine Lust auf eine Standpauke vor seinen Augen.

»Wenn du darauf bestehst.« Marlon nickte widerwillig und tippte sich an die Schläfe wie an die Krempe eines imaginären Hutes. »Wir sehen uns bald. Mach's gut, Mag.«

Mag? Wie kam er auf Mag? Stand das für Maggy? Hatte er etwa meinen Namen vergessen? Na prima. Ich begann ihm zu vertrauen, ließ zu, dass er mich und mein Herz berührte, und er? Er vergaß meinen Namen. Fast hätte ich darüber gelacht. Das war allzu bezeichnend für unsere Beziehung.

»He!« Mama kam aus dem Taxi gesprungen, eilte auf mich zu, winkte aber Marlon hinterher. »Junger Mann, Momentchen mal, bitte!«

Er drehte sich um, hob entschuldigend die Arme, zuckte mit den Schultern und grinste breit und spitzbübisch. Es wirkte aufgesetzt und künstlich. Ich schrak zusammen, als er plötzlich auf die Straße sprang. Jemand hupte, doch Marlon huschte geschmeidig zwischen den fahrenden Autos hindurch auf die andere Straßenseite.

»Noa!« Mama stemmte beide Hände in die Hüften. Ich musste grinsen, als mir auffiel, dass ich vor Kurzem noch genauso vor Marlon gestanden hatte. Davon abgesehen, dass meine Mutter hüftlanges Haar hatte, sahen wir uns sehr ähnlich, ganz besonders – das sagte Papa immer –, wenn wir wütend waren und unsere Augen braune Funken sprühten.

»Ist das deine Auffassung von Hausarrest?«

»Ich teste gerade eine alternative Variante.« Verlegen kratzte ich mich an der Nase und widerstand dem Drang, Marlon noch einmal nachzusehen. Mama gab diesem Verlangen für mich nach.

»War er der Grund, dass du neulich Nacht nicht nach Hause gekommen bist?« Zwar legte sie äußerst kritisch die Stirn in Falten, aber ein Hauch von amüsierter Neugier umspielte ihre Lippen. »Eins muss man dir lassen, Geschmack hast du. Ist er nett?«

Nett? Marlon war Furcht einflößend und faszinierend wie ein kruder Albtraum. »Nett ist die kleine Schwester von Scheiße. Er ist nicht nett.«

»Aber du magst ihn?«

Ich verdrehte die Augen. »Weiß nicht. Warum bist du überhaupt schon zurück von deiner Freundin?«

»Ach«, seufzte Mama, »du weißt doch, wie das ist. Man lebt sich auseinander, hat sich nichts mehr zu sagen. Aber lenk nicht ab. Ist es etwas Ernstes?«

»Nein. Er kann sich nicht einmal meinen Namen merken. Und auch sonst läuft da nichts. Außerdem wird er bald weiterziehen.« Fortgehen, so hatte er es genannt, oh ja, und ich wüsste zu gerne, wohin.

Mama warf einen Blick quer über die Straße. »Ist er ein Zigeuner?«

»Hattest du mir nicht beigebracht, Zigeuner sei ein politisch inkorrektes Wort?« Political Correctness war meiner Mutter, die mit vielen Menschen aus aller Welt arbeitete, sehr wichtig. Verlor das an Bedeutung, sobald die eigene Tochter involviert war? Andererseits war die Frage gut. Konnte es sein, dass Marlon einer verfolgten Gruppe der Sinti und Roma angehörte?

Sie seufzte erneut. »Du hast also keine Ahnung.«

* * *

An: marlons-shadow@topmail.de
Betreff: Ich heiße Noa!

Noa – hast du verstanden? Mein Gott, wie schwer kann es sein, sich einen blöden Namen zu merken? Drei Buchstaben! Aber was habe ich auch erwartet – singende Steine. Krieg. Elitekämpfer, die dich jagen. Und nicht zu vergessen: Ich bin in Gefahr und du darfst mir keine weiteren Informationen geben.
Marlon – du schaust eindeutig zu viele schlechte Filme.
PS: Und du bist kein bisschen nett!

LEKTION 5

Wie man zu glauben lernt

Am letzten Tag meines Hausarrests ging ich noch einmal mit Mama ins Fitnessstudio, auch wenn ich ihren sportlichen Ehrgeiz leider in keiner Weise teilte. Sie wollte bald abreisen und mir kamen Zweifel, ob ich mit diesem Olivier überhaupt reden sollte. Besser nicht; erst recht nicht, wenn ich allein war. Das Gespräch mit Marlon hatte meinem Mut einen Dämpfer verpasst. Elitekrieger, die unter Zuhilfenahme illegaler Substanzen Menschen jagten? Damit wollte ich lieber nichts zu tun haben. Die Zeit war reif, das Experiment McSweat zu beenden.

Es hätte mich eigentlich nicht wundern dürfen, dass meine Suche Erfolg hatte, kurz nachdem ich diesen Entschluss gefasst hatte.

Ich hoppelte gerade zum letzten Mal mit mäßigem Elan und Schweißflecken unter den Achseln auf einem Crosswalker herum, als ich durch die Scheibe sah, wie er aus den Duschen trat, das Café im vorderen Bereich des Studios durchquerte, jemanden grüßte und hinausging. Stephan Olivier. Zweifel hin oder her – diese Chance durfte ich mir nicht durch die Lappen gehen lassen.

»Ich komme gleich wieder, habe einen Bekannten gesehen!«, rief ich meiner Mutter zu. Sie nickte nur. Die Straffung ihrer Oberschenkelinnenseiten erforderte offenbar ihre ganze Aufmerksamkeit.

Ich verzichtete aufs Umziehen, wischte mir lediglich mit dem Handtuch übers Gesicht und flitzte nach draußen.

Olivier war nach links gegangen, wo die Straße an einem großen Speditionsgelände vorbeiführte, auf dem etliche Lastwagenanhänger und Container parkten. Ich sah ihn knappe fünfzig Meter vor mir, er ging zügig und mit gesenktem Kopf. Seine Schulter streifte fast den Maschendraht, so nah hielt er sich am Zaun. Mein Plan, ihn in der Öffentlichkeit zur Rede zu stellen, war leider dahin: Die Straße war zwar viel befahren, aber ob jemand für ein Mädchen in Schwierigkeiten anhielt, war eine andere Frage. Ich folgte ihm mit Abstand und hoffte darauf, dass sich ein Zufall ergeben würde. Und tatsächlich: Als ich das breite Rolltor des Speditionsgeländes passierte, fuhr gerade ein Lkw hinaus. Das Glück war auf meiner Seite.

Wenn es denn Glück ist, bremste ich meinen Enthusiasmus, und nicht das komplette Gegenteil. *Sicherheit geht vor! Halten Sie Abstand!*, mahnte ein riesiger Aufkleber hinten auf dem Anhänger. Na, wenn das mal kein Zeichen war.

Die beiden Torhälften glitten automatisch wieder aufeinander zu, nachdem der Lkw auf die Straße abgebogen war, und bevor ich es mir anders überlegen konnte, huschte ich hindurch. Hinter mir schnappte das Schloss zu, die Verriegelung klackerte mehrmals. Das Tor war verschlossen. Ich fröstelte trotz schwüler Wärme in meinem feuchten Top, denn jetzt saß ich auf diesem Gelände fest. Der Zaun war gute drei Meter hoch und im oberen Bereich mit Stacheldraht umwickelt – mit diesem fiesen NATO-Draht, an dem man sich wirklich böse wehtun kann, wie ich aus Erfahrung wusste. Ich verdrängte die Frage, wie ich hier wieder rauskommen sollte. Entscheidend war: Solange das Tor geschlossen war, kam der Typ auch nicht rein. Ha! Also keine Zeit verlieren! Ich rannte zwischen Zaun und abgestellten Lkw-Anhängern entlang, bis ich Stephan Olivier fast eingeholt hatte.

»Hey!«, rief ich ihm zu.

Er drehte sich in einer fließenden Bewegung zu mir um. Seine Hand schoss in die Sporttasche, die er über der Schulter trug, und für einen Moment zogen sich meine Gedanken um eine einzige Befürchtung zusammen: Wenn er eine Pistole hatte, nützte mir der Zaun rein gar nichts. Er entspannte sich jedoch ein wenig, als er mich erkannte. Aus der Öffnung in seiner Tasche lugte das Frettchen. Erleichtert atmete ich aus. Es handelte sich sicher nicht um ein blutrünstiges Kampffrettchen, das er auf mich hetzen wollte.

»Was willst du denn schon wieder?« Stephan Olivier gab sich lässig, aber ich sah, wie nervös ihn mein Auftauchen machte. »Wo sind deine Freunde?«

»Diese *Freunde*, wie du sie nennst, haben mich überfallen und entführt, falls du das verpasst haben solltest.«

Er lachte gehässig und hakte eine Hand in die Hosentasche. »Dann wärst du nicht hier.«

»Ich bin ihnen entkommen.« Ich hob das Kinn. »Und ich würde gerne wissen, warum diese Typen mich niedergeschlagen haben, nur weil ich in der Nähe deiner Wohnung war. Was geht da zwischen euch ab?«

Olivier drehte an einem Ring, den er am Mittelfinger trug. Sein Blick wurde forscher, als es mir lieb war. Er glaubte mir nicht. Ob ich erwähnen sollte, dass ich den Namen seiner komischen Organisation kannte? Nein, das wäre dumm. Wer zu viel wusste, stand meist sehr weit oben auf den Abschusslisten. Besser, ich stellte mich ahnungslos.

»Denkst du etwa, ich gehöre zu denen?«, fragte ich geradeheraus. »Das wäre reichlich komisch, denn die glauben, ich wäre auf deiner Seite.«

»Lass mich raten. Du bist natürlich nur auf deiner eigenen Seite und hast mit alldem nichts zu tun.«

Ich spürte, wie ich vor Wut über seinen Spott errötete. »Ich will wissen, wo ich da hineingeraten bin. Wer sind die? Was habt ihr für Probleme miteinander? Und wer bist du?«

Er trat näher an den Zaun. »Du bist neugierig«, sagte er leise. »Und das gefällt mir nicht. Ich kaufe dir deine Ahnungslosigkeit nicht ab. Du weißt, wer diese Bastarde sind. Gehörst vermutlich zu ihnen.«

Die Arroganz in seiner Visage war kaum zu überbieten, aber ich gab mir alle Mühe. »Kann nicht sein. Du hättest doch sicher keinen Bastard gerettet.«

»Die Sache in der U-Bahn? Das ging viel zu schnell. Sieh es mal so: Wenn du an die Letzte denkst, sind wir jetzt quitt.«

Ich verstand nicht, was er meinte, aber es war auch egal. »Denk, was du willst. Du liegst falsch. Ich habe mit denen nichts zu schaffen. Ich hasse sie!« Na gut, Marlon nicht. Emma auch nicht wirklich. Den Schläger dafür umso mehr.

»Sollte das der Fall sein, tut es mir sehr leid, was mit dir passiert.« Er klang nicht ehrlich, sein Blick schien verschlagen, aber die Worte beunruhigten mich trotzdem.

»Was meinst du?«

»Du bist verloren, kleines Mädchen.« Stephan Olivier zuckte mit den Schultern. Sein Frettchen zwängte sich aus der Sporttasche und krabbelte auf seine Schulter. »Du bist nur ein dreckiges Spielzeug für die. Aber vielleicht ist es ja noch nicht zu spät. Ich zweifle zwar daran, aber wenn du die Wahrheit sagst – woran ich ebenfalls zweifle –, hast du vielleicht noch eine Chance.«

»W...welche?«

»Lauf weg«, flüsterte er frostig. »So schnell du kannst.«

»Was geschieht sonst?« Ich spürte, wie ich zitterte. Hinter mir röhrte ein Lkw-Motor, eine Tür schlug zu, aber ich achtete kaum darauf. Meine Aufmerksamkeit galt Stephan Olivier, hinter dessen schöner hoher Stirn sich all die Informationen verbargen, die ich so dringend brauchte. Es wunderte mich überhaupt nicht mehr, dass ich ihn für einen Engel gehalten hatte. Er sah unfassbar aus – und war mir vor allem unfassbar überlegen. Der Zaun bot plötzlich keine Sicherheit mehr, nicht die geringste. Ich gruselte mich vor diesem Typen und wünschte mich weit, weit weg. Trotzdem rührte ich mich nicht.

»Sonst«, sagte er laut und wies mit einer Geste an mir vorbei, »droht dir vermutlich eine Anzeige wegen Hausfriedensbruch.«

Hinter mir brüllte jemand: »Ey, du da!«, und ich zuckte zusammen, konnte mich jedoch nicht umdrehen.

Stephan Olivier lehnte sich vor, sodass seine Nase fast den Zaun berührte. »Und nebenbei der Verlust deiner Seele. Für den Fall, dass du überhaupt noch eine hast.«

»Ey! Was hast du hier verloren?« Ein bulliger Mann packte mich am Arm. Eine Wolke aus Schweiß- und Alkoholausdünstungen umnebelte mich und mein stilles Stoßgebet – Gott, lass das einen Packarbeiter und keinen Fahrer sein! – dämpfte die Furcht, die Stephan Olivier in mir geschürt hatte.

»Ich … ich habe mich wohl verlaufen.«

Olivier nickte, ein ironisches Lächeln umspielte seine Lippen. »Hast du.«

»Verdammtes Pack!«, knurrte der Mann, packte mich am Oberarm und zog mich zum Rolltor. Sein grober Griff fühlte sich auf irritierende Weise sicher an und seine Schimpftiraden und Drohungen, beim nächsten Mal die Polizei zu rufen, überhörte ich. Stattdessen sah ich mich immer wieder nach Stephan Olivier um, der am Zaun stehen geblieben war und sein Frettchen kraulte. Als der Mann von der Spedition das Tor öffnete, um mich rauszuwerfen, stand mein Exschutzengel noch immer an derselben Stelle. Diesseits des Zaunes hatte ich eine Heidenangst vor ihm. Ich warf mich herum und rannte zurück zum Fitnessstudio, als wäre der Teufel hinter mir her.

Am Abend saß ich am geöffneten Fenster, sah hinaus und grübelte über das Gespräch nach, das mehr Fragen aufgeworfen als beantwortet hatte. Langsam sank die Sonne und goss warmes Abendlicht über die Wellblechdächer der Kleingartenanlage. Ich beobachtete zwei meiner Raben, die sich im Hof um ein metallisch schimmerndes Spielzeugauto zankten, das ein Kind dort liegen gelassen hatte. Ein Blick auf die Uhr eröffnete mir, dass Papa in einer guten Stunde zu Hause sein würde. Er hatte versprochen, einen Film aus der Videothek mitzubringen, mit dem wir meinen letzten Tag als Knasti ausklingen lassen wollten. Mama hatte dichtgehalten und ihm von meinem heimlichen Ausflug nichts erzählt.

Die Raben hielten plötzlich in ihrem Spiel inne, plusterten das Gefieder auf und starrten in Richtung Gärten. Der kleinere – ich nannte ihn Pinsel, weil auf seinem Kopf ein paar abgeknickte Federn wie ein Borstenbüschel zu Berge standen – stieß sich vom Boden ab und hob sich mit ein paar peitschenden Flügelschlägen in die Luft. Der andere hüpfte mit weit vorgerecktem Hals auf eine Hecke zu und krächzte wütend. Ich glaubte ein Knurren zu hören, dann entdeckte ich einen kleinen Schatten, der durch einen der Gärten huschte. Er war zu schnell wieder verschwunden, als dass ich hätte erkennen können, ob es sich um eine große Ratte oder eine sich duckende Katze handelte, aber mein erster Gedanke war: Cat Stevens, der graue Kater von Frau Martin.

Einer der Raben stieg in die Luft auf und landete schimpfend im Geäst eines Apfelbaums. Er sah die Katze – wenn es denn eine Katze war – offenbar immer noch.

Ich vergewisserte mich, dass noch Zeit blieb, bis Papa kam, und lief nach draußen. Zwar standen meine Aussichten, eine verängstigte Katze einzufangen, äußerst schlecht, aber wenn mir nur ein Blick auf das Tier gelänge, wäre das ein Hoffnungsschimmer für Frau Martin.

Die Raben flüchteten, als ich mich näherte. Blöd, nun hatte ich keine Spur, der ich folgen konnte, und musste auf gut Glück in den Schrebergärten suchen. Ich kletterte über verfallene Zäune, spähte unter Dornenhecken und durch die zerschlagenen Scheiben einiger Lauben. Immer tiefer drang ich in das verlassene Garten-Labyrinth. Keine Spur von Cat Stevens, ich schreckte nur ein paar Tauben auf. Außerdem begegneten mir gefühlt tausend Spinnen, Kellerasseln sowie eine Ratte, die mich anfauchte und schleunigst ein Apfelkerngehäuse aus meiner Reichweite schleppte. Und dann hörte ich plötzlich links von mir etwas klappern und knirschen. Es klang wie ein altes Fenster, das geschlossen wurde.

Neugierig schlich ich an dem Skelett einer toten Brombeerhecke entlang und näherte mich der Geräuschquelle. Ich entdeckte ein Gartenhäuschen, das in einem besseren Zustand war als die meisten anderen. Die Fenster waren intakt und unter dem Giebel des Flachdachs hingen keine Spinnweben. In der Dämmerung hätte ich mich niemals gewagt, durch das schief in den Angeln hängende Tor zu treten, aber noch war es hell. Neben der Türschwelle standen drei leere Limoflaschen. Hier war kürzlich noch jemand gewesen, sonst hätten längst Tiere oder der Wind die Flaschen umgeworfen.

Ich verletzte eindeutig die Privatsphäre von irgendwem, den ich nicht näher kennenlernen wollte. Egal. Ich war zu neugierig, um zu gehen, ohne einen Blick durch das Fenster riskiert zu haben. Außerdem hatte ich eine gute Entschuldigung, hier herumzustöbern, oder nicht?

»Miez, miez«, lockte ich und näherte mich der Hütte. »Stevens? Stevens, wo bist du? Bist du etwa da drin?« Das schlecht geputzte Glas, schwebender Staub dahinter und die Dunkelheit erschwerten mir die Sicht. Ich musste meine Stirn gegen die Fensterscheibe drücken und mit einer Hand das Licht der tief hängenden Sonne davon abhalten, sich darin zu spiegeln. Tatsächlich, das Gartenhaus schien bewohnt. Kleider lagen auf einem gemachten Bett. Dahinter führte eine schmale Tür in einen zweiten Raum, vermutlich die Nasszelle. Auf dem Tisch, der das Herzstück der Hütte ausmachte, stapelte sich Papier. Selbst eine Kochnische gab es, Geschirr stand neben einem Gaskocher zum Abtrocknen auf einem Tuch. Ob es noch nass war, konnte ich nicht erkennen. Wer, zum Geier, mochte hier –?

»Die Neugier tötet die Katze!«

Ich fuhr so heftig herum, dass ich mit der Schulter gegen den Fensterladen krachte.

Marlon. Und er sah aus wie ein fuchsteufelswilder Racheengel, der gerade einem düsteren Gemälde entkommen war, um die Welt heimzusuchen.

»Was willst du denn hier?«, blaffte ich ihn an, um meinen Schreck zu verbergen.

Er blickte sich um, die Oberlippe ablehnend geschürzt, so wie ich es Tage zuvor bei seinem Bruder gesehen hatte. »Du meinst nicht etwa mich, oder? Du wirfst mir nicht gerade vor, dass *du* in meinen Garten eingebrochen bist und *ich* die Dreistigkeit besitze, nach Hause zu kommen und dich dabei zu stören, oder?«

Sein Garten? Jetzt ging es aber los! War er noch zu retten, sich hier einzuquartieren? »Was meintest du mit der Katze?«, verlangte ich zu wissen. »Wer hat die Katze getötet?«

In Marlons Gesicht spielte Verärgerung mit Spott. »Ich weiß von keiner Katze. Es ist nur ein Sprichwort, kennst du das nicht? Ich habe dich eine Katze locken hören, aber ich gebe dir Brief und Siegel drauf, dass sie nicht hier ist.«

»Du bist doch gerade erst gekommen.«

»Siehst du doch!« Es gefiel ihm gar nicht, dass ich sein Versteck gefunden hatte. Er schien mit jeder Sekunde ärgerlicher zu werden. Doch ich spürte, dass nur ein kleiner Teil dieses Ärgers mir galt.

»Ich habe ein Fenster zuschlagen hören.«

Meine misstrauische Bemerkung machte ihn nur noch zorniger. Er verengte die Augen, sodass sein Blick mir fast Löcher in den Pelz brannte. »Das hintere lässt sich nicht richtig schließen. Wenn ein Windstoß unter der Tür durchzieht, schlägt es auf und zu.«

Und trotzdem wohnst du hier?, wollte ich ihn fragen, aber ich bekam es nicht über die Lippen. Ich fragte mich, ob Corbin ihn rausgeworfen hatte. Wegen mir? Nun gut, die Wohnung in dem fast leer stehenden Hochhaus war auch kein Luxus gewesen. Aber das hier war doch … eine Baracke! Mich wunderte, dass es hier überhaupt fließendes Wasser gab.

»Du solltest nicht hier sein«, meinte Marlon und schob die Tür auf. Ein Schloss schien es nicht zu geben, er hatte nicht einmal die Klinke runterdrücken müssen.

»Ich wohne keine hundert Meter Luftlinie entfernt.« Unschlüssig, ob ich ihm in die Laube folgen sollte, blieb ich im Eingang stehen. »Man kann mein Zimmerfenster von hier aus sehen. Ich habe schon als Kind in diesen Gärten gespielt. *Du* hast mir nicht zu sagen, ob ich hier sein darf oder nicht.« Mir fiel die Gestalt ein, die ich im Hof gesehen hatte, an dem Abend, als ich aus dem Krankenhaus gekommen war, und ich wusste mit einem Mal mit absoluter Gewissheit, dass er es gewesen war. »*Du* solltest nicht hier sein!«

Marlon wühlte auf dem Tisch herum. Fluchte. Erst jetzt sah ich, dass auch auf dem Boden Blätter lagen. Der Wind musste sie herumgewirbelt haben.

»Du verstehst überhaupt nichts«, murmelte er. Es klang, als spräche er mehr zu sich selbst als mit mir.

»Erklär's mir.«

Er fuhr sich durch die Haare. Ordnete dann in hektischen Bewegungen seine Unterlagen. Ein Blatt riss ein und Marlon donnerte mit der Faust auf den Tisch. So hatte ich ihn noch nicht erlebt.

»Was ist denn passiert?«, fragte ich leise und machte ein paar Schritte in die Hütte. Die Dielen ächzten unter meinem Gewicht. Marlons Bewegungen hatten keinen Laut verursacht.

»Nichts«, presste er widerwillig hervor, aber seine Wut bröckelte. Er war gar nicht wütend, stellte ich fest. Er tat nur so, aber in Wahrheit steckte etwas anderes dahinter.

»Nichts, was du mir sagen willst.«

Er lehnte sich gegen den Tisch und nickte, sodass ihm die Haare ins Gesicht fielen. Ich sollte verdammt sein, denn alles, woran ich denken konnte, war, sie ihm aus der Stirn zu streichen. Ihn noch einmal zu fragen, warum er aufgebracht war und dabei so müde aussah. Ich hatte ihn nie zuvor so schwach gesehen. Sein Anblick ging mir nahe, doch gleichzeitig erkannte ich meinen Vorteil. Wenn es einen Moment gab, in dem ich ihm wehtun konnte – und dazu hatte ich jedes Recht! –, dann war er jetzt gekommen. Er konnte mir nichts anhaben. Im schlimmsten Fall konnte ich ihm drohen, ihn an Stephan Olivier zu verraten. Meine jähe Kaltschnäuzigkeit hätte mich schockieren sollen, doch ich nutzte die Chance, weil ich nicht wusste, ob es eine zweite geben würde.

»Du machst es dir zu einfach. Du platzt in mein Leben, stellst alles auf den Kopf und trampelst auf Dingen herum, die mir etwas bedeuten. Du verfolgst mich wie ein Stalker. Du machst mich wütend und behauptest, damit das Richtige zu tun. Du nimmst dir, was du willst. Alles, was ich bekomme, sind vage Andeutungen. Du machst mir Angst wegen irgendetwas, das ich weder sehen noch verstehen kann. Etwas, das vermutlich nicht einmal existiert. Du beantwortest keine der wirklich wichtigen Fragen. Das geht so nicht. Ich will Antworten.« Mit jedem Satz war ich näher an ihn herangetreten, bis ich so dicht vor ihm stand, dass ich mich in seinen Augen gespiegelt hätte, wenn er aufsähe. Was er nicht tat. »Sofort!«, setzte ich nach.

»Was passiert sonst?« Marlons Stimme war gefährlich leise, und dass er weiterhin mit hängendem Kopf die Dielen anstarrte, verstärkte mein Unbehagen. »Sagst du sonst deinem Papi, dass ich dich geärgert habe?«

Er hätte die Drohung nicht gezielter platzieren können. Der Schuss kam unerwartet und traf mich tief. Doch damit war er zu weit gegangen. Ich ließ mich nicht länger einschüchtern. Meine Handflächen kribbelten. Wie gerne hätte ich ihm mitten ins Gesicht geschlagen! Das wütende Verlangen, ihm wehzutun, schrie danach, gestillt zu werden. Eine schallende Ohrfeige hätte das Jucken in meinen Händen durch ein angenehmes Brennen nach dem entscheidenden Schlag ersetzt. Ich kämpfte gegen die bittersüße Vorstellung an. Mühsam.

Und dann, als ich gegen meine Wut gewonnen hatte … trat ich ihm mit voller Wucht gegen das Schienbein.

Man hätte meinen können, mir wäre ein Affe aus dem Hintern gekrochen, so verwirrt sah Marlon mich an. Ich selbst war nicht weniger perplex, stand still wie ein Stein. Fehlte nur, dass ich zu singen begann. Der Gedanke veranlasste mich zu einem albernen Kichern und das wiederum ließ mir das Blut in den Kopf steigen. Wie peinlich. Marlon blieb an den Tisch gelehnt stehen und runzelte lediglich die Stirn. Verdammt, ich hatte ihn nicht treten wollen. Nicht wirklich. Ich biss mir auf die Unterlippe. Magere Selbstkasteiung.

»Du hast recht«, sagte er schließlich, was meine Verwirrung in den kritischen roten Bereich trieb. Noch ein wenig mehr und mein Kopf würde explodieren. Puff und weg.

»Noa, guck nicht wie ein Zäpfchen kurz vor dem Einführen. Du hast tatsächlich recht. Aber ich bin nicht allmächtig und kann es nicht mehr ändern. Ich bitte dich ein letztes Mal um Verzeihung. Danach ist Schluss, ich krieche nicht länger vor dir im Dreck.« Er hielt mir eine tintenverschmierte Hand hin. Die linke. »Nimm an oder lass es. Ganz einfach.«

Einfach war es ganz und gar nicht. Er hatte mich nicht eine dumme Pute genannt, am Zopf gezogen oder in den Müllcontainer geworfen. Er und seine Freunde hatten mich entführt. Er selbst hatte meine Familie bedroht.

Marlon seufzte schwer, da ich seine Hand nur anstarrte, aber nicht ergriff. »Wenn du mir glauben würdest«, meinte er, »könnte ich dir mehr sagen.«

»Wenn du mir mehr sagen würdest, könnte ich dir vielleicht ein bisschen glauben.«

Auf seiner linken Wange zeichnete sich ein Grübchen ab, offenbar sollte das mal ein Lächeln werden, zu dem er sich noch nicht überwinden konnte. »Ich soll eine Tatsache gegen ein Vielleicht und ein bisschen eintauschen? Schlechter Handel.«

Diesmal streckte ich die Hand aus, getrieben von plötzlicher Courage. »Schlag ein oder lass es. Mehr bekommst du nicht.«

Seine Hand war kühl, als er meine ergriff, kurz und kräftig drückte und dann wieder losließ.

»Also«, sagte ich. »Fangen wir mit etwas Leichtem an. Bist du mir heute wieder gefolgt?«

Er schüttelte den Kopf. »Nein. Aber ich habe gesehen, dass du mit deiner Mutter weggefahren bist.«

Allein dieses Wissen war für meinen Geschmack schon zu viel. Aber ich beließ es dabei, aus Erleichterung, weil er demnach nicht wusste, dass ich Olivier getroffen hatte. »Okay, noch eine Frage: Was ist heute passiert? Warum bist du so unruhig?«

Kurz dachte ich, Marlon würde sofort wieder dichtmachen, denn er wandte sich ab und trat an die Küchenzeile. Doch nachdem er Wasser in den Kessel gefüllt und den Gaskocher mit einem Streichholz entzündet hatte, begann er leise zu sprechen.

»Corbin geht es nicht gut. Aber das interessiert dich vermutlich weniger, oder?«

Mein Mitgefühl mit diesem Grobian hielt sich tatsächlich in Grenzen. Meine Neugier nicht. »Was ist mit ihm?«

»Es ist … eine Art Erbkrankheit.« Marlon stellte den Kessel auf die Flamme, doch er drehte sich immer noch nicht um. Er legte die Hände auf die Arbeitsplatte, selbst in dem schummrigen Düster, das in der Hütte vorherrschte, sah ich die Anspannung in seinen gespreizten Fingern. »Im letzten Jahr fingen die Anfälle an. Zuerst nur vereinzelt und kurz, es beeinträchtigte ihn kaum und er spürte nach dem ersten Mal monatelang nichts. Aber die Abstände wurden kürzer, die Anfälle dafür länger. Heute war es so weit, dass ich dachte –« Er brach ab. Seine Schultern zuckten und ich hatte plötzlich den bitteren Geschmack von Galle im Mund.

»Das tut mir leid«, murmelte ich. »Solltest du nicht bei ihm sein?«

»Er hat mich weggeschickt, kaum dass er wieder sprechen konnte. Emma ist bei ihm.«

Ich setzte mich auf den einzigen Stuhl und spielte an den Nähten meiner kurzen Hose herum. Ich wusste nicht, was ich sagen sollte. Ich wusste nicht einmal, was ich denken sollte. Konnte ich ihm überhaupt glauben? Es half, wenigstens meine Hände zu bewegen. Marlon schien es ähnlich zu gehen, er wischte zwei Tassen mit einem Tuch aus.

»Habt ihr wegen mir Streit?«, fragte ich vorsichtig.

Er drehte sich zu mir um und musterte mich mit schief gelegtem Kopf. »Das braucht dich nicht kümmern.«

»Tut es aber.«

Er zögerte. »Nein, nicht deinetwegen«, sagte er dann. »Wir hatten Streit, weil wir uns wegen dir uneinig waren. Es war unsere Schuld, nicht deine. Wenn du es genau wissen willst«, er lachte leise, »war es eigentlich allein Corbins Schuld.«

Ich bemühte mich zu lächeln und er widmete sich wieder dem Geschirr.

»Was ist das für eine Krankheit?«, wollte ich wissen. Eine Erbkrankheit hatte Marlon es genannt. Ob er sie auch hatte? Wieder schien uns meine Frage auf dünnes Eis zu führen, denn er ließ sich mit seiner Antwort Zeit.

Schließlich sagte er in seltsam förmlichem Ton: »Mir wäre es lieb, wenn wir diesen Punkt vertagen könnten. Kaffee? Ich habe nur diesen Cappuccino aus der Dose, aber –«

»Verdammt!« Ich sprang auf. Marlon hielt eine Packung von Papas Lieblingskaffee in der Hand, die mich daran erinnerte, dass mein Vater in Kürze nach Hause kommen und meinen Ausflug bemerken würde. »Entschuldige, aber ich muss gehen.«

Es lag sicherlich am nachlassenden Licht, aber als Marlon sich umdrehte, erschien er mir blasser als zuvor. »Das solltest du wirklich.« Seine Worte klangen unangenehm endgültig.

»Darf ich wiederkommen?«

Er schüttelte langsam den Kopf. »Besser nicht. Du könntest jemanden herführen. Kann ich dich um etwas bitten?«

»Das Übliche?« Ich war merkwürdig enttäuscht, ihn morgen nicht besuchen zu dürfen. Ich hätte gerne einen Cappuccino mit ihm getrunken und maulte innerlich über die zu schnell verrinnende Zeit. »Keine Sorge, ich verrate niemandem, dass du hier bist.«

»Du bekommst mehr Antworten von mir«, versprach Marlon leise.

»Bald?«

Er nahm ein paar Blätter vom Tisch und betrachtete sie nachdenklich. Dann faltete er sie mehrmals, fuhr die Knickkanten mit dem Daumen nach und reichte mir das entstandene Papierpäckchen. Er tippte sich an die Schläfe, seine Art eines Abschiedsgrußes. »Jetzt. Und nun geh besser.«

Ich nickte und verbot mir sowohl das Öffnen des Päckchens als auch, ihn nach einem Wiedersehen zu fragen. »Sag mir Bescheid, solltest du die Katze sehen, ja?«

Er gab ein abfälliges Geräusch von sich. »Hier kommt im Leben keine Katze her.«

Als Papa kam, hatte ich das Papierpäckchen unter meinem Kopfkissen versteckt. Ich lümmelte vor dem Fernseher herum und erweckte den Eindruck, vor Langeweile kaum mehr geradeaus gucken zu können. Tatsächlich kostete es mich jede Menge Nerven, den ganzen Abend über so zu tun, als sei nichts gewesen. Marlons Brief schien nach mir zu rufen: Lies mich endlich, komm, lies mich, liesmichliesmichliesmich! Beim Essen wurde Papa sogar ein bisschen misstrauisch, da ich entgegen meiner Gewohnheiten wenig aß und keinen Nachtisch wollte, obwohl mein Lieblingspudding im Kühlschrank stand. Mein Magen war allerdings zu keinem Theaterspiel bereit. Er fühlte sich an wie mit Blei ausgegossen und machte mir unmissverständlich klar, dass er jeden Bissen, den ich zu viel nahm, postwendend und mit unfreundlichen Grüßen zurückschicken würde. Wir räumten ab und sahen uns danach einen Endzeitthriller mit Will Smith an. In dem Film kommt ein treuer Hund ums Leben – solche Szenen gingen mir immer viel näher, als mir lieb war –, es war also kein Wunder, dass ich permanent im Sessel hin und her rutschte und an meinen Nägeln kaute. Papa entspannte sich. Als er sich nach dem Abspann an seinen PC setzte, um ein paar Mails zu beantworten, schlug ich drei Kreuze. Ich wünschte ihm eine gute Nacht und verzog mich in mein Zimmer.

Ohne Licht zu machen, trat ich ans offene Fenster und sah hinaus. Finsternis hatte sich über meine verwunschenen Gärten gelegt, aber ich wusste auch blind, wo Marlons Hütte stand. Dass er mich durch die Dunkelheit hindurch nicht sehen konnte, gefiel mir.

Ich hätte mir Stille gewünscht, doch so etwas gab es in unserem Haus nicht. Ständig hörte man den Fernseher der Nachbarn murmeln, eine Klospülung fauchen oder das Gluckern der Rohre. Permanentes Grummeln und Brummen, als knurre dem Haus vor Hunger auf Leben der Magen. Ich schaltete den CD-Player ein, ohne darauf zu achten, was drinlag. Zufallsauswahl. Bevor die ersten Klänge aus den Boxen ertönten, saß ich bereits wieder auf der Fensterbank, mein Papierpäckchen im Schoß haltend. Ich liebte es, die Spannung hinauszuzögern und meine Neugier anzufachen wie ein Feuer, dem ich Tropfen für Tropfen Spiritus zugab. Die Musik begann – Luxuslärm. Das Lied fing melancholisch an und war ein wenig zu laut für die späte Stunde, doch ich stand nicht auf, um es leiser zu drehen. Stattdessen sehnte ich mich den Tönen hinterher, die frei wie Vögel aus meinem Zimmer flogen, sich durch die dichten Baumkronen schlängelten und leiser, sanfter, zerbrechlicher werdend über die flachen Dächer der Gartenlauben strichen. *Denn ich hab dich nie gehalten, ich hab dich nie vermisst, ich weiß nicht, wer du warst, nicht, wer du bist.*

Das traf es gut. Meine Finger fuhren hauchzart über das Papier in meinen Händen. Ich genoss das Gefühl und zugleich versuchte ich es zu unterbinden.

Was war nur los mit mir? Sollte ich Oliviers Warnung nicht etwas ernster nehmen? Mein Bauch war sich sicher und sagte: Nö.

Ich zelebrierte das Entfalten, strich jeden Knick sanft glatt und horchte auf das Rascheln, mit dem der Wind über die Zeilen strich, als würde er sie mir vorlesen. Worte, die ich nicht hören sollte, in einer Sprache, die ich nicht kannte und trotzdem verstand.

Ich kenn nicht mal deinen Namen, hallte es aus den Boxen, *ich hab dich nie geliebt, ich hab nur grad vergessen zu vergessen, dass es dich gibt.*

Es war mir nicht mehr wichtig, was in dem Brief stand. Entscheidender war, was er in mir bewirken würde. Ich wusste es, ohne ein Wort gelesen zu haben. In meinem Inneren glühte keine Spannung, sondern etwas völlig anderes. Mir schauderte, als mir klar wurde, dass ich offenbar doch ein größeres Problem hatte als zunächst befürchtet.

Denn irgendwann musste mir mein Verstand entglitten sein, der üblicherweise mein Herz so sorgsam verteidigte. Schutzlos hatte es eine Dummheit begangen. Ich kann bis heute nicht sagen, wann es geschehen war, aber ich werde nie den Moment vergessen, als es mir mit der Intensität eines Beils im Schädel bewusst wurde.

Falsch, falsch, falsch. Und doch nicht mehr zu ändern.

Ich hatte mich in Marlon verliebt.

Eine Weile saß ich im Dunkeln und sah hinaus. Hin und wieder glaubte ich, ein Licht bei Marlons Hütte aufflammen zu sehen, doch es war immer schneller verschwunden, als ich mich fragen konnte, ob ich es mir nur eingebildet hatte. Ich wagte nicht, eine Lampe einzuschalten. Dann würde er meine Silhouette sehen, jede Bewegung, die ich machte. Aber so konnte ich den Brief nicht lesen. Ein Dilemma, aber mein kleinstes. Innerlich erstellte ich Listen mit dem Für und Wider, ihn zu mögen.

Pro: Er sah verdammt gut aus.

Herrgott, war das oberflächlich, das musste ich streichen!

Noch mal von vorn.

Pro: Er beschützte mich. Contra: Er verriet mir nicht, vor wem oder was.

Pro: Er hatte mich befreit. Contra: Und entführt.

Pro: Er war humorvoll – und verspottete mich, schlagfertig – und ein Schläger, klug – und berechnend.

Pro: Er faszinierte mich. Contra: Er machte mir Angst. Wobei das nicht mehr ganz richtig war, an diesem Abend hatte ich glatt vergessen, mich vor ihm zu fürchten.

Und Stephan Oliviers Warnung? Ach, was konnte ich darauf schon geben? Bis auf die unerfreuliche Tatsache, dass ich dem Typen mein Leben verdankte. Verdammt!

Irgendwann kapitulierte ich. Ich schloss das Fenster und zog die Vorhänge zu. Dann kramte ich meine Taschenlampe hervor, setzte neue Batterien ein und verkroch mich trotz der Affenhitze mitsamt dem Brief unter meiner Bettdecke. Bang vor Erwartung richtete ich den Lichtstrahl auf die Zeilen.

Zunächst fiel mir die steile und eckige Schrift auf. Nachtschwarze Tinte, von einem Füller mit breiter Feder aufs Papier gebracht und an manchen Stellen verwischt. Er war Linkshänder, das hatte ich schon vermutet. Dann entdeckte ich die T und D, die er größer machte als die anderen Buchstaben. Erst auf den dritten Blick bemerkte ich, dass Marlon mir keinen Brief geschrieben hatte.

Sondern eine Geschichte.

Als Kind hatte Brijan sich gewünscht, all sein ungewolltes Sehnen möge sich in seinem Herzen sammeln, damit er sich die Brust aufschlitzen, das Herz herausreißen und es ins Meer werfen konnte. Diese Vorstellung war angenehmer als die Aussicht, auf ewig mit dem Sehnen zu leben. Das flüsternde Locken ließ ihn von innen heraus verdorren, Tag für Tag ein wenig mehr.

Er war ein kränkliches Kind gewesen, sein Körper muskulös und stark, doch seine Haut zu dünn, um das Fleisch vor den beißenden Sonnenstrahlen zu schützen. Die Hitze brannte in jedem Sommer alle Kraft aus seinen Gliedern. Wenn die Schultern, Wangen und Nasenrücken der anderen Kinder sich röteten, warf seine Haut Blasen. Selbst das Brunnenwasser, das er literweise die Kehle hinabstürzte, half nichts, wenn er in Panikzustände verfiel und fürchtete, zu Kalk zu vertrocknen. Er spürte, wie sich mit jedem Atemzug mehr Staub in seinen Lungen ablagerte. Staub, an dem er eines Tages ersticken würde. Er hätte das Atmen aufgegeben, wenn es ihm möglich gewesen wäre.

Die Menschen in seinem Dorf wichen ihm aus, gingen ihm aus dem Weg, denn sie spürten, dass er nicht zu ihnen gehörte. Auch er spürte, dass er nicht zu ihnen gehörte, darum ging er ihnen aus dem Weg und wich ihnen aus. Kreise zeichneten seine Wege, permanente Umwege.

Sie gaben ihm einen Namen, um festzuhalten, dass er anders war. Durch den Namen unterschied er sich von ihnen und war somit keine Gefahr für ihre Ordnung, in der es Absonderlichkeit nicht geben durfte. Aber er war anders. Er war der Wechselbalg. Durch diese Bezeichnung sorgfältig aus ihrem Kreis herausgeschnitten, sodass niemand für ihn verantwortlich sein musste.

Die Jahre auf dem elterlichen Hof waren hart, doch nie so hart, um mehr zu brechen als ein paar Knochen, die wieder zusammenwuchsen. Er bedauerte das. Jede Strafe, jeder Schlag mit dem Riemen brachte die Hoffnung, das Zerren seines Herzens zu zerstören und das grausame Flüstern zum Schweigen zu bringen. Er forderte die Maßregelungen regelrecht heraus. Stöcke zerbrachen bei dem Versuch, seiner widernatürlichen Sehnsucht ein Ende zu setzen. Waren seine Knochen auch zerbrechlich, sein Fleisch auch zerreißbar – das Sehnen in seiner Brust war es nicht.

Mit den Jahren fand er heraus, was er am besten konnte. Seine Finger waren schnell und geschickt, niemand knüpfte schneller ein Netz als er. Und so verließ er den Hof der Eltern am Tag, als sie versprachen, ihn nicht zurückzuholen, und fand Arbeit bei einem Fischer. Er liebte es, dem altersblinden Mann die Netze zu binden, die Planken des Bootes zu schrubben und das Segeltuch sauber zu halten. Bald oblag ihm die Verantwortung für jedes einzelne der Taue an Bord und es dauerte nicht lange, da hörte er an ihrem Knarren, wo ein Knoten sich zu lockern oder eine Faser zu reißen drohte. Doch nur ein einziges Mal, an Brijans erstem Tag, nahm der Fischer ihn mit hinaus aufs Meer, denn sein Lehrjunge verdarb ihm den Fang. Kein Fischlein fand sich im Netz wieder, solange der Junge an Bord war.

So musste er also im Hafen zurückbleiben, und wenn sein Meister einlief, ließ Brijan sich nicht anmerken, wie sehr es ihn schmerzte, die toten Fische, die sich in den Netzen verfangen hatten, herausschneiden zu müssen. Ihn verstörte der Anblick der Seile, die sich tief in die glitzernden Leiber gegraben hatten. Es war, als legte sich eine solche Schlinge auch um seinen Körper – er spürte, was die Fische spürten. Erst wenn der ganze Fang in Salzfässern eingelagert war, lockerte sich das Seil um seinen Magen und Brijan begann mit der Arbeit, die die Plackerei mit den Fischkadavern wieder wettmachte. Begleitet vom Knarren der Bohlen, dem hölzernen Klopfen, mit dem die Schiffsrümpfe gegen den Steg schwankten, und dem Geschrei der Möwen schrubbte er Seepocken und Algen von den Außenwänden des Kutters und flickte Netz um Netz.

Das Leben hier am Meer war besser als alles, was er kannte, doch noch immer hörte Brijan die steten Stimmen, die ihn umwarben. Im Rauschen der Flut lagen lüsterne Versprechungen und in dem Plätschern der Wellen, die gegen das felsige Küstengestein schlugen, klangen gurrende Lockrufe mit.

Doch einen Teil seines kargen Erbes gab der Junge nicht hin: Er hielt an seiner Gottesfurcht fest und verschloss sein Herz vor den dämonischen Stimmen, die ihn, so hatte es der Vater gelehrt, in die Verdammnis rufen wollten.

Zum Ende des Sommers hin verstarb der alte Fischer und seine Frau gab ein Geschrei von sich, dass man es drei Dörfer weiter noch hörte. Am Tag darauf jagte sie den Jungen mit Schimpf und Schande fort, als er keinen Fisch – Herrimhimmelisteszuglauben, nicht mal eine mickrige Gräte –, an Land brachte. In ihrer Wut auf den Gatten, der ihr keinen Sohn geschenkt und stattdessen einen Nichtsnutz von Lehrling zurückgelassen hatte, sprach sie einen Fluch aus. Das Meer solle die Seele des vermaledeiten Jungen holen, da er, Herrimhimmelisteszuglauben, zu nichts anderem als Fischfutter taugte. Von dem Tag an wusste Brijan, dass er von Gott ebenso verlassen worden war wie von seinem Vater, der ihn den Glauben gelehrt hatte.

Nun mag man es Zufall oder Schicksal nennen, dass der Fluch der alten Vettel längst nicht mehr nötig war, denn die legendären Herrscher der Tiefe hatten ihre Wahl bereits vor Jahren getroffen, als die unberührte Mutter des Jungen im Meer geschwommen war und angeboten hatte, den Stammhalter einer neuen Gene-

ration für sie auszutragen. Doch weckte das keifende Fischerweib sehr wohl die Neugier der Herrscher des Meeres und erinnerte sie daran, dass aus dem Samen inzwischen ein junger Mann herangewachsen war.

In derselben Nacht, als ein voller Mond vor Furcht im Ozean zitterte und ein zweiter kalt und gleichgültig vom Himmel aus zusah, fand der Junge sich am Ufer wieder, ohne zu wissen, wie er dorthin gekommen war. Im flachen Wasser machte er drei Gestalten aus. Von Neugier und Erregung getrieben, lief er durch die aufspritzenden Wellen und kniete neben ihnen nieder. Ihr Anblick, die menschlichen Umrisse mit den Gesichtszügen von Raubfischen, eingerahmt von langem Algenhaar, machte ihm keine Angst. Ihre glänzenden Schuppen faszinierten ihn, wie goldener Schmuck es nicht vermochte. Seine Antwort war gegeben, bevor sie ihm die Frage stellten. Sie hätten ohnehin kein Nein akzeptiert.

»Wirst du …«, begann das erste Wesen, »… deine Sehnsüchte erfüllen?«, fragte das zweite.

»Und«, das dritte stieß ein Zischen aus, »somit auch das Sehnen unserer Rasse nach dem Leben an Land stillen?«

Der Junge schauderte vor Dankbarkeit. »Ihr ahnt nicht, wie viele Jahre ich darauf bereits warte. Aber lasst euch gewarnt sein vor dem Leben an Land.« Bitterkeit vergiftete sein Herz, als er an die Jahre der Entbehrungen dachte. »Dort gibt es nichts, was ihr wollt.«

Die drei Wesen lachten. Geräusche, als würden Kiesel durch eine metallene Schale schrammen.

»Du Dummkopf! Wir wollen nicht …«

»… das Land.«

»Nur das Leben.«

»Das teure Leben.«

»Köstliches Leben.«

»Das Leben. Das Leben, nur das Leben.«

Mit einem Mal wurden alle drei ernst. »Du musst den Pakt unterzeichnen«, sprachen sie im Chor. »Dreimal unterzeichnen. Drei Versprechen musst du uns geben, die dein Volk auf immer halten wird. Das ist der Preis.«

»Der Preis! Der Preis! Der Preis!«

»Zier dich nicht, ist doch ganz billig!«

Brijan schluckte, als eins der Wesen seine klauenbewehrte Hand hob und seine Lippen mit Wasser benetzte. Der Geschmack des Meeres ließ ihn aufseufzen.

»Willst du es?«, schnurrte das Wesen.

»Ja. Nennt mir den Preis.«

»Den«, die glitschigen Hände der Kreatur strichen über Brijans Wangen, durch sein Haar und über seine bloße Brust, wo sie das Brennen seiner geschundenen Haut linderten, »wirst du erfahren, wenn du unterzeichnet hast. Bist du bereit?«

»Bist du …«

»… bereit?«

Er war es. Es war keine Erklärung vonnöten, instinktiv wusste er, was er tun musste. Er senkte die Hand und das Meer wurde starr wie ein Spiegelbild des nächtlichen Himmels. Die Winde hielten den Atem an, die Wellen verharrten still. Mit den Fingerspitzen zog der Junge seine Signatur in die Oberfläche: Brijan vom Trassdeich.

»Der …«

»… erste …«

»… Preis, der zu zahlen ist!«, säuselten die Wesen. Sie nahmen den Jungen bei den Händen und zogen ihn in die Tiefe.

Wasser flutete seine Lungen, dehnte sie, überforderte sie, bis sie unter Qualen rissen und er einen roten Schweif aus Blut hinter sich herzog. Er starb. Und wurde wiedergeboren als Chimäre. Nicht mehr Mensch, nicht Fisch, nicht Monster. Sondern etwas Fremdes, doch kein Aussätziger mehr. Sondern selbst ein Vater, ein Meister, ein König. Der Gott einer neuen Rasse.

Es ist spät. Schlaf gut, Mag.

Ich starrte auf die letzte Zeile und fühlte mich ertappt. Beobachtet. Hastig schlug ich die Decke zurück und sah mich in meinem Zimmer um. Ich war allein. Natürlich war ich allein. Marlon hatte vermutet, dass ich die Geschichte noch am selben Abend lesen würde, darum hatte er den letzten Satz daruntergesetzt. Merkwürdig war nur, dass er kein Wort mehr geschrieben hatte, als ich in der Hütte gewesen war. Er musste es darauf angelegt haben, mir an diesem Abend zu begegnen, das war kein Zufall gewesen. Und wieder dieser Name. *Mag.*

Ich schüttelte den Kopf, war viel zu verwirrt, um über die Bedeutung der Geschichte nachzudenken. Marlon hatte mir Antworten versprochen und gab mir … das?

Schweiß stand auf meiner Stirn, weil ich die ganze Zeit unter der Bettdecke gelesen hatte. Und das Papier war durch meinen kondensierten Atem leicht aufgeweicht. Ein paar der tintenschwarzen Buchstaben waren aufgequollen oder es wuchsen winzige Triebe an ihren Rändern, mit denen sie sich am Papier festklammerten.

Ich trat noch einmal ans Fenster und lugte zwischen den Vorhängen hindurch. Dass er mir schon wieder einen Schritt voraus war, ärgerte mich. Er konnte mir eine gute Nacht wünschen, was mir nicht möglich war. Ungerecht! Aber Moment mal. Ich nahm mein Handy von der Fensterbank und tippte meine fiktive Marlon-E-Mail-Adresse ein.

Du auch, Marlon.

Ich drückte auf Senden. Zufrieden klappte ich das Handy zu. Für ein paar Minuten blieb ich noch am Fenster stehen. Nur um sicherzugehen, dass kein Zeichen mehr aus Richtung der Hütte kam. Es kam auch keins. Stattdessen fiel eine Sternschnuppe.

Aber ich wusste beim besten Willen nicht, was ich mir wünschen sollte.

LEKTION 6

Wie man das Feuer fliegen lässt

Die folgenden Tage veralberten mich, indem sie mir vormachten, alles sei wie immer. Sie taten ihr Bestes, aber ich wusste, dass es nur Show war. Auch wenn es niemand außer mir erkannte, war mir klar, dass sich etwas Entscheidendes verändert hatte. Ich kam mir vor wie Galileo Galilei, der wusste, dass die Erde sich um die Sonne drehte, sosehr es alle anderen auch abstritten. Nur dass ich mich nicht streiten konnte, denn dazu hätte ich reden müssen. Reden allerdings war tabu.

Lediglich Rosalia erzählte ich ein wenig von Marlon, aber auch nur, weil ich jede Nachfrage ihrerseits umlenken konnte, indem ich auf sein Äußeres zu sprechen kam. Rosalia ist nicht so oberflächlich, wie das klingen mag, sie lässt sich nur gut ablenken, quietscht begeistert und ärgert sich erst nach dem Auflegen, mir wieder nichts Entscheidenderes entlockt zu haben.

Mit Dominic dagegen konnte ich kaum ein Wort über Marlon wechseln. Wir kannten uns zu gut. Er würde die richtigen Fragen stellen, was mich zum Lügen zwänge, und das würde er wiederum durchschauen. Also ließ ich nur fallen, dass ich jemanden kennengelernt hatte. Einen Flirt, so nannte ich Marlon. Nichts Ernstes. Er gab sich damit zufrieden, obwohl er bestimmt sehr genau merkte, dass da noch mehr war. Ich konnte kaum glauben, wie gelassen er mein Schweigen hinnahm. Vor ein paar Wochen hatte er sich um ein Mädchen bemüht und war auch eine Weile mit ihr zusammen gewesen. Ich war ihm mit meiner Neugier – ich muss gestehen, dass auch ein Quäntchen Eifersucht im Spiel gewesen war – schrecklich auf die Nerven gefallen. Dom akzeptierte meine Privatsphäre eindeutig besser als ich seine. Wir gingen gemeinsam skaten, strolchten durch die Straßen und nutzten die heißen Tage, um uns die Haut im überchlorten Freibad verätzen zu lassen. Meine Mutter war stolz auf mich, weil ich weiterhin etwas für meine Figur tat, auch wenn ich das Projekt McSweat abgeschrieben hatte.

Nachdem mein Handgelenk nicht mehr aufmuckte, nahmen wir das Poi-Training wieder auf. Dom hatte sich zu meinem Coach erklärt, gab mir Tipps zu meiner Haltung, meckerte, sobald ich aus dem Rhythmus kam, und war immer für mich da, wenn es brannte. Das war wortwörtlich gemeint, denn ich hatte es bei einem meiner allerersten Feuertänze geschafft, meine halbe Hose abzufackeln, während mein Bein noch drinsteckte. Doms beherztem Eingreifen war es zu verdanken, dass nichts außer einer unscheinbaren Brandnarbe am Oberschenkel zurückgeblieben war. Derzeit war es schlichtweg zu warm, um die Poi anzuzünden. Die Übungen waren auch ohne Feuer schweißtreibend genug, doch ich hängte mich rein, als ginge es um mein Leben. Denn solange ich mit den Poi tanzte, musste ich nicht an Marlon denken.

In den ersten Tagen hatte ich noch oft zu den Gärten hinübergesehen oder auf der Spielplatzmauer gesessen. Doch selbst dort wies nichts auf ihn hin. Es war, als hätte es ihn nie gegeben, und ich fragte mich mehr als einmal, ob er schon gegangen war. Wohin auch immer er gehen wollte.

Mamas Aufenthalt näherte sich seinem Ende. Natürlich. In wenigen Tagen wäre Joels Geburtstag gewesen; diesen Tag verbrachte sie nie mit Papa und mir, sondern am liebsten so weit fort von uns wie nur möglich.

An ihrem letzten Tag in Deutschland lud sie mich noch einmal zu einem Eisbecher ein. Die Außentische des Cafés waren über den Marktplatz verstreut, mit Blick auf den Brunnen sowie die Löwenstatue, die über ihn wachte. Hier hatte ich Marlon zum ersten Mal gesehen, damals im Regen. Heute grillte uns die Sonne und ließ die Luft um die Steine herum flirren. Trotzdem erschien nicht mal eine Fata Morgana von Marlon.

Mama und ich schlürften Milchshakes, redeten über Mode, stramme Schenkel und die neue Staffel ihrer Lieblingsfernsehserie (die ich nicht kannte, aber das musste sie nicht wissen). Wir sahen jungen Männern hinterher und kicherten. Mädchen in meinem Alter stand der Neid ins Gesicht geschrieben, wohl weil sich jeder Teenager eine solche Mutter wünscht. Oder etwa nicht?

Am Nebentisch schwoll Unruhe an. Eine junge Frau saß dort mit zwei etwa fünfjährigen Zwillingsmädchen, sie trugen kurze Latzhosen und Kopftücher in Hellblau und Mintgrün, die sie wohl vor der Sonne schützen sollten. Eins der Mädchen, Miss Mintgrün, begann zu wüten, da es das bestellte Erdbeereis plötzlich nicht mehr wollte, sondern lieber Schokolade wie Miss Hellblau. Meine Mutter sprach laut gegen das schrille Kreischen an, erzählte irgendein Gerücht über einen Schauspieler in meinem Alter, den sie »zwar noch ein paar Jahre auf die Weide stellen würde«, aber »grundsätzlich schon mal heiß« fand.

Als Miss Mintgrün ihre Eiswaffel auf die Erde warf und wie eine Sirene zu heulen begann, wandte sich meine Mutter kurzerhand der Bedienung zu, bestellte eine weitere Eistüte – »Schokolade, bitte flott, Fräulein!« – und drückte sie dem Kind kurz darauf mit einem »Jetzt ist aber Schluss« in die Hände. Zufrieden drehte sie sich wieder in meine Richtung und schwärmte übergangslos von ihrem Hollywood-Hengstfohlen. Hinter ihrem Rücken bemerkte ich den leeren, fassungslosen Blick der Zwillingsmutter, deren Versuch, auf Miss Mintgrüns Wutanfall mit ruhiger Konsequenz zu reagieren, gerade in einem Schokoladeneis versumpfte. Und plötzlich begriff ich.

Ich begriff, warum Mama nur oberflächlich nach Marlon gefragt und Papa nichts davon gesagt hatte. Warum mein Wegbleiben über Nacht sie nicht nachhaltig gestört hatte. Warum sie nicht mit mir sprach, sondern nur quatschte, und sich nie Sorgen um mich machte. Ich hatte angenommen, sie würde mir vertrauen, gedacht, sie würde mich für vernünftig halten. Aber das war Blödsinn. Bullshit. Das alles war einfach nicht länger ihre Aufgabe.

Ich hatte gar keine Mutter mehr.

Sie war mit meinem Bruder gestorben. Sie hatte lediglich einen Rest von sich zurückgelassen und diesen mit unterschiedlichen Häkchen an einem alten Leben befestigt, das ihr nicht mehr passte. Wie ein Kleidungsstück, das längst zu eng ist, doch man behält es der Erinnerungen wegen im Schrank. Ich war eins dieser Häkchen. Vermutlich ein stabiles, denn ich zweifelte nicht an ihrer Liebe, vielleicht war ich sogar ein reißfester Karabinerhaken. Aber nicht mehr ihr Kind. Schon lang nicht mehr. Vermutlich hatte es mir deshalb auch so wenig ausgemacht, dass sie ausgewandert war.

Diese Erkenntnis änderte nichts. Wir plauderten weiter, diskutierten über das aktuelle Album von Lady Gaga, wobei ich nachplapperte, was ich bei meinen Klassenkameraden aufgeschnappt hatte, denn ich mochte ihre Musik nicht. Ich ließ mir meine Gedanken nicht anmerken, nur mein Milchshake glitt mir plötzlich salzig durch den Hals, als würde ich Tränen hinunterschlucken.

Als es für Sybille Zeit war, zum Flughafen aufzubrechen, verabschiedete ich mich, indem ich die Luft neben ihren Wangen küsste. Sie bemerkte nicht einmal den Unterschied.

Am nächsten Morgen erwachte ich vor dem Tag. Es war nicht einmal halb sechs, fast noch dunkel draußen, aber der Versuch, mich umzudrehen und weiterzuschlafen, misslang. Meine Beine wurden unruhig und ich wälzte mich so lange herum, bis ich mich in der Decke verheddert hatte. Schließlich stand ich auf und öffnete das Fenster. Über den Gärten hing dichter Nebel, aus dem nur die Baumwipfel herauslugten. In der Kastanie nahe meinem Fenster hockten die Raben. Selten sah man alle vier gemeinsam. Der größte saß mit Spot – den ich wegen des winzigen hellgrauen Flecks auf der Brust so genannt hatte – auf einem Ast und sah zu mir herüber. Die beiden mochten sich, ich sah sie oft zusammen. Etwas weiter abseits pedikürte Suzie ihre Krallen mit dem Schnabel. Meine Biologiekenntnisse waren nicht überragend, ich hatte ehrlich gesagt keinen Schimmer, ob Suzie wirklich ein Weibchen war. Aber sie verbrachte immer viel Zeit mit der Gefiederpflege und manchmal hatte ich den Eindruck, sie würde in Fensterscheiben und Pfützen den Sitz ihrer Federn überprüfen. Klischee, lass nach, aber ich glaubte fest daran, dass sie ein Rabenmädchen war. Gerade landete Pinsel neben Suzie. Er hatte sich jedoch einen Platz zu nah an der Astspitze ausgesucht.

Der Ast bog sich durch, bis Pinsel schließlich in der Waagerechten hing – krampfhaft klammerte er sich mit Krallen und Schnabel fest. Suzie krächzte erbost auf, als der ganze Ast sich bedrohlich senkte, und die anderen beiden Raben sträubten verärgert das Gefieder. Ich musste lachen und Pinsel gab auf. Er suchte sich einen neuen Ast und begann nach der Landung sofort, an diesem herumzuknabbern. Er riskierte keinen Blick in die Richtung der anderen oder zu mir, als wäre ihm die Beinahe-Bruchlandung peinlich. Ich fragte mich, ob er unter seinen schwarzen Federn rot wurde.

Die feuchte Morgenluft führte eine verlockende Frische mit sich und lockte mich hinaus ins Freie. Mein Blick fiel auf die an der Heizung hängenden Feuer-Poi, die ich nun schon seit gut zwei Wochen nicht mehr angezündet hatte. Ich strich die Kette entlang und über die schweren, rauen Kevlar-Heads. Kevlar sieht aus wie die Sisal-Ummantelung eines viel genutzten Kratzbaums. Er hinterließ ein wenig Ruß auf meinen Fingern. Der Geruch mag andere an eine Diesel-Zapfsäule erinnern, bei mir verursacht er eine angenehme Hitze im Magen. Fast wie Hunger.

Das Feuer wollte tanzen.

Gegen Mittag – vorher stand Dominic in den Ferien niemals auf – wäre es zu heiß zum Üben. Aber jetzt war die Temperatur ideal.

Ich wollte tanzen!

Ich hatte den Gedanken noch nicht zu Ende gedacht, da hielt ich schon einen Eimer in der Hand und hatte alle Utensilien darin verstaut. In Windeseile war ich angezogen und aus dem Haus. Musik aus meinem MP3-Player begleitete mich auf dem Weg am Kanal entlang. Die Stadt schien noch zu schlafen, doch an den Ufern pulsierte in diesen Morgenstunden das Leben. Ich sah Tauben, Finken, Amseln und sogar ein Eichhörnchen über den Asphalt huschen.

Mein Ziel war das Kiesufer, der einzige Ort, an dem man ans Wasser herandarf.

Dort angekommen, nahm ich all mein Equipment aus dem Eimer, füllte diesen mit Wasser und befeuchtete ein Handtuch und mein Kopftuch. Ich hatte die Poi noch nie angezündet, ohne jemanden dabeizuhaben, der notfalls eingriff, wenn es brenzlig wurde. Aber auf dem taufeuchten Kies und mit einem Eimer Löschwasser neben mir fühlte ich mich sicher genug. Ich band mir die Haare im Nacken zusammen und schlang das Kopftuch darüber. Auf Wangen, Stirn und Hände gab ich eine stark fettende Creme, die Verbrennungen verhindern würde, sollte ich patzen. Dann drehte ich das Gurkenglas auf, in dem ich das Petroleum aufbewahrte, und tauchte erst den einen, dann den zweiten Poi-Head hinein. Sobald keine Blasen mehr aufstiegen, zog ich sie wieder heraus – die Kevlar-Umwicklung hatte nun ausreichend Petroleum aufgesogen. Während die Heads abtropften, kontrollierte ich meine Kleidung, steckte den weiten Bund meines T-Shirts in die Hose und die Hosenbeine in meine Socken. Das sah albern aus, aber ich hatte schließlich schon mal versehentlich meine Hose angezündet. Optik war zweitrangig – ich war ohnehin allein. Ich suchte auf dem MP3-Player nach einem passenden Lied. Mir stand nicht der Sinn danach, eine Choreografie zu üben, heute war mir nach Freestyle.

Der Schriftzug *Green Day: Wake me up when September ends* wanderte über das Display. Der Song war eigentlich zu ruhig – schwang man die Poi nur langsam, bestand weniger Spannung auf den Ketten und damit größere Gefahr, die Kontrolle zu verlieren. Aber er passte perfekt zur Stimmung an diesem Morgen. Ich strich ein Streichholz über die Reibefläche an der Schachtel, sog den Schwefelduft tief ein und hielt das Feuer mit zitternden Fingern an die getränkten Heads.

Ich war kein ängstlicher Mensch, doch wenn ich die Poi entzündete, in dem Moment blieb mein Herz jedes Mal fast stehen. Das Feuer loderte heftig auf, spie etwas Ruß in die Luft und fraß sich ins Innere der Heads. Durch die hohe Luftfeuchtigkeit waren sie nicht ganz trocken, es knisterte und rauchte. Sie waren wie zwei kleine, feuerspeiende Drachen, meine Poi, und wie vor jedem Tanz hatten sie auch heute furchtbar schlechte Laune. Mein Spiel mit ihnen war und blieb gefährlich. Das konnte ich erst vergessen, wenn ich loslegte und die Faszination schwerer wog als die Furcht, mich zu verbrennen.

Ich schob die Finger in die Lederschlaufen, die von der häufigen Benutzung ganz weich geworden waren, und begann mit einfachen Drehungen, um das überschüssige Petroleum loszuwerden. Es dauerte eine Weile, bis ich die Swings der langsamen Musik angepasst hatte, doch dann gab es keine Zweifel mehr. Nachdenken wurde unnötig. Intuitiv schwang ich das Feuer um meinen Körper, ließ es über meinem Kopf rotieren, drehte mich, änderte die Richtung der Swings, ließ sie parallel und dann wieder in entgegengesetzte Richtungen kreisen. Meine Gefühle flossen durch die Ketten in das Feuer, das meine Ängste verbrannte. Ich malte Achten dicht über dem Kiesboden und sprang über die Flammen hinweg, zog die Poi wieder nach oben und ließ das Feuer fliegen. Vermutlich summte ich sogar die Musik mit, was meist unweigerlich geschah, wenn ich im Tanz versank. Zur Mitte des Songs hin legten die Gitarren an Tempo zu, wurden laut und forderten mich. Ich dachte nicht darüber nach, dass ich immer noch etwas aus der Übung war, sondern versuchte als Antwort eine schwierige Weave-Variante, bei der man einen Poi vor dem Körper kreisen lässt und mit dem zweiten doppelt so schnelle Swings von oben und unten in den Grundkreis einflicht. Ich geriet etwas aus dem Takt und fluchte leise, doch ich patzte nicht, und als die Musik beim letzten Refrain noch einmal zulegte, wiederholte ich die Übung. Diesmal gelang sie annähernd perfekt. Der Fluss in den Bewegungen überwältigte mich. Es war, als würde ich fliegen, inmitten des Feuers. Vielleicht wurde ich ein wenig übermütig, denn ganz zum Schluss versuchte ich mich an einem Overhead-Stall, bei dem beide Poi direkt über dem Kopf zum Stehen kommen und einen Moment dort verharren. Es gelang – alles andere hätte mich auch in brenzlige Schwierigkeiten gebracht.

Zufrieden und schwer atmend ließ ich das Feuer sinken. Ich nahm die Ketten in eine Hand, zupfte mit der anderen die Kopfhörer aus den Ohren und wischte mir über die Stirn.

»Du bist gut.«

Vor Schreck fielen mir die Poi aus der Hand, ein zorniges Rußwölkchen stieg auf. Ich fuhr herum.

Marlon. Wer auch sonst?

Er saß lässig und mit gekreuzten Beinen am Rand des Weges, die Unterarme auf den Knien abgelegt.

»Du …« Ich musste mich räuspern. »Du bist mir gefolgt.«

»Das tu ich oft, ja.«

Ich spürte, wie ich knallrot anlief. Mist! Ich sollte nicht erröten, weil mein ehemaliger Entführer mir heimlich und unbemerkt folgte. Ich sollte eigentlich in Tränen ausbrechen oder in Panik geraten und wegrennen. Ich sollte die Polizei rufen. Stattdessen wurde mir warm im Bauch. Prächtig.

Rasch wandte ich mich ab, schlug die Poi in das feuchte Handtuch ein und löschte die ersterbenden Flammen.

»Das war beeindruckend«, sagte Marlon und stand plötzlich keinen Meter hinter mir. »Ich bin mir nicht sicher, ob es ein Kampf oder ein Tanz war. Wie siehst du das?«

»Nichts davon und beides«, erwiderte ich gereizt. Ich war dankbar, dass meine Hände damit beschäftigt waren, meine Sachen zusammenzupacken. »Es ist ein Spiel. Ursprünglich stammt Poi aus Neuseeland. Die Maori-Krieger nutzten es, um ihre Geschicklichkeit zu verbessern. Und die Frauen spielten Poi zu Musik. Zum Zeitvertreib und um den Göttern zu huldigen.«

»Interessant«, unterbrach mich Marlon. »Aus Kampf und Krieg kann also auch etwas Schönes entstehen. Ein Spiel.«

Ich zuckte mit den Schultern. Er hatte recht; so sehr recht, dass es unangenehm war. »Allerdings wurden die Poi damals noch nicht angezündet.«

»Aber das ist es, was dich daran reizt«, mutmaßte er. »Das Spiel mit der Gefahr.«

»Man tanzt mit seinem Todfeind«, antwortete ich leise.

»Gar keine Angst, dich zu verbrennen?«

Ich rollte mit den Augen. »Nie. Man muss den Tanz beherrschen. Es ist die Kontrolle des Unkontrollierbaren, kein Risiko. Ein Seiltänzer über einem Abgrund oder ein Fallschirmspringer empfinden vielleicht dasselbe. Man fühlt sich einfach–«

»Dem Himmel etwas näher als sonst«, unterbrach Marlon mich erneut. Der Satz wäre kitschig gewesen, hätte seine Stimme nicht so nüchtern geklungen. Fast kalt.

»Irgendwie schon, ja. In jedem Fall lebendiger. Stärker.«

»Verstehe.«

Den meisten hätte ich das nicht abgenommen, aber ihm glaubte ich. »Warum bist du mir gefolgt?«

Marlon verschränkte die Finger hinter dem Rücken, was ihn unsicher wirken ließ. »Du warst allein. Das solltest du im Moment nicht sein.«

»Weißt du immer, wo ich mich gerade aufhalte? Oder mit wem?«

»Meistens.«

»Aber ich darf im Gegenzug nicht erfahren, wo du bist?«

Er sah mich ernst an und fragte dann ganz behutsam: »Möchtest du das denn wissen?« Sein Tonfall klang, als sollte ich besser Nein sagen, doch ich nickte.

Er schlug die Wimpern nieder, als hätte ich soeben sein Todesurteil ausgesprochen. Oder mein eigenes? Ich hörte Oliviers Warnung in meinem Kopf, ich würde meine Seele verlieren …

Doch als Marlon wieder aufsah, schien alles wieder normal. »Darf ich dich zum Frühstück einladen?«

Ich tastete über meine verschwitzte Wange. Etwas Ruß haftete an meinen Fingerspitzen. »Ich stinke nach Rauch und Petroleum.«

»Dich stört das nicht. Mich noch weniger.«

Ich nahm das Kopftuch ab und öffnete meine Haare. Durch die Feuchtigkeit hatten sie vom Haargummi einen Knick abbekommen und standen mir auf Höhe der Ohrläppchen vom Kopf ab. Ich sah definitiv abscheulich aus, das musste er doch einsehen.

»Bitte«, sagte er leise und zeigte ein halbes Lächeln. »Oder hast du keinen Hunger?«

Leider habe ich immer Hunger und ein weiteres Mal wollte ich ihn nicht anlügen, also blieb mir keine Wahl.

Marlons Auto stand ganz in der Nähe. Wir verstauten meine Sachen im Kofferraum und fuhren los. Ich weiß nicht, womit ich gerechnet hatte. Mit McDonald's vielleicht, McDrive, zwei Cheeseburger und eine Cola im Auto. Stattdessen hielt er vor einem schicken Café im einzigen noblen Viertel der Stadt. Deckenhohe Fenster, dunkle Holzböden, mit weißem Leder gepolsterte Stühle. Ein Glas Saft war hier bestimmt so teuer wie anderswo eine ganze Kiste Apfelsinen. Und ich hatte keinen Cent bei mir. Am liebsten wäre ich gleich wieder umgekehrt, aber Marlon bewegte sich trotz der Grasflecken an der Kehrseite seiner Jeans so selbstverständlich zwischen den langbeinigen Tischen, dass ich die Zähne zusammenbiss und ihm mit gesenktem Kopf folgte. Er steuerte einen Tisch an und grüßte die Kellnerin, ein Mädchen in unserem Alter, mit einer lässigen Handbewegung. Sie strahlte, als hätte er hinter ihren Augen ein Licht angezündet, und war in null Komma nix bei uns.

»Frühstücksbuffet und ein großer Kaffee wie immer?«, zwitscherte sie Marlon zu.

Hallo? Ich mochte riechen wie Paulinchen nach ihren Zündholzexperimenten – aber ich war immerhin auch noch anwesend.

»Frühstück für zwei.« Marlon sah nur mich an. Das gefiel mir. Er zog eine Braue hoch und ich grinste zurück.

»Und was trinkst du?« Die Kellnerin stemmte ungeduldig eine Hand in die Hüfte.

»Einen Orangensaft, bitte.«

Sie musterte meine Hose und ich folgte ihrem Blick. Zum Glück hatte ich wenigstens die Hosenbeine wieder aus den Socken genommen; sie stieß sich offenbar nur an den Petroleumsprenkeln.

»Frisch gepresst?«

Wo denken Sie hin! Bitte das Billigste, was Sie haben. »Gerne.«

Sie rauschte ab.

Meine Hände begannen mit einem Mal zu zitterm. Das teure Leder unter meiner billigen Jeans, das polierte Holz unter meinen ausgetretenen Sneakern, selbst die Kerze auf dem Tisch – all das kam aus einer Welt, deren Regeln ich nicht kannte. Ich passte nicht hierher. Ebenso wenig wie Marlon. Wobei …

Ich betrachtete ihn genauer, während er mich erneut musterte. Hey, wenn er mich anstarren durfte, dann sollte ich das gleiche Recht haben, oder nicht? Passte er tatsächlich nicht hierher? Heute trug er kein abgewetztes T-Shirt, sondern ein kurzärmliges graues Hemd. Seine Lederschuhe waren, wie meine Treter, nicht ganz sauber, hatten aber vermutlich das Zehnfache gekostet. Und dann war da schließlich noch das Auto, der Audi TT. All das wollte nicht dazu passen, dass er in Baracken und Abrisshäusern wohnte.

Er stand auf. »Komm, gehen wir uns was zu essen holen. Dein Magenknurren macht mir langsam Angst.«

Wieder folgte ich ihm schweigend, diesmal auch ein wenig beschämt. Wir füllten unsere Teller mit Brötchen, Quark, Marmelade und Obst. Als wir an unseren Tisch zurückkamen, standen die Getränke schon bereit. Ich begann zu essen, froh, nicht reden zu müssen, weil ich nicht wusste, worüber.

Marlon ignorierte seinen Teller. »Gefällt es dir hier nicht?«

»Schon«, antwortete ich mit vollem Mund und schluckte schwer an meinem Brötchen. »Es ist nur so, dass es hier verdammt teuer ist, richtig?«

Er zuckte mit den Schultern. »Ich lade dich doch ein.«

»Macht dir das gar nichts aus?« Ich kam mir albern vor, so herumzudrucksen, aber ich war es nicht gewohnt, dass jemand für mich mitbezahlte. »Ich meine, du hast es doch auch nicht so dicke, oder?«

»Geld ist kein Problem, ehrlich nicht. Mach dir darüber keine Gedanken.« Marlon lächelte, dann froren ihm plötzlich die Gesichtszüge ein. »Denk nur bitte nicht, ich würde es auf illegalem Weg verdienen. Das ist alles ganz anders, als es aussieht.«

»Wie denn?« Schnell versteckte ich mich wieder hinter meinem Saft.

»Geld ist das Einzige, wovon ich mehr als genug habe. Man könnte sagen«, er seufzte missmutig, »ich bin von Beruf Vaters Sohn. Meine Eltern besitzen Geld wie Heu.«

Stimmt, er hatte diese Erbschaft von seinen Großeltern erwähnt. »Aber du lebst nicht bei ihnen?«

»Bald wieder. Denke ich.« Seine Worte klangen sehnsüchtig, resigniert und endgültig zugleich.

Das Bild, das ich von ihm hatte, begann ein weiteres Mal zu kippen. Die neuen Informationen mischten sich unter das, was ich schon wusste – oder zu wissen glaubte. Waren er, Corbin und Emma vielleicht einfach nur die Blagen reicher Pinkel, die das versnobte Leben satthatten und aus Neugier ausprobierten, was am unteren Rand der Gesellschaft los war? War das hier eine Art Titanic-Experiment nach dem Motto: Die richtigen Partys sind unter Deck in der dritten Klasse? Ich fragte mich, welche Rolle ich dabei spielte. Das naive Gör aus der Arbeiterfamilie, dem man mit mysteriösem Auftreten, ein wenig James-Bond-Thrill und ein paar netten Einladungen den Kopf verdrehen sowie das Herz brechen konnte? Miese Erklärung. Gab es eine bessere?

»Noa?« Marlon sah mich an, als hätten die Überlegungen mein Gesicht grün gefärbt. »Noa, was immer du dir gerade ausmalst, es stimmt nicht.«

Ich glaubte, mich verhört zu haben. »Woher willst du wissen, was ich denke?«

Ein Lächeln umspielte seine Lippen. Irgendwie behutsam, als wollte er sich damit an mich herantasten. »Man sieht es in deinen Augen, wenn du misstrauisch wirst.«

Wie kitschig. Ich zog die Augenbrauen zusammen, so wie Papa es immer tat.

»Bitte, sei nicht misstrauisch«, sagte Marlon und legte seine Fingerspitzen auf meinen Handrücken. Die Berührung war ebenso weich und tastend wie sein Lächeln. »Frag mich einfach. Ich sag dir, so viel ich kann.«

»Du meinst, so viel du sagen *darfst.*«

Er schüttelte leicht den Kopf. »Das Dürfen ist nicht das Problem. Niemand kann mir etwas verbieten. Die Schwierigkeit ist, dass ich mich nicht traue.«

Ich sinnierte über dieses Geständnis, während ich mein Marmeladenbrötchen aß. Anschließend holte ich mir ein weiteres, dazu einen zweiten Teller, randvoll mit Rührei und Speck beladen. Marlon nagte immer noch an seiner ersten Brötchenhälfte, bestellte dafür Kaffee nach.

»Okay«, meinte ich irgendwann und begann mit etwas ganz Banalem. »Wie alt seid ihr, du und deine Geschwister?«

Er winkte ab. »Emma ist nicht unsere Schwester, sie ist eine gute Freundin. Sie ist achtzehn, so wie ich. Corbin«, Marlons Brust hob sich unter einem lautlosen Seufzen, »ist im Frühjahr zwanzig geworden.«

»Warum wohnt ihr in solchen Bruchbuden, wenn Geld kein Problem ist?«

»Um nicht gefunden zu werden.«

Das klang derart logisch, dass ich mich ärgerte, überhaupt gefragt zu haben. Vor wem er sich versteckte, wusste ich ja bereits. Bei der Frage nach dem Warum war Marlon mir neulich schon ausgewichen, daher sprach ich ihn vorerst nicht noch einmal darauf an.

Er schien sich in diesem Café wohlzufühlen, dennoch huschte

sein Blick permanent zum Eingang. Keine Bewegung des Personals oder eines Gasts entging ihm.

»Bist du je entspannt?«, fragte ich und erschreckte ihn damit. Er schwieg lange, als müsste er sich erst selbst darüber klar werden.

»Vielleicht wenn ich schlafe«, antwortete er dann leise. »Ich weiß es nicht.«

Ich traute mich nicht, mehr zu fragen. Es gab so vieles, was ich von ihm wissen wollte. Über ihn, seine Familie, seine Vergangenheit und seine Zukunftspläne. Ich wollte ihm nahe sein und hielt mich nur zurück, weil ich befürchtete, dass er mich abweisen könnte. Ich wusste beim besten Willen nicht, was ich ihn fragen konnte, ohne an seine Barrikaden zu stoßen. Stattdessen schaufelte ich weiter Köstlichkeiten in mich hinein, was Marlon zu amüsieren schien.

»Dich einzuladen macht wirklich Spaß.« Er schob seinen Teller von sich. »Du genießt das Essen wenigstens. Die meisten Mädchen zieren sich bei jedem Bissen und man hat das Gefühl, sie mit einer Einladung zum Essen geradewegs zum Schafott zu führen.« Er selbst hatte sein erstes Käsebrötchen nicht mal vollständig aufgegessen, während ich zwei Brötchen, ein Croissant, zwei Berge Rührei, ein gefühltes Pfund fetttriefenden Speck sowie ein paar winzige, fluffig weiche Pfannkuchen mit Sirup und eine Schale voll Obstsalat verputzt hatte. Die Bedienung zog schon verächtlich die Augenbrauen hoch, wenn sie an unserem Tisch vorbeitänzelte.

»Die würden sich auch nicht vor dem Essen zieren«, antwortete ich und wischte mit einem Stück Brot über den Teller, »wenn man sie Hungerhaken, Spaghetti oder Knochen nennen würde.«

»Nennt dich jemand so?« Skeptisch glitt sein Blick von meinem Gesicht über meine Brust bis zur Tischkante und wieder zurück.

Zuerst wollte ich ganz selbstverständlich Ja sagen. Doch dann überlegte ich, wann ich tatsächlich zuletzt so genannt worden war. Mit dreizehn oder vierzehn. Dürr konnte man mich tatsächlich nicht mehr nennen. Zierlich vielleicht, mit zu langen Armen im Verhältnis zum Rest meines Körpers und mit zu wenig Oberweite. Aber kein Knochen, schon lange nicht mehr. Die Unzufriedenheit mit meiner Figur hatte ich allerdings nie ganz abgelegt, selbst Dom nannte mich noch Nono. Das kam nicht von Noa, sondern von: No, no – no left tit, no right tit. Wir hatten schon in der Grundschule herausgefunden, dass andere Kids uns keine fiesen Spitznamen gaben, wenn wir das selbst übernahmen. An manchen Dingen hielt man eben fest, auch wenn sie nicht mehr richtig passten.

»Eigentlich ist es so, dass Nervosität mich hungrig macht«, gestand ich, aber selbst das war nur die halbe Wahrheit. »Um ehrlich zu sein, macht mich alles hungrig. Ich bin die Reinkarnation eines Vielfraßes. Warum grinst du jetzt?«

»Weil ich Grund zur Freude habe. Du hast gesagt, du bist nervös. Ich bilde mir ein, dass es etwas mit mir zu tun hat.«

Darauf erwiderte ich nichts.

Ich hatte die Vorstellung, jemandem einfach nur in die Augen zu sehen, immer als sehr albern empfunden. Was gab es in Augen schon zu sehen? Was immer es auch war – Marlon schien es wichtig zu sein. Sowohl im Café als auch später im Wagen vor unserem Haus sah er mich eine gefühlte Ewigkeit lang an. Sein Blick glitt über meine Haut, berührte mich irgendwo darunter und erforschte meine Gesichtszüge so intensiv, als müsse er sich jede Kleinigkeit genauestens einprägen. Seine Augen hielten meine gefangen, sodass Wegsehen fast körperlich wehtat. Als es mir zu peinlich wurde, schloss ich die Lider, woraufhin Marlon unterdrückt seufzte – glaubte ich zumindest. Er schaute mich immer noch an, das spürte ich. Und auch wenn es eitel klingt, muss ich gestehen, dass es mir gefiel. Etwas strich über meinen Nasenrücken und ich öffnete die Augen. Blinzelte. Wir lächelten beide auf eine seltsam erschöpfte Art. Erschöpft vom gegenseitigen Anstarren.

»Ich wüsste gerne, wie die Geschichte von dem Jungen, der ins Meer gegangen ist, weitergeht«, sagte ich.

Marlons Lächeln bekam einen Riss. »Gut«, antwortete er ein wenig atemlos. »Treffen wir uns heute Nachmittag? Bis dahin habe ich den zweiten Teil aufgeschrieben.«

»Das wäre schön. Allerdings habe ich meiner Oma versprochen, sie zu besuchen. Aber du könntest mitkommen.«

Nun war ich es, die plötzliches Misstrauen in seinen Augen erkannte.

»Sie ist echt nett und cool«, meinte ich lapidar und spürte doch, dass ich zu weit gegangen war. Dennoch wollte ich jetzt keinen Rückzieher machen. »Oma ist ganz locker drauf, du wirst sehen. Wir müssen auch nicht lange bleiben.«

Er sagte zu, wenn auch zögerlich, und wir verabredeten uns für halb drei auf dem Spielplatz. Zum Abschied beugte er sich zu mir. Ich hatte einen Kuss erwartet – oder erhofft? –, aber seine Nasenspitze streifte lediglich meine Wange. Hauchzart. Eine winzige Zärtlichkeit, die sich wie ein Brandeisen in mein Fleisch grub. Sie ließ meine Haut kribbeln und meine Knie zittern, als ich ausstieg und die letzten Meter bis zu unserem Haus wankte. Erst mit dem Zufallen der Haustür wagte ich, die Stelle zu berühren, um mich zu vergewissern, dass es wirklich nur eine Berührung gewesen war. Es fühlte sich an, als hätte Marlon mich auf Lebenszeit sichtbar gezeichnet.

LEKTION 7

Vom Vertrauen und vom Gegenteil

Ich starrte in meinen Kleiderschrank. Ein ausgewaschener Micky-Maus-Schlafanzug baumelte neben mir hin und her.

»Größe 140«, lautete die Anklage und sie kam aus Dominics Mund. »Wann trägt man das, mit zehn? Noa, du endest noch als Messie, wenn du nicht lernst, den ollen Kram wegzuschmeißen.«

»Okay«, antwortete ich gedankenverloren. Natürlich würde ich niemals den Schlafanzug wegwerfen, den Papa mir zum Geburtstag geschenkt hatte, aber Dom gab vorerst Ruhe und ließ sich mutig in einen Haufen Kleidung fallen, unter dem er mein Bett vermutete.

Dummerweise hatte er recht. Ich besaß wirklich viele Klamotten. Leider nicht, weil ich modebesessen war und ständig das Neueste kaufte, sondern weil ich alte Sachen nicht wegwarf. Das senfgelbe Cordkleid, das ich zur Einschulung getragen hatte, zwinkerte mir zu. Dafür fand sich nichts, was für ein Date mit Marlon gut genug war. Alles zu alltäglich, zu bunt, zu grau, zu mädchenhaft, zu jungenhaft. Zu kindisch.

»Du hast ein Problem mit dem Loslassen«, diagnostizierte Dom.

Ich drehte mich zu ihm um. Er blinzelte mir über den Rand einer alten Sonnenbrille zu, der ein Glas fehlte.

»Es ist viel schlimmer, Dom. Ich weiß nicht, was ich anziehen soll.«

Er seufzte theatralisch. »Ich wusste, dass es dazu kommen würde. Ich hatte gehofft, diesen Satz nie von dir zu hören, aber irgendwann erwischt es jedes Mädchen.«

Ich bewarf ihn mit einem Jeansrock, an dem der Reißverschluss kaputt war. »Wo ist das Problem, wenn ich nicht rumlaufen will wie der letzte Penner!«, fauchte ich. Mein Ärger galt eigentlich mir selbst, aber ich teilte bereitwillig.

»Du hast noch nie wie ein Penner ausgesehen.« Dom gab nichts auf meine Frustration und sortierte die Nagellackfläschchen auf meinem Nachttisch nach Farben. »Du hast immer wie du selbst ausgesehen.«

Na, vielen Dank! »Das reicht aber nicht mehr.« Nein, ich wollte schön sein, schöner als bisher. Marlon hatte mich unmittelbar nach dem Aufwachen gesehen, ungewaschen und mit verquollenen Augen. Er hatte mich verschwitzt, rußverschmiert und zerzaust zum Frühstück eingeladen. Ich wollte ihm beweisen, dass Noa Grau noch mehr draufhatte als den Bemitleidenswertes-Mäuschen-Look. Denn was wollte ich mit einem Kerl, der sich aus Scham oder schlechtem Gewissen mit mir abgab? Nein – ihm sollte der Mund offen stehen, wenn er mich sah. Er sollte sabbern. Mindestens!

»Nono, wenn der Typ dich nicht mag, so wie du bist, dann taugt er ohnehin nichts«, fuhr Dominic fort, ohne aufzusehen.

Jetzt wurde es mir zu bunt. Ich fuhr herum und riss ihm meinen Nagellack aus der Hand. »Ich heiße Noa! Hör mit dem albernen Nono auf! Und ob er taugt oder nicht, kannst du nicht beurteilen.

Du kennst ihn nicht. Misch dich nicht in Angelegenheiten, von denen du nichts verstehst!«

»Mann, tick doch nicht gleich aus! Ich will dir nur helfen!«

»Ich brauche deine Hilfe aber nicht.«

»Noa, du verzweifelst gerade an deiner Klamottenwahl. Über so was warst du bis jetzt erhaben. Wenn das kein Hilfeschrei ist, dann –«

Ich gab nichts auf seinen schlappen Versuch, die Sache mit einem Scherz zu retten. »Weißt du, wann ich deine Hilfe gebraucht hätte?«, fiel ich ihm ins Wort. »Im Krankenhaus. Du warst nicht da, schon vergessen? So wichtig war ich dir dann doch nicht. Du bist nichts als ein blöder Klugscheißer, der keine Ahnung hat, wovon er redet, aber gerne große Töne spuckt. Wenn du mich nicht so akzeptierst, wie ich bin – nervös im Moment, ja –, dann verpiss dich doch einfach!«

Baff. Das hatte gesessen.

Für eine Sekunde sah er mich ungläubig an, dann verlor sich die Starre und wurde zu trauriger Wut.

»Dom, ich …« Ich hätte dich im Krankenhaus gebraucht. Ja, und nun hatte ich Mist gebaut. Es war nicht ungewöhnlich, dass man in unserem Block so miteinander sprach, aber für uns hatten andere Regeln gegolten. Wir hatten immer respektvoll miteinander geredet, sogar im Streit, dadurch war unsere Freundschaft etwas Besonderes gewesen. Einmalig unter all den grauen Gesichtern. Ich hatte soeben etwas zerstört, das wir über so viele Jahre mühsam aufgebaut und erhalten hatten. »Dom. Es tut mir leid.«

»Ach klar«, murmelte er, aber nichts war klar. »Ich hau jetzt besser ab. Wir sehen uns.«

»Dominic, warte.«

»Bis dann.« Er war schon zur Zimmertür hinaus und zog sie leise hinter sich zu.

Ja, bis dann, dachte ich. Wann war dann?

Ich hatte schließlich doch noch etwas zum Anziehen gefunden. Eine silbergraue Caprihose, passend zum Nagellack, und eine ärmellose Bluse, die obenherum eng anlag, ab der Taille weiter wurde und locker über die Hüften hinwegfloss. Hübsch. Ich würde die Sachen wegwerfen, wenn ich wieder zurück war, denn der unnötige Streit mit Dom klebte in den Fasern wie ein Fleck, der nicht mehr rausgeht. Ich musste lernen, mich von Sachen zu trennen, da hatte er recht. Warum nicht mit etwas anfangen, das ich noch gebrauchen konnte? Dann wusste ich zumindest, dass ich es konnte. Ich schlüpfte in die Sandaletten mit Absatz. Sie waren unbequem, deshalb trug ich sie. Der Schönheitsschmerz erinnert einen daran, dass man gut aussieht, man kann es keine Minute lang vergessen. Nur aus diesem Grund geben Frauen ganze Monatsgehälter für solche Schuhe aus. Für den Schönheitsschmerz. Meine Sandalen hatten fünfzehn Euro gekostet und erfüllten ihren Zweck umso besser.

Marlon lehnte schon an der Mauer, als ich zum Spielplatz kam, doch ich brauchte trotzdem unverhältnismäßig viel Kraft, um meine Mundwinkel zu einem Lächeln zu zwingen. Sein Blick floss träge wie Sirup an mir herab. Offenbar gefiel ich ihm, aber er äußerte es nicht. Er beobachtete mich die ganze Fahrt über, während ich nicht viel mehr tat, als die Richtung anzusagen. Wir machten einen Umweg über McDonald's, denn sonntags hatte der Metzger geschlossen, Oma aber trotzdem Appetit.

Marlon hielt auf dem Parkplatz vor dem Pflegeheim und ich wollte schon nach dem Türgriff greifen, da klickte es. Er hatte per Zentralverrieglung die Türen verschlossen! Jäh übergoss mich ein eisiger Schauer. Überdeutlich nahm ich die Menschen wahr, die draußen vorbeiliefen, kamen und gingen und hoffentlich hersehen würden, sollte ich gegen die Scheibe schlagen und schreien. Das Gefühl, eingesperrt zu sein, versetzte mich in Panik. Vor allem wenn es Marlon war, der die Kontrolle hatte.

»Noa, was ist los?«

»Mach die Tür auf!«, rief ich und rüttelte am Griff. »Mach sofort die verdammte Tür auf!« Mein Gesicht war dem Fenster so nah, dass die Scheibe durch meinen Atem beschlug und mir so die Sicht nach draußen nahm. Mein Herz prügelte von innen gegen meinen Brustkorb.

Es klickte.

»Okay?«, fragte Marlon. »Du kannst die Tür jetzt aufmachen, wenn du willst. Es tut mir leid, ich habe nicht nachgedacht.«

Ich stieß die Autotür weit auf, sackte im Sitz zusammen und ließ den Kopf gegen die Lehne sinken. Abgasgeschwängerte Sommerhitze flutete das Wageninnere. Ich fühlte mich augenblicklich besser. Und mir wurde klar, dass ich fast hysterisch geworden wäre.

»Entschuldigung«, murmelte ich beschämt.

»Nein!« Er widersprach so heftig, dass ich erneut erschrak. »Entschuldige dich nicht! Es war allein meine Schuld. Dabei wollte ich nur wissen, ob alles in Ordnung ist. Du bist so schweigsam.«

Und du bist aufmerksam. »Es ist nichts«, erklärte ich. »Ich hatte ein wenig Streit mit meinem … Kumpel.« Früher hätte ich Freund gesagt – bester Freund –, aber ich wollte keinesfalls riskieren, dass Marlon etwas Falsches dachte. »Aber das ist im Moment nicht so wichtig. Komm, lass uns reingehen.«

Marlon spielte meinen Schatten. Er fühlte sich unwohl, und wäre es mir am Morgen im Café nicht genauso ergangen, hätte ich Mitleid gehabt. Es war nicht sehr einfühlsam, ihn herzubitten, machte er doch um andere Menschen offensichtlich lieber einen weiten Bogen. Im Pflegeheim starrten ihn alle an, denn er war jung, gut aussehend und hier noch nie gesehen worden. Wer sich in den mahlenden Alltagsmühlen eines Seniorenheims noch ein wenig Frische im Kopf erhalten will, stürzt sich auf jede Abwechslung. Bei Frau Schröder, einer winzigen Dame mit einer Reibeisenstimme wie ein unter akuter Angina leidender Bryan Adams, befürchtete ich allerdings das Schlimmste. Tatsächlich gab sie sich nicht damit zufrieden, Marlon anzustarren, sondern wollte ihm gleich mitten ins Gesicht grapschen, als wäre er ein pummeliger, nach Wangenkniffen plärrender Säugling. Das ging zu weit, mochte sie auch so alt sein wie Methusalem und so senil wie dessen Großvater.

»Frau Schröder, Ihr Sex-Appeal ist überwältigend, aber das ist *mein* Freund.« Ich zwinkerte ihr zu und sie wedelte mit der Hand, als hätte sie sich die Finger verbrannt. Unverständliche Laute krächzend, watschelte sie davon, jedoch nicht, ohne Marlons Kehrseite noch einmal genau in Augenschein zu nehmen. Wir lachten uns an, dann bollerte ich kräftig an Omas Tür, bevor ich öffnete. Wie immer dauerte es einen Moment, ehe ich sie im Halbdunkel ihres Zimmers ausmachen konnte.

»Nanu, Noa. Du klopfst ja schon an wie dein Vater. Man könnte glatt meinen –« Was sich dann in ihrem Gesicht abspielte, lässt sich am besten mit dem berühmten Gemälde *Der Schrei* von Edvard Munch beschreiben. Kein Laut entkam ihren Lippen. Das war auch gar nicht nötig, ihr Grauen war auch so spürbar. Selbst die starre Seite ihres Gesichts verzog sich vor Entsetzen.

»Oma!« Ich rannte zu ihr, schlug im Vorbeilaufen auf den roten Notrufknopf. Die Papiertüte mit den Cheeseburgern fiel zu Boden. Für ihr Verhalten konnte es nur einen Grund geben: ein weiterer Schlaganfall. »Oma, bitte sag etwas!« Mit bebenden Händen berührte ich ihre Schultern, ihre Wangen, strich ihr das verwitterte Haar zurück. Wo blieb nur die Pflegerin?

Oma stöhnte etwas, zuerst konnte ich es nicht verstehen, doch dann ergaben die matschigen Laute Sinn und wurden zu Worten. »Der Mann! Schick ihn weg, Noa! Er ist einer von denen! Er ist gefährlich!«

»Ganz ruhig, Oma, es ist alles in Ordnung.«

»Nein!« Ihre Hand ruckte hoch und zeigte an mir vorbei in Richtung Tür. »Einer von denen, Noa.«

Mein Blick folgte ihrer verkrampften Faust. Marlon stand bleich auf der Türschwelle, eine Hand am Rahmen abgestützt.

»Das ist nur ein Freund, Oma. Es ist alles in Ordnung, kein Grund –«

»Nein, nicht dein Freund!«, keuchte sie. Ich glaubte, ihr Herz pumpen zu hören. Ihr Atem ging stoßweise.

Als endlich eine Pflegerin hereinstürzte und mir die Verantwortung abnahm, indem sie mich beiseiteschob, hätte ich am liebsten vor Erleichterung geweint.

»Geh bitte nach draußen«, wies sie mich an, hielt mit der einen Hand eine kleine Lampe vor die Augen meiner Großmutter und betätigte mit der anderen einen Knopf an der Sprechanlage. »Wir brauchen sofort einen Arzt für Frau Grau.« Sie sagte noch mehr, doch mich erreichte nur die Bitte, den Raum zu verlassen. Ich kam ihr sofort nach. Ich wusste nicht, wohin, war schockiert und schämte mich zugleich, weil ich gar nicht bei Oma bleiben wollte, sondern froh war, weggeschickt zu werden. Ich wollte sie nicht sterben sehen. Alles. Nur das nicht.

Marlon umfasste sachte meine Schulter, als ich aus dem Zimmer schwankte. Auch er redete, ohne dass ich ihn verstand. Im Gegensatz zu der Altenpflegerin sprach er nicht ruhig, sondern hastig, und stockte immer wieder. Bei vielen Worten musste er mehrmals ansetzen. Er brachte mich zu einem Stuhl und drückte mich auf die Sitzfläche. Nachdem ich immer wieder aufsprang, setzte er sich schließlich hin und zog mich auf seinen Schoß. Ich spürte, wie seine Brust sich an meiner Schulter heftig hob und senkte. Spürte, wie hart und unnachgiebig er seine Arme um meinen Körper schlang und dass er mir so Halt gab. Sein Atem fing sich in meinem Haar, berührte warm mein Ohr. Mein Shirt juckte am Hals, weil der Kragen feucht war. Ich weinte, ohne mich erinnern zu können, wann ich damit angefangen hatte. Irgendwer brachte mir ein Glas kaltes Mineralwasser, an dem ich mich festhalten konnte. Und dann fing ich mich wieder, fand in dem Wirrwarr in meinem Inneren erste Gedankenfetzen, konnte sie miteinander verbinden und zu Ende denken. Würde Oma sterben?

Natürlich würde sie das irgendwann, so wie jeder andere auch. Aber doch um Gottes willen nicht hier und heute. Oder?

»Alles in Ordnung«, flüsterte Marlon. Ich wusste nicht, ob es als Frage oder Aussage gemeint war, ich nickte einfach.

Die Pflegerin kam zu uns. Sie reichte mir ein Papiertaschentuch, kniete sich vor mich und legte mir eine Hand aufs Bein, als wäre ich ein kleines Mädchen. »Es geht deiner Großmutter besser«, sagte sie und lächelte. Das sollte wohl beruhigend wirken, aber es ging gehörig in die Hose. »Die Ärztin hat ihr etwas zur Beruhigung gegeben, sie schläft jetzt. Ihr Kreislauf ist stabil, so weit ist alles in

Ordnung. Es war kein Schlaganfall, hörst du? Sie hat sich nur sehr erschreckt. Nichts Schlimmes. Kannst du dir vorstellen, was sie so aufgeregt hat?«

Ich sah, wie sie Marlon musterte, spürte, wie er sich versteifte, und schüttelte trotzig den Kopf.

»Mit dem Alter werden die Menschen oft sonderbar. Früher war eine Beziehung zu einem Ausländer noch nicht so selbstverständlich wie heute. Deine Oma macht sich vermutlich Sorgen wegen der unterschiedlichen Kulturen.«

Ich warf Marlon einen Seitenblick zu. Okay, man konnte ihn durchaus für einen Südländer halten, aber das war es gewiss nicht, was Oma derart aus der Fassung gebracht hatte.

Ich durfte noch einmal zu ihr, aber die Pflegerin hatte recht behalten, Oma schlief. Ich streichelte ihre Hand, flüsterte eine Entschuldigung und schämte mich erneut für meine Erleichterung, als ich das Zimmer wieder verlassen konnte.

Schweigend gingen wir zum Auto. Die unausgesprochene Frage hielt uns auf Abstand.

Marlon schien zu wissen, was Oma so aufgeregt hatte. Doch ich wagte nicht nachzufragen. Sie hatte mich eindeutig vor ihm gewarnt, ebenso wie dieser Olivier. Aber Marlon war es, der meine Angst auffing und vergessen machte. Vielleicht war es dumm, erneut in sein Auto zu steigen. Doch ihn fortzuschicken, fürchtete ich mehr. Und Oma kannte ihn schließlich nicht.

Du denn?, stichelte ein kleiner, misstrauischer Teil in meinem Herzen.

Am Wagen angekommen, zögerte ich. Wir standen uns gegenüber, die Karosse zwischen uns, und sahen uns über das Dach hinweg an. Die Luft über dem schwarzen Lack flimmerte vor Hitze, was Marlon unwirklich erscheinen ließ. Wie eine Geistergestalt.

Die Außenseite der Beifahrertür war völlig zerkratzt. Ich fuhr mit den Fingern über die Scharten im Lack. Metallpartikel und kleine Splitter blieben an meiner Haut haften. »Du solltest die Tür machen lassen«, meinte ich schwach. »Das rostet sonst.«

Er zuckte mit den Schultern. »Ist nicht schlimm. Ich mag die Kratzer.« Er wusste so gut wie ich, dass ich auswich, und sah mich weiterhin abwartend an, bis ich den Kopf wieder hob. Ich konnte seine unausgesprochene Bitte regelrecht hören: Sag es.

»Was meinte meine Oma?«, flüsterte ich. Mein Herz schlug so stark, dass mir schwindlig wurde.

»Dass ich etwas an mir habe, das anders ist«, antwortete Marlon. Ein Krächzen ließ ihn herumfahren.

Auf einer nahen Mülltonne hockte ein Rabe und sah genau in unsere Richtung. Zuerst glaubte ich, Suzie zu erkennen, aber das war ein alberner Gedanke. Was sollte sie hier?

»Etwas Gefährliches?«, fragte ich weiter und beachtete den Raben nicht länger.

Marlon drehte den Kopf nur zögernd wieder in meine Richtung. »Unter Umständen, ja.«

»Gefährlich für mich?«

»Unter Umständen, ja«, wiederholte er.

»Umstände …?«

»… die ich zu verhindern weiß.« Er klang entschlossen. »Steig ein, ich fahr dich nach Hause.«

Ich blieb stehen, wagte nicht, mich zu rühren. Ich war der Lösung ganz nah und eine falsche Bewegung konnte sie vertreiben. »Erklärst du es mir?«

Marlon rieb sich mit einer Hand übers Gesicht, mit der anderen hielt er sich am Auto fest. »Ich … ich … muss bald gehen und es wäre fatal, wenn du … wenn wir …« Er stieß einen wütenden Laut aus, einen wortlosen Fluch, der mir ein wenig Angst machte.

»Wohin musst du gehen?«, wollte ich wissen, aber er schüttelte den Kopf.

»Steig ein«, wiederholte er harsch. »Ich muss erst nachdenken.«

Wir fuhren eine Weile schweigsam, seine Augen waren starr auf die Straße gerichtet, meine aufs Armaturenbrett. Irgendwann hielt ich es nicht mehr aus und versuchte, die Stimmung etwas aufzulockern.

»Heute Morgen, in diesem Café, kam ich mir fast genauso fehl am Platz vor wie du dir eben im Altenheim. Aber vielleicht schaffen wir es ja mal, uns irgendwo zu treffen, wo wir uns beide wohlfühlen. Was denkst du, wollen wir es noch mal am Kanal versuchen? Oder in deiner Hütte?«

»Du hast dich dort wohlgefühlt.« Er stellte keine Frage und gab mir keine Antwort, er wiederholte nur, was ich gesagt hatte, und seine Stimme klang eigenartig und fremd – als wäre jedes Wort ein großes Problem. Ebenso fremd war sein Lächeln. Flach und müde, als müsse er sich dazu zwingen, was dem Ganzen etwas Zynisches gab. Ich grub die Zähne in meine Unterlippe, bis ich Blut schmeckte.

Marlon hielt einen Block von meinem entfernt und bot an, mich zu Fuß nach Hause zu bringen. »Hier kann ich parken, ohne dass der Wagen zu sehr auffällt«, erklärte er. Das war zweifellos richtig. Hier wohnten einige Leute, die zwar ihre Stromrechnung nicht bezahlen konnten, sich jedoch einen BMW oder Mercedes vor die Tür stellten. Oder auch beides.

Wir gingen langsam, zögerten jeden Schritt hinaus. Meine Absätze klackerten und inzwischen war der Schönheitsschmerz in meinen Füßen kaum mehr zu ertragen.

Marlon wollte reden; ich konnte es so deutlich sehen, dass ich ihn am liebsten geschüttelt hätte, um die Worte aus ihm herauszubekommen. Doch ich durfte ihn nicht drängen und damit Lügen heraufbeschwören. Vor uns lag eine sehr entscheidende und zerbrechliche Wahrheit. Also tat ich das, was ich am besten konnte. Ich wurde albern.

»Du bist aber kein Vampir oder so was.«

Er grinste. Ohne sich nach den Autos umzusehen, sprang er aus dem Schatten des Gehwegs auf die sonnenüberflutete Straße und drehte sich einmal um seine Achse. »Ich gehe nicht in Flammen auf«, sagte er, als er wieder neben mich trat.

»Ich hatte eher etwas anderes befürchtet. Aber lassen wir das.«

»Ist vielleicht besser so. Blut macht mich jedenfalls nicht sonderlich scharf. Offenbar also kein Vampir, nein. Rate weiter.«

»Oh nein, auf keinen Fall.« Ich musste lachen. »Ich hasse Rätselraten.«

»Das stimmt nicht, du magst es. Du liebst Geheimnisse.«

Sehr richtig. »Aber du nicht, oder?«

Wenn er auch nicht glitzerte – seine Augen taten es. Es war ein sehr düsteres Funkeln. »Nein, ich kann Geheimnisse nicht ausstehen.«

Mit einem gezischten Fluch unterbrach ich ihn und hielt ihn am Arm zurück – Bastien samt Anhang kam um die Ecke. Für eine Sekunde ruhten unsere Blicke auf meiner Hand, die seinen Bizeps berührte. Es war das erste Mal, dass ich ihn bewusst angefasst hatte. Nicht dass es sich schlecht angefühlt hätte – um ehrlich zu sein, war das Gegenteil der Fall –, aber mir blieb keine Zeit, den Moment zu genießen. Bastien hatte uns noch nicht entdeckt und das sollte auch so bleiben.

»Komm mit.« Ich ergriff Marlons Hand und zog ihn hinter das Haus. Eilig steuerte ich eine eingedellte Metalltür an, die wie eine Piksieben aussah, und zerrte Marlon hinter mir her in die völlig verqualmte Kneipe Zum Kartenhaus.

An den Tischen mit den fleckigen, von Brandlöchern gezeichneten karierten Deckchen saßen mehr als ein Dutzend Menschen, obwohl erst Nachmittag war. Die Art Menschen, die nie lächeln, aber oft die Mundwinkel hochzerren. Marlon folgte mir mit fragendem Gesicht zur Bar, hinter der zu meinem Glück die pummelige Frau Matthis Gläser mit einem speckigen Geschirrtuch trocken rieb.

»Asyl«, forderte ich trocken.

Frau Matthis verdrehte mitfühlend die Augen. »Ärger mit Bastien, Mädchen?«

Ich brauchte nicht einmal zu nicken. Frau Matthis schnalzte ungefähr hundert Mal mit der Zunge und stellte uns dabei unaufgefordert zwei Gläser Cola und eine Schale Erdnüsse hin. »Geht auf mich, Mädchen. Hübsch schauste heute aus.«

»Danke, Frau Matthis.«

Marlon zog eine Augenbraue hoch. »Was passiert hier gerade?«

Ich versuchte, auf dem wackeligen Barhocker eine bequeme Sitzposition zu finden. »Ich wollte den Typen, die uns entgegenkamen, nicht zu nahe kommen.«

»War dein Liebhaber dabei?«

»Ach, Unsinn.« Ich verschaffte ihm einen groben Überblick, während ich Bastien und sein Gefolge draußen grölen hörte. Ins Kartenhaus kamen sie nie, hier drin waren wir sicher. Frau Matthis hatte Bastien nach einer Schlägerei Hausverbot erteilt, was er nur deshalb hinnahm, weil sie vermutlich der einzige Mensch auf der Welt war, dem er ein wenig Respekt entgegenbrachte. Sie war seine Mutter.

»Versteckst du dich etwa ständig vor diesem Idioten?« Marlons Gesichtsausdruck brachte mich dazu, mein ehrliches Nicken augenblicklich zu bereuen. Er schien kurz davor, nach draußen zu gehen und Bastien eine Abreibung zu verpassen. Ich hätte besser etwas von einem Exfreund erzählt.

»Es ist okay so.« Ich seufzte. »Warum eine Konfrontation heraufbeschwören, bei der man nur verlieren kann?«

»Weil es sonst dein Stolz ist, den du verlierst! Hat dir allen Ernstes bisher niemand geholfen, dich gegen diesen Affen zu wehren?«

»Hör auf damit.« Entschieden hob ich das Kinn. »Ich brauche keine Hilfe, von niemandem, weil ich keine Probleme habe. Er ist bloß ein armer Irrer, der sich stark fühlt, wenn er andere fertigmacht. Mir kann er nichts, ich steh da drüber.«

Marlon nahm einen Schluck von seiner Cola, ohne mich aus den Augen zu lassen. »Indem du wegläufst.«

Ich zuckte mit den Schultern. »Das stört mich nicht.«

Sein Glas landete so schwungvoll auf dem Tisch, dass ein wenig Cola über den Rand schwappte, obwohl es nur noch halb voll war. »Das kann doch nicht dein Ernst sein, Noa!«

Äußerlich blieb ich gelassen, innerlich brodelte es in mir. Marlon musste meine Methode akzeptieren, denn wenn er es nicht tat, würde sie in sich zusammenfallen. Das, worauf ich baute, war kein Kartenhaus. Wind war keine Gefahr. Marlon war allerdings kein Wind, er war eine Abrissbirne.

»Indem ich Bastien nicht ernst nehme und mir nichts aus seinem Mobbing mache, kann er mir nichts anhaben. Ein Opfer leidet unter einer Sache. Ich leide nicht, es ist mir vollkommen egal. Also bin ich auch kein Opfer. Verstehst du?«

Okay, ich hatte verloren. An Marlons Gesicht sah ich, dass er rein gar nichts verstand.

»Du nimmst die Schikanen hin und machst dir nichts draus, nur um dich nicht in der Opferrolle sehen zu müssen?«

»Genau.« Ich nickte entschieden.

Er trank einen weiteren Schluck Cola. Überlegte. Trank. Sah mich an. Überlegte länger. Dann fragte er ruhig: »Warum?«

Mein Blick schweifte zu den Männern an den Tischen, die sich an ihrem Bier festhielten, die Wiederholung eines Fußballspiels ansahen, das Rauchverbot mit ihren Zigaretten verhöhnten oder ihre letzten Münzen in den einarmigen Banditen steckten. Ein paar waren kaum älter als Marlon. Die junge Frau mit dem Baby auf der linken Hüfte und dem Bier in der rechten Hand war vermutlich noch jünger.

»Man wird in dieser Gegend schnell zum Opfer«, sagte ich leise. »Sieh sie doch an. Die Leute werden wie Bad Boy Basti oder so.« Ich deutete zu den Tischen. »Still und grau und irgendwie … verlieren sie sich alle in ihrer Hoffnungslosigkeit. Sie passen sich an, werden selbst zu dem Elend, in dem sie leben. Ich habe beschlossen, dass mir das nicht passieren wird. Eher werde ich es hinnehmen und mich darüber amüsieren, egal was kommt. Wenn ich im Papiercontainer lande, dann lache ich darüber, statt zu heulen. Ich bin kein Opfer, verstehst du? Ich bin nicht wie die hier.«

Als ich Marlon wieder ansah, klebte sein Blick auf dem verkratzten Holz der Theke. Er wirkte nachdenklich und niedergeschlagen und es fühlte sich an, als wäre er am liebsten sehr weit von mir entfernt.

»Marlon?«

»Ich verstehe«, sagte er gedehnt. Und dann fügte er so leise hinzu, dass ich annahm, es wäre nicht für meine Ohren bestimmt: »Gut sogar, viel zu gut, Magpie.«

Wir verließen das Kartenhaus kurz darauf. Marlon ging nun schneller, mit seinen Gedanken schien er ganz woanders zu sein. Als wir am Spielplatz vorbeikamen, stemmte ich mich auf die Mauer und setzte mich rittlings darauf. Deutlicher konnte ich ihn kaum auffordern, endlich mit mir zu reden. Er ließ einen Meter zwischen uns, lehnte die Unterarme gegen den Stein und betrachtete seine geballten Fäuste. Ich wartete, doch mit jedem Atemzug sog ich weitere Ungeduld ein, mit jedem Ausatmen verließ mich etwas Verständnis.

»Die Sache beginnt mich zu nerven«, sagte er schließlich. Es klang schroff, fast wäre ich zusammengezuckt.

»Stimmt«, erwiderte ich verhalten. All seine kryptischen Andeutungen, seine Versprechungen, mir eine Erklärung zu liefern, um mich dann ratloser zurückzulassen als zuvor – all das sollte mir in höchstem Maße auf die Nerven gehen. Fakt war allerdings, dass ich das Rätselraten in gewisser Weise genoss, damit hatte Marlon recht gehabt. In meiner Fantasie trudelten die absurdesten Ideen durcheinander. Vampire, Engel, Aliens … all diese Spinnereien schlängelten sich in einer kribbelnden Spirale meine Wirbelsäule hoch und runter. Ein angenehmes Gefühl, denn in Wahrheit würde alles nur halb so wild sein. Geheimnisse lösten sich doch immer auf ganz unspektakuläre Weise auf. Warum also den Nervenkitzel nicht genießen?

»Ich will ehrlich zu dir sein, Noa: Das mit uns, das wird nichts.«

So viel zum Thema Nervenkitzel.

Marlons Worte waren sachlich und bestimmt, ohne Bedauern, mit Nachdruck ausgesprochen, wie man mit jemandem spricht, der etwas schwer von Begriff ist. Tatsächlich brauchte ich eine Weile, musste den Satz auseinandernehmen, neu sortieren und wieder zusammenfügen, bevor ich verstand, was er mir sagen wollte.

Was er tat und was er sagte, passte nicht zusammen.

Ich war nicht vom Typ Unwiderstehlich. Mich abzuweisen, war Marlons gutes Recht. Trotzdem war es seltsam. Warum sollte er mich verfolgen, nur um mir dann mitzuteilen, dass er nichts von mir wollte? Dass ein Junge wie Marlon sich für mich interessierte, war für mich bis gestern eher eine Wunschvorstellung als Realität gewesen, und genau das musste es auch sein. Ich träumte. In Träumen tun Menschen oft Dinge, die keiner Logik folgen. Leider taten mir die Füße weh, was meine Traumtheorie untergrub und in sich zusammenfallen ließ. Im Traum spürt man keine Schmerzen.

»Erklär mir das«, forderte ich, die Stirn so krausgezogen, dass ich bestimmt Kopfschmerzen bekommen würde. Mein Blut war plötzlich voller Splitter und Scherben, zerschnitt alles in mir. »Warum das alles? Du wolltest mich sehen, du bist mir heimlich gefolgt, du wolltest dich mit mir treffen. Das alles, nur um mir zu erzählen, dass …« Allein die Vorstellung, von einer Beziehung – oder eben keiner Beziehung – zu sprechen, war so absurd, dass ich es nicht über die Lippen bekam. Und dann ging mir ein Licht auf.

»Du wolltest nur austesten, ob du mich so weit bekommst, oder? Du wolltest mich dazu bringen, dass ich mich in dich ver…« Das Wort versoff in einem aus Wut gewachsenen Lachen. Ich konnte nicht fassen, auf so etwas Abscheuliches hereingefallen zu sein. Herrgott, es war keine zwei Stunden her, da hatte ich mich von ihm trösten und im Arm halten lassen.

»Es ist nicht so, wie du denkst«, erwiderte der Mistkerl. Alles an seiner Stimme klang falsch. Da schwang keine Melodie mehr mit und die Betonung der T und D war verschwunden. All das war bloß Show gewesen.

»Noa, ich habe eingesehen, dass alles zwischen uns nur Probleme bringen würde. Ich wollte es zuerst nicht wahrhaben. Ich meine, sieh dich an. Du bist süß und –«

»Und ich muss mich gleich sehr süß übergeben.« Ich sprang von der Mauer und stöckelte ein paar Schritte, um Abstand zwischen uns zu bringen. Ich begann zu begreifen, was ihn störte. Er hatte mich für mutig und stark gehalten. Dass ich gegen Bad Boy Basti nicht bestehen konnte und vor ihm weglief, zeigte Marlon, wie ich wirklich war. Feige. Er war also genauso oberflächlich wie alle anderen. Bloß hatte er es nicht so mit der Optik. Doch ein Kratzer auf der perfekt wirkenden Psyche und ich war ihm nicht mehr gut genug.

»Ich würde dir nur wehtun«, meinte er lahm. Er hatte nicht mal den Mumm, mich anzusehen, stierte nur auf seine Hände. Gleich kam: Lass uns Freunde bleiben, jede Wette.

»Bullshit«, fauchte ich. »Wehtun können mir allenfalls Menschen, die mir etwas bedeuten. Glaubst du wirklich, *du* würdest mir etwas bedeuten, du Möchtegern-Mysterium? Komm mal runter von deinem hohen Gaul.« Meine Augen brannten vor Wut. Ich wartete zwei hastige Herzschläge lang auf eine Antwort, die nicht kam, machte auf dem Absatz kehrt und marschierte nach Hause, wobei ich jeden Schritt mitzählte, um nicht Gefahr zu laufen, loszurennen. Weg von diesem wunden Gefühl, das sich von meinen Füßen ausgehend immer weiter in mir ausbreitete.

In meinem Genick nagte die garstige Gewissheit, etwas Wichtiges vergessen zu haben. Vielleicht waren es aber auch Marlons Blicke, die ich im Rücken spürte. Ich sah über meine Schulter, wollte ihn anbrüllen, mir nicht nachzuglotzen – aber das tat er nicht. Er stand mit dem Rücken zu mir, bewegungslos, immer noch gegen die Mauer gelehnt – mit hängendem Kopf und hängenden Schultern. Plötzlich erwachte er aus seiner Starre, riss den linken Arm hoch und drosch mit der Faust gegen die Mauer. Einmal, zweimal, dreimal. Ich presste mir die Hand vor den Mund, um keinen Laut von mir zu geben. Denn ich konnte mir nur zu gut vorstellen, wie es sich anfühlte, wenn die dünne Haut über den Fingerknöcheln nachgab und der Knochen über den Stein schabte. Ich glaubte, es trotz der Entfernung zu hören. *Krrrtsch.* Meine Innereien zogen sich zusammen, aber ich konnte den Blick nicht abwenden.

Am Gehwegrand parkte ein brauner UPS-Kastenwagen. Ich versteckte mich dahinter und beobachtete Marlon. Er wandte sich zum Gehen, ließ die linke Hand zur Faust geballt, fuhr sich mit der rechten durchs Haar und hakte sie dann in seine hintere Hosentasche. Auf einmal stutzte er, zog etwas aus der Tasche. Papier, mehrfach zusammengefaltet. Ich wusste sofort, was es war. Das waren keine Notizen, die er in der Hosentasche vergessen hatte, auch kein an ihn adressierter Brief. Das war die Geschichte – meine Geschichte. Ich sah ihn tief durchatmen, dann setzte er sich entschlossen in Bewegung und ließ das Papier in einen Mülleimer an der Bushaltestelle fallen.

Ich verharrte in meinem Versteck und wartete. Zählte bis hundert. Zählte von hundert zurück bis null. Überlegte, noch mal von vorn zu beginnen, wagte mich dann aber doch hinter dem Kastenwagen hervor.

Marlon war fort.

Ich rannte zur Bushaltestelle und schaute mich verstohlen um.

Niemand da. Am Haltestellenhäuschen bewegten sich im Wind die zerfetzten blassrosafarbenen Reste eines Werbeplakats für einen Friseursalon, der im Sommer letzten Jahres geöffnet und im Herbst wieder geschlossen hatte. Ich trat näher an den Mülleimer, hielt die Luft an und fischte die Geschichte hinaus. Das Papier eng an meine Brust gepresst, flitzte ich nach Hause.

»Ein Einzelner …«

»… muss sterben«, säuselten ihm zwei der Meereswesen links und rechts ins Ohr. Luftbläschen kitzelten die narbigen Stellen, an denen ihm einst Kiemen aus dem Fleisch gebrochen waren. Brijan wusste nicht, wie lange er schon im Wasser lebte. Es mussten Jahre vergangen sein, doch immer noch dehnte sich sein Herz vor Zufriedenheit, wenn er nahe der Oberfläche mit Mantarochen zwischen verzerrten Sonnenstrahlen spielte. Er begleitete Haie bei ihrer blutrünstigen Jagd, ließ sie respektvoll die Köpfe vor ihm neigen, bevor er sie mit Sardinen belohnte, die er für sie anlockte. Wale sangen ihm ihre melancholischen Lieder. Er folgte Fischen in die Tiefe, die gigantischen Schlangen ähnelten. Ihre Länge überbot die Größe von sechs übereinanderstehenden Männern und sie huldigten ihm mit Seewolfkadavern, die sie ihm darbrachten. Sie waren seine Untertanen und er war ihr Herrscher.

Das Meer machte ihn lebendig. Wie konnten diese Wesen vom Sterben sprechen?

»Aber zwei«, sprach ihm das dritte Wesen mitten ins Gesicht, »können ewig sein.«

»Unsere Welt braucht Kinder …«

»… die für uns singen.«

»Singen. Singen. Singen!«

»Hol uns das Leben hinab in die Tiefe.«

Auf Geheiß der Wesen ging Brijan als Mann zurück an Land, um eine Frau zu finden.

Sein erster Weg führte ihn auf den Markt, wo er nass, bleich und in Lumpen kaum Aufsehen erregen würde. Zunächst fiel es ihm schwer, der jungen Fischverkäuferin zuzulächeln, doch sie erwiderte seinen ersten Versuch sogleich und er trat mutig zu ihr. Schön war sie nicht und ihr Vater war bestimmt zu arm, um dies mit einer Mitgift auszugleichen. Das war der Grund, warum Brijan sie ausgewählt hatte. Diese Frau hatte nichts zu verlieren. Sie würde einen Mann nehmen, auch wenn er nicht reich und von blendendem Aussehen war. Wenn das Meer erst die Schuppen und das verwesende Fischblut von ihren Armen gewaschen hatte, den Staub aus ihren Haaren, dann würde sie glücklich werden. Doch während er so dastand und sie betrachtete, kam eine andere Frau und presste sich an seine Seite und sodann folgte eine zweite, die ihm eine Hand auf die Brust legte. Es waren Dienerinnen vom Hofe, wie er an den Stickereien ihrer Mantelaufschläge erkennen konnte. Brijan war verwirrt von dem offensichtlichen Werben der Weiber. Derweil er sich von ihnen wegführen ließ, bemerkte er noch den traurigen Blick der Fischverkäuferin. Doch als er die Finger der einen Magd an seinen Lippen spürte und die Zunge der zweiten an seinem Ohr, da begriff er, dass nicht sie es war, die etwas verloren hatte. Sie hatte ihr Leben behalten.

Brijan blieb einige Tage am Hofe des Königs, in dessen Dienst die beiden Mägde standen. Sehr bald wurde ihm bewusst, dass die Wesen ihm nicht nur das Geschenk gemacht hatten, im Meer leben zu können. Auch die Verführungskraft des Ozeans war ihm durch sie zuteilgeworden. Zuckte manch ein Weib bei der ersten Berührung mit seiner kalten, feuchten Haut auch zurück, so gab es keine Frau, die ihn nicht ein zweites Mal berührte. Sie konnten ihm nicht widerstehen. In wenigen Nächten lehrten sie ihn die Liebe. Das, was sie dafür hielten.

Brijan jedoch ging es zunehmend schlechter. Das Meer flüsterte ihm zu, nach Hause zu kommen, doch wie konnte er, der alle haben konnte, sich für eine Frau entscheiden, wenn es vielleicht eine gab, die ihm noch besser gefiel?

Als er vom Innenhof des Schlosses aus zum ersten Mal Prinzessin Seirēn an einer Balustrade stehen sah, wie sie voller Sehnsucht in den Himmel blickte, an dem Mond und Sonne zugleich standen, da traf er seine Wahl. Es war weniger der Wunsch nach dieser Frau, der ihn trieb, als der, nach Hause zu gehen. Das Meer brauchte eine Königin. Was lag da näher, als ihm eine Prinzessin zu bringen?

Es war so einfach wie immer. Ein Blick zog ein Lächeln nach sich. Ein Lächeln einen Gruß. Ein Gruß einen Kuss, ein Kuss eine Nacht voller Küsse. Am Morgen folgte sie ihm ins Meer. Sie vergrub ihr Gesicht ängstlich an seiner Schulter, als die Meereswesen nach ihr griffen. Als sie hinabgezogen wurde, lag sein Name in ihrem Schrei.

Brijan aber sah noch etwas anderes als die Verwandlung seiner Frau. Er sah, wie ihm die Mägde und Dienerinnen, all die Frauen, die er geliebt hatte, folgten. Ins Meer, wo sie jämmerlich ertranken. Die Ufer waren voll von Männern, die die Leichen an sich drückten, welche vom Meer wieder ausgespuckt wurden, wie ungenießbare Gräten. Nach und nach brachten sie ihre Toten heim, um sie zu bestatten. Nur der König stand noch im

Morgengrauen dort und wartete auf den Leib seiner Tochter, die er nie wiedersehen würde.

»Ich schwöre dir den Krieg«, brüllte der König übers Meer. »Wer immer du bist, was *immer du bist. Ich werde dein Herz in meiner Hand zerdrücken, wie du das meine.«*

Brijan hielt seine weinende Braut im Arm und fühlte seine ehemaligen Geliebten in den Wellen nach ihm greifen. »Was habe ich getan?«, fragte er, ohne eine Antwort zu verlangen.

»Du hast den zweiten …«

»… Preis gezahlt«, zischten die Wesen. Das Leben der Toten pulsierte in ihren Adern und ließ ihre schuppigen Leiber vor Befriedigung leuchten.

»War doch ganz billig.«

Wünsch mir eine gute Nacht, Magpie, denn schlafen kann ich heute sicher nicht.

»Er nennt dich Magpie? Eine diebische Elster?« Rosalia fiepte wie ein Meerschweinchen, ich musste den Hörer von meinem Ohr weghalten, um keinen Tinnitus zu riskieren. »Wie romantisch! Noa, du hast sein Herz gestohlen – begreifst du nicht?«

Ich schnaubte. Mein eigenes Herz flatterte noch immer vor Aufregung. Nachdem ich die Geschichte zu Ende gelesen hatte, war es mir derart in der Brust herumgesprungen, dass ich mich beim Versuch, Rosalia anzurufen, dreimal verwählt hatte.

»Ich begreife, dass er mich abserviert hat, schon vergessen? Noch mal zur Erinnerung, Rosa. Er muss den zweiten Teil der Geschichte heute Vormittag geschrieben haben. Bevor das alles passiert ist.« Bevor er etwas beendete, was nicht einmal begonnen hatte.

»Aber doch nur, weil er dich beschützen will. Ist doch ganz klassisch, genauso ist es in jedem vernünftigen Liebesroman. Würdest du so was lesen, wärst du auch up to date. Er besteht auf Abstand, weil er gefährlich ist.« Rosalia seufzte, ein Laut tief aus einer Seelennische, die sie mit reichlich rosa Zuckerwatte ausgepolstert haben musste.

»Aber er ist doch mir nachgerannt, nicht ich ihm. Er hätte sich doch von vornherein von mir fernhalten können, wenn er wirklich … gefährlich wäre.« Ich machte eine wegwerfende Handbewegung, obwohl Rosalia das nicht sehen konnte. Gefährlich, pah!

»Fassen wir mal zusammen«, ertönte Rosalias Stimme aus dem Telefonhörer. »Marlon hat dich abserviert, nachdem du ihm von Bastien erzählt hast und davon, kein Opfer sein zu wollen. Ergo: Er würde dich in irgendeine Opferrolle drängen, wenn …«

Rosalia sprach weiter, aber ich hörte nur noch halbherzig zu. Marlon hatte mich längst in diese Rolle gedrängt, aber das konnte ich Rosa natürlich nicht erzählen. War das Ganze tatsächlich derart einfach?

»Was die Geschichte betrifft, die er für dich aufgeschrieben hat«, fuhr meine Freundin fort, »habe ich zwei Ideen. Numero uno: Kennst du die Legende vom Wasserpferd?«

»Nein, aber meine Mutter hat während meiner Schwangerschaft in China mal pulverisiertes Seepferdchen gegessen. Das ist dort irgendein abartiges Mittel zur Steigerung der Fruchtbarkeit. Wie Tigerhoden. Werde ich jetzt ein Wer-Seepferdchen?«

Langes Schweigen. Dann ein trockenes: »Nee, du bist ja so was von witzig, Noa. Mal im Ernst. Das Wasserpferd ist eine Sagengestalt. Eine Art Seeungeheuer, es kann die Gestalt eines Fisches, eines Pferdes oder eines schönen Mannes annehmen. Man erkennt es in Menschengestalt immer daran, dass ein Zipfel seiner Kleidung nass ist.«

Ich erwischte mich dabei, wie ich in Gedanken abcheckte, ob Marlon irgendwo nass gewesen war. »Negativ.«

»Klar«, erwiderte Rosa. »Das hätte ich auch getippt. Vermutlich ist die Geschichte von Brijan, dem Meermann, einfach nur eine Metapher. Marlon hat sich wahrscheinlich auf irgendwas Zwielichtiges eingelassen und befürchtet, dich da mit reinzuziehen.« Sie pausierte – ich sah sie vor mir, wie sie entschieden nickte und rote Bäckchen bekam. »Das ist es. Ohne jeden Zweifel.«

Das also war die Lösung des geheimnisvollen Marlon-Rätsels? Das klang gar nicht so kompliziert und ausgesprochen logisch. Mein Satz des Tages – das ergibt keinen Sinn – begann zu zerlaufen, denn plötzlich ergab das Ganze Sinn.

Wenn jedoch jemand in der Lage war, einfache, solide und logische Konstruktionen ins Wanken zu bringen, dann war es Rosalia.

»Stell dir vor«, hauchte sie durch die Leitung und ich musste gegen den Drang ankämpfen, die Verbindung zu kappen, weil ich wusste, dass ich das, was nun folgte, nicht hören wollte. »Stell dir doch mal vor, er wäre ein Terrorist oder so was.«

»Wie romantisch«, meinte ich trocken.

»Natürlich nur gezwungenerweise. Eigentlich will er das gar nicht. Und du wirst ihn selbstverständlich raushauen und …«

Ich werde bald fortgehen, hörte ich seine Stimme in meinem Kopf, sie überlagerte selbst Rosalias. Was meinte er mit fortgehen? *Du bist dann in Sicherheit.*

Stopp! Bilder, raus aus meinem Kopf!

Ich hatte überhaupt keine Lust, mir Marlon mit einem Sprengstoffgürtel um die Taille vorzustellen, zumal ich von der Möglichkeit des Aussteigens bei irgendwelchen terroristischen Vereinigungen noch nie gehört hatte. Raushauen klang in jedem Fall böse. Verdammt böse.

»Ich werde ihn nirgendwo raushauen. Ich kenne ihn doch kaum.«

Leider kannte ich ihn ziemlich gut mit einer Sturmhaube auf dem Kopf und einer Pistole in der Hand.

Es war zu still zum Schlafen. Die Nacht presste sich gegen das Fenster, wollte eingelassen werden. Silbriges Mondlicht zwängte sich durch jede Ritze in meinen Vorhängen. Ich wälzte mich zwischen Decken und Laken herum, fröstelte und schwitzte zugleich. Wenn ich die Augen schloss, glaubte ich, durch meine Lider hindurch einen Schatten auf mir ruhen zu sehen. Er wartete. Auf mich. Ich versuchte, mich abzulenken, aber sobald sich meine Gedanken von Marlon lösten, drifteten sie zu Dominic. Unser Streit zwickte mich noch immer wie ein Nietnagel. Einer von diesen kleinen Drecksdingern, denen man nicht ansieht, wie böse sie wehtun. Aber das ist nur Tarnung.

Schließlich richtete ich mich mit einem Seufzen auf. Ich warf mich jetzt seit fast zwei Stunden im Bett umher, es war bereits ein Uhr nachts. Hoffnungslos, ich würde nicht einschlafen. Warum seine Zeit mit aussichtslosen Unterfangen verschwenden. Ich konnte genauso gut … Ja, was konnte ich?

Als ich die Vorhänge aufzog, erkannte ich die Schemen meiner Raben, die schlafend in den Ästen der Kastanie hockten. Mit den gesenkten Köpfen und den überstehenden Flügeln wirkten sie wie Scherenschnitte von Gehenkten in langen Mänteln.

Das schwache Licht in den Gärten nahm ich erst wahr, als es plötzlich verlosch. Kurz glaubte ich, es mir nur eingebildet zu haben, doch das Flackern hatte sich längst in meinem Kopf festgesetzt und dort ein Feuer aus Gedanken entfacht. War Marlon etwa immer noch da? Zweifel verbrannten. Ich war innerhalb von Sekunden angezogen und schlich mich hinaus.

In unserem Block gab es eine fundamentale Regel: Nach Einbruch der Dunkelheit hatte man Vorsicht walten zu lassen. Das galt für jeden, doch in erster Linie für Frauen und Jugendliche und damit in doppelter Hinsicht für mich. Ich war vorsichtig. Hoffentlich war das genug. Ich nahm nicht den direkten Weg über die Zäune und Hecken, quer durch ein halbes Dutzend Schrebergärten, obwohl es dazu hell genug gewesen wäre, denn zerfetzte Wolken reflektierten das Mondlicht. Stattdessen ging ich den Umweg an der Straße entlang. Um von niemandem gesehen zu werden, drückte ich mich so eng an die Hausfassaden, dass der Ärmel meiner Jeansjacke an den mehr oder weniger gelungenen Graffiti entlangstreifte, die unser Stadtbild prägen. Ich stieg über Scherben und weggeworfenes Papier hinweg, damit mich das Knirschen nicht verriet. Schwarze Kellerstiegen erinnerten mich an aufgerissene Mäuler, an denen ich schneller vorbeihuschte. Wer weiß schon, was in diesen dunklen Löchern lauert? Ebenso hastig verließ ich den Lichtkegel einer jeden Straßenlaterne. Ich war mehr als nur vorsichtig, ich wurde unsichtbar.

Nachdem ich den Häuserblock umrundet hatte, bog ich in den schmalen Fußgängerweg ein, der in die Schrebergartenanlage führte. Das Tor, das mir hier den Weg versperrte, hatte ich innerhalb von fünf Sekunden überklettert. Weit entfernt jaulte eine Polizeisirene auf. Irgendwo keifte eine Frau. Hinter den Gärten lag die Stanzerei, ich hörte ihre Maschinen pumpen wie das mechanische Herz der Stadt. *Pmpf, pmpf, pmpf.* In meiner unmittelbaren Umgebung war alles ruhig. Ein paar kleine, bleiche Nachtfalter umschwirrten mich. Ich folgte dem steinigen Pfad und erreichte Marlons Gartenparzelle ohne Zwischenfälle.

Stockfinster lag die Laube da, zu drei Seiten von Gestrüpp umgeben, das sie wohl irgendwann verschlingen würde. Hinter der Hütte ragte ein toter Apfelbaum auf, die kahlen Zweige wie Finger in die Luft gestreckt. Der Schatten eines Asts fiel bis vor meine Füße und bewegte sich im Gras hin und her. Um einen weiteren Schritt in Richtung Tür zu machen und anzuklopfen, musste ich all meinen Mut zusammennehmen. Ich atmete tief ein. Und stutzte. Die Luft roch ungewöhnlich. Nach frisch gemähtem Gras. Tatsächlich stand die wilde Wiese vor dem Gartenhäuschen nicht mehr so hoch wie beim letzten Mal. Ein englischer Rasen war das zwar nicht gerade, überall ragte bockig das Unkraut in die Höhe, an anderen Stellen waren ganze Grasbüschel herausgerissen und in der Erde klafften Löcher. Aber hier hatte ohne jeden Zweifel jemand versucht, den Rasen zu mähen. Marlon? Wozu? Wollte er es sich hier etwa so richtig behaglich machen? Sich einnisten in dieser Baracke mit Blick auf mein Fenster? Das sah ihm ähnlich.

Ob es der erbärmliche Versuch des Rasenmähens war, die Zeile, die er mir – Magpie – unter die Geschichte gesetzt hatte, oder etwas vollkommen anderes, wusste ich nicht. Aber in diesem Moment verlor ich das letzte bisschen Angst. Entschlossen trat ich auf die Laube zu. Jegliche Bedrohung war schlagartig verschwunden. Ich konnte Marlon an die Polizei verraten, wenn ich wollte. Oder an Olivier. Ich klopfte an die Holztür. Farbe blätterte ab und haftete an meinen Fingerknöcheln.

Nichts.

Ich klopfte fester und die Tür schwang einen Spaltbreit auf.

Dunkelheit quoll aus dem Inneren der Hütte und schien das Wort schutzlos zu wispern. Mein Bauch zog sich schmerzhaft zusammen und mir wurde klar, dass es nichts gab, was ich weniger wollte, als Marlon zu verraten. Ich stieß die Tür ein Stück weiter auf, um hineinzusehen, doch plötzlich prallte das Holz gegen einen Widerstand. Für den Bruchteil einer Sekunde war es still, dann fiel unter einem Wahnsinnsgepolter irgendetwas zu Boden. Ich schlug die Hand vor den Mund, um nicht laut aufzuschreien, und sprang erschrocken mehrere Schritte zurück. Das Scheppern und Bollern hatte man sicher bis zu unserem Haus gehört. Ich sah mich hektisch um, aber alles blieb ruhig. Auch aus der Hütte drang kein weiterer Laut. Unmöglich, dass Marlon immer noch schlief.

Ich eilte zurück zur Tür und lugte hinein. Verdammt, zu dunkel! »Marlon? Ich bin's, Noa.« Nur ein Flüstern, aber es zerschnitt die Stille wie ein frisch geschliffenes Messer.

Keine Antwort.

Meine Finger zitterten, als ich mein Handy aus der Hosentasche holte. Der bläuliche Lichtschein des Displays taumelte durch den Raum, verlieh den Schatten in den Ecken mehr Tiefe. Nichts. Ich erkannte, was umgefallen war. Marlon hatte den Rasenmäher, ein altmodisches, mechanisches Ding, auf dessen Schneiden Rost blühte, hinter die Tür gestellt. Die Überreste eines sterbenden Ritters als einziger Schutz vor der Welt. Unweigerlich verzog sich mein Mund wie unter unerwartetem Zahnschmerz. Das Bett war nicht gemacht, aber leer. Auf dem Herd stand ein Topf, daneben gespültes Geschirr.

»Hallo? Marlon?«

Keine Antwort.

Ich schlich über die Dielen, kontrollierte die Nasszelle und leuchtete das Dunkel unter Tisch und Bett ab. Nein, hier war niemand.

Vielleicht war er fort. Ganz fort, dorthin gegangen, von wo er gekommen war.

Warum nur tat der Gedanke weh?

Dann fand ich auf der Pritsche das graue Hemd, das Marlon heute getragen hatte, außerdem Boxershorts und ein Handtuch. Ich ging in die Knie und streckte unsicher die Hand danach aus. Das Handtuch war noch feucht, er war also vor Kurzem noch hier gewesen. Halb unter das Feldbett geschoben, lagen Zeitschriften. Comics und Mangas, wie ich auf den zweiten Blick feststellte. Die Sprechblasen waren mit Post-its überklebt, auf die Marlon seine eigenen Texte geschrieben hatte. Ohne zu wissen, was im Original darunterstand, war mir klar, dass seine Interpretationen der Szenen besser waren. Einige Zeilen waren ernsthaft, nachdenklich. Ich glaubte, darin Zitate großer Literaten zu finden, die die bunthaarigen Männchen sich um die Ohren schlugen, was überraschend gut zu den übertrieben verzerrten Gesichtern mit den riesengroßen Augen passte. Andere Änderungen waren reine Satire und wirklich lustig. Beim Umblättern einer Seite fiel ein loses Blatt heraus und landete lautlos auf den Holzdielen. Ich hob es auf. Und erstarrte.

Es waren zwei Bildchen, mit Kugelschreiber auf einen karierten Zettel gebannt, das dritte begonnen, aber nicht fertiggestellt, als wäre der Zeichner unterbrochen worden.

Die ersten beiden zeigten … mich.

Ich stand vor dem Rüdenfels und lehnte mich gegen den Sockel. Jedes Detail war zu erkennen, selbst die dunklen Sprenkel im meinem linken Auge und meine Sommersprossen. Jede einzelne. Von Marlon sah man nichts als Haare und seine Schultern von hinten. Auf dem ersten Bild sagte ich: »Nicht jeder ist es wert, gerettet zu werden.« Ich hatte nicht gewusst, dass ich derart arrogant die Nase hochhalten konnte. Aber mein Gesichtsausdruck war harmlos im Vergleich zu meiner Darstellung auf dem zweiten Bild. Dort verschränkte ich die Arme vor der Brust, wandte das Gesicht ab und starrte mit vorgeschobener Unterlippe bockig in den unteren Bildrand. Marlon sah dagegen genauso aus wie auf der ersten Zeichnung. Aber der Hund - dieser blöde, steinerne Hund - hatte sich verändert. Er senkte den Kopf, sah Marlon traurig an und sagte in einer zittrig umrandeten Sprechblase: »Nicht jeder ist es wert. Da hast du es.« Auf dem dritten Bild stand der Hund wieder so da, wie ich ihn kannte. Der Sockel, ich und alles andere fehlten noch. Unten am Bildrand entdeckte ich Marlon, der sich abgewandt hatte - der Bildausschnitt zeigte nur eine Ecke seines Gesichts. Die halbe Stirn, ein Auge, grob skizziert. Ein Geist, kurz bevor er sich im Nichts auflöst.

Ich hatte plötzlich Mühe zu atmen. In der Luft war etwas, das ihr den Sauerstoff entzog, sie tranig machte. Die blöde Hütte war plötzlich erfüllt von Einsamkeit, sodass ich es hier kaum mehr aushielt, alles rasch an seinen Platz zurücklegte, meine Spuren beseitigte und nach draußen stürmte.

Ich lief nach Hause. Gab nichts darauf, vorsichtig sein zu müssen, sondern rannte so schnell, dass meine Sohlen nur so auf den Asphalt klatschten. Aus einem Hauseingang grölte mir ein Mann Obszönitäten hinterher. Im Bushaltestellenhäuschen hockte eine obdachlose Frau, die vorhin noch nicht da gewesen war, und murmelte etwas Unverständliches, als ich an ihr vorbeilief. Irgendwo hörte ich Männer, die sich anbrüllten. Ihre Stimmen jagten durch die Straßen wie Gespenster. Bedrohlich. Ich sah nicht nach links und nicht nach rechts. Ich wollte einfach nur noch nach Hause.

Dominic klingelte mich am nächsten Morgen aus dem Bett. Ich war derart müde und so überrascht von seiner guten Laune, dass er sich mehrmals wiederholen musste, bis ich auch nur ein Wort verstand.

»Bad Boy Basti«, rief er durch die Sprechanlage, »hockt im Müllcontainer vor eurem Haus und heult. Los, komm runter und schau's dir selbst an. Und bring einen Fotoapparat mit!«

Ich musste mich verhört haben oder noch träumen. Und was war überhaupt mit Dom los? Hatte er unseren Streit einfach vergessen?

Bis ich endlich angezogen war und aus der Haustür trat, hatte sich bereits eine Traube Schaulustiger um einen der Müllcontainer gebildet. Dieser war mit einer Eisenkette und einem Vorhängeschloss versehen, sodass die Klappe sich nicht mehr als zehn Zentimeter öffnen ließ. Bastien lugte durch den Spalt – mehr als gerötete Augen sah man nicht von ihm. Zwei ältere Männer aus dem Haus nebenan bearbeiteten die Kette mit einem Bolzenschneider. Weitere Nachbarn standen um sie herum und gafften: einige neugierig, andere offensichtlich schadenfroh, wieder andere nur, weil es eben dazugehörte zu glotzen, sobald es etwas anzuglotzen gab.

Auch wir gafften. Bastien sollte nicht glauben, dass wir seine Schmach verpasst hätten. Er hatte es verdient. Zwischendurch warfen wir uns kleine, scheue Blicke zu.

»Weißt du, dass es mir leidtut?«, fragte ich Dominic schließlich. Ich brauchte nichts weiter erklären, er verstand mich auch so.

»Mir tut's leider«, gab er zurück. Sein üblicher Missbrauch an der deutschen Sprache.

»Dann ist alles wieder in Ordnung?«, hakte ich vorsichtig nach. »Du bist nicht mehr sauer?«

Er zuckte mit den Schultern. »Doch, schon. Aber es gibt nichts Schlimmeres, als alleine büffeln zu müssen. Leistest du mir nachher Gesellschaft? Du weißt schon – die Französisch-Nachprüfung. Wenn ich die verkacke, kann ich das Abi im Klo runterspülen.«

»Ich soll dich als Wiedergutmachung Vokabeln abfragen? Ganz schön viel verlangt. Ausgerechnet Französisch. Une belle merde, mon ami. Ça promet.«

»La ferme! Sieh es als deine große Chance, dich wieder in den erlauchten Kreis meiner besten Freunde einzugliedern.«

»Rehabilitation verlangt eben Opfer.« Ich seufzte theatralisch, dann stieß ich Dom mit dem Ellbogen an. »C'est la vie. Schau mal, sie haben die Kette aufbekommen. Der gefallene Held erhebt sich.«

»Yeah!« Dom applaudierte, was ich ein klein bisschen gehässig, aber vor allem witzig fand.

Ein kleinlauter, nach Biomüll stinkender Bastien kletterte aus der Tonne. Verschämt wischte er sich den Rotz aus dem Gesicht und eine Mischung aus Katzenstreu und Kaffesatz von der Hose.

Dom und ich hielten uns abseits, doch Bastiens vorsichtige Blicke in meine Richtung entgingen uns nicht.

»Hast du ihn da reingesetzt oder warum hat er plötzlich solche Angst vor dir?« Dom hielt sich vor Vergnügen den Bauch und lachte so laut, dass er alle Aufmerksamkeit auf sich zog. Meine Ohren wurden heiß, denn ich hatte eine Ahnung, wer wirklich dahintersteckte.

»Nicht direkt«, flüsterte ich zurück.

»Drei Männer waren das«, hörte ich Bastien erzählen. »Und noch welche im Hintergrund. Mit Kampfhunden, so richtige Bestien, da hatte ich keine Chance. Alle bewaffnet.«

»Bis an die Zähne«, meinte Dom und zeigte sein Haifischgrinsen.

Ich brachte ihn mit einer Geste zum Schweigen, denn ich wollte hören, was Bastien erzählte.

Jemand erkundigte sich nach dem Aussehen der Männer und Bastien erklärte, es wären Ausländer gewesen, mit Baseballschlägern und Schlagringen. Die nervösen Blicke, die er zu uns rüberwarf, erzählten allerdings etwas ganz anderes. Ich hätte mein Frühstück verwettet, dass es Marlon gewesen war, und mein Mittagessen noch daraufgelegt, um zu erfahren, wie er das hinbekommen hatte. Etwa allein?

Als der kleine Tumult sich langsam legte, Bastien abzog und sich noch einmal über die Schulter nach mir umsah, lächelte ich ihm zu und hob die Hand zum Gruß.

Mach's gut, du Opfer. À la revoyure!

LEKTION 8

Wie man sein Herz in Stein verwandelt

Joel wurde an einem Sonntag geboren, bei strahlendem Sonnenschein. Als Papa und ich Mama und das Baby im Krankenhaus besuchten, gingen wir alle zusammen in den angrenzenden Park. Ich bekam einen riesengroßen Eisbecher mit Erdbeeren. Es waren die besten Erdbeeren meines Lebens, keine anderen hatten je die Süße erreicht wie die roten Früchte, die ich naschte, während ich meinen kleinen Bruder ansah, der erst ein paar Stunden alt war und noch nicht einmal einen Namen hatte. Damals nannte ich ihn Schrumpelchen und das war so viel liebevoller gemeint, als es klingt.

Wenn sich sein Geburtstag jährt, konzentriere ich mich immer darauf, wie diese Erdbeeren geschmeckt haben. Dom, der als Einziger davon wusste, fand das komisch, er verstand die Logik dahinter nicht, dabei ist es ganz einfach: Die Erinnerung macht deutlich, dass es nie wieder wie früher sein wird, aber sie ist süß genug, um mich nicht fertigzumachen.

In diesem Jahr fiel Joels Geburtstag erneut auf einen Sonntag, doch diesmal regnete es in Strömen. Ein kraftvoller Sommerschauer, schwer von diesem unangenehmen Geruch, der durch die Kombination von Regen und warmem Asphalt entsteht. Es riecht nach Ozon, sagen viele, aber ich glaube nicht, dass man Ozon riechen kann.

Papa und ich wollten am Vormittag zum Friedhof fahren, als plötzlich Frau Martin in der Tür stand.

»Ist es dir recht, wenn sie mitkommt?«, fragte Papa und wühlte in der Kommode nach seinem Schlüssel. Ich war mir nicht ganz sicher, aber ich glaubte, er wurde dabei rot.

»Natürlich.« Es wunderte mich allerdings, das musste ich zugeben.

Er sah mich schelmisch an. »Ich meinte nicht dich, sondern Corinna. Wer weiß, ob sie die Nähe einer pubertierenden Göre wie dir überhaupt aushält.«

Corinna Martin grinste. Sie wusste ebenso wie ich, dass Papa Späße machte. Wie konnte sie ihn schon so gut kennen?

»Ich glaube, Corinna freut sich«, meinte ich fragend.

Sie zwinkerte. »Das tut sie. Wirklich, Noa, ich freue mich.«

Ich überließ Corinna meinen Stammplatz auf der Beifahrerseite des Bullis, setzte mich auf die Rückbank und beobachtete, wie die Fäden aus Regenwasser an den Scheiben herunterliefen. Während der Fahrt stellte ich erstaunt fest, dass mein Vater und Frau Martin sich in der letzten Woche getroffen haben mussten, denn sie empfahlen mir einstimmig einen Kinofilm, der erst seit ein paar Tagen lief. Überhaupt schien sich etwas zwischen den beiden verändert zu haben. Die dünnen Linien um die Augen meines Vaters sahen wieder wie Lachfältchen aus, und obwohl die Stimmung angesichts des Friedhofsbesuchs verhalten blieb, glaubte ich, ein angenehmes Gefühl von Nähe zu spüren, das zuvor nicht da gewesen war.

Als wir auf dem Parkplatz vor dem Friedhof ausstiegen und Papa den Bulli abschloss, trat ich dicht an ihn heran und hielt seinen Schirm über uns beide. »Was läuft da zwischen euch?«, flüsterte ich.

Er lächelte verzerrt – womit ich meine, dass er nicht nur einen Mundwinkel hochzog, sondern tatsächlich ein bisschen glücklich aussah und ein bisschen wie nach dem Biss in ein Stück Seife. »Wie alt bist du, Noa?«

»Siebzehn, das weißt du.«

»Ja, ich weiß nur nicht, wie jugendfrei ich meinen Bericht formulieren muss, damit du zufrieden, aber nicht überfordert bist.«

Rasch hob ich die freie Hand. »So genau wollte ich es gar nicht wissen, verschone mich mit Details. Ich frage mich nur, ob das letzte Woche wirklich alles Überstunden waren, und falls nicht, warum ich gar nichts davon mitbekommen habe.« Vielleicht, weil mein Fokus auf meinen eigenen Problemen gelegen hatte.

Papa sog Luft durch die Zähne. »Ich wollte nicht, dass deine Mutter etwas davon erfährt. Sie ist so … instabil, so leicht aus der Fassung zu bringen.«

Pah. Als ob sie sich für Papas Neue interessieren würde. »Mach dir um Sybille keine Sorgen. Die hält was aus.«

Papa boxte mir spielerisch gegen die Schulter. »Weißt du, ich habe den Eindruck, dass ich sie in der Hinsicht besser kenne als du.«

Ich boxte zurück. Gab nicht zu, dass ich k. o. war, weil er recht hatte und das einen Moment lang viel mehr wehtat, als ich mir eingestehen wollte.

Der Regen half, es erträglicher zu machen, als es war. Hinter dem grauen Schleier wirkte alles irgendwie surreal, und dass der Himmel so tief hing, als hätte er sich in den Baumkronen verheddert, ließ Joel an diesem Tag nicht so weit weg erscheinen.

Während wir zu seinem Grab gingen, achtete ich kaum auf die Menschen um uns herum. Jemand kam uns entgegen, das Gesicht unter einem Regenschirm verborgen. Die schlurfenden Schritte erinnerten mich an Marlon. Vor einem Grab, auf dem noch Kränze und Gestecke lagen, kniete eine Gestalt im durchnässten Kapuzenshirt. Die hängenden Schultern erinnerten mich an Marlon. Von irgendwo ertönte ein leises Schimpfen und ein für den Ort unangebrachtes Fluchen über das Wetter. Die Stimme erinnerte mich an Marlon.

Marlon, Marlon, Marlon. Seit er verschwunden war, schien er überall zu sein. Sein Gesicht verfolgte mich, um sich jedes Mal, wenn ich genauer hinsah, in das eines anderen Menschen zu verwandeln wie die Spiegelung in einer Pfütze, die zur eigenen Reflexion wird, wenn man sich darüberbeugt. Meinen Vater zu sehen, der die Hand seiner Freundin hielt und ihre Finger streichelte, machte mir bewusst, wie einsam ich mich fühlte. Ich schämte mich für den Anflug von Neid und würgte so lange, bis ich das Gefühl hatte, diese Emotionen runtergeschluckt zu haben, um sie nun zu verdauen.

Am Grab angekommen, blieben wir auf Abstand. Papa betete, still und nur für sich. Corinna schloss zumindest die Augen. Ich trat von einem Fuß auf den anderen und bereute wie jedes Jahr den Umstand, dass ich nichts dabeihatte, was ich aufs Grab legen konnte, um wenigstens irgendetwas zu tun. Aber was sollte ein Baby mit Blumen? Ein einziges Mal hatte ich ein Kuscheltier mitgebracht, nur um es wenig später löchrig und verdreckt wiederzufinden; es hatte mich an einen Horrorfilm erinnert und ich schlief danach nächtelang schlecht. Ich streichelte dem Engelchen auf dem Grabstein über die kalte Wange. Als ich mich umdrehte, hatte mein Vater beide Arme um Corinna geschlungen. Ich kam mir plötzlich fehl am

Platz vor, wie eine zertretene, bunte Getränkedose auf einem dieser tragisch romantischen Schwarz-Weiß-Fotos. Und war auf irritierte Weise glücklich darüber.

»Habt ihr etwas dagegen, wenn ich eine Runde spazieren gehe?«, fragte ich, um ihnen etwas Zweisamkeit zu schenken.

Papas Lächeln wurde breiter. »Wir treffen uns dann gleich am Café vor dem Friedhof, in Ordnung? Setz deine Kapuze auf, du begossener Dackel.«

»Pudel, Papa.« Ich gehorchte, obwohl meine Haare bereits so nass waren, dass sie mir wie Spaghetti an der Kopfhaut klebten. Ein Schwall Wasser, der sich in der Kapuze gesammelt hatte, lief mir den Rücken herab. Schaudernd trottete ich die Rollsplittwege entlang, den Kopf gesenkt und zwischen die Schultern gezogen. Ich fühlte mich zerrissen zwischen dem Hochgefühl meinen Vater betreffend und meinem eigenen Kummer.

Schwer zu sagen, was meine Aufmerksamkeit plötzlich auf den unscheinbaren Grabstein zog, doch wie von leisen Stimmen gelockt ging ich näher. Ich trat von hinten an den Stein, sodass ich den darauf festgehaltenen Namen nicht sehen konnte, und bemerkte am Rande, dass das Grab verwildert war. Bei dem Versuch, über den hüfthohen Grabstein zu schauen, um zu erfahren, wer hier ruhte, berührte ich ihn. Meine Hand traf auf Moos, Gelbflechten und auf irgendetwas anderes, das ein Surren durch meinen Arm jagte, ähnlich dem schmerzhaften Klingeln, wenn man sich heftig den Ellbogen anstößt. Ein Summen erfüllte meine Ohren. Für einen Moment war ich zu schockiert, um mich zu bewegen. Ich hielt mir den Arm und fragte mich, ob ich gerade tatsächlich einen elektrischen Schlag von einem Grabstein bekommen hatte. Dann hörte ich die Stimme. Sie war zu leise, die Worte zu verschlungen, als dass ich etwas hätte verstehen können, aber ich erkannte eine Melodie. Da sang eine weibliche Stimme ein Lied. *Twinkle, Twinkle, Little Star* oder zumindest etwas Ähnliches. Ich sah mich um, wurde mit jedem Herzschlag unruhiger. Aber hier war doch niemand!

Oder doch? Hinter den Hecken, die den ganzen Friedhof einzäunten, machte ich Bewegungen aus. Es raschelte im Blätterwerk, als böge jemand Zweige auseinander. Ich starrte in die Richtung und hörte jemanden davonlaufen. Das beruhigte mich jedoch kein bisschen, denn in der regennassen Luft schwang immer noch dieser Gesang, der da nicht hingehörte. Und dann vernahm ich ein seltsames Ploppen, als ließe jemand eine Papiertüte knallen.

Das war mir alles nicht geheuer. Ich wandte mich ab, entfernte mich, so schnell ich konnte, ohne zu rennen, und musste gegen den Drang ankämpfen, mich über die Schulter umzusehen. Es zog mich zurück zu meinem Vater, allerdings hätte ich dazu den halben Friedhof überqueren müssen. Der Ausgang war viel näher, er lag gleich hinter der Kapelle, also hielt ich darauf zu. Doch als ich um den kleinen Backsteinbau eilte, bereute ich diesen Entschluss augenblicklich.

Auf der Wiese zwischen Kiesweg und Kapelle rangen zwei ineinander verkeilte Männer miteinander. Einer davon war … Marlon, auch wenn er schwer zu erkennen war, gefangen im Schwitzkasten des anderen, mit blau angelaufenem Gesicht und Blut unter der Nase. Zuerst wollte ich es nicht glauben. Inzwischen traute ich meinem Verstand wirklich jedweden Streich zu.

»Hau ab!«, krächzte Marlon, als er mich sah, und nahm mir damit meinen letzten Funken Hoffnung, hier würde sich irgendjemand anders, der ihm zufällig ähnlich sah, auf dem Friedhof prügeln. Herrgott, wer tat denn so was!

Mir lag bereits ein passender Kommentar auf der Zunge, der die beiden zur Räson bringen sollte. Doch dann fielen mir die Handschuhe von Marlons Gegner auf und das Holster, das unter seiner offenen Weste hervorblitzte. Und schließlich – zeitverzögert, als hätte mir mein Verstand einen Moment Ruhe gönnen wollen – erkannte ich, worum sie da kämpften.

Der fremde Kerl hatte eine Pistole mit Schalldämpfer in der Hand.

Marlon hielt den Arm des Mannes mit beiden Händen umklammert, sodass der Lauf zu Boden zeigte, aber sein flaches Japsen machte deutlich, dass er das nicht mehr lange durchhalten würde. Sein Gegner quetschte ihm brutal die Luft ab. Marlon versuchte sich zu befreien, aber er hatte keine Chance. Reflexartig packte ich nach meinem Handy, da brüllte Marlons Widersacher: »Schnell! Rufen Sie die Polizei!« Verwirrt hielt ich in der Bewegung inne. Die Polizei würde doch nicht *ihm* helfen, oder?

Ohne zu wissen, was ich tat, setzte ich alles auf eine Karte. »Halt durch, Marlon! Hilfe ist auf dem Weg, sie sind fast da!«

Mein kümmerlicher Plan ging auf. Der Blick des mir fremden Mannes schoss nach oben, er starrte mich an. Marlon brauchte nicht mehr als diese winzige Ablenkung. Er löste eine Hand vom Arm seines Gegners, ballte die Faust und drosch sie dem Mann in einer Aufwärtsbewegung unter die Nase. Blut spritzte und mir wurde kurzzeitig so schwindelig, dass mir der folgende Schlagabtausch entging. Ich bekam nur noch mit, wie Marlon dem Angreifer beide Handflächen links und rechts auf die Ohren schlug, ihn an den Haaren packte und seinen Kopf nach unten riss, während sein Knie hochschoss. Ein grauenvolles Krachen vermischte sich mit einem Stöhnen. Der Mann sackte in sich zusammen. Nun gab es kein Halten mehr – ich rannte zum Tor. Marlon war dicht hinter mir und zunächst wusste ich nicht, ob er mich jagte oder ob wir gemeinsam flohen.

»Warte!«, rief er. Widerwillig gehorchte ich und sah mich um. Er lief zurück zu dem Mann, der bewusstlos am Boden lag, hob die Pistole auf und steckte sie in seinen Hosenbund. Dann zog er sich die durchnässte Kapuze seiner Sweatjacke über den Kopf und tief ins Gesicht.

»Verflucht, was machst du hier?«, fuhr er mich an. Er packte mich an den Schultern, als wollte er mich durchschütteln. Ich konnte nicht anders und würgte ein blödes Lachen hervor.

»Ich dachte, du wärst weg«, stieß ich hervor, woraufhin er die Hände von mir riss, sie erhob wie zur Kapitulation und dann fallen ließ.

»Das wäre ich besser. Wir müssen von hier verschwinden. Schnell!«

»Aber …«

Marlon griff meine Hand, zog mich zum Ausgang und ich verstand überhaupt nichts mehr.

»Mein Vater ist noch auf dem Friedhof!«

»Keine Angst, dem passiert nichts«, rief er mir zu. Mit dem Ärmel wischte er sich das Blut von der Oberlippe. »An deinem Vater haben sie kein Interesse.«

Aber an mir? War das wieder einer dieser Huntsmen gewesen? Liefen hier noch mehr von denen rum?

Ich wollte mich losreißen, wollte nach Antworten verlangen, doch ich wusste, dass Marlon mir jetzt keine geben würde – keine geben konnte. Ich hörte, mit welchem Tempo ihm der Atem durch die Brust rasselte, sah die Angst in seinen Augen und spürte sie durch seine Hand, die meine so krampfhaft umschloss, dass es wehtat.

Also rannte ich ihm einfach hinterher, vom Friedhof runter, eine Straße entlang, um zwei Ecken, bis wir ein Wohngebiet erreichten.

Marlon ließ mich los, sprang auf die Straße und versuchte ein vorbeirauschendes Taxi anzuhalten, doch der Fahrer hupte nur und machte einen Schlenker. Das Auto schoss so nah an Marlon vorbei, dass er gegen den Kotflügel schlagen konnte. Schmutzwasser spritzte von den Reifen bis in sein Gesicht und er brüllte dem Wagen einen derben Kraftausdruck hinterher. Dann fasste er mich am Arm und wir liefen weiter.

Vor einem Mehrfamilienhaus blieb er unvermittelt stehen, hielt sich einen Finger an die Lippen und lauschte. Ich hörte nichts, aber Marlon fluchte erneut, ballte die Faust und schlug auf drei Klingeln in den oberen Stockwerken.

»Die Wahrheit, Noa!«, zischte er mich an. »Warum bist du mir gefolgt?«

Wie bitte? Ich glaubte, mich verhört zu haben. »Spinnst du jetzt? Wie kommst du denn darauf? Ich bin dir nicht gefolgt, ich war nur auf dem Friedhof, weil –«

Der Türöffner summte, Marlon drückte die Tür ein Stück auf, blieb aber vor dem Eingang stehen. »Weil? Lüg mich nicht an!«

Mir gelang nur ein Flüstern. »Mein Bruder liegt dort begraben.«

Marlon verengte die Augen, er forschte in meinem Gesicht, analysierte meine Mimik. Sein Misstrauen schmerzte mehr als meine gequetschten Finger zwischen seinen.

»Verdammt, glaub mir endlich, ich hab dir schließlich geholfen.«

Er nickte, Wasser lief über sein Gesicht. Hastig schob er mich ins Haus und die Kellertreppe hinab. Er wies mich mit einer Geste an, mich unter die Treppe zwischen zwei abgestellte Kinderwagen zu hocken, und ich gehorchte. Er blieb einen Moment am Fuß der

Treppe stehen, lauschte und setzte sich dann neben mich, die Ellbogen auf die Knie gestützt und die Stirn in den Händen, als wäre ihm der Kopf zu schwer geworden.

»Mach dein Handy aus«, wisperte er.

Ich zog es aus der Hosentasche, wischte die Feuchtigkeit vom Display und stellte es lautlos. Dann tippte ich hastig eine SMS an meinen Vater, behauptete, Freunde getroffen zu haben und am Abend nach Hause zu kommen. Keine zwanzig Sekunden später antwortete Papa mit einem Zwinkersmiley. Ich starrte die drei Zeichen an und fühlte mich verloren.

»Was geht hier eigentlich vor?«, hauchte ich, den Blick immer noch auf das Handy gerichtet.

Marlon rutschte etwas näher an mich heran. »Oliviers Leute haben mir auf dem Friedhof aufgelauert«, antwortete er leise. »Vermutlich denken sie spätestens seit deinem tollen Einsatz, du gehörst zu uns.« Sein abfälliges Kopfschütteln traf mich an einer Stelle, wo es mir eigentlich nichts anhaben sollte. Ich gehörte nicht zu ihnen. Nicht zu ihm. Dabei würde ich das vielleicht gerne.

»Was denkst du?«, fragte ich. »Glaubst du wirklich, ich mache gemeinsame Sache mit *denen*?«

Er sah mich nur für den Bruchteil einer Sekunde an, ehe er wieder auf seine Hände schaute, aber ich erkannte das Flehen in seinem Blick. Er schloss es nicht aus – zu viel sprach dafür –, wünschte sich aber, dass dem nicht so war. Und dann sagte er: »Wenn, dann ist es mir inzwischen egal.«

In diesem Moment lernte ich etwas, das ich zuvor nicht zu begreifen imstande gewesen war, weil sich manches erst verstehen lässt, wenn man es selbst erlebt. Ich lernte, dass das Gefühl, jemanden zu lieben, nichts mit Zärtlichkeit zu tun haben muss. Ganz im

Gegenteil, es kann gewaltsam sein, brutal und quälend, von tausend Zweifeln durchsetzt. Es ist fein und schmerzhaft, wie die spinnennetzartigen Narben auf Marlons Fingerknöcheln, die er trug, weil er meinte, die Mauer verdreschen zu müssen, nachdem er mich abgewiesen hatte. Ich kannte diesen Jungen kaum, wie konnte ich annehmen, ihn zu lieben? Aber ich tat es doch, wie konnte ich es also anzweifeln? Mein Herz zog sich so stark zusammen, dass ich glaubte, einen Stein in der Brust zu haben, mit dem man jemanden erschlagen konnte. Es jagte ein Beben durch meinen Körper, als schwämmen spitze, kalte Kiesel in meinem Blut, und darum zitterte meine Hand, als ich sie über seine legte, um die zarten Narben zu fühlen.

Marlon tat zwei hastige Atemzüge, die so laut waren, dass ich Angst bekam, jemand würde sie hören und uns finden, dann vergrub er das Gesicht an meiner Schulter und murmelte etwas, das ich nicht verstand. Ich wollte ihm so gerne übers Haar streichen. Ihm sagen, dass alles gut werden würde. Ihn trösten und schützen vor all dem mir Unbekannten da draußen, was jederzeit durch seine Tür treten konnte und nicht einmal von einem lausigen Schloss daran gehindert wurde. Aber während ich noch mit meinen Wünschen beschäftigt war, ohne mich zu trauen, sie in die Tat umzusetzen, fing Marlon sich bereits wieder. Über seinen Augen lag erneut der Schatten aus Misstrauen, gegen das er ankämpfte, ohne es besiegen zu können.

»Ich nehme an, sie sind weg. Wir sollten von hier verschwinden, ich weiß, wo es sicher ist.« Er stand auf und half mir auf die Füße.

»Redest du dann mit mir?«, fragte ich. »Sagst du mir alles?«

Er nickte, aber seine Skepsis legte sich nicht. Er traute mir nicht, noch immer nicht.

»Wirklich? Alles, was ich wissen will?«

»Mehr, als du wissen willst«, antwortete er und zog einen Mundwinkel hoch, aber sein Gesicht zeigte eine Grimasse statt einem Lächeln.

Wir verließen unser Versteck und hielten uns auf belebten Straßen, die in Richtung Innenstadt führten. Immer wieder verharrte Marlon. Lauschte. Seine Blicke waren überall, er nahm jede Bewegung ins Visier, sah in jeden Türeingang und in jedes Fenster. Meine Hand blieb in seiner. Nicht, weil er sie festhielt. Sondern weil sie dort hingehörte.

Plötzlich, ohne dass ich auch nur etwas Verdächtiges erahnt hätte, drehte er auf dem Absatz um, zog mich mit sich und wir rannten los. Ich blickte über meine Schulter. Aus einem dieser Ein-Euro-Geschäfte kamen drei Männer, sie stürmten uns ohne ein Zögern nach. Ich sah ihre Gesichter nicht, sah nur, dass auch sie diese Westen trugen, unter denen der Angreifer auf dem Friedhof sein Pistolenholster versteckt hatte. Sie waren ebenso bewaffnet.

»Lauf!«, schrie ich, dabei taten wir das schon, als wäre der Teufel hinter uns her. In meinem Kopf wirbelten tausend Gedanken durcheinander. Sollten wir in ein Geschäft rennen? Um Hilfe schreien, die Polizei rufen? Dort, wo sich bei klarem Verstand Antworten bilden, war bei mir nur Leere.

Blind vertraute ich Marlon, der zumindest den Gegner kannte und – so hoffte ich mit aller Kraft – wusste, was zu tun war.

Wir hetzten um eine Ecke, über einen Zebrastreifen. Reifen quietschten. Hupen jaulten. Wir rannten weiter, einfach weiter, immer weiter. Ich war nicht unsportlich und besaß Ausdauer, aber bald schmerzten mir vom Rennen die Seiten und meine Kehle fühlte sich an, als schluckte ich Schmirgelpapier statt Luft. Wir stolperten um eine weitere Ecke und dann stoppte ich aus vollem Lauf so hart, dass Marlon mir fast den Arm ausriss.

Er wollte die Treppe runter, die zur U-Bahn-Haltestelle führte!

»Noa!« Er griff erneut nach meinem Arm, zog und zerrte, aber ich rammte die Fersen in den Boden. Ich konnte nicht. Ich konnte nicht dort runtergehen. In meinen Ohren rauschte es. Ich hörte nicht länger, was Marlon sagte, sah nur, wie sich seine Lippen bewegten.

Und dann tat er etwas, das ich als Letztes erwartet hätte.

Mit vor Anstrengung zitternden Händen strich er mir die Haare aus dem Gesicht, fuhr mir über die Wange, verrieb das Regenwasser auf meiner Haut und senkte die Stirn an meine. Schloss die Augen, als hätten wir alle Zeit der Welt. Vermutlich dauerte es nur den Bruchteil einer Sekunde, aber mir erschien es wie eine Ewigkeit, bis ich mich beruhigt hatte und seine Worte wieder verstand.

»Ich weiß, dass du Angst hast«, flüsterte er. »Die habe ich auch. Aber die werden mich umbringen, wenn sie uns erwischen. Du musst mir jetzt vertrauen.«

Ich musste.

Es war kein bewusster Entschluss oder gar Vernunft, die mich dazu brachte, ihm die Treppe hinunter zur U-Bahn zu folgen. Ich musste einfach. Um ehrlich zu sein, spürte ich sogar einen Anflug von Misstrauen angesichts seiner Worte. Irgendwie fühlte es sich falsch an, auch wenn ich es nicht benennen konnte. Dennoch musste ich ihm folgen.

Ich stakste hinter Marlon her, in plötzliche Gleichgültigkeit gewickelt wie eine Mumie in Stoff. Als wir den Regen hinter uns ließen und in den schwach beleuchteten U-Bahnhof eintauchten, spürte ich, wie die Angst auf mich eindrosch, aber sie erreichte mich nicht. Es war wie in einem Traum: Monster greifen dich an, schlagen mit

Klauen nach dir, aber du spürst keinen Schmerz, denn in Wahrheit liegst du ja sicher in deinem Bett. Ich wurde zum Beobachter, sorgte mich zwar noch um mich und Marlon, war aber nicht mehr imstande einzugreifen.

Der Bahnsteig war leer, die Rücklichter eines Zuges verschwanden gerade im Tunnel. Hatte ich zunächst angenommen, hier runterzugehen wäre das Schlimmste, so belehrte mich Marlon eines Besseren. Er sah sich kurz um, sprang beherzt zwischen die Schienen und hielt mir die Hand hin.

»Los, wir laufen eine Station! Wir müssen weg, falls sie uns hier unten suchen.«

Ich musste es tun und tat es wahrhaftig. Sie würden ihn umbringen, wenn ich es nicht tat.

Die Noa-Mumie kletterte zu Marlon auf die Gleise. Wir rannten gemeinsam in den Tunnel und folgten den schmalen Pfaden, die für Wartungsarbeiten und Notsituationen vorgesehen waren. Schnurstracks tiefer ins Dunkel. Wo kein Weg war, rannten wir über die Gleise. Wortlos, trotz des aufgewirbelten Staubes wagte keiner von uns auch nur zu husten. Marlon blieb alle hundert Meter stehen und horchte.

Und dann bekamen wir wirklich ein Problem, denn eine Bahn rollte heran. Wir hörten sie, wussten, dass wir einen sicheren Ort finden mussten. Es gab keinen. Da tasteten auch schon die Lichter nach uns. Sie wurden so schnell größer! Marlon riss mich zur Seite. Wir hockten uns eng aneinandergepresst in eine Nische im Tunnel, mein Gesicht an seiner Brust und seine Hände über meinem freien Ohr. Der Zug brauste einen knappen Meter von uns entfernt vorbei, die Lautstärke ging mir durch Mark und Knochen, trotzdem hörte ich Marlons Herz schlagen. Laut und deutlich. Voller Furcht und

Lebendigkeit. Für einen winzigen Augenblick rief mich ebendies zur Vernunft und ich fragte mich, was um alles in der Welt wir hier eigentlich taten.

Endlich war die Bahn vorbei. Marlon sprang auf, hastete weiter und ich lief wie ein Aufziehvogel hinter ihm her. Ob uns der Fahrer gesehen hatte? Scheinbar nicht, ansonsten wäre nun sicher die Hölle hier unten los.

»Zumindest verfolgen sie uns nicht«, rief er mir zu, als wir an der nächsten Haltestelle unter den fassungslosen Blicken einiger Leute, die dort auf ihre U-Bahn warteten, wieder ins Licht traten. Wäre ich nicht paralysiert gewesen vor Angst, hätte ich gelacht. Marlons Gesicht war kohlrabenschwarz, meines vermutlich ebenso, und die Leute starrten uns an, als hätte sich soeben die Erde geteilt und uns ausgespuckt.

Marlon grinste entschuldigend in die Runde und klopfte sich die Hose ab. »Mein lieber Scholli!«, rief er, sodass es alle hören konnten. »Mit Schwarzfahrern sind die hier echt nicht zimperlich.«

Unter Gemurmel und an einigen geschüttelten Köpfen vorbei liefen wir die Treppe hoch ins Freie. Der Regen malte Streifen in Marlons schmutziges Gesicht und troff grau aus meinem Haar. Ich hätte eine Ewigkeit auf der Straße stehen und dabei zusehen können, wie er nach und nach den Dreck von mir abwusch, aber Marlon trieb mich erneut an.

Wir überquerten die Straße und tauchten auf der anderen Seite wieder in den Untergrund ein. Diesmal stiegen wir in die U-Bahn. Ich stolperte, geriet mit dem Fuß fast in die Lücke zwischen Gleis und Waggon und stellte verwirrt fest, dass sich nicht einmal mein Herzschlag beschleunigt hatte. War ich bis jetzt zumindest noch Beobachterin dieser absurden Szenerie gewesen, schien plötzlich das Bild vor meinen Augen zu flackern. Ich bekam noch mit, wie Marlon mich auf eine Bank schob, seinen Arm um meine Schultern legte und in seinem leisen Singsang zu mir sprach. Sein Gesicht sah ich wie in Scherben liegend. Es dröhnte um mich herum. Da war ein sexistischer Spruch auf die Sitzbank geschmiert. Eine alte Dame, die Marlon etwas fragte. Viele Bruchstücke. Wirklich wieder mit mir verankert war ich erst, als wir erneut draußen im Regen standen und ich urplötzlich vor Kälte zu zittern begann. Marlon redete. Er redete und redete. Ich brauchte eine Weile, bis ich ihn verstand. Er sagte, ich solle jetzt bloß nicht schlappmachen.

»Warum sollte ich schlappmachen?«

Er atmete tief ein und stieß die Luft ganz langsam wieder aus. »Himmel, danke! Du sprichst wieder mit mir.«

Ich ignorierte seine Antwort, sie verwirrte mich. »Wo gehen wir hin?«

»Zu Emma und Corbin. Erst einmal. Dann sehen wir weiter. Du musst aus den nassen Sachen raus, sonst holst du dir noch den Tod. Ich glaube, du hast einen Schock oder so etwas, du warst vollkommen neben dir. Da hilft nur Kaffee, ehrlich. Und ich … ich muss nachdenken.«

Ich verbot mir das Grübeln, ob ich zu Emma und Corbin wollte, beschloss, dass ich für diese Entscheidung noch nicht klar genug denken konnte. Also überließ ich erneut alles Marlon. Diesmal vertrauensvoll, weil ich mich sicher fühlte, solange er meine Hand hielt.

Ich kannte das Haus, in dem Corbin und Emma inzwischen wohnten, und vermutlich auch Marlon, wenn er nicht gerade in einer Laube ohne Türschloss hauste, um in meiner Nähe zu sein. Mit Dom war ich schon einmal hier gewesen, weil wir für die Schule Fotos von imposanten Gebäuden machen wollten. Dieses Haus war wahrlich imposant. Der Backsteinklotz lag in einem Industriegebiet, das seine besseren Zeiten im letzten Jahrtausend erlebt hatte. Es handelte sich um ein ehemaliges Bürogebäude, das seit einigen Jahren leer stand und sich seitdem fest in der Hand von wildem rotem Wein befand, der sich an allen vier Wänden bis in die dritte Etage emporarbeitete und durch die kaputten Fenster sogar ins Innere drang, sodass es aussah, als hätten die Pflanzen die Scheiben eingedrückt. An den Gemäuern der oberen beiden Stockwerke hatten sich Sprayer ausgelassen. Die Fenster stellten dabei Augen, eingeschlagene Zähne oder intime Körperöffnungen diverser Figuren dar.

»Siehst du den Drachen mit dem gähnenden Maul?«, fragte Marlon. »In seinen Eingeweiden liegt mein Zimmer.«

Ich betrachtete die Kunstwerke voller Ehrfurcht. »Habt ihr das etwa gemacht?«

Marlon lachte. »Schön wär's. Wir wohnen erst seit ein paar Tagen hier, weil wir aus dem anderen Haus rausmussten. Wir haben es aufgrund der Lage gewählt und wegen der coolen Fassade. Weißt du noch, was du über diese Stadt gesagt hast? Du meintest, sie sei vergessen. Das stimmt. Diese Ecke hier ist sogar so vergessen, dass wir Strom und Wasser haben. Sie haben wohl vergessen, es abzustellen.«

Das Erste, was ich innen bewusst wahrnahm, waren die Schlösser an den Wohnungstüren.

»Man kann abschließen«, murmelte ich erleichtert.

»Ja, wir haben neue Schlösser eingebaut. Ist dir das wichtig?«

Ich nickte und sah ihn dabei so intensiv an, dass er unter den Schmutzstreifen auf seinen Wangen errötete und den Kopf senkte.

Er öffnete die Tür und gedämpfte Gitarrenmusik empfing uns. Ich kannte den Song. *Hey There Delilah* von Plain White T's. Marlon führte mich in eine Art Wohnzimmer. Nackte Backsteinwände und nichts als Estrich auf dem Boden, dazu drei vollkommen identische, nagelneu wirkende IKEA-Sofas, ein Tisch mit Klappstühlen, ein riesiger Flachbildfernseher, der auf dem Boden stand, und eine Wii-Konsole. Auf einem der Sofas saß Emma, das Haar wie bei unserer ersten Begegnung streng zurückgekämmt. Sie verfolgte eine Kriegsberichterstattung auf CNN und naschte weiße Quader, die aussahen wie Radiergummis. Als sie uns in der Tür stehen sah, kaute sie zuerst zweimal ungerührt weiter, dann einmal sehr langsam. Schließlich bewegte sich kein Muskel mehr in ihrem Gesicht.

Marlon hob den Finger an die Lippen, schob mich zu ihr aufs Sofa und flüsterte: »Es ging nicht anders.«

Als würde das alles erklären, schob Emma sich einen weiteren Radiergummi in den Mund, kaute genüsslich, schluckte und zuckte dann mit den Schultern. »Corbin nimmt dich auseinander. Und ich röste deine Einzelteile, wenn wir wegen ihr wieder Stress bekommen. Kentucky Fried Marlon, das ist ein Versprechen, mein Freund, keine Drohung.« Sie wandte sich mir zu, hielt mir die Tüte mit den Radiergummis unter die Nase. »Ist nichts gegen dich persönlich. Magst du französisches Nugat?«

Danke, mir war schon übel. Ich schüttelte den Kopf, weil ich kein Wort rausbekam.

»Ist Corbin okay?«, fragte Marlon.

Emma schob sich eine weitere Süßigkeit in den Mund und zuckte mit den Schultern.

»Verdammt.« Marlon fuhr sich durchs Haar und betrachtete erst den Dreck in seinen Handflächen und dann mein Gesicht. »Ich brauche deine Hilfe, Em.«

»Sieht ganz so aus. Ich hoffe, du hast eine gute Erklärung.«

Ich bezweifelte das und meinte: »Hoffe bitte für mich mit.« Die beiden gingen nicht darauf ein.

»Nimm dir aus meinem Zimmer Handtücher und frische Sachen für sie«, sagte Emma an Marlon gewandt. »Ich versuche mal, deinen Bruder sanft darauf vorzubereiten, dass du mal wieder unfassbaren Mist gebaut hast.«

Marlon lachte bitter. »Was hätte ich machen sollen? Oliviers Leute waren uns auf den Fersen.«

Emma presste die Lippen zusammen, ihre Augen wurden dafür tellergroß. Sie stand auf, fing den auf und ab gehenden Marlon mitten im Raum ab und machte Anstalten, ihn zu umarmen, ließ es dann aber doch. »Das wusste ich nicht«, flüsterte sie. »Es geht euch doch gut, oder? Warum seid ihr überhaupt so dreckig?«

»Wir mussten die Bahn nehmen«, erwiderte Marlon trocken.

»Und sind schwarzgefahren«, fügte ich hinzu, woraufhin er mich angrinste, als verbände uns ein gemeinsames Geheimnis unfassbarer Tragweite.

Marlon holte mir Kleidung zum Wechseln, zeigte mir das Bad, das an die Gemeinschaftsduschen in der Sporthalle meiner Schule erinnerte, und ließ mich allein. Ich lauschte noch einen Moment an der Tür. Das Gitarrenspiel hatte aufgehört, aber ich vernahm auch keinen Streit, nur leise Stimmen, also ging ich duschen.

Danach trat ich mit einem um die Haare geschlungenen Handtuch und in Emmas Sachen wieder ins Wohnzimmer. Corbin und Emma saßen jeder auf einem Sofa und übertrafen sich gegenseitig darin, finster ins Leere zu starren. Nur Marlons Miene lockerte sich auf, als ich zu ihm ging. Er las den Text vor, der auf dem T-Shirt stand, das ich trug: »Hey du, runter von meinen Nerven.«

»Frag gar nicht erst – ja, du bist gemeint«, sagte Emma zu ihm und widmete ihre ganze Aufmerksamkeit dem Abknibbeln ihres Daumennagels.

Immer noch war Marlon voller Schmutz, nur Gesicht und Hände hatte er gewaschen. Er rutschte ein wenig zur Seite und ich setzte mich neben ihn. Unsere Oberschenkel berührten sich und Emmas Hose, die mir ein wenig zu weit war, bekam Flecken von seiner. Corbin wandte sich mir zu, sagte jedoch nichts. Unter seinem skeptischen Blick überlegte ich, was ich tun sollte, was von mir erwartet wurde, und schließlich brach ich das Schweigen auf meine Weise.

»Hübsches Haus. Ich gratuliere zum Umzug, habe leider kein Brot und Salz dabei.«

Marlon guckte zu Boden, aber ich bildete mir ein, ein verstecktes Lächeln in seinen Mundwinkeln gesehen zu haben. Emma starrte mich an. Corbin grinste, aber dieses Grinsen sah falsch und gefährlich aus. Meine Hände begannen wieder stärker zu zittern. Wirklich aufgehört hatte das Beben nie, aber nun wurde es auffallend heftig. Ich ballte die Fäuste und steckte sie zwischen meine Oberschenkel.

»Ich habe den beiden schon gesagt«, erklärte Marlon mir, »dass ich angegriffen wurde und sehr schnell entscheiden musste, ob ich dich mitnehme oder zurücklasse. Inzwischen bin ich allerdings der Meinung, dass ich auch nach stundenlanger Überlegung nicht anders gehandelt hätte.« Er sah eindringlich in die Richtung seines Bruders. »Ich vertraue Noa.«

»Wir hätten gerne die Wahl gehabt, ob wir ihr auch vertrauen«, warf Emma ein, ohne aufzusehen, doch Marlon unterbrach sie harsch.

»Die Männer waren bewaffnet. Einer hat auf mich geschossen. Schau du mal in den Lauf einer Knarre und triff eine Entscheidung, ohne irgendwem dabei auf die Füße zu treten.«

Bewaffnet. Lauf einer Knarre. Auf ihn geschossen … Ich hatte die Pistole fast vergessen.

Das Ganze nahm Ausmaße an, die mich wieder an den Rand der Schreckensstarre trieben. Dass ich schluchzte, merkte ich erst, als Marlon einen Arm um meine Schultern legte. Corbin stand auf und verließ wortlos den Raum.

»Warum geht ihr nicht zur Polizei?«, fragte ich mit torkelnder Stimme. »Die können doch nicht einfach auf euch schießen.«

»Die Huntsmen Federation hat Kontakte bis in die Spitzen der Politik – beinahe in jedem Land«, erklärte Emma kühl. »Es hat durchaus Versuche gegeben, Mitglieder anzuzeigen, aber die Verfahren wurden abgewürgt und die wenigen Kläger fanden sich auffällig häufig als tragische Unfallopfer in der Pathologie wieder. Ebenso wie diejenigen von uns, die an die Öffentlichkeit gehen wollten.«

»Das klingt nach den Spinnereien von weltfremden Verschwörungstheoretikern, ich weiß«, warf Marlon rasch ein. »Aber die Erfahrung zeigt uns deutlich, dass da etwas dran ist.«

Mein Zittern wurde immer stärker, inzwischen zitterten selbst meine Gedanken. Es musste doch Gründe geben, warum sogar die Politik diese Jagd unterstützte. Es wurde doch in Deutschland niemand grundlos so verfolgt – das war vollkommen gegen unsere Verfassung. Das durfte nicht sein. Ich konnte meine Zweifel, meine Fragen aber nicht in Worte fassen.

»Warum?«, fragte ich nur. »Warum das alles? Was habt ihr getan?«

Marlon zog mich näher an sich, wiegte mich hin und her wie ein kleines Kind. Nur Antworten gab er mir nicht. Ehe ich ihm das heftig vorwerfen konnte, kam Corbin zurück und seine Gegenwart verwandelte meinen Zorn noch immer höchst effektiv in Furcht.

Er schüttete eine goldene Flüssigkeit aus einer klobigen Glasflasche ohne Aufschrift in zwei Pappbecher und hielt mir einen davon hin. »Trink erst mal 'nen Schluck, bevor du umkippst.«

Marlon schob die Hand seines Bruders weg. »Ich glaube nicht, dass dein Whisky gerade besonders hilfreich ist.«

Corbin schnaubte. »Dann pflück doch einen Strauß Kamillenblüten und koch ihr einen Tee, du Moralapostel. Das Mädchen steht unter Schock. Und daran bist du nicht ganz unschuldig, also gönn euch zumindest etwas, das es für den Moment leichter macht.«

»Das sind ja ganz neue Töne«, murrte Marlon, ließ jedoch zu, dass Corbin mir den Becher in die Hände drückte, und nahm den zweiten selbst entgegen. Er kippte den Inhalt in einem Schluck hinunter, schauderte, zerdrückte die Pappe und warf sie auf den Boden. »Scheiße«, flüsterte er, was ihn so hilflos wirken ließ, dass mir die Spucke im Hals verklumpte.

Corbin schlug ihm sanft auf die Schulter. »Hey. Du packst das. Du hast das Richtige getan, das weißt du.«

Marlon sagte »Ja«, aber es klang resigniert, als wären er und sein Bruder unterschiedlicher Meinung, was das Richtige war.

»Du findest das *richtig*?«, ließ Emma in nasalem Ton verlauten.

Corbin stand auf und nickte, eine schnelle Bewegung voller Härte, die mich an einen Soldaten erinnerte. »Ja. Ich habe ihm gesagt, er soll schauen, ob bei dem Mädel was geht. Er braucht sie. Dass so was Risiken nach sich zieht, musst du *mir* nicht sagen.«

Ich weiß nicht, was es war, das Emma dazu brachte, den Kopf zu senken und eine Entschuldigung zu murmeln. Etwas in Corbins Tonfall oder wieder einmal eine Information, über die jeder im Raum verfügte, nur ich nicht?

Ich nahm einen Schluck aus meinem Becher, wenn auch nur aus

Wut, weil man mich überging. Sie sprachen über mich, als sei ich nicht anwesend. Vielleicht wollte ich diesem Corbin aber auch nur beweisen, dass ich nicht kniff. Der Whisky war eiskalt in meinem Mund, brannte Rillen in meinen Hals und zwang mich zum Husten. Aber im Magen angekommen, verursachte er ein warmes Gefühl und so zwang ich einen weiteren Schluck durch meine Kehle. Ein scheußliches Zeug. Aber es wirkte.

»Wenn alles gut geht«, sprach Corbin an mich gewandt weiter, »werden wir Anfang August von hier verschwunden sein. Olivier und seine Leute werden dich dann nicht länger behelligen. Bis dahin müssen wir uns auf dich verlassen können. Kein Mensch darf wissen, wo wir uns aufhalten, hast du mich verstanden?«

Das erinnerte mich an Marlons Worte. »Wohin geht ihr denn?«

»Hast du mich verstanden?«, wiederholte Corbin.

Obwohl ich verneinen wollte – und zwar mit Nachdruck –, gelang es mir nicht. Es ging einfach nicht. Ich trank einen weiteren Schluck, der Becher war leer und mein Kopf schwamm in Whisky. Es war, als würden meine Gedanken aus mir herausgleiten. Ich konnte sie nicht festhalten. »Ja.«

Corbin nickte, diesmal sehr bedächtig. Vielleicht lag es am Alkohol, aber er wirkte plötzlich sehr viel sanfter. Als er sich am Hals kratzte, fiel mir eine dünne Narbe auf. »Wohin wir gehen, kann ich dir nicht sagen. Ich weiß es selbst nicht, niemand weiß es.«

Ich konnte nur noch flüstern. »Hat es etwas mit Krieg zu tun? Seid ihr … Terroristen?«

Corbin lächelte und schenkte meinen Becher noch einmal voll. »Nein. Wir tun nichts Illegales, wir versuchen, niemandem zu schaden. Es liegt einfach in unserer Natur, irgendwann fortzugehen, verstehst du?«

Erneut verstand ich nichts, aber etwas in seiner Stimme zwang mich, das für mich zu behalten.

Er legte mir kurz die Hand auf den Oberarm und sah dabei zwischen Marlon und mir hin und her. »Was neulich passiert ist, tut mir leid. Aber ich glaube, dich zu entführen war gar nicht so falsch, wie wir zunächst dachten.« Damit setzte er Marlon in einer halb freundschaftlichen und halb dominanten Geste die Faust an die Brust und stieß sich dann von ihm ab, um aufzustehen.

Corbin grinste, Emma seufzte, Marlon kommentierte das mit einem müden »Ach, haut doch alle ab!« und mir wurde schwindelig.

»Du hattesch übrigens rescht«, nuschelte ich etwas später. Ich kicherte, weil meine Stimme klang, als würde ich eine Haselnuss auf der Zunge balancieren. »Steine singen wirklich. Ja, escht. Sie singen. Isch habsch gehört.«

Drei Augenpaare nahmen mich ins Visier, als hätte ich soeben ein Ei gelegt.

Ich grinste breit, hörte, wie Marlon etwas von »Sp...sp...später« stotterte, und brach in Gelächter aus.

»Gib ihr noch einen Schluck, dann pennt sie«, riet Corbin.

»Wehe, sie kotzt!«, erwiderte Emma.

Marlon reagierte mit einem sehr deutlichen »Verpisst euch!« und ich fand das alles irre komisch.

Ich lag auf Marlons Bett und starrte an die Decke. Der Raum schwankte und drehte sich immer wieder ein paar Grad im Kreis, um dann zurückzutaumeln und von vorne zu beginnen.

Marlon hatte gesagt, sein Zimmer liege in den Eingeweiden des an die Fassade gesprayten Drachen, und er hatte nicht übertrieben. An die Fensterseite hatte der Künstler den Schlund des Tieres gemalt, nicht einmal das Rachenzäpfchen fehlte. Erstaunlich, wie lange man ein ekliges Rachenzäpfchen anglotzen kann, ohne sich zu übergeben. An der linken Wand prangten Leber, Lungen, Nieren und Milz. Gegenüberliegend fanden sich Magen und Darm, durch die dünne Schleimhaut waren Teile einer Ritterrüstung zu erkennen, die dem Drachen offenbar schwer im Bauch lagen. An einer Stelle durchbohrte ein Schwert den Dickdarm. Alles Mögliche an Flüssigkeiten troff aus der Wunde. Der Whisky in meinem leeren Magen rebellierte, sobald ich zu genau auf diese Details achtete, aber ich war von der Notwendigkeit überzeugt, Marlon nicht ins Bett zu kotzen. Darum schluckte ich mühsam an viel zu viel Spucke und konzentrierte mich auf die Darstellung an der Decke. Dort hatte der Künstler das Herz der Bestie hinterlassen. Vier Herzkammern sowie Arterien und Venen, die sich wie Schlangen darumwanden. Ich glaubte, es pochen zu sehen. Mit dem Bild vor Augen und einem Kichern im Ohr, das von mir selbst stammen musste, schlief ich wieder ein.

Erstaunlicherweise waren die Dracheninnereien noch da, als ich die Augen aufschlug. Seltsam, ich hatte angenommen, sie hätten zu meinen obskuren Träumen gehört, denn auch die waren voller Blut, Körperteile und Eingeweide gewesen. Wachwerden hatte mich selten so erleichtert.

Marlon summte eines dieser irischen oder schottischen Lieder, die man auf jedem Mittelaltermarkt zu hören bekommt. Er saß neben einem Umzugskarton, den er als Unterlage verwendete, und schrieb. Als ich mich aufrichtete, ließ er das Papier in den Karton gleiten und sah mich mit einer Mischung aus Sorge und Belustigung an. »Hey. Geht es dir besser?«

Ich befühlte vorsichtshalber meinen Kopf. Er schien mir etwas voller als sonst. So, als würde mir Watte aus den Ohren quellen. Außerdem hatte ich schrecklichen Hunger. Aber ich war okay. »Mir geht's gut. Glaube ich.«

»Prima.«

»Primstens.« Hoppla. Als Dom und ich Kinder gewesen waren, hatten wir uns alberne Superlative ausgedacht. Dass mir ein solcher rausgerutscht war, zeigte, dass mein Hirn augenscheinlich doch Schaden genommen hatte. Meine Ohren fühlten sich heiß an und Marlons Lächeln trieb diese Hitze bis über meine Wangen.

»Primstens?«, wiederholte er spöttisch, erhob sich elegant aus dem Schneidersitz und trat zu mir. »Das ist süß.«

Süß synonymisiert albern, hätte ich gerne erwidert, aber meine Zunge war so träge, dass sie sich angesichts dieses schwierigen Wortes verknotet hätte.

Unter meinem Blick wurde Marlon wieder ernst. Er setzte sich auf die Bettkante und sah auf seine nackten Füße. Die Jeans reichte ihm bis zu den Waden; mir fiel auf, dass er sehr dünne Beine hatte und viel zu große Füße. Aus seinem Haar tropfte Wasser in das T-Shirt – er hatte geduscht, während ich geschlafen hatte. Ich roch Seife und Deo und in mir schwoll die Frage an, ob ich, wenn ich näher an ihn heranrutschte, seinen eigenen Geruch darunter finden würde. Ob er überhaupt einen eigenen Geruch hatte? Die durchs Fenster scheinende Nachmittagssonne vereinigte sich mit den Rottönen an den Wänden zu einem derart schmeichelnden Licht, dass Marlon darin unwirklich weich erschien. Verwaschen. Unantastbar. Als würde er sich in Luft auflösen, wenn ich ihn berührte.

»Ich fürchte, ich komm nicht länger drum herum, dir mehr zu verraten.«

»Du hast versprochen, mir alles zu sagen.«

»Nein, das stimmt nicht. Ich habe versprochen, dir mehr zu sagen, als du wissen willst.«

Mir entwich ein Seufzen. Es würde schwierig mit ihm werden, sehr schwierig. »Fangen wir mit etwas an, das ich definitiv wissen will. Corbin sagte«, ich spürte, wie ich noch röter wurde, »du würdest mich … brauchen. Was meinte er damit?«

Marlon streckte seine Hand aus, als wollte er nach meiner greifen, überlegte es sich dann aber anders und grub stattdessen seine Finger ins Bettlaken. »Du hast es gehört. Wir müssen fortgehen. Jemanden zu haben, der einem wichtig ist, erhöht die Chance, dass man zurückkehrt.«

»Aha. Corbin wollte also, dass du Gefühle für mich entwickelst, damit du hierher zurückkommen willst.« Das gefiel mir nicht, klang falsch, aber er nickte.

»So ungefähr. Damit ich zurückkommen *kann*. Mit Wollen hat das nichts zu tun. Und Corbin dachte auch erst so, als von meiner Seite aus bereits alles entschieden war, glaub also nicht, ich würde irgendetwas tun, nur weil er es will.«

Wollte er mir damit sagen, dass er mich gernhatte? Sich gar in mich verliebt hatte? Direkte Worte waren nicht sein Ding, das hatte ich längst eingesehen, aber ohne konkrete Anhaltspunkte fühlte ich mich wie auf dünnem Eis und wagte selbst keinen Schritt nach vorne.

Mein peinlich lautes Magenknurren brach die Stille, die sich zwischen uns ausgebreitet hatte. Marlon packte die Gelegenheit beim Schopf, sprang auf und versprach, mir etwas zu essen zu organisieren. Weg war er. Im Stillen schimpfte ich ihn einen Feigling, weil er schon wieder unser Gespräch abwürgte.

Ich stand auf und machte ein paar wacklige Schritte, bis mein Blick auf den Karton fiel, den Marlon eben als Schreibunterlage verwendet hatte. Schon beim Gedanken daran, in seinen Sachen zu wühlen, schämte ich mich. Andererseits hatten sie mir Alkohol aufgedrängt und der Schwips ließ nicht nur meine Hemmungen dahinschmelzen, er war auch eine gute Entschuldigung. Also öffnete ich den Karton und warf einen Blick, nur einen ganz kleinen, auf die obenauf liegenden Blätter.

Das Erste, was ich sah, war ein Tunnel. Marlon hatte einen langen, runden Schacht in die Düsternis gezeichnet, an dessen Ende etwas glitzerte. Das viel zitierte Licht am Ende des Tunnels? Nein. Zunächst dachte ich an einen U-Bahn-Schacht, aber dann erkannte ich, was es wirklich war. Es war der direkte Blick in den Lauf einer Pistole, und das, was da im Dunkeln glitzerte, war die Kugel. Mir wurde schwindelig. Ich schob das Blatt zur Seite. Was darunterlag, kannte ich bereits. Es war die Geschichte von Brijan und den Meereswesen. Der Teil, den Marlon weggeworfen und den ich trotzdem gelesen hatte.

Ich hörte Schritte und klappte den Karton rasch wieder zu. An der Tür, die – wie passend – den Darmausgang des Drachen darstellte, klopfte es.

»Du klopfst an, wenn du dein eigenes Zimmer betrittst?«, begrüßte ich Marlon. Es war nicht böse gemeint, aber ich sah, dass meine Worte ihn getroffen hatten – der Schatten über seinem Gesicht wurde dunkler.

»Es tut mir leid.« Mit direkten Worten mochte er seine Schwierigkeiten haben, aber er wurde immer besser darin, mir wortlos zu vermitteln, was er mir nicht sagen konnte. Er meinte die Entführung und alles, was in dieser Zeit geschehen war. Die Zeit, in der er nicht angeklopft und stattdessen meine Privatsphäre mit Fäusten geschlagen hatte.

Ich wollte erwidern, dass es okay war – aber das war es nicht. Noch lange nicht. Trotzdem lächelte ich schmal, als Zeichen, dass es irgendwann vielleicht okay sein würde.

»Ich hoffe, du magst Thunfischpizza?« Er ließ sich vor dem Bett nieder. »Es war nichts anderes mehr da, unser Haushaltsplan ist noch etwas unorganisiert. Um nicht zu sagen, nicht existent.«

»Pizza ist immer gut.« Ich lehnte mich an die Fensterbank. Die Sonne wärmte mir Schultern und Rücken, ich teilte meine Haare, damit die Strahlen auch meinen verkrampften Nacken erreichten.

Marlon räusperte sich. »Als du geschlafen hast, habe ich die Geschichte weitergeschrieben.«

»Das musst du nicht«, erwiderte ich, doch ehe ich ausreden konnte, unterbrach Marlon mich.

»Doch. Das ist mir wichtig, wirklich. Ich weiß, du hast Fragen, aber die kann ich dir erst beantworten, wenn du … wenn du …«

Die Versuchung, ihn weitersprechen zu lassen, in der Hoffnung, er würde mir die Puzzleteile geben, die ich brauchte, um das Rätsel zu lösen, war gewaltig. Aber es schmerzte mich, ihn hilflos mit den Sätzen kämpfen zu sehen. Der Schatten über seinem Gesicht wurde immer dichter, als würde er bald zu einer Maske werden, die ich nicht mehr durchbrechen konnte.

»Das musst du nicht, Marlon, weil ich das, was du weggeworfen hast, schon gelesen habe.«

Erstaunt sah er zu mir auf.

»Du bist nicht der Einzige, der sich mit Stalking versucht«, fügte ich wie leichthin hinzu. »Ich habe dir nachgesehen und die Geschichte aus dem Müll genommen.« Und soll ich dir was sagen?

Ich habe sogar in deiner Hütte herumgewühlt. Da staunst du, was? »Verrate mir, warum du mich an diesem Tag so plötzlich abserviert hast.«

»Ist das nicht offensichtlich?« Er verbarg die Bitterkeit gut, doch in seinen Augenwinkeln konnte ich sie trotzdem erahnen. »Du hast an diesem Nachmittag gesagt, dass du kein Opfer sein willst. Aber jeder, der mir nahesteht, ist ein Opfer. Die Huntsmen haben dich auf dem Friedhof beobachtet und ins Fadenkreuz genommen. Reicht dir das noch nicht? Ich wollte dich nicht in einen Krieg hineinziehen. Naiv, wie ich war, dachte ich, es verhindern zu können. Ich bin ein Idiot. Es war längst zu spät.« Er sah mich auf eine Art an, die mich bereuen ließ, dass ich das Fenster im Rücken hatte und nicht weiter vor ihm zurückweichen konnte. Ich erinnerte mich bestens an die Angst, die ich vor ihm gehabt hatte. Seine Augen waren kalt und brutal. »Du warst bereits mein Opfer.«

»Das sehe ich anders.« Mein Einspruch war zu schwach.

Marlon schüttelte den Kopf, ließ ihn dann nach vorne sinken. »Damit ist es nicht real, denkst du. Aber das sind Träumereien. Du bist, was du bist. Du kannst es nicht ändern.«

»Was bist du denn?«

Die Frage hätte laut kommen müssen. Zornig. Sie hätte ihn schütteln müssen, erschüttern! Wie konnte er mir nur Träumereien vorwerfen? Glaubte er, ich lebte im Regenbogenland, wo rosa Einhörner sich vom Sonnenschein ernährten und bunte Schmetterlinge furzten? Meine Frage hätte ihm ins Gesicht peitschen, ihn wütend machen und die Wahrheit aus ihm herausschlagen müssen. Doch mir gelang nur ein Wispern.

»Verloren«, antwortete er. Mehr nicht.

Schwer zu sagen, wie lange das Wort hilflos in der Luft hing. Irgendwann stand er auf, murmelte etwas von Pizza und bedeutete mir, ihm zu folgen.

Ich nahm im Wohnzimmer Platz, wo der Fernseher noch lief, obwohl niemand mehr im Raum war. Eine schrille Zeichentrickserie in Neonfarben, die mir Kopfschmerzen bereiten würde. Ich schaltete ab. Aus einem Nebenraum hörte ich Gitarrenmusik, das war vermutlich Corbin. Ich achtete erst auf die Töne, nachdem Marlon gegen die Wand gehämmert und »Hör endlich auf damit, du Missgeburt!« über den Korridor gebrüllt hatte. Ich zuckte zusammen. Solche derben Beschimpfungen passten nicht zu ihm.

Corbin spielte weiter. *Johnny B.* von The Hooters. Das Lied klang nach Vorwurf. Vermutlich war Marlon Johnny B. und das Miststück mit dem giftigen Kuss, das war ich.

Marlon kam zurück. Er stellte die Pizza auf den Tisch, schaltete den Fernseher wieder ein, sodass wir die Gitarre nicht mehr hören konnten, und setzte sich zu mir; in seinen Augen die übliche, von Misstrauen verschleierte Bitte um Entschuldigung. Ich hatte seit dem Frühstück nichts gegessen, war hungrig, aber bekam kaum etwas runter. Wir saßen uns gegenüber, still und bewegungslos, kein Meter zwischen uns. Und doch schien es, als würden wir auseinanderdriften. Als wären immer weniger Details im Gesicht des anderen zu erkennen, als würden unsere Silhouetten immer kleiner werden.

»Warum warst du auf dem Friedhof?«, fragte ich viel forscher als beabsichtigt. »Du hast gesagt, Oliviers Leute hätten dir aufgelauert, du scheinst also häufiger dort zu sein. Warum?«

Er legte sein Pizzastück zurück auf den Teller, ohne hineingebissen zu haben. »Das nicht.«

Ich hob die Augenbrauen.

»Du kannst mich alles fragen, aber es gibt ein paar Dinge, die nur mich etwas angehen.«

Um nicht flapsig zu reagieren, presste ich die Lippen zusammen. Natürlich, der Herr hatte selbstredend ein Recht auf seine Privatsphäre. Spätestens jetzt bekam der Glanz, der ihn in meinen Augen umgab, gravierende Flecken. Das Absurde war, dass das Marlon für mich noch wertvoller zu machen schien. So als würden meine Gefühle zu ihm erst Bestand haben, wenn ich seine Fehler kannte – Fehler wie dünne Beine, zu große Füße und die Unfähigkeit, über Verstorbene zu sprechen. Fehler, die ihm die Perfektion nahmen und ihn für mich erreichbar machten. Ich gierte danach, denn jede seiner Unzulänglichkeiten, die ich mochte, statt sie abzulehnen, ließ mich verstehen, was ihm an mir gefiel.

»Ich wünschte, ich müsste dich überhaupt nichts fragen«, überlegte ich laut. »Es würde alles einfacher machen, wenn du mir endlich erzählen würdest, wer du bist. Dann müsste ich dir die Einzelheiten nicht in Fetzen gewaltsam aus der Nase ziehen.«

»Du hast recht.« Seine Brust hob sich unter einem lautlosen Seufzer. Er wies auf die Pizzareste. »Bist du fertig? Ich schlage vor, dass wir uns auf den Weg machen.«

Das gab mir den Rest. Ich wollte Wahrheiten – er wollte mich nach Hause schicken. Ich wollte reden – er wollte schweigen. Es war einfach, Marlons Fehler zu mögen, solange diese im Rahmen blieben, aber nun war das Maß voll.

Ich stand auf, schob den Stuhl behutsam über den knarzenden Holzboden an den Tisch, obwohl ich ihn lieber umgeworfen hätte. »Mach dir keine Mühe, ich finde alleine heim«, sagte ich leise, weil ich zum Schreien keine Kraft mehr hatte. Diese Hinhaltetaktik machte mich fertig.

»Ich schreibe dir den letzten Teil der Geschichte auf«, erwiderte Marlon, als ich schon halb aus dem Wohnzimmer war. »Heute noch. Du bekommst alles noch heute.«

Ich drehte mich nicht um, sondern starrte auf meine dreckverkrusteten Schuhe, die im Korridor lagen. »Wieso schreibst du mir diese Geschichte überhaupt auf? Hältst du dich für den neuen Shakespeare oder willst du mir erzählen, du wärst der kleine Bruder von Arielle und würdest ins Wasser gehen?« Ich schnalzte verächtlich mit der Zunge.

»Sei nicht albern«, gab er lahm zurück.

»Warum sagst du mir nicht einfach die Wahrheit?«

»Du musst es erkennen, nicht einfach nur hören. Was man sich selbst erschließt, bewegt sich im Rahmen der eigenen Vorstellungskraft. Man hält es für möglich. Wenn ich es dir sage, würdest du es mir nicht glauben.«

Meine Kopfhaut prickelte, vielleicht war ich immer noch benebelt vom Whisky. Ich legte meine Hand Halt suchend an den Türrahmen. »Probier es doch einfach. Vielleicht glaube ich dir. Lass es darauf ankommen.« Vertrau mir, hätte ich gerne gesagt, aber womöglich war das zu viel verlangt. »Was hast du zu verlieren?«

Er folgte mir lautlos auf nackten Sohlen, bis er unmittelbar hinter mir stand. »Dich. Ich habe nur eine einzige Chance.«

Ich schluckte schwer an einem riesigen Kloß in meinem Hals. »Dann verspielst du sie gerade. Ich brauche etwas Ehrlichkeit.«

Sein Atem streifte meinen Hinterkopf, ich lehnte mich unweigerlich ein Stück zurück, bis meine Schulterblätter seine Brust berührten.

»Ist es etwas Persönliches oder traust du generell niemandem?«, flüsterte ich und neigte langsam den Kopf.

»Nur dir nicht.« Sein Atem war an meinem Ohr, an meinem Hals, an meiner Wange. »Weil es mir bei jedem anderen egal ist. Ist das ehrlich genug?« Atem auf meinen Lippen, der nicht mein eigener war, sich aber anfühlte, als wäre er ebenso lebensnotwendig für mich.

»Magpie? Soll ich mal richtig ehrlich sein? Ich möchte dich küssen.«

Mir blieb unerträglich viel Zeit, ehe er es tat. Zeit, um zu lächeln; Zeit zum Zweifeln; Zeit, um die Zeit zu verfluchen, weil sie mir gemeine Streiche spielte. Auch Zeit, um zu befürchten, dass ich mich doch noch übergeben musste, da in meinen Innereien ein Tornado wütete.

Dann trafen seine Lippen auf meine. Ich öffnete den Mund, als hätte ich eine Ewigkeit auf diesen Kuss gewartet, und schmeckte Marlon so, wie er wirklich war. Ehrlich. Ich *hatte* eine Ewigkeit gewartet. Seine Hände umfingen zärtlich mein Gesicht und seine Klauen – wo auch immer er die versteckt haben mochte – packten um mein Herz, bereit, es zu zerquetschen, wenn ich einen Fehler machte.

Aber diesen einen, ersten Kuss lang machte ich keine Fehler.

Emma hatte uns nach langem Gezeter und einem Wutanfall ihr Auto geliehen, einen uralten VW Scirocco, den nur noch der Rost zusammenhielt. Auf dem Handschuhfach klebte ein Sticker mit der Aufschrift *Höschen runter und Maul halten* und auf dem Kofferraum prangte die Warnung *Ich bremse auch für Frauen*. Das Radio funktionierte nicht, aber im Kassettendeck leierte ein Band von der französischen Sängerin Desireless. Marlon grölte den Refrain ihres berühmten Hits *Voyage, Voyage* mit und machte *Vollarsch, Vollarsch* daraus. Ob er mich zum Lachen bringen wollte, sich so über Emma lustig machte oder sich selbst verhöhnte, war mir nicht klar. Alles gelang vortrefflich. Viel zu schnell hielt er in meinem Block und brachte mich zur Tür, wo er meine Stirn küsste, so lange, als würde er versuchen, das Gefühl in mein Gehirn zu brennen.

»Wie viel Zeit brauchst du?«, fragte ich mit geschlossenen Augen.

Er überlegte zu lange.

»Du hast nicht vor, dein Auto beim Friedhof abzuholen, oder?« Ich befreite mich aus seiner Umarmung und musterte ihn skeptisch.

»Woher weißt du, dass es dort steht?«

Na prima, er wich mir aus. War nicht langsam mal Zeit für etwas Neues? »Du warst dort, wo sollte es sonst sein? Versprich mir, dass du es nicht holst. Die werden da auf dich warten.«

Er legte den Kopf schief und grinste. »Wer bist du, dass du meinst, mir sagen zu dürfen, ich solle mein geliebtes Auto in der Hand des Feindes lassen? Hast du kein Herz?«

»Doch, aber darin ist beim besten Willen kein Platz für einen verkratzten Sportwagen. Ich komme nachher zu dir in den Garten, und wenn du nicht da bist …«

»Dann?«

»Dann«, ich gestikulierte unbeholfen mit den Armen, »dann gehe ich wieder nach Hause.«

Marlon pfiff durch die Zähne. »Das wäre hart. Ich glaube nicht, dass ich das riskieren kann.«

Ich wollte ihn spielerisch knuffen, aber plötzlich lag meine Hand flach auf seiner Brust und seine in meinem Nacken.

»Das wäre wirklich hart«, wiederholte er kaum hörbar. Der Kuss, mit dem er jegliches Wort aus meinem Mund verhinderte, war mutiger als unser erster. Tiefer. Und noch ehrlicher. Ich schmeckte Begehren, ernsthaftes Begehren, und musste den Kuss unterbrechen, um nach Luft zu schnappen. Musste das Atmen neu lernen, mit dem Gesicht in seiner Halsbeuge. Er roch ein bisschen nach Zimt und sehr nach Marlon und diese berauschende Mischung kribbelte unterhalb meines Magens.

»Bis später, Magpie«, murmelte er an meinem Ohr und löste sich von mir. Dann ging er und ich erinnerte mich zum Glück rechtzeitig daran, dass ich hier wohnte, ehe ich in die Verlegenheit kam, ihm endlos hinterherzustarren.

LEKTION 9

Wie man Geschichten und Sterne liest

Die Wohnung duftete nach Chili, aber darunter mischte sich noch ein anderer Geruch, der an Holzkohle und Pfeffer erinnerte. Papa stand am Herd, kostete, verzog das Gesicht und würzte mit Paprikapulver nach.

»Lass mich raten«, rief ich ihm aus dem Flur zu, wo ich meine dreckigen Schuhe auszog. »Versalzen.«

Er zog die Augenbrauen zusammen und schnupperte. »Riecht man das oder willst du mich neppen?«

»Das, was man riecht«, sagte ich, trat auf Socken zu ihm und wies auf ein verräterisches Päckchen Puddingpulver, »ist verbrannte Milch. Ich tippe mal, sie ist dir übergekocht. Bist du heute etwas abgelenkt?« Ich schmunzelte, als er sich vor meinen Augen wand und schließlich mit den Schultern zuckte. Die Küche war das heilige Refugium meines Vaters. Wenn ihm hier Patzer unterliefen, musste es ernst sein mit seiner neuen Flamme.

Ich freute mich für ihn und versuchte, ihn ein wenig auszuquetschen, während wir im Stehen gleich aus dem Topf aßen. Offenbar jedoch waren Beziehungsangelegenheiten für ihn ein noch sensibleres Thema als für mich und so erfuhr ich nur, dass Corinna offenbar seine Liebe für Blind Guardian und Fernsehserien aus den Achtzigern teilte. Mein Appetit war zurückgekehrt und hatte Freunde mitgebracht, sodass wir vor dem Chili con Carne nicht klein beigaben, ehe der gesamte Topf leer und selbst der Boden mit Brot ausgewischt war. Nach dem Essen opferte ich mich und übernahm das Spülen.

»Dann kannst du noch etwas Pause machen, ehe du zur Arbeit musst«, meinte ich und drehte das Wasser auf. »Ich werde später noch rausgehen.«

Papa zog angesichts seiner Nachtschicht eine Grimasse. »Triffst du dich mit Dominic?«

Ich brummte unverfänglich, was sowohl Ja als auch Nein heißen konnte, dem Ja aber etwas näher kam.

»Ist das immer noch rein platonisch zwischen euch?«

Oh, oh. Der skeptische Unterton gefiel mir gar nicht. »Klar«, antwortete ich leicht fragend und malte einen Kringel aus Spülmittel ins Wasser.

»Nun ja, wenn es anders wäre«, druckste Papa herum, »nur für den Fall … dann würdet ihr es mir doch sagen, oder?«

Ich versuchte eine Taktik à la Marlon – ich wich aus. »Als der Verdacht das erste Mal aufkam, hast du Dom eine Schnabeltasse aus dem Pflegeheim gezeigt und ihn gefragt, ob er sich vorstellen kann, zu welch lustigen Dingen man diese zweckentfremden könnte.«

Papa lachte. »Das hat er doch nicht ernst genommen!«

»Hast du ihn seitdem noch mal hier gesehen? Ich schon, allerdings fragt er jedes Mal, ob du da bist, ehe er sich hertraut. Aber ich kann dich beruhigen. Dom und ich sind nur Freunde.«

»Sicher.« Papa trocknete den Topf ab, den ich gespült hatte, und stellte ihn in den Schrank. »Für den Jungen mit dem Sportwagen gilt übrigens dasselbe: Wer meiner Lieblingsküchenmagd wehtut«, ich warf den Spüllappen und er wich aus, »der lernt die Schnabeltasse kennen.« Er zwinkerte und ich drehte den Kopf weg, damit er mich nicht erröten sah. Den markigen Sprüchen zum Trotz würde er niemals jemanden verletzen, das wusste ich, dennoch konnte ich ihm nicht in die Augen sehen.

Denn wenn eines sicher war, dann das: Marlon würde mir wehtun.

Als ich mich zum Garten aufmachte, riss die Wolkendecke an mehreren Stellen auf. Im Westen blinzelte ein blutroter Sonnenuntergang hindurch und goss warmes Licht über die Baumkronen. Die Luft war angenehm, auch wenn ich nun eine Sweatjacke über Emmas T-Shirt tragen musste. Ich nahm den direkten Weg durch die Schrebergärten. Unter meinen Füßen schmatzte das nasse Gras und wusch den Dreck von meinen Schuhen, bevor die Feuchtigkeit bis in meine Socken drang.

Ich hörte Marlon, lange bevor ich ihn sah. Er schnaubte, zischte einen Fluch und schien mit schwerer Arbeit beschäftigt. Ich hörte rhythmisches Klatschen und leises Keuchen. Als ich jedoch die letzte Hecke überkletterte und sein Garten und die Hütte vor mir lagen, war kein Marlon zu entdecken. Dafür hockte der Rabe Pinsel auf dem Boden und beäugte mein Näherkommen skeptisch.

Ich machte ein paar vorsichtige Schritte in seine Richtung, um ihn nicht zu erschrecken.

Pinsel legte den Kopf schief. Er sah mich an, als fände er mich ebenso interessant wie ich ihn. Und es mag Einbildung gewesen sein, aber irgendwie wirkte er spöttisch. Überlegen. Beinahe … menschlich.

Plötzlich plusterte er sich auf, stieß ein in die Ohren schneidendes »Krrrah« aus und schlug wütend mit den Flügeln. Ich wich ein Stück zurück.

Marlon kam hinter der Hütte hervor, mit nacktem Oberkörper und einem erhobenen Spaten, von dem Erdklumpen auf seine bloßen Schultern fielen. Er stürmte durch den Garten, als wollte er den Raben nicht nur verjagen, sondern geradewegs erschlagen. Pinsel suchte sein Heil in der Flucht. Er hopste über den Boden, flatterte aufs Tor und erhob sich von dort mit einem zornigen »Krrrapp, krrrapp« in die Luft.

»Hau ab, verdammter Aasgeier!«, brüllte Marlon ihm nach. Er drehte sich zu mir um und schleuderte den Spaten von sich, sodass dieser in der Hecke landete. Ein paar Augenblicke rang er um Beherrschung, dann atmete er tief durch und wischte sich die Haare aus dem Gesicht.

Ich war überzeugt, etwas Wichtiges vergessen zu haben, aber ich kam nicht dahinter, was es war. Erst Marlons überhebliches Grinsen brachte mich auf die Idee. Richtig, ich sollte den Mund wieder schließen.

»Du«, ich musste mich räuspern, um nicht selbst zu krächzen wie ein Rabe, »magst keine Vögel, was?«

Er blieb einen guten Meter vor mir stehen und verschränkte die Arme, was seine Brustmuskeln spielen ließ. »Nur diese nicht. Sie gehen mir auf die Nerven, diese aufdringlichen Biester.«

»Sie sind neugierig«, verteidigte ich meine Raben.

Marlons Hände und Arme waren bis zu den Ellbogen von Schmutz verkrustet. Ich war eigentlich nicht der Typ Mädchen, der auf archaische, verdreckte Männer stand, aber in diesem Moment stellte ich mir vor, er würde mein Gesicht in seinen Händen halten und mich stürmisch küssen. Ich würde den Schweiß schmecken, der in winzigen Perlen auf seiner Oberlippe stand. Oh, oh.

Dummerweise wandte er sich ab. »Nein«, hörte ich ihn murmeln, während er zur Hütte ging. »Sie suchen Erinnerungen.« Auf seinem linken Schulterblatt war etwas, das ich zunächst für Dreck gehalten hatte und das sich nun als rotbräunliche Tätowierung entpuppte. Zwei schräge Linien vor einer senkrechten, die in einem Kreis mündete. Ich wusste nicht, was das darstellen sollte – möglicherweise Stöcke oder Holzschwerter in einer Haltevorrichtung –, aber ich sprach Marlon nicht darauf an.

»Erinnerungen?«, fragte ich stattdessen und folgte ihm. Im Halbdunkel der Laube machte ich seine Schreibarbeiten auf dem Tisch aus. Daneben befanden sich eine volle Kekspackung und eine leere Kaffeetasse. Wider Willen achtete ich mehr auf die flachen Muskeln an seinem Rücken und fragte mich, wie sich diese wohl anfühlten.

»Hmhm.« Mit dem linken Arm wies er zum Tisch. »Die Geschichte ist fertig, du kannst sie lesen. Dort hinten in der Schublade sind Kerzen und Streichhölzer, falls du mehr Licht brauchst.« Sein rechter Ellbogen deutete in die andere Richtung, sodass es aussah, als würde er den Ententanz aufführen. Ich biss mir hinter seinem Rücken heftig auf den Zeigefinger, um nicht in Gelächter auszubrechen. Im Stillen dankte ich ihm, mich zur rechten Zeit von den kindischen Schwärmereien abzulenken, für die ich Rosalia immer schalt und die ich mir im Nachhinein kaum verzeihen würde.

»Ich springe mal rasch unter die Dusche. Fühl dich wie zu Hause.«

Er war in der Nasszelle verschwunden, bevor ich ihn fragen konnte, warum er hinter seiner Hütte den Boden umgrub. Aber gut, er hatte mit einem stumpfen Rasenmäher das Gras abgemetzelt, kaum dass er sich hier einquartiert hatte. Und nun pflanzte er eben Kartoffeln und Rosen an. Oder vergrub Leichen – es gab ja keinen Keller. Vielleicht beerdigte er auch Ängste, Erinnerungen oder Träume. Warum auch nicht? Ich verbot mir das Grübeln und zwang mich, Marlons Gartenarbeit als Zeichen zu nehmen, dass er hierbleiben oder zumindest nicht für ewig fortgehen würde. Wer rackerte sich schon in seinem Garten ab, wenn er ihn für lange Zeit brachliegen lassen wollte?

Ich hörte das Wasser im Nebenraum rauschen, daruntergemischt ein gepresstes Stöhnen. Duschte der Held auch noch kalt? Der Hahn am Spülbecken hatte nur einen Drehknauf, es war also davon auszugehen, dass es kein warmes Wasser gab. Wie grausam! Ich würde hier gewiss niemals duschen. Aber … Herrgott, warum sollte ich auch? Ich schüttelte all diese eigenartigen Gedanken aus meinem Kopf und raufte mir die Haare. Der Typ machte mich ganz wuschig.

Marlon kam vollständig angekleidet zurück. Ob ich das bedauerte oder guthieß, war nicht so leicht zu entscheiden. Wasser, das aus seinen Haaren troff, war inzwischen zu einem vertrauten Bild geworden. Ich gab mich viel lässiger, als ich mich fühlte, und zupfte ihm spielerisch an einer Strähne.

Er tippte den flachen Papierstapel an. »Hast du es noch gar nicht gelesen?«

»Nein, Monsieur Giraudoux, habe ich nicht.«

»Girau… Wer bitte?«

Erfreulicherweise wusste ich endlich einmal mehr als er. Der Theater-AG sei Dank. »Jean Giraudoux war ein französischer Schriftsteller. Er schrieb das Theaterstück *Undine*, das von einer Nixe und ihrer tragischen Liebe zu einem Ritter handelt.« Meine Stimme wurde beim Sprechen unwillkürlich leiser, da mir einfiel, dass ich schon an dieses Stück hatte denken müssen, als ich noch keinen Satz aus Marlons Feder kannte. »Ach, wenn doch alles anders wär«, rezitierte ich dramatisch und verbarg so meine Bestürzung. »Wie hätt ich ihn geliebt.«

Marlons Applaus kam in Form eines Lächelns und geriet müde. »Girau-Dingsbums war bestimmt ein besserer Schriftsteller als ich, denn meine wahre Stärke sind Comics. Weniger Worte, die mir im Weg rumstehen. Willst du die Geschichte trotzdem zu Ende lesen?«

»Nein.« Ich schüttelte den Kopf und sah ihn herausfordernd an. »Wenn sich in der Geschichte Wahrheit findet, dann will ich sie hören. Von dir. Lies sie mir vor.«

Wie so oft wandte er sich ohne Antwort ab. Er trat an die Küchenzeile, füllte Wasser in einen Kessel und entzündete den Gasherd. Die Hände zu beiden Seiten des Herds abgestützt, als könnte er meine Forderung sonst nicht tragen, verharrte er. Er dachte nach. Und ließ sich furchtbar lange Zeit damit. Ich lehnte mich an die Tischkante und wartete auf seine Antwort.

Erst als das zuvor eisige Wasser kochte und den Kessel zum Pfeifen brachte, sagte Marlon: »In Ordnung.« Dann kippte er das Wasser in eine Thermoskanne, riss mit den Zähnen die Papieretiketten von drei Teebeuteln und warf diese dazu. Ehe er die Kanne schloss, schüttete er eine Handvoll Zucker hinterher. Schließlich legte er sich eine Decke über die Schulter und nahm zwei Plastikmüllsäcke, in denen er die Kanne und zwei Edelstahltassen verstaute. Er bedeutete mir, sein Manuskript mitzunehmen, und ging hinaus, wo er alles mit lautem Geschepper auf das flache Dach warf und dann eine Räuberleiter für mich machte.

Ich zögerte nicht und ließ mir von ihm hochhelfen. Die ersten

Schritte aufs Dach tat ich sehr behutsam, zweifelnd, ob es mein Gewicht halten würde, aber es war stabil. Marlon zog sich an der Dachkante hoch und folgte mir. Er breitete die Müllsäcke auf dem feuchten Holz aus, legte die Decke darüber und machte eine Geste, als würde er mir den besten Platz in einer altmodischen Theatervorstellung anbieten. Wortlos setzte er sich neben mich, goss beide Tassen voll und drehte mir dann den Rücken zu.

»Ich kann das nicht vorlesen, wenn du mich ansiehst«, meinte er verschämt.

Ich drehte mich ebenfalls, sodass ich meinen Rücken gegen seinen lehnen konnte, und lauschte. Minuten schienen zu vergehen. Um uns flüsterten die Bäume, ein paar Vögel tauschten Tratsch aus. Die Geräusche der Straße, vereinzeltes Geschrei von Müttern, die ihre Kinder nach Hause riefen, sowie das monotone *Pmpf-pmpf-pmpf* der Stanzerei, all das verlor an Bedeutung. Marlon straffte mehrmals den Rücken, als müsste er Atem sammeln, um sich zu überwinden, aber als er schließlich zu lesen begann, war er entspannt und seine Stimme klang, als gehörte sie genau hierher.

War Brijans Braut Seirēn zunächst auch bestürzt, ihre Seele nicht einem Mann, sondern dem Meer geschenkt zu haben, so fügte sie sich doch rasch in ihr neues Leben. Statt ihrem eigenen Schicksal beweinte sie die Verstorbenen, jene, die das Meer verschlungen hatte und aus deren Leben es die Kraft gewann, Seirēns Körper zu verändern, bis sie selbst ein Teil davon war. Jahrelang fielen ihre Tränen ins Wasser, sodass alle sieben Meere salzig wurden und Seirēn keine Erinnerungen und keine Gefühle mehr blieben. Nachdem ihre letzte Träne vergossen war, schwamm sie zu ihrem Gatten, nahm sein Gesicht in beide Hän-

de und küsste ihn mit der ganzen Gier ihrer blanken, animalischen Triebe.
Brijan war erstaunt, dann entsetzt und schließlich ergab er sich dem Wesen, welches bis zu seinem Erscheinen eine Frau mit Träumen und Wünschen gewesen und mittlerweile zu einem Tier in menschlicher Hülle mutiert war, dessen Lebenssinn aus Nahrung und Fortpflanzung bestand. War es nicht er gewesen, der sie zu dem gemacht hatte? Nun hatte er ihr zu geben, was sie verlangte. Das salzige Wasser brannte in seinen Augen und wusch sein Gewissen davon, während Seirēn ihn zwischen ihren Schenkeln in die Tiefe zog.
Monate vergingen. Brijan lebte so zufrieden, wie er es nie für möglich gehalten hätte, mit Seirēn im Meer. Alles, was seine Frau wollte, war Nahrung und Liebe. Beides konnte er ihr im Übermaß geben und so geschah es bald, dass ihr Leib sich wölbte. Mit banger, doch auch freudiger Erwartung sah er der Geburt seines Kindes entgegen. Er sann darüber nach, ob es wie Seirēn sein würde. Unerträglich schön, mit einer Stimme, die die Fische geradewegs zwischen ihre hungrigen Lippen lockte, und ohne den menschlichen Makel der Sehnsüchte und Träume. Oder würde sein Kind ihm ähnlich sein? Ein menschlicher Geist, ein menschlicher Körper, doch kalt und in der Lage, zu leben wie ein Fisch? Er sollte es nicht erfahren, denn Seirēn verschwand, als der Sommer nahte. Während man an Land Beltane-Feste feierte, deren Feuer bis hinaus aufs Meer zu sehen waren, gebar Seirēn unbemerkt Brijans erste Kinder. Mit flachem Bauch kehrte sie zu ihm zurück. Sie war, wie er sie kannte – unfähig zu sprechen, doch in der Lage, herbeizusingen, was sie brauchte, um ihren Hunger zu stillen. Sie war begieriger als je zuvor, nach Fischen ebenso

wie nach ihm, und sie erlaubte ihm nicht, ihr fernzubleiben, um nach seinen Kindern zu suchen.

Die Jahre verliefen im Strom der Gezeiten. Beltane kam, Seirēn ging und ließ Brijans Kinder an Land zurück, um gleich darauf neue von ihm zu verlangen. Brijan vergaß, was ihn einst ausmachte. Das Meer bot zu viel Raum zum Vergessen.

Doch eines Tages, als im späten Sommer an Land das Lammas-Fest gefeiert wurde, beobachtete er etwas Sonderbares: Zwei Menschen gingen aufs Meer zu, wurden von den Wellen liebkost und empfangen. Sie tauchten ins Wasser und … lebten. Wie Seirēn. Und wie er. Brijan erkannte seine Erstgeborenen, ohne sie je zuvor gesehen zu haben. Doch dann verwandelten sie sich. Schuppen wucherten aus ihrer zarten Haut, Kiemen brachen blutig aus ihren Leibern hervor und der menschliche Unterkörper wurde zu einer Fischflosse. Seirēn begann in den Tiefen der See zu singen, lockte ihre Kinder jubilierend herbei. Die neugeborenen Meereswesen erwiderten die Gesänge und folgten ihr. Brijan aber blieb am Ufer zurück, als er sah, wie Menschen, weinend und rufend, seinen Kindern ins Meer folgten und ertranken. Seine kalte Haut schauderte, denn ihm wurde bewusst, dass weitere dieser Meereswesen entstehen würden und wiederum Nachfahren haben würden. Und alle folgten sie einem Verlangen. Menschliches Leben – jeden, der sie geliebt hatte – durch ihren Liebreiz ins Meer zu locken, wie Brijan es einst getan hatte.

Wie aus dem Nichts erschienen ihm die drei Meereswesen. In den letzten Jahren hatte er sie fast vergessen. Ihre Leiber glühten vor Freude angesichts der menschlichen Opfer, deren Leben im Meer zerflossen.

»Der Kreis ist geschlossen«, zischte das erste Wesen.

Das zweite kicherte. »Deine Schuld ist gezahlt.«

»Unaufhaltsam gezahlt«, schloss das dritte. »War doch ganz billig.«

»Für immer …«

»… und immer …«

»… und ewig.«

»Das ist die ganze Geschichte, Magpie.«

Marlons Erwartung lag so drückend in der Luft, dass ich kein Wort herausbekam. Ich wusste nicht, was ich ihm sagen sollte, weil ich nicht wusste, was er mir sagen wollte. Er glaubte doch nicht ernsthaft, sich in ein Meereswesen zu verwandeln? Nein, das hatte er mir versichert. Um seinen Geisteszustand musste ich mich also nicht sorgen. Aber warum zum Geier erzählte er mir von diesen Sirenen? Ich erinnerte mich an das Gespräch mit Rosalia. Es war eine Metapher. Doch wofür?

»Und?«, meinte Marlon und lehnte den Kopf zurück, sodass er auf meiner Schulter lag und seine Wange mein Ohr berührte. »Bestehe ich den Vergleich mit Girau-wemauchimmer?«

Ich war ihm unglaublich dankbar, dass er versuchte, mit einem Scherz den Druck von mir zu nehmen. »Das fragst du die Falsche. Deine Geschichte gefällt mir, aber ich bin ein schlechter Maßstab. Ich lese Bücher bloß für die Schule. Dementsprechend wenig kann ich sie leiden.« Wenn er sein Talent als Schriftsteller beurteilt haben wollte, hätte ich ihn zu Rosalia schicken sollen. Sie war die Belesene von uns, investierte ihr ganzes Taschengeld in Romane und schrieb im Matheunterricht Gedichte.

»Verdammt.« Sein Schmunzeln war hörbar. »Hätte ich das gewusst, hätte ich nicht den Literaten gespielt, sondern dir das Ganze als Comic gezeichnet.« Er legte den Kopf noch weiter zurück und sah in den Himmel.

Erste Sterne schälten sich aus dem sich rasch verdunkelnden Blau und flüsterten mir zu, dass es Marlon um etwas ganz anderes als um eine Beurteilung seiner literarischen Qualitäten ging.

»Ist es die Geschichte der Huntsmen?«, riet ich, ehe mich der Mut verließ. »Der König, der seine Tochter verlor ... gründete er eine Föderation, um sich an den Meereswesen zu rächen?«

Ich spürte Marlon nicken. »Es muss tausend Jahre her sein, vielleicht noch länger. Aber es heißt, dass ein mächtiger Mann – vielleicht war er wirklich ein König – in seiner Verzweiflung die besten Ritter zusammenrief und zu den Urahnen der Huntsmen ausbildete.«

»Kann man ihm irgendwie nicht verübeln«, meinte ich und bereute meine Worte sofort. »Auch wenn Brijan mir leidtut und Seirēn ... sie haben es ja nicht gewollt.«

Marlon reagierte nicht sofort, sondern sah weiter in den Himmel.

»Schade«, sagte er irgendwann, »es ist zu bewölkt, um das Sternbild des Wassermanns zu sehen. Ich glaube, dass einer dieser Sterne da oben dazugehört, aber ich bin mir nicht sicher.«

»Stellt es denn Brijan dar?«, fragte ich in neckendem Ton.

Marlon antwortete vollkommen ernst. »Nein, aber vielleicht zeichnet es sein Schicksal.«

Ich löste mich von ihm, was ihn leicht zum Schwanken brachte, und drehte mich um. »Glaubst du an Astrologie? Dass unser Schicksal da oben geschrieben steht und Astrologen uns durch Horoskope sagen können, was passieren wird?« Ich wünschte mir, er würde die Frage verneinen, denn für mich war dieser ganze Wahrsage-Kram Quatsch, aber den Gefallen tat er mir nicht. Er legte sich auf den

Rücken und schwieg, bis ich seiner wortlosen Bitte nachkam und mich ebenfalls hinlegte, um ins Firmament zu schauen.

»Ich glaube nicht an Horoskope, Tarot oder Hellsehen. Damit wir uns nicht falsch verstehen. Ich zähle nicht zu den Leuten, die bei Astro-TV anrufen. Aber ich glaube an das Schicksal. Daran, dass Dinge aus einem bestimmten Grund geschehen. Alles spricht dafür, oder? Und ich glaube an Sterne, ja. Sie zu beobachten bringt uns dem Himmel nah, ohne dass wir die Füße vom Boden nehmen müssen.« Er deutete auf seine Schulter und mir wurde klar, was die Tätowierung darstellte.

»Du hast dir ein Teleskop tätowieren lassen?«

»Ein Galilei-Fernrohr. Ich wollte etwas, das bleibt. Ein Tattoo hat man für immer. Und ein Fernrohr, das den Himmel mit der Erde verbindet, fand ich passend.« Etwas schien ihn traurig zu stimmen, aber dann räusperte er sich und der Eindruck war verschwunden.

»Ich glaube«, fuhr Marlon fort, während das Firmament immer mehr winzige Sternchen unseren Blicken freigab, »dass einzelne Punkte im Leben feststehen. Wie die Sterne eben. Nichts hält sie, sie schweben frei und bleiben doch auf ihrem Platz, ohne dass du sie verschieben kannst.«

Ein kaum wahrnehmbares Schaudern ging durch seinen Körper. Ich spürte es dort, wo sich unsere Schultern berührten, und irgendwie, auch wenn ich es nicht erklären konnte, las ich Angst darin. Als wäre diese aus ihm herausgezittert. Um ihm etwas näher zu sein, legte ich meine Handfläche auf seine Brust, ohne den Blick von den Sternen zu nehmen. Es war faszinierend, denn je länger ich hinsah, umso mehr Sterne zeigten sich. Es war, als offenbarten sie sich nur denjenigen, die sie sehen wollten. Als wären sie sich zu schade für oberflächliche Blicke.

Marlon berührte meinen Handrücken, bevor er fortfuhr. »Fixpunkte stehen, aber schau dir all die Leere dazwischen an. Auf welchen Wegen und in welcher Reihenfolge wir durch unser Leben gehen, bleibt uns überlassen.« Er hob die Hand und wies mit seinem Zeige- und seinem Mittelfinger nach oben, zog Linien von einem Stern zum danebenliegenden. »Wir können kurze, direkte Strecken wählen. Straight forward. Oder wir taumeln im Dunkeln umher, machen Umwege, nehmen auf der Suche nach dem richtigen Weg hundert falsche.« Seine Finger zogen Kreise, Schleifen, Schlenker. Und lagen plötzlich an meinen Lippen. Glitten über meinen Mund, mein Kinn und zogen mein Gesicht sanft in seine Richtung.

Wenn ich ein Umweg für ihn war, dann war ich eindeutig für diese Umwege. »Was passiert, wenn ein Stern runterfällt?«, flüsterte ich.

»Dann geht einer unserer Fixpunkte verloren. Deshalb müssen wir uns etwas wünschen, wenn das passiert. Damit ein neuer aufleuchtet. Wusstest du nicht, dass jeder aufrichtige Wunsch irgendwo da draußen einen neuen Stern entstehen lässt?«

Ich schüttelte leicht den Kopf, ohne Marlon aus den Augen zu lassen, und dachte an die letzte Sternschnuppe, die ich wunschlos hatte vorbeiziehen lassen. »Nachdem ich zum ersten Mal hier gewesen bin, habe ich einen Stern fallen sehen und mir nichts gewünscht. Fehlt mir jetzt ein Fixpunkt in meinem Schicksal?« Belustigt zog ich die Augenbrauen hoch, aber Marlon blieb ernst und ließ sich nicht irritieren.

»Nein, du hattest Glück«, antwortete er leise, fast war es ein Flüstern. »Ich habe sie auch gesehen. Und mein Wunsch betraf uns beide.«

Ich rollte mich auf die Seite, stützte mich auf einen Arm und lehnte mich über ihn. Seine Hand blieb, wo sie war, in dem Winkel zwischen meinem Kinn und meinem Hals. Mit dem Daumen berührte er meinen Mundwinkel. Es gab so vieles, was ich ihm sagen musste, so vieles, das ich ihn fragen wollte. Vor mir lag ein Bild in Scherben, ein Bild, das die Wahrheit zeigte. Ich sah in Marlons Blick, der an meinen Lippen haftete, dass er mir alle Teile gegeben hatte und nun darauf wartete, dass ich sie zusammensetzte, aber mein Kopf verweigerte die Mitarbeit und mein Mund das Sprechen. Ich schloss die Augen, küsste ihn, um nichts sagen zu müssen, und merkte im gleichen Moment, dass der Kuss ihm alles verriet, was er von mir wissen wollte. Meine Wut lag in diesem Kuss, meine Angst, meine Entschlossenheit und all meine Zärtlichkeit. Hatte ich zuvor geglaubt, diese Emotionen würden nicht zueinander passen, sich gar widersprechen, lernte ich in diesem Moment, wie gut sie sich ergänzten. War das das ominöse Gefühl, das man Liebe nannte?

Als ich die Lippen von seinen löste, prickelten sie, brannten gar ein wenig von seinen feinen, sandigen Bartstoppeln. Marlon öffnete die Augen zur Hälfte, schluckte so hart, dass ein klackendes Geräusch aus seiner Kehle drang, und brachte etwas in mir zum Kochen, sodass ich nicht mehr wusste, ob ich ihn küssen, streicheln oder schlagen wollte.

»Geh nicht weg«, wisperte ich. Dann musste ich die Zähne zusammenbeißen und die Finger in seine Oberarme graben.

Bitte, bitte, geh nicht weg.

Ich hatte angenommen, er würde mir hier oben nicht ausweichen können, aber er tat es trotzdem, indem er an mir vorbei in den Himmel sah. Die Sterne und Wolken spiegelten sich in seinen Augen.

Ohne den Blick von ihm abzuwenden, sah ich in den Nachthimmel. Um uns herum wurde es lauter. Wind kam auf und riss die ersten Blätter von den Bäumen. In meinen Ohren warfen Marlons Worte über die Sterne Echos. Und dann kippte einer dieser Gedanken und löste eine Kettenreaktion aus.

Astrologie ließ einen Menschen, der mit beiden Füßen auf dem Boden stand, in den Himmel sehen. Marlon mit den kohlrabenschwarzen Augen musste fortgehen und brauchte etwas, das ihm half zurückzukommen. Raben suchten Erinnerungen. Seine Geschichte vom Meer war ein Spiegel und wie in seinen Augen spiegelte sich im Meer … spiegelte sich im Meer …

Der Himmel.

»Du …« Ich brauchte alle Willenskraft, um die Worte herauszupressen. »Du wirst in den Himmel gehen.«

Das ergab keinen Sinn oder vielleicht doch, nur konnte ich diesen nicht greifen. Mein Kopf war verstopft von einer alles verdrängenden Furcht.

Erbkrankheit. Seine Eltern waren fort, doch er würde bald wieder bei ihnen sein. Und überall der verdammte Himmel.

Sag, dass du nicht stirbst. Sag, dass du nicht stirbst.

»Sag, dass du nicht … stirbst.«

»Ich sterbe nicht.«

Warum erleichterte mich seine müde Antwort kein bisschen? Ich krallte mich in seine Schultern, hielt mich an ihm fest oder hielt ihn bei mir und tat ihm mit Gewissheit weh. Warum diese Geschichte vom Meer? Damit er nichts Verbindliches sagen musste? Um gehen zu können? Und mich ohne den wahren Grund zurückzulassen? Warum fragte ich mich das noch? Ich wusste es längst. Ich kannte ihn.

»Sondern?«

Marlons Miene blieb hart wie Eisen, er mied meinen Blick. Über seinem Gesicht lag der Schatten aus Misstrauen dichter und finsterer als je zuvor. »Du weißt es, Magpie. Sprich es aus. Sag es, ich kann das nicht. Ich habe es dir gezeigt, nun musst du es erkennen.«

Wind fuhr mir ins Haar, kroch kühl unter meine Kleider. Ich wollte erwidern, dass ich es nicht aussprechen konnte. Herrgott, ich war doch nicht verrückt! Aber dann quollen die Worte doch über meine Lippen, nicht einmal hinter Ironie oder dem Versuch zu scherzen versteckt, sondern so selbstverständlich, dass mir fast das Herz stehen blieb, als ich sie aus meinem Mund hörte.

»Du denkst, dass du dich in einen Vogel verwandeln wirst. In einen der Raben.«

Sein Blick traf auf meinen. Irgendetwas an Marlon veränderte sich und machte ihn mir fremd. Ich brauchte ein paar Atemzüge, ehe mir klar wurde, was es war. Die Maske aus Misstrauen. Sie erzitterte, bekam haarfeine Risse, die sich wie ein Geflecht über sein Gesicht ausbreiteten. Dann brach die Maske weg. Nichts deutete auf eine Schwachstelle hin. Und doch erkannte ich, dass Marlon zum ersten Mal vollkommen schutzlos war. Keine Lüge, kein Geheimnis mehr. Nie hatte ich etwas Zerbrechlicheres in den Händen gehalten als diesen Augenblick. Die Welt kümmerte sich nicht darum, aber mein Universum begann zu beben, als Marlon sich aufrichtete, bis er mir gegenübersaß und leicht auf mich heruntersah. Ich glaubte zu weinen, weil mir plötzlich Wasser über die Wangen lief, erkannte dann aber, dass es wieder zu regnen begonnen hatte. Schwere Tropfen, die auf die Dachlatten klopften und ploppende Laute verursachten, wenn sie in unsere vollen Teetassen fielen.

»Noa? Glaubst du mir?«

Ich war mir nicht sicher, ob er die Frage aussprach oder so intensiv dachte, dass ich sie hören konnte. Gern hätte ich gelacht, gesagt, dass er einen Vogel hatte, oder die entsprechende Geste gemacht. Ich wollte ihm nicht glauben. Aber ich konnte nicht anders, weil es wahr war.

Ich nickte, erst ganz zaghaft, dann heftig. Real wurde es dennoch erst, als ich es aussprach. »Ich glaube dir.«

Und von dem Moment an drehte sich meine Welt in die andere Richtung.

Wir mussten dem Platzregen danken, denn hätte er uns nicht vom Dach getrieben, wären wir vermutlich die ganze Nacht bewegungslos und schweigend dort sitzen geblieben. Ich paralysiert von der unglaublichen Enthüllung, Marlon – so nahm ich an – von der Tatsache, dass ich nicht sofort die Männer mit den Hab-mich-lieb-Jacken alarmierte. Er hatte es tatsächlich nicht für möglich gehalten, dass ein Mensch ihm glauben würde. Er hielt mich also für nicht ganz normal – na, prächtig. Mit seinen Geschichten und Halbwahrheiten hatte er sich Fluchtwege offengehalten, kleine Sicherungen gebaut, um sich zu schützen, sollte ich ihn für verrückt erklären.

Marlon kletterte zuerst vom Dach. Ich reichte ihm die Thermoskanne, die Tassen sowie die Decke und sprang, bevor er die Hände frei hatte, um mir behilflich zu sein. In der Laube schien das Prasseln des Regens verstärkt, es war nervenzerfressend laut und schluckte meine ersten verzagten Fragen nach dem Wie und Warum.

»Sind es die Raben? Sind sie …«

Marlon zuckte unruhig mit den Schultern und sah mich nicht an. »Nicht alle. Ich weiß es nicht genau, bei manchen kann man es nicht mehr erkennen.« Er lief in der kleinen Hütte auf und ab, stellte Kerzen von links nach rechts, schob einen Eimer über den Boden, stopfte ein Handtuch in das undichte Fenster und wischte schließlich den Tisch ab, als gäbe es nichts Wichtigeres zu tun. Ich nahm ihm das Tuch aus der Hand, hielt seinen Unterarm fest und bemerkte erst dann, was er überhaupt tat. Vor uns auf dem Holztisch zerplatzten Wassertropfen, die sich ihren Weg durchs Dach gebahnt hatten. In dem Eimer, der nun neben seinem Bett stand, wies ein leises *Plopp-plopp-plopp* darauf hin, dass auch hier das Dach undicht war.

»Es regnet rein«, stellte ich fest. Welch grandiose Erkenntnis – Glückwunsch, Noa! Er wusste das längst und hatte versucht, es mich nicht merken zu lassen. Beklommen biss ich mir auf die Unterlippe.

»Tut mir leid«, sagte er, wühlte in einem Rucksack, zerrte eine Jacke hervor und warf sie mir zu. »Zieh die über, ich bringe dich nach Hause.«

Ich biss fester. Wusste ich nun zu viel und er wollte mich loswerden, ehe ich Fragen stellte? Ich konnte doch jetzt nicht gehen. Außer …

»Kommst du mit?«

Er zuckte erneut mit den Schultern. »Ich schick dich doch nicht allein durch den Regen.«

»Nein, ich meine, ob du mit zu mir kommst. Zu mir nach Hause.« Um ein wenig bei mir zu bleiben. Ein paar Stunden, dachte ich. Oder über Nacht. Lieber noch für immer.

»Deine Eltern werden etwas dagegen haben, wenn du nachts nasse Fremde mitbringst«, entgegnete er, als wir vor die Tür traten. Mich schützte seine Jacke. Er schien den Regen im Gesicht zu genießen, als würde dieser seine Anspannung fortwaschen. An dem kurzen, behaglich wirkenden Durchstrecken seiner Schultern erkannte ich den Moment, als das Wasser sein Sweatshirt durchdrang. Ich schob meine Finger in seine Handfläche und versuchte mir vorzustellen, er hätte Flügel, Klauen und glänzend schwarze Federn, an denen der Regen abperlte. Es gelang mir viel zu leicht.

Ich räusperte mich. »Mein Vater ist bei der Arbeit. Er hat Nachtschicht, kommt also erst morgen früh um sieben nach Hause und wird dann schlafen wie ein Toter.«

Ob er erkannt hatte, wie weit meine Planung ging? Er ließ es sich nicht anmerken.

Wir passierten ein paar vergessene Lavendelsträucher, die im Regen so schwer dufteten, dass das Atmen fast lästig wurde.

»Was ist mit deiner Mutter?«

»Meine Eltern sind getrennt.« Sein Griff um meine Hand wurde fester und ich sagte rasch: »Das muss dir nicht leidtun, es ist okay. Wir kamen einfach nicht mehr miteinander aus. Sie lebt die meiste Zeit im Ausland und sie ist glücklich dort.« Ich rieb mir einen Regentropfen von der Nase, der mich kitzelte. »Deine Eltern und dein Bruder … sind sie auch … so wie du?«

»Harpyien«, sagte Marlon laut und beobachtete mich dabei genau.

Harpyien.

Ich drängte mit aller Kraft das Bild zurück, das mir in den Sinn kam, und sah stattdessen Marlon an. Er tastete mein Gesicht mit seinem Blick ab, vermutlich forschte er nach einem Hinweis, dass ich ihm doch nicht glaubte. Aber seine Chance zur Flucht war vorüber und auch ich machte keinen Rückzieher. Ich wollte ihm nicht mehr misstrauen, ich wollte mehr erfahren.

Ich nickte ihm aufmunternd zu, damit er weitersprach.

»Ja, sie sind wie ich. Es ist keine Seuche, nicht ansteckend oder übertragbar. Wir sind eine Unterart des Menschen, von Geburt an. Der Legende nach ist es ein Fluch, der einst über ein Dorf verhängt wurde, weil die Menschen mit ihrem Leben am Boden unzufrieden waren und blasphemisch nach Macht über den Himmel verlangten. Andere sagen, es sei kein Fluch, sondern die göttliche Erfüllung dieses Wunsches.«

»Was glaubst du?«

Er gab keine Antwort, vermutlich, weil er sich selbst nicht sicher war.

Harpyien. Das war also das Wort, das zwischen uns gestanden hatte. Harpyien – Menschen, die sich in Vögel verwandelten. Ich wiederholte es in Gedanken, dann formte ich es lautlos mit den Lippen.

Marlon musste trotzdem etwas gemerkt haben, denn er schenkte mir ein schiefes Lächeln. »Glaub nur nicht, wir würden aus Eiern schlüpfen.«

»Natürlich nicht.« Ich schnalzte mit der Zunge, als hätte ich Ahnung, und rieb mir verlegen die Nase. »Du wirst mir einiges erklären müssen. Ihr verwandelt euch also in Raben.«

»In Vögel«, korrigierte er. »Ich stamme aus einer Rabenfamilie, aber es gibt auch andere Arten. Kleinere und unauffälligere. Die haben es etwas leichter.«

»Das ist reichlich verwirrend. Bis eben dachte ich, Harpyien …«, ich stockte, weil mir das Wort so leicht über die Lippen gekommen war. »Na ja, ich dachte bei dem Begriff bisher an hässliche Frauen mit Hängebrüsten, Schnäbeln und Flügeln.«

»Wir sind eine alte Rasse«, erklärte Marlon. »Zu Zeiten, als nur hohe Gelehrte das Schreiben beherrschten, erzählte man sich Geschichten allein über Bilder. Ein Mischwesen aus Mensch und Tier sieht dramatischer aus als eine vollständige Verwandlung in eine andere Gestalt. Daher kommen die Mythen.«

Wir überkletterten das Tor der Kleingartenanlage und traten auf die Straße. Die Stadt erschien mir plötzlich unheimlich, als hätte das Wissen, dass Fabelwesen existierten – und dass ganz nebenbei Marlon, mein Freund, eins von ihnen war –, ihr die vertrauten Farben entzogen und sie neu koloriert. Ob da draußen wohl noch andere Geschöpfe herumliefen, von denen ich nichts wusste?

»Gibt es auch Menschen, die sich in andere Tiere verwandeln können?«, fragte ich im Flüsterton.

Marlon seufzte. »Wenn, dann verstecken sie sich gut.«

»Und die Meereswesen?«

»Fantasie. Ich habe zumindest noch keine Nixe kennengelernt.« Er errötete hauchzart, ich sah es trotz der Dunkelheit. »Ich mag das Meer und es hat mit unserer Verwandlung zu tun. Und es …«

»Spiegelt den Himmel.«

Er lächelte und ich führte den grausamen Gedanken fort, dass die Tochter des armen Königs, der zum ersten Huntsman geworden war, von einem von Marlons Volk geraubt worden war. Von einer Harpyie.

Aber nicht von Marlon.

»Wie viele seid ihr?«

»Nur wenige. Harpyien zu finden, ist wie die Suche nach einer Muschel im Meer. Spätestens wenn sie ihre Kinder verlassen haben, vergessen sie endgültig, dass sie zum Menschsein fähig sind. Aber die meisten verwandeln sich schon nach der ersten Metamorphose nicht zurück. Nie.«

Unweigerlich griff ich wieder nach seiner Hand, verflocht meine Finger mit seinen, als würde er sonst fortfliegen. »Ist es das, was Corbin mir zu sagen versucht hat? Brauchst du mich dafür? Um einen Anreiz zum Zurückkommen zu haben?« Es auszusprechen war seltsam. Ich konnte ihm kaum so wichtig sein, dass er für mich die Freiheit des Himmels aufgeben würde. Mir schwindelte beim bloßen

Versuch, mir vorzustellen, wie es wohl wäre, fliegen zu können wie ein Vogel.

»Es ist nicht richtig«, murmelte er betrübt. Seine Finger zuckten, er machte Anstalten, mir seine Hand zu entziehen, aber ich ließ nicht los. »Man hat uns gesagt, dass diejenigen, die sich in einen Menschen verlieben, es meist schaffen zurückzukommen. Ich wollte es trotzdem nicht. Es ist nicht fair.«

Wir waren bei mir zu Hause angekommen, ich drehte den Schlüssel im Schloss, blieb aber stehen, auch als die Tür schon offen stand.

»Musst du dich denn ver… Ich meine, musst du wirklich gehen? Im August schon?«

Marlon nickte und flüsterte: »Die Verwandlung findet meist in meinem Alter statt. Sie ist nicht ganz ungefährlich. In der ersten Vollmondnacht im August, in der Nacht, in der man damals das Lammas-Fest feierte, gelingt sie den meisten, daher müssen wir dieses Datum nutzen. Wer weiß, vielleicht stehen zu dieser Zeit die Sterne günstig. Der Himmel ist dann voll von Magie. Man kann sie regelrecht spüren. Wir werden von anderen unserer Art abgeholt, die auf diese Magie reagieren wie auf ein geheimes Zeichen der Natur. Sie unterstützen die Verwandlung und lehren uns das Leben als Vogel.« Er versuchte sichtlich, mir sachlich zu erklären, was geschehen würde, aber ich sah die Angst hinter der kühlen Fassade.

Als wir durchs Treppenhaus nach oben gingen, kam mir der Gedanke, dass er mir vielleicht einfach nur ein Märchen erzählte, um mich ins Bett zu bekommen. Die Idee gefiel mir, ich versuchte sie festzuhalten und ihr mehr Glauben zu schenken. Die Vorstellung von einem lügenden Marlon, dem es auch in Zukunft gut gehen würde, gefiel mir besser als die von einem ehrlichen Marlon, dem etwas bevorstand, das ihn offenbar so sehr ängstigte. Leider spürte ich zu deutlich, dass er nicht log.

»Im Gegensatz zu deinem Zimmer ist es ziemlich langweilig«, sagte ich, als ich die Tür zu meinen vier Wänden aufstieß.

»Ich kann mir nichts Langweiligeres vorstellen, als aus dem Pappkarton zu leben, egal wie kreativ der Mensch war, der meine Wände bemalt hat.« Marlon sah sich neugierig um, tippte meine am Schrank baumelnden Feuerpoi an und verrieb ein wenig Ruß zwischen den Fingern. Er betrachtete eine an der Wand hängende Fotocollage von mir und Rosalia und begutachtete meine CD- und DVD-Stapel, die überall im Raum verteilt standen. Als er den Meisenknödel hinter der Fensterscheibe entdeckte, warf er mir einen tadelnden Blick zu.

Ich erinnerte mich, dass einer der Raben auf meiner Fensterbank gesessen hatte, dass ich ihn und seine Artgenossen beobachtet und ihnen Futter zugeworfen hatte. Mit einem Mal war ich erschüttert. Sie waren keine Vögel, keine Tiere, sondern Menschen … wie Marlon. Erst jetzt schien ich endgültig zu begreifen, als hätte mein Gehirn mir zuvor Zeit zum Durchatmen gönnen wollen und die Wahrheit nicht vollständig zugelassen. Er würde werden wie sie, ob er wollte oder nicht. Diese Erkenntnis traf mich so schmerzvoll, dass ich den Raum verlassen wollte. »Hast du schon zu Abend gegessen?«, fragte ich, weil mir außer der Küche kein Ort einfiel, an den ich hätte fliehen können.

Marlon deutete meine Frage falsch, blickte grüblerisch zwischen mir und dem Meisenknödel hin und her, rang eine Sekunde lang um Fassung und brach dann in schallendes Gelächter aus. Er versuchte sich das Lachen zu verkneifen, als er bemerkte, wie schockiert ich ihn anstarrte, presste sich eine Faust vor den Mund, doch er war machtlos angesichts der Absurdität. Das Lachen sprudelte aus ihm heraus, bis ihm Tränen über die Wangen liefen und er nach Luft schnappen musste. Vermutlich war es die Anspannung, die Erleichterung, dass er sein Geheimnis mit mir geteilt hatte, sowie die Schrecken des Tages – all das brach nun aus ihm hervor.

Auch ich musste zaghaft kichern. Marlon hielt sich den Bauch, ließ sich auf den Boden fallen und stieß dabei gegen den Turm aus PSX-Spielen, der kippte, sodass die Hüllen über den Teppich schlitterten. Ich prustete los und ließ mich neben Marlon sinken. Mit bebendem Zwerchfell drückte ich mich an ihn, zupfte ihm die Haare aus der Stirn, spürte seine Brust zucken und konnte nun selbst nicht mehr aufhören zu lachen. Ich wollte ihn küssen, aber wir schlugen nur mit den Zähnen gegeneinander und warfen bei dem Versuch, uns zu umarmen, meinen Schreibtischstuhl um. Wir lachten, bis mir der Bauch wehtat und mein Gesicht völlig verkrampft war, konnten aber noch immer nicht aufhören. Was sollten wir auch anderes tun? Er war verzweifelt, ich verstört. Überwältigt waren wir beide. Was blieb uns anderes übrig, als zu lachen und zu weinen und uns aneinander festzuklammern, als hinge unser Leben davon ab?

Als wir uns endlich wieder fingen und das Lachen abebbte, um gelegentlichem Kichern und dem Geräusch hemmungslos hochgezogener Nasen Platz zu schaffen, konnten wir uns kaum ansehen. Marlons Gesicht lag an meiner Brust, Emmas T-Shirt war feucht von seinen Tränen. Meine rannen mir in den Halsausschnitt und juckten mich dort.

Als Marlon das Gesicht wieder Richtung Fenster drehen wollte, zog ich sein Kinn schnell zu mir. »Nicht zum Knödel gucken«, warnte ich ihn, darum bemüht, möglichst ernst zu schauen. »Noch einen Lachkrampf überlebe ich nicht.« Das war ernst gemeint, unter meinen Rippen schmerzte es so sehr, dass ich mich kaum bewegen konnte. Ich schniefte und befürchtete, nun ernsthaft weinen zu müssen, weil ich ein paar Sekunden ausschließlich glücklich gewesen war und der schreckliche Moment näher kam, an dem dieses pure Glück wieder zersplittern würde.

Ob Marlon mir das ansah oder ob es ihm ähnlich ging, wusste ich nicht, aber er legte mir eine Hand über die Augen, machte leise »Schschsch« und küsste mich. Es wurde der eigenartigste Kuss meines Lebens, denn unsere Lippen waren völlig verkrampft. Wir kämpften beide gegen einen erneuten Lachanfall an, ich zudem gegen meine Tränen – und küssten uns. Meine Hände glitten ohne einen Anflug von Scheu unter sein T-Shirt, als hätten wir uns schon tausendmal halb totgelacht und uns danach wieder lebendiggeküsst. Er hielt mir die Augen zu, erlaubte der Welt nicht, mich dabei zu stören, seinen Rücken und seine Schultern zu streicheln. Wir küssten uns, bis es wieder gut war, bis wir wieder atmen und uns ansehen konnten – was wir taten, bis sich meine Augen vor Erschöpfung wund anfühlten und ich sie schließen musste. Es war anstrengend, Marlon anzusehen. Er hatte eine derart intensive Art, mich zu beobachten, dass es schien, als sauge er die Energie aus mir heraus, um sie mit den Details meines Gesichts in sich aufzunehmen und Teile von mir mit sich zu tragen, wohin er auch ging. Ich schauderte, lehnte mich an die Heizung, die kalt gegen meine Schultern drückte, und ließ den Kopf in den Nacken sinken. Mir war, als fühlte ich seine Blicke auf meiner Haut. »Was machst du?«, flüsterte ich und bemerkte, dass ich heiser klang.

»Ich präge mir ein, wie du aussiehst.« Auch seine Stimme war rau.

Ich kicherte müde. »Wie sehe ich denn aus? Verquollene Augen? Wunde Nase?« Ich kratzte mich an ebendieser, was den Zustand nicht verbesserte.

»Hmhm«, machte er zufrieden. Er berührte hauchzart den prickelnden Bereich über meiner Oberlippe. »Ich muss mir merken, wie sich deine Haut von ein paar harmlosen Küssen rötet.«

»Pff, harmlos.«

»Und ich muss mir das Geflecht dieser winzigen Adern auf deinen Lidern einprägen.«

»Kannst du das etwa noch nicht auswendig aufmalen?« Ich öffnete die Augen, beobachtete, wie sein Blick und sein Zeigefinger dem Schwung meiner Augenbrauen folgten.

»Ich wünschte, ich könnte ein Bild von dir mitnehmen. Damit ich dich nicht vergesse.«

»Du vergisst mich bestimmt nicht.«

Noch während er sich wegdrehte, stand er auf und mir war sofort klar, dass ich etwas Falsches gesagt hatte. Ehe ich ein Wort erwidern konnte, sah er auf die Armbanduhr. »Ich sollte gehen. Es ist spät.«

Draußen regnete es so heftig, als wollte der Himmel die ganze Stadt wegspülen. Wenn man aus dem Fenster sah – und es schaffte, am Meisenknödel vorbeizuschauen –, schien es, als wäre die Nacht eine einzige große Wassermasse.

Ich erhob mich und schloss meine Hände um Marlons Unterarm, als wollte ich ihn gewaltsam festhalten, sollte es nötig werden. »Du musst nicht gehen. Du wirst ganz nass und in deiner maroden Hütte kannst du bei dem Wetter unmöglich schlafen.«

»Heißt das, ich soll bei dir schlafen?« Sein Ton war neckend, aber ich würde mich von ihm sicher nicht ins Bockshorn jagen lassen.

Ich zuckte mit den Schultern. »Warum nicht? Meine Freunde übernachten häufiger mal bei mir. Ist doch nichts dabei.« Das war übertrieben. Rosa schlief häufiger bei mir, Dom war zuletzt über Nacht geblieben, als wir zehn gewesen waren.

»Wirklich nicht?«, hakte er nach. »Da ist gar nichts bei?«

Zufrieden registrierte ich ein winziges Funkeln in seinen Augen, das man mit gutem Willen für Eifersucht halten konnte. Leider trieb seine Antwort auch ein wenig Hitze in meine Wangen. Marlon verstand sich vortrefflich auf Zweideutigkeiten. Ich war allerdings auch nicht ganz ohne.

»Vielleicht mache ich für dich irgendwann eine Ausnahme. Für heute aber will ich dich nur nicht in den Regen rausschicken. Oder hast du zufällig eine Ente in der Verwandtschaft?«

Er lachte, verzog das Gesicht, offenbar schmerzte auch sein Zwerchfell, und hob beide Hände. »Ich gebe mich geschlagen, ehe du mit gehässigen Hähnchenwitzen anfängst. Darf ich zuerst ins Bad?«

Ich verneigte mich ein Stück. »Erste Tür links, werter Herr. Handtücher sind im Weidenkorb unter dem Waschbecken.«

Ich schloss die Tür hinter ihm, lehnte mich gegen das Holz und dankte dem Himmel für die Sterne, den Regen und für Marlon. Den Gedanken, dass er ihn mir auch wieder wegnehmen würde, verbannte ich. Rasch schlüpfte ich aus meinen Kleidern, zog ein bequemes T-Shirt und eine Pyjamahose an. Marlon zum Schlafen Wäsche meines Vaters zu geben, wäre mir seltsam vorgekommen, aber ich hatte zum Glück ein paar ausreichend große Band-T-Shirts und entschied mich für eins von den Stones. Klassisch, nicht ganz neu und gern getragen – das passte zu Marlon. Ich warf es ihm zu, als er zurückkam, und ging ins Bad.

Nach einer eiligen Katzenwäsche fand ich Marlon wie selbstverständlich in Boxershorts mit gekreuzten Beinen auf meinem Bett sitzend vor. Mir lag ein frecher Kommentar auf der Zunge – zum Beispiel, wie er auf die Idee kam, im Bett schlafen zu dürfen, und ob er sich nicht lieber auf die Gardinenstange setzen wollte. Aber die lieb gemeinten Gehässigkeiten vergingen mir, als ich sah, wie müde er wirkte. Ich hatte ihn einmal gefragt, ob er je entspannt war. *Vielleicht wenn ich schlafe*, war seine Antwort gewesen. Ich wäre gerne die ganze Nacht wach geblieben, wenn ihm das helfen würde, ruhiger zu schlafen. Ich schloss meine Zimmertür zweimal ab und versprach im Stillen, diese Nacht auf ihn aufzupassen.

Ich zog die Vorhänge zu, ließ aber die Rollläden nicht herunter, da der Regen zu laut dagegengeprasselt hätte. Dicht neben dem Fenster blieb ich stehen, überlegte, ob ich Marlon eine zweite Decke holen sollte oder eine Flasche Wasser für die Nacht oder weiß der Teufel was. Das Licht auszuknipsen und mich zu ihm ins Bett zu legen, schien mir von einer Sekunde auf die andere unvorstellbar. Herrgott, jetzt fürchtete ich mich schon vor meinem Bett! Normalerweise hörte ich Musik zum Einschlafen, aber ich zog die Hand zurück, die ich bereits nach den CDs ausgestreckt hatte. Vielleicht würde ihn das denken lassen, ich wollte romantische Stimmung schaffen, und dann würde er glauben, dass ich … Ja, was? Mit ihm schlafen wollte? Vielleicht dachte er das sowieso. Ich hatte ihn ja förmlich angebettelt, über Nacht zu bleiben.

»Noa? Komm her.« Seine Stimme war ebenso fest wie weich und ebenso verlockend wie furchterregend. Ich suchte fieberhaft nach einer Ausrede, das Zimmer noch einmal zu verlassen, aber dann riss ich mich zusammen, ging zu meinem Bett und setzte mich auf den Rand der Matratze.

Er zupfte an den Spitzen meiner Haare. »Soll ich gehen?«

Gehen oder … anfangen? »Ähm, wie bitte? Was hast du gesagt?«

»Du hast mich verstanden.«

»Nein. Nein, du sollst nicht gehen.« Aber sag mir, dass du einfach nur schlafen willst, denn alles andere kommt zu plötzlich, und zurückweisen kann ich dich nicht, weil ich nicht weiß, ob ich das will.

»Gut.« Er rutschte zum Fußende, streckte sich nach dem Lichtschalter aus und übergoss mich mit Schwärze.

Mein Magen fühlte sich an wie beim Zirkeltraining, während der letzten drei von dreißig Sit-ups. Zwanzig Zentimeter fragiler Sicherheitsabstand trennten uns. Raum, den ich mutig um ein paar Millimeter verringerte, indem ich meinen Arm bewegte. Ich gewöhnte mich an die Dunkelheit und wagte einen zaghaften Blick in Marlons Richtung. Seine Augen waren offen und sehr schwarz und mein Mund war offen und sehr trocken. Ich zog den Arm wieder an mich, um die zwanzig Zentimeter wiederherzustellen, da drehte er sich auf die Seite, stützte sich auf einen Ellbogen und lehnte sich über mich. Mein Herz machte Radau, mein Magen krampfte und meine Lunge verweigerte die Mitarbeit.

Marlon küsste meine Stirn und murmelte etwas, das ich erst ab dem zweiten Satz verstand.

»All I wished and all I wanted was to kiss you goodnight in the dark. Now kissing you goodnight in the dark is nothing but wishing, and wishing, you know, is everything I ever want in the dark of the sky.«

»Ein Song?«, hauchte ich. Zu mehr reichte mein Atem nicht.

Marlon nickte, sein Haar fiel über mein Gesicht und roch nach ihm. »Corbin hat ihn geschrieben. Ich habe ihn aber nie verstanden, bis ich dich kennenlernte. Schlaf gut, Magpie.«

Schlaf gut? Wie witzig, Marlon.

Er legte sich wieder hin und schloss die Augen. Ich beobachtete ihn, weil ich mir nicht vorstellen konnte, dass er tatsächlich ruhig und entspannt neben mir liegen konnte. Aber er konnte es.

»Warum nennst du mich so?«, fragte ich irgendwann in die Stille.

Er schmunzelte mit geschlossenen Lidern, aber ich war nicht sicher, ob es amüsiert oder traurig wirkte. »Wenn du eine Elster wärst, könnte ich dich mitnehmen und niemand hätte etwas dagegen, weil Raub nichts Schlimmes für Elstern ist.«

»Ja, wenn ich fliegen könnte.« Ich seufzte. »Hast du dir schon einmal vorgestellt, wie es ist, zu fliegen?«

»Ich weiß, wie es ist.« Seine Stimme klang düster und selbst im Dunkeln konnte ich die Anspannung sehen, die sich um seine Mundwinkel spann. Er nahm meine Hand. »Ich träume davon. Es ist grenzenlos. Die Erde unter dir ist die einzige Grenze, die du hast. Über dir ist nichts. Du kannst so hoch fliegen, wie du möchtest, so hoch, wie du es schaffst.«

In meinem Magen kribbelte es. Als säße ich auf einer Schiffsschaukel, am höchsten Punkt, genau in dem Moment, wenn es wieder nach unten geht und man sich für einen Sekundenbruchteil schwerelos fühlt.

»Der Wind«, fuhr Marlon fort, »schlägt dir nicht ins Gesicht, er trägt dich. Wenn du die Flügel ausbreitest, fängt er sich zwischen deinen Federn. Du spannst die Muskeln an, jede Sehne. Mit jedem Flügelschlag nutzt du die Luft und den Wind, sie geben dir Widerstand, schaffen dir genug Masse, damit du dich davon abstoßen, und genug Freiraum, damit du darin eintauchen kannst. Sie halten dich im Arm, aber sie halten dich nicht fest.« Marlon strich meinen Unterarm entlang, vom Handgelenk zur Ellenbeuge, und die Berührung wanderte ohne sein Zutun weiter bis zu meinem Herzen.

»Irgendwann wird die Luft zu dünn, der Wind zu eisig. Aber keiner sagt dir, was du tun sollst, was du kannst oder darfst. Du kannst alle Grenzen überschreiten, wenn du Mut hast. Deine einzige

Grenze bist du selbst. Du bist frei zu tun, was immer in deiner Kraft liegt.«

Ich seufzte erneut und bedauerte ernsthaft, nicht seine Elster zu sein, nicht mit ihm gehen zu können. »Der Traum vom Fliegen«, flüsterte ich.

»Richtig«, stimmte Marlon zu und plötzlich war seine Stimme so hart, dass ich einen kalten Druck von der Intensität einer Stahlklammer im Nacken spürte. »Nur dass du dann keine Träume mehr kennst. Keine Träume und keine Wünsche mehr, keinerlei Interesse, deine Grenzen zu erweitern. Tiere«, er spuckte das Wort fast aus, »haben keine Träume.«

Ich lag eine gefühlte Ewigkeit da, sah an die Decke und suchte nach Worten.

»Aber du bist kein Tier«, sagte ich schließlich. »Du bist Marlon.«

Er neigte den Kopf und sah mich an, ausdruckslos, als verstünde ich nichts. »Bis zum ersten Vollmond im August.«

Ich wollte es nicht begreifen. Die ganze Wahrheit war so viel weitreichender, als ich zunächst angenommen hatte. Sie lag offen vor mir, aber ich weigerte mich, sie anzurühren, weigerte mich, sie in meinen Kopf zu lassen, weil das, was er mir soeben zu sagen versucht hatte, schlimmer war als meine verklärte Vorstellung von einem Jungen, der sich in einen Vogel verwandelte. Leider kroch mir das Wissen dennoch in den Kopf, sosehr ich auch die Fäuste ballte, mir die Nägel in die Handfläche grub und die Lippen zusammenpresste, als könnte pure Willenskraft daran etwas ändern, als könnte sie mich davor bewahren, zu begreifen. Aber ich begriff. Er würde sich nicht *verwandeln*. Er musste zu einem Vogel *werden*. Die Worte meiner Oma kamen mir in den Sinn: *In ihren Augen ist die Grausamkeit des Himmels.*

Sie hatte recht. Ich hatte es damals nicht verstanden, aber der Himmel war grausam. Ich erkannte es, wenn ich in Marlons Augen sah. Er würde fliegen und seine Träume, seine Wünsche und alles, was ihn ausmachte, hinter sich auf der Erde lassen.

Marlon würde aufhören zu existieren.

»Ich werde dich vergessen, Noa.« Seine Stimme war so leise, dass es wehtat, ihr zu lauschen. »Ich werde alles vergessen und es wird nichts geben, was mich das bedauern lässt. Ich werde nichts bereuen und mir wird nichts fehlen. Ich werde mich selbst vergessen. Meine einzige Chance, wieder zu mir zu finden, liegt darin, mich trotzdem zu erinnern. Dazu braucht es ein Wunder.«

Du wirst dich erinnern, dachte ich, aber ich sagte etwas anderes.

»Ich werde dich nicht vergessen.«

Wir schliefen noch lange nicht, sahen einander nicht an und berührten uns nicht, abgesehen von meiner Hand, die in seiner lag, bis unsere Handflächen nass geschwitzt waren. Wir ließen dennoch nicht los. Wir redeten.

Er fragte mich nach meinen Zukunftsplänen und ich verriet ihm, wie ahnungslos ich davorstand und wie dankbar ich war, durchs Abitur etwas Zeit zu haben. Ich erzählte ihm von meiner Vorliebe für Sport und Mathe sowie von meinen Schwächen in Deutsch und dass ich das Theaterspielen in der Schul-AG liebte, obwohl mir das Lernen der Texte schwerfiel. Wir lachten leise über meinen Kindheitstraum, Schauspielerin zu werden, aber insgeheim überlegte ich, ob er sich wohl an mich erinnern würde, wenn mein Bild auf großen Filmplakaten in jeder Stadt zu sehen wäre.

Er erzählte mir von seiner Schulzeit, davon, wie gerne er immer schon erzählt und gesprochen hatte und wie wenig es ihm gelungen war, weil Worte für ihn wie arrogante schöne Mädchen waren, die sich aus der Ferne bewundern ließen, sich jedoch abwandten, wenn man sie ansprechen oder nur näher in Augenschein nehmen wollte.

»Wenn alles anders wäre«, fragte ich ihn, »wo wärst du in fünf Jahren und was würdest du tun?«

Marlons Antwort ließ nicht lange auf sich warten und verwirrte mich. Ich hatte gedacht, er sähe sich als Schriftsteller oder als Astronom. Es war schließlich nichts als ein Wunschtraum, warum also nicht in den Wolken schweben? Stattdessen sagte er todernst: »Ich wäre Bauer. Ich hätte ein Feld, um in der Erde herumzuwühlen, einen Trecker, ein paar Kühe, in deren Stall Musik laufen würde, damit sie bessere Milch gäben, außerdem Hühner und einen Hund, der die Krähen verjagte. Ich wäre ständig damit beschäftigt, Mist wegzumachen und am Hungertuch zu nagen, weil Landwirte wirklich schlecht verdienen. Zudem hätte ich eine höchstwahrscheinlich erfolglose, aber nichtsdestotrotz wunderbare, verfressene Schauspielerin durchzufüttern. Glaubst du mir, wenn ich dir sage, dass ich der glücklichste Bauer der Erde wäre?«

Ich hatte keine Ahnung, wie glücklich der gemeine Durchschnittsbauer war, aber ich glaubte Marlon. Es war das Bild, mit dem ich einschlief, als er noch wach lag.

LEKTION 10

Wie man Steine singen hört

Das Klackern, mit dem die Haustür geöffnet wurde, brach durch meinen Schlaf. Ich spürte, wie ein Teil meines Unterbewusstseins sich damit abmühte, das Geräusch des Schlüssels im Schloss in meinen Traum zu integrieren, damit ich weiterschlafen konnte, doch der andere Teil war strikt dagegen. Es dauerte einen Moment, bis ich verstand, warum ich heute nicht länger schlafen durfte.

Ich hatte etwas versprochen. Ich musste auf ihn aufpassen.

Durch den Gedanken an Marlon unter Strom gesetzt, schoss ich in die Senkrechte. Es grenzte an ein Wunder, dass ich ihn dabei nicht aufweckte, denn die Matratze wackelte heftig, aber Marlon schlief weiter, atmete ganz ruhig, selbst seine Lider waren entspannt. Nur seine Hand, die mit der Handfläche nach oben auf dem Laken lag, zuckte ein wenig. Haarsträhnen hingen ihm ins Gesicht, klebten an seinen Wangen. Ich musste lächeln. Und mich dann sehr beherrschen, um sie ihm nicht zurückzustreichen. Nebenan hörte ich meinen Vater, der Blick auf den Wecker – grausame sieben Uhr am Morgen – war eigentlich unnötig.

Ich krabbelte aus dem Bett, schloss meine Zimmertür so leise auf wie möglich und ging in die Küche, wo mein Vater gerade Wasser aufsetzte. Ohne seinen Melissentee mit Honig konnte er nach einer Nachtschicht nicht einschlafen.

»Morgen, Noa.« Er gähnte herzhaft. »Habe ich dich geweckt?«

»Ja, du warst schrecklich laut. Ich bin aus dem Bett gefallen. Nee, Quatsch, mach dir keine Gedanken. Guten Morgen.« Ich küsste ihn auf die Wange.

Ich musste mich nur vergewissern, dass er keinen Verdacht schöpfte oder nachher noch in mein Zimmer kam, um nach mir zu sehen. Streng genommen verteidigte ich gerade die Tür, hinter der Marlon schlief. Wenn das angesichts der Uhrzeit keine Heldentat war, dann wusste ich es auch nicht. Um meine Absichten zu verschleiern, füllte ich ein Glas mit Leitungswasser und trank einen Schluck. Der Gedanke an Frühstück hatte etwas Verlockendes, gleichzeitig erschrak ich dabei. Verdammt! Ich hatte Marlon problemlos über Nacht in meinem Zimmer verstecken können, aber beim Frühstück würde er auffallen, wenn ich ihn nicht vorher rauskomplimentierte – was ich nicht vorhatte. Besser also, mein Vater gewöhnte sich an Marlons Anwesenheit.

»Nimm's mir nicht übel, Noa, aber ich bin vollkommen platt. Ich werde direkt ins Bett gehen.«

»Du, Papa?« Ich druckste herum. »Ich habe ein Geständnis und eine Bitte. Das Geständnis ist, dass ich jemanden zum Frühstück eingeladen habe. Du weißt schon, das berühmte Rührsei à la Noa. Mir war völlig entgangen, dass du Nachtschicht hast.«

Er brummte. »So viel zu: Mein Haus ist meine Burg. Seid wenigstens leise, ja?«

»Kein Alkohol und keine Drogen vor dem Mittag«, versprach ich.

»Na, dann ist ja gut.«

Ich küsste ihn auf die andere Wange. »Das wäre meine Bitte gewesen.«

Ich musste dringend zur Toilette und der Geschmack von Schlaf im Mund drängte mich zum Zähneputzen. Aber ich wartete, bis Papa in seinem Schlafzimmer verschwunden war, ehe ich meine Zimmertür aus den Augen ließ, um ins Bad zu gehen.

Als ich zurückkam, schlief Marlon noch immer. Behutsam ließ ich mich wieder auf mein Bett gleiten, aber an Schlaf war nicht mehr zu denken. Denken war überhaupt recht kompliziert. Stattdessen starrte ich die Decke an, die Vorhänge und das dahinter heller werdende Licht, dann die Innenseite meiner Augenlider. Hin und wieder warf ich einen Blick zur Seite, wo Marlon so bewegungslos schlief, als hätte ihm jemand eine Vollnarkose verpasst, aber ich schaute immer schnell wieder weg. Wenn ich ihn ansah, flatterten meine Nerven so sehr, dass ich befürchtete, sie könnten ihn aufwecken. Irgendwann musste ich dann doch eingenickt sein, denn ich erwachte, weil ein Finger meinen Nasenrücken entlangstrich, und ich hätte mich zu Tode erschreckt, wenn es nicht Marlons Finger gewesen wäre.

»Entschuldigung«, sagte er, ein Grinsen spielte in seinen Mundwinkeln. »Ich wollte dich nicht wecken, aber ich konnte nicht widerstehen.« Er sah vollkommen verschlafen aus und ich freute mich ein bisschen, dass ich ihm diesmal mit der Morgenwäsche voraus war und mein Anblick damit zumindest keine Katastrophe.

»Gut geschlafen?« Meine Frage war überflüssig, ich wusste, dass er gut geschlafen hatte. Seine Antwort schmeichelte mir trotzdem.

»So gut wie lange nicht mehr«, erwiderte er, und dann verursachte er beinahe einen Herzinfarkt bei mir, denn er rollte sich mit einer fließenden Bewegung einfach auf mich drauf, sodass mein Gesicht an seine Schulter gepresst war. Ich roch diesen überwältigenden Hauch von Zimt, als ich erschrocken die Luft einzog, doch ehe ich darüber nachdenken konnte, was er vorhatte, war Marlon schon über mich hinweggerollt, stand mitten im Raum, streckte sich demonstrativ und ließ die Gelenke knacken.

»Ich vermute, dein Vater ist inzwischen wieder zu Hause«, murmelte er und angelte sich seine Jeans von der Stuhllehne. »Ich sollte dann besser …«

»Zum Frühstück bleiben.« Ich nahm ein Paar frische schwarze Socken aus der Schublade und warf es ihm zu. »Ich mache Rührsei.«

»Das heißt Rührei.«

»Nein, Rührsei. Kommt von ›Rühr das Ei‹ und heißt so, weil du das tun wirst. Ich meine, solange du nicht …« Mir schoss Hitze in die Wangen. Oh verdammt, er war doch ein Vogel … oder so was in der Art. Seine Verwandten waren in jedem Fall zurzeit Vögel. Und ich unglaublich dumme Kuh wollte ihm Eier servieren.

Marlon legte den Kopf schief und zuckte mit einer Schulter. »Wenn ich nicht … was?«

Meine Güte, wie peinlich. »Nur für den Fall, dass du nichts dagegen hast … na ja, eben … Eier zu … essen.«

Ich hatte einen Lachanfall erwartet, stattdessen blickte er starr in die Luft und biss sich auf die Lippe. Vermutlich hatte ich gerade etwas Schlimmeres getan, als mich lächerlich zu machen. Ich hatte ihn in Verlegenheit gebracht. Oder ihn beleidigt. Vermutlich beides. Ach, Herrgott noch mal!

»Unter einer Bedingung«, sagte er schließlich und senkte den Kopf. »Du machst das Huhn drum herum vorher ab.«

Mir polterten ganze Felsbrocken vom Herzen und an dem Schalk in seinen Augen sah ich, dass Marlon das bewusst war. Dieser Schuft! Noch einmal würde ich nicht auf ihn hereinfallen. Meine Socken waren ihm zu klein, die Ferse hing ihm irgendwo an der Fußunterseite, was albern aussah und bestimmt unbequem war, aber ich gönnte ihm beides.

»Komm, du Vogel!«, befahl ich schroff und zog ihn in die Küche.

Wir hantierten lautlos, um meinen Vater nicht zu wecken, aber nicht ohne Albereien. Als die Eier fertig waren, trugen wir die Teller in mein Zimmer, wo ich die Raben durchs Fenster entdeckte. Wir ignorierten sie beide und ich lenkte Marlon von einem Hauch sich einschleichender Schwermut ab, indem ich ihm mitteilte, er würde wie ein Spatz essen.

»Spatzen«, erklärte er, pickte sich eine erbsengroße Menge Ei auf die Gabel und steckte sie in den Mund, »essen nur so wenig, weil sie ein so grausames Futterangebot vorfinden.«

»Soll das eine Anspielung auf meine Kochkünste sein? Die Eier sind echt gut geworden, wenn man sich ein bisschen Pfeffer und sehr viel Butter wegdenkt.«

»Ja, wirklich gut. Der Fettgehalt erinnert mich fast an …« Er formte still das Wort Meisenknödel mit den Lippen und wir kringelten uns ein weiteres Mal über meinen Teppich.

Als wir etwas später aufbrachen, um Emma das Auto zurückzubringen, kam uns jemand entgegen, den ich seit Tagen völlig vergessen hatte.

»Lukas!«, rief ich erstaunt. Ich hätte nicht gedacht, dass er wusste, wo ich wohnte, aber er wollte eindeutig zu mir. Der Blick, mit dem er Marlon abcheckte, gefiel mir nicht. Dass Marlon mit ähnlicher Miene zurücksah, fand ich hingegen süß.

»Was machst du denn hier?« Ich stellte die beiden rasch vor: Lukas, Leadsänger einer Band und ein Kumpel, Marlon, mein Freund. Gestatten, ich war Noa, die kleine struppige Brünette, die sich angesichts der Skepsis in den Gesichtern der beiden äußerst unbehaglich fühlte.

»Ich dachte, ich komme mal vorbei, nachdem du ja nicht mehr ans Telefon gehst.« Lukas, dessen Haar in der Sonne wie buntes Herbstlaub schimmerte, warf Marlon einen anklagenden Blick zu.

Stimmt, mein Handy hatte ich tags zuvor abgeschaltet und danach vergessen. So was aber auch.

»Hast jetzt Besseres vor, ja? Willst du nicht mehr mitmischen, wenn wir auftreten?«

Meine Schultern strafften sich automatisch. »Doch, natürlich.« Wie konnte er nur denken, dass ich an den Auftritten kein Interesse mehr hatte! Ich registrierte, dass Marlon einen Schritt zurück machte, aber ich beachtete ihn kaum, ich musste zuerst die Sache mit Lukas klären. »Ich hatte mir die Hand verstaucht und durfte eine Weile nicht Poi spielen. Das weißt du doch.«

Lukas steckte eine Faust tief in seine Hosentasche – eine Pose, die ich an ihm immer so unwiderstehlich cool gefunden hatte, dass ich sie manchmal imitierte. »Dominic sagt, du spielst seit Tagen wieder.«

Dieser Verräter! »Nur leichtes Training.«

»Trifft sich gut. Morgen ist Probe, Samstag haben wir einen Gig.« Das war mehr als nur reine Information. Das war eine klare Aufforderung à la *Friss oder stirb!*.

»Diese Woche schon …« Ich zog Luft durch die Zähne. Der Juli lag in den letzten Zügen, der August raste uns schon entgegen. Wollte ich ihn mit Lukas und der Band verbringen? Marlon lehnte inzwischen knapp zwei Meter entfernt an einem Zaun und sah die Straße hinunter.

»Wenn du keinen Bock mehr hast«, fuhr Lukas fort, »dann sag Bescheid. Wir halten dir einen Platz frei, Fire, aber nur, wenn du ihn wirklich willst. Du weißt, dass auch noch diese Schlangentänzerin darauf wartet, mit uns aufzutreten.«

»Ich weiß. Ich will den Platz.« Das klang wenig überzeugend und ich schämte mich dafür. Vor Kurzem hätte ich noch ein Verbrechen begangen, um mit Lukas und den Death Ponys aufzutreten – ich hätte der Reptilientussi einen Knoten in ihre Schlange gemacht, um meine Chancen zu verbessern –, und jetzt war es mir beinahe lästig?

»Dann«, Lukas legte mir eine Hand auf den Oberarm und streichelte mit dem Daumen meine Schulter, »solltest du morgen kommen, Fire. Ehrlich, solltest du.«

»Ich weiß ni–«

»Sie kommt!«, rief Marlon zu uns rüber. Mich wunderte, dass er uns überhaupt verstehen konnte, und noch mehr, dass er Entscheidungen für mich traf.

Lukas zog seine Hand weg und steckte sie zurück in seine Hosentasche. »Ach, wirklich?«

Gute Frage, die hätte von mir kommen können.

Lukas legte nach: »Entscheidest du das, du Freak? Wer bist du, dass du Fire Vorschriften machst?«

So hätte ich es nun nicht ausgedrückt.

Marlon zuckte mit den Schultern und ich hätte gerne dasselbe getan, aber ich sagte stattdessen schnell: »Ist schon okay, ich komme. Am Sportplatz, wie immer?«

Lukas nickte, ich versicherte ihm, pünktlich zu sein, dann verabschiedete er sich und ging. Zum ersten Mal war ich froh, ihn nicht länger sehen zu müssen, und das verwirrte mich. Er hatte sich schließlich nicht verändert, war derselbe Lukas wie immer. Okay, ich schwärmte nun nicht mehr für ihn, aber warum war er mir gleich unsympathisch?

»Was sollte das?«, wollte ich von Marlon wissen, als wir zum Auto gingen.

Seine gute Laune war wie weggeblasen. »Du solltest wegen mir auf nichts verzichten und niemanden verprellen«, sagte er ohne Umschweife. »Ich bin bald fort.«

»Aber jetzt bist du hier.«

»Ja. Und ich möchte in meinen letzten Wochen nichts kaputt machen. Nicht, wenn es zu vermeiden ist. Geh zu der Probe und mach deine Auftritte. Morgen, nächste Woche und nächsten Monat. Lass das nicht sausen, nur weil ich jetzt hier bin oder später fort sein werde. Das Entscheidende ist: Du wirst hier bleiben, also lebe dein Leben. Umso weniger wird es dir wehtun.«

»Sprichst du aus Erfahrung?«, gab ich ein wenig patzig zurück. Im gleichen Moment fand ich die Antwort selbst. Natürlich tat er das. Auch er war zurückgelassen worden. Von seinen eigenen Eltern. Ich brachte ihn mit einer Geste zum Schweigen, als er antworten wollte, nahm seine Hand, drückte sie und murmelte: »Entschuldigung.« Während wir zu Emmas Auto gingen, hing jeder von uns seinen Grübeleien nach. Beim Einsteigen kam mir eine Erkenntnis, die ich mit ihm teilen wollte.

»Du wirst gar nicht fort sein. Sondern nur woanders.«

Ich hatte ihn aufmuntern wollen, doch das Gegenteil trat ein. Er lächelte, aber es sah aus, als wollte er weinen. Und er entgegnete nichts.

Wir fuhren zu ihm nach Hause – eher gesagt, zu dem Ort, den er aktuell als sein Zuhause bezeichnete. Zum Drachenhaus. So nannte ich es, der Graffiti wegen, aber auch weil der wilde Wein, der das Gemäuer einhüllte, an die Schuppen von Drachenhaut erinnerte. Marlon wurde blass, als er seinen Wagen vor dem Eingang stehen sah.

»Corbin muss ihn geholt haben«, sagte er tonlos. »Dieser dumme Sturkopf.«

Ich dankte Corbin innerlich, denn so musste Marlon sich nicht in Gefahr bringen. »Dafür sind große Brüder doch da.«

Er schüttelte den Kopf. »Das kannst du nicht verstehen. Für ihn sollten andere Regeln gelten.«

Ich hakte nach: »Was meinst du?«, aber er suchte die Worte mal wieder erfolglos und gab vorschnell auf.

Wir gingen in die Wohnung und stellten fest, dass die anderen nicht da waren. Das Wohnzimmer schien ein wenig belebt als am Tag zuvor, Corbins Gitarre lag auf einem der Sofas, in einer Ecke stapelten sich ein paar Bücher. Während Marlon in die Küche ging, um uns Getränke zu holen, blätterte ich das oberste durch. Ein Foto fiel heraus und segelte zu Boden. Ich hob es auf, betrachtete es. Marlon, Arm in Arm mit einem hübschen blonden Mädchen, beide lachten. Das Bild versetzte mir einen Stich, aber ich konnte den Grund nicht benennen. War ich eifersüchtig? Auf ein Foto? Ich wollte das Bild schnell zurücklegen, als Marlon durch die Tür trat. In seiner Miene veränderte der Anblick des Fotos etwas, so als hätte jemand einen Schalter umgelegt.

»Woher hast du das Foto?«

»Es lag in einem der Bücher. Wer ist das?«

Er nahm es mir aus der Hand, ohne es anzusehen, klappte das Buch auf, das ganz oben auf dem Stapel lag, und warf mir einen fragenden Blick zu. »Dieses Buch?« Er schob das Bild zwischen die Seiten, als ich nickte.

»Es gibt ein paar Dinge, über die wir nicht reden«, erklärte er mir dann. »Sie gehört dazu.«

Ich ignorierte den Teil mit dem Nicht-Reden. »Und wer ist sie? Deine Freundin? Exfreundin?« Oh bitte, lass es Letzteres sein!, flehte ich innerlich.

»Corbins Freundin.« Marlon sah durch mich hindurch, dass es mir Angst machte. »Sie ist tot, Noa.«

Ich stand einen Moment unbeweglich da, schluckte dann heftig und schmeckte Salz in meiner Kehle. Sicher hätte ich ihm Fragen stellen können, aber ich wusste nicht, ob ich die Antworten erfahren wollte, daher murmelte ich nur betroffen »Tut mir leid«.

»Mir auch«, erwiderte Marlon.

Eine Weile lungerten wir unschlüssig herum. Wir wollten nicht weiter über das Mädchen sprechen, aber es schien irgendwie falsch, einfach das Thema zu wechseln, also schwiegen wir. Es war nur zu Anfang unangenehm. Man konnte fast spüren, wie sich die Stimmung nach einiger Zeit wieder aufhellte, bloß weil wir uns ansahen.

»Spielst du auch?«, fragte ich irgendwann und deutete auf die Gitarre.

Er grinste und nahm sie an sich. Ich setzte mich auf den Boden und lehnte den Rücken an die Backsteinwand. Mir gefiel es, den rauen Stein durchs T-Shirt zu spüren. Mein Haar verklettete sich mit dem Gemäuer, als ich den Hinterkopf dagegendrückte. Marlon zupfte ein paar Saiten. Der Rhythmus stimmte nicht, ich erkannte erst zum Schluss, was es darstellen sollte.

»Das Intro von den Simpsons?« Ich lachte und er zuckte mit den Schultern.

»Ich kann nur das.«

»Das eignet sich natürlich weniger dazu, um es in einen Stein einzusingen.« Ich drehte den Kopf, sodass mein Ohr an der Wand lag, und lauschte. »Wenn man ein Lied in einen Stein einsingen kann, dann müsste sich eine Hauswand als Plattensammlung nutzen lassen.«

Marlon winkte amüsiert ab. »Ein Stein braucht eine gewisse Größe, damit die Töne darin schwingen können, ansonsten sind sie nicht hörbar. Und es muss ein ganzer Naturstein sein, zwei zusammengemauerte oder Backsteine kann man nicht besingen. Du glaubst mir also inzwischen, dass es möglich ist?«

»Ich habe es gehört«, erwiderte ich verwirrt. »Das habe ich dir doch gestern erzählt.«

Marlon legte die Gitarre weg, kniete sich neben mich und sah mich an, als wäre mir eine zweite Nase gewachsen. »Du hast einen Stein singen hören?«

»Das sagte ich bereits.« Ich reckte spöttisch das Kinn. »Hörst du mir denn nicht zu?«

Marlon hatte den Anstand, hauchfein zu erröten. »Ich dachte, du wärst betrunken.«

Das war nicht ganz falsch. Ich war betrunken gewesen, andernfalls hätte ich nie zugegeben, tatsächlich etwas gehört zu haben. »Wie kommt es, dass ich so etwas nie zuvor wahrgenommen habe? Ich bin doch nicht zufällig, kurz nachdem ich dich kennengelernt habe, am ersten singenden Stein meines Lebens vorbeigelaufen, oder?«

Er zuckte mit den Schultern. »Man hört es erst, wenn man weiß, dass es möglich ist. Ich kann es dir nicht erklären, aber das scheint immer so zu sein, bei allen.«

Ich presste mein Ohr fester gegen die kalte Wand, aber alles, was ich hörte, war das Gurgeln von Wasserleitungen.

»Vielleicht ist es so, wie wenn man sich ein Auto einer bestimmten Marke kauft«, sinnierte Marlon. »Du glaubst, es wäre selten. Aber plötzlich siehst du es überall.«

Ich bezweifelte, dass an jeder Straßenecke Autos standen, wie er eins fuhr, nickte aber, weil es logisch klang.

»Jetzt verrate mir, wo du den Stein gefunden und was du gehört hast!«, verlangte er und ballte die Fäuste. Die Spannung in seinen Muskeln ließ mich vermuten, dass er sofort aufspringen und dort hinfahren würde. Zum Friedhof, wo ihn die Huntsmen gestern erwartet hatten. Für ein paar Sekunden spielte ich mit dem Gedanken, ihn anzulügen. Dann fiel mir etwas Besseres ein.

»Ich kann es nicht genau erklären, aber ich könnte dir den Ort zeigen. Wenn …«

»Wenn was?« Seine Ungeduld rührte mich. Was immer diese Steine sangen, es schien wichtig zu sein. Ich erinnerte mich an das Lied, ein Kinderlied, und überlegte, ob es vielleicht eine Nachricht seiner Mutter sein könnte.

»Ich werde mit dir dort hingehen, wenn du der Meinung bist, dass es sicher ist.«

»Verstehe.« Er wich meinem Blick aus. »Der Stein steht auf dem Friedhof, nicht wahr?«

Och nee. War ich so leicht zu durchschauen?

»Ich war bisher immer nur sonntags dort. Sie werden mich heute nicht da vermuten.«

»Dann komme ich mit dir.«

»Nein, Noa. Das ist zu gefährlich.«

»Ach? Gerade war es noch ganz harmlos!« Ich streckte den Rücken durch. »Ohne mich musst du viel zu lange nach dem richtigen Stein suchen. Ich kann dir zeigen, wo er steht, du hörst ihn dir an und wir sind innerhalb von fünf Minuten wieder weg. Außerdem kenne ich mich in der Gegend besser aus als du. Falls wir wirklich flüchten müssen, weiß ich gute Verstecke.«

Marlon gab nicht gerne nach, wusste aber, dass ich die besseren Argumente hatte. Und so fuhren wir los. Auf dem Weg erklärte er mir, was er genau in den Steinen suchte.

»Unsere Verwandlung sollte im letzten Jahr stattfinden. Für Corbin war es da bereits höchste Zeit und ich wollte ihn begleiten, auch wenn ich noch problemlos ein Jahr hätte warten können.« Er legte den Gang unnötig ruppig ein, bemerkte es und atmete durch, um sich zu beruhigen, bevor er weitersprach. »Doch wir waren nicht vorsichtig genug, die Huntsmen fanden heraus, wo wir uns mit den anderen Harpyien treffen wollten. Wir wurden angegriffen und mussten fliehen. Die alles entscheidende Lammas-Nacht, in der die Magie stark genug ist, um der Verwandlung ihre Gefahr zu nehmen, verging. Kurz darauf lernten wir Emma kennen. Sie wusste von dem Angriff auf uns, ohne dass wir uns erklären konnten, woher.«

Er machte eine Pause und ich sprach meine Vermutung aus: »Sie hat es in einem Stein gehört?«

Marlon sah aufs Lenkrad. »Ja. Die Fähigkeit, Steine zu besingen, haben nur Harpyien. Angeblich ist diese Fähigkeit nur der Anfang und wir können Steine nicht nur als reine Informationsspeicher, sondern noch viel weitreichender nutzen. Legenden zufolge gab es Harpyien, die Portale in den Stein singen konnten, durch die man von einem Ort zum anderen gehen konnte. Vielleicht sogar durch die Zeit – wer weiß. In jedem Fall lassen sich Steine sowohl oberflächlich als auch sehr tief besingen, sodass unter einem Lied noch sehr viel mehr versteckt liegen kann. Aber so etwas braucht viel Übung und auch ein gewisses Talent. Und es ist nicht immer ungefährlich.«

»Du glaubst, in dem Stein, den ich gehört habe, ist noch mehr als nur ein Lied verborgen? Eine Botschaft?«

Er warf mir einen amüsierten Blick zu. »Verrate mir doch bitte mal, warum jemand ein Kinderlied in einem Stein hinterlassen sollte.«

Darüber hatte ich noch nicht nachgedacht. »Und denkst du auch, dass du diese Botschaft verstehen kannst?«

»Von Corbin, Emma und mir bin ich der Beste, was das Zuhören betrifft«, antwortete er ohne jeden Stolz. »Wenn sie jemand versteht, dann bin ich das.«

Ich dachte eine Weile darüber nach, erinnerte mich daran, wie er an den Statuen gelauscht hatte. An sein fast schon verzweifelt konzentriertes Gesicht an dem Tag, als ich ihn zum ersten Mal gesehen hatte.

»Was genau suchst du eigentlich so verbissen?«

Marlon seufzte laut, es war fast ein Stöhnen. »Den Treffpunkt«, sagte er dann sehr leise. »Die Stelle, zu der wir in diesem Jahr in der Lammas-Nacht kommen müssen. Ich bete den Himmel an, dass Corbin es noch so lange durchhält. Wenn wir diesen Ort nicht finden, ist er verloren. Er schafft es noch ein paar Tage. Keinesfalls ein weiteres Jahr.«

»Dann sind zwanzig Jahre so was wie die Grenze?«

»Ideal sind sechzehn oder siebzehn Jahre. Achtzehn geht auch noch. Bei neunzehn Jahren wird es wirklich kritisch und zwanzig ist eigentlich schon nicht mehr möglich.«

»Bei Corbin schon?«

»Ja.« Marlon nickte entschlossen. »Ja, bei Corbin schon.«

Er parkte direkt vor dem Friedhof, nachdem er mehrmals um das Gelände herumgefahren war und auf die am Straßenrand stehenden Autos geachtet hatte. Er suchte nach ortsfremden Nummernschildern – ein Hinweis, dass Huntsmen in der Nähe waren –, fand aber keine. Inzwischen war es früher Nachmittag und außer Marlons Audi stand nur ein Kleinwagen auf dem Parkplatz. Mir fiel auf, wie nervös er sich umsah. Seine Unruhe befiel mich wie ein Virus und ich schaffte es kaum, meine Gedanken zu Ende zu denken.

»Warum machen sie es euch so schwer?«, wollte ich wissen, als wir ausstiegen. »Warum kommen sie nicht zu euch und sagen euch, wohin ihr in dieser Nacht gehen müsst?«

»Jetzt hast du mir nicht zugehört.« Er wandte mir und dem Auto den Rücken zu, hielt den Schlüssel über seine Schulter und schloss den Wagen per Fernbedienung ab. Er sprach erst weiter, als ich wieder neben ihm war: »Sie erinnern sich nicht an uns. Manche denken irgendwann daran zurück, dass sie einst ein Mensch waren, und können zwischen den Gestalten wechseln. Bei meinen Eltern war es so, bis ihnen das Wechselspiel nichts mehr gab und sie endgültig zurück in den Himmel gingen. Meine Großeltern dagegen blieben Menschen, weil sie sich dem Kampf gegen die Huntsmen verschrieben hatten. Die meisten vergessen ihre Menschlichkeit allerdings auf immer und werden zu von Trieben gesteuerten Tieren. Manche von ihnen scheinen die Erinnerungen zu suchen und nähern sich uns – ich vermute instinktiv. Und die wenigen, die wieder zu Menschen werden, wissen nicht, nach wem sie suchen müssen, verstehst du?«

Um ehrlich zu sein: Nein. Mein ratloser Blick musste Bände gesprochen haben, denn Marlon seufzte lautlos und fuhr fort.

»Nach der Rückverwandlung zum Menschen bleibt ein tierischer Instinkt zurück: den Schwarm zu vergrößern, weitere unserer Art zu finden. Es hat nichts mit Gefühlen zu tun, es ist eine Aufgabe, so wie Bienen die Aufgabe haben, Blütenstaub zu sammeln, oder Kraniche im Herbst gen Süden fliegen. Aber Harpyien können dazu kaum eine Kontaktanzeige aufgeben oder eine Facebookgruppe gründen. Sie wissen nichts von uns, wissen nicht, nach wem sie suchen, sie erkennen uns nicht mal, wenn nicht durch Zufall eine gemeinsame Vergangenheit existiert. Alles, was sie wissen, ist, dass es verlorene Kinder gibt, die zum Schwarm zurückfinden müssen. Und dass alle Harpyien Steine singen hören. Es liegt nahe, darüber mit uns Kontakt aufzunehmen. Aber es bleibt, was es ist: ein Instinkt. Mehr nicht.«

Er erzählte mir das vollkommen unbekümmert, aber der Sinn seiner Worte brachte den Kloß in meiner Kehle zum Wachsen.

Seine Familie hatte ihn vergessen.

Außer uns waren nicht viele Besucher auf dem Friedhof; nur ein paar alte Leute, die vermutlich täglich herkamen, weil sie sonst keinen Grund fanden, ihre Wohnungen zu verlassen. Sie benetzten die Blumen auf den Gräbern mit Wasser aus ihren Gießkannen, obwohl die Erde von dem Unwetter in der Nacht noch vollkommen durchnässt war. Jeder laue Windstoß ließ einen weiteren Schauer aus den Bäumen auf uns herabregnen.

Wir beeilten uns und ich sah mich dabei ebenso unruhig um wie Marlon, dessen Blicke wie immer überall waren. Niemand schien verdächtig, trotzdem ließ die Nervosität nicht von uns ab.

Als wir den Stein erreicht hatten, hielt ich Wache, während Marlon von hinten an das Grab herantrat, um die Hände auf den Marmor zu legen. Ich beobachtete ihn genau, achtete auf jedes Zucken seines Mundes, auf jedes Anzeichen einer Veränderung in seinen Augenwinkeln. Er zeigte Interesse angesichts dessen, was er hörte, war sogar ein wenig erstaunt, aber ich glaubte ihm anzusehen, dass es nicht ihn persönlich betraf. Plötzlich jedoch zeichnete tiefes Erschrecken sein Gesicht, er presste sein Ohr dichter an den Stein. Als er sich schließlich aufrichtete, schien er etwas von unfassbarer Tragweite begriffen zu haben, aber ich erkannte nicht, ob es eine gute oder schlechte Nachricht war, die er empfangen hatte.

»Was ist?«, fragte ich.

Er zuckte mit den Schultern, als müsste er Zeit schinden. »Ein Kinderlied.«

»Mensch, darauf wäre ich nie gekommen. Aber was soll es bedeuten?«

Erneutes Achselzucken. Ich knuffte ihn gegen die Brust. »Nun sag endlich. Du weißt mehr als ich.«

»Ich glaube«, begann Marlon und ich spürte seinen Kampf mit den Worten, »dass es die Botschaft einer Mutter an ihren Sohn ist. Das Lied muss so etwas wie eine Erkennungsmelodie sein. Hast du auf den Text geachtet?«

Klar, der war wirklich etwas abgefahren, denn wer sang schon Schlaflieder in Steine? »Twinkle, twinkle, little star. Es klang zumindest so.«

Marlons Blicke tasteten die Umgebung ab. »So ähnlich«, antwortete er mit verhaltener Stimme. »Die Melodie stimmt, aber der Text wurde verändert: Blinker, Blinker, dann und wann, zeigst du uns die Richtung an.«

Ich zog die Stirn kraus. Diese Version klang reichlich albern, selbst für ein Kinderlied.

»Aber dahinter liegt noch etwas«, fuhr Marlon fort und legte seinen Arm um meine Taille, um noch näher neben mir gehen und noch leiser sprechen zu können. Das war mir nur recht. »Kein Gesang, sondern eine Anweisung. Sie ist schwer zu verstehen und muss noch schwerer in den Stein einzusingen gewesen sein. Eindeutig eine Botschaft, die nicht jeder hören soll.«

»Und du kannst sie hören.«

»Ja. Aber sie ist nicht für mich bestimmt.«

»Sondern? Herrgott, lass dir doch nicht jedes Wort aus der Nase ziehen! Wie lautete die Botschaft?«

Marlon räusperte sich. »So viele Jahre wuchs Hass. So viele Jahre nährte dich Einsamkeit an meiner Statt. Aber ich erinnere mich an dich. Tritt durch das Tor und finde zu deinen Wurzeln. Tritt durch das Tor und finde deinen Frieden. Tritt durch das Tor und finde mich.«

Ich schauderte. Es klang unheimlich, aber anfangen konnte ich damit nichts. »Das scheint kein Hinweis darauf zu sein, wohin ihr gehen sollt.«

»Nein, sieht auf den ersten Blick nicht danach aus. Aber ich ahne, welches Tor die Frau meint. Ein Tor aus Stein. Und«, Marlon zögerte, »ich glaube zu wissen, an wen die Worte gerichtet sind. An Olivier, Stephan Olivier.«

Ich sog laut und langsam die Luft ein.

Marlon beantwortete meine unausgesprochene Frage: »Ich habe Gerüchte über ihn gehört. Du weißt schon: Respektiere die Privatsphäre deines Freundes, aber nie die deines Feindes. Alte Harpyien-Weisheit. Es heißt, dass er als Kleinkind von seinem Vater in die Hände der Huntsmen Federation gegeben wurde, nachdem Harpyien seine Mutter ermordeten. Fakt ist, dass die Frau verschwand und irgendwann für tot erklärt wurde, aber eine Leiche wurde nie gefunden. Möglicherweise ist sie–«

»Nicht fort, sondern nur woanders«, unterbrach ich ihn.

»Einiges in dieser Geschichte spricht dafür, dass sie sich ihnen angeschlossen hat, und das wiederum bedeutet, dass die Frau selbst eine Harpyie sein muss. Ich glaube auch nicht, dass wir zufällig über diesen Stein gestolpert sind. Ich war bereits einige Male auf diesem Friedhof und habe nie einen singenden Stein wahrgenommen. Er wurde erst kürzlich besungen. Das heißt, die Frau weiß, dass Olivier häufiger hier ist. Sie versucht, ihn zu erreichen. Ich verstehe allerdings nicht, warum sie dann nicht direkt zu ihm geht.«

»Moment mal.« Ich hatte meine liebe Not, das alles zu verstehen, und musste es zusammenfassen. »Du sagtest, die Botschaft läge hinter dem Lied, sodass sie nicht von jedem, der an die singenden Steine glaubt, gehört werden kann.«

»Nur von Menschen oder Harpyien mit besonderem Talent«, bestätigte Marlon.

»Dann hofft sie nicht nur darauf, dass ihr Sohn das Lied im Stein überhaupt hört, sondern auch …«

»Dass er talentiert genug ist, die Botschaft dahinter zu verstehen. Ja. Du hast recht, das ist eigenartig. Entweder steckt da etwas anderes dahinter« – eine Falle, war mein erster Gedanke, aber den behielt ich vorerst für mich – »oder sie hat wirklich verdammt wenig Vertrauen in die deutsche Post.«

Ich zog angesichts seines flachen Witzes die Mundwinkel hoch.

»Der Grund, warum ich dem nachgehen werde, ist allerdings ein anderer«, fuhr Marlon fort. Wir verließen den Friedhof durch das von Efeu überwucherte Haupttor und er entspannte sich zusehends. »Ich ahne, von welchem Tor sie spricht, also werde ich da hingehen.«

»Mir gefällt das nicht«, murmelte ich.

Marlon drückte auf den Autoschlüssel und der Audi blinkte uns zu. Wir stiegen ein, doch Marlon startete den Motor nicht, sondern sah mich abwartend an. Er wollte hören, was ich zu sagen hatte, und das gefiel mir. Er nahm mich ernst, achtete auf meinen Rat. In seiner Gegenwart fühlte ich mich erwachsen. Mehr Frau als Mädchen.

»Nehmen wir mal an, sie wäre wirklich eine Harpyie«, sagte ich, woraufhin er, zum Zeichen, dass er etwas einwenden wollte, die Hand hob, statt mich zu unterbrechen.

»Wir brauchen nicht darüber zu spekulieren, ob sie eine Harpyie ist. Es steht fest. Ausgeschlossen, dass ein Mensch einen Stein auf zwei Ebenen besingt.«

Ich glaubte ihm, da ich selbst nichts davon verstand. »Gut. Aber wenn sie sich nicht freiwillig verwandelte und euch gegenüber nun Hass empfindet? Ihr Sohn gehört zu den Huntsmen, und das, obwohl seine eigene Mutter zu denen zählt, die er jagt. Was, wenn du nun dieses ominöse Tor aufsuchst und sie dir nicht wohlgesonnen ist?«

Marlon sah mit unergründlichem Blick durch die Windschutzscheibe nach draußen und löste die Handbremse. »Sie hat durchaus recht«, murmelte er. »Es kann gewaltiger Hass heranwachsen, wenn man völlig alleingelassen wird.«

Darauf konnte ich nichts erwidern. Ich wünschte mir so sehr, dass er mit mir darüber sprach, wie er damals verlassen wurde. Vergessen. Wie alt er zu diesem Zeitpunkt wohl gewesen war? Doch hier auf dem Parkplatz schien nicht der richtige Ort für solche Gespräche, daher legte ich nur still meine Hand über seine, die immer noch die Handbremse umklammerte, als müsste er sich daran festhalten.

Eine Weile blieb Marlon reglos sitzen. Er blinzelte nicht einmal. Dann lächelte er mich an, sagte kaum hörbar: »Schon gut«, und nach einer weiteren Pause: »Danke.« Er drehte den Schlüssel um, fuhr los und wir schwiegen eine Viertelstunde lang, bis er irgendwo am Stadtrand, wo ich noch nie gewesen war, rechts ranfuhr.

»Von hier aus müssen wir laufen, aber das Tor ist ganz in der Nähe.«

Ich war, gelinde gesagt, irritiert, dass er direkt hierhergefahren war, ohne mich zu fragen, ob ich überhaupt mitkommen wollte. Allerdings hätte ich in diesem Fall darauf bestanden und so ließ ich mir meine Überraschung nicht anmerken.

Wir gingen zügig, denn im Schatten des in einem Tal versunkenen Waldes war es kühler als in der Stadt. Ich fröstelte in meinem dünnen T-Shirt und verkniff mir die Frage, wie weit es war. Wir stapften durch eine knöchelhohe Schicht aus feuchtem Laub, das unter unseren Füßen raschelte und den Anschein erweckte, als sei längst Herbst. In einem Baum hämmerte ein Specht. Er starrte auf uns herab, Marlon blickte zurück und der Vogel schoss wie ein Dartpfeil davon. Sein Schrei durchbrach die Geräusche der Natur – Vogelzwitschern, Geraschel hier, Geknirsche da –, dann wurde es plötzlich still. Zu still. Marlon schien das nicht zu bemerken, er führte mich immer tiefer in den Wald. Der Weg verengte sich und schlängelte sich durch Senken und im Zickzack steile Böschungen hinauf. Die teils noch nasse Erde war glitschig, ich war froh, als Marlon mir seine Hand anbot, und das nicht nur, weil sie sich warm anfühlte.

»Wie kommt es, dass du dich hier so gut auskennst?«, wollte ich von ihm wissen. Ich hatte mein ganzes Leben in dieser Stadt verbracht, aber hierher war ich noch nie gekommen. Und Marlon stammte nicht einmal aus dieser Gegend.

»Ich habe mich nach auffälligen Steinen und Statuen umgehört«, erklärte er und hielt ein paar Zweige zur Seite, um mir den Weg freizumachen. »Da erzählte man mir von diesem Torbogen und ich sah ihn mir gleich an. Damals erfolglos, aber möglicherweise finden wir heute mehr. Was bedeutet, dass in den letzten beiden Wochen eine Harpyie hier gewesen sein muss. Und wo eine ist«, er sah mich bedeutungsschwer an, »da sind weitere selten fern.«

»Du erwartest dir von dieser Frau, dass sie weiß, wo ihr in der Lammas-Nacht hingehen müsst, oder?«

Er nickte knapp, mehr als etwas vage Hoffnung war in der Geste nicht zu erkennen. »Es ist wegen Corbin. Wenn er die Verwandlung dieses Jahr nicht schafft, hat er keine Chance mehr.«

»Eins verstehe ich nicht. Hoppla!« Mein Fuß rutschte weg und ich fiel nur deshalb nicht auf den Hosenboden, weil ich mich an Marlon festklammerte, der mich hielt, als wöge ich rein gar nichts. »Danke.« Ich blieb einen Moment länger als nötig an seinem Hals hängen, die Nase in sein T-Shirt gepresst, und kam nur widerwillig zurück auf die Füße. »Warum braucht ihr andere Harpyien, um euch zu verwandeln? Wie funktioniert das? Hat es etwas mit Magie zu tun?«

»Das auch«, antwortete er. Ich hatte den Eindruck, dass es ihm immer leichter fiel, über diese Verwandlungsgeschichte zu sprechen. »Es ist außerdem so, dass wir nach der Verwandlung in Panik geraten. Stell dir einen Vogel mit plötzlicher Amnesie vor. Er weiß nicht, wo er ist, wer er ist oder was er tun soll. Vögel haben im Vergleich zu ihrem restlichen Körper ein enorm großes Herz, womit das Risiko eines stressbedingten Infarkts ansteigt. Dazu kommt, dass eine Vogellunge anders funktioniert als eine menschliche. Als Mensch atmest du ein, die Luft verweilt in der Lunge, bevor du sie auf demselben Weg wieder ausatmest. Eine Vogellunge wird permanent von Luft durchströmt, wie ein Kanal. Nach der Verwandlung müssen wir das Atmen von Neuem lernen.«

Ich spürte bei seinen Worten einen Druck auf dem Brustkorb, der nicht von dem Marsch herrührte. Die Vorstellung von Marlon – denn irgendwie würde er Marlon bleiben, nicht wahr? –, wie er um Atem rang, nach Orientierung suchte und wie sein angsterfülltes Herz immer härter und schmerzvoller gegen viel zu filigrane Rippen donnerte, tat mir weh. So weh, dass ich die Zähne zusammenbeißen musste.

Er sprach ungerührt weiter. »Der Schwarm vermittelt uns, dass alles in Ordnung ist. Von den anderen können wir uns abschauen, was wir zu tun haben. Das hört sich banal an, aber wir haben in diesem Moment nichts außer unseren Instinkten. Davon hängt alles ab. Außerdem ist das Leben als Vogel gefährlich, erst recht, wenn du die Gefahren nicht kennst, die auf dich warten. Wir werden von den Älteren an einen sicheren Ort gebracht, um zu lernen, dieses Leben zu überstehen.«

Ich konnte kaum fassen, wie ruhig Marlon blieb, während er mir all das erzählte. Doch er wusste davon nicht erst seit gestern. Er hatte viele Jahre Zeit gehabt, sich an den Gedanken zu gewöhnen. Die Selbstverständlichkeit, mit der er zu mir sprach, sollte es mir leichter machen. Mit lächerlich wenig Erfolg. Mir schwindelte jedes Mal, wenn er von seiner ungewissen Zukunft sprach. Ich hatte das Gefühl, der einzige Mensch auf der Welt zu sein, der solch ein unglaubliches Geheimnis in die Hände gelegt bekam, und verstand den Grund dafür nicht im Ansatz. Er hätte lügen können. So leicht hätte er mir eine glaubwürdige Geschichte erzählen können, mit der ich mich zufriedengegeben hätte. Aber er hatte nicht gelogen, sondern mir die Wahrheit gesagt. Zögernd, ja. Vor Unsicherheit stockend, auch das. Aber ohne eine Lüge. Bedingungslos ehrlich.

»Warum?« Es dauerte einen Moment, bis ich begriff, dass ich die Frage laut gestellt hatte. »Warum erzählst du mir das alles? Warum verrätst du mir diese Wahrheiten?« Mir, die dir nicht helfen kann, Marlon! »Mir, und niemand anders?«

Er blieb stehen und hielt mich an den Schultern fest. »Weil ich will, dass du dich an mich erinnerst, wenn ich es nicht mehr kann. Du, und niemand anders.«

Ich hätte ihn beißen können, da küssen nicht ausreichen würde, so sehr rührten mich seine Worte. Stattdessen erwiderte ich seinen Blick, verengte die Augen, damit er nicht sah, dass sich Wasser in ihnen sammelte. Kniff die Lippen zusammen, weil ich befürchtete, sie würden sonst zittern.

Plötzlich wandte er sich mit einem gezischten Fluch ab, verbarg das Gesicht hinter einer Hand und gestikulierte, als würde er gleich auf den nächsten Baum eindreschen und sich nur aus Rücksicht auf mich zusammenreißen. »Verdammt, entschuldige!«, stieß er zwischen den Zähnen hervor.

Was bitte war denn nun wieder schiefgelaufen?

»Marlon, warte.« Ich lief ein paar Schritte hinter ihm her und berührte ihn an der Schulter.

Er drehte sich so vorsichtig zu mir um, als würde er befürchten, dass ich nach ihm schlug. Blickte mich an und schien erstaunt über das, was er sah. »Du bist mir nicht böse?«

Ich schüttelte den Kopf. »Warum sollte ich böse sein?« Verwirrt – okay. Überfordert, verzaubert, verzweifelt – ja, ja, ja. Verliebt – möglicherweise bis ganz bestimmt, da war ich mir nicht sicher. Aber … »Nicht böse.«

»Du sahst aus, als wärst du es. Ich sollte mehr mit dir reden, statt alles in mich hineinzufressen.« Er zog mich am Bund meines T-Shirts zu sich, wobei seine Finger die nackte Haut meiner Taille streiften.

Ich murmelte zustimmend, suchte mit meinen Lippen die seinen und fand, dass er mich lieber küssen sollte, statt zu reden, weil das viel einfacher war und weniger Potenzial für Missverständnisse bot.

Er küsste meine Stirn und ich vergrub mein Gesicht in seiner Halsbeuge. Daraufhin ließ er den Kopf in den Nacken sinken. Ich spürte ihn lautlos lachen, dann schüttelte er den Kopf und legte die Wange gegen meinen Scheitel.

»Du wärst mir besser böse, Magpie, denn ich nutze dich nur aus. Alles, was ich will, ist, dir wehzutun. Ich will dir so wichtig sein wie du mir, sodass es grausam ist, dich dann zu verlassen. Das sollte dir, verdammt noch mal, weniger gefallen.«

Ich schmeckte tausend Zärtlichkeiten, die mir auf der Zunge lagen. Dinge wie: Manche Gefühle sind schön genug, um hinzunehmen, dass sie Schmerzen bereiten. Süße Floskeln, wie sie auf diesen Karten stehen, auf denen pfeildurchbohrte Herzen abgebildet sind oder Rosen mit Dornen, von denen ein Tropfen Blut rinnt. Doch so etwas auszusprechen, war nicht meine Art (gegen Gedanken kann man sich leider weniger wehren). Ich knuffte ihn in die Seite und flüsterte: »Selbstmitleid und Melancholie sind seit hundert Jahren out. Mach dir keine Sorgen. Ich weiß, worauf ich mich einlasse.«

Er schob mich ein Stück von sich. »Und genau deshalb«, ließ er feierlich verlauten, »damit du es weißt, habe ich dir die Wahrheit erzählt. Los, komm, lass uns weitergehen.« Damit wandte er sich ab, als sei alles gesagt.

Bis ich geblinzelt und den Inhalt dieser Aussage registriert hatte, war er bereits ein paar Schritte den Berg hinaufgestapft. Ich musste mich beeilen, um wieder zu ihm aufzuschließen.

Als wir den Bergkamm erreichten, sah ich in der Böschung den Stein, von dem Marlon gesprochen hatte. Es musste der richtige Stein sein, denn er hatte die Form eines Bogens und war mannshoch, sodass er wie ein Tor wirkte, das von seinen Mauern vergessen im Wald stand. Die Jahre hatten auf den Stein eingewirkt, im unteren Bereich war er von Pilzen und Flechten bewachsen und weiter oben hatten ihn Wind und Wetter fast glatt poliert. Irgendein Idiot besonderen Ausmaßes hatte ein Hakenkreuz daraufgesprüht. Das Tor neigte sich in Richtung des Hanges, als würde es jeden Moment umstürzen.

Marlon rannte auf den Stein zu, ich hatte Mühe, hinter ihm herzulaufen, ohne dabei auszurutschen und ihm auf dem Hintern zu folgen. Ich hörte das Klatschen, das seine Hände verursachten, als er sich an der Seite des Bogens abfing, und fürchtete, das ganze Ding würde umfallen und mit Marlon zusammen die Böschung herunterstürzen. Doch der Stein stand unbeweglich.

Marlon lachte nervös auf. »Volltreffer!« Er schloss die Augen, lehnte die Stirn und beide Handflächen gegen den Stein und schien im gleichen Moment der Welt entrückt.

Ich fühlte mich ein wenig unbehaglich, fast einsam, als hätte er mich unvorbereitet allein im Wald zurückgelassen. Von Ausflügen in brachliegende Gärten einmal abgesehen, war ich ein Stadtkind und dementsprechend mulmig war mir zumute. Obwohl es helllichter Tag war, erreichte kein Sonnenstrahl die Erde. Der Wind flüsterte hier nicht in den Baumkronen, er säuselte und zischte. Vipernhaft. Irgendwo in der Ferne hörte ich Äste knacken, als trampelte ein Tier durchs Unterholz. Ein verdammt großes Tier. Ich rückte etwas näher an Marlon heran, raschelte dabei mit dem Laub unter meinen Füßen, worauf er leise »Scht« machte, um dem Stein besser lauschen zu können. Ich selbst vernahm aus diesem nur ein kaum wahrnehmbares Summen, ähnlich einem alten Fernseher auf Stand-by.

»Hörst du etwas?«

»Still!«, gab er ungeduldig zurück.

Ich atmete tief, aber ganz leise durch und rieb meine Oberarme, auf denen sich eine Gänsehaut ausgebreitet hatte. Ich hörte allerhand. Knistern, Rauschen, Knacken und Krachen.

Marlon verzog frustriert das Gesicht, presste sich dann noch enger an den Fels, als wollte er hineinkriechen. Wer immer da gesungen hatte, er hätte es ruhig ein wenig lauter tun können. Meno piano, hieß es, wenn ich mich richtig an den Musikunterricht erinnerte – weniger leise. Die Geräusche um uns herum dagegen wurden lauter. Più forte. Eindeutig. Oder bildete ich mir das nur ein, weil ich mich so darauf konzentrierte? Waren da Stimmen? Die Kühle auf meiner Haut wurde frostig, ich trat von einem Bein aufs andere und sah mich um. Hundebesitzer, versuchte ich mich selbst zu beruhigen. Gute Hundebesitzer gingen mit ihren Tieren auch mal in den Wald, statt sie immer nur kurz angeleint an die Fassaden der Nachbarhäuser pinkeln zu lassen. Warum beruhigte mich das nicht? Ich fand keinen plausiblen Grund, aber meine Nervenenden vibrierten, mein Körper weigerte sich, seine Habachtstellung aufzugeben.

»Noa?« Marlons Stimme schräg hinter mir ließ mich zusammenfahren. »Noa, was ist los?«

»Nichts«, flüsterte ich. Ich verwandelte mich nur gerade in ein hysterisches Weibsbild. Das Ganze erinnerte mich an den Moment, bevor die Bahn entgleist war, lediglich die innere Stimme fehlte. Vielleicht stieg mir auch einfach nur die Aufregung zu Kopf. Ich kühlte meine Wangen mit den Rückseiten meiner eisigen Finger und versuchte, die Angst abzustreifen. »Es ist wirklich nichts. Ich dachte, ich hätte etwas gehört, aber es sind sicher nur Spaziergänger.«

Marlon nahm meine Nervosität nicht auf die leichte Schulter. »Lass uns hier verschwinden«, hauchte er in mein Ohr.

»Warum?« Mein Herz donnerte. Er sah mir erschrocken auf die Brust, als könnte er es hören. Vermutlich war genau das der Fall; sein Gehör schien meinem weit überlegen. »Hörst du auch etwas?«

»Nein, aber du«, erwiderte er. »Du bist der aufmerksamste Mensch, der mir je begegnet ist. Ich vertraue deiner Intuition mehr als meiner. Los, komm. Leise!«

Leise? Das war ein Anwärter für www.nichtlustig.de. Das Laub raschelte nicht mehr unter unseren Schritten, es machte einen Höllenlärm. Plötzlich schienen Hunderte von Ästen darunter verborgen zu liegen, die krachend zerbrachen.

Wir rannten über den Bergkamm zurück, auf dem gleichen Weg, den wir gekommen waren. Als wir den höchsten Punkt – und damit die Stelle, von wo aus wir am besten zu sehen waren – überwunden hatten, bedeutete Marlon mir, stehen zu bleiben. Er legte einen Finger an die Lippen und ich bemühte mich vergeblich, meinen heftigen Atem unter Kontrolle zu bekommen. Was Marlon nun hörte, gefiel ihm nicht; ich sah ihm die Besorgnis an.

»Lauf!«, formte er stumm mit den Lippen, setzte sich selbst aber nicht in Bewegung, sondern horchte weiter.

Ich stolperte ein paar Schritte voran, wartete dann aber auf ihn. Inzwischen hörte auch ich das Krachen von berstendem Unterholz, Schritte sowie verhaltene Rufe von Männern. Da kamen keine Hundebesitzer. Das waren Jäger. Huntsmen.

Marlon preschte los und riss mich am Arm mit sich. »Sie haben uns gesehen! Lauf, Noa!«

Ich erkannte im Augenwinkel die Silhouetten unserer Verfolger. Drei Personen. Der Abstand war groß, aber das bedeutete nichts. Ich wusste, dass sie Pistolen hatten. Auch Marlon wusste das, er blieb hinter mir, als wollte er mich mit seinem Körper schützen. Der Hinweg zu dem bogenförmigen Stein hatte sich schon gezogen, nun kam es mir vor, als nähme der Wald kein Ende, dabei liefen wir bergab. Sosehr wir auch rannten, wir kamen kaum vorwärts, die Straße und das rettende Auto tauchten einfach nicht vor uns auf. Ich hatte Angst zu stolpern, hinzufallen und mich zu verletzen. Würde Marlon dann ohne mich flüchten? Was, wenn er es nicht tat? Inzwischen hörten wir die Stimmen der Huntsmen sehr deutlich. Als ich mich umwandte, erkannte ich, dass es sich um zwei Männer und eine Frau handelte. Sie waren so schnell. Mir schlug ein Zweig ins Gesicht, ich strauchelte. Sie brüllten, wir sollen stehen bleiben. Marlon zischte: »Lauf schneller!«

Der Wunsch, mich auf den Boden zu werfen und sie anzubetteln, uns in Ruhe zu lassen, wurde übermächtig. Wir hatten ihnen nichts getan!

Und dann peitschte der erste Schuss durch den Wald. In meinen Ohren rauschte es, ich rannte um mein Leben. Die zweite Kugel schlug in einen der Bäume vor uns. Borke platzte von seinem Stamm, direkt auf Höhe meines Kopfes. Die machten ernst. Ich hatte nicht gewusst, wie schnell ich rennen konnte. Ein weiterer Schuss. Noch einer. Wieder hatten sie nicht getroffen. Marlon stolperte, fiel, überschlug sich und rollte durchs Laub.

»Steh auf!«, kreischte ich ihn an, zerrte an seinem T-Shirt, sodass der Saum an der Seite aufriss. Er kam auf die Füße, fluchte atemlos.

Einer unserer Verfolger brüllte etwas, das ich nicht verstand. Wir rannten weiter. Als ich gerade glaubte, dass wir uns verlaufen hatten und wie gehetzte Tiere planlos durch den Wald flohen und ein gutes Ziel abgaben und bald keine Kraft mehr hätten und niemals entkommen würden und verloren waren und am Arsch und eigentlich schon tot … da schimmerte die Straße zwischen den Bäumen hindurch. Wir brachen durch eine letzte dornige Hecke, stürzten durch einen Graben, in dem etwas Wasser stand und dessen Hänge von Brennnesseln überwuchert waren, und sahen das Auto. Ob wir schnell genug gewesen waren oder sie uns auf der Straße, wo Zeugen drohten, nicht mehr verfolgten, wusste ich nicht. Es war mir egal. Wir erreichten den Wagen, warfen uns in die Sitze und Marlon jagte mit kreischenden Reifen los.

Er fuhr. Ich zitterte. Er fingerte an der Heizung herum. Ich rieb meine Oberarme. Er murmelte: »Scheiße, Scheiße, war das knapp.« Ich starrte aus dem Beifahrerfenster und dachte: Ja, ja, ja. Knapp.

Irgendwann fuhr er rechts ran, taumelte aus dem Wagen und übergab sich am Straßenrand. Erst als er zurückkam, erkannte ich den Grund.

Seine linke Schulter war rot verschmiert. Blut. Es rann ihm über den Arm. Tropfte von seinen Fingern. Bildete Flecken auf dem Asphalt.

Diese Drecksschweine! Die hatten ihn getroffen.

LEKTION 11

Wie leicht Vertrauen bricht

Wir fuhren den Wagen zu zweit nach Hause: Marlon übernahm Gas, Bremse und Kupplung. Ich lenkte und schaltete vom Beifahrersitz aus, während er die rechte Handfläche gegen die Wunde am Oberarm presste. Seine linke Hand lag kraftlos in seinem Schoß. Die Finger zuckten. Er fror.

Ich kämpfte gegen das Heulen an. Am liebsten wäre ich zum nächsten Krankenhaus gefahren und hätte die Verantwortung für Marlons Verletzung in die Hände von Ärzten und die Angst vor diesen Irren, die auf uns geschossen hatten, in die der Polizei gelegt.

Marlon sagte nicht mehr als »Nein!« zu meinem zaghaften Versuch, ihn davon zu überzeugen. Ich hatte keine Kraft, um mit ihm zu diskutieren.

Wir fuhren zum Drachenhaus und schleppten uns die Treppen hoch in die Küche. Corbin stand am Waschbecken und spülte. Als sein Blick auf mein vermutlich schneeweißes Gesicht und Marlons blutbesudelte Schulter fiel, hielt er in der Bewegung inne. Er wischte sich mit dem Handrücken über die Stirn. Schaum blieb an seinem

Haaransatz kleben. Er trocknete sich erst die eine und dann die andere Hand sehr sorgfältig an seinem T-Shirt ab und verschränkte die Arme. Seine Oberlippe zuckte so arrogant, dass ich ihn gerne geohrfeigt hätte.

»Huntsmen?«

Marlon ließ sich auf einen Stuhl fallen und nickte.

»War sie dabei?« Corbin deutete auf mich.

»Ja«, antwortete ich, aber er ignorierte mich und starrte Marlon an, bis dieser erneut schwach nickte.

Corbin trat näher und flüsterte Marlon etwas ins Ohr. Er musterte die Wunde, wirkte fast neugierig. »Tut's weh?«

Marlon zuckte mit der gesunden Schulter. »Nicht mehr. Ist nur kalt.«

»Das ändert sich gleich«, meinte Corbin gelassen, ging zu einem Schrank und zog saubere Geschirrtücher heraus. Aus einer Schublade nahm er ein Fläschchen. Er stellte alles vor Marlon auf den Tisch und wandte sich wieder dem Spülbecken zu, wo er eins der Tücher mit heißem Wasser tränkte. Wie konnte er derart kühl bleiben, wenn sein Bruder soeben angeschossen worden war?

Marlon zog sich vor Schmerz stöhnend die Überreste seines T-Shirts über den Kopf. »Es tut mir leid«, murmelte er mir zu. Seine rechte Hand tastete nach meiner, doch dann zog er sie wieder zurück. »Das hätte nicht passieren dürfen. Ich hätte dich nicht mitnehmen sollen.«

»Ist gut«, gab ich zurück, woraufhin Corbin uns so ätzend anlächelte, als wollte er uns beide mit diesem Grinsen verletzen wie mit Säure.

Er klatschte Marlon das dampfende Tuch gegen die Schulter, presste es auf die Wunde, bis Marlon keuchte und die Augen verdrehte. Aber er wich nicht zurück, nicht einmal, als Corbin begann, die Wunde abzureiben, als wäre all das Blut nur Schmutz, den man mit genug Druck schon abbekommen würde. Marlon biss die Zähne zusammen. Auf Corbins Schläfen bildete sich Schweiß. Ich wusste nicht genau, was hier vor sich ging, aber es wirkte wie eine altmodische Strafmaßnahme. Wie eine rituelle Folterung.

»Lass das, du Grobian!«, fuhr ich Corbin an, versetzte ihm einen Stoß und nahm ihm das Tuch ab. Es war immer noch so heiß, dass ich es kaum anfassen konnte.

»Ist schon gut.« Marlon wiederholte meine Worte von eben. Aber er irrte sich, im Gegensatz zu mir. Gar nichts war gut. Skeptisch betrachtete ich die Schusswunde. Es schien sich um einen Streifschuss zu handeln und sie blutete auch nicht mehr so stark.

»Ist nur ein Kratzer«, sagte Corbin seltsam gedehnt, als würde er die Tatsache, dass Marlon verletzt war, genießen. »Mach Jod drauf, das wird reichen.«

Ich wurde nicht schlau aus Corbin. War ihm sein Bruder egal? Dass er keinen Meter hinter mir mit verschränkten Armen an die Küchenzeile gelehnt stand, gefiel mir nicht. Seine Anwesenheit brachte die Härchen in meinem Nacken dazu, sich aufzurichten. Die Aussicht, Marlon verarzten zu müssen, obwohl ich keinerlei Ahnung von Erster Hilfe hatte, machte das nicht besser. Aber Marlons linke Hand bebte noch zu sehr, als dass er das Fläschchen hätte aufdrehen können, also tat ich das und kippte den rotbraunen Inhalt in Ermangelung einer Kompresse kurzerhand auf eins der Küchenhandtücher. Ich hoffte, dass Sterilität im Allgemeinen überbewertet wurde, reichte es ihm und wandte das Gesicht ab, als er es sich auf die Wunde legte. Aus dem Augenwinkel sah ich ihn erschaudern. Das Jod musste brennen, aber er gab keinen Laut von sich.

Ich drehte mich zu Corbin um. »Im Auto müsste ein Verbandskasten sein, oder?«

»Vermutlich.«

»Der wäre uns nützlich.«

»Bestimmt.«

Ich seufzte. »Kannst du ihn holen?«

Corbin grinste ohne einen Funken Freundlichkeit. »Natürlich. Wenn du mich darum bittest.«

Ich verstand nichts von diesen Machtspielchen, die man hier offenbar für normal hielt, sie machten mich ganz krank. »Bitte«, fauchte ich und versuchte gar nicht erst, höflich zu klingen.

Er neigte den Kopf in einer spöttischen Geste, verließ aber tatsächlich die Wohnung. Ich bezweifelte, dass er mit dem Verbandszeug zurückkommen würde.

»Nimm es ihm nicht krumm«, bat Marlon. Langsam kehrte die Farbe in sein Gesicht und die Melodie in seine Stimme zurück. »Er hält sich deinetwegen sehr zurück.«

Wenn das Zurückhaltung war, wollte ich den Kerl nie und nimmer unbeherrscht erleben.

»Das tut er wirklich, Noa. Weißt du, was er mir eben zugeflüstert hat? Dass ich froh sein kann, dich mitgebracht zu haben, sonst hätte ich meine Zähne vom Boden aufsammeln dürfen, Schusswunde hin oder her. Er ist unsagbar wütend auf mich, weil ich dich in Gefahr gebracht habe. Weil du wegen mir fast–«

»Mir ist nichts passiert«, unterbrach ich ihn hastig. »Im Gegensatz zu dir. Interessiert das deinen feinen Herrn Bruder denn gar nicht? Ich hatte den Eindruck, dass er dich bestrafen wollte.« Mein Blick fiel auf das rot verfärbte Tuch, mit dem Corbin so rabiat umgegangen war. Völlig unnötigerweise.

Marlon senkte den Kopf. »Uns beide und ebenso sich selbst. Das Mädchen auf dem Foto, Corbins Freundin, ist tot, das habe ich dir ja erzählt. Was ich dir nicht gesagt habe, ist, wie sie gestorben ist.« Er schloss die Augen, bevor er weitersprach. »Die Huntsmen haben sie getötet, weil sie dachten, sie wäre eine von uns.«

Meine Knie gaben nach, ich ließ mich schwerfällig auf den Küchenboden rutschen.

»Die Schuld an ihrem Tod zerfrisst ihn«, sagte Marlon noch, dann hörten wir, wie der Schlüssel in der Haustür umgedreht wurde. Corbin kam zurück und legte einen Erste-Hilfe-Kasten auf den Küchentisch.

»Danke«, murmelte ich.

Er nickte mir zu. Marlon bekam einen freundschaftlichen Schlag gegen die gesunde Schulter, dann verließ Corbin kopfschüttelnd die Küche. Schwer zu sagen, ob seine Miene abfällig, erleichtert, wütend oder dankbar aussah. Vielleicht ein bisschen von allem. Auf jeden Fall erkannte ich, dass er Marlon sehr lieben musste, zugegeben, auf eine sehr eigenwillige Weise.

Marlon und ich mühten uns gemeinsam mit dem Verbandszeug ab, doch schließlich gelang uns ein passables Ergebnis. Ich kochte Tee, mit dem Resultat, dass wir danach nichts mehr zu tun hatten und uns anschwiegen. Im Nebenzimmer hörten wir Corbin telefonieren, verstanden jedoch kein Wort. Beklemmung lag in der Luft. Ich spürte Marlons Unruhe und hätte so gerne etwas getan, um sie zu lindern.

»Ich muss zu ihm«, sagte er irgendwann und sah mich dabei an, als bäte er um Verständnis. »Ich glaube, er braucht mich jetzt. Er ist instabil und jeder Stress könnte die Verwandlung auslösen.«

Ich wärmte meine Hände an der heißen Teetasse. Ich brauchte ihn auch. Viel mehr als dieser grobe Kerl. Dass der muskulöse Corbin sich ungewollt in einen Raben verwandeln würde, fand ich ebenso wenig glaubhaft wie einen Lkw, der in einem Schuhkarton parkt. Doch ich nickte. Ob Corbin Marlon wirklich brauchte, wusste ich nicht, und es war mir, um ehrlich zu sein, auch egal. Aber ich spürte deutlich: Marlon brauchte Corbin. Er brauchte die Gewissheit, dass sein Bruder ihm verzieh.

»Kann ich dich so lange allein lassen, Noa? Geh in mein Zimmer oder mach dir im Wohnzimmer den Fernseher an, wenn du möchtest.«

Wieder nickte ich, blieb aber sitzen und hielt mich an meiner behaglich warmen Tasse fest, während er aufstand. Bevor er ging, berührte Marlon meine Schläfe, strich mir über die Wange. »Ich bin gleich zurück.«

Dann war ich allein und hatte zum ersten Mal Zeit, mir darüber klar zu werden, was in den letzten Stunden alles geschehen war. Ich weinte leise vor mich hin und schämte mich nicht einmal dafür. Es half.

Als ich etwas später die Küche verließ, fiel mein Blick in Corbins Zimmer – die Tür stand einen Spalt offen. Ich wollte die beiden nicht beobachten, konnte aber nicht schnell genug wegschauen. Was ich sah, bestätigte Marlons Worte. Corbin hockte zusammengesunken auf dem Boden und zitterte wie Espenlaub. Marlon saß neben ihm und tat auf den ersten Blick nichts. Aber er war da. In der Küche hatte es den Anschein gehabt, als sei Corbin der Anführer. Doch durch den Türspalt offenbarte sich mir nun eine ganz andere Wahrheit: Marlon mochte jünger sein, schmaler und unerfahrener. Aber er war eindeutig der stärkere der beiden Brüder.

Ich ging in Marlons Zimmer, setzte mich auf sein Bett und schleuderte die Schuhe von mir. Ich war so erschöpft, dass ich mich hinterher nicht mehr daran erinnern konnte, mich hingelegt zu haben, ehe ich einschlief.

Mein Schlaf war unruhig, ich wurde wach, als Marlon hereinkam, ließ aber die Augen geschlossen. Er legte sich mit einem leisen Seufzen neben mich, kämmte mit den Fingern eine meiner Haarsträhnen glatt und bat wispernd um Verzeihung.

»Es gibt nichts, was ich dir verzeihen müsste«, antwortete ich schläfrig. »War nicht deine Schuld.«

Wir schmiegten uns aneinander, Stirn an Stirn, und hielten uns im Arm. Atmeten uns gegenseitig den Sauerstoff weg. Und ein bisschen auch die Angst.

Am Abend brachte Corbin mich nach Hause. Marlons Arm ging es besser, aber abgesehen von ihm waren wir uns alle einig, dass er mit der Verletzung nicht Auto fahren sollte. Er ließ sich schließlich sogar dazu überreden, die Nacht im Drachenhaus zu bleiben, was mich einerseits sorgte, weil er dadurch so weit weg war, und andererseits tröstete. Immerhin würde er nicht in der Gartenhütte schlafen – das Dach war ein Sieb. Doch mein Vater hatte heute keine Nachtschicht und ich wusste nicht, ob er Marlon erlauben würde, über Nacht zu bleiben. Nein, im Drachenhaus war er am sichersten.

Corbin saß schweigend hinter dem Lenkrad und ich gab die Versuche, Small Talk zu betreiben, schnell auf.

Als wir in mein Viertel einbogen, begann er unvermittelt zu sprechen und hielt sich keine Sekunde mit Belanglosigkeiten auf. »Du weißt, worauf du dich bei Marlon einlässt?« Er sah mich nicht an, achtete nur auf den Verkehr. »Mach dir keine Hoffnungen, dass er die Verwandlung aufhalten kann. Ihr habt Zeit bis zum Vollmond im August, dann ist Sense. Schicht im Schacht.«

Ich fühlte mich in Corbins Gegenwart immer besser, wenn ich meine Gefühle verbarg und die Kühle, Unnahbare spielte. »Schon klar.«

»Und es macht dir nichts aus?«

Ich schüttelte den Kopf.

»Dafür muss man sehr stark sein.«

Nein. Einfältig. Denn der Gedanke, Marlon würde unwiederbringlich fort sein, war so unvorstellbar, dass meine Fantasie dafür nicht ausreichte.

»Ich spiele einfach gerne mit dem Feuer«, gab ich in patzigem Ton zurück. Er glaubte wohl, mich einschätzen zu können. Das passte mir nicht, er kannte mich schließlich gar nicht. Und ich hatte immer noch Angst vor ihm. Große. »Ich weiß, dass man sich verbrennt, das gehört dazu. Ich komme damit klar.«

Er war nicht glücklich über meine Antwort, sie schien ihn sogar zu verärgern. »Du solltest den Flirt mit meinem Bruder nicht unterschätzen. Für ihn ist das sehr ernst. Dabei geht es längst nicht mehr um ihn. Sondern um dich.«

»Was meinst du damit?«

Er lächelte, es sah fast ehrlich aus. »Ich habe ihn gefragt, was er an dir findet. Willst du wissen, was er geantwortet hat? Ist 'ne lange Liste.«

Ich winkte ab, weil ich befürchtete zu erröten.

Corbins Lächeln wurde breiter. Er durchschaute meine Verlegenheit und das missfiel mir. »In Ordnung, Noa. Aber lass mich dir erzählen, was er gesagt hat, als ich wissen wollte, woher er weiß, dass du die Richtige für ihn bist.«

»Weil ich es aushalte«, riet ich, aber Corbin gab einen abfälligen Laut von sich.

»›Weil ich mir so sehr wünsche, sie müsste es nicht sein.‹«

Seine Worte waren kalt und zugleich warm in meinem Inneren. Sie rührten mich zutiefst. Marlon wollte mir nicht wehtun. Wie absurd, dass gerade dieser Wunsch ihm selbst so wehtat.

»Danke übrigens«, sagte Corbin unvermittelt und bremste vor meinem Haus. »Ich hatte immer gehofft, jemand würde kommen und meinem kleinen Bruder eine Chance geben. Stattdessen kam jemand und gab sie mir. Ich habe es vermasselt.« Seine Augen glänzten, ich sah ihn gegen Tränen ankämpfen. Er dachte sicher an seine verstorbene Freundin, das Mädchen auf dem Foto. »Anna-Lena hat nach Möglichkeiten gesucht, die Metamorphose aufzuhalten. Ihre Recherche führte die Huntsmen auf unsere Spur.« Seine Stimme wurde rau und stockte. »Sie haben nicht gefragt. Oliviers Leute haben sie erschossen.«

Ich wagte nicht zu atmen, presste meinen Rücken in den Sitz und tastete nach dem Türgriff. Also hatte Olivier sie gemeint, als er von *der Letzten* sprach. »Das tut mir leid.«

»Muss es nicht. Pass nur auf dich auf. Marlon hat Glück gehabt, dass er angeschossen wurde, anderenfalls hätte ich ihm für seine Unvorsichtigkeit eine Abreibung verpasst, die er nie vergessen hätte.«

Ich seufzte auf. Warum glaubten manche Männer, alles ließe sich nur mit Gewalt lösen? Ich warf Corbin, der sich am Lenkrad festhielt, einen knappen Blick zu, den er scheu erwiderte.

»Ich will nicht, dass mein Bruder das Gleiche durchstehen muss wie ich, als ich Anna verlor. Er würde daran zerbrechen und das zählt zu den paar Dingen, die ich nicht ertragen würde. Also pass, verdammt noch mal, auf dich auf!«

Ich murmelte ein Versprechen, dies zu tun, und stieg aus dem Auto. Sehr langsam ging ich ins Haus und die Treppen hinauf, um Zeit zum Nachdenken zu haben. Nach und nach verstand ich Corbin besser. Sein Leben bestand aus Gewalt, Flucht und Kampf. Es hatte ihm nichts außer Marlon gelassen. Unter den Umständen durfte ich ihm keinen Vorwurf machen, dass er sich angepasst hatte und so roh geworden war.

Ich sah aus dem Fenster die Straße hinunter, blickte über die Hässlichkeit der Stadt. Wie viel von dem da draußen hatte mich zu der Person gemacht, die ich war? Stark hatte Corbin mich genannt. Ich fragte mich, ob ich stark genug sein oder doch noch zum Opfer werden würde.

Oder längst geworden war.

Am Tag darauf stand die Probe mit den Death Ponys an. Am frühen Nachmittag packte ich meine Sachen in den Rucksack, fuhr aber zunächst mit dem Bus zum Altenheim, um Oma zu besuchen. Ich hatte sie nicht wissen lassen, dass ich Marlon wiedergesehen hatte und mit ihm zusammen war. Sie glaubte, er sei fort, und in diesem Glauben sollte sie auch bleiben, denn ich wusste nicht, wie ich ihr erklären sollte, dass Marlon nicht ganz menschlich war und trotzdem keine Gefahr darstellte. Wäre vermutlich auch gelogen gewesen.

Oma sah nicht auf, als ich ihr Zimmer betrat, sie beugte sich über ein Brett, das sie auf dem Schoß hielt, und wischte mit den Fingerspitzen ihrer gesunden Hand darauf herum. Angesichts des gedimmten Lichts musste ich näher treten, um zu erkennen, was sie da machte.

»Du malst?« Ich war erstaunt. »Seit wann das denn?«

Oma verrieb an der oberen Bildkante Orange mit einem satten

Violett, sodass die Farben ineinander überglitten. Erst dann begrüßte sie mich. »Gefällt es dir?«

Ich betrachtete das Bild. Ein Sonnenuntergang aus Wachsmalkreide hinter einem von Hügeln umgebenen Dorf. An den Stellen, die filigranere Arbeit erforderten, wirkte es ein wenig unbeholfen, aber die Farben gefielen mir. Noch besser gefielen mir Omas bunt verschmierte Finger. Selbst ihr Kinn zierte ein violetter Streifen. Zu meiner Beruhigung fand sich auf dem ganzen Bild nicht ein einziger schwarzer Vogel.

»Es ist schön. Wie kommt es, dass du plötzlich malst?«

»Sie haben uns einen Kurs angeboten. Eine Volkshochschullehrerin kommt zweimal die Woche. Beschäftigungstherapie.« Sie seufzte. »Außer mir macht leider kaum jemand mit. Diesen alten Schachteln hier ist wirklich nicht zu helfen. Sie jammern ständig, dass sie nichts zu tun haben, aber etwas Neues zu lernen, kommt auch nicht infrage.« Sie verstellte ihre Stimme. »Dazu sin mer zu alt. Datt lohnt sich doch für uns nett mehr. Eh wir malen können, sin mer doch schon tot!«

Ich gab einen abfälligen Laut von mir. »So ein Quatsch. Gerade die letzten Jahre muss man doch, soweit es geht, genießen und nutzen, um alles auszuprobieren, was man noch nicht kennt. Du machst das schon richtig, Oma.«

»Man muss immer alle Zeit nutzen, die man hat«, erwiderte sie, die Stimme von Schwermut verschleiert. »Das alles hätte ich lieber mal vor dem Schlaganfall begriffen. All die verschenkten Jahre.« Ihr Blick wandte sich nach innen.

Ich hatte geahnt, dass sie es inzwischen bereute, früher allein für ihre Arbeit gelebt zu haben, aber es bestätigt zu bekommen, machte mich traurig.

»Du machst das besser, nicht wahr, Noa? Du wirst jeden Tag deines Lebens nutzen und das machen, was du für richtig hältst, egal was die anderen sagen. Du musst keinem gefallen und niemandem etwas beweisen, nur dir selbst.«

»Darf ich dich etwas fragen, Oma?« Ich setzte mich auf die Sesselkante. Sie ahnte nicht, wie gut mir ihr Rat tat, welche wichtigen Entscheidungen sie mir damit erleichterte. »Wenn man weiß, dass etwas keinen Bestand hat und zum Scheitern verurteilt ist … kann es trotzdem gut sein?«

»Na sicher doch, Kind. Denk mal an Urlaub. Die meisten Leute nennen ihn die schönste Zeit im Jahr, auch wenn sie von vorneherein wissen, dass er nur wenige Wochen dauert.«

»Und Fernweh nach sich zieht«, sinnierte ich.

»Ach!« Sie winkte ab und wischte sich Speichel aus einer Kinnfalte. »Wenn es nicht auch ein bisschen im Herzen wehtut, ist es die Sehnsucht einfach nicht wert.«

Ich dachte über ihre Worte nach, während ich mit dem Bus zur Bandprobe fuhr. Mit der U-Bahn wäre ich schneller gewesen und hätte nicht zweimal umsteigen müssen, aber allein traute ich mich noch nicht. Ich kam ein paar Minuten zu spät und zu meiner Überraschung erwartete mich Dominic beim Sportplatz.

»Lukas hat mir verraten, dass du kommen würdest, da dachte ich, ich schau mal vorbei«, begrüßte er mich. »Oft bekomme ich dich ja nicht mehr zu sehen.«

»Armes Hascherl!« Ich zerzauste sein Haar, als wäre er ein kleiner Junge, und rief Lukas und den anderen Musikern, die neben dem Vereinshaus ihre Instrumente aufbauten, ein Hallo zu.

Sie schoben Verstärker hin und her, reichten sich Stromkabel durchs Fenster und stimmten ihre Gitarren. Tatjana, das einzige Mädchen der Band – eine zierliche Rothaarige mit raspelkurzem Haar und Tätowierungen, die sich um ihren Hals schlangen –, lud die Einzelteile ihres Schlagzeugs aus ihrem Kleintransporter und baute diese mit routinierten Handgriffen zusammen.

Ich positionierte mich in der Nähe der Musiker und bereitete die Poi vor, indem ich sie nacheinander ins Petroleum tauchte und abtropfen ließ. Dominic fackelte die Flecken auf dem Asphalt ab. Seine Miene verfinsterte sich, als Lukas näher kam. Die beiden hatten eine stillschweigende Vereinbarung, nicht mehr als die nötigsten Worte zu wechseln – diese aber in respektvollem Ton. Dominic konnte jedoch nicht einfach vergessen, dass er von Lukas früher jahrelang drangsaliert worden war, bis er endlich den Mut gefunden hatte, sich zu wehren. Dom mochte Lukas nicht, das war so und das blieb so. Nichtsdestotrotz wollte Dom von Lukas gemocht oder zumindest akzeptiert werden. Ein Dilemma.

»Schön, dass du gekommen bist.« Lukas tätschelte kumpelhaft meinen Oberarm und steckte anschließend seine Faust tief in die Hosentasche. Früher hatte ich ihn für seine Coolness angeschmachtet, heute wirkte das Ganze ein bisschen unbeholfen. Er erinnerte mich an die Sommerhits im Radio: Echt cool und bei allen beliebt, aber irgendwann verloren sie ihren Reiz und dann konnte man sie kaum noch ertragen.

Lukas musterte mich intensiv. »Hat dich der Freak also doch nicht in seinem Keller eingesperrt.«

Ich verschluckte mich fast an meiner Spucke, konnte gerade noch vermeiden zu husten. »Ich habe artig bitte, bitte gesagt«, gab ich spöttisch zurück, »und der Freak war so freundlich, mir einen halben Tag Freigang zu gewähren.«

Dom zog ein fragendes Gesicht. »Freak? Welcher Freak?«

»Noa hängt in letzter Zeit mit einem Don-Juan-Verschnitt rum«, meinte Lukas wichtigtuerisch. »Ziemlicher Macho, wenn ihr mich fragt.«

»Dich fragt aber keiner.« Mit in die Hüfte gestemmten Händen funkelte ich ihn an. »Mit wem ich ausgehe, wann und erst recht wohin, ist meine Sache. Ich bin zum Poi-Spielen hier, nicht um meinen Freund beleidigen zu lassen.«

»Ihren Freund«, echote Lukas in Doms Richtung, aber es klang nicht hämisch. Eher erstaunt. Er kannte mich als scheu und leicht zu beeindrucken. Widersprochen hatte ich ihm noch nie.

»Schau mich nicht so an.« Dominic spielte vor Lukas den Ahnungslosen. »Ich erfahre grundsätzlich als Letzter, was bei Noa abgeht. Sie macht in letzter Zeit auf ziemlich mysteriös.«

»Ist das denn so verwunderlich, dass ich einen Freund habe?«, wollte ich wissen.

Dom zuckte mit den Schultern. Er fand das Ganze amüsant.

Lukas hob beide Hände, als wollte er sich ergeben. »Natürlich nicht. Ganz im Gegenteil. Eigentlich hatte ich … nun ja, ich hatte gedacht …«

Er stammelte. Lukas von den Death Ponys, der für mich jahrelang das Inbild männlicher Perfektion gewesen war, den ich nie nach einem Date gefragt hatte, weil ich mir der Abfuhr zu sicher gewesen war, stammelte. Meinetwegen – Noa Grau, bei der der Name Programm war, weil sie kaum auffiel, wenn sie nicht gerade mit dem Feuer tanzte.

Doms Kinn klappte nach unten und auch ich hielt den Mund nur durch höchste Konzentration geschlossen.

»Ich wollte dich längst mal fragen, ob wir uns nicht mal allein treffen können«, fuhr Lukas nervös fort. »Ohne die Band. Du weißt schon. Bin wohl zu spät.«

Ich konnte es kaum glauben und brachte nur ein »Öhm« hervor. Sagte er die Wahrheit oder hatte Marlon mich so verändert, dass selbst Lukas plötzlich mit mir ausgehen wollte?

»Vielleicht irgendwann mal?«, fragte Lukas.

Ich dachte daran, dass meine Zeit mit Marlon begrenzt war. Und schüttelte den Kopf. »Ich glaube nicht. Sei mir nicht böse, aber …« Was ich mir vor Kurzem noch so sehr gewünscht hatte – Lukas nahe zu sein –, kam mir nun unvorstellbar vor. Er war viel zu perfekt, hatte weder zu dünne Beine noch zu große Füße und auch keine freakig schwarzen Augen. Er erzählte keine Geschichten und kämpfte dabei mit jedem Wort, bis es sich schließlich ergab. Er war nicht Marlon und damit war er nichts für mich.

Er zuckte mit den Schultern. »Schon klar. Ich weiß noch nicht, ob ich's verkrafte, aber …«

Ich zog eine mitleidige Grimasse. Um Lukas' Herz musste sich niemand sorgen. Lukas bezeichnete jene Beziehungen als gelungen, die länger als sieben Tage hielten, aber endeten, bevor sie so intensiv wurden, dass einer der Beteiligten heulte. Ich machte mir nichts vor. Auch ich wäre nur eine Nummer auf der langen Liste geworden, die er seine Girlografie nannte.

»Dein Stecher, der ist mir trotzdem nicht geheuer, damit du's nur weißt. Pass auf dich auf.«

»Die anderen sind so weit, sie warten schon.« Ich ließ mein Feuerzeug aufschnappen und sah in die Flamme. Wir sollten aufhören, unsere Zeit zu verschwenden. »Es sieht nach Regen aus. Lass uns spielen!«

Die Probe verlief gut, sah man davon ab, dass wir nach dreißig Minuten abbrechen mussten, weil ein Gewitter aufzog. Alle packten an, um die empfindlichen Instrumente in die Autos zu verladen. Kaum waren wir fertig, setzte der Regen ein. Tatjana fuhr mich und Dominic nach Hause und rauchte auf dem Weg eine Zigarette nach der anderen. Als wir aus ihrem Kleintransporter stiegen, rochen wir wie die Aschenbecher im Kartenhaus. Ich musste mir von meinem Vater die Frage gefallen lassen, seit wann ich rauchen würde, und verzog mich beleidigt in mein Zimmer.

Marlon war nicht zu erreichen. Obwohl er mir gesagt hatte, dass er oft vergaß, sein Handy aufzuladen, und noch häufiger, es bei sich zu tragen, machte ich mir Sorgen. Blitz und Donner schufen eine passende Kulisse für etliche Horrorszenarien, in denen Angst sowie Gewalt die Hauptrollen spielten und für die Maske nichts als Blut benötigt wurde.

Am späten Abend klingelte mein Handy. Das Display zeigte eine mir unbekannte Nummer an. Doch als ich schließlich ranging, meldete sich niemand und das machte mich nervös. Der Anrufer legte auf und ich schimpfte leise in mich hinein, weil ich mir von jemandem, der sich nur verwählt hatte, so einen Schrecken einjagen ließ. Ich bedauerte, die Nummern von Corbin und Emma nicht zu kennen, und beglückwünschte mich gleich darauf dafür. Sonst hätte ich noch bei ihnen angerufen und nach Marlon gefragt. Das war doch albern. Ich steigerte mich grundlos in etwas hinein. So ein Mädchen, das ihrem Freund ständig hinterhertelefoniert, wollte ich keinesfalls sein, auch wenn mein Freund besonderen Umständen ausgeliefert war. Meine Ängste waren mein Problem und sollten es auch bleiben.

Beim Frühstück versuchte ich erneut, Marlon anzurufen. Mailbox. Ich suchte nach Gründen, warum er sich nicht bei mir meldete. Vielleicht war er im Gartenhaus. Das wäre eine Erklärung – dort gab es keinen Strom, seinen altersschwachen Akku konnte er dort nicht aufladen. Ich beschloss nachzusehen.

Als ich die Kleingartenanlage betrat, bereute ich es sofort, keine Gummistiefel zu besitzen. Nach der Gewitternacht war der Boden aufgeweicht und ich versank tief im Matsch, der meine Schuhe bei jedem Schritt erst nach heftigem Ziehen freigab.

In Marlons Garten war alles ruhig, nur vom Apfelbaum fallende Tropfen trommelten auf das Hüttendach, wenn der Wind sie aus den Zweigen schüttelte. Wie ich vermutet hatte, war das Gartenhäuschen leer und jeder Quadratzentimeter durchnässt. Ich seufzte. Dieses Wasserrattenloch wieder bewohnbar zu machen, stank nach einer Menge Arbeit. Nichts wies darauf hin, dass Marlon seit Sonntagabend hier gewesen war. Brijans Geschichte lag, von der Thermoskanne beschwert, auf dem Tisch. Die Worte über die Meereswesen liefen vor lauter Feuchtigkeit ineinander. Unsere Tassen standen noch an der Stelle, wo er sie abgestellt hatte.

Obwohl ich Erleichterung fühlte, weil er im trockenen, sicheren Drachenhaus geblieben war, frustrierte es mich auch. Ich wollte ihn sehen. Ob ich unangemeldet in ihrer Wohnung auftauchen durfte oder damit Corbin und Emma verärgern würde, war mir allerdings nicht klar. Es fiel mir so schwer, die beiden einzuschätzen.

Ein Geräusch lenkte mich ab, ein Krächzen hinter der Hütte. Die Raben!

Ich ging hinaus, umrundete das Gartenhaus und lugte durch das Dornengestrüpp. Dort saßen sie, drei Raben an der Zahl, und wühlten in der Erde herum. Sie wirkten aufgebracht, plusterten das Gefieder auf und zischten sich gegenseitig an. Einer hackte mit dem Schnabel nach einem anderen, fischte diesem einen länglichen Gegenstand aus der Klaue und floh damit. Ich musste mich weiter über die Hecke beugen, um zu erkennen, worum sie zankten. Als sie mich sahen, hüpfte Pinsel krakeelend davon. Aus der vom Regen aufgetriebenen Erde ragte etwas. Die Form war eigenartig, erinnerte an ein kleines Gerippe.

Mir wurde übel, als ich graues Fell sowie Reste von verwesendem Fleisch erkannte. Einer der Raben pickte hinein, riss ein Stück heraus und suchte das Weite.

Mein Herz jagte. Das also hatte Marlon hier mit der Schaufel getan. Er hatte ein Grab ausgehoben, in seiner Eile aber nicht tief genug.

Ich stand vor dem halb verscharrten Kadaver einer Katze. Corinnas Katze. Cat Stevens.

Mir war egal, ob ich jemandem auf die Füße trat. Ich musste mit Marlon reden. Mit dem toten Stevens hatte ich einen guten Grund gefunden, dies sofort zu tun, ohne zu warten, bis er endlich bei mir auftauchte. Herrgott, er wusste doch, dass ich nach einer Katze suchte! Warum hatte er geschwiegen? Warum war die Katze tot und in seinem Garten verscharrt?

Ich stieg mit meinen schlammigen Schuhen in den nächsten Bus. Nach dreimaligem Umsteigen musste ich noch ein ganzes Stück laufen, was meine Geduld überstrapazierte. Es dauerte fast eineinhalb Stunden, bis ich vor dem Drachenhaus stand. Die Tür war abgeschlossen, eine Klingel gab es nicht. Na prima. Ein letztes Mal versuchte ich, Marlon anzurufen. Sollte er erneut nicht rangehen, würde ich mit dem Handy einfach die Scheibe seines Zimmers einwerfen – basta. Zu meiner Erleichterung meldete er sich, gab reumütig zu, sein Telefon lautlos geschaltet und vergessen zu haben, und kam nach unten, um mir zu öffnen. Sein Begrüßungskuss blieb zurückhaltend. Er spürte sofort, dass etwas nicht stimmte, und die Frage nach der Katze blieb mir im Hals stecken, um dort zu einem störenden Kloß anzuschwellen.

»Wie war deine Probe?«, wollte er auf dem Weg nach oben wissen.

»So sicher, dass ich hingegangen bin? Ich tu nicht immer, was du mir sagst, Marlon.« Kaum dass ich die Worte ausgesprochen hatte, bereute ich sie bereits. Nervosität ließ mich patzig werden.

Seinem Blick, den er mir über die Schulter zuwarf, lag prompt ein Hauch Aggressivität inne. »So sicher, weil ich es weiß. Corbin war in deiner Nähe.«

»Was?« Ich blieb auf dem letzten Treppenabsatz stehen.

»Corbin war in deiner Nähe«, wiederholte er, als sei das selbstverständlich. Oh, und er wusste ganz genau, dass es das nicht war. Ganz und gar nicht!

»Ganz langsam, für die geistig Minderbemittelten unter uns. Dein Bruder beobachtet mich heimlich? Ist es das, was du mir sagen willst?«

»Du hast erlebt, wie gefährlich die Huntsmen sind.« Er ging ungerührt weiter. »Wir dürfen nicht unvorsichtig sein.«

»Das ist kein Grund, mich observieren zu lassen!«, rief ich ihm nach und folgte ihm eilig in die Wohnung.

Er schloss die Tür hinter mir, lehnte sich mit dem Rücken dagegen und betrachtete seine Füße. »Für mich ist es Grund genug.«

Ich legte mein Handy, das ich immer noch in der Hand hielt, auf die Kommode und stemmte wütend die Hände in die Hüften. »Du hättest mich wenigstens fragen können!«

»Stimmt. Aber du hättest Nein gesagt.«

»Du kannst nicht einfach in mein Leben reinplatzen, das Kommando an dich reißen und mich beobachten.«

»Sondern?« Er blickte auf, sah mich provokant an. »Soll ich zulassen, dass sie dich in die Finger kriegen? Noa, solange ich hier bin, bist du in Gefahr. Sie wissen jetzt, dass du zu mir gehörst. Du bist mein wunder Punkt.«

»Und du … bist ein herrischer Macho!«

Eine Tür öffnete sich, Emma streckte den Kopf heraus. Wir ignorierten sie.

»Tut mir leid.« Marlons Mundwinkel zuckten, als hätte ich ihm ein Kompliment gemacht, und brachte meine Wut an ihren Siedepunkt.

»Sag, dass das nicht mehr vorkommt! Versprich es.«

»Können wir reingehen?« Er deutete auf sein Zimmer, woraufhin Emma einen Schmollmund zog.

Ich stapfte an ihm vorbei und wartete, bis er die Tür geschlossen hatte. »Versprich es!«, wiederholte ich.

Er schüttelte den Kopf. »Ich versuche es, das muss dir reichen. Wer weiß, was noch passiert und welche Maßnahmen dann notwendig werden.«

Ich war fassungslos. »Maßnahmen? Habe ich hier denn überhaupt nichts mehr zu melden? Kannst du bitte akzeptieren, dass ich mir keine Leibwächter aufzwingen lasse?«

»Nein, kann ich nicht.« Marlon seufzte lautlos, aber so schwer, als lastete das Gewicht der ganzen Welt auf seiner Brust. Er war so seltsam heute, mied meine Blicke, wirkte erschöpft, ausgelaugt und zugleich gehetzt. Schwerfällig kam er auf mich zu und legte eine Hand an meine Wange. Er sprach sehr leise weiter, ich verstand ihn kaum.

»Es tut mir leid. Ich trage so viel Schuld. Ich kann nicht dasselbe bieten wie die netten Jungs von nebenan.«

Vielleicht hatte er sogar recht. Nach allem, was er erlebt hatte und was ihm noch bevorstand, sollte ich mehr Verständnis zeigen. Hatte ich nicht die halbe Nacht aus Ungewissheit wach gelegen und mir gewünscht zu wissen, wo er war und was er tat? War ich nicht in seine Hütte eingedrungen und hatte seine Sachen durchgesehen? Trotzdem … das alles ging mir zu weit.

»Rede in Zukunft mit mir. Ich werde dir zuhören.«

»Keine Versprechen?«

»Nein. Aber ich werde mir Mühe geben. Ich will ja gar keinen der netten Jungs von nebenan.«

Er fuhr mit dem Daumen meine Augenbraue nach. Ich schmiegte mein Gesicht in seine Hand und atmete durch. Mit Marlon zu streiten schmeckte, als würde ich in Gallseife beißen. Aber da war noch diese eine Frage, die ich ihm stellen musste, auch wenn ich mich vor der Antwort fürchtete. »Wo wir schon bei nebenan sind … Meine Nachbarin sucht immer noch nach ihrer Katze. Du hast sie nicht zufällig gesehen?«

»Zu mir kommt keine Katze.« Ich spürte das winzige Zucken seiner Finger. »Das habe ich dir doch gesagt.«

Ach, Marlon. Ewig kämpfst du gegen die Worte. Wie können dir die falschen so leichtfallen?

Ich berührte seinen Handrücken, damit er die Hand nicht wegziehen konnte, und sagte leise: »Ja, aber du lügst. Du weißt, wo die Katze ist.«

Irgendetwas veränderte sich. Die Luft atmete sich schwerer. Das Licht schuf tiefere Schatten. Ein Hauch von Gefahr wand sich um mich herum und drückte gegen meinen Körper.

Das Misstrauen war zurück in Marlons Miene, so heftig wie nie zuvor. Als er meine Wange losließ und einen Schritt zurücktrat, durchströmte mich Erleichterung.

»Woher weißt du das?«

Ich kam mir vor, als sei ich bei etwas Bösem ertappt worden. Als wäre ich es, die gelogen hatte. »Ich weiß es eben.« Ihm zu sagen, dass ich mir Sorgen gemacht hatte und daher zur Hütte gegangen war, kam nach unserem Streit nicht infrage. Was mit seinem Katzengrab passiert war, sollte er schön selbst herausfinden, die Überraschung würde ich ihm nicht vermiesen.

Seufzend ließ Marlon sich auf sein Bett fallen. »Okay. Ich habe sie vergraben. Hab sie auf der Straße gefunden, sie muss vor ein Auto gerannt sein – war kein schöner Anblick.« Er zuckte mit den Schultern, die Arme zu beiden Seiten ausgebreitet. »Was hätte ich machen sollen? Sie in einen Mülleimer werfen?«

»Du hättest es mir sagen können.« Sagen *müssen* traf es besser.

»Als ich klein war«, sinnierte er und sah aus dem Fenster, »ich meine, so ein richtig winziger Hosenscheißer, und unsere Eltern noch bei uns waren, da hatten wir einen Hund. Einen Mischling, hellbraun und zottelig wie ein Schaf. Er hat immer in meinem Bett geschlafen, am Fußende, und dabei so laut geschnarcht, dass ich ständig wach wurde. Und pupsen konnte er! Ein Zombie auf Gärungsstufe drei kann auch nicht schlimmer riechen. Doch dann ist er abgehauen und meine Mutter erzählte mir wochenlang von den Orten, an denen unser Benjie jetzt Ferien machte. Schöne Geschichten. Ich mochte sie. Bis ich erfuhr, dass der Hund gar nicht weggelaufen war. Krank war er gewesen und der Tierarzt hatte ihn einschläfern müssen. Ich fand die Vorstellung von Benjie im Urlaub aber immer angenehmer als von Benjie in der Tierverwertung.«

»Und deshalb lügst du mich an?« Das meinte er doch nicht ernst! Er glaubte nicht wirklich, seine rührselige Kindheitsgeschichte würde mich davon überzeugen, dass er mit seiner Lüge etwas Gutes tun wollte. So dumm waren andere. Aber nicht Marlon.

»Vergiss es«, entgegnete er. Ich spürte die Verzweiflung, mit der er nach einer Erklärung suchte, die es nicht gab. Sie machte ihn grob, ließ mich den aggressiven Marlon sehen. Den, der eine Waffe trug und mir noch immer ein wenig Angst machte.

»Was verschweigst du mir? Ich dachte, wir hätten die Heimlichkeiten hinter uns gelassen.« Ich wäre gerne auf ihn zugegangen, hätte ihn gerne berührt, weil es ihm das Reden leichter machte. Aber sein Blick war kalt und bat um Abstand. Das tat weh, viel mehr als der Splitter aus Furcht. Ich fühlte mich bestraft. Und dass ich nicht wusste, was ich falsch gemacht hatte, machte es umso schlimmer.

»Vielleicht was das ja ein Fehler?«

Mir fehlten die Worte. Ich bemerkte, dass er meine Hände beobachtete, sah an mir herunter und stellte fest, dass sie zitterten.

»Denn was«, sagte er gedehnt und sah mich skeptisch an, »verschweigst du mir?«

»Ich verstehe überhaupt nicht, was du von mir willst. Ich verschweige dir nichts, denn es gibt nicht zu verschweigen!« Es kostete mich all meine Beherrschung, ihn nicht anzuschreien. »Was ist denn nur passiert? Warum plötzlich dieses Misstrauen?«

»Zu viele Zufälle«, antwortete er und vermied dabei, mich anzusehen. »Ich weiß bald nicht mehr, was ich denken soll. Es tut mir leid. Was immer auch passiert, es tut mir leid. Ich wollte das alles nicht.«

Mein Herz raste. Ich fürchtete mich. Nicht vor ihm, aber vor dem, was er andeutete. Er war in etwas verwickelt, das er mir nicht anvertrauen wollte.

»Ich habe keinen blassen Schimmer, wovon du jetzt schon wieder redest, Marlon. Aber es gefällt mir nicht. Es macht mir Angst. Ich möchte gehen.« Ich musste nachdenken, musste mich beruhigen. Ich brauchte eine Aussage von Marlon, ob er mir vertraute, ob er überhaupt noch irgendetwas für mich empfand außer dem Misstrauen, das wie Hitze von ihm abstrahlte. Böse Hitze. Aber zunächst musste ich sicherstellen, was ich selbst empfand. Gestern war mir das so klar gewesen, aber heute kam es mir so vor, als würde ich Marlon in einem Zerrspiegel betrachten.

Alles schien fremd. Nichts stimmte mehr. Wer war er überhaupt?

Ich ging, versuchte zu ignorieren, mit wie viel Schmerz in den Augen er mir nachsah. Ich ignorierte auch sein flehendes »Warte!«, obwohl es so unglücklich klang, als würden die beiden Silben ihn entzweireißen.

Doch bevor ich die Zimmertür erreicht hatte, wurde diese von außen geöffnet. Corbin und Emma standen mir gegenüber. Zorn und Abscheu in ihren Gesichtern. Ich wich unweigerlich zurück.

»Verrätst du uns?«, zischte Emma mich an. »Sag schon, bist du das verlogene Miststück, für das wir dich halten? Hast du ihn verraten?« Sie wies mit einer weit ausholenden Geste auf Marlon.

Ich erstarrte zur Salzsäule, als ich in ihrer Hand eine Pistole erkannte. Das alles konnte nicht real sein. Wie kam sie nur auf diesen Unsinn? Was sollte diese Waffe bedeuten? Waren hier eigentlich alle verrückt geworden?

Tränen bildeten sich in meinen Augen und alles verschwamm. Ich warf Marlon einen Hilfe suchenden Blick zu, den er unbeantwortet ins Leere gehen ließ. Auch er wirkte wie versteinert, aber ich sah ihm keinen Schrecken an, nicht einmal Entrüstung. Er verstand, was hier geschah, hatte es kommen sehen.

Ein schrilles Kichern quoll aus meiner Kehle. Ich versuchte, es zu unterdrücken. Biss mir auf die Zunge. Vergeblich. Tränen rannen mir übers Gesicht und ich kicherte hysterisch, konnte nichts dagegen tun. Vielleicht verliert man den Verstand, wenn zu viele schlimme Dinge in so kurzer Zeit auf einen eindreschen. Es war keine vierundzwanzig Stunden her, dass man auf uns geschossen hatte, ganz zu schweigen davon, was am Tag zuvor alles passiert war. Und nun hielt mir schon wieder jemand eine Pistole ins Gesicht?

Emma trat näher, sah mich berechnend an. Ein paar Haarsträhnen hatten sich aus ihrem strengen Zopf gelöst. Ihr Gesicht war kalkweiß, ihre Augen sahen animalisch aus. »Verräterin … Falle gestellt!« war alles, was ich verstand.

Marlon hob die Hände und bewegte sich langsam auf mich und Emma zu. »Em! Emma, nimm sofort die Waffe runter, das geht zu weit!«

»Halt den Mund!«, keifte sie und wedelte mit der freien Hand. »Bleib weg von ihr, sonst knall ich sie sofort ab! Sie hat uns verraten! Das Miststück hat uns verraten!«

Marlon trat näher zu mir. Emma entsicherte die Pistole.

»Ganz ruhig!«, rief er, seine Stimme klang merkwürdig. »Ich tu, was du sagst, aber bleib ruhig.«

»Sie ist schuld, dass du angeschossen wurdest!« Emma klang atemlos. »Unser Verdacht, den du als ach so absurd bezeichnet hast, war richtig! Sie hat dich in eine Falle gelockt, Marlon. Sie wusste, dass die Huntsmen im Wald sein würden.«

»Das stimmt nicht!«, widersprach ich und war erstaunt darüber, eher empört, statt bis ins Mark verängstigt zu klingen.

Corbin wirkte ebenso wütend wie traurig. Enttäuscht. »Du hast ihn doch dort hingeführt! Gib es zu.«

»Nein!«, erwiderte Marlon, aber es klang eher wie: nicht direkt. Ich hatte ihn zum Friedhof geführt, wo er den Hinweis zum Steintor gefunden hatte.

»Sie hat Kontakt zu Olivier!« Emma zerrte etwas aus der Gesäßtasche ihrer Hose und knallte es auf den Tisch. Mein Handy. Hatten sie etwa schon wieder darin herumgeschnüffelt? »Und von ihr haben sie auch unsere Adresse!«

»Bullshit!«, schrie ich. »Ich habe ihn ein einziges Mal getroffen, um –«

Das Chaos brach aus.

Emmas Hand zuckte nervös. Marlon brüllte: »Emma, nein!«, aber ich hörte noch etwas anderes. Eine Stimme, die ganz leise war, sich aber über alles andere erhob.

Noa, runter!

Ich kannte diese Stimme. Diesmal gehorchte ich ihr unverzüglich, warf mich auf den Boden und unter den Couchtisch.

Emma schoss, vermutlich gegen die Decke, denn Putz bröckelte auf sie herab.

Corbin, der bisher nur zugesehen hatte, nahm Marlon in den Würgegriff. Plötzlich hielt er ein Messer in der Hand, setzte es Marlon an die Kehle und starrte mich hasserfüllt an. »Stimmt es, was Emma sagt?« Sein Brüllen hatte nichts Menschliches mehr. »Hast du Marlon nur benutzt?«

»Nein!«, stieß Marlon hervor, ohne sich um das Messer an seinem Hals zu scheren. Es dellte seine Haut ein.

»Stimmt es?«, wiederholte Corbin.

In meinem Kopf dröhnte es, ich konnte nur noch wimmern. »Nein, es stimmt nicht.«

»Du lügst!«

»Nein!«

»Komm her und sag es mir ins Gesicht!«

Ich kroch unter dem Tisch hervor, richtete mich auf und versuchte, Emma und die Pistole zu ignorieren. Ich konzentrierte mich darauf, Corbins Blick zu erwidern, damit er die Ehrlichkeit in meinen Augen sah. »Lass ihn los«, flüsterte ich. »Du tust ihm weh. Was bist du bloß für ein Arschloch. Bringst deinen eigenen Bruder in Gefahr, nur weil du mir nicht glaubst? Deinen eigenen Bruder, der ständig sein Leben aufs Spiel setzt, um deins zu retten!«

Moment mal. Warum bedrohte Corbin eigentlich Marlon, wenn ich ihn doch – angeblich – verraten hatte? Das ergab doch keinen Sinn. Mein Hirn musste Schaden genommen haben, denn ich kam nicht mehr mit, verstand nicht mehr, was Corbin tat, und erst recht nicht, warum er es tat.

Zuerst dachte ich, Corbin würde eine Grimasse ziehen. Dann erkannte ich, dass er lächelte. Was zum Geier ging hier bloß vor?

»Waffe runter, Em, sie ist keine von denen«, meinte er und ließ Marlon los. »Test bestanden, Noa. Tut mir leid, aber wir mussten auf Nummer sicher gehen.«

Das war der Moment, als meine Knie nachgaben. Ich ließ mich auf den Boden plumpsen und japste lautstark nach Luft.

Ehe sich jemand versah, fuhr Marlon herum und verpasste seinem Bruder einen Kinnhaken, der ihn einen Meter zurückschleuderte.

Corbin rieb sich das Kinn, Marlon die Faust. Sie starrten sich an, aber da war kein Misstrauen in ihren Blicken. Nur Wut und Sorge, verborgen unter schlecht gespieltem Ärger.

»Ich bin diese Methoden so satt!«, zischte Marlon. »Ich hatte euch gesagt, dass sie uns nichts vormacht! Verdammt, ihr habt geschworen, mir zu vertrauen!«

Dort, wo Corbin an Marlons Hals das Messer angesetzt hatte, erkannte ich einen feinen roten Striemen. Corbin hatte eine Narbe an der gleichen Stelle und mir wurde klar, wo er sie herhatte.

Das war alles nur Show gewesen! Und die zogen sie nicht zum ersten Mal vor Publikum ab. Diese Arschlöcher hatten das inszeniert! Ein Theaterspiel, um meine Ehrlichkeit zu testen. Fassungslos wurde ich mir meiner eigenen Dummheit bewusst, denn das Ganze war ja nicht einmal besonders logisch gewesen. Trotzdem war ich im Schreck darauf reingefallen.

Ich wollte nur noch fort. Aber meine Knie waren so weich – schon auf die Füße zu kommen, war eine Herausforderung. Ich schwankte, hielt mich an der Wand fest, lehnte das Gesicht gegen die dort aufgemalte Niere und heulte Rotz und Wasser. Als Marlon meinen Arm nahm, versuchte ich ihn wegzustoßen, aber er bugsierte mich zu seinem Bett, wo ich mich hinsetzen konnte. Er war wütend, auf Corbin und Emma, aber er brauchte mir nichts vormachen. Ich wusste, dass er Teil des Schauspiels gewesen war.

Corbin besaß den Anstand, ein betretenes Gesicht zu ziehen. »Du musst das verstehen«, murmelte er, plötzlich kleinlaut. »Du hast meinem Bruder ganz schön den Kopf verdreht. Wir mussten ausschließen, dass ihm das den Hals bricht.«

»Einen Scheißdreck muss ich. Ich gebe es auf, euch verstehen zu wollen. Kein Interesse, spart euch die Erklärungen.« Meine Stimme bebte. Alles an mir bebte.

Emma stand noch immer das Misstrauen in den engstehenden Augen. Sie beobachtete mich, als könnte ich jederzeit aufspringen und ihnen allen die Kehlen durchschneiden. Ich bedauerte, dass mir diese Möglichkeit nicht zur Verfügung stand, sie hatte durchaus ihren Reiz.

Ich wagte es nicht einmal, nach Marlon zu schlagen, der bleich neben dem Bett auf dem Boden hockte. Dicht zu meinen Füßen, aber ich brachte es auch nicht über mich, ihn zu treten, obwohl ich das noch so schrecklich gern getan hätte. Ich sah ihn nur an, in der Hoffnung, dass die Vorwürfe in meinen Augen ihn da trafen, wo es wehtat.

»Er wollte es nicht«, sagte Corbin und wies mit dem Daumen auf Marlon, der widersprechen wollte. Corbin ließ ihn nicht zu Wort kommen. »Nein, sei still. Ich will, dass sie das weiß.« Er wandte sich mir zu, zog eine zerknüllte Packung Papiertaschentücher hervor und reichte sie mir mit weit ausgestrecktem Arm. Ich nahm sie, ohne seine Finger zu berühren.

»Noa, wir hatten ernsthaft Grund zu der Annahme, dass du mit den Huntsmen zu tun hast. Wir mussten sichergehen. Es wäre nicht das erste Mal, dass sie jemanden in unsere Reihen einschleusen, der sich harmlos gibt.«

Emma hielt mir mein Handy entgegen, als wäre es ein blutbesudeltes Beweisstück. »Erklär uns doch bitte mal, wie Oliviers Handynummer in deine Anrufliste kommt! Er hat dich gestern angerufen. Was wollte er von dir? Hat er gefragt, wo Marlon als Nächstes hingehen wird?«

Mir blieb nicht die Kraft, ihr zu sagen, dass meine Anrufliste sie nichts anging. Zu erfahren, dass es Olivier gewesen war, der mich in der Nacht angerufen hatte, drückte mir die Luft ab. »Er hat aufgelegt«, wisperte ich. »Und kein Wort gesagt, wirklich nicht. Kein Wort. Ich wusste nicht, wer da anrief, ich wusste es wirklich nicht, ich –«

»Scht, ist gut.« Marlon rutschte näher, nahm meine Hand.

Ich starrte auf unsere Finger. Wovon redete er überhaupt? Er sagte immerzu, alles sei gut, aber das glaubte er doch selbst nicht! Ich entzog mich ihm und steckte beide Hände zwischen die Matratze und meine Oberschenkel, um das Zittern nicht mehr sehen zu müssen.

»Wie kannst du uns erklären«, redete Emma weiter auf mich ein, »dass in deiner Nähe ständig Huntsmen auftauchen?«

Ich schrie: »Gar nicht! Und ich wünschte, es wäre anders. Diese Idioten haben mir genauso hinterhergeschossen!«

Emmas Gesicht lief vor Wut rot an. In ihren Augen hatte ich den albernen Test noch lange nicht bestanden. Sie drehte auf dem Absatz um und knurrte etwas, das ich nicht verstand, Marlon aber sehr wohl.

Er sprang auf. »Em, nein, das machst du nicht. Es ist genug!«

»Komm schon, Emma«, unterstützte ihn Corbin, der nach Marlons Faustschlag eigenartig still geworden war. Sein Gesicht erschien mir fahl, seine Lippen dünner, ohne den überheblichen Schwung. »Sie hat wirklich nichts mit denen zu tun.«

Emma stürmte an den beiden vorbei aus dem Zimmer, kam allerdings wenige Sekunden später wieder zurück und warf einen Gefrierbeutel vor meine Füße. Darin lag ein braunes Etwas von der Größe einer schmalen Hand.

»Erklär mir das!«

Marlon wollte die Tüte wegziehen, aber ich hatte den Inhalt schon erkannt. Ich hielt mir eine Hand vor den Mund, befürchtete, mich übergeben zu müssen. In dem durchsichtigen Plastikbeutel befand sich ein Vogel, ein toter Star. Man hatte ihm die Füße mit Kabelbinder zusammengeschnürt und die kleinen Augen aus den Höhlen gerissen – sie lagen wie schrumpelige Rosinen mit ihm in der Tüte.

»Was ist das?«, wisperte ich unnötigerweise. »Was soll das bedeuten? Ist es …?«

Marlon fing meinen entsetzten Blick auf. »Es ist keiner von uns, keine Harpyie.«

Das beruhigte mich, aber nur ein wenig. Der arme kleine Vogel.

»Es ist eine Botschaft.« Emma sah voller Abscheu auf mich herab. »An mich. Weißt du, was sie bedeutet?« Sie beugte sich zu mir und sprach flüsterleise weiter. »›Wir sehen dich, Emma!‹, *das* bedeutet sie. Der Vogel lag auf der Türschwelle unserer letzten Wohnung. Die Wohnung in dem leer stehendem Haus – du erinnerst dich? Ich habe ihn gefunden, weil ich etwas vergessen hatte. Sie müssen uns dort knapp verpasst haben. Und? Kennen sie unser neues Versteck schon? Hat Olivier dich gestern Abend danach gefragt?«

Ich konnte nicht antworten. Allein den Kopf zu schütteln fiel mir schwer. Alles, was ich konnte, war, Emma anzustarren. Ein Vogel blickte aus ihren dunklen Augen auf mich zurück. Ein in Brauntönen marmorierter Star.

»Du hast mir geglaubt«, sagte ich irgendwann leise. »Als ihr mich entführt habt, Marlon noch zweifelte und Corbin überzeugt war, ich würde zu Olivier gehören, da warst du die Einzige, die mir geglaubt hat. Das ist also dein Vertrauen wert?«

Emma schluckte und ihr Blick streifte den toten Vogel. Sie warf sich herum und rannte aus dem Zimmer. Ich hörte eine Tür zuschlagen.

Corbin stöhnte und ließ sich an der Wand entlang auf den Boden rutschen. »Großer Mist!«, grummelte er, so wie andere Leute »Großer Gott!« sagen.

»Sie haben Emmas Mutter gejagt«, erklärte Marlon und betrachtete dabei meine Knie. »Emmas Eltern sind nicht beide Harpyien, bloß ihre Mutter. Es ist selten, dass Mischlingskinder das entsprechende Gen erben, aber es kommt vor. Ihre Mutter hat sich nach ihrer Geburt nicht zurückverwandelt wie unsere Eltern, sondern ist bei Emma und ihrem Vater geblieben. Sie wollte erst zu den Vögeln zurückkehren, wenn Emma mit ihr kommen würde. Die Huntsmen haben ein junges Mädchen, fast noch ein Kind, dazu gebracht, Emma eine Freundschaft vorzuspielen. Über dieses Kind haben sie die Familie ausspioniert. Es kam zum Angriff. Emma konnte nur durch Zufall und großes Glück entkommen. Ihre Eltern … haben es nicht geschafft.«

Wie schrecklich! Ich stellte mir vor, mich würde ein Freund auf so gemeine Weise verraten. Vermutlich wäre ich ebenso misstrauisch wie Emma. Dennoch gab ihr das nicht das Recht, mich schon wieder zu bedrohen.

»Sie hat dir tatsächlich geglaubt«, fuhr Marlon fort. »Umso schlimmer traf es sie, als ihr der Verdacht kam, du hättest mich vor die Flinten der Jäger gelockt.«

»Aber das habe ich nicht!«

»Marlon weiß das«, meldete sich Corbin zu Wort. Seine Stimme klang belegt. Marlon runzelte die Stirn. »Emma und ich hatten Zweifel. Marlon nicht, aber er hatte keine Beweise für deine Aufrichtigkeit. Wir mussten dich auf die Probe stellen. Bei uns herrscht eben so etwas wie Demokratie. Wir haben ihn überstimmt.«

»Es war nie die Rede von einer Pistole«, knurrte Marlon.

Theoretisch war das alles durchaus nachvollziehbar. Praktisch aber randalierten in mir Angst und verletztes Vertrauen. Dass Marlon mich in diese Falle gelockt hatte, konnte ich ihm nicht verzeihen.

Er erhob sich, trat zu seinem Bruder und berührte dessen Stirn. Sie wechselten Blicke, die ich nicht verstand.

»Schlimm?«, fragte er.

Corbin brummte etwas, was wohl Nein heißen sollte.

Ich sah genauer hin. Seine Haut war aschfahl, fast bläulich, seine Augen glänzten zu sehr. Mir fiel auf, wie schnell sich seine Brust hob und senkte. Es musste einer dieser ominösen Verwandlungsanfälle sein, von denen Marlon gesprochen hatte.

»Du hast Fieber«, murmelte Marlon. »Meine Schuld.«

Natürlich, er hatte ihn geschlagen. Möglicherweise löste Schmerz die Anfälle aus. Ich fühlte mich hilflos, weil ich nicht wusste, was ich tun sollte. Nein, genau genommen wollte ich überhaupt nichts tun und erst recht nicht mehr helfen. Den Karren hatten sie selbst in den Dreck gezogen. Ich verschränkte die Arme.

Corbin stieß ein atemloses Schnauben hervor. »Red keinen Mist, Marlon! Hilf mir auf. Ich muss ins Bad. Mir wird schlecht.«

Marlon fasste seinem Bruder unter die Achseln, zerrte ihn auf die Beine und stützte ihn. Er warf mir über seine Schulter einen Blick zu, eine stille Bitte lag darin. Vielleicht auch ein Befehl. Schwer, den Unterschied auszumachen im Gesicht eines Kämpfers.

Er wollte, dass ich wartete. Aber worauf? Auf weitere Lügen? Darauf, erneut getestet, beschämt und verletzt zu werden?

Und wofür das Ganze? Für eine Beziehung, die im besten Fall noch zwei Wochen andauern würde. Dann war die erste Vollmondnacht im August.

Ich wartete, bis die beiden im Badezimmer verschwunden waren. Dann lief ich davon.

LEKTION 12

Die Sache mit der Ehrlichkeit

Der Tag verging. Ebenso die Nacht.

Die Welt tat so, als sei nichts geschehen, aber mir konnte sie nichts vormachen. Ich wies ab, was sich abweisen ließ. Dominics Besuch, Rosalias E-Mail, Omas Anruf. Alles andere ignorierte ich. Meinen Vater zum Beispiel, meinen knurrenden Magen, meine Poi sowie den Drang zu heulen. Ich verbarg mich in meinem Zimmer und gab vor, nicht erreichbar zu sein. Für niemanden. Ich wollte allein sein mit meiner Wut, aber nicht mal die blieb mir treu. Sie verließ mich und zurück blieben traurige Schwermut und ein Sehnen, für das ich mich am liebsten in die Psychiatrie gesteckt hätte.

Am nächsten Vormittag, Papa war bereits bei der Arbeit, klingelte es an der Tür. Sollte es doch. Es klingelte erneut, dann schwoll das Klingeln zu einem Sturm an. Da war aber jemand hartnäckig. Ich begann mir Sorgen zu machen. Als jemand gegen die Wohnungstür bollerte, bekam ich es mit der Angst zu tun. Es könnten Huntsmen sein! In dem Fall war ich geliefert. Verdammt, ich hatte nicht einmal mein Handy, das lag in Marlons verfluchtem Dracheneingeweidezimmer. Unser Festnetztelefon stand im Korridor, man würde mich von draußen hören, wenn ich die Polizei anrief.

Ich schlich aus meinem Zimmer. Ungewissheit verursacht die schlimmste Furcht, besser, ich fand heraus, wer da vor der Tür stand. Vorsichtig lugte ich durch den Spion.

Corbin.

Was zum Geier wollte der denn hier?

Ich öffnete, ehe die Nachbarn auf ihn aufmerksam wurden.

»Hi.« Betretene Pause. »Kann ich reinkommen?« Ich zuckte mit den Schultern, machte ihm aber keinen Platz. Er seufzte. »Dann halt nicht, hör mir nur zu. Mein Bruder geht vor die Hunde, weil –«

»Das ist nicht meine Schuld«, unterbrach ich ihn, ließ ihn jedoch in die Wohnung. Das war kein Thema, das belauscht werden sollte.

»Nein, ist es nicht. Es ist meine. Anderenfalls wäre ich auch kaum hier.«

Ich sah ihn eisig an. »Freut mich, dass es dir besser geht.«

»Lenk nicht ab.« Sein Gesicht verfinsterte sich, offenbar war ich zu weit gegangen. Gut. »Das gestern war nicht Marlons Schuld. Der Plan stammt ursprünglich von ihm, ja, wir haben das schon mal durchgezogen. Aber er hat nie gewollt, dass wir das für dich inszenieren.«

»Willst du mir jetzt sagen, dass er mir vertraut?«

»Das glaube ich nicht. Du musst zugeben, dass die Zufälle um dich herum schon bemerkenswert waren. Deshalb bin ich dir auch heimlich gefolgt. Gegen seinen Willen, falls es dich interessiert. Der Teufel soll Marlon holen, aber wer und was du bist, ist ihm egal. Er wollte dir vertrauen, egal wie erdrückend die Beweislage gegen dich war. Wir haben das nicht zugelassen.«

»Wie rührend«, erwiderte ich patzig, aber innerlich kämpfte ich mit den Tränen. »Hör mal, Corbin, es spricht für dich, dass du das wieder geradebiegen willst. Aber wozu? Du hast selbst gesagt, dass es keine Hoffnung gibt. Ihr werdet gehen und –« Der plötzliche Schmerz in seinen Augen ließ mich innehalten.

»Dann können wir uns also gleich erschießen, Noa? Wenn die Zeit, die wir haben, zu wenig und nicht gut genug ist, dann können wir sie auch wegwerfen, oder?« Zornig stieß er die Luft aus. »Sag mir, wie viel Zeit du brauchst, um sie als wertvoll betrachten zu können.«

Ich schwieg.

»Sag Marlon, dass er dir nicht geben kann, was du willst. Dass er dir nicht genug ist. Sag es ihm! Ins Gesicht.« Corbins Stimme wurde wieder sanfter. »Noa, ich habe meinen Bruder ewig nicht mehr glücklich erlebt. In den letzten beiden Wochen hat er mehr gesprochen als in den zehn Jahren zuvor. Lass ihn nicht im Stich. Nicht jetzt.«

Er ist es, der mich im Stich lässt, wollte ich ihm entgegenschreien, aber mir kam nur ein Schluchzen über die Lippen. Im Gegensatz zu mir hatte Marlon keine Wahl. »Es ist so schwer«, wisperte ich und verlor meinen Kampf gegen das Weinen.

Corbin streckte die Hand aus. Zunächst dachte ich, er wollte mich in den Arm nehmen, was ich nicht zugelassen hätte, weil es zu viel gewesen wäre. Stattdessen berührte er mit der Faust meine Schulter, so wie er es bei Marlon oft tat. Eine leichte Berührung, die mich schwanken ließ, so nahe ging sie mir.

»Finde ich auch«, sagte er leise.

Marlon wartete im Wagen. Durch die Scheibe des Beifahrerfensters sah er gereizt aus, wie ein wildes Tier hinter Sicherheitsglas. Als er mich mit Corbin aus dem Haus kommen sah, änderte sich sein

Gesichtsausdruck und wurde zu jenem misstrauischen Abwarten, das ich schon kannte.

Corbin öffnete die Tür, zog seinen Bruder unwirsch aus dem Auto und schubste ihn ein Stück in meine Richtung. »Ruf an, wenn du nach Hause willst, vielleicht hole ich dich ab«, meinte er lapidar und stieg auf der Fahrerseite ein.

»Das solltest du. Es ist mein Auto.« Marlon meinte Corbin, sah aber mich an. Ich versuchte zu lächeln, es ging schief.

Corbin fuhr mit quietschenden Reifen an.

Marlon öffnete den Mund, schloss ihn wieder und quetschte dann einen unvollständigen Satz hervor, der klang, als hätte er ihn die ganze Nacht über auswendig gelernt. »Von vorn, ganz von vorn, ohne Lügen?« Es war ein Angebot und ich nickte.

Wir schlenderten zum Spielplatz. Doch statt uns, wie beim letzten Mal, auf die Mauer zu setzen, kletterten wir über sie hinweg, ließen uns auf der anderen Seite auf den Boden nieder und lehnten uns an die Steine. Von der Straße aus konnte man uns nicht sehen. Für diese halbherzige Sicherheit nahm ich es gerne hin, dass Spinnen und Käfer aus dem Gemäuer in meine Haare krabbeln konnten.

Ein Neuanfang ohne Lügen. Ich beschloss zu beginnen.

»Ich habe Angst, mich zu verbrennen.« Ich machte eine Pause, um ihm die Möglichkeit zu geben, sich an unser Gespräch am Ufer des Kanals zu erinnern. Marlon begriff sofort.

»Höllische Angst, jedes Mal aufs Neue, wenn ich die Poi anzünde. Verbrennungen gelten als die schmerzhaftesten Verletzungen, wusstest du das? Auch wenn nur die oberste Hautschicht betroffen ist, zieht der Schmerz sich durch dein ganzes Fleisch. Du fühlst das Brennen bis zum Knochen. Ein böse verbrannter Finger kann dafür sorgen, dass dein Arm bis zur Schulter schmerzt.« Ich krempelte das Bein meiner Hose bis zum Oberschenkel hoch und zeigte ihm eine Brandnarbe. Ein ovaler Fleck von der Größe einer Walnuss, wellig und pink wie eine Duschmatte.

»Du machst es trotzdem immer wieder. Warum?«

»Die paar Minuten Spiel sind es wert.«

Ich sah ihn schaudern. Sah, dass er verstand, was ich ihm sagen wollte. Kurzzeitige Freude konnte Schmerzen wert sein. Das galt nicht nur für meinen Feuertanz.

Marlon atmete tief ein und durch die Nase wieder aus. Er war dran und er kniff nicht. »Die Katze wurde nicht überfahren. Ich habe sie aus Scham vergraben.«

Mein Herz schlug schneller. Plötzlich war mir die Wahrheit doch nicht mehr so wichtig.

Marlon, können dir bitte die Worte ausgehen? Stottere oder schweig! Aber sag mir nicht, dass du Cat Stevens getötet hast.

»Es waren die Raben.«

Eine Schraubzwinge löste sich von meinem Brustkorb. Zugleich verwirrte mich seine Antwort. Raben töten doch keine Katzen.

Er erklärte es mir und ich verstand, warum er sich schämte. »Ich habe dir doch erzählt, dass Harpyien nach Erinnerungen suchen. An dem Punkt, kurz bevor sie sich erinnern, sind manche Gefühle den menschlichen schon sehr ähnlich; Gefühle, die ein Tier nicht kennt. Rache zum Beispiel. Die Katze muss einen von ihnen gejagt haben. Da drehten sie den Spieß um.« Er verschränkte seine Arme, die von Gänsehaut überzogen waren. Wie sehr er sich davor fürchtete, seine Menschlichkeit zu verlieren.

»Ist schon gut«, flüsterte ich. Eigentlich war das sein Spruch und er war ebenso wenig wahr, wenn ich ihn sagte.

»Nein, ist es nicht. Wir sind Mörder, Noa.«

»Das seid ihr nicht.« Ich rückte näher an ihn heran. Er hatte mich nicht berührt, seit wir hier saßen. Es nicht einmal versucht. Nun nahm ich seine Hand. »Du weißt nicht, ob du so wirst wie sie. Und wenn, ist es nicht deine Schuld.«

»Du verstehst das falsch. Ich *bin* ein Mörder.«

Er hatte recht, ich verstand nicht. Ich analysierte seinen Satz. Eine Ich-Aussage. Gegenwart. Keine Zukunftsvision. Ich krallte meine Finger um seine, damit sie nicht zitterten. Er log. Er musste lügen.

Erinnere dich.

Die Stimme war seine. Sie war in meinem Kopf. Und ich erinnerte mich.

Nicht weitergehen. Nicht einsteigen.

»Du warst das? Du warst da, als die U-Bahn verunglückte?«

Marlon nickte. »Ja. Keine Lügen mehr. Damals habe ich dich das erste Mal gesehen.«

»Du musst mir das nicht erzählen«, sagte ich und meinte damit, dass ich nicht hören wollte, was jetzt kam.

»I…ich ver…versuche alles«, stotterte Marlon, »um dir vertrauen zu können. Als ich gestern dachte, du hättest mich verraten, da –« Er brach ab, aber ich verstand ihn auch so. Ich wusste, wie es sich anfühlte, verraten zu werden. Und ich wusste, was Verrat für Marlon bedeutete. Was es für ihn bedeutete, im Stich gelassen zu werden. Ich drückte zaghaft seine Finger. Er atmete durch und fuhr fort.

»Ich werde dir alles erzählen. Dann liegt es allein bei dir, ob du mich verrätst oder nicht. Du trägst Mitschuld, wenn du es nicht tust, das muss uns beiden klar sein.«

»Okay.« Interessante Logik, aber okay.

»Ich kann meine Gedanken mittels Steinen an Menschen weitergeben. Die Steine werfen meine Worte sozusagen in den Kopf der

Menschen. Echo der Steine, so nennen wir es. Ich konnte das schon immer. Menschen hören mich, wenn ich es will und ausreichend Steine vorhanden sind, über die ich sprechen kann. Tief da drin.« Er berührte erst die Mauer in unserem Rücken und dann meine Stirn. Hinter seinen Fingerspitzen prickelte es in meinem Kopf. Er verzog das Gesicht zu einem verzweifelten Lächeln. »Ich habe versucht, dich davon abzuhalten, in die Bahn zu steigen, aber du hast mir nicht geglaubt. Und dann musste ich –«

»Die Frau mit dem Baby warnen.« Ein mechanischer Einwurf, da das Bild der jungen Mutter vor meinen Augen aufflackerte.

»Ja. Ich habe versucht, sie alle zu warnen. Ich hatte gedacht, es würde mir gelingen, denn sie haben mich alle wahrgenommen – das weiß ich. Aber die Menschen hören nicht immer auf das, was sie für Intuition halten. Es war zu spät, um zu verhindern, dass die Bahn anfuhr. Sie raste los und ich hinterher.«

»Oh Gott.« Ich erwartete, ohnmächtig zu werden, als mir bewusst wurde, was Marlon mir mitteilen wollte. Doch nichts passierte. Alles war leer, kalt und starr.

»Was habt ihr getan?«

Ich konnte mich im Nachhinein nicht mehr daran erinnern, was Marlon genau gesagt und wie er es gesagt hatte. Es war, als hätte er mir die Information direkt ins Gehirn platziert. Klar und verständlich. Durchschaubar und kalt wie aus Glas. Ohne eine Gefühlsregung. Ich wusste einfach, was geschehen war.

Die Huntsmen waren auf Vorsicht gedrillt. Sie agierten selten gemeinsam, schlossen sich allenfalls kurzfristig zu kleinen Gruppen zusammen, die sich rasch wieder zerstreuten, damit ihnen ein möglicher Angriff nur geringen Schaden zufügen konnte. Die Ausnahme war eine regelmäßige Zusammenkunft, bei der sie Neuigkeiten und Beweismittel austauschten. Emma, die immer noch akut verfolgt und gejagt wurde und außerdem durch den Mord an ihren Eltern von Hass zerfressen war, arbeitete an vorderster Front gegen sie. Im Gegensatz zu Corbin und Marlon suchte sie die Nähe der Jäger. Beobachtete. Plante. Griff an. Und wurde selbst immer wieder gejagt. Sie fand heraus, dass die Treffen in dieser Stadt während einer U-Bahn-Fahrt stattfanden. Wöchentlich, jeden Freitag in der U7, Abfahrt 15:06 Uhr am Marktplatz. Diese Bahn war zu der Zeit selten voll und die Jäger hatten das letzte Abteil meistens für sich allein, weil man durch den kurzen Bahnsteig nicht direkt in dieses einsteigen konnte. Das war der erste Fehler, der den Huntsmen unterlief.

Corbin und Emma zerstörten das Gleis. Marlon war mit seiner Gabe dafür verantwortlich, die unschuldigen Menschen aus der Bahn zu locken. Möglichst viele, bestenfalls alle.

Die drei wollten die Huntsmen mit einem Überraschungsangriff überwältigen, um den Zirkel zu zerschlagen.

Doch ihre eigenen Pläne waren es, die zerschlagen wurden.

Marlon versagte. Durch den Schock, zu wenig Menschen erreicht und gerettet zu haben, kam er zu spät zum Angriff. Emma und Corbin gelang es, einen einzigen Jäger zu töten, dann wurden sie zur Flucht getrieben. Dass das Unglück ein weiteres Leben gekostet hatte – das eines Unschuldigen –, erfuhren sie am nächsten Tag aus der Presse.

So sei er, der Krieg, sagte Emma und Marlon kehrte tagelang nicht nach Hause zurück. Er betete um Verzeihung, suchte nach Zeichen, weinte im Regen. Und fand mich in dem Moment, als ich ihn zum ersten Mal bemerkte.

»Darum gehst du zum Friedhof?«

Marlon sah mich an, nachdem er die ganze Zeit zu Boden geblickt hatte. Zeit, die ich nicht mehr überschauen konnte. Die Uhr mochte von einigen Minuten reden, aber wie konnte das sein? Zwischen meinem Jetzt und meiner Vergangenheit in Ahnungslosigkeit lag ein Leben. Ein Menschenleben.

»Du warst wie die Rache des Schicksals«, flüsterte Marlon. »Ich habe in dieser Löwenstatue nach einem Hinweis gesucht, konnte etwas spüren, aber es entzog sich mir. Als ich die Augen öffnete, sah ich dich. War mir nicht sicher, was du warst. Jemand, den ich um Vergebung bitten konnte? Oder jemand, der rächen würde, was ich getan hatte? Ich bin dir gefolgt. Damals habe ich mir gewünscht, du wärst eine von den Huntsmen und würdest mich töten. Es wäre mir wie eine Erlösung vorgekommen.« Er seufzte tief und lautlos, sodass ich seinen Atem auf meiner Haut spürte. Warm und lebendig. »Dann fand ich eine Botschaft in der Nähe der Löwenstatue. Einen Vogel, eine harmlose Taube, zugerichtet wie der Star, den du gesehen hast. Man hatte ihr eine Kette um den Hals geschnürt. Die Kette, die Corbin seiner Freundin geschenkt hatte. Sie hat sie bei ihrer Beerdigung getragen.«

Ich presste die Lippen zusammen, damit mir kein entsetzter Laut entfuhr. »Damit machen sie euch mürbe? Indem sie euch tote Vögel und Symbole schicken?«

»Ja. Und bringen uns so dazu, Fehler zu begehen. Es war kein Zufall, dass wir kurz darauf herausfanden, wo Olivier wohnte. Es war erneut eine Falle. In der Wohnung lagen Sprengkörper und das Gas war voll aufgedreht. Wären wir in unserer Rage dort hineingepoltert, hätte es das ganze Haus zerfetzt. Uns in jedem Fall. Wir rannten aber nicht kopflos hinein. Kannst du dir denken, warum?« Ich hatte eine vage Ahnung, aber ich schüttelte den Kopf, damit er es aussprach. »Weil du uns in den Weg gestolpert bist, Noa. In der Nacht, als wir dich gefangen hielten, beschlossen wir, den Kampf gegen die Huntsmen aufzugeben. Sie sind uns überlegen. Wir haben uns geirrt. Das ist kein Krieg, es ist bloß eine Jagd. Und die Beute sind wir. Nicht sie.«

Mein Mund war trocken, meine Zunge fühlte sich an, als würde Sandpapier darauf kleben. Mich auf meine Füße zu stellen kam einem Kraftakt gleich, aber es gelang. Marlon konnte jetzt nicht von mir verlangen, dass ich mit ihm sprach. Tat er, nebenbei bemerkt, auch nicht.

»Willst du ein Stück gehen?«, fragte er nach ewigem Schweigen. Ich nickte. »Darf ich neben dir gehen?« Wieder nickte ich. Er sah mich dankbar an, als wäre das mehr, als er erwartet hatte. Also gingen wir. Eine Straße entlang. Um die Ecke. Eine weitere Straße entlang.

Wir gingen durch die Stadt, bis die morgendliche Frische verflogen war und die Sonne uns grillte. Wir wateten durch den Gestank von heißem Asphalt, atmeten abgasgeschwängerte Luft und erlaubten uns nicht mehr als kurze Blicke, die dem anderen entgehen sollten, was natürlich nicht der Fall war. Mein T-Shirt klebte mir am Rücken. Auf Marlons Schläfen glänzten winzige Schweißperlen. Ich wischte mir mehrmals die nassen Hände an der Hose ab, um ihn wie zufällig zu berühren, ließ es dann aber bleiben.

Irgendwann, als mir die Zunge längst dick und klebrig vor Durst im Mund lag, überwand ich mich und sprach das erste Wort.

»Marlon?«

»Hmm?«

»Was nun?«

Er zog die linke Schulter hoch und ließ sie wieder fallen. »Da vorne ist eine Tankstelle. Eis und Cola?«

Ich überlegte kurz. »Und ein Rosinenbrötchen. Oder zwei.«

Es wäre gelogen, zu behaupten, dass nach einem ernährungsphysiologisch äußerst wertlosen Frühstück aus Eis, Cola und labberigem Süßgebäck alles wieder in Ordnung war. Sich vollzustopfen, musste ich feststellen, half beinahe immer, nur diesmal leider kein Stück. Während Marlon seine Colaflasche benutzte, um sich den Nacken zu kühlen, dehnte ich meine Auffassung von *in Ordnung* in alle Richtungen, so wie Papa seinen Pizzateig dehnte und zog, der ihm erst dann gut genug war, wenn man hindurchgucken konnte.

Es änderte nichts. Das Attentat war nicht in Ordnung. Aber es war geschehen. Es war vorbei.

Marlon war hier.

Wofür ich dem Himmel dankte und ein klitzekleines bisschen auch dem Schicksal, weil er daran glaubte und ich nicht mehr ausschließen konnte, dass es wirklich existierte.

Nein, nichts war in Ordnung. Doch ich begriff, dass es Dinge gab, die mir wichtiger waren. Er musste nicht in Ordnung sein; mir reichte, wenn er Marlon war.

War ich besessen? Sah ganz so aus. Aber warum auch nicht? Ein sehr garstiger Teil meines Unterbewusstseins, den ich für gewöhnlich mit Ignoranz strafte, sagte mir, dass es egal war, wer er war oder was er getan hatte. Er würde ohnehin bald weg sein. Ich stimmte diesem zynischen Teil in mir zu, ergänzte aber, dass er vielleicht zurückkäme und dann neu anfangen könnte. War das nicht alles, was er wollte? Ein unbeschwerter Mensch zu sein?

Das Frühstück machte nichts besser, aber es half, uns etwas vorzumachen. Wir hatten keine Ahnung, wohin wir gehen und was wir tun sollten. Brauchten wir auch nicht. Wir schlenderten weiter, aber nun nicht mehr wortlos und von tonnenschweren Grübeleien begleitet. Wir sprachen über die Musik, die wir mochten, die aktuellen Kinofilme, die wir beide nicht gesehen hatten, sowie über die Bücher, die er bevorzugte und deren Namen ich nur kannte, weil Rosalia sie mir empfohlen hatte. Ich verfolgte aufmerksam, wie Marlon sich die leicht verschwitzten Haare aus dem Gesicht strich. Er blinzelte träge, wenn ich mir über die Lippen leckte, weil Staub auf ihnen haftete. Wir grinsten uns verschämt an und lächelten ehrlich, wenn sich unsere Blicke aller Vorsicht zum Trotz aus dem Augenwinkel für einen Sekundenbruchteil trafen. Von außen hätte uns jeder für stinknormale, unbeholfen flirtende Jugendliche gehalten. Und nachdem ausreichend Zeit vergangen war und die Nachmittagssonne uns längst in die Schatten getrieben hatte, begann auch ich, es wieder zu glauben.

Wir waren in der Nähe des Kanals angekommen. Ich führte Marlon an der Ruine einer Wassermühle vorbei. Es gab hier eine Stelle, wo man ganz nah an den Fluss gelangen konnte. Nur Stacheldraht und Unkraut standen uns im Weg. Ich zeigte Marlon die Richtung, indem ich den oberen Draht hochhielt, damit er bequemer darunter hindurchklettern konnte. Dafür trampelte er in seiner langen Jeans eine Mauer aus Brennnesseln nieder, die ihm bis zur Hüfte reichte, und schuf mir so eine Schneise. Am Kanal angekommen, setzten wir uns im Schatten eines Baumes ans Ufer, das an dieser Stelle so niedrig angelegt war, dass ich meine Füße ins Wasser baumeln lassen konnte. Marlon tat es mir nach. Wir achteten nicht darauf, dass Müll und bräunlicher Schaum auf dem Wasser trieben und es trotz der reißenden Strömung trüb wirkte. Der uns umwabernde Geruch erinnerte an verbrannte Butter und an Wäsche, die zu lange in der Waschmaschine gelegen hatte, aber man roch auch das Gras, die Bäume und die Sonne. Zumindest wenn man darauf achtete.

Das war meine Stadt. Sogar einer der Orte, die ich besonders mochte. Warum nicht Gefallen an Dingen finden, die man nicht ändern kann? Ich beugte mich übers Wasser, in dem ich nur Grau sah, nicht einmal den Hauch meines Spiegelbildes. Oder ein wenig Himmelblau. Ich lehnte mich weiter vor.

Marlon berührte meine Schulter, mein linkes Schlüsselbein, einen Teil meines Dekolletés. »Sei vorsichtig.«

Ich gab mich unbeeindruckter, als ich mich fühlte. »Hast du Angst, dass ich reinfalle?«

»Ja. Du kommst mit Feuer zurecht, aber ich bin mir nicht sicher, ob du auch das Wasser im Griff hast.«

»Jugendschwimmabzeichen in Gold«, erwiderte ich nicht ohne Stolz. »Außerdem bist du ja hier und kannst mich retten.«

»Aber du würdest aus der Brühe mit veränderter DNA wieder auftauchen.« Er zog die Zehen aus dem Wasser und beäugte sie kritisch. »Man sollte versuchen, Fotos darin zu entwickeln oder Biomüll aufzulösen.«

Kichernd ließ ich mich auf den Rücken sinken und sah in den Himmel. Die Sonne wanderte ein Stück und brach durch die Zweige der Bäume. Sie blendete mich so stark, dass ich mir den Unterarm auf die Augen legen musste. »Spotte ruhig. Ich bin trotzdem gerne hier.«

»Ich doch auch.« Marlons Flüstern streifte plötzlich meine Lippen. Ich hatte nicht gemerkt, dass er sich über mich beugte, bis ich seinen Atem spürte. Ihn einsog.

»Gehe ich zu weit?«

»Nein.« Ich schob die Hand in seinen Nacken, seine Finger fuhren durch mein Haar. Meine Kopfhaut vibrierte. Nicht weit genug.

Sein Kuss begann noch vorsichtiger als unser erster. Jede Bewegung seiner Lippen glich einer lautlosen Frage, die ich beantwortete.

Nun geschah es also. Ich küsste einen Terroristen. Der Gedanke war durchaus da, und nicht allzu leise. Doch lauter war ein anderer: Der Terrorist küsst eben verdammt noch mal sehr gut.

Er streifte meine Brust, eine feine Berührung durch mein verrutschtes T-Shirt. Das gefiel mir. Unter seinem T-Shirt zeichnete ich seine Wirbelsäule nach. Er streichelte meine Hüfte, fand den schmalen Streifen nackter Haut zwischen Hosenbund und Shirt und ließ seine Hand auf meiner Taille liegen. Mir war, als verbrannte die darunterliegende Haut, als verbrannte jeder Zentimeter Haut, den er berührte. Es mussten Verbrennungen sein, denn ich konnte an nichts anderes mehr denken.

Wir gingen erst, als es kühl wurde, und das war Ende Juli sehr spät der Fall. Mir war ein bisschen schwindelig vom Küssen und vor Hunger. Marlon überwand seinen Stolz und die Furcht vor frechen Kommentaren und rief seinen Bruder an, damit er uns abholte.

»Zu dir nach Hause?« Corbin musterte mich durch den Rückspiegel.

»Nein.« Meine Antwort war etwas lauter als nötig. Sie brachte Marlon dazu, sich aufrechter hinzusetzen. Ich hatte mich lange auf diese Worte vorbereitet und kostete nun jedes einzelne aus. »Ich komme mit zu euch. Mein Handy liegt noch in Marlons Zimmer.«

Das war gelogen. Marlon hatte mir erzählt, dass sie es zerstört hatten und er mir ein neues kaufen wollte. Es war nicht auszuschließen, dass die Huntsmen das Gerät orten konnten.

Ich unterdrückte ein Schmunzeln, als ich sah, wie viel Mühe es Marlon bereitete, sich unbeeindruckt zu geben.

Corbin bewies Anstand, was ich ihm nicht zugetraut hätte, denn nach ein paar harmlosen Foppereien, was wir denn den ganzen Tag getrieben hätten, ließ er uns in Ruhe. Ich sprach kaum mehr als die nötigsten Worte mit ihm. Vielleicht konnte ich Marlon verzeihen, aber das schloss seinen Bruder nicht automatisch mit ein.

Mein Magen knurrte die ganze Fahrt über, als hätte ich einen Wolf verschluckt. Corbin hielt unaufgefordert an einer Imbissbude, wo Marlon Currywurst und Fritten kaufte. Am liebsten hätte ich die Tüte schon im Wagen aufgerissen und die darin vor sich hin schwitzenden Pommes vernichtet. Stattdessen trugen wir sie ins Drachenhaus und aßen gemeinsam auf dem Wohnzimmerboden. Emma warf einen Blick ins Zimmer, rümpfte die Nase und verschwand wieder, was meiner Laune einen erheblichen Dämpfer versetzte.

»Sie hat etwas gegen mich.«

»Jepp, Rattengift«, meinte Corbin mit vollem Mund. »Du solltest aufpassen.«

Ich hatte keinen Schimmer, wie ernst er das meinte.

Marlon verdrehte die Augen. »Blödsinn. Emma ist nur überzeugte Vegetarierin. Sie fühlt sich von der Wurst beleidigt, nicht von dir. Nimm dich nicht immer so wichtig.« Er deutete ein Zwinkern an und ich entspannte mich.

»Wie geht es jetzt weiter?«, wollte ich wissen, als wir kurz darauf seine Zimmertür hinter uns schlossen.

»Ich fahre dich nach Hause?«

Ich war mir sicher, dass er keine Frage formulieren wollte, vielleicht bildete ich mir das aber auch nur ein. »Das meinte ich nicht.

Du hast mir immer noch nicht erzählt, was du an dem Steintor herausgefunden hast.« Wir waren tatsächlich noch nicht dazu gekommen, über diese Sache zu sprechen.

Er fuhr sich fest über die Stirn, als drückten ihm die Gedanken darin gegen den Schädel. »Ich bin ehrlich gesagt etwas ratlos. Ich habe die Stimme im Stein kaum verstanden. Sie lag tiefer als alles, was ich bisher gehört habe.«

»Tiefer?« Ich zog die Augenbrauen zusammen.

»Stell es dir als unterschiedliche Ebenen vor.« Marlon untermalte seine Erläuterungen mit Gesten. »Die oberste Ebene sind die Lieder, die du gehört hast. Darunter liegt die eigentliche Botschaftsebene.«

»Das hast du mir bereits erklärt, so weit habe ich es verstanden.«

»Gut. Was ich aber nun in diesem Torbogen gehört habe, lag noch eine Stufe darunter. Kaum mehr wahrnehmbar. Ich habe nicht einmal gewusst, dass man so tief in einen Stein eindringen kann. Diese Informationen halten sich vermutlich ewig darin.« Er kratzte sich am Hinterkopf. »Wenn ich nur wüsste, wie ich sie da rausbekomme.«

Ich ließ mich auf sein Bett sinken. »Hast du gar nichts verstanden?«

»Schon.« Marlon ging ans Fenster und sah über die Dächer. »Es ist, als hätte ich die Mundbewegungen gehört, verstehst du? Das winzige Geräusch, das Lippen machen, wenn sie aufeinandertreffen.« Wurde er ein bisschen rot? »Und ich habe den Atem strömen hören. Den Takt der Worte, wenn du so willst.«

»Kapier ich nicht«, schwindelte ich.

Er setzte sich neben mich, Hüfte an Hüfte. »Mach die Augen zu, Noa.« Ich gehorchte und er flüsterte mir unverständliche Laute ins Ohr, ließ mich Lippenbewegungen hören und den Takt seines Atems spüren. Ich erahnte Worte wie Verstand, unglaublich, und meinte, meinen Namen zu verstehen. Mich zu konzentrieren fiel mir schwer, denn eine Gänsehaut wanderte mein Rückgrat rauf und runter. In meinem Magen spürte ich etwas, das sich so anfühlte wie ein Knistern.

»Sicher, dass du mich nach Hause fährst?«

Marlon schüttelte den Kopf, räusperte sich. »Überhaupt nicht.«

»Dann darf ich bleiben?«

Er sagte nichts, reichte mir nur sein Handy.

Verdammt! Ob ich bleiben durfte, hatte unerfreulicherweise mein Vater zu entscheiden. Ich rief ihn an, wandte mich ab, weil ich nicht wollte, dass Marlon in meiner Miene forschte, während ich mir Papas Meinung über Jungs und Nächte und für mich geeignete Betten anhören musste. Meine Ohren glühten bereits, als er abnahm.

»Papa?« Ich versuchte eine Mixtur aus *Bitte, bitte, liebster Papi* und *Alter, mach bloß keinen Stress* in meinen Unterton zu legen. Hoher Schwierigkeitsgrad, denn wenn ein Extrem zu deutlich durchschimmerte, lautete die Reaktion meist: Auf gar keinen Fall!

»Ich habe ein Geständnis und eine Bitte.«

Ich lauschte. Hinter seinem fragenden Brummen hörte ich ein leises Lachen. Ein leises und sehr weibliches Lachen. Er hatte Besuch von Corinna. Wie schön. Für mich.

»Das Geständnis ist, dass es sich mit der rein platonischen Freundschaft erledigt hat.«

Papa atmete tief ein. Ich hoffte, er würde, ohne zu fragen, an Dominic denken. Denn ihn kannte er, von ihm erwartete er nichts Schlimmes.

»Die Bitte«, fuhr ich eilig fort. »Darf ich über Nacht bleiben? Du brauchst nichts sagen, ich höre deine Bedenken in meinem Kopf und bin vollkommen einverstanden. Du hast total recht, ehrlich, und alles, was du sagen willst, stimmt.« Ich verstellte die Stimme, als wollte ich eine Klatschreporterin synchronisieren. »Herzlichen Glückwunsch, Herr Grau, Ihre Tochter ist bestens erzogen, erstklassig aufgeklärt und wunderbar vorbereitet. Wir gratulieren zu diesem einmaligen Erfolg, der ganz allein Ihnen zuzuschreiben ist.« Mein Fehler war es, Marlon einen Blick zuzuwerfen. Er presste die Lippen zusammen, um nicht laut aufzulachen. Ich prustete los und brachte meinen Werbetext nicht zu Ende.

»Noa?«, fragte Papa ernst. »Noa, hast du Drogen genommen?«

»Nee, da muss ich dich enttäuschen, die Wilde-Mädchen-Nummer habe ich immer noch nicht drauf. Tut mir leid, ich werde mir mehr Mühe geben. Was ist jetzt? Ist es okay?«

»Moment, warte mal eben.« Ich hörte leises Raunen. Vermutlich beriet er sich mit Corinna, hielt aber eine Hand über den Hörer. Schließlich seufzte er ins Telefon. »Na schön. Aber erinnere deinen feinen Freund an unseren Deal mit der Schnabeltasse.«

Noch einmal riss ich mich zusammen, antwortete mit einem gewollt lässigen »Logo«, verabschiedete mich und hielt Marlon das Handy entgegen.

»Wir haben jede Menge Zeit«, sagte ich langsam und sehr leise. »Erzähl mir mehr von der Stimme im Stein.«

Marlon zog einen Block mit einem daran festgeklemmten Kuli unter seinem Bett hervor und kritzelte darauf herum. Vor meinen Augen entstand der torbogenartige Stein. Dann trug Marlon an unterschiedlichen Stellen Worte ein, manche schrieb er deutlich, andere deutete er nur mit wenigen Buchstaben an. Viele Fragezeichen gesellten sich dazu.

»Es ist schwer zu beschreiben, wie ich die Stimme wahrgenommen habe«, erklärte er, »aber am ehesten verstehst du es so.«

Ich betrachtete seine Zeichnung. Viel Sinn ergab sie nicht. Nur drei Worte waren erkennbar: *Spiegel*, *Sohn* und *Wächter.*

Marlon deutete auf das letzte Wort. »Es könnte auch Fechter, Pächter oder Schlächter bedeuten, aber Wächter erschien mir logischer. Was fällt dir zu Wächter ein, Noa? Denk gezielt an diese Stadt.«

»Unser Wahrzeichen wird Stummer Wächter genannt. Der Löwe vom alten Stadtwappen.«

Marlon nickte und sah mich vielsagend an. »Und wo sieht man dessen Spiegelbild?«

Ich musste nach Luft schnappen. »Im Brunnen, über dem er sitzt.« Dort, wo ich Marlon zum ersten Mal gesehen hatte. Ich griff nach dem Kuli und nagte nervös auf seinem Ende herum.

Erneut nickte Marlon, doch nun wirkte seine Miene verbissen. »Ich wusste, dass dort etwas war. Ich habe es gespürt, konnte aber nicht lokalisieren, woher es kam. Es ist nicht in der Löwenstatue, aber inzwischen glaube ich zu wissen, wo.« Er deutete auf eins der Worte, die er nur zur Hälfte aufgeschrieben hatte; die Buchstaben standen am höchsten Punkt des Torbogens. *Durch…?*

»Durchfall!«, rief ich. Kein Zweifel. »Wenn es etwas mit dem Brunnen zu tun hat, dann muss es Durchfall bedeuten. Den bekommt man von dem Wasser da drin. Aber ich vermute mal, dass in dem Stein nicht bloß eine Warnung vor der Wasserqualität eingesungen ist.«

Marlon grinste. »Mein Gedanke war eher: Durchgang. Ich werde morgen noch mal dort hingehen und schauen, was ich herausfinde. Heute wäre es besser gewesen, aber«, er wirkte fast verlegen, »es gab Wichtigeres zu klären und jetzt kann ich einfach nicht mehr. Ich bin völlig fertig.«

Das verstand ich gut. Der Tag war, verglichen zu gestern, die reinste Wohltat gewesen. Trotzdem war auch ich vollkommen erschöpft. Man sah es Marlon dank seiner dichten Wimpern nicht auf den ersten Blick an, aber seine Lidränder waren gerötet und seine fahrigen Handbewegungen hatten mich den ganzen Abend schon vermuten lassen, dass er sehr müde war.

»Hast du letzte Nacht geschlafen?«

»Nicht wirklich«, gab er zu. »Mir tat der verdammte Arm weh und ...« Er legte eine Hand auf sein Herz, was mich direkt in meins traf.

Ich erklärte abendliches Waschen und Zähneputzen für überbewertet, streifte nur meine Hose von den Hüften, schob mich unter Marlons Decke und hielt sie für ihn hoch. Er stand auf, knipste das Licht aus und befreite sich von Jeans und T-Shirt. Das überdimensionale Pflaster, das die Schusswunde verbarg, leuchtete weiß im Dunkeln, wie ein handtellergroßes Gespenst, das auf mich zuflog. Mit einem leisen Stöhnen ließ er sich neben mich aufs Kissen gleiten. Meine Hand mogelte sich schneller auf seine nackte Brust, als ich das überdenken konnte.

»Besser?«, fragte ich.

Er kippte den Kopf in meine Richtung. »Viel besser. Nah dran an optimal.«

»Wie wäre optimal?«

Er zog mich an sich, sodass ich in seiner Armbeuge zum Liegen kam. »So.«

Sein intensiver Geruch – ein wenig Zimt, viel Marlon – machte mich ganz schwindelig. Müde zu sein bedeutet nicht zwangsläufig, schlafen zu wollen. Ich nahm seine Hand, die zärtlich an meiner Wange lag, und führte sie zu meiner Brust. Er spürte sicher, dass mein Herz raste. Den Versuch, mich gelassen zu geben, konnte ich vergessen; aber das war nun unwichtig, spürte ich Marlons Herz doch ebenso rasen und seinen Atem rauer werden. Wir berührten uns. Hielten inne, um uns zu küssen, weil beides zusammen zu viel war. Irgendwann zerrte ich mir kurzerhand das T-Shirt über den Kopf und lag in Slip und BH neben ihm. Ich wollte an meinen Rücken greifen und den Verschluss öffnen, doch Marlon verhinderte, dass ich mich bewegte, indem er mich in eine steinharte Umarmung zog.

»Genug, Noa«, flüsterte er heiser. »Sonst mag ich nicht mehr aufhören.«

»Dann hör nicht auf.«

Er atmete tief ein, stieß mit dem Ausatmen einen gewisperten Fluch aus und küsste meine Stirn. »Das muss ich aber. Denk an die Geschichte, die ich dir erzählt habe. An Brijans und Seirēns Kinder, und was mit denen geschah, die sie liebten.«

Ich entwand mich ihm, richtete mich im Bett auf. »Das war doch nur eine Geschichte.«

Im Dunkeln sah ich ihn an die Decke blicken, die Augen schwarzglänzend wie Glas und starr wie die einer Puppe. »Es sind nie nur Geschichten. Ich hätte es dir sagen müssen, aber ich habe gehofft, du würdest deine Schlüsse selbst ziehen. Ich fürchte, dass dieser Teil wahr ist. Ich kann nicht mit dir schlafen. Nicht heute und nicht morgen. Nie.«

»Erklär es mir«, verlangte ich und streichelte ihn dabei, um nicht zu klingen wie ein bockiges, abgewiesenes Mädchen.

»Ich habe dir doch erzählt, dass manche unsere Existenz als einen Fluch bezeichnen. Sie sagen, es koste uns einen Preis, nicht wie alle anderen am Boden zu bleiben, sondern zu glauben, der Himmel gehöre uns. Es heißt, wenn wir uns mit einem Menschen vereinen, fließt unsere Sehnsucht in diesen Menschen über und er wird nie wieder glücklich sein, sondern sich sein Leben lang nach dem Himmel sehnen.«

»Du sehnst dich aber nicht danach zu fliegen. Also kann auch nichts davon in mich überfließen.«

Er nahm mein Gesicht in beide Hände, ließ nicht zu, dass ich es abwandte, und zwang meine Stirn an seine. »Du möchtest es ausprobieren? Für ein bisschen Sex dein Glück riskieren? Dein Leben? Ich fürchte, so ein guter Liebhaber bin ich kaum.«

»Und ich wette auf das Gegenteil. Ich glaube nicht an solchen Hokuspokus.«

Das brachte ihn zum Lachen. »Wenn man zusammenfasst, was du in den letzten Tagen Außergewöhnliches erlebt hast, ist das eine Aussage von überwältigender Naivität.« Erst küsste er meine Nasenspitze, dann biss er sanft hinein. »Leider glaube ich sehr wohl daran. Ich kann es nicht ausschließen. Es hat doch schon funktioniert, oder? Ich berühre dich und du kannst nicht widerstehen, obwohl du es willst.«

Ich erinnerte mich an unsere ersten Begegnungen. An meine Faszination, als er am Brunnen gesessen und dem Stein gelauscht hatte. An meine Träume von ihm, die rückblickend Sinn ergaben. Sowie an unsere Flucht durch den U-Bahn-Tunnel, als ich mein Leben in seine Hände gelegt hatte. Es lag eine schaurige Wahrheit in dem, was Marlon sagte. Ich würde das überdenken müssen, sobald ich nicht mehr so unerträglich müde war.

»Wir sollten schlafen, Magpie.«

»Findest du das nicht ungerecht? Einen Preis zu bezahlen für etwas, das du gar nicht haben willst?«

»Ungerecht ist nicht der richtige Ausdruck, aber mir fällt kein passender ein, den ich in den Mund nehmen möchte.«

Ich musste gähnen und ließ die Augen zufallen. »Erinnert mich an die GEZ.«

In dieser Nacht träumte ich von menschlich aussehenden Raben in schwarzen Anzügen, die meinen Fernseher wegtrugen, in dessen Inneren Marlon saß und gegen die Scheibe hämmerte.

Er kam da nicht raus.

LEKTION 13

Wie man durch Steine geht

Es gibt vermutlich nur einen Menschen auf der Welt, der es schafft, jemanden durch einen Blick zu wecken. Ich spürte durch meine geschlossenen Lider, dass Marlon mich ansah. Das Gefühl erreichte mich selbst im Schlaf. Nur seine Blicke verursachten dieses sehnsüchtige Ziehen, als würde er mit ihnen ein Vakuum in die Luft brennen, das mich ansog.

»Was tust du?«, murmelte ich, ohne die Augen zu öffnen. War es überhaupt schon Morgen?

»Ich denke nach.« Er klang ausgeschlafen und beinahe vergnügt.

Ich spürte, wie er mit meinen Haaren spielte, und brummte genüsslich. »Worüber?«

»Du hast die ganze Nacht in meinem Arm gelegen und ich habe mich gewundert, dass ich trotzdem schlafen konnte, denn normalerweise sieht mein Bett morgens aus wie ein Schlachtfeld, weil ich mich immer so herumwälze. Da kam mir der Gedanke, dass du etwas an dir haben musst, was mich ruhiger macht, und nun grüble ich, was das sein könnte.«

Er musste wirklich guter Laune sein, denn er rasselte die Worte nur so runter. Ich hatte ihn selten so frei von der Leber weg sprechen hören. Besser, ich öffnete die Augen, um nachzusehen, ob man ihn in der Nacht ausgetauscht hatte.

Nein, abgesehen von den zerzausten Haaren sah er aus wie immer. Beneidenswert, denn es war wirklich noch ganz früh. Das Tageslicht lugte scheu, blass und milchig durchs Fenster.

»Vielleicht, weil wir uns ziemlich ähnlich sind«, bemerkte ich und sah zu dem großen aufgesprayten Drachenherz über mir.

»So, sind wir? Was haben wir denn bitte schön gemeinsam?«

»Keine Mutter mehr«, entfuhr es mir. Ich biss mir auf die Zunge. Verdammt, warum hatte ich das gesagt? »Entschuldige. Das ist bestimmt ein blöder Vergleich. Es ist nur so, dass dieser Raum mich an meine Mutter erinnert. Sie hat ein Drachentattoo um den Knöchel.« Von diesem kleinen Drachen hatte ich geträumt, bevor Marlon mich weckte. Er streichelte mein Gesicht, strich mit zwei Fingern über meine Wangen, als zöge er die Wege von Tränen nach, die zu weinen ich mir nie erlaubt hatte.

»Entschuldige dich nicht, Noa, bitte nicht. Rede mit mir, okay? Jetzt, denn wir haben nicht viel Zeit.«

Es frustrierte mich, die Leichtigkeit dieses frühen Morgens zerstört zu haben. Doch als ich begann, von meinem Babybruder, seinem Tod und dem Verlust meiner Mutter zu sprechen, wurde mir ein wenig leichter ums Herz. Ich redete und redete und redete. War verwundert, wie viel es zu erzählen gab, angefangen von der Weichheit von Joels Haut, über die Lieder, die Sybille ihm vorgesungen hatte, bis hin zu dem süßen Geruch, den er ausatmete, nachdem er gestillt worden war. Ich erzählte Marlon, wie der Polizist, der nach Joels Tod gekommen war, mich angesehen hatte. Ich erinnerte mich genau, was er zu Sybille gesagt hatte: »Manchmal werden sie eifersüchtig.« Und ich wusste noch, was ich in Sybilles Blick gelesen hatte. Für einen Moment hatte sie tatsächlich geglaubt, ich hätte es getan. Sie glaubte, ich hätte ihn erstickt.

Ich erzählte Marlon, dass Joels Gesichtchen in meiner Erinnerung immer von kreisendem Blaulicht beschienen wurde, obwohl ich dieses Bild in der Realität nie vor mir gesehen hatte. Trotzdem hatte sich sein zahnloses Lächeln in meinem Kopf mit dem anklagenden blauen Lichtkreisel verbunden und mit der Sekunde aus Misstrauen in Sybilles Augen. Schließlich weinte ich. Erstaunlich. Ich hatte noch nie wegen meiner Mutter geweint. Ich hatte ihren Verlust als unvermeidlich hingenommen. Nun trauerte ich.

Marlon küsste mir die Tränen von der Haut, eine Geste, die ich immer als fürchterlich kitschig empfunden hatte. Doch was war Liebe ohne ein wenig Kitsch? Ob kitschig oder nicht – es half. Es war schön. Traurig und schön.

»Ich war fünf«, sagte Marlon später unvermittelt.

Das mochte unspektakulär klingen, aber ich erkannte, was an diesen drei Worten so besonders war. Zum allerersten Mal begann er über seine Kindheit zu sprechen, ohne dass ich ihn darum bat oder ihm eine Frage stellte.

»Corbin sieben, Ebony fünfzehn.« Ich horchte auf. Von einer Schwester hatte er mir nie erzählt. »Unsere Eltern konnten nicht mehr warten, sie waren schon immer lieber in den Wolken gewesen statt am Boden. Leider«, er lächelte schmal, »schlüpfen Kinder nicht aus Eiern, ansonsten hätten sie sich vermutlich niemals in Menschen zurückverwandelt. Ich muss ihnen im Nachhinein danken, dass sie uns auf den Abschied vorbereiteten. Wir wussten, dass sie uns verlassen würden. Sie waren immer ehrlich.«

»Wo sind sie … nun ja … offiziell?« Im nächsten Moment wünschte ich, ich hätte nicht gefragt. Was, wenn sie für tot erklärt worden waren?

»Ausgewandert«, erwiderte Marlon, als sei das eine Selbstverständlichkeit. »Es existieren Papiere, die sie als kenianische Staatsbürger ausweisen. Sie haben sogar Steuern gezahlt, kannst du dir das vorstellen? Ob sie in Kenia je angekommen sind, kontrolliert doch kein Mensch.«

Sein halbherziges Grinsen beruhigte mich nicht, aber ich wagte mich dennoch weiter vor. »Was ist dann mit euch passiert? Kamt ihr in ein … Heim?«

»Natürlich nicht.« Er wirkte fast entsetzt, dass ich seinen Eltern so etwas zutraute. »Sie hatten Pflegeeltern für uns ausgewählt. Es waren gute Freunde und noch bessere Menschen. Es war eigentlich nicht schlimm.«

Doch, das war es, und das wusste er auch. Ich konnte mir Marlon erschreckend gut als kleinen Jungen vorstellen, mit seinen schwarzen Knopfaugen, einem Holzschwert in der Hand und riesengroßen bunten Gummistiefeln. Und buchstäblich mutterseelenallein.

»Ich habe nur immer viel zu gerne Geschichten erzählt«, meinte er halb bedauernd, halb amüsiert, »und den anderen Kindern gesagt, dass meine Eltern Vögel geworden sind. Du kannst dir vorstellen, was passierte.«

»Sie haben dich ausgelacht.«

»Das auch. Zunächst war es harmlos, sie haben mir nicht geglaubt. Wie sollten sie auch? Was wehtat, waren Sprüche wie: He, Marlon, da kommt deine Mutter. Wo? Da oben, da fliegt sie doch, pass auf, sie kackt vom Himmel, sie scheißt auf dich!«

Er versuchte, mich die Bitterkeit, die er fühlte, nicht sehen zu lassen. Doch ich sah sie in dem Hauch von Anspannung um seine Augen und sagte: »Blöde kleine Mistkröten!«

Er zuckte mit den Schultern. »Vermutlich. Aber irgendwann glaubte ich, ich sei es, der einen Vogel hatte.« Er tippte sich an die Stirn, aber keiner von uns lachte.

»Und dann hast du aufgehört zu sprechen.«

»Für zwei Jahre, ja. Anschließend musste ich es völlig neu lernen, was sich über mehrere Jahre hinzog. Als Corbin begann, Gitarre zu spielen, fing ich heimlich an zu singen, und unsere Pflegeeltern ertappten mich dabei. Daraufhin schickten sie mich zu einer Therapie, in der man das Sprechen über das Singen neu erlernt.«

Ich hatte längst bemerkt, dass er mit dem linken Mittelfinger wieder einen Takt auf die Bettdecke trommelte.

Es war schon später Vormittag, als wir Marlons Zimmer verließen und uns in der Küche Frühstück machten. Emma kam dazu, lehnte sich in den Türrahmen und beobachtete Marlon, wie er Instant-Cappuccino aufgoss. Mich beachtete sie kaum, sie schürzte bloß wissend die Lippen, als sie sah, dass ich eins von Marlons kurzärmligen Hemden trug.

»Du scheinst ja jede Menge Zeit zu haben, Marlon«, säuselte sie in einem unangenehm zuckersüßen Tonfall. »An deiner Stelle hätte ich Besseres zu tun, als einen ganzen Tag mit sinnloser Flirterei zu verschwenden.«

Marlon ignorierte sie.

»Warum suchst du deinen blöden Treffpunkt nicht selbst und lässt ihn in Ruhe«, knurrte ich.

Emma lachte herablassend und sah weiter Marlon an. »Du kommst schon noch zur Vernunft. Wenn du dich erst verwandelt hast, wirst du an all deine Sorgen hier nicht mehr denken.« Sie wandte sich ab und schlenderte davon.

Marlon stellte meine Tasse so ruppig vor mir ab, dass der Kaffee überschwappte. »Emma kennt ihren Treffpunkt schon. Die Schwärme treffen sich an unterschiedlichen Orten, sie gehört zu einem anderen als wir und war bei der Suche wesentlich erfolgreicher. Vielleicht weil sie sich so sehr darauf freut. Sie erwartet die Verwandlung, es macht sie wütend, dass Corbin und ich das nicht auch so sehen. In ihren Augen verraten wir unsere Art, wenn wir nicht bereit sind, uns hinzugeben.« Er schüttelte den Kopf. »Ich habe lange versucht, es wie sie zu sehen. Aber es ist mir nie gelungen.«

Ich stand auf, umarmte ihn von hinten, während er eine Scheibe Brot mit dem Messer misshandelte, statt sie mit Butter zu bestreichen. »Dann wird es dir auch gelingen, dich zu erinnern«, sagte ich, den Kopf an seinen Rücken gelehnt. »Du wirst dich wiederfinden, ich weiß es.«

Wir erreichten die Innenstadt und setzten uns zunächst unauffällig auf den Rand des Brunnens. Der steinerne Löwe warf seinen Schatten über uns. Wir beobachteten die Leute, achteten auf jedes Anzeichen einer Gefahr.

»Geht tagsüber hin«, hatte Corbin uns geraten. »Dann fallt ihr weniger auf. Man wird zwar misstrauisch angesehen, wenn man am helllichten Tag Statuen befingert, aber das Schlimmste, woran die Menschen denken, ist Vandalismus, daher behalten sie dich bloß im Auge. Kommst du nachts, erwarten sie das wahre Böse und rufen gleich die Polizei.«

Marlon war nicht begeistert gewesen, als ich ihm erklärt hatte, mit ihm zu kommen, aber da er selbst behauptete, es sei nicht gefährlich, konnte er es mir schlecht ausreden.

Inmitten der Stadt, wo man im Sommer allenfalls riskierte, in einen Hundehaufen zu treten oder von einem drängelnden Kind mit Eiscreme beschmiert zu werden, fühlte ich mich sicher. Der Tag war sonnig, nur schmale weiße Wolkenstreifen trieben langsam über den hellblauen Himmel. Ein angenehmer Wind hielt die Wärme davon ab, zur Hitze zu werden. Die Menschen strömten in Scharen durch die Straßen und wirkten für die Verhältnisse der Stadt gut gelaunt, beinahe vergnügt. Aber klar, es war ja auch Sommerschlussverkauf.

Marlon hatte die linke Hand auf mein Knie gelegt, vermutlich weil wir dadurch unauffälliger wirkten. Mit der rechten strich er das Löwenbein entlang nach oben. Seine Konzentration war so deutlich spürbar, dass man sie in Flaschen abfüllen und an ADHS-Patienten hätte verkaufen können. Ich spürte seine Finger auf meinem Bein beben – er lauschte. Ich hörte nur das Schwatzen der Leute, die an den Tischen des Eiscafés saßen, die Schritte der Passanten und harmlose Popmusik, die aus einem der nahen Modegeschäfte dudelte. Ein paar Tauben tummelten sich um den Brunnen und pickten nach Essbarem. Um Marlon und mich machten sie einen großen Bogen.

»Hörst du etwas?«, fragte ich nach einer Weile ungeduldig.

Zu meinem Erstaunen nickte er. Er sprang auf, begab sich auf die andere Seite des Brunnens und fuhr den Rücken des Löwen mit den Händen nach. Die Leute um uns herum begannen ihn anzustarren. Ich ließ die Beine baumeln, lächelte und versuchte, Harmlosigkeit zu demonstrieren. Marlon ließ sich nicht irritieren. Er umkreiste den Löwen, berührte ihn an mehreren Stellen, schüttelte etliche

Male den Kopf und ließ sich schließlich mit einem Seufzen neben mir nieder.

»Da ist etwas. Eindeutig. Aber ich kann nicht ausmachen, wo genau.«

»Vielleicht ist die Stimme diesmal einfach zu tief eingesungen.«

»Zu tief«, wiederholte er fasziniert, drehte sich um und sah in das trübe Wasser, das im Brunnen stand. Müll und zahllose Zigarettenkippen trieben auf der öligen Oberfläche. Marlon hielt sich mit der linken Hand am Brunnenrand fest. Sein Gesicht verzerrte sich, der Arm musste noch mehr schmerzen, als er zugab. Ungeachtet dessen streckte er die andere Hand ins Wasser und lehnte sich nach vorne.

»Meine Uhr ist reingefallen«, rief ich einer Frau zu, die allzu skeptisch betrachtete, was er da tat.

Sie schüttelte angewidert den Kopf. »Dann soll er dir eine neue kaufen. Igitt!«

Das trübbraune Wasser war tatsächlich ekelerregend. Als Marlon den Arm bis zur Schulter hineintauchte, griff ich schnell nach seinen Haaren und hielt sie zurück, ehe die Haarspitzen ins Wasser fielen.

»Und?«, raunte ich.

Er grinste breit. »Volltreffer. Ich erreiche den Grund nicht, aber ich spüre mehr als genug. Sie hat den Boden des Brunnens besungen.«

»Was bedeutet das?« Ich ahnte etwas, aber das hieß nicht, dass ich es auch hören wollte.

Marlon sagte es trotzdem. »Ich muss da rein.«

Während er den Arm zurückzog und sich aufrichtete, tat ich, als müsste ich mich übergeben. »Das willst du nicht wirklich. Ich bin als Kind mal da reingefallen. Damals war das Wasser noch viel sauberer, ich bin trotzdem sofort krank geworden. Rotavirus. Habe drei Wochen lang reihern müssen. Salmonellen sind nichts dagegen.«

Marlon zuckte mit den Schultern und meine Worte taten mir sogleich leid. Er hatte schließlich keine Wahl.

»Lass uns gehen«, meinte er dann, schüttelte alle Sorgen ab und sah mich erwartungsfroh an. »Ich will dir ein Eis holen und mir die Hände waschen.«

»Bitte in umgekehrter Reihenfolge. Wann kommen wir zurück?«

Er überlegte. »Nachts. Erinnerst du dich, was ich noch im Torbogen gehört habe? Es ging um das Spiegelbild des Löwen. Das Brunnenwasser ist viel zu dreckig, als dass sich irgendetwas darin spiegeln könnte.« Er deutete auf einen Scheinwerfer, der an einer Hausfassade gleich hinter dem Brunnen befestigt war. »Ich könnte mir vorstellen, dass es nachts, wenn die Lampe eingeschaltet ist, trotzdem eine schwache Reflexion gibt. Außerdem will ich nicht gesehen werden, wenn ich da reinsteige. Nachher hält man mich noch für verrückt.«

Na, das würde mich aber wundern.

Wir verbrachten den restlichen Tag damit, uns Normalität vorzuspielen, und schlenderten durch die Stadt. Marlon schien sich kaum vor den Huntsmen zu fürchten. Er erklärte mir, dass sie nie vor vielen Zeugen angriffen und die Menschenmenge daher einen sicheren Schutz darstellte. Dennoch behielt er wie immer den Überblick und sah sich permanent um. Ich hatte das für Nervosität gehalten, erkannte aber nun, dass es in Fleisch und Blut übergegangene, ständige Aufmerksamkeit war. Insgeheim gestand ich mir ein, dass er wirklich viel mit einem Raben gemein hatte. Auch diese waren immer wachsam, jederzeit fluchtbereit, aber dadurch nicht weniger neugierig und verspielt.

Am frühen Abend brachte er mich nach Hause. Als ich ihn vorwarnte, dass mein Vater daheim sein würde, entschied Marlon, dass es Zeit war, sich vorzustellen. Ich widersprach zunächst halbherzig, doch er bestand darauf und so betraten wir gemeinsam die Wohnung.

Papa saß am Computer und sah zunächst nur flüchtig auf, als wir Hallo sagten. Dann gefroren ihm die Gesichtszüge. Er rollte auf seinem Drehstuhl aus der Büroecke zum Esstisch und forderte uns auf, Platz zu nehmen. Sein »Setzt. Euch. Doch!« klang, als ob ein Zeichentrickschurke Freundlichkeiten vortäuschte. Wir gehorchten beide unverzüglich.

»Kaffee?«, fragte Papa und zu meinem Entsetzen antwortete Marlon: »Gerne.«

»Noa, du weißt sicher, wie dein Freund seinen Kaffee trinkt. Machst du uns bitte welchen?«

Ich biss die Zähne zusammen. Dieser hinterhältige Schuft! Er tat das nur, um mich loszuwerden. Marlon wirkte jedoch amüsiert statt bis ins Mark verängstigt, und so seufzte ich genervt, ging in die Küche und knallte die Kaffeekanne in die Maschine.

Als ich mit dem Kaffee in der einen und drei Tassen in der anderen Hand zurückkam, schien Marlon noch immer entspannt. Gerade berichtete er meinem Vater mit melodischer Stimme, aus der die T und D herausklangen, dass er im Sommer ein Biologiestudium beginnen würde, zu dessen Zulassung ein besonderes Stipendium nötig war, das er ergattert hatte. Ich musste mir das Lachen verkneifen. Aber was sollte er sonst sagen? Im Gegensatz zu Papa sah ich, wie Marlons Finger den Takt vorgaben, zu dem er sprach.

Er war nervös. Er wollte meinem Vater gefallen. Auf irgendeine Art berührte mich das.

Marlon lenkte das Gespräch geschickt von seinen Zukunftsplänen weg, indem er Papas CD-Sammlung ansprach. Eine Viertelstunde lang sprachen sie über Musik, Marlon gespielt, aber glaubwürdig gelassen, mein Vater unvertraut wortkarg. Dann sah Papa auf die Uhr und erklärte, dass er für den Abend noch etwas vorhatte. Kino und essen mit Corinna.

Marlon schüttelte ihm förmlich die Hand. »Es freut mich, Sie kennengelernt zu haben, Herr Grau.«

Papa warf ihm ein Lächeln hin. Genauer gesagt, schmiss er es ihm vor die Füße. »Hoffentlich bleibt das so, mein Freund.«

Auweh, das war deutlich. Dass er Marlon das Du noch nicht angeboten hatte, gefiel mir ebenso wenig.

Marlon und ich gingen zu meinem Zimmer. Vor der Tür blieb ich stehen. »Geh schon mal rein«, sagte ich lauter als nötig. »Ich hole uns noch etwas zu trinken.«

Mein Plan ging auf, Papa folgte mir in die Küche.

»Der?«, fragte er gedämpft, zeigte aber unverhüllt, dass er mich angebrüllt hätte, wären wir allein gewesen. »Ich dachte, es ging um eine Übernachtung bei Dominic.«

Ich lehnte mich an die Arbeitsplatte und untersuchte meinen Nagellack auf Risse. »Habe ich das gesagt?«

»Nein, aber du hast auch nicht –«

»Du magst ihn nicht«, warf ich ihm unvermittelt vor.

Er breitete die Arme aus. »Das hat nichts mit Mögen zu tun. Er gefällt mir bloß nicht. Das ist etwas anderes.«

Ich verdrehte die Augen. »Er soll mir gefallen, nicht dir. Und das tut er. Sehr.«

»Noa, versteh mich nicht falsch«, versuchte mein Vater es versöhnlich. »Aber der Junge ist doch viel zu routiniert für dich. Er benimmt sich, als würde er jede Woche in einem anderen Wohnzimmer sitzen und besorgten Vätern Honig ums Maul schmieren. Der ist nicht echt, glaub mir das. Der spielt dir etwas vor.«

Ich unterdrückte ein Grinsen. Papa hatte den Nagel auf den Kopf getroffen. Marlon spielte tatsächlich etwas vor. Allerdings ihm. All die gelassene Ruhe war nur Show. Die Angst dahinter sah nur ich.

»Dominic«, sagte Papa und verstellte mir den Weg zum Schrank, aus dem ich Gläser nehmen wollte, »wäre mir lieber gewesen.«

Ich grinste müde. »Dominic ist mein Kumpel, ich habe ihn wirklich gerne. Aber mehr nicht. Dominic hat vor allem und jedem Angst.«

»Kann sein, aber dieser junge Mann da –«

»Er heißt Marlon!«, erwiderte ich gereizt.

»Meinetwegen. Dieser Marlon, der hat vor nichts Angst. Der ist nichts für dich, der hat schon zu viel gesehen.«

Oh, mein Vater hätte mich außer Landes gebracht und in einem katholischen Kloster versteckt, wenn er wüsste, wie recht er hatte.

»Ich hab's im Griff, Papa. Glaub mir, ich weiß, worauf ich mich einlasse. Ich kenne Marlon.«

Papa schwieg mir penetrant ins Gesicht.

»Vergnüg dich mit dem Jungen«, meinte er schließlich achselzuckend und tat so, als wäre er der lockere, für alles Verständnis zeigende Vater, der er gern wäre. »Für einen anderen Tipp ist es ja ohnehin zu spät. Aber pass auf dich auf. Denk an«, er stockte und errötete, »na, an den Verhütungskram eben.«

Ich musste lächeln und hatte Papa allein für seine Befangenheit bei gewissen Themen schrecklich lieb. Leider war und blieb er ein

Trampeltier und zerstörte diese Zuneigung mit dem einzigen Satz, den ich ihm nicht verzeihen konnte.

»Lass dir nicht wehtun, hast du mich verstanden?«

Tja, so blöd das für mich war, aber für diesen Rat war es zu spät. Ich grinste auf vielsagend anzügliche Weise und verließ die Küche, ließ ihn im Glauben, dass zwischen Marlon und mir schon längst viel mehr passiert war.

Es war fast Mitternacht, als wir erneut zum Brunnen kamen. Keine Menschenseele kreuzte unseren Weg, dafür jede Menge Schatten. Marlon war ungern bei Nacht unterwegs und ich begriff, warum. Inmitten von Einsamkeit saß man auf einem Präsentierteller für jene, die nach etwas Lebendigem suchten. Ich fröstelte unter meiner Jeansjacke und fingerte nervös an den Trägern von Marlons Rucksack herum. Darin befanden sich Kleidung zum Wechseln und ein Handtuch. Ich war nicht zimperlich, aber diesmal bedauerte ich es, kein Desinfektionsspray gefunden zu haben.

»Schau mal«, unterbrach er meine Gedanken und deutete in das ölig schwarze Brunnenwasser.

Er hatte recht behalten: Gesäumt von der ovalen Mauer, sah man die Silhouette des Löwenkopfes, der von einer gelblichen Lampe beleuchtet wurde. Der Anblick war so schaurig, dass sich jedes Härchen an meinem Körper einzeln aufrichtete, und zwar so stark, als wollten sie sich aus der Haut losreißen und das Weite suchen.

Marlon zog sich ungerührt Schuhe, Strümpfe und die Jeans aus. Er knöpfte sein Hemd auf, ließ es von den Schultern rutschen und reichte es mir. Dann setzte er sich auf den Brunnenrand, schwang die Beine darüber und atmete tief ein. Ich konnte den Blick nicht von seinem Oberkörper abwenden, betrachtete das Spiel seiner

Muskeln; seine Bauchdecke, die sich hob und senkte; das Pflaster auf seiner Schulter, das sich an den Rändern wellte. Ich hatte viel zu viel Angst, um romantische Gefühle zu empfinden, aber es war auch nicht nur Angst, was mir im Magen kribbelte. Marlon mochte kein Traumtyp im klassischen Sinne sein wie Lukas, aber auf eine ihm ureigene Art war er bedrückend schön. Besonders bei Nacht. Und – der Gedankenblitz verstörte mich – ich wollte ihn nicht verlieren. Er sollte dort nicht reingehen!

Er zog den Bauch ein, als seine Füße ins Wasser eintauchten. »Es ist viel zu kalt«, sagte er irritiert. Dennoch ließ er sich hineinrutschen und gab nur kleine Laute des Unbehagens von sich. Das Wasser war so schwarz wie seine Augen und reichte ihm bis zur Brust. So tief hatte ich es gar nicht in Erinnerung.

»Sag schon, ist da was?« Die Ungeduld kribbelte in meinem Körper. Er sollte bitte schön sofort erfahren, was er wissen musste, und schnell wieder herauskommen. Mir war so schrecklich bange zumute. Ich rieb mir über die Arme, aber obwohl die Nacht lau war, fraß sich grässliche Kälte unter meine Haut.

»Ich weiß nicht recht. Noa? Ist alles in Ordnung?« Die Frage war nicht auf mich bezogen. Er brauchte meine Einschätzung, wollte wissen, ob ich etwas spürte.

Ich zuckte hektisch mit den Schultern, warf den Kopf herum, sah jedoch nichts und niemanden. »Beeil dich einfach!«

Marlon tastete unter der Wasseroberfläche die Innenseite der Brunnenmauer ab, arbeitete sich langsam zum Boden vor und beugte sich dabei immer weiter ins Wasser. Ich kämpfte den Ekel nieder, als es ihm bis ans Kinn schwappte. Er sog kurz und heftig Luft durch die Nase ein und sah zu mir auf. Erschrecken stand in seinem Blick.

»Was ist, hast du –?« Meine Frage versoff in einem spitzen Schrei, als er plötzlich untertauchte. Ich presste mir beide Hände vor den Mund, zwang mich zur Ruhe. Das Herz prügelte gegen meine Rippen, der Schreck durchfuhr mich so eisig, dass ich nicht einmal mehr zittern konnte. Er war weg! Marlon war weg!

Ich versuchte mir einzureden, dass er tauchte – aber kein Mensch tauchte mit offenen Augen und offenem Mund in eine derartige Brühe ab. Nicht absichtlich! Und ich sah nicht einmal Luftblasen. Das Wasser lag still da wie eine Onyxscheibe.

Ich warf mich bäuchlings auf den Brunnenrand und durchpflügte die Brühe mit beiden Händen. Der raue Stein kratzte mir die Haut am Bauch auf. Ich rutschte weiter vor, um weiter in den Brunnen langen zu können. Nichts!

»Marlon!«, wimmerte ich, mir bewusst, wie sinnlos das war.

Aber – guter Gott! – er konnte doch nicht einfach verschwunden sein! Das war ein Zierbrunnen, es gab nur schmale Rohre, durch die das Wasser ein- und ablaufen konnte. Ich hatte das Becken im leeren Zustand gesehen – es gab da unten keinen Ausweg. Ich fand nur eine Erklärung: Marlon musste am Grund des Brunnens liegen. Womöglich bewusstlos. Aber dazu war er viel zu schnell abgetaucht, fast als risse ihn etwas in die Tiefe. Und trieb man nicht nach oben, wenn man bewusstlos war? Doch eine andere Möglichkeit gab es nicht.

Ich zögerte nicht länger und ließ mich ins Wasser rutschen. Eisig tränkte es meine Kleidung. Ich tastete mich vorsichtig mit den Füßen über den Grund. Spürte, wie mir heiße Tränen über das Gesicht liefen. Denn da war … überhaupt nichts.

Ich tauchte. Tauchte mit zusammengekniffenen Augen und dem Geschmack von Galle in Mund und Nase bis nach unten. Das Wasser war so kalt, dass es an meinen Lidern brannte und mein Kopf jäh zu schmerzen begann. Ich berührte mit beiden Händen den glatten steinernen Grund.

Und plötzlich … fiel ich. Ich fiel und fiel und fiel. Dann schrie ich auf und stürzte auf die Knie.

Ich musste das Bewusstsein verloren haben, denn ich hockte unvermittelt auf Kies und meine Knochen schmerzten. Das Wasser war verschwunden, doch ich war klitschnass und fror entsetzlich. Ein beißender Wind fuhr mir unter die Kleider.

»Noa? Verdammt, Noa, was machst du denn?«

Ich erkannte Marlons Stimme, aber sie kam von überall.

Aus der Dunkelheit stürzte er auf mich zu, fasste mich bei den Schultern. »Noa! Bist du okay?«

»Ich …« Ich wusste es nicht. Wie, zum Geier, waren wir hierhergekommen?

»Ich bin dir gefolgt«, stieß ich schließlich über meine zitternden Lippen. »Aber wie? Wo sind wir?«

Wir mussten uns in einem Tunnel befinden. Alle Wände warfen schauerliche Echos. Mehr war nicht auszumachen.

Marlon zog mich in seine Arme, rieb über meinen Rücken und half mir auf. »Es muss einen in den Stein eingearbeiteten Durchgang geben«, flüsterte er mir zu. »Ich habe bisher nur einmal von etwas Derartigem gehört und es für ein Märchen gehalten. Ich habe keine Ahnung, wo wir sind.«

»Und wo ist der Ausgang?«

Wir befanden uns tatsächlich in einer Art Tunnel aus glatt poliertem Stein. Das Heulen, Pfeifen und Winseln des Windes ließ erahnen, dass der Gang viele Kilometer lang sein musste. Ich erkannte etliche Abzweigungen und Panik wuchs in mir heran. Das war ein gottverfluchtes Labyrinth! Und Marlon wollte mir nebenbei erzählen, dass wir nicht durch ein Loch im Stein hierhergekommen waren, sondern durch den Stein selbst? Ich merkte, dass ich meinen Atem nicht mehr kontrollieren konnte. In meiner Brust brannte es, weil meine Lunge Sauerstoff brauchte, doch ich konnte nicht mehr als japsen, wobei schrille Laute entstanden, die als Echos zu mir zurückkamen. Wie Gespenster, die höhnisch um mich herumtanzten. Waren wir ertrunken? Gestorben, und dies war der Vorhof zur Hölle? Ich hielt mir beide Hände vors Gesicht und wünschte mir, aus diesem Albtraum zu erwachen oder wenigstens ohnmächtig zu werden.

Marlon hielt mich fest, streichelte mein Gesicht, versuchte mich zu beruhigen und schüttelte mich schließlich, als das alles nicht half.

»Du wolltest es so«, knurrte er. Dann verpasste er mir eine widerwillige Backpfeife und setzte einen Kuss nach. Einen sehr langen Kuss. Während er mich küsste, schälte ich mich aus meiner Panik. Ich presste mich an ihn, als wäre unter seiner Haut genug Platz, um mich dort zu verstecken.

»Besser?«, fragte er nach einer Weile leise.

Ich nickte und zog die Nase hoch. Verdammt, ich hatte nicht gleich ausflippen wollen. Leider musste ich feststellen, dass man über die Frage, wann das persönliche Fass voll ist, nicht selbst entscheiden darf. Mein Fass hatte dank meines Sturzes durch den Stein einen gehörigen Stoß bekommen und war übergeschwappt. Nun gut, nicht mehr zu ändern. Ich biss die Zähne zusammen. »Es geht wieder.«

»Lass uns mal sehen, wohin der Tunnel führt«, meinte Marlon und legte seinen Arm um meine Schulter. »Wenn jemand etwas so

Schwieriges tut, wie einen Stein in ein Portal zu verwandeln, dann nicht ohne Grund. Hier unten ist irgendwas.«

Ich war mir nicht sicher, ob ich diesem *Irgendwas* begegnen wollte, aber blieb uns eine Wahl?

Wir folgten dem Gang, schritten dem Wind entgegen, der so zornig blies, als wollte er uns fortpusten.

Einige Minuten wanderten wir frierend durch monoton wirkende Gänge und Tunnel. Es gab keine Lampen, doch es war auch nicht vollends dunkel. Dieser Ort schien jenseits von Licht und Schatten. Der Wind flaute ab, ohne dass die Kälte nachließ, und schließlich mündete einer der Gänge in eine große, kreisrunde Halle, über die sich eine kuppelförmige Decke spannte, an der man Reliefs erahnen, aber nicht genau erkennen konnte. Am anderen Ende machte ich vage Umrisse aus, die sich beim Näherkommen als Statuen herausstellten. Von der Decke hingen Lüster, doch statt Kerzen steckten abgebrochene Stalaktiten in den Haltern. Oh Gott, es gab hier nichts als Stein! Stein über Stein, aber kein Leben, niemanden, der uns helfen konnte! Ich wollte gerade laut fluchen, als die steinerne Nachbildung einer Frau eine Bewegung tat.

Zunächst dachte ich, die Statue würde im Windstoß kippen. Marlon vermutete dasselbe, er packte mich grob am Arm und riss mich zurück. Doch dann erkannten wir, dass sie nicht umfiel.

»Sag, dass das nicht wahr ist«, wimmerte ich, aber Marlon reagierte nur mit einem Wort, das ich nicht hören wollte: »Scheiße!«

Sie ging! Die Frau aus Stein ging auf uns zu!

Mit bedächtigen Schritten, fast mechanisch, trat sie von dem Podest, auf dem sie gestanden hatte, und kam die Treppenstufen herunter.

Ich wechselte einen ungläubigen Blick mit Marlon, dem der

Mund offen stand. In seinen Augen las ich Erstaunen, etwas Angst, aber auch Faszination.

»Es ist keine Legende«, wisperte er. Als ihm bewusst wurde, dass ich – Legende oder nicht – keine Ahnung hatte, wovon er sprach, erklärte er flüsternd: »Sie sagen, eine zu intensive Verbindung mit den Steinen lässt die Seele selbst versteinern. Darum ist es gefährlich, Steine zu besingen. Weil der Stein immer mehr vom Sänger will. Der Drang, es wieder zu tun, zu singen, tiefer zu singen, wird übermächtig und irgendwann …« Er sah zu der Frau auf, die nun die letzte Treppenstufe hinter sich ließ und auf uns zukam.

Irgendwann wurde man zu Stein? Wie auch immer, was in mir übermächtig wurde, war der Drang, vor diesem Wesen aus monochromem Grau fortzulaufen. Doch da Marlon stehen blieb, tat ich es auch.

»Sie ist nicht böse«, raunte er mir zu. »Sie wird uns nichts tun. Glaube ich.«

Glaubte er? Ich lachte kurz und hysterisch auf und hoffte, dass er recht behielt. Die geschlossenen Augen der Erscheinung machten mir Angst. Sie war die Nachbildung einer Frau, gekleidet in eine enge steinerne Hose und eine Bluse, doch der grau melierte Stein wirkte, als wäre die Statue vor Jahrhunderten geschaffen worden. Bei jedem Schritt durchzogen haarfeine Risse ihren Körper. Winzige Steinfragmente splitterten ab, hagelten zu Boden und knirschten unter ihren Füßen. Sie hielt auf Marlon zu, mich schien sie nicht zu beachten. Als sie noch gut einen Meter von ihm entfernt war, blieb sie stehen. Unter dem Knirschen ihres Nackens hob sie den Kopf, ohne jedoch die Augen zu öffnen. Dafür regten sich ihre Lippen. Sie öffnete sie einen Spalt, doch es kam kein Laut heraus, nur etwas Staub.

Marlon schluckte so laut, dass ich es hören konnte. Dann trat er vor und streckte die Hand aus. Erschrocken griff ich nach seinem Arm, erreichte ihn im gleichen Moment, als er mit den Fingerspitzen die Lippen der steinernen Frau berührte. Sie begann zu summen. Die Stimme drang so tief aus dem Inneren der Frau, dass ich zunächst glaubte, mir das Lied nur einzubilden. Marlon und ich sahen uns an, um zu erfahren, ob der andere es auch hörte. Doch mit jedem Ton wurde es deutlicher, lauter, schallte durch den Saal und durch die Tunnel, bis die Wände es zurückwarfen. Ich kannte das Lied. Es war die eigenartige Version von *Twinkle, Twinkle, Little Star.*

Und es tat mir im Herzen weh.

»Hörst du sie sprechen?«, fragte Marlon. Er schloss die Augen, als ich den Kopf schüttelte, und legte seine Hand an die Wange der Steinfrau. »Sie will wissen, ob ich sie wiedererkenne. Ob ich … ihr Sohn bin.« Niedergeschlagen sah er mich an.

Ich begriff sehr langsam, aber die steinerne Dame schien sich ohnehin nichts aus Eile zu machen. Wenn Marlons Vermutung stimmte, handelte es sich bei ihr um die Mutter von Stephan Olivier, dem Huntsman. Oder eher gesagt … um das, was von ihr noch übrig war. Ich stöhnte auf. Marlon suchte nach Antworten, um einen Weg zu finden, Corbin zu retten, und fand die Mutter seines Erzfeindes. Versteinert! Prima, wirklich ganz prima. Primstens!

Marlon schien zu gebannt von den Geschehnissen, um sich dessen bewusst zu werden.

»Das erklärt es. Sie besingt die Steine von hier unten. Sie kann hier nicht mehr weg, aber sie erreicht die Steine auch so, weil sie selbst einer ist.« Er schloss erneut die Augen.

Ich sah, wie seine Lippen sich bewegten, doch ich vernahm keinen Ton. Ich spürte nur ein Vibrieren in der Luft, ein Prickeln auf der Haut und hatte das Gefühl, dass mir diese Empfindungen nicht unvertraut waren, auch wenn ich mich nicht erinnern konnte, sie je zuvor gespürt zu haben. Dann begriff ich, dass Marlon sang. Ich hörte ihn nur darum nicht, weil er sein Lied, seine Antwort – oder wie auch immer man es nennen wollte –, in den Stein sang.

Er trat zurück, blickte die Statue skeptisch an. »Ich habe ihr gesagt, dass ich nicht ihr Sohn bin, aber ihre Hilfe brauche, um –«

Im gleichen Moment schlug die Steinfrau die Lider auf. Sie sah Marlon aus leeren Augen an und blinzelte langsam. Das Schaben, mit dem ihre Lider über die Augäpfel schleiften, jagte mir einen eiskalten Schauer über den Rücken. Erneut bewegten sich ihre rissigen Lippen, Staub krümelte über ihr Kinn.

»Nicht … mein … Sohn?«, fragte sie knirschend. Ich hätte mir fast die Ohren zugehalten, so grausam kalt war der Klang. Wie raue Felsen, die man aneinanderrieb und damit Töne erzeugte, die zu Worten wurden.

»Nein, tut mir leid«, antwortete Marlon. »Stephan hat Ihre Botschaft nicht vernommen. Er hört die Steine nicht singen.«

»Was sagst du da?« Sie klang verärgert. »Er hört. Er ist wie wir.«

»Eine Harpyie? Sie irren sich.« Marlon senkte den Kopf. »Er war ein Mensch wie sein Vater und nun ist er noch mehr. Ihr Sohn ist ein Jäger. Ein Huntsman.«

»Jäger?«, kreischte das Wesen. Nun konnte ich nicht mehr anders, ich hielt mir die Ohren zu.

»Der Vater Ihres Sohnes war keiner von uns, nicht wahr?«

Unter Krachen und Knirschen und dem Abbröckeln kleiner Steine schüttelte die Steinfrau den Kopf.

»Das erklärt alles. Es ist selten, dass aus der Verbindung von Mensch und unsereins ein Kind hervorgeht. Und noch seltener wird das Kind eine Harpyie. Ihr Mann« – die Frau wich bei diesem Wort einen Zentimeter zurück – »hat das Kind den Huntsmen gegeben. Darum konnten Sie ihn nicht finden.«

Ich wusste nicht, ob es klug war, der Steinfrau all das zu erzählen, solange wir auf ihre Hilfe angewiesen waren. Es schien in der steinernen Halle immer kälter zu werden. Nun bildete sich ein kleiner Riss in ihrem linken Auge. Ein Tropfen Wasser rann daraus hervor und lief über ihre Wange.

Oh Gott, sie weinte. Ich krallte meine Hände ineinander und schluckte gegen die Beklemmung an.

Plötzlich bewegte sich die Statue sehr schnell. Weder abrupt noch hastig, nur sehr schnell und fließend. Sie ergriff Marlon mit ihren steinernen Händen und zog ihn an sich.

Ich verschluckte einen Schrei und versuchte, ihre Finger von seinen Schultern zu lösen, aber eher hätte ich Granit zerbrechen können. Da Marlon ruhig blieb, gab ich auf und beherrschte mich. Ihre Lippen bewegten sich, seine ebenso. Marlon schloss die Augen. Obwohl es hier so kalt war, glänzte seine Stirn schweißfeucht. Die Steinfrau presste sich an seinen nackten Oberkörper, woraufhin mir ganz anders wurde. Konnte ein Stein begehren? So, wie ihre Hände über seine Brust glitten und blutige Schrammen hinterließen, war ich sicher, dass sie es konnte.

Plötzlich versteifte Marlon sich, schlug die Augen auf und warf mir einen Blick zu, aus dem Panik schrie.

Gott, sag mir, was ich tun soll, Marlon!

Doch dann schloss er die Lider erneut und legte seine Hände um die Taille der Frau. Sie ließ von ihm ab, er kam zu mir und nahm meine Hand. Der Blick der Steinfrau lastete tonnenschwer auf mir, ich konnte kaum atmen, schmiegte mich an Marlon und berührte zart die Schrammen, die sie ihm zugefügt hatte.

»Küss mich«, hauchte er in mein Ohr.

»Was? Warum?«

»Weil ich es will. Küss mich wie noch nie zuvor! Als ginge es um dein Leben.«

Ich zögerte, aber sein Gesichtsausdruck bedeutete mir eindringlich, zu tun, was er sagte. Und so küsste ich ihn, erst ganz scheu, und als sich sein Puls beschleunigte und in meinem Körper widerhallte, heftiger. Ich küsste ihn, als säße mir der Teufel im Leib, und als Marlon den Kopf in den Nacken sinken ließ, küsste ich seinen Hals, sein Schlüsselbein und die Schulter, meine Hände in seinem Haar vergraben, damit er bei mir blieb.

»Okay«, flüsterte er schließlich. Ich bemerkte, dass die Steinfrau sich abwandte und an den Platz zurücktrat, wo sie zuvor gestanden hatte.

»Was hat sie mit dir gemacht?«, wisperte ich und konnte kaum aufhören, die Kratzwunden auf seiner Brust anzustarren.

»Sie hat mir von ihrem Leben erzählt«, antwortete er ebenso leise. »Und dann sagte sie, dass sie mich zurückschicken würde. Ich fragte nach dir, aber sie verneinte, weil du kein magisches Wesen bist. Sie sagte, sie darf das bisschen, was von ihr noch übrig ist, nicht für einen unbedeutenden Menschen opfern.« Der Hauch von Spott in seiner Stimme hielt meinen Verstand zusammen.

»Weißt du, was ich daraufhin zu ihr gesagt habe, Noa?«

»April, April?«, riet ich nervös. Dummerweise hatten wir Ende Juli. Je nachdem, ob die Zeit draußen weiterlief, seit wir hier drin waren, müsste es inzwischen August sein.

Marlon lächelte. »Ich sagte, du seist das magischste Wesen unter der Sonne und dem Mond, denn du bist in der Lage, eine Harpyie mit einem Zauber zu belegen, wie es sonst nur Harpyien bei Menschen schaffen. Sie wollte wissen, wie stark dein Bann wäre, und ich sagte, er sei so stark, dass ich eher eine Ewigkeit mit dir hier unten verbringen würde, als dich allein zurückzulassen.«

Ich versuchte zu schlucken, aber es ging nicht. Die Luft war so staubig, dass sie meinen Hals austrocknete.

Marlon knuffte mich in die Seite. »Daraufhin meinte sie, ich hätte gleich sagen sollen, dass du meine Freundin wärst. Sie hätte zwar ein Herz aus Stein, aber ein Unmensch wäre sie nicht, und solltest du mich auch lieben, würde sie dich nach Hause bringen. Komm jetzt, es geht los.«

Ich verstand nicht, was losgehen sollte, aber es bedeutete wohl, dass wir hier rauskamen, also folgte ich Marlon die Stufen hinauf. Seine bloßen Füße hinterließen Spuren im Staub, der kein Dreck, sondern pulverisierter Stein war. Darunter schimmerte der Boden, wie über viele Jahre von tausend Füßen blank poliert.

Die steinerne Frau legte beide Hände an die Wand und begann zu flüstern. Sie bebte. Die Halle vibrierte. Dutzende von Stimmen erhoben sich, schwollen an und ab wie Gezeiten, doch ich hörte sie nicht mit meinen Ohren, sondern vernahm sie in meinem Inneren. Staub schneite von der Decke und der uns umschließende Stein bekam Risse. Oh Gott, sie musste aufhören, die Halle würde einstürzen!

Unvermittelt packte Marlon mich am Arm und schleuderte mich gegen die Wand. Schwer zu sagen, ob die Wand sich auflöste. Vielleicht zerfiel auch ich in meine Bestandteile. Zurück blieb ein irrsinniger Druck auf meinem Brustkorb und ein Zwang, der lautlos durch meinen ganzen Körper kreischte.

Atmen!

Marlon hielt mich unter den Achseln und schüttelte mich. Mein Kopf schlackerte hin und her, als wäre mein Genick aus Gummi. Ich biss mir auf die Lippe und stieß einen Schmerzenslaut aus.

»Na endlich, da bist du ja wieder!« Er atmete so heftig, als hätte er es lange unterdrückt. »Alles in Ordnung?«

Wir standen bis zur Brust in eiskaltem, moderig stinkendem Wasser. Um uns herum türmten sich die Brunnenwände auf, über uns waren nichts als Dunkelheit und ein paar Sterne. Doch wir befanden uns nicht mehr in der Welt aus Stein. Wir waren zurück. In der Realität. Und lebendig noch dazu!

Ich starrte Marlon an – seine Brust, auf der die Kratzer als Beweis zurückgeblieben waren. Oder stammten sie von dem Versuch, aus dem Brunnen zu klettern? Das Pflaster über seiner Schusswunde löste sich von der Haut. Oh, mein Gott, diese Siffsuppe würde ihm eine Blutvergiftung bescheren!

»Ist das gerade wirklich passiert?«, flüsterte ich und erschrak, weil meine Stimme so laut vom Gemäuer zurückgeworfen wurde. Mir war, als wollte mich jeder Stein verspotten, indem er meine brechende Stimme nachäffte.

»Wenn nicht, Noa, dann schmeißen die Leute hier jede Menge Drogen in den Brunnen. Los jetzt, wir müssen hier raus.«

Er machte eine Räuberleiter und katapultierte mich so schwungvoll nach oben, dass ich fast über den Brunnenrand gestürzt und gefallen wäre. Er selbst kam wesentlich eleganter aus dem Wasser.

Die Lampe oberhalb des Löwen war ausgegangen, nur der Mond schien auf den stillschweigenden Marktplatz. Marlons Oberkörper leuchtete, doch nicht nur bläulich, wie es jede feuchte Haut im Mondlicht tat, sondern auf irgendeine Weise auch petrolgrün.

Rabenfarben.

Er wirkte nachdenklich, geradezu frustriert, was ich nicht im Ansatz verstand. Mich erleichterte es zu sehr, aus dieser steinernen Zwischenwelt wieder hinausgekommen zu sein.

Wir hüllten uns notdürftig in die trockenen Sachen und das Handtuch, stolperten bebend zu Marlons Auto und fuhren zu mir nach Hause, da es keiner von uns mehr bis zum Drachenhaus geschafft hätte.

Mein Vater war längst wieder daheim. Ich hörte Schritte aus seinem Schlafzimmer, als wir die Wohnung betraten, und während wir uns im Bad abwechselten, hätte ich schwören können, dass er hinter der Tür stand und lauschte. Sollte er ruhig. Wir waren zu erschöpft, um etwas zu tun, das einen unsittlichen Eindruck erwecken könnte. Tatsächlich nickte ich bereits mehrfach kurz ein, als Marlon sich noch die Haare abtrocknete. Gefangen zwischen Schlafen und Wachsein sah ich, wie er aus dem Fenster blickte. Er wirkte unsagbar traurig, aber ich war zu müde, um ihn zu trösten.

Mitten in der Nacht erwachte ich aus einer traumdurchsetzten Leichtschlafphase, weil ich eine murmelnde Stimme hörte.

»Was hast du erwartet?«

Ich rieb mir die Augen und brauchte einen Moment, um zu erkennen, dass ich im Schlaf gesprochen hatte und davon wach geworden war.

Marlon drehte sich zu mir. »Einen Ausweg«, flüsterte er. »Ich war ein naiver Idiot. Ich dachte, sie wüsste eine Möglichkeit, wie wir … wie ich …« Er legte einen Arm über sein Gesicht. »Sie hat mir von sich erzählt, weißt du? Sie verwandelte sich als junges Mädchen in einen Vogel, kehrte aber zurück. Sie verliebte sich in einen Menschen, heiratete und bekam ein Baby. Stephan Olivier.«

»Und dann hat sie ihre Familie wieder verlassen?«

Marlon schüttelte den Kopf. »Ihr Mann war ein kranker Mensch, der sie kontrollierte, einengte und schließlich brutal wurde. Er warf ihr ihren Freiheitsdrang vor und die Sehnsucht nach dem Himmel, die sie immer wieder überkam, und nahm ihr schließlich ihren Sohn weg. Das Kind war damals gerade erst zwei Jahre alt. Sie hat mir erzählt, dass der Kleine Autos liebte. Bei allen Kinderliedern musste sie die Texte ändern und von Autos singen.«

Ich lächelte freudlos. Das war also die Erklärung für das merkwürdige Lied.

»Sie suchte nach ihm«, fuhr Marlon fort, »viele Monate, doch fand ihn nicht. Irgendwann gab sie auf, verwandelte sich und flog zurück zu den Harpyien. Aber der Wunsch, ihren Sohn zu sich zu holen, hat sich nie gelegt.«

Ich musste sehr schwer schlucken. »Doch den hat sein schrecklicher Vater in die Hände der Huntsmen gegeben, aus Hass auf die Harpyien, die ihm seine Frau weggenommen haben.«

»So wird er es gesehen haben«, bestätigte Marlon. »Vielleicht war er ein Mistkerl, mag sein. Oder aber auch nur … von ihr besessen.«

»Von ihrer Magie, meinst du?«

Er antwortete nicht.

Ich schob den Arm von seinem Gesicht, um ihn anzusehen. »Und das macht dir Angst?«

»Nein, Noa.« Selbst in der Dunkelheit sah ich, wie Marlons Augen feucht zu glänzen begannen. »Ich habe geglaubt, dass sie nach ihrem Jungen sucht, um ihn zu sich zu holen. Das hat mir Hoffnung gemacht. Von Anfang an, seit ich die Vermutung hatte, dass es sich um Stephan Oliviers Mutter handelte, dachte ich, sie hätte einen Weg gefunden, einen Menschen zu einem von uns zu machen.«

Mein Herz pumpte einen Schwall Eiswasser durch meine Adern.

Ich lag ganz starr. Die Frage pulsierte unausgesprochen zwischen uns: Würde ich ihm folgen? Ins Ungewisse? Nein, schlimmer noch, ins menschliche Nichts?

»Ich würde nicht mit dir kommen«, hörte ich mich wispern. Wie gerne hätte ich etwas anderes gesagt, hätte ich ihm geschworen, bei ihm zu bleiben, wenn es eine Möglichkeit gäbe. Aber wir hatten uns Ehrlichkeit versprochen.

»Ich weiß.« Er strich mir durch die Haare, kämmte meine schulterlangen Strähnen mit den Fingern. »Weil du Noa bist, nicht Magpie. Und das ist gut so, denn darum«, er zögerte, überlegte lange und sprach es dann doch aus, »darum liebe ich dich. Davon abgesehen, gibt es diese Möglichkeit ja auch nicht. Aber man wird doch noch träumen dürfen?«

Tränen brannten in meinen Augen. »Ich muss doch hierbleiben. Würden wir zusammen gehen, gäbe es für uns keinen Grund zurückzukommen.«

»Genau.« Er lächelte zärtlich, nahm meine Hand und legte sie auf sein Herz. »Ich bleibe trotzdem bei dem Namen Magpie, wenn du nichts dagegen hast. Er passt so gut zu dir und ich muss träumen, so lange ich noch kann.«

»Meine Oma sagt immer, wenn Träume Flügel hätten, würde keiner mehr laufen. Ist das nicht witzig?«

»Sehr witzig«, erwiderte Marlon trocken. »Ich schlafe eine Nacht darüber, vielleicht lache ich morgen.« Er schloss die Augen, und entweder schlief er sofort ein, oder er schauspielerte sehr überzeugend.

LEKTION 14

Vom Jagen

Es war Samstagabend und ich hatte so große Angst wie noch nie in meinem Leben.

Es war eine Sache, ein Entführungsopfer zu sein. Eine andere, in mystische Zwischenwelten gezogen zu werden. Eine böse Sache. Pistolenkugeln um die Ohren gejagt zu bekommen war auch recht unerfreulich. Aber all das war nun eine Woche oder länger her und kam mir beinahe surreal vor und damit gleich viel weniger dramatisch. Hey, ich hatte es doch überlebt, oder?

Nichts, rein gar nichts, kommt an die Angst heran, die dich durchfließt, wenn du am Rand einer Bühne stehst und vierhundert Augenpaare auf dir spürst.

Lukas, der mit seiner Gitarre auf der anderen Seite tanzte, lief der Schweiß in Strömen übers Gesicht. Sein Lampenfieber war längst überwunden, er beruhigte sich grundsätzlich während der ersten Songs. Die Show war bisher fantastisch gelaufen, das Publikum johlte und jubelte ihm zu. Es war kein Spaziergang gewesen. Lukas und die Death Ponys hatten alles geben müssen, um die skeptischen

Leute in begeisterte Zuschauer zu verwandeln. Sie hatten mehr geschafft. Da unten standen nicht mehr bloß zufriedene Rockkonzertbesucher. Da standen Fans, die ihre Alben sammeln würden, wenn es denn welche gäbe. Lukas wusste das, dementsprechend euphorisch kündigte er den erfolgreichsten Titel der Death Ponys an. *I'm burning.* Sie hatten damit einen Wettbewerb gewonnen, in Kürze würde man ihn auf CD kaufen können, statt ihn illegal aus dem Netz herunterladen zu müssen. Die Menge tobte.

Ich war so nervös, dass meine Hände beim Anzünden der Poi zitterten. Die Heads rauchten trotzig und begannen einfach nicht zu brennen. Bockige Biester! Tatjana, die Schlagzeugerin, die den Takt vorgab, warf mir einen ihrer gefürchteten Wird's-bald-Blicke zu. Ich brauchte zu lange. Verdammt.

Endlich, oh Gott, endlich standen die Heads in Flammen. Ich nickte Tatjana zu, sie drosch auf ihre Drums ein. Langsam trat ich, in auf die Musik abgestimmten Drehungen und mit schwingenden Poi, in die Mitte der Bühne. Die Hitze der Scheinwerfer schlug mir ins Gesicht. Nur nicht daran denken, wie viele Leute zusehen. Vor allem musste ich den Gedanken verdrängen, dass Dominic und Marlon zusahen. Vor Menschen, die mir wichtig waren, schwoll mein Lampenfieber grundsätzlich auf unerträgliche Maße an, weshalb Papa nicht mehr zu meinen Auftritten kam (oder sich zumindest nicht erwischen ließ). Ich schloss für ein paar einfache Formationen die Augen, konzentrierte mich auf die Musik und es lief besser. Lukas brüllte den ersten Refrain. Meine Swings wurden ausgreifender, schneller und gemäß meiner Choreografie baute ich anspruchsvollere Figuren ein. Ich ließ meine Drachen frei. Meine Ängste nährten das Feuer und machten es lebendig, bis es mein Lampenfieber ergriff und verbrannte. Lukas legte seine Gitarre ab, bewegte sich auf mich zu, tanzte mich an, kam mir so nah, dass er die Hitze meiner Drachen spüren musste. Er brüllte mir den Text ins Gesicht, war so nah, dass ich die Poi um uns beide schwingen musste. So nah, dass wir uns berührten. Brust an Brust. Er sang, ich schottete uns mit dem Feuer von der Außenwelt ab. Es war sinnlich, auf eine Art, die man nur nachvollziehen kann, wenn man sich auf einer Bühne einmal ganz einer Show hingegeben hat. Nichts ist wichtig in diesem Augenblick. Nichts existiert mehr. Nur die Darbietung. Nur er und ich, Lukas' Stimme und mein Feuer, ein paar Takte lang, die ewig schienen. Ein Crescendo aus Euphorie.

Lukas wandte sich ab, hob seine Gitarre auf und spielte das Solo am Rand der Bühne, während ich die schwierigsten Moves meiner Choreografie tanzte, für die ich meine ganze Konzentration benötigte. Ich machte keinen Fehler und trotzdem spürte ich, wie etwas schiefging. Einer meiner Drachen ließ mich im Stich, sein Feuer verlosch. Ging einfach aus. Das passiert, wenn man die Heads nicht lange genug im Petroleum lässt. Aber auch wenn man alles richtig macht, kann es hin und wieder vorkommen. Das Feuer hat seinen eigenen Willen. Es lässt sich kontrollieren und zähmen, aber nie versklaven. Ich fluchte leise, bemühte mich aber, die Show zu Ende zu bringen. Meine letzte Einlage, der Butterfly, bei dem man das Feuer über dem Kopf flattern lässt, als würde man gleich von ihm in die Luft gehoben werden, sah mit nur einem brennenden Poi erbärmlich aus. Ich lächelte gezwungen, als wären meine Mundwinkel an meinen Ohren festgetackert.

»Das war: *I'm burning*!«, grölte Lukas ins Mikro.

Die Leute tobten, hüpften und klatschten. Lukas schlug mir mit einem überwältigten Grinsen auf den Rücken. Er war zufrieden, trotz meines Patzers. Die Leute grölten lauter, als ich zum Gruß den noch brennenden Poi wie ein Lasso über meinem Kopf schwang. Patzer oder nicht – auch sie waren zufrieden.

Ich löschte den Poi am Bühnenrand, ließ beide abkühlen und verstaute meine Sachen. Dann huschte ich in den Zuschauerraum, um von der ersten Reihe aus gemeinsam mit Marlon und Dominic die zweite Zugabe der Death Ponys anzusehen.

Die beiden gratulierten mir. Marlon küsste meine schweißfeuchte Stirn, nahm mir den Rucksack ab und reichte mir eine Wasserflasche, die ich leer trank, ohne abzusetzen. Während des letzten Songs, einer ruhigen Nummer – fast zu romantisch für Lukas' Verhältnisse –, hielt Marlon mich von hinten umschlungen, als wollte er mich nie mehr loslassen.

»Du warst toll«, raunte er mir ins Ohr, »und ich vergehe vor Eifersucht auf diesen Typen.«

Ich sah ihn über die Schulter an und wunderte mich, wie heiß, wütend, frostig und warm zugleich sich sein schwarzer Blick anfühlte. Sein Kiefer war steinhart, so stark biss er die Zähne zusammen. Das war also keine Übertreibung gewesen – Marlon war tatsächlich eifersüchtig. Ich beschloss, das ein wenig auszureizen, und entschuldigte das vor mir selbst mit dem Adrenalin in meinen Adern.

»Ich war mal in ihn verliebt.«

Ich hörte Marlons Atem durch seine Zähne stoßen. »Jetzt nicht mehr?«

Lächelnd griff ich in seinen Nacken. »Nein, jetzt nicht mehr. Du hast mich vollkommen verändert.«

»Niemals.« Er sprach leise, aber so dicht an meinem Ohr, dass ich jedes Wort hören und fühlen konnte, egal wie laut es um uns herum war. »Niemand sollte einen anderen Menschen verändern.

Niemand hat so viel Macht über dich. Nie! Nur du allein und nur, so lange du es willst.«

Ich prägte mir seine Worte gut ein, denn ich ahnte, dass sie irgendwie wichtig waren.

Nach der Zugabe verließen die Death Ponys die Bühne, auf der an diesem Abend noch weitere Bands spielen sollten. Dominic, Marlon und ich trollten uns nach einem knappen Abschied, schlenderten zu den Parkplätzen und unterhielten uns über das Konzert. Dominic und Marlon kamen gut miteinander aus. Sie hatten einen ähnlichen Musikgeschmack und stellten fest, dass sie sogar schon auf denselben Konzerten gewesen waren. Während Dominic noch von einem Linkin-Park-Auftritt berichtete, merkte ich plötzlich, wie sich Marlons Miene verspannte.

Ich drückte seine Hand. *Alles okay?*, sollte das heißen. Dann sah ich den dunklen Fleck auf der Windschutzscheibe von Emmas Auto, mit dem Marlon heute unterwegs war, weil es weniger auffällig war als sein eigenes. Nichts war okay.

»Steigt sofort ein!«, rief Marlon und schloss die Beifahrertür auf.

Ich huschte auf den Rücksitz und trieb Dominic zur Eile an, der uns verwirrt anblickte. Marlon hastete um das Auto herum, wischte den kleinen toten Vogel mit dem Handrücken von der Windschutzscheibe und glitt auf den Fahrersitz. »Türen zu!«, wies er an.

Dominic reagierte nicht, ich griff an ihm vorbei und drückte den Knopf runter. Marlon bretterte los, Kies spritzte unter den Reifen weg und hagelte gegen parkende Autos.

»Würde mir jemand verraten, was hier abgeht?«, fragte Dominic verwirrt.

Marlon und ich gaben keine Antwort. Wie sollten wir es ihm auch erklären?

Ich legte eine Hand auf Marlons Schulter. Die Huntsmen waren uns sehr nahe gekommen. Zu nah. Dass sie uns hier, beim Konzert, erwischt hatten, konnte nur eins heißen: Sie waren an *mir* dran. Was das für mich bedeutete, konnte ich noch nicht überschauen. Für Marlon war die Sache klar. Er war nicht mehr sicher in meiner Nähe. Meine Hand zitterte, während ich mich an ihm festhielt.

Wir brachten Dominic nach Hause, erzählten ihm etwas von Streitereien und fuhren dann auf Umwegen zum Drachenhaus. Ich war auf der Rückbank sitzen geblieben, hielt mich an meinem Rucksack fest und tröstete mich mit dem Geruch des Feuers, der ihm anhaftete. Ängste rotierten in meinem Kopf, wurden zu Wirbelstürmen, die alles mitrissen. Mit meinem neuen Handy, das Marlon besorgt hatte, rief ich meinen Vater an, um zu hören, ob es ihm gut ging.

Marlon parkte ein paar Gehminuten vom Haus entfernt.

»Was nun?«, fragte ich beim Aussteigen.

Er gab mir keine Antwort, hielt nur den Finger an die Lippen und lauschte. Möglich, dass sie auch dieses Versteck gefunden hatten. Oh, bitte nicht! Doch Gott sei Dank blieb alles still.

Wir gingen ins Haus, ohne etwas Auffälliges zu bemerken, und setzten uns mit Corbin und Emma zusammen. Emma war die Kälte in Person. Corbin hätte mir weiterhin egal sein müssen, aber ich machte mir Sorgen um ihn. Er sah krank aus. Ernsthaft krank.

»Ich glaube nicht, dass sie uns dort gefunden haben, weil sie Noa gefolgt sind«, sagte Marlon. »Sie jagen nicht Noa. Vermutlich haben sie Emmas Auto erkannt.«

»Na, so ein Zufall«, höhnte Emma.

Frost schneite aus Marlons Gesicht, als er sie ansah. »Vielleicht auch Gedankenlosigkeit. Kennen sie dein Auto, Em?«

»Jetzt schon, aber das ist nicht meine Schuld.«

»Oder kannten sie es vorher schon und du hast vergessen, uns das wissen zu lassen?«

»Schluss damit!«, fuhr Corbin leise dazwischen. Hätte er gebrüllt, wäre er sicher von den beiden ignoriert worden. Doch seine schwache Stimme ließ sie verstummen. »Uns bleibt noch exakt eine Woche. Beschissene Ausgangslage, um über Autos zu streiten.«

»Du hast recht, tut mir leid«, stimmte Marlon ihm zu. »Zumal ich glaube, dass wir den Huntsmen gerade gehörig auf den Leim gehen. Die wollen uns nervös machen, uns zu Fehlern verleiten.«

»Das vermute ich auch.« Knapp blickte ich mich um. Ich wusste nicht recht, ob meine Meinung in dieser Runde gefragt war. Bisher hatte ich mich rausgehalten, schließlich war ich keine von ihnen. Doch niemand bedeutete mir, still zu sein, also teilte ich meine Gedanken mit ihnen. »Der Parkplatz war abseits des Geländes, auf dem das Konzert stattfand, und da es noch in vollem Gang war, lag er ziemlich ausgestorben da. Die hätten uns dort leicht erwarten und auflauern können. Haben sie aber nicht, sie haben nur den toten Vogel auf der Windschutzscheibe hinterlassen. Die wollen uns ärgern.« Ich hatte ganz bewusst und mit provokativer Betonung *uns* gesagt.

»Die wissen etwas, das wir nicht wissen«, überlegte Marlon laut und starrte mich dabei an, als wäre ich ein faszinierendes, neu entdecktes Insekt mit schillernden Flügeln. »Die toten Vögel sind einfach nur ein perfider Spaß. Die sind uns einen Schritt voraus und machen sich über uns lustig.«

»Ja, ich lach mich gleich tot«, meinte Corbin trocken, womit er sich einen scharfen Blick von seinem Bruder einhandelte. Corbin seufzte. »Okay, nehmen wir mal an, die sind schlauer als wir. Wie können wir daran etwas ändern, wenn selbst ein Nintendo-DS-Intelligenztraining zu lange dauert?«

Marlon ballte seine Hände zu Fäusten. »Mein Wagen gehört dem, der die Antwort hat.«

Ich verstand seinen Frust. Die letzte Woche waren wir unentwegt durch die Stadt und die angrenzenden Orte gefahren und hatten nach Mitteilungen der Harpyien geforscht. Er hatte im wahrsten Sinne des Wortes jeden Stein umgedreht.

»Seid ihr denn ganz sicher, in der richtigen Stadt zu suchen?«, fragte ich.

Corbin stöhnte genervt auf. »Bevor wir herkamen, sind wir auf etliche Hinweise gestoßen, die uns genau hierher geschickt haben, um auf weitere Anweisungen zu warten. Die Entscheidung, wo es zur Metamorphose kommt, wird erst kurz vorher verraten, um das Risiko zu minimieren, dass die Huntsmen dahinterkommen.«

Ehe ich etwas Patziges erwidern konnte, sagte Marlon: »Wir können die Stadt jetzt nicht mehr verlassen und auf gut Glück versuchen, irgendwo über einen neuen Hinweis zu stolpern. Selbst wenn es einen gäbe: Wo sollten wir jetzt noch anfangen zu suchen? Nein, wir müssen hier weitermachen. Vielleicht haben wir nichts gefunden, weil die Informationen bislang geheim sind und erst noch eingesungen werden.«

Die Aussicht, all die abgeklapperten Orte wieder und wieder aufzusuchen, demotivierte uns alle.

Auch Emma sah betreten zu Boden. »Ich wünschte, meine Leute könnten euch helfen.«

»Das würden die ganz bestimmt«, meinte Marlon ironisch.

Emma zog eine Grimasse. »Es ist nicht meine Schuld, dass frisch verwandelte Raben gefährlich sind.«

Ich sah zwischen den beiden hin und her. »Sie sind doch nicht gefährlich.«

»Wenn man ein Star ist und nur so groß«, Emma maß knappe zwanzig Zentimeter mit den Händen ab, »dann schon.«

Marlon schlug die Beine übereinander. »Die Größe ist egal, es kommt auf die Technik an.«

»Ja«, meinte Emma gedehnt. »Und ich traue dir und Corbin genug Technik zu, um mich aufs Kreuz zu legen. Flugtechnisch, versteht sich. Und dann werde ich vernascht.« Sie wurde wieder ernst und wandte sich mir zu. »Vom Sicherheitsaspekt mal abgesehen, geht es wirklich nicht. Jeder Schwarm hat seine eigene Magie.«

»Ich habe nie herausgefunden, ob es für Kuckucke eine Ausnahme gibt«, überlegte Marlon. »Die legen ihre Eier schließlich in fremde Nester.«

Corbin zeigte ihm einen Vogel und stand schwerfällig auf. »Löst ihr das Rätsel der Kuckucke. Ich guck mal, was mein Bett macht.« Er schlurfte aus dem Wohnzimmer und wir anderen warfen uns betretene Blicke zu.

Guter Gott, er machte Schritte, als hätte er Angst, seine Knochen würden brechen, sobald er stärker auftrat. Es musste ihm wirklich schlecht gehen.

»Wie hoch ist seine Temperatur?«, fragte Marlon leise, nachdem die Zimmertür hinter seinem Bruder zugefallen war.

»Zu hoch«, erwiderte Emma müde. »Er kontrolliert sie nicht mehr, vermutlich, weil es ihm Angst macht. Ich schätze, sie liegt konstant über 38 Grad.«

Marlon machte Anstalten, auf den Tisch zu schlagen, zog seine Hand jedoch auf halbem Weg zurück. »Warum nimmt der Hornochse keine Medikamente! Ein Fiebermittel würde ihm vielleicht ein paar Tage geben. Bei normaler Temperatur gibt es keine Metamorphose.«

Emma legte beruhigend eine Hand auf seinen verkrampften Unterarm. »Marlon. Er nimmt die Medikamente. So viele, dass ihm davon übel wird. Er muss auf die Verwandlung hoffen, anderenfalls braucht er bald eine neue Leber.«

In diesem Moment wurde Marlons Gesicht erst bleich, dann starr. Wächsern. Er sah durch Emma hindurch, als würde er auf etwas lauschen. Ich hörte es auch. Gitarrenmusik. Und kurz darauf Corbins leise, raue Stimme, die dazu sang.

»All my bags are packed, I'm ready to go …«

Er sang diesen alten Song von John Denver. *Leaving on a Jet Plane.*

»Das hat er seiner Freundin immer vorgesungen«, flüsterte Marlon.

Ich wollte nicht wissen, was es bedeutete, dass er das Lied nun allein sang. Ich ahnte den Grund, aber ich erlaubte dem Gedanken nicht, sich auszuformulieren.

Keiner von uns wagte zu atmen. Wir hörten zu. Versuchten, keinen der gedämpft durch die Tür dringenden Töne zu verpassen. Das war alles, was wir für Corbin tun konnten.

»So kiss me and smile for me. Tell me that you'll wait for me. Hold me like you'll never let me go.«

Marlon war es, der die Stille brach, die daraufhin entstanden war. Heftig zog er die Nase hoch. Er weinte. Und dann sprang er auf, rannte zu Corbins Tür und hämmerte mit beiden Fäusten dagegen. »Hör mit dieser Scheiße auf!«, brüllte er. »Du bleibst hier, hast du mich verstanden? Du blöde Missgeburt bleibst bei deinem Missgeburtsbruder, bis wir beide so weit sind! Kapierst du das? Ich lass dich nicht gehen! Ich lass dich, verdammt noch mal, nicht gehen!«

Ich trat zu ihm und schlang meine Arme um ihn. Er bebte, als würden ihn Krämpfe schütteln. Immer noch schlug er auf die Tür ein.

»Ich brauche ihn«, wisperte er irgendwann und ließ die Fäuste sinken. »Ich schaff das nicht ohne ihn. Er kann jetzt nicht –«

»Er wird kämpfen«, versprach ich ihm. Da war ich sicher. Ob er es schaffen würde? Wie konnte ich das wissen? Emma und Marlon wussten mehr über diese Metamorphose, ich war völlig ahnungslos. Ihre Gesichter gaben sehr viel preis. Angst, Ungewissheit, Trauer. Aber Hoffnung? Ich konnte keine erkennen.

Marlon blieb vor Corbins Tür stehen, die Stirn an das Holz gepresst. Ich konnte nichts tun, außer bei ihm zu bleiben, auch wenn ich nicht wusste, ob das richtig war. Auch Emma kam zu uns. Sie setzte sich auf den Boden, lehnte den Kopf gegen die Wand in ihrem Rücken und summte leise vor sich hin. Das Lied ließ uns zur Ruhe kommen. Ich fragte mich, ob Corbins Sinne sich schon dem Vogeldasein angepasst hatten. Wenn ja, dann hörte er es sicherlich auch. Der Gedanke tröstete mich ein wenig.

Irgendwann öffnete Corbin die Tür, sodass Marlon ihm fast entgegengefallen wäre. Die beiden sahen sich an. Corbin wieder gefasster, Marlon wütend. Er formte etwas mit den Lippen, ich konnte es nicht verstehen.

»Großer Mist«, meinte Corbin. »Ich wünschte, ich könnte es ändern. Ich tue, was ich kann.«

»Das wird nicht reichen«, entgegnete Marlon.

»Ich werde mich bessern.« Corbins Stimme klang feierlich, wie bei einem Schwur. »Ich war ein blöder Bruder, ein mieser Mensch und auch als Freund habe ich nichts getaugt. Aber ich werde ein toller Vogel sein.«

Marlon nickte und versuchte sich an einem Grinsen. Er wandte sich ab, ging zu seinem Zimmer und bedeutete mir, ihm zu folgen.

»Du warst kein blöder Bruder, und das weißt du. Du bist mein einziger Bruder. Und mein Freund. Mein bester. Denk daran, bevor du Mist baust!«

Corbin lächelte schief.

Marlon tippte sich zu einem altmodischen Abschiedsgruß an die Schläfe und verharrte in dieser Bewegung.

In diesem Augenblick begriff ich, was er dachte. Es war so deutlich, als hätte er zu mir gesprochen. Er fürchtete, Corbin würde die Nacht nicht überstehen. Und da war noch mehr. Er dachte: Ich gehe nicht ohne dich. Wenn du mich alleinlässt, werde ich als Mensch sterben. Wir sehen uns im Himmel, so oder so.

In dieser Nacht bekam ich zum ersten Mal wirklich eine Ahnung davon, was mir bevorstand.

Ich würde Marlon verlieren.

Es war so deutlich zu spüren, weil ich mich ganz fest an ihn klammerte und ihn doch nicht erreichte. Er war weit weg. Seinen Körper festzuhalten änderte daran nichts. Ich schwitzte, eng an seinen warmen Rücken gepresst, und suhlte mich bewegungslos in der Furcht, dass auch seine Körpertemperatur bereits anstieg. Irgendwann zog ich mein T-Shirt aus. Nicht um ihn zu erregen, er nahm mich ohnehin kaum wahr, sondern weil mir so heiß war. Ich hegte den kleinen Wunsch, er würde reagieren, als ich meine Brust an seinen Rücken schmiegte, aber er atmete nicht einmal tiefer. Er blieb einfach liegen, gab vor zu schlafen. Diesmal schauspielerte er erbärmlich. Er schlief die ganze Nacht nicht.

Wieder fuhren wir von einem Ort zum nächsten und suchten nach Steinen. Marlon berührte sie, drückte sich an sie, boxte dagegen. Nichts. Immer stärker wurde der grausame Verdacht, dass die Harpyien Corbin und ihn vergessen hatten. Ich spürte, wie sein Körper sich stündlich mehr verspannte, auch wenn er sich noch so sehr bemühte, es mich nicht merken zu lassen.

»Rede endlich mit mir«, forderte ich ihn auf, als er mit Eis und zwei Getränkedosen, die er an einem Kiosk im Stadtpark gekauft hatte, auf mich zukam.

Wir setzten uns auf eine akkurat gestutzte Wiese, gleich unter ein Schild, das das Betreten der Grünflächen für verboten erklärte. In diesem Park war ohnehin alles verboten. Er wurde nur gebraucht, wenn die jährlich neu erscheinenden Ansichtskarten der Stadt fotografiert wurden. Dafür wurde er sogar abgesperrt, damit kein langes Gesicht die Schönwetteraufnahmen trübte und niemand seinen Müll vor die Kameralinse warf.

Marlon kühlte seine lädierten Fingerknöchel mit Vanilleeis und seufzte. »Man muss die Zeit nutzen – jeden Tag, den man hat. Daran glaube ich. Und was tue ich? Ich verschwende deinen Sommer. Was wir hier tun, ist vollkommen vergeblich.«

Ich nahm einen Schluck. Es hatte keinen Sinn, Marlon zu widersprechen, das nahm er sowieso nicht ernst, also ließ ich mir mit meiner Antwort Zeit. »Jemandem zu helfen, ist nie vergebens«, sagte ich schließlich.

»Auch nicht, wenn man scheitert?«

»Besser man scheitert gemeinsam als allein.«

Er leckte sich das Eis von der Faust und sah in den Himmel, der sich harmlos gab mit seinen weißen Federwölkchen vor babyblauem Grund. »Ich hatte mir das anders vorgestellt. Ich würde dir gerne eine schöne Woche bieten, wenn du für mich schon all deine Freunde vernachlässigst.«

»Die verstehen das«, gab ich gedankenlos zurück. Das war nicht ganz richtig, sie verstanden es eigentlich nicht und maulten, weil ich keine Zeit für sie hatte. Aber wie sollten sie auch, konnten sie doch nicht wissen, dass Marlon in nicht einmal einer Woche verschwinden würde. Vielleicht für immer. Rosalia hätte es masochistisch genannt, eine Beziehung einzugehen, die zum Scheitern verurteilt war. Aber war das so ungewöhnlich? Ewige Liebe gab es nicht, irgendwann trennte man sich immer. Diese Beziehung hatte den Vorteil, dass ich wusste, wann das sein würde. Die Fakten lagen auf dem Tisch. Prima! Ich musste nicht einmal den Status des galligen Entliebens durchmachen. Hey, ich war ein Glückskind, oder etwa nicht? Meine romantische Freundin würde das anders sehen, aber wenn ich eins nicht wollte, dann Mitleid.

»Ich wünschte«, meinte Marlon ganz leise, »ich hätte dich nie getroffen. Dann müsste ich dir nicht wehtun. Ich dachte, es würde mich erleichtern, mit einem Mädchen, das ich lieb habe, Hoffnung zu finden. Aber es macht nichts leichter. Ich war ein Idiot.«

»Du bist ein Idiot«, korrigierte ich ihn. »Mach es nicht schwerer, als es ist. Hör auf mit dem Was-wäre-wenn. Es ist, wie es ist. Du bist hier und ich auch.«

»Jetzt.«

»Ja, und das Jetzt ist entscheidend. Wir sollten gleich weitersuchen. Wie viel Zeit haben wir, um Pause zu machen?«

»Eine halbe Stunde.« Es klang wie eine Frage.

»Gut, dann nutzen wir sie besser.« Ich lehnte mich über ihn, schmiegte mich an ihn und küsste ihn.

Es dauerte eine Weile, bis er mich zurückküsste, aber dann hatte ich den Eindruck, dass es die Furcht vertrieb. Wir küssten uns auf dieser Wiese unter den abfälligen Blicken von Menschen, die mit gesenkten Köpfen durch den Park eilten. Wir küssten uns länger als eine halbe Stunde, viel länger, bevor wir weitersuchten.

Am frühen Abend rief ich Rosalia an, lauschte ihren Erzählungen von Rom und berichtete, so unverfänglich, wie ich konnte, was hier zu Hause los war. Ich nannte Marlon einen losen Flirt und schämte mich dafür. Es klang wie Verrat.

»Hast du eigentlich gelesen, dass sie die Ermittlungen zum U-Bahn-Unglück eingestellt haben?«, fragte Rosa und traf mich damit völlig unvorbereitet.

»W...was?«, stotterte ich und presste das Telefon gegen mein Ohr, bis es schmerzte. Sie hatte recht, die Bahnen auf der Unglücksstrecke fuhren seit Kurzem wieder. Selbstredend ohne mich. »Woher weißt du das?«

»n-tv.de«, erwiderte sie in ihrem Zwitscherton. »Es wurde dort kurz erwähnt. Der Unfall wurde wohl durch einen technischen Defekt an einer Weiche verursacht.«

»Diese miesen Lügner!«

»Was sagst du?« Meine Freundin klang verwirrt und mir wurde bewusst, dass ich laut gedacht hatte.

»Nichts, ist schon gut. Ich glaube das nur nicht.« Nein, ich wusste es besser. Hatten die Behörden es sich tatsächlich so einfach gemacht, den Fall für nicht existent zu erklären, weil sie ihn nicht lösen konnten? Das war zweifellos das Beste für Marlon und seine Leute ... aber es ließ mein Vertrauen in die Polizei erneut gehörig wanken. Worauf konnte man überhaupt noch vertrauen?

»Vielleicht«, überlegte Rosalia und ich hörte, dass sie nebenbei irgendetwas aß, »behaupten sie auch nur, nicht weiterzuermitteln, damit die Täter unvorsichtig werden.«

Das war durchaus möglich und daher rief ich, nachdem Rosa sich verabschiedet hatte, Marlon an.

Er lachte bitter. »Ich habe das auch gelesen und es wundert mich kein Stück. Alles, woran die Huntsmen beteiligt sind, endet früher oder später als Unfall oder technischer Defekt. Sie wollen nicht, dass die Namen ihrer Leute in zu vielen Akten auftauchen. So was macht sich nicht gut im Lebenslauf. Du musst wissen, dass nicht wenige von ihnen genau zu diesem Zweck Jobs bei der Polizei oder beim Militär haben.«

Mir lagen ein paar Worte des Bedauerns den Opfern gegenüber auf der Zunge, aber ich zerbiss sie zwischen den Zähnen, dass es knirschte. Ich hatte beinahe vergessen, wer den Unfall verursacht hatte. Um ehrlich zu sein, hatte Marlon in meinem Kopf mit all dem nur am Rande zu tun. Es gelang mir nicht, ihn für schuldig zu halten. Für mich lag die Verantwortung überwiegend bei den Huntsmen und ein bisschen auch bei Corbin und Emma. Und obwohl ich genau wusste, dass ich es mir damit zu leicht machte, drängte ich dieses Wissen zurück und hielt an der einfachen Variante fest. Rosa Brille? Wohl eher rosa Kontaktlinsen, die sich trotz hartnäckigem Pulen und Kratzen am Augapfel nicht entfernen ließen.

Gern hätte ich etwas Tröstliches gesagt, denn ich spürte durch das Schweigen hindurch, dass Marlon litt, aber wenn ich *Ich liebe dich* gesagt hätte, wäre unweigerlich ein *trotzdem* mit herausgerutscht, und damit hätte ich ihm erst recht wehgetan. Andererseits wär das seine Schuld gewesen und nicht meine.

Entgegen unserer Art, nach der ich immer zu viel Falsches sagte und Marlon gar nichts, überlegte ich still, bis Marlon das Wort ergriff.

»Magpie, du fehlst mir gerade mehr, als ich es bis eben überhaupt für möglich gehalten hätte.«

Ich setzte mich aufs Bett und zog die Decke über meine Knie. »Ich bin bei dir. In Gedanken.«

»Das reicht nicht.«

Ich weiß. Bald wird es aber reichen müssen. »Wir sehen uns morgen.«

Als ich allein in meinem Bett lag, um das Verständnis meines Vaters nicht überzustrapazieren, kam mir erstmals der Gedanke, was geschehen würde, wenn wir die Hinweise nicht fänden. Er traf mich während des Eindösens, als Vernunft und Verstand schon schliefen, aber ein Teil meines Bewusstseins – offenbar der egomanische Rest von mir – noch anwesend war. Er flüsterte mir zu, dass Marlon ein Jahr bliebe, wenn unsere Suche erfolglos verlaufen würde.

Ich schrak hoch. Mein Herz raste, als hätte mich jemand bei etwas Verbotenem erwischt. Ich schämte mich. Es war wahr – Marlon würde dann ein weiteres Jahr bleiben. Und er würde es bestimmt auch schaffen, redete ich mir ein. Corbin war zwei Jahre älter als er und hielt bis heute durch. Doch Corbin – und das war der Grund, warum das Hoffnungsflackern in meinem Kopf mich so beschämte – würde in diesem Fall sterben.

Ich lag lange wach in dieser Nacht, und sobald ich einschlief, quälten mich angsterfüllte Träume, die wie Wasser zerrannen, wenn ich aufwachte. Es gelang mir nicht, die Bilder und Gefühle festzuhalten. Trotzdem blieb so viel von ihnen in meinem Bewusstsein zurück, dass meine Angst ins Unerklärliche stieg. Ich konnte mich des Eindrucks nicht erwehren, dass etwas vor sich ging, da draußen in der Dunkelheit. Ich glaubte, die Raben schreien zu hören. Doch als ich das Fenster öffnete und kühle Nachtluft mich umfing, vernahm ich nichts als das immerwährende Pochen der nahen Stanzerei. Die Stadt war so still, wie sie nur sein konnte, und kein Rabe zeigte sich mir. Sie waren vor vielen Tagen verschwunden, ihre Schreie nichts als Träume.

Dass meine nächtlichen Ängste nicht unbegründet waren, bestätigte sich am nächsten Morgen. Mein Handy klingelte – ich schrak zusammen, als Emma sich meldete. Sie klang, als wäre sie stundenlang gerannt. Ihr Atem war rau und hastig.

»Du musst herkommen!«

»Was ist passiert?« Ich schrie beinahe. »Ist etwas mit Marlon?«

Emma japste etwas. Ich verstand nur ein Wort: »Ebony!«

Marlons Schwester. Die Harpyie. Sie hatte ihn nicht vergessen. Sie würde ihn mit sich nehmen.

»Will sie ihn … holen? Emma, sag was! Will sie ihn holen?«

Nervenzerreißendes Schweigen. Dann: »Ja.«

»Lass ihn nicht gehen! Ich komme, so schnell ich kann.«

Ich holte mein Fahrrad aus dem Keller, weil das Drachenhaus mit dem Bus schwer zu erreichen war, und trat in die Pedale. Ob ich dadurch Zeit sparte, wusste ich nicht, doch die Vorstellung, an einer Haltestelle stehen und tatenlos auf den Anschlussbus warten zu müssen, erfüllte mich mit Grauen. Und die körperliche Anstrengung lenkte mich ein wenig ab. Solange ich das Brennen in den Oberschenkeln spürte, wusste ich, dass ich noch nicht vor Panik verrückt geworden war. Sie konnte ihn nicht einfach mitnehmen – er würde mich nicht ohne Abschied verlassen!

Schweißnass stand ich schließlich vor dem Haus und hatte Mühe, die richtigen Tasten auf meinem Handy zu drücken. Emma ging gar nicht erst ran, sie kam direkt zur Tür und öffnete. Ihr Gesicht war gerötet, besonders an den Lidern. Hatte sie geweint?

»Sie sind oben. Sei vorsichtig, rede am besten nicht mit ihr. Sie ist … wirklich seltsam.«

Mir wurde schwindelig vor Erleichterung.

Wir gingen die Treppe hoch; ich wäre zwar lieber gerannt, aber Emma hielt mich zurück und erzählte von Ebonys Ankunft. »Die Jungs haben noch geschlafen, als sie kam. Marlon war in der Nacht unterwegs gewesen und hat nach Hinweisen gesucht. Er war völlig fertig.«

Das wusste ich. Er suchte ganz besessen, um Corbin zu retten. Wie erleichtert musste er nun sein.

»Daher haben sie es nicht gehört, als plötzlich etwas gegen die Scheiben schlug«, fuhr Emma fort. »Ich war früh auf, weil ich heute aufbrechen will. Zum Ort meiner Metamorphose. Heiliger Himmel, zuerst dachte ich, die Huntsmen würden angreifen. Doch dann sah ich sie – die Frau auf dem Fensterbrett. Sie hämmerte gegen die Scheibe und sie war … nun ja … nackt. Ihre Haut war bläulich, ihr Haar nass und ganz verfilzt. Da wurde mir klar, dass sie sich gerade verwandelt hatte. Vermutlich nicht mit Absicht, denn das Fensterbrett war so schmal, dass sie fast hinuntergestürzt wäre. Also habe ich sie hereingelassen.« Emma verlangsamte ihre Schritte und warf mir einen verstörten Blick zu, als spräche sie von einem blutrünstigen Monster. »Versteh mich nicht falsch, Noa. Ich kann mir vorstellen, dass man nach über zehn Jahren als Vogel nicht wie aus dem Ei gepellt aussieht, aber dass es so sein würde …«

»Beschreib es mir.«

»Ihr Blick war leer. Sie sah durch mich hindurch und krächzte Laute, die ich erst als Worte erkannte, nachdem sie wütend wurde und mich anschrie. Sie brüllte die Namen ihrer Brüder. Ich lief in Marlons Zimmer, rüttelte ihn wach. Da stand sie schon hinter mir. Sie fiel vor ihm auf die Knie, klammerte sich an ihn und weinte. Dann kam Corbin dazu und war ganz außer sich vor Erleichterung, Ebony zu sehen. Ich wollte ihnen Zeit geben, habe ihr etwas zum Anziehen gebracht und mich zurückgezogen. Etwas später kamen sie dann alle in die Küche. Die Jungs haben gescherzt und gerangelt und Ebony hat gelächelt, als würde sie sich an ihre gemeinsame Kindheit erinnern. Sie hat uns erzählt, dass man Marlon und Corbin in diese Stadt geführt hat, hier aber keine weiteren Hinweise in die Steine singen konnte, weil auch einige Huntsmen begannen, den Steinen zu lauschen. Also entschied man, Ebony persönlich zu schicken, doch es dauerte lange, bis sie sich ausreichend an ihre Menschlichkeit erinnern konnte, um sich zu verwandeln. Sie muss Marlon schon länger verfolgt haben, aber der letzte Impuls zum Verwandeln hatte noch gefehlt.«

Ich dachte an die Raben. Meine Raben, so hatte ich sie genannt. Marlons Schwester musste einer von ihnen gewesen sein, auf der Suche nach ihrem Bruder. Ich fürchtete mich ein wenig, die Wohnung zu betreten.

In der Küchentür blieb ich stehen und suchte Marlons Blick. Er lehnte an einem Schrank und lächelte mich an, aber sein Mund wirkte verkrampft, seine Augen erschöpft. Die Frau, Ebony, saß Corbin gegenüber am Tisch und ignorierte Emma und mich offenkundig. Sie sah tatsächlich aus, als wäre sie einem Horrorfilm entsprungen. Ihr Teint erinnerte an den einer Wasserleiche und ihre schwarzen Augen glänzten wie Murmeln aus Glas. Emmas T-Shirt (diesmal mit dem Aufdruck *Ich sehe blöde Menschen*) spannte über ihren muskulösen Schultern und die Jogginghose reichte nur bis zur Mitte ihrer Waden. Ich konnte nicht anders, als auf ihre Füße zu starren. Wahnsinn, dass Frauen so große Füße haben konnten – das musste wahrlich Marlons Schwester sein. Schön war sie trotz allem. Schaurig-schön, wie die Zombiefrau aus dem Film *Jennifers Body*.

»Hallo, Noa«, begrüßte mich Corbin und betonte dabei meinen Namen, als hätten sie bereits über mich gesprochen. Er stützte sich mit beiden Unterarmen auf den Tisch – selbst im Sitzen schien er leicht zu schwanken.

Marlon bedeutete mir, zu ihm zu kommen, und empfing mich mit einem zarten Kuss, dann stellte er Ebony und mich einander vor. Sie würdigte mich weiterhin keines Blickes und trotzdem fühlte ich mich von ihr fixiert. Mir war, als würde sie meinen Bewegungen lauschen, meine Präsenz erfühlen. Ich hatte einer Frau aus Stein gegenübergestanden, doch diese hier war mir gegenüber noch härter.

»Wir haben gerade über meine Möglichkeiten zu bleiben geredet«, flüsterte Marlon mir zu.

»Nichts haben wir.« Ebonys Stimme klang, als hätte sie Sand in der Kehle, als würde ihr jedes Wort Schmerzen bereiten. Sie verursachte eine Gänsehaut bei mir. »Wir haben festgestellt, dass das Wahnsinn ist.«

»Aber Marlon ist erst achtzehn«, wandte Emma ein und sprach damit aus, was ich im Stillen dachte. »Corbin ist schon zwanzig und hat es bisher auch geschafft.«

»Corbin ist stärker, schau ihn doch an«, rief Ebony. »Marlon übersteht kein weiteres Jahr. Corbin, bring ihn zur Vernunft.«

»Er kennt meine Einstellung«, erwiderte Corbin und starrte weiterhin auf den Tisch. »Aber seine Entscheidung muss er selbst treffen.«

Erstaunt sah ich zu ihm. So viel Verständnis hatte ich ihm nicht zugetraut.

Ebonys Kopf ruckte zu mir herum und ich machte unweigerlich einen Schritt zurück. »Die ist es«, zischte sie mich an. »Sie vernichtet ihn! Trifft sich mit den Jägern und lockt ihn in sein Verderben.«

Sie konnte mir viel vorwerfen. Aber das nicht.

»Bullshit! Du kennst mich nicht, also behaupte nicht so einen Mist!«

Ihre Augen schienen zu glühen. »Sie klammert sich an ihn. Hält ihn am Boden. Im Dreck!«

»Nein, ich –«

Marlon fiel mir ins Wort. »So redest du nicht mit Noa! Reiß dich zusammen.«

Ebony sprang auf, ihr Stuhl krachte zu Boden. »Du verrätst deine Familie, Marlon! Für was? Für einen Menschen?« Sie spuckte ein abfälliges Lachen aus. »Wir brauchen keine Menschen. Die sind nur Spielzeug für uns. Nur Dreck!«

Ich schauderte angesichts ihrer Worte. Stephan Olivier hatte dieselben gewählt.

Corbin ließ den Kopf hängen, Marlon durchfuhr ein wütendes Zittern. Sogar Emma bedeckte den Mund mit einer Hand – zum ersten Mal sah ich Angst in ihrem Gesicht. Keinen Zorn, keinen Hass, sondern reine Angst. Angst, dass auch ihr eine solche Veränderung bevorstand.

»Raus!«, sagte Marlon leise.

Niemand rührte sich.

Er wiederholte es. »Raus, Ebony! Ich bin unseren Eltern nichts schuldig, dir ebenso wenig und ich lasse mich nicht beleidigen. Nicht von jemandem, der mich vor langer Zeit vergessen hat. Das hier ist mein Leben. Verschwinde daraus.«

»Das ist nicht dein Ernst«, krächzte sie. Sie trat näher an ihn heran und Marlon schob mich hinter sich.

»Mein voller Ernst. Du bist gekommen, um uns den Ort der Verwandlung zu nennen. Das hast du getan, danke. Corbin wird zur Lammas-Nacht da sein. Und ich verspreche dir, dass ich es mir gut überlegen werde. Mehr nicht. Geh jetzt.«

Für eine Sekunde stand Ebony bewegungslos da. Dann ging alles sehr schnell. Ihre Faust schoss nach oben – sie wollte ihn schlagen! Marlon fing ihre Hand ab und drehte seiner Schwester den Arm auf den Rücken. Er sagte etwas, aber es verlor sich in Ebonys Kreischen. Corbin sprang auf, stürzte beinahe, riss fast den Tisch um und taumelte aus der Küche, als wäre der Teufel hinter ihm her. Gleichzeitig blendete mich gleißendes Licht und plötzlich schrie auch Marlon, dann Emma. Das Nächste, was ich wahrnahm, waren zu Boden fallende Kleider. Etwas Schwarzes schoss in die Höhe, stieß an die Decke und dann gegen das geschlossene Fenster.

»Mach es auf!«, rief Emma.

Ich brauchte einen Augenblick, bis ich verstand, wen sie meinte. Mich.

Der Rabe klatschte ein zweites Mal gegen die Scheibe.

»Schnell, sonst verletzt sie sich!«

Ich gehorchte, riss das Fenster auf und Ebony flüchtete.

Schwer atmend wandte ich mich um. Wohin war Marlon verschwunden? Allein Emma stand noch in der Küche und starrte mich an. Schweiß bedeckte ihre Haut, sie zitterte wie Espenlaub.

»Sie wollte das nicht«, wimmerte sie. »Es ist einfach so passiert.

Hast du das gesehen? Oh mein Gott.« Sie schwankte. Ich fasste instinktiv an ihre Stirn. Heiß. Da begriff ich, dass sich die Magie von Ebonys Verwandlung auf die anderen auswirkte. Auf Emma vermutlich noch am geringsten, weil sie ein Star war und kein Rabe.

»Marlon!« Ich stürzte an Emma vorbei und fand ihn vor Corbins Zimmertür kniend. Ich war ganz sicher, einen bläulichen Schatten über ihn hinwegflattern zu sehen, doch als ich näher kam, verschwand dieser. Seine Haut war bleich, doch sie glühte. Fiebrig starrte er durch mich hindurch.

»Bleib bei mir, bleib bei mir«, flüsterte ich gefühlte hundert Mal.

Er schnappte flach nach Luft, immer wieder, als erreichte sie nur seine Kehle, aber nicht seine Lunge. Seine Haut war so heiß, dass ich fürchtete, er würde kollabieren. Er streckte die Hand nach Corbins Zimmertür aus, versuchte aufzustehen und bewegte den Mund, um etwas zu sagen, aber nichts davon gelang. Krämpfe schüttelten ihn. Sein Körper wehrte sich mit aller Kraft gegen die Magie, die an ihm riss. Ich konnte sie fast spüren: ein Vibrieren und Knistern, das sich um Marlon schmiegte wie eine zweite Haut. Hektisch schüttelte ich ihn an den Schultern, rieb seine Oberarme und kratzte ihn dabei in meiner Panik. Es konnten nur Sekunden vergangen sein, aber mir kam es vor wie eine Ewigkeit, bis er endlich gleichmäßiger atmete und ein Wort herausbekam.

»Corbin.«

Mir war, als würde der Boden unter mir nachgeben. Wir starrten uns an wie paralysiert.

Im nächsten Moment hörte ich aus dem Zimmer hinter der Tür ein Klatschen, als würde jemand mit der flachen Hand gegen die Wand schlagen.

Marlon kämpfte sich auf die Füße, stolperte zur Tür und rüttelte an der Klinke. Corbin hatte abgeschlossen. Ich hörte Emma hinter mir wimmern, sie zog mich ein Stück zurück.

Wieder dieses schreckliche, klatschende Geräusch.

Marlon nahm Anlauf und warf sich gegen die Tür. Das Holz um das Schloss herum splitterte, aber er musste noch einen Tritt nachsetzen, ehe es nachgab.

»Oh nein, oh nein, oh nein«, weinte Emma.

Corbin war fort.

Stattdessen flatterte ein Rabe kopflos in dem kleinen Raum umher, prallte gegen das Fenster, dann gegen die Wand und fiel zu Boden. Dort blieb er liegen, die Flügel zur Seite ausgestreckt, als hätte er keine Kraft mehr, um sie schützend an sich zu ziehen. Blutflecken an den Wänden verrieten, wo er dagegengeprallt war. Das Klatschen hallte in meinem Kopf nach.

Marlon taumelte näher und der schwarze Leib zuckte. Der Vogel konnte nicht einmal mehr den Kopf heben. Ein schwaches Beben verriet, dass er noch atmete. Noch. Unter ihm breitete sich eine Blutlache aus. Winzig eigentlich, doch erschreckend groß für so einen kleinen Körper.

Emma griff nach meinem Arm und flüsterte: »Lass uns gehen. Er hat sicher Angst vor uns.«

Ich zögerte, wollte Marlon nicht alleinlassen.

Langsam und in größtmöglichem Abstand zu dem Raben ließ er sich nieder. Dann begann er zu wispern – ruhige, monotone Worte, wie eine Litanei. Vielleicht ein Lied. Für Corbin würde es fremd sein, er besaß keine Erinnerungen mehr. Ich musste unwillkürlich daran denken, wie die beiden das letzte Mal beisammengesessen hatten. Corbin starr vor Wut, doch Marlon war einfach bei ihm gewesen und hatte seinen Schmerz ausgehalten, genauso wie er es nun tat. So gerne ich etwas getan hätte, jede meiner Regungen würde stören. Emma zog sachte an meinem Arm und ich schlich mit ihr aus dem Zimmer.

»Corbin«, sein Name klang wie ein Schluchzen, weil ich ihn durch meine zugedrückte Kehle pressen musste, »wird es nicht schaffen, oder?«

»Nein.« Es musste an ihrem streng zurückgebundenen Haar liegen, dass sich in Emmas Miene nichts regte. Oder sie stand unter Schock.

»Kann man gar nichts tun?« Mir widerstrebte es, das Wort Tierarzt auszusprechen, aber wer sonst konnte einem Vogel helfen? »Wir müssen etwas tun. Wir können ihn nicht einfach sterben lassen!«

»Stress tötet uns am schnellsten«, flüsterte Emma so leise, als würde sie mit sich selbst sprechen. »Ein Vogelherz ist groß, verglichen mit dem Rest des Körpers. Aber auch empfindlich. Ein Schock reicht aus, um uns zu töten. Nach der Verwandlung haben wir ohne Schwarm keine Chance. Aber verletzt und ohne Schwarm –«

Ich wischte mir die Tränen aus dem Gesicht, doch es wurden immer mehr. »Aber er lebt noch.«

»Nein, Noa. Er hat nur noch nicht begriffen, dass er tot ist.«

Ich blieb eine gefühlte Ewigkeit in Emmas Zimmer, wagte mich nicht hinaus. Sie hielt meine Hand. Oder ich ihre? Die Trauer ließ uns alles, was zwischen uns gewesen war, vergessen.

Doch dann hörte ich schwerfällige Schritte im Flur und nun hielt mich nichts mehr. Ich rannte fast und blieb dann wie angewurzelt vor Marlon stehen. Er war bleich, fast grau im Gesicht, seine Augen matt und vor Müdigkeit rot gerändert. Aber geweint hatte er nicht und das bereitete mir Sorgen.

»Ist es vorbei?« Meine Stimme klang hohl.

Es schien, als bemerkte Marlon mich nicht, er ging einfach weiter, den Flur entlang und in sein Zimmer.

Ich konnte nicht anders, ich musste zu Corbin. Wir hatten unsere Probleme gehabt, er und ich, doch das war jetzt völlig unbedeutend. Es war nicht fair. Er hatte das nicht verdient. Ich strich mit meinen Fingern über einen seiner Flügel. Sein Gefieder war ganz weich, aber darunter verborgen spürte man noch, dass diese Flügel Kraft besessen hatten. Kraft, die Corbin nie wieder würde einsetzen dürfen. Behutsam hob ich ihn auf – er war beängstigend leicht – und legte ihn auf sein Bett, damit der harte Betonboden seine empfindlichen Federn nicht abknickte. Dann ging ich zurück zu Marlon.

Er stand in seinem Zimmer am Fenster und sah hinaus in den Tag. Leere lag in seinem Blick, das Schwarz seiner Pupillen schien bodenlos und düster wie die Nacht an einem Ort, wo es keine Sterne gab und niemals geben würde.

»Komm her«, flüsterte ich, aber er bewegte sich nicht. »Marlon, bitte, ich brauche dich jetzt.« Und du brauchst mich.

Vielleicht war es ungerecht, meine Bedürfnisse vorzuschieben, aber er gehorchte und ließ sich in den Arm nehmen. Wir standen Stunden dort am Fenster. Mein Gesicht an seiner Brust, seins in meinen Haaren. Sein Herz schlug kräftig und nur geringfügig schneller als meins. Ich klammerte mich an diesen Takt, denn er sagte mir, dass Marlon noch hier war. Dass Marlon noch Marlon war. Meine Haare wurden nass, ich spürte seine Tränen an meinen Ohren, an meinem Hals. Sie sickerten in mein T-Shirt. Irgendwann wollte er sich von mir lösen, aber ich hielt ihn weiter fest. Er sagte kein Wort, deutete nur mit dem Blick zur Tür.

»Wir kümmern uns um alles. Wir werden ihn begraben. Dazu

ist noch genug Zeit. Ruh dich ein bisschen aus.« Ich zog ihn aufs Bett, legte mich neben ihn und umarmte ihn fest, damit er nicht aufstand.

Er widersetzte sich mir nicht. Und sprach kein Wort. Ich streichelte ihm die angetrockneten Tränen von den Wangen, strich ihm durch die Haare, bis sie von meinen feuchten Händen strähnig waren, und hoffte darauf, er würde endlich etwas sagen. Marlons Finger zuckten unkontrolliert und ohne Rhythmus an seinem Oberschenkel. Er schwieg.

Er schwieg noch immer, als wir zu Emma gingen, die ihn in den Arm nahm und tröstende Worte murmelte. Worte, die aus meinem Mund nichtssagend geklungen hätten, doch von ihr gesprochen so viel Mitgefühl bargen, dass mir gleich wieder die Tränen kamen. Er reagierte kaum darauf, verschwand in Corbins Zimmer und schloss die Tür hinter sich.

»Gib ihm Zeit.« Emma musste aufgefallen sein, wie sorgenvoll ich Marlon nachsah.

»Er redet nicht mit mir«, flüsterte ich. »Kein Wort.«

»Das wird er wieder. Er steht unter Schock.«

»Ich fürchte, es ist schlimmer als das.« Er hatte ihr nie von seinem Sprachproblem erzählt. Emma konnte nicht wissen, was sich vor mir ausbreitete wie die Seiten eines offenen Buches.

Marlon hatte nicht nur seinen Bruder, sondern auch seinen Takt verloren, und ohne diesen konnte er nicht sprechen.

»Hör mal«, sagte Emma und schien sich dabei sichtlich unbehaglich zu fühlen. »Es wird nicht leicht werden, aber wir werden Corbin … verbrennen müssen.«

Ich ließ das Gesicht in die Hände sinken. Ich hatte Marlon versprochen, dass wir ihn begraben würden. Aber verbrennen? Ich stellte mir den Geruch von versengten Federn vor und schluckte an zu viel Speichel, um nicht zu würgen.

»Wir haben das einander für diesen Fall versprochen.« Ihre Stimme war fest, aber ihre Hände spielten nervös am Saum ihrer Bluse. »Wenn die Huntsmen tote Harpyien in die Finger bekommen, bringen sie diese in ihre Versuchslabore. Keiner von uns will aus dem Grab geholt und auf ihren Labortischen zerschnibbelt werden. Erst recht nicht Corbin.«

Ich nickte mechanisch. Sie waren für das Schlimmste gewappnet, hatten an alles gedacht. Wie schrecklich sich der Gedanke anfühlte, dass auch Marlon mit seinen achtzehn Jahren schon wusste, was nach seinem Tod mit seinem Körper geschehen würde.

Trotz Emmas Vorwarnung fühlten sich die nächsten Stunden surreal an. Ich beobachtete uns wie durch Nebel, fühlte mich abwesend, weil ich nicht gebraucht wurde. Zwar war ich in Marlons Nähe, aber er schien trotzdem unendlich weit weg. Ich sah unsere Reflexionen in dem großen Spiegel in Corbins Zimmer, aber ich sah *uns* nicht. Ich streckte die Hand nach ihm aus und konnte ihn doch nicht erreichen. Wenn er wenigstens irgendetwas gesagt hätte. Womöglich hätte er es versucht, wenn ich ihn darum gebeten hätte, aber ich wagte es nicht, aus Angst, es würde ihm nicht gelingen.

Er bettete Corbins sterbliche Überreste auf zusammengeknülltes Papier in einem Karton. Ich erkannte ein paar Seiten aus Marlons Lieblingsbüchern, viele Zeichnungen. Seine Art, Corbin etwas von sich mitzugeben, oder reine Verzweiflung? Ich wusste es nicht und erstmals seit vielen Tagen fiel mir auf, wie wenig ich ihn kannte, den Jungen, der mit einer Automatikpistole so selbstverständlich umging wie mit einem altmodischen Füllfederhalter. Er legte das Foto von sich und Corbins Freundin in den Karton. Bewegungen wie einstudiert, wie tausendmal ausgeführt und in Fleisch und Blut übergegangen. Wie schwer ihm das fallen musste.

Ich hatte den Gedanken noch nicht zu Ende gedacht, als Marlon plötzlich auffuhr, nach Corbins Gitarre griff und sie gegen die Wand schlug. Der Korpus brach, Marlon schlug erneut zu. Wut oder Tränen hätten mich erleichtert – ich hätte alles gegeben, um ihn schreien zu hören –, doch er ging vor, als würde er Holz hacken. Kraftvoll, aber emotionslos. Als das Instrument nur noch Schrott war, riss er die Saiten ab und legte sie zusammen mit einem Stück Klangholz in den Karton. Dann schloss er den Deckel und nickte mir zu.

»Du musst nicht mitkommen«, sagte Emma in der Diele zu mir. »Du und Corbin …«, sie lächelte unglücklich, »und auch ich … Ich kann gut verstehen, wenn du –«

»Ist schon gut«, unterbrach ich ihr hilflos anmutendes Gestammel. »Ich habe ihm verziehen. Und dir auch.« Wenn vielleicht auch nur um Marlons willen.

Wir fuhren schweigend. Marlon saß steif aufgerichtet hinter dem Steuer seines Wagens, Emma auf dem Beifahrersitz, sie hielt die Schachtel auf dem Schoß und streichelte über die Pappe. Ich hockte zusammengesunken auf dem Rücksitz, neben mir eine Tasche mit Dingen, die mir vertraut waren, mich nun jedoch ängstigten: Brennspiritus und Zündhölzer.

Zunächst wusste ich nicht, wohin wir fuhren, doch dann bekam ich eine Ahnung, die sich bestätigte, als Marlon auf dem Hof der alten Wassermühle parkte. Er stieg aus und den ganzen Weg über war sein Blick eine stille Bitte um Verzeihung.

Ich presste die Lippen zusammen. Er wollte Corbin an einem Ort verbrennen, wo wir beide uns geküsst hatten – am Ufer des Kanals. Es dauerte einen Moment, bis ich das verdaut hatte. »Es ist okay. Es ist ein wunderschöner Platz.« Und genau das verdiente Corbin.

Wir kämpften uns durch den Stacheldraht und die Wand aus Brennnesseln. Am Ufer begann Marlon Holz zu sammeln und aufeinanderzuschichten. Seit Tagen hatte es nicht mehr geregnet, sodass wir den Brennspiritus nicht benötigten, der dem Feuer seinen unangenehm scharfen Geruch aufzwingen würde. Ich nahm große Steine und bildete damit einen Kreis um die Feuerstelle. Emma zerknüllte Papier, schob es zwischen die Äste und füllte die verbleibenden Zwischenräume mit Reisig auf.

Marlon war es, der das Feuer anzündete, und Marlon war es auch, der den Karton obenauf stellte, sobald es brannte. Er ließ seine Hand auf der Schachtel liegen, bis die Flammen daran leckten, das Feuer die Pappe schwärzte, Löcher hineinfraß und seine Finger versengte. Ich zog ihn zurück, versuchte sanft zu sein und brauchte doch all meine Kraft. Die Hitze strahlte uns in die Gesichter, aber wir wichen nur so weit zurück, dass es auszuhalten war, und setzten uns auf den Boden. Ich hatte das Gefühl, meine Wimpern würden schmelzen. Glutflöckchen stoben auf und schneiten als Asche auf uns nieder. Knisternd, fast säuselnd, verzehrte das Feuer Corbins Leichnam. Wir sahen kaum mehr als einen schwarzen Schatten, der sich im Licht der Flammen auflöste. Mit ihm schmolz das Foto. Es wirkte friedlich.

»All my bags are packed, I'm ready to go«, begann Emma leise zu singen.

Marlon und ich wandten ihr die Köpfe zu.

Sie erwiderte Marlons Blick fragend und wartete auf seine Zustimmung, ehe sie das Lied weitersang. Sie erhob ihre Stimme über das Feuerknistern, eine warme, volle Stimme von einer Tiefe, die ich der zierlichen Emma nicht zugetraut hätte.

Marlon legte den Kopf an meine Schulter – nur ein zaghaftes Zeichen, dass er langsam zu mir zurückkehrte, aber immerhin ein Zeichen. Ich berührte seine Wange und fühlte, dass er sich ein wenig entspannte. Er nahm meine Hand, umfasste zart mein Handgelenk und Emma sang *Leaving on a Jet Plane*.

Wir saßen dort, bis das Feuer heruntergebrannt war und sich die Sommerwärme auf unserer erhitzten Haut kühl anfühlte. Nichts als Asche und einzelne, noch glimmende Scheite waren übrig geblieben.

Emma sah mich lange an und seufzte. »Tu mir einen Gefallen, Noa. Bring ihn irgendwohin, wo er sich einen Tag ausruhen kann.« Sie redete von Marlon, als sei er gar nicht da. Als könnte er uns nicht hören, nur weil er nicht mehr sprach. Dann stand sie auf, ging um ihn herum, hockte sich vor ihn und legte ihre Hände auf seine Schulter. »Es wird Zeit für mich. Ich komme allein nach Hause, mach dir keine Gedanken. Aber morgen werde ich nicht mehr da sein.«

Ich schnappte erschrocken nach Luft. »Du musst schon gehen?«

»Ich habe einen weiten Weg.« Sie lächelte hoffnungsvoll, aber da war auch Angst in ihren Augen.

»Viel Glück, Emma.« Ich hätte geweint, wenn meine Augen nicht so wund und leer geweint gewesen wären.

»Euch auch. Ich würde gern sagen, dass ich euch nie vergesse, aber …«

Marlon zog sie an sich und umarmte sie. Dann stand Emma auf, drehte sich wie eine Tänzerin um und verließ uns auf dem Weg, den wir gekommen waren. Sie blickte kein einziges Mal zurück, vielleicht, weil ihr dann die Kraft zum Weitergehen abhandengekommen wäre. Wir sahen ihr nach, bis das Rascheln ihrer Schritte verstummte und es, vom Rauschen des Kanals abgesehen, ruhig um uns herum wurde. Stille, die sich wie eine eiserne Klammer um mein Herz schloss. Sie wisperte etwas von Einsamkeit.

Marlon war jetzt ganz allein.

»Können wir gehen, Noa?«

Ich musste tief durchatmen, um vor Erleichterung nicht übertrieben heftig zu reagieren. Seine Stimme klang belegt, tiefer und samtiger als gewöhnlich. Älter. Nein, gealtert. Ein wenig fremd, aber er redete.

»Wir gehen zu mir«, entschied ich.

Er erhob sich bedächtig, als schmerzte jeder seiner Knochen, und half mir auf. Dann trat er noch einmal an die Feuerstelle, griff in die Asche und streute eine Handvoll davon in den Kanal. Er murmelte etwas, das ich nicht verstand. Es endete mit: »So oder so, Corbin.«

Dann nahm er meine Hand ungeachtet dessen, dass er mich mit Asche beschmierte – es machte mir sehr viel weniger aus, als ich erwartet hatte –, und wir gingen.

Die Fahrt zu mir nach Hause verlief anders als gedacht. Zum einen, weil Marlon einen Umweg machte von gefühlten hundert Kilometern, um auf einer Landstraße das Gaspedal voll durchzutreten und den Audi auf 180 Sachen zu bringen. Erlaubt war exakt die Hälfte. Zum anderen – und das war der Grund, warum es keinen Sinn hatte, ihn zu bitten, langsamer zu fahren –, weil er das Radio bis zum Anschlag aufdrehte. Die Lautstärke machte mich taub, das Dröhnen der Bässe vibrierte in jedem meiner Knochen. Als er wieder in die Stadt einbog und die Musik ausschaltete, wirkte er gelöster.

»Normalerweise trinkt man auf jemanden, der gestorben ist«, sagte er – seine Stimme klang noch immer fremd. »Aber ich habe Corbins Lieblingswhisky nicht mitgenommen.« Na, Gott sei Dank! »Sieh das Tempo als Gruß an meinen Bruder. Er fühlte sich erst ab 150 Sachen wohl, und solange man noch sein eigenes Wort verstand, war die Musik zu leise. Er machte solche Fahrten immer, wenn er nicht mehr weiterwusste.« Marlon lächelte schief. »Danach wusste er zwar auch nicht weiter, aber es störte ihn weniger.«

»Hilft es?«, fragte ich. »Geht es dir besser?«

»Nee.« Das halbe Lächeln blieb bestehen. »Eher schlechter. Aber –«

»Es fühlt sich weniger taub an«, nahm ich ihm die Worte ab. »Es tut weh, wird wirklich. Echt.«

»Ja. Und man kann damit besser leben als mit Schmerzen, die man nicht spürt, von denen man aber weiß, dass sie da sein sollten.«

Ich strich über seinen Unterarm, von der Ellenbeuge bis zum Handrücken. »Es tut nicht für immer weh.« Im gleichen Moment ahnte ich, etwas Falsches gesagt zu haben.

Marlons Miene veränderte sich abrupt, als hätte er unerwartet auf etwas Bitteres gebissen. »Nur bis nächste Woche. Dann werde ich ihn vergessen.«

»Ich denke für dich an Corbin.« Ich umfasste seinen Arm fester. »Ich vergesse ihn nicht. Ich werde alles aufschreiben, was ich über ihn weiß, und hebe es für dich auf. Du wirst dich erinnern und zurückkommen – und nichts wird in Vergessenheit geraten sein.«

Er rieb sich über das Gesicht. »Ist es dann nicht längst zu spät? Wenn ich mich erst erinnern muss, dann habe ich ihn doch bereits vergessen.«

»Nein, denn du kannst nicht wirklich von Vergessen sprechen, wenn du dich wieder erinnerst«, erwiderte ich. »Vergessen ist endgültig. So wie Sterben.«

»Dann ist Erinnern wie Wiedergeborenwerden?«

Wir sahen uns einen Moment an und wussten beide keine hundertprozentige Antwort. Ich nickte schließlich, wenn auch unschlüssig.

»Wow.« Marlon hielt an einer Ampel und spielte mit dem Blinker. »So habe ich das noch nie betrachtet. Das ist das Ei des Kolumbus.«

Er neckte mich. Wie erleichternd sich das anfühlte, nachdem er mich angeschwiegen und mir mit seiner Raserei Angst gemacht hatte. Er war noch immer Marlon. Die Betonung lag auf *noch* und davon musste ich mich ablenken. Ich zog ein wichtiges Gesicht. »Und ich habe dieses Ei gelegt. Ich sollte mich für den Philosophie-Leistungskurs einschreiben, wenn die Schule wieder losgeht, was meinst du?«

Unser beider Lachen war nicht mehr als ein Schnauben. Ausgestoßene Luft und bemüht hochgezogene Mundwinkel. Aber es wirkte wie eine gute, lindernde Medizin. Nicht schnell und mit Nebenwirkungen, sondern indem es sachte die Heilung unterstützte. Nur ein klein wenig, aber allein das ließ uns schon aufatmen.

Der Atem stockte mir in der Kehle und gefror dort zu Klumpen, als wir in mein Viertel einbogen und ich den Wagen hinter uns bemerkte. Er fuhr zu dicht auf, nur darum erkannte ich den Fahrer.

Stephan Olivier. Neben ihm saß eine Frau, vielleicht die aus dem Wald, ich war mir nicht sicher.

»Marlon!« Ich schrie seinen Namen fast.

»Ich habe ihn gesehen.« Binnen eines Lidschlags schlug sein Gesichtsausdruck um. Das angestrengte Lächeln, der Schmerz in seinen Augenwinkeln, all das Zerbrechliche, das eben noch da gewesen war, schwand. Sein Gesicht wurde schlagartig eiskalt. Er schaltete einen Gang runter, der Motor grollte drohend und ich wurde durch die Beschleunigung in den Sitz gedrückt. Zu meinem Erschrecken lächelte Marlon herablassend. »Er jagt uns mit einem Golf. Der hat vielleicht Nerven. Was glaubt er, was ich hier fahre, eine Postkutsche?« Der Abstand vergrößerte sich, doch dann war Marlon zum Bremsen gezwungen, weil die Straße ein paar enge Kurven machte. Er bog rabiat nach links ab, Richtung Schnellstraße.

Ich musste mich am Türgriff festhalten. »Er kriegt uns nicht, oder?«

Marlon warf einen Blick auf den Tacho. »Wir haben 180 Pferdchen unter der Haube und genug Hafer im Tank, um jedes einzelne eine ganze Weile glücklich zu machen. Sobald wir aus der Stadt raus sind, hat er keine Chance mehr.«

Ich fand einen Moment Zeit, seine Coolness zu beneiden. Mir war das zuvor schon aufgefallen. Wenn Marlon in eine Situation geriet, die einem Panikanfall würdig war, dann wurde er frostig. Jetzt war er Eis. So kalt, dass sich die von ihm abstrahlende Kälte schon wieder heiß anfühlte. Es ist kein Scherz, dass man sich an Trockeneis Verbrennungen zuziehen kann. Marlon war noch kälter. Offenbar steckten wir wirklich in der Klemme. Oh Scheiße!

»Wie konnten die uns finden?«

Er zog sein Mobiltelefon aus der Hosentasche und reichte es mir. »Mach es aus, ich muss mich auf die Straße konzentrieren. Vermutlich haben sie es mittels deiner alten Handynummer geschafft, deine Daten zu hacken. Damit haben sie auch meine Nummer und können uns orten.«

»Ist das möglich?«

»Keine Ahnung. Hast du eine bessere Idee? Schmeiß es bei Gelegenheit aus dem Fenster, aber so, dass sie es nicht mitbekommen. Wir werden dein neues Handy auch entsorgen müssen. Und leider kennen sie jetzt auch mein Auto. Schon wieder.« Kurzes Bedauern streifte sein Gesicht.

Ich versuchte mich unauffällig nach unseren Verfolgern umzusehen. Sie blieben stur hinter uns. »Dein wievieltes Auto ist das?«

»Das dritte.«

»Wie lange, sagtest du, hast du den Führerschein?«

»Ich bin im Februar achtzehn geworden.«

Sparsamer Verbrauch war etwas anderes.

Die Schnellstraße mündete in eine Gabelung. Es ging durch einen Tunnel hindurch Richtung Stadt oder halb rechts auf die Landstraße. Marlon ignorierte eine dunkelgelbe Ampel und wählte die Landstraße. Der Golf klebte uns am Heck.

»Oh Gott. Ich glaube, sie kommen näher. Was, wenn sie wieder schießen?«

Marlon antwortete, indem er diabolisch lachte. Er musste sich sehr sicher in seinem Auto fühlen. Oder große Angst haben. Ich hoffte auf Ersteres.

»Greif mal hinter dich, Noa. In der Rückseite des Beifahrersitzes ist ein Loch.«

Ich hatte keine Ahnung, was ich dort finden würde, aber als meine Finger den Lauf einer Pistole ertasteten, wurde mir schwindelig. Dennoch zog ich sie hervor und reichte sie ihm.

Marlon legte sich die Waffe in den Schoß und hatte die Nerven, meine Wange zu berühren.

»Hab keine Angst, okay?«

»Klar«, gab ich zurück und versuchte nicht einmal, meinen Zynismus zu verbergen. Die Bitte war so aussichtslos wie der Versuch, das Vaterunser auf Mandarin aufzusagen.

Erneut drehte ich mich um – unsere Verfolger holten tatsächlich auf, sie waren so nah, dass ich Oliviers Gesicht erkannte sowie das Frettchen auf seiner Schulter. Die Frau neben ihm war älter als er. Sie telefonierte, gestikulierte dabei weit ausholend.

Verstärkung. Das Wort schoss mir in dem Moment durch den Kopf, als ein zweiter Wagen, eine dunkle, sportliche Limousine, aus einer Querstraße gejagt kam.

Marlons Augen wurden schmal. Der Grund war klar. Diesen Wagen würden wir nicht abhängen. Das war uns ja noch nicht einmal bei dem verdammten Golf gelungen. Und jetzt?

Marlon trat aufs Gas, ignorierte jegliche Geschwindigkeitsbegrenzung und überholte ein paar Autos, die vor uns über die Landstraße zockelten. Ein paar verfallene Fabrikgebäude und ein letzter, ärmlicher Wohnblock schossen rechts und links an uns vorbei. Der Wald zeichnete einen gezackten dunkelgrünen Scherenschnitt vor das Azurblau des Himmels. Die Limousine hielt sich in unserem Rückspiegel, der Golf blieb zurück. Ob das gut oder schlecht war, konnte ich nicht beurteilen. Marlon kannte Stephan Olivier als Gegner, doch den Mann, der uns nun verfolgte, hatten wir beide noch nie gesehen.

Die Straße tauchte in den Wald ein, wurde schmaler und wand sich in Schlangenlinien einen Berg hinauf. Fichten türmten sich zu beiden Seiten der Fahrbahn und schluckten das Licht. Ich begann unweigerlich zu frieren. Noch konnte Marlon die achtzig Stundenkilometer halten. Noch …

»Die Straße macht gleich eine enge Kurve«, warnte ich ihn.

»Gut. Hoffentlich weiß der Jäger das nicht.« Er stellte das Autoradio auf CD-Betrieb um und drehte den Ton auf. Als er die Hand wieder um das Lenkrad schloss, sah ich das Zucken seiner Unterarmmuskeln, so krampfhaft hielt er sich fest. Die Kurve näherte sich und mit ihr die rot-weißen, reflektierenden Warnschilder. Marlon ging vom Gas, trotzdem spürte ich keine Verringerung der Geschwindigkeit. Er riss das Lenkrad herum, der Wagen rutschte in die Kurve, das Heck brach aus und wir schlitterten auf die Leitplanke zu. Ich wollte die Augen zupressen, aber es gelang mir nicht. Starr wie ein vom Fernlicht geblendetes Reh glotzte ich die näher sausende Leitplanke an. Als ich glaubte, wir würden jeden Moment mit voller Wucht gegen das Metall schlagen, drückte Marlon den Rücken in den Sitz und trat das Gaspedal bis zum Bodenblech durch. Möglich, dass ich schrie. Der Laut ging in der dröhnenden Musik von Linkin Park unter. Das Auto schoss nach vorne, die drohende Leitplanke entfernte sich.

Ich keuchte, griff zitternd nach dem Lautstärkeregler und drehte die Musik leiser. »Wie oft hast du das geübt?«

Er lachte atemlos und diesmal erkannte ich die Angst darin mit Gewissheit. »Cool, oder? Hab ich mal in einem Film gesehen.« Er sah in den Rückspiegel und auch ich drehte mich um. Die Limousine tauchte auf, aber der Abstand war viel größer geworden.

Nach der nächsten Kurve, die Marlon ein bisschen weniger waghalsig, aber immer noch mit schlitternden Reifen nahm, wuchs unser Vorsprung weiter. Wir erreichten eine Kreuzung: Geradeaus verlief die asphaltierte Straße weiter, links ging eine schmalere Allee ab und rechts war ein unbefestigter Schotterweg zu erkennen. Marlon entschied sich kurzerhand für Letzteren und bog nach knapp fünfzig Metern auf einen Parkplatz ein – das Gelände einer Baumschule. Wir saßen still im Wagen und wagten kaum zu atmen.

Aber es passierte nichts. Unser Verfolger hatte uns offenbar nicht abbiegen sehen und war geradeaus weitergefahren.

Marlon lehnte seine Unterarme gegen das Lenkrad und bettete die Stirn darauf. Sein Rücken bebte. Diese Reaktion tröstete mich ein wenig, mit seiner Kälte schaffte er es wirklich, mir Angst einzujagen.

Mir bot das Verschnaufen erstmals Zeit, darüber nachzudenken, was nun weiter geschehen würde. Die Fakten waren, dass die Huntsmen vermutlich längst mehr über mich wussten, als hinnehmbar war. Marlon konnte mich keinesfalls mehr nach Hause begleiten, was bedeutete, dass auch ich nicht mehr dorthin zurückkonnte. Sie hielten mich inzwischen sicher längst für eine Harpyie. Sie würden mir auflauern.

»Noa, bist du okay? Du bist ganz blass.«

Scherzkeks. Wem würde bei solch einer Auto-Stunt-Nummer nicht die Farbe aus dem Gesicht rinnen? Doch Marlon spürte, dass da mehr war. Ihm konnte ich nichts vormachen.

»Ich kann nicht mehr nach Hause, oder?«

Er senkte den Blick. Seine Wangen röteten sich und ich erkannte das dahinter verborgene Gefühl. Scham.

»Marlon, sag mir, woher sie erfahren werden, dass ich keine Harpyie bin, wenn du fort bist.«

Nun schloss er die Augen und nickte, so leicht, dass es kaum zu erkennen war. Bingo. Ich hatte gerade das Problem erkannt, das ihm schon seit Tagen Kopfzerbrechen bereitete.

»Ich werde in diesem Jahr nicht gehen«, antwortete er leise. »Wir werden die Harpyien aufsuchen, meine Familie, wenn du sie so nennen willst. Sie müssen uns sagen, wie wir vor den Huntsmen beweisen können, wer du bist. Normalerweise wäre das kein Problem. Die Jäger beobachten deine Eltern, stellen ihnen vielleicht eine Fangfrage und können sicher sein, ob Harpyienblut durch deine Adern fließt oder nicht.«

»Nur dass meine Mutter längst wieder in Japan ist.« Und gefühlt so weit weg wie der Mond.

»Da lag mein Fehler. Das hatte ich nicht bedacht. Den Huntsmen wird es verdächtig vorkommen, dass sie deine Mutter nicht ausfindig machen können. Es sieht aus, als wäre sie geflohen.«

Das Bild vor meinen Augen klärte sich. Ich war also nun nicht mehr eine zufällige Begleiterin des Gejagten. Ich war selbst eine Gejagte. Ich kommentierte das Ganze mit einem »Hm«, da für mehr keine Luft übrig war.

»Hey«, meinte Marlon leise und drehte mein Gesicht in seine Richtung. »Ich lasse dich nicht allein. Versprochen.«

»Schaffst du es denn ein weiteres Jahr?« Erst am Morgen hatte er diesen heftigen Verwandlungsanfall gehabt. Und er glaubte, er würde ein ganzes Jahr durchhalten?

»Na klar.«

Sicher. Und ich war Emma Watson. Er glaubte es selbst nicht, aber ich sollte es ihm abkaufen. Was zum Geier hatte er vor? »Was tun wir jetzt?«, fragte ich.

»Wir fahren ans Meer. Machen Urlaub.« Er spielte die Unbekümmertheit beinahe überzeugend. »Wir finden meine Verwandtschaft und sie geben uns Antworten.«

»Du weißt bestimmt, dass sie Antworten haben?«

»Wenn nicht, dann gibt es auch keine.«

»Und was machen wir dann?«

Er sah mich an, ohne dass sich etwas in seiner Miene regte, und doch wurde sein Gesicht finsterer und zugleich wärmer. Ein Schutzwall aus Schwärze, um mich darin zu verstecken. »Dann sorge ich dafür, dass kein Jäger diese Hatz überlebt. Ich schwöre dir eins, Magpie. Wenn ich fortgehe, wirst du sicher sein.«

Wir fuhren mehrere Stunden. Ich hatte den Verdacht, dass Marlon wie üblich Umwege einlegte, um mögliche Verfolger auf falsche Fährten zu locken, aber ich fragte ihn nicht danach, sondern döste, den Kopf an die Fensterscheibe gelehnt. Ein Ortseingangsschild, das so schnell an uns vorbeischoss, dass ich es nur als gelben Klecks wahrnahm, ließ mich hochschrecken.

»Verdammt«, murmelte ich und rappelte mich auf. »Marlon, wie heißt diese Stadt?« Ich hatte den Ortsnamen nur aus dem Augenwinkel wahrgenommen und doch brach mir der Schweiß aus. Der Name sagte mir etwas.

»Mitterhafen«, gab Marlon verwundert zurück.

Und nun fluchte ich wirklich, denn diesen Namen kannte ich. Er stand auf dem kleinen Zettel, den ich im Portemonnaie von Stephan Olivier gefunden hatte.

»Sie erwarten uns hier«, stellte ich sachlich fest und hätte am liebsten den Kopf irgendwo dagegengeschlagen. Warum hatte ich diesem Zettel nicht mehr Beachtung geschenkt? Ich hatte ihn vollkommen vergessen.

Wir sahen uns genau um, doch die Ortschaft schien friedlich dazuliegen. Viele Einfamilienhäuser, klein, aber mit eigenem Grundstück darum herum. Verkehrsberuhigte Zonen, wohin man sah. Kinder, die auf den Straßen Fahrrad fuhren oder Seil sprangen und winkend Platz machten, wenn wir heranrauschten. Ältere Leutchen, die uns nachsahen und angesichts des fremden Nummernschilds sogleich wissend nickten. In ihren Augen waren wir junge, aber sicher wohlhabende Touristen, die ans Meer wollten. Für uns waren das einheimische Spitzel, die uns allesamt an den erstbesten Jäger verraten würden, der freundlich nach uns fragte.

Herrgott. Wir mussten von hier fort und konnten nicht.

»Es ist jetzt umso wichtiger, dass wir meine Familie finden. Wenn wir sie nicht finden, tun die Huntsmen es bei Vollmond.«

Marlon hatte es erfasst.

LEKTION 15

Wie man den schönsten Tag des Lebens aus dem Ärmel schüttelt

»Papa? Ein Geständnis und eine Bitte.«

Schweigen am anderen Ende der Leitung. Schweigen, wie so oft in letzter Zeit. Ich wickelte mir die Schnur des Münztelefons um die Hand, bis sich das Blut in meinen Fingern staute.

»Okay, hör mir bitte einfach zu. Ich werde ein paar Tage nicht nach Hause kommen …«

»Noa, jetzt gehst du zu weit. Es ist zehn Uhr durch, ich will sofort wissen, wo du bist!«

»… und ich bitte dich nicht, mir das zu verzeihen. Aber versuch es zu akzeptieren. Es ist wichtig, ich habe hier zu tun.«

»Hat es mit diesem Kerl zu tun? Noa, mit dem Typen stimmt etwas nicht. Der macht mich nervös.«

Oh, mich auch Papa. So sehr, dass es mich zerreißt und ich nicht mehr weiß, wo ich meine Einzelteile finden kann.

»Er braucht mich aber.«

»Wart's ab, der kann was erleben!«, schrie mein Vater mich durchs Telefon an.

Ich sah den Hotelflur entlang. Am anderen Ende lag die Bar. Marlon saß am Tresen, beide Hände um ein Bierglas geschlossen. Daneben stand eine Cola für mich.

»Ich liebe diesen Kerl. Bevor die Schule wieder anfängt, bin ich zurück.«

»Auf gar keinen Fall! Du kommst sofort zurück. Ich hole dich. Wo. Bist. Du?«

»Ich weiß zu schätzen, dass du sauer bist. Das glaubst du mir vielleicht nicht, aber es ist wirklich so. Danke dafür. Sybille wäre nicht sauer. Aber ich kann nicht zurückkommen, verstehst du? Noch nicht. Marlon und ich müssen erst etwas regeln. Nur ein paar Tage.«

Ich hörte Papa den Atem ausstoßen, es klang, als kämpfte er mit den Tränen. »Habt ihr Probleme, Noa?«, fragte er und seine Stimme war plötzlich ruhig und versöhnlich. »Ich kann euch doch helfen.«

»Dann hilf mir.« Meine eigene war zu hoch. Das lag daran, dass ich weinte. »Vertrau mir einfach. Bitte. Ein paar Tage, dann komme ich zurück und erkläre dir alles.« Dafür würde ich jede Menge Fantasie brauchen, so viel stand fest. »Ich passe auf mich auf, versprochen.«

Papa antwortete nicht. Gutes Zeichen. Tat trotzdem weh.

»Pass du auch auf dich auf, ja? Nur für den Fall …« Ich presste den Hörer fester an mein heißes Ohr, doch meine freie Hand lag auf der Telefongabel und hatte das Gespräch bereits unterbrochen.

Alle Verbindungen waren gekappt, die Handys vernichtet, das Auto versteckt und gegen den erstbesten Ersatz, einen überteuerten rostigen Fiat, eingetauscht.

Wir waren auf uns gestellt.

Ich ging zu Marlon und setzte mich auf den Barhocker neben

ihm. Wir waren die einzigen Gäste, selbst die Bedienung hatte sich in die Küche zurückgezogen. Im Radio sangen B.o.B. und Hayley Williams, dass sie einen Wunsch gebrauchen könnten. Ging mir auch so.

Mit dem Daumen wischte Marlon mir die verschmierte Mascara unter den Augen fort. »Ich kann dich jederzeit nach Hause bringen, Noa.«

»Das ändert nichts an den Huntsmen.« Ich schauderte. »Nein, wir müssen das durchziehen. Es wäre nur einfacher, wenn es einen Plan zum Durchziehen gäbe.«

»Hast du Angst?«, fragte er, ganz leise und sanft.

»Ja.«

Er zog ein flaches Päckchen aus seinem Rucksack. »Ich habe nur Schokolade. Wollen wir teilen?«

Das taten wir. Wir teilten Angst und Schokolade, weil wir nichts anderes hatten, und tranken Cola und Bier dazu.

Als es spät wurde und meine Augen beim Blinzeln brannten, als hätte ich Staub darin, gingen wir auf unser Zimmer. Wie das restliche Hotel war es altmodisch eingerichtet. Die braunen Teppiche und Möbelstücke rochen nach Fremden und auf den Tapeten haftete der Dreck von Hunderten Menschen, die hier eine Nacht verbracht hatten. Sicher nicht der Idylle wegen. Nur das Bett war blendend weiß. Die Decke duftete nach Heißmangel, erinnerte mich ans Krankenhaus und gefiel mir seltsamerweise trotzdem. Es fühlte sich herrlich an, nach einer heißen Dusche unter ihr zu verschwinden und mich vom schweren, glatten Baumwollstoff umschmeicheln zu lassen, der kühl blieb und meine Körperwärme nicht annehmen wollte. Ich ließ die Augen zufallen und lauschte Marlon, der mit etwas Abstand bewegungslos neben mir lag und auffällig gleichmäßig atmete. Zu gleichmäßig. Bemüht. Ich spürte, dass er an die Zimmerdecke starrte. Er suchte etwas, das seit dem Morgen nicht mehr da war.

»Man glaubt es nicht, oder?« Er verstand, was ich meinte.

»Nein. Es fühlt sich an wie ein Traum. Es ist, als könnte Corbin jede Minute hier reingestürmt kommen und mich zur Schnecke machen, weil uns die Jäger fast erwischt hätten. Ich muss die Augen offen lassen, denn wenn ich sie zumache, glaube ich, ich wäre zu Hause. Aus dem Zimmer nebenan höre ich seine Gitarrenmusik.«

Ich legte ihm eine Hand über die Augen. »Riech mal. Und lausch. Fühlt es sich an wie zu Hause?«

»Es fühlt sich an wie bei dir«, antwortete Marlon, nachdem er lange Zeit nur geatmet hatte. »Sag mir eins, Noa. Hört dieses Leere, Ungewisse auf? Ich sollte Trauer fühlen, aber da ist nichts.«

»Die Leere ist die Trauer.« Aus der Leere wuchs irgendwann Schmerz, und gerade wenn man glaubte, diesen nicht mehr aushalten zu können, dann lernte man, damit umzugehen und den Verlust zu akzeptieren, und die Wunde konnte heilen. Aber ich bezweifelte, dass Marlon dazu ausreichend Zeit blieb.

Ich bezweifelte auch, dass er in dieser Nacht Schlaf finden würde. Mich zog die Erschöpfung irgendwann aus seinem Arm ins Reich der Träume, wo unkommentiert Bilder ohne Zusammenhang auf mich einströmten. Am Morgen erinnerte ich mich an nichts mehr, außer an Joels marmorweißes Gesichtchen. Zum ersten Mal sah ich es ohne Blaulichtschimmer und ohne das Gefühl, schuld an seinem Tod zu sein. Als ich die Augen öffnete, erkannte ich den Grund. Marlon hatte alle Schuld im Zimmer, ach was, vermutlich alle Schuld in der ganzen Stadt, in sich aufgenommen. Sie glomm in seinen Augen, schwarz wie die Nacht.

Wir verbrachten den Montag mit Nichtstun. Es gab keinen Plan, nichts zu tun, nur jede Menge zu fürchten. Alles, was wir machen konnten, war, durch die kleine Küstenstadt zu streifen, uns nach Raben umzusehen und zugleich zu hoffen, nicht zufällig über jemanden zu stolpern, der nach uns Ausschau hielt. Es war ein Wettlauf gegen die Zeit, denn wir hatten nur noch fünf Tage, um die Harpyien zu finden und zu warnen. Absurd, dass wir augenscheinlich gemütlich schlendernd gegen die Katastrophe kämpften. Krieg verläuft selten wie geplant und manchmal steht man plötzlich mittendrin, obwohl man nie willens oder auch nur bereit war zu kämpfen. Du findest dich einfach auf dem Schlachtfeld wieder. Wenn du überleben willst, dann kämpfst du, ohne zu fragen.

Und wir hätten wirklich gerne überlebt.

Am Abend gingen wir zum Meer. Marlon hatte einen Pfad ausgekundschaftet, der für Touristen unattraktiv war, weil man sich zwischen den Weg überwuchernden Sträuchern hindurchschlängeln musste. Für uns war es ideal, zwischen den Büschen zu verschwinden. Wir fühlten uns fast unsichtbar. Einen Deich mussten wir überqueren, dann trennten uns nur noch zehn Meter Strand vom Meer. Ich atmete so tief ein wie in meinem ganzen Leben noch nicht, schmeckte das Salz auf der Zunge und spürte nebelfeine Gischt, die sich auf meine Haut legte.

»Du warst noch nie am Meer?«, fragte Marlon ungläubig, als stünde mir diese Tatsache offen ins Gesicht geschrieben.

»Noch nie.« Ich ging über den Sand, dorthin, wo er nass und fest war und ein Kranz aus hervorquellendem Wasser sich bei jedem Schritt um meine Schuhsohle legte wie ein Heiligenschein. Eine Welle rollte heran, streichelte über das Ufer und floss unter mir hindurch. Ich staunte über die Kraft des Wassers und freute mich wie ein kleines Kind, weil meine Füße bis zu den Knöcheln nass wurden.

Marlon gab mir Zeit. Während ich mit den Wellen flirtete, über ihre Schaumsäume hüpfte, klitschnass wurde und immer wieder hinaussah auf dieses schäumende, kraftvolle, unbeständige, immer in Bewegung bleibende Stückchen Unendlichkeit, sammelte er Steine und Muscheln, um sie ins Wasser zu werfen. Wir trafen uns dort, wo ich im flachen Spiel der Wellen stehen konnte und er trockene Füße behielt.

»Wir verwandeln uns immer am Meer«, erklärte Marlon und blickte zum Horizont. Ein schmaler Streifen Rot im Dunkelblau von Meer und Abendhimmel zeigte, dass dort die Sonne versunken war. Es sah aus wie eine Wunde, die ins Meer ausblutete, sodass der Tag blasser und schwächer wurde, bis er starb, um dem nächsten eine Chance zu geben.

»Unsere erste Bewährungsprobe ist die Metamorphose. Die zweite der Flug übers Meer.«

Die romantische Stimmung flog mit den Möwen davon. »Ihr müsst nach der Verwandlung übers Meer fliegen? Aber … das ist doch …«

»Ich vermute, dass wir nach Irland, Schottland oder Wales fliegen«, unterbrach er mich. »Die Richtung stimmt, dort gibt es viele Raben und genug spärlich bewohntes Land. Wir fallen nicht auf.«

Ich wollte etwas erwidern, doch er hob die Hand, zum Zeichen, dass er mir alles zu erklären versuchte. Aber die ehrlichen Worte fielen ihm schwer. Also schob ich meine Finger zwischen seine und drehte sie ein wenig, sodass mein Puls gegen seine Fingerspitzen pochte. Er brauchte nur einen Takt, dann redete er so frei, wie Vögel fliegen. Ich gab ihm meinen Takt. Er erzählte.

»Der erste Flug ist der wichtigste. Dann zeigt sich, ob man stark genug ist, ob man den Belastungen standhält. Wer abstürzt, fällt ins Meer, ertrinkt und wird von Fischen gefressen.« Marlon zupfte neckend an meinen Haarspitzen. »Vielleicht ja auch von unseren Brüdern und Schwestern aus der Tiefe, Brijans und Seirēns Kindern, wer weiß. In jedem Fall gerät man so nicht in die Hände der Huntsmen. Alles ist besser, als in den Laboren der Jäger zu enden. Und letztlich ist das Meer ein schönes Grab. Viele Vögel sterben beim Flug übers Meer, wusstest du das? Hier schließt sich der Kreis der Lebensräume aus Erde, Luft und Wasser.« Er senkte den Kopf, vermutlich versuchte er ein unglückliches Lächeln vor mir zu verbergen. »Ich fand allerdings immer, dass da noch das Feuer fehlt.«

Ich war mir nicht sicher, ob er mich beruhigen oder trösten wollte – wenn ja, ging es gründlich schief – oder sich selbst. Ich packte seine Hand fester und rang mir einen entschlossenen Gesichtsausdruck ab. Wenn Marlon nicht genug Mut hatte, brauchte er meinen. Dass er ein weiteres Jahr würde bleiben können, glaubten wir beide nicht. Unser letzter Montag endete jetzt und hier am Meer. Der Dienstag grinste schon hämisch über den Horizont. Die Zeit war ebenso wenig aufzuhalten wie die Wellen.

Wir gingen zum Hotel zurück, weil ich in den nassen Sachen zu frieren begann. Der Weg durchs Gestrüpp stellte sich in der Dunkelheit als schwierig heraus. Hellgraue Silberpappeln, die aussahen, als hätte sie jemand in Nebelfäden eingesponnen, säumten den Pfad. Es war unheimlich, durch ihre Mitte zu gehen. Ich fühlte mich wie von meinen eigenen Ängsten beobachtet. Ihre Schatten huschten zwischen den bleichen Stämmen umher. Sie flüsterten. Ich spürte es auf der Haut. Unsichtbare Finger hinterließen ein Prickeln in meinem Nacken. In meinen Schuhen schmatzte das Meerwasser bei jedem Schritt verräterisch laut. Ich konnte erst wieder durchatmen, als wir im Hotel ankamen. In unserem Zimmer schleuderte ich alle Kleider von mir, doch das Flüstern hielt sich auf meiner Haut und ich ahnte bereits, dass Duschen zwecklos war.

In Unterwäsche stapfte ich ins Bad und stieß mit Marlon zusammen, der dieses gerade verließ. Es war eigenartig, denn plötzlich hatte sich etwas verändert. Wir hatten etliche Male zusammen im Bett gelegen, uns berührt und mehr gewollt, ohne den Mut zu finden, diesem Drängen nachzugeben. Dass es heute anders werden würde, wusste ich in dem Moment, als meine Hände auf seiner Brust lagen und seine an meiner Taille. Wir sahen uns an – aber nicht in die Augen, weil in meinen zu viel Wahrheit stand, die ich nicht zugeben wollte. Wohin er sah, wusste ich nicht, aber mein Blick klebte auf seinem leicht geöffneten Mund.

»Küss mich, Magpie«, flüsterte er.

Ich berührte seine Lippen mit den Fingerspitzen, fuhr sie nach, ehe ich tat, worum er gebeten hatte. Marlon seufzte, als hätte ich einen Schmerz gelindert, und schob mich gegen die Wand. Ich schauderte, weil sie kühl gegen meinen Rücken drückte, presste mich an ihn und spürte ein Verlangen zwischen uns, das ich nicht länger ignorieren wollte. Verdammt sollte ich sein – und das war wortwörtlich gemeint. Wozu gab es ersten Sex, wenn man ihn nicht mit seiner ersten Liebe auslebte? Warum sollten gerade wir unser bisschen Zeit mit Warten verbringen?

»Worauf – zum Teufel noch mal! – warten wir überhaupt?«

Es dauerte einen Moment, bis ich begriff, dass ich laut gedacht hatte.

Marlon streichelte meine Brüste, küsste gleichzeitig meine Schulter und mir wurde heiß und kalt. Ich war verzweifelt und euphorisch, es fühlte sich an, als würde mein gesamter Körper rebellieren.

Es kribbelte, brannte, schauderte. Alle Gefühle lagen unmittelbar unter meiner Haut und Marlon küsste und berührte sie durch eine hauchfeine Membran, die immer weiter schmolz. Sie war noch zu dick, sie sollte verschwinden. Keine Grenzen mehr.

»Schlaf mit mir«, flüsterte ich.

Er stöhnte. »Ich darf nicht.« Aber wir bewegten uns längst in Richtung Bett. »Noa, du weißt nicht, was du tust.«

»Komm mir nicht mit deinen Märchen.« Ich provozierte ihn bewusst. Und noch viel mehr, indem ich meine Hand über seinen harten Bauch gleiten ließ. Tiefer. »Deine Flüche können mir nichts anhaben, weil ich nicht an sie glaube.«

»Und wenn ich daran glaube?«

»Wenn es so sein sollte, dass ich mich mein Leben lang nach dir sehne, dann nicht wegen dummer Flüche, sondern weil ich dich liebe. Das ist stärker als ein Fluch – und nicht mehr rückgängig zu machen.«

»Das ist nicht fair. Es heißt, wir würden Menschen manipulieren. So wie Brijan, dem kein Mädchen widerstand. Was, wenn es wahr ist? Dann willst du mich nicht wirklich.«

Ich küsste ihn, bevor ich antwortete. Lang und innig, was meinerseits nicht fair war. »Dann manipuliere mich. Aber ich entscheide, wie weit das geht. Es ist zu spät, Marlon. Niemand verändert einen anderen Menschen. Ich will es. Und du auch.«

Wir sanken aufs Bett, verbargen uns unter der Decke. Seine Jeans und Boxershorts blieben draußen. Mein BH folgte, wenig später auch mein Slip. Wir waren zum ersten Mal völlig nackt, Haut an Haut, und für eine Weile zu beschämt, um uns ins Gesicht zu sehen. Wir blieben unter der Decke, bis der Sauerstoffmangel und die Hitze uns schwindelig machten und wir beide vor Schweiß, Erwartung und ein wenig Angst klebten. Schließlich warfen wir die Decke zurück und schnappten nach Luft. Wir sahen uns an, von nichts verhüllt als etwas Mondschein und dem gelben Licht der Straßenlaterne vor dem Fenster. Marlon lag zwischen meinen Beinen. Ich spürte ihn so innig wie noch nie zuvor.

Die Zeit stand still, dehnte den entscheidenden Moment zu einer Ewigkeit, die nicht lang genug war. Es gab keine zu kleinen Brüste oder zu großen Füße mehr. Es gab keine Zauberflüche und keine Jäger. Nur noch Marlon und Noa. Nichts anderes auf der Welt.

»Wir müssen das nicht tun«, sagte er an meiner Wange.

»Nein, wir müssen überhaupt nichts.« Ich reckte den Arm und zog die Nachttischschublade auf, in der ich Kondome deponiert hatte. Nur für den Fall der Fälle und nebenbei für heute Nacht. »Aber wir wollen.«

»Und das ist wichtiger.« Er griff in die Schublade.

»Überlebenswichtig.«

Er war vorsichtig, seine Bewegungen langsam, zögerlich und intensiv. Er zitterte ein klein bisschen und genoss es sehr. Der Schmerz war das Gegenteil. Kurz und heftig. Er hinterließ etwas derart Vertrautes, dass mir die Tränen kamen. Ich konnte an nichts anderes mehr denken. Die Narbe würde ewig sein, unentdeckt für jeden außer für ihn und mich.

»Habe ich dir wehgetan?«, flüsterte er und hielt inne.

Ja. Und das war gut so. »Es brennt«, antwortete ich und lächelte, weil ich wusste, dass er es verstehen würde.

Ich hatte angenommen, es würde mich verändern, mit ihm geschlafen zu haben, und wunderte mich, weil dem nicht so war. Vielleicht hätte ich unter anderen Umständen auf Wolken geschwebt – ja, ganz sicher sogar –, doch alle verfügbaren Wolken hingen gerade drohend über unseren Köpfen. Ich war nicht erwachsener geworden, nicht reifer und nicht klüger. Auch Marlon war derselbe geblieben. Wir waren genauso verzweifelt wie zuvor und bemühten uns ebenso, es nicht zu zeigen. Die Zeit raste, und auch wenn wir glaubten, sie aufhalten zu können, indem wir miteinander schliefen und zu einem einzigen glücklichen Wesen ohne Sorgen verschmolzen, mussten wir hinterher immer feststellen, dass wir einer Illusion aufgesessen waren. Die Zeit lief weiter, auch wenn sie es uns nicht wissen ließ.

Bis Mittwochabend suchten wir ohne jedes Ergebnis.

Am Donnerstag ging Marlon einen Schritt weiter. Er lehnte sich erschöpft an ein mannshohes steinernes Wagenrad und schüttelte den Kopf. Eine Inschrift besagte, dass an dieser Stelle früher ein Marktplatz gewesen war, doch dann war der Ort größer und der Platz zu klein für die stetig steigende Anzahl an Ständen geworden. Der Markt wurde an eine andere Stelle verlegt. Heute befand sich hier der Parkplatz eines idyllischen Hotelrestaurants mit Reetdach und von Blumen überquellenden Kübeln vor jedem Fenster. Uns waren die misstrauischen Blicke, die man uns durch die Gardinen zuwarf, längst aufgefallen, doch Marlon hatte das ferne Echo einer Stimme im Stein vernommen und wollte nicht gehen, ehe er sich nicht sicher war, dass diese Stimme vollständig verhallt war.

»Nein«, sagte er schließlich. »In diesen Stein war etwas eingesungen, aber das muss Jahre her sein. Ich verstehe es nicht mehr.« Er warf einen Blick zum Restaurant hinüber. »Noa, bitte frag dort mal nach, ob die einen freien Tisch für uns haben. Ich habe Hunger.«

Ich gehorchte, wunderte mich aber. Marlon hatte selten Hunger. Manchmal fragte ich mich, ob er überhaupt essen würde, wenn mein ständiger Appetit ihn nicht daran erinnerte. Skeptisch warf ich einen Blick über meine Schulter – und mein Blut gefror. Mir wurde mit einem Mal schrecklich kalt und ich wusste zunächst nicht, warum. Marlon tat das, was er immer tat. Er klebte mit der Stirn am Stein und wisperte vor sich hin. Aber etwas war anders, und bevor ich begriff, was es war, spürte ich die Gefahr. Es waren die Töne, die ich vernahm. Nicht akustisch, auch nicht als Laute in meinem Kopf. Sondern als Schmerz in meinem Herzen.

Ich rannte zu Marlon zurück, rief seinen Namen. Er reagierte nicht. Ich stieß ihn von dem verdammten Stein weg, den er im Begriff war zu besingen. Wir gerieten beide ins Straucheln und fingen uns an der Motorhaube eines parkenden Wagens.

»Spinnst du eigentlich?« In seinem Blick lag Wut, mehr, als er mir je zuvor entgegengeschleudert hatte. »Was soll das?«

»Tu nicht so!«, schrie ich zurück. »Ich weiß, was du getan hast. Bist du jetzt verrückt geworden? Willst du wie diese Frau im Brunnen werden?« Wider Willen schlug ich nach ihm, er bekam meine Hände zu fassen, bevor sie ihn trafen, und zog mich an sich.

»Ich bin vorsichtig, Noa«, entgegnete er versöhnlich. »Ich pass auf, vertrau mir, es wird nichts passieren.«

»Du hast gesagt, dass die Steine mehr verlangen, wenn man einmal zu singen beginnt. Dass sie die Seele versteinern, wenn man ihnen zu viel von sich gibt. Du hast gesagt, dass es eine Sucht ist.«

»Ich dachte, du glaubst nicht an Märchen.«

Darauf wusste ich nichts zu erwidern.

Er streichelte mein Gesicht, trieb die Angst, die er heraufbeschworen hatte, wieder zurück und küsste meine Stirn. »Ich verspreche dir, dass ich vorsichtig sein werde. Nur ein Lied, Noa. Ich kann nicht länger untätig sein.«

Er hatte recht. Mit jedem Tag standen seine Chancen schlechter. Es war Zeit, laut um Hilfe zu schreien, auch wenn man damit möglicherweise Raubtiere anlockte. Das Schreckliche war nur, dass ich nichts dazu beitragen konnte. Ich konnte bloß neben Marlon hocken und seiner tonlosen Stimme lauschen, die eine Warnung an seinen Schwarm in das steinerne Rad sang.

Ich hatte nicht angenommen, dass es bei diesem einen Lied bleiben würde. Noch am gleichen Tag besang Marlon zwei weitere Steine. Er hörte nicht auf, als ich ihn darum bat, und er hörte auch nicht auf, als ich ihn anschrie. Er hörte erst auf, als er während des dritten Versuchs plötzlich aus heiterem Himmel hohes Fieber bekam. Von einem auf den anderen Moment wirkte er so schwach, dass ich befürchtete, er würde auf offener Straße zusammenbrechen. Wir retteten uns zu einer Imbissbude, vor der ein paar Tische und Stühle standen. Marlon ließ sich schwerfällig an einem der Klapptische nieder, während ich hineinhastete, um ihm etwas zu trinken zu besorgen. Als ich wieder in die brütende Sommerhitze trat, in jeder Hand einen Halbliterbecher aus Pappe, traf mich fast der Schlag.

Marlon gegenüber saß Ebony.

Sie trug diese typische Touristenkleidung, die man in jedem Strandladen für ein paar Euro kaufen konnte. Ein buntes Shirt, das ihren sehnigen Bauch nicht bedeckte und ihre muskulösen Schultern frei ließ, dazu Bermudas und Flipflops. Die Leute am Nebentisch beäugten sie, tuschelten, standen auf und gingen. Ich verstand sie nur zu gut. Ebony sah etwas menschlicher aus als bei unserer ersten Begegnung. Ihr hüftlanges Haar war gekämmt und ihre Haut nur noch bleich, nicht mehr wasserleichenblau. Dennoch war sie unheimlich; sie verströmte reines Unbehagen. Meine Hände begannen zu zittern.

Ich hatte nicht erwartet, dass sie mich freundlich begrüßen würde, ihre kalte Ignoranz irritierte mich dennoch. Sie sah nur Marlon an. Ihre Gesichtszüge schienen dabei noch schärfer zu werden, als würden die Knochen stärker hervortreten und gleich durch die hauchdünne Haut brechen.

Marlon griff nach einem der Becher, trank in gierigen Schlucken und wischte sich den Mund mit dem Handrücken ab. »Du irrst dich«, sagte er und mir wurde bewusst, dass die beiden mitten in einem Gespräch stecken mussten.

»Marlon«, erwiderte Ebony leise. Ihre Stimme war so sanft, dass ich Gänsehaut bekam, ich hatte das mir bekannte Krächzen erwartet. Sie rollte das R so genüsslich über die Zunge, als würde ihr der Klang schmecken. »Du stirbst. Merkst du das denn nicht?« Ohne ihn zu berühren, streifte sie ihm über die Wange, folgte der harten Linie von den Schläfen bis zu seinem Kinn. »Du verfällst. Dieser Körper schafft kein Jahr mehr. Kein halbes.«

Er rieb sich das Gesicht, kratzte sich grob an den Stellen, die sie beinahe angefasst hatte. »Es bleibt dabei. Ich kann nicht gehen. Ich bin noch nicht so weit.«

Seine Worte machten mich ganz benommen. Er konnte doch nicht wissend in den Tod rennen! Das durfte er nicht. Nicht wegen mir!

Resigniert sah Ebony zu Boden. »Dafür bin ich also zurückgekommen. Um in wenigen Tagen euch beide zu verlieren. Reicht es nicht, dass deine Sturheit Corbin das Leben geko–«

»Still!«, fuhr ich dazwischen. »Sei sofort still!« Ich keifte sie so laut an, dass die Passanten ihre Köpfe verdrehten.

Ich hatte die Schuld in Marlons Augen gesehen und für einen Sekundenbruchteil war ich wieder das kleine Mädchen, von einem Polizisten verdächtigt, seinen Babybruder aus Eifersucht getötet zu haben. Ein Mädchen, dem die eigene Mutter dies zutraute.

»Es war nicht seine Schuld«, sagte ich leiser. Ebony legte den Kopf schief und musterte mich, ihr bohrender Blick fühlte sich vertraut an, als würde ich sie schon lange kennen. »Marlon hat alles versucht, um Corbin zu retten«, hauchte ich. Ihr Stieren nahm mir den Atem, aber ich durfte jetzt nicht klein beigeben. Ich schluckte und sagte mit fester Stimme: »Behalt deine Schuld für dich.«

Ebony starrte mich bloß weiter an. Marlon ließ sein Gesicht in die Handflächen sinken.

»Schön, Marlon.« Ebony schüttelte den Kopf und sprang in einer tierisch anmutenden Bewegung auf die Beine. »Nutz das bisschen Zeit, das dir bleibt, du Idiot.« Sie wandte sich ab.

»Ebony? Ebony, warte!«

Mit einem spöttischen Lächeln drehte sie sich zu mir um. »Was denn, Mädchen? Hast du noch nicht genug Chaos angerichtet? Reicht es dir nicht, ihn zu zerstören?«

»Lass das!«, zischte Marlon. »Nichts davon ist ihre Schuld. Es ist unsere, nur unsere. Deine Verwandlung hat Corbin getötet.«

Seine Schwester lächelte, was schrecklich grausam aussah. »Rede. Nie wieder. So mit mir. Ich wusste nicht, wie schlecht es unserem Bruder ging. Du wusstest es. Nichts hast du gesagt. Du hast mich provoziert. Was blieb mir außer der Flucht?«

»Jetzt weißt du es. Sprich nicht so mit Noa.«

Ebony verdrehte die Augen. Sie waren ebenso schwarz wie Marlons, nur dass es bei ihm natürlich wirkte, während es bei ihr aussah, als trüge sie Kontaktlinsen als Teil eines Horrorkostüms.

Ich straffte die Schultern. »Geh nicht ohne ihn. Er wird mit dir kommen, er braucht nur noch etwas Zeit, um sich an den Gedanken zu gewöhnen.«

Erneut betrachtete sie mich mit schräg gelegtem Kopf. Woher die Gewissheit kam, konnte ich nicht sagen, aber ich wusste nun genau, dass sie einer der Raben war, die ich vor meinem Fenster aus beobachtet hatte. Aber welcher?

»Glaubst du«, fragte sie im Flüsterton, »dass du ihn behalten kannst? In einem Käfig? Damit er dich nicht vergisst? Willst du ihn zähmen und ihm Tricks beibringen? Willst du ihm Essensreste hinwerfen, so wie mir?«

Ich gab nichts auf ihre gehässigen Worte und schüttelte den Kopf, als Marlon ihr den Mund verbieten wollte. Von ihrem Leben verstand ich nichts. Ich wollte nicht urteilen.

»Nimm ihn mit«, wiederholte ich stur. »Sonst war alles umsonst. Ich will, dass er sich an mich erinnert. Aber dazu muss er mich erst vergessen.«

Sie schien einen Moment über meine Worte nachzudenken. »Stimmt es, was Marlon sagt?«, fragte sie unvermittelt. »Deinetwegen weiß er, dass die Huntsmen den geheimen Ort in Mitterhafen kennen?«

»Kann schon sein. Ich habe es zufällig herausgefunden.«

»Zufällig ihre Nase in die falschen Angelegenheiten gesteckt«, korrigierte mich Marlon.

»Wir haben nicht damit gerechnet, dass die Huntsmen davon wissen. Das macht es schwierig. Es deutet auf Verrat hin. Wir müssen das besprechen.« Ihr Blick fiel auf Marlon, der zusammengesunken auf seinem Stuhl saß. »Du bekommst deine Chance. Ich sehe dich morgen.« Sie neigte den Kopf und ging dann mit langen, seltsam abgehackt wirkenden Schritten davon.

Ich fiel auf den Stuhl neben mir wie eine Marionette, deren Fäden durchtrennt worden waren. Mein Mund war ausgedörrt. Ich nahm einen Schluck von der Cola, die durch die geschmolzenen Eiswürfel wässrig geworden war. Das Kondenswasser vom Becher befeuchtete meine Hand, ich verrieb es auf Marlons Stirn. Zu warm, aber nicht mehr glühend heiß. »Du weißt, dass du gehen musst.«

Er seufzte lautlos. »Ich muss. Aber ich will nicht. Ebony weiß keine Lösung für unser Problem. Wir können nicht nachweisen, dass du keine Harpyie bist. Wie kann ich dich zurücklassen, wenn ich nicht weiß, ob du in Sicherheit bist?«

Ich dachte angestrengt nach, unterband aber den Drang, mit den Schultern zu zucken. »Ich könnte meinen Vater bitten, dass wir umziehen. Die werden mich schon nicht finden. Wenn ich erst neunzehn oder zwanzig bin, werden sie wissen, dass ich keine Harpyie sein kann.«

»Dass ich daran nicht gedacht habe«, gab Marlon sarkastisch zurück. »Das sind ja nur drei oder vier Jahre, die du versteckt leben musst. Wenn es weiter nichts ist.«

Ich schoss patzig zurück: »Es wäre mir auch zehn Jahre wert! Versprich mir …« – dass du nicht stirbst! – »dass du gehst!«

Schweigen.

»Versprich es mir.«

Achselzucken.

»Marlon, ich ertrage es nicht, Schuld an deinem Tod zu sein. Tu mir das nicht an. Verlass mich, sonst werde ich es tun! Bitte geh!«

Endlich sah er mich an. Leider hatte mein leidenschaftlicher Ausruf erneut Passanten auf uns aufmerksam gemacht. Im Vorbeigehen hörte ich, wie sie »Emos« tuschelten, und unterdrückte den Impuls, ihnen für ihr flaches Rasterdenken den Mittelfinger zu zeigen. Ich achtete nicht länger auf die Umgebung, nur noch auf Marlon.

»Bitte.«

Seine Augen glänzten, sodass sich mein verzerrtes Gesicht in ihnen spiegelte. »Ich habe keine Wahl, oder?«

»Nein, nicht die geringste. Du bist derjenige, der ans Schicksal glaubt und daran, dass unsere Wege in den Sternen stehen. Das ist deiner. Geh.«

Zu meinem Erstaunen nickte er. »Du hast recht, ich muss gehen.« Das ging zu leicht. Ich glaubte ihm nicht, hatte aber keine Kraft übrig, um zu streiten.

Wir schwiegen uns an und beobachteten den Schatten des Sonnenschirms, der über unserem Tisch gespannt war, beim Wandern.

Schließlich schlug Marlon beide Handflächen auf seine Oberschenkel, dass es knallte. »Ich vergeude deine Zeit. Von Anfang an habe ich deine Zeit vergeudet, das ist ja nichts Neues. Aber jetzt werde ich es richtig machen. Komm, Noa.« Er nahm meine Hand, zog mich in eine dieser Strandboutiquen und kaufte wahllos ein paar Handtücher, Sonnencreme und eine Badehose. Mir hielt er drei Bikinis in meiner Größe vor die Nase. »Such dir einen aus.«

Ich tippte ratlos auf ein bisschen Stoff in Himmelblau.

Marlon schleppte alles zur Kasse und schleifte mich kurz darauf zu unserem abgelegenen Strandabschnitt.

Es mag seltsam klingen, dass wir einen wundervollen Spätnachmittag verbrachten. Stimmungen können sehr schnell umschlagen. Wie das Wetter. Eine kurze traurige Nachricht und Menschen, die eben noch vor Glückseligkeit jubilierten, brechen in Wehleidklagen aus und erholen sich im schlimmsten Fall nie wieder davon. Andersherum erlebt man dieses Wechselbad der Gefühle seltener. Angst und Traurigkeit halten sich hartnäckiger als Freude, so wie eine Schrift aus Tinte haltbarer ist als in den Sand gemalte Worte. Doch uns gelang es, die Tinte wegzuwaschen und alles Negative für einen Moment in die verborgenen Bereiche unserer Herzen zu verbannen. Zugegeben: Die Zeit hetzte uns. Wenn es uns jetzt nicht mehr gelang, die Zweisamkeit zu genießen, wann dann?

Trotzig lachten wir über Witze, die nicht lustig waren. Wir küssten uns am Strand. Jagten uns durchs flache Wasser, bewarfen uns mit Sand und Schlacke und tauchten uns gegenseitig in die Wellen, um den Matsch wieder abzuwaschen. Wir rekelten uns in der Sonne, dösten zur Musik der Brandung ein und schwammen so weit hinaus, wie wir uns trauten. Und noch einen Meter weiter. Marlon bekam Sonnenbrand auf der Nase und mich streifte eine Feuerqualle. Nachdem die Sonne im Meer versunken war, begannen wir vor Hunger und Kälte zu zittern und erklärten den Tag zum schönsten unseres Lebens, sei es nur, um dem, was uns drohte, ins Gesicht zu lachen. Der Mond ging auf, wir tanzten zu Liedern, die wir grölten, und sonnten uns im Licht der ersten Sterne. Wir liebten uns am Strand, stellten fest, dass das angesichts des Sandes überall nicht so romantisch ist, wie es klingt, und taumelten betrunken von all der Glückseligkeit zum Hotel zurück. Marlon besorgte eine Flasche Sekt von der Hotelbar und wir stießen auf den Freitag an, der uns bereits durchs Fenster beobachtete, hießen ihn willkommen.

Wir wussten ja nicht, was wir taten.

LEKTION 16

Vom Scheitern und Weitermachen

Die Morgensonne malte einen Kringel auf den Teppich. Ich war allein. Es dauerte einen Moment, bis ich mich orientiert hatte und begriff, dass der fremde Raum unser Hotelzimmer war. Doch etwas fehlte. Marlon. Ich setzte mich auf und rief seinen Namen. Vielleicht war er im Bad.

Keine Antwort.

Fröstelnd zog ich die Knie an die Brust. Er würde mich nicht ohne ein Wort verlassen. Sicher nicht?, höhnte es in meinen Kopf. Nein, sicher konnte man sich bei Marlon nie sein. Inständig hoffte ich, er würde keine Dummheiten machen.

Ich grübelte noch, als das Sonnenlicht schon weit über den Teppich gewandert war und plötzlich ein Schlüssel im Türschloss klapperte. Erschrocken zog ich mir die Decke bis unters Kinn.

Zu meiner Erleichterung war es Marlon, der eintrat. Er schien bester Laune und freute sich gleich noch mehr, als er sah, dass ich noch im Bett lag. Ich ärgerte mich über meine Schreckhaftigkeit. In der Hand hielt er eine Papiertüte, der ein verlockender Duft entstieg. Er warf sich zu mir auf die Matratze, schleuderte seine Schuhe von sich und riss die Tüte auf, sodass sie wie eine Picknickdecke zwischen uns auf dem Bett lag. »Ich habe Frühstück gemacht«, verkündete er selbstzufrieden.

Die warmen Croissants ließen mir das Wasser im Mund zusammenlaufen. Außerdem hatte er ein Glas Waldhonig besorgt, in das wir die Gebäckstücke tief eintauchten. Der Honig zog Fäden, tropfte tiefgolden auf das Laken, klebte an unseren Fingern und an meinem Kinn und schmeckte verboten gut. Mich pikten Krümel in den Hintern. Da nichts anderes da war, tranken wir den abgestandenen Sektrest dazu.

»Ich möchte ein paar Dinge klären«, sagte Marlon schließlich. Er klang ernst, aber seine Augen lächelten. Vermutlich hatte er allen Grund dazu. Ich hatte Honig im Haar oder Haare im Honig, wie man es sehen wollte. In jedem Fall sah ich gewiss bescheuert aus, fühlte mich schrecklich albern und äußerst wunderbar dabei.

»Wir sollten über deine Freunde reden.«

Verwirrt hielt ich inne. »Meine Freunde?« Ich hatte sie in den letzten Tagen sträflich vernachlässigt, was mir leidtat. Sie wussten nicht einmal, wo ich war. Natürlich gab es gute Gründe für mein Schweigen, aber die konnte ich ihnen ja wohl kaum offenbaren.

»Würden dir Rosalia und Dominic glauben, Noa?«

Ich blinzelte langsam – ein Zeichen meiner Ratlosigkeit. Was meinte er damit? Was sollten sie mir glauben? Marlons Geschichte? Das konnte nicht sein Ernst sein!

»Schau nicht wie ein Mondkalb«, neckte er mich. »Angenommen, du erzählst ihnen alles – würden sie es dir glauben?«

»Was meinst du mit *alles*?«

»Alles.«

Ich überlegte. »Dominic ganz sicher. Rosalia … nun ja … Die Geschichte ist tragisch und romantisch, oder?«

»Sehr«, stimmte er seufzend zu.

»Dann auf jeden Fall. Aber du kannst doch nicht wollen, dass ich es ihnen erzähle.«

Marlons Blick sagte etwas anderes. »Ich will nicht, dass du es in dich hineinfressen musst. Ich wäre verrückt geworden, wenn ich in den letzten Jahren niemanden zum Reden gehabt hätte. Vertraust du den beiden?«

Ich nickte benommen.

»Dann tu ich es auch. Erzähl es ihnen, tu mir den Gefallen. Und noch etwas: Geh mit diesem Lukas aus.«

»Wie bitte? Warum sollte ich mit Lukas ausgehen?«

»Weil du das wolltest, als ich noch nicht bei dir war.«

»Aber du bist …«

»… bald wieder fort.« Ich wollte widersprechen, aber er legte mir seinen Zeigefinger auf meine Lippen und schmunzelte, weil sie vom Honig klebten. »Streite nicht mit mir. Nicht heute. Geh mit ihm aus. Es muss nicht sofort sein, aber irgendwann. Bitte, Noa. Versuch es wenigstens. Wenn er dir nichts bedeutet, dann suchst du dir einen anderen. Ich kann dich nicht einsam und allein zurücklassen.«

»Aber du kommst zurück.«

»Wenn es nur die geringste Möglichkeit gibt, dann ja. Falls nicht, muss ich wissen, dass es dir gut geht. Auch ohne mich. Du brauchst mich nicht, verstanden?«

Ich presste die Lippen zusammen, damit sie nicht zitterten, und deutete ein Nicken an, von dem ich nicht wusste, ob ich es mir abkaufte.

»Deiner Mutter«, fuhr Marlon fort, »wirst du unter vier Augen erzählen, dass ich ein irrer Stalker war, der dich bedroht hat.«

Ich würgte ein Lachen hervor. »Was soll das bringen?«

»Manche Leute brauchen einen Weckruf. Andere einen Schrei. Ich glaube nicht, dass du sie so wenig interessierst, wie du denkst. Sie muss es nur merken.«

»Was ist mit meinem Vater?«, fragte ich mit einem Kloß im Hals.

»Dem erzählst du das Märchen vom Biologiestudium, das mich auf eine Expedition quer durch die ganze Welt und in bisher unerforschte Regionen führt, die so exotisch sind, dass du ihre Namen nicht aussprechen kannst, wo ich meinen Doktor in Ornithologie machen werde. Kann man in dem Bereich überhaupt einen Doktor machen? Vermutlich nicht, ist mir aber egal. Schließlich«, er lächelte ein klitzekleines bisschen, »will ich irgendwann wiederkommen. Falls du mich dann noch willst, möchte ich nicht an deinem Vater scheitern.«

Ich schluckte, weil sich ein salziger Geschmack in meiner Kehle ausbreitete. »Wie lange, glaubst du, wird diese Expedition denn dauern?«

»Bis ich weiß, dass es dich gibt und ich dich finden muss, Magpie. Keinen Tag länger.«

Etwas später machten wir uns auf, um Ebony zu treffen. Wir beschlossen, zu Fuß zu dem Treffpunkt zu gehen. Das Wetter war herrlich: warm, doch durch die frische Brise, die vom Meer übers Land hauchte, nicht zu heiß.

Ebony hockte neben dem Rad aus Stein auf einem Sockel, ein zartes Lächeln umspielte ihre Lippen. »Das hast du wirklich gut gemacht«, sagte sie zu Marlon und deutete auf die Skulptur. »Du hast keine Worte verwendet, die zu viel verraten könnten, nur Töne. Trotzdem ist die Warnung sehr deutlich, allein durch die Melodie. Du rufst Gefühle durch Töne hervor. Wie machst du das?«

»Vielleicht war mein Vater kein Rabe«, antwortete Marlon spöttisch. »Sondern eine Nachtigall.« Ich knuffte ihn in die Seite. Er wurde ernst, als Ebony nicht auf seinen Scherz einging.

»Erinnerst du dich an den Jungen, den ich geliebt habe?«, fragte sie und sah zum Himmel. Mir fiel auf, dass sie dieselben Kleider trug wie am Vortag. Schmutz haftete daran. Sie musste sie irgendwo versteckt haben, als sie in ihren Rabenkörper zurückgekehrt war. Sie seufzte, ehe sie weitersprach. »Nein, wie solltest du auch, ich habe ihn nur ein Mal nach Hause mitgebracht und du warst noch so klein damals. Er hat geheiratet. Man könnte meinen, ich hätte mich umsonst erinnert.«

»Wie kannst du so etwas sagen?«, erwiderte Marlon leise. »Bedeutet es dir gar nichts, ein Mensch zu sein?«

»Es bedeutet, Sorgen zu haben. Weißt du, warum Menschen nicht fliegen können? Weil die ganzen Sorgen sie am Boden halten.«

»Menschen haben bloß keine Flügel«, entgegnete Marlon entschieden. »Dafür haben sie Träume.«

»Hältst du das für mehr wert?« In Ebonys Stimme lagen weder Spott noch Tadel. Sie wollte seine Meinung hören.

Marlon legte eine Hand auf sein Herz. Eine Geste, die bei jedem anderen theatralisch gewirkt hätte. Bei ihm gehörte sie einfach dazu, sie war notwendig, denn er brauchte einen Takt. »Ich kann nur für meine Träume sprechen. Sie sind das Zehnfache des Himmels wert.«

Ebony warf mir einen freundlichen Blick zu, den ersten freundlichen Blick überhaupt. »Er kommt zurück«, sagte sie und ich fühlte mich geehrt, allein, weil sie mit mir sprach. Sie lehnte sich an Marlon und flüsterte ihm etwas ins Ohr. Ich ahnte, dass sie ihm einen alternativen Verwandlungsort verriet, daher trat ich einen Schritt zurück. Ich wollte es gar nicht wissen und sah Marlon an, dass es ihm ebenso ging.

Dann verspannte sie sich urplötzlich.

»Was ist?«, fragte ich, doch im gleichen Augenblick spürte ich es auch. Ein Kribbeln im Nacken, heftig wie von Nadelstichen.

Ein Wagen rollte vor die Zufahrt des Parkplatzes und versperrte sie. Aus einem Auto, das vor dem Hotelrestaurant stand, stiegen zwei Frauen. Im Gebüsch hinter uns, das in dichten Wald überging, knisterte es. Stimmen. Schritte. Scheinbar überall.

Mir brach eisiger Schweiß aus.

»Huntsmen«, flüsterte Marlon.

Sie hatten uns umzingelt.

Ich nahm die hektischen Blicke voller Misstrauen wahr, die von Marlon zu Ebony und von Ebony zu mir schossen. Keiner der Geschwister schloss in der ersten Schrecksekunde einen Verrat aus. Wie auch, sie kannten sich überhaupt nicht. Doch dann beugte sich Ebony vor und hauchte Marlon letzte Anweisungen zu.

Daraufhin rief sie laut: »Zeit, zu verschwinden!«, stand elegant auf und streckte ihren langen Körper dem blauen Himmel entgegen. Wie zu einer Statue erstarrt sah sie auf uns herab. Kalt, hart und gleichgültig. »Ich lenke sie ab. Du solltest laufen, Marlon.«

Marlons Finger schlossen sich wie Schraubzwingen um meinen Unterarm. »Liefern wir ihnen etwas Show«, raunte er mir zu. Mit der linken Hand zog er seine Pistole aus dem Hosenbund. Ich hatte nicht gewusst, dass er sie bei sich trug. Geduckt eilten wir zwischen die parkenden Autos.

Die Tür zum Restaurant öffnete sich und Stephan Olivier trat aus dem Haus. Die Gardinen bewegten sich, neugierige Gesichter lugten hindurch. Von dort konnten wir keine Hilfe erwarten. Vermutlich hatten die Jäger den Leuten Lügen erzählt. Doch vor Zeugen würden sie auch nicht schießen. Oder?

Ebony stand hoch aufgerichtet wie eine Zielscheibe neben dem steinernen Wagenrad. Die Huntsmen näherten sich ihr, die Finger bereits an den Waffen. Sie redeten auf sie ein. Floskeln wie »Ganz ruhig«, »Es passiert Ihnen nichts« und »Alles ist gut«. Ja, ganz bestimmt! Und morgen kam der Weihnachtsmann.

»Sie wird sich verwandeln«, wisperte Marlon.

Wir huschten von einem Auto zum nächsten, Marlon rüttelte an jeder Tür. Alle verschlossen. Fuck! Wir mussten hier schleunigst weg! Wenn Ebony sich in Marlons Nähe verwandelte, würde er im besten Fall zusammenbrechen und im schlimmsten Fall nie mehr aufstehen. Ich drängte ihn, schneller zu laufen.

Einer der Jäger rief uns etwas nach. »Macht doch keine Dummheiten! Ihr habt keine Chance.«

Ich zischte einen Kraftausdruck, Marlon entsicherte die Waffe. Hinter einem Van gingen wir in Deckung.

»Atme durch!«, befahl er im Flüsterton, den Rücken an den Kotflügel gepresst.

Ich schloss die Augen, versuchte meinen Körper zu entspannen und seiner Anweisung zu folgen, um loszustürmen, sobald er es mir sagte. Überdeutlich nahm ich den Geruch des Reifens wahr, neben dem ich kauerte.

Ein unmenschlicher Schrei zerriss, was eben noch angespannte Ruhe vor dem Sturm gewesen war. Wie zerschnittenes Gummi sprang diese Ruhe nun auseinander und die Hölle war los.

Marlon und ich rannten Richtung Wald, ohne nach links und rechts zu schauen. Autos, Bäume und Sträucher wurden zu verschwommenen Farbklecksen. Schreie und Schüsse vermischten sich zu einer Welle aus Krach, die sich hinter uns auftürmte und uns vor sich herjagte. Wir flohen vor den Jägern sowie Ebonys Zauber, der Marlon wie eine Druckwelle nachrollte und ihn zu Boden schleuderte. Ich packte nach ihm, zerrte an seinem Arm. Seine Haut glühte.

»Weiter«, trieb ich ihn an.

Sein Blick entsetzte mich. Seine Augen waren immer schwarz gewesen, aber für eine Sekunde war nichts Menschliches mehr in ihnen. Ich schlug ihm ins Gesicht und er kam zu mir zurück. Wir hasteten weiter, vernahmen Schüsse hinter uns, lautes Fluchen und das Gezeter eines Raben. Oder war es ein Lachen? Das Einzige, was ich wusste, war, dass Ebony ihren Kugeln entkam. Sie flog über uns hinweg und ich erkannte sie.

Pinsel.

Sie war Pinsel.

Hinter uns schwoll ein Geräusch an, das mich zunächst erleichterte. Motoren. Mit ihren Autos konnten sie uns nicht in den Wald folgen, die Pappeln, Kiefern und Nusssträucher standen hier dicht an dicht. Dann zerbröselte diese Erleichterung, denn ich erkannte ein Motorrad, knapp dahinter ein zweites. Marlon warf sich herum, als sie näher kamen, zielte mit vor Anstrengung zitterndem Arm auf die Jäger. Sein Gesicht war wie von Schmerzen verzerrt, all die Kälte geschmolzen. Schweiß rann ihm über die Stirn, lief seinen Nacken hinab und versickerte in seinem T-Shirt.

»Verpisst euch!«, brüllte er. Der Pistolenlauf schwankte zwischen den beiden Verfolgern hin und her. »Verschwindet, bleibt zurück oder ich knall euch ab!« Die Waffe in seiner Hand zitterte wie eine Schlange, die nicht wusste, welchen Angreifer sie beißen sollte. Das Zögern kostete uns den Kampf.

Ich presste mich an Marlons ungeschützte Seite und versuchte, die Tränen zurückzuhalten, während die Motorräder auf uns zukamen. Wir hatten immer noch die Waffe. Und dennoch keine Chance, das erkannte ich jetzt. Marlon würde nicht als Erster schießen. Er war nicht skrupellos. Kein Mörder. Er wollte niemanden töten, hatte es nie gewollt. Ich schloss die Arme um ihn, schmiegte mein Gesicht an seine Schulter, ohne die Jäger aus den Augen zu lassen. Irgendwie tröstete es mich, dass er nicht kaltblütig abdrückte.

»Es ist gut«, stammelte ich, nur damit er wusste, dass ich ihm keinen Vorwurf machte.

Er hob die Hand, als Zeichen der Kapitulation, rief unseren Verfolgern zu, dass er sich ergeben würde. Ich spürte, wie Marlons Herz polterte, wie er Atem holte, um mir etwas zu sagen.

Ein peitschendes Geräusch verschluckte seine Worte. Mir blieb schlagartig die Luft weg. Marlon brüllte übelste Beschimpfungen. Schüsse donnerten, ich roch Rauch. Er schoss! Marlon feuerte die Waffe mehrfach hintereinander ab. Mein Blick fiel auf meine Hüfte, wo sich ein kühles Prickeln ausbreitete. In meinem Fleisch steckte ein Pfeil. Ein albernes Ding mit neonpinkfarbenen Federn. Ich griff danach. Sie waren erstaunlich weich. Ganz harmlos, ich hatte nicht einmal Schmerzen. Ein leichter Schwindel erfasste mich. Ich zog an dem Pfeil, aber er entglitt meinen Händen. Ich spürte, wie Marlon mich zu stützen versuchte, aber ich rutschte trotzdem zu Boden. Sein Brüllen hörte nicht auf, nur die Lautstärke nahm ab. Statt der Schüsse hörte ich nun ein Klicken. Ein unaufhörliches *klick*, *klick*, *klick*. *Klickklickklick*. Ein Kranz aus Dunkelheit umrahmte mein

Blickfeld, in der Mitte wurde es immer heller. Ich spürte noch, dass Marlon mich an sich zog, wie betrunken meinen Namen lallte. Was dann geschah, zerlief in Nebel.

Es schmerzte dort, wo meine Hände sein sollten. Bewegen ließen sie sich nicht. Ich blinzelte mehrmals, damit sich der Schleier vor meinen Augen lichtete. Langsam kam ich zu mir – zumindest mein Kopf. Mein Körper schien noch fest in der Hand der Ohnmacht. Ich hörte Stimmen, fremde Stimmen, schloss die Augen, da ich niemanden wissen lassen wollte, dass ich wach war, und lauschte. Es dauerte einen Moment, ehe ich sie durch das Rauschen in meinen Ohren verstehen konnte.

»… permanent ein Mann vor dem Haus positioniert. Wir können bedenkenlos bis Sonntag hierbleiben und die Aktion wie geplant starten.«

»Mal im Ernst, Olli. Sie glauben doch nicht, dass es hier morgen eine Metamorphose geben wird. Wir sollten die beiden einladen und verschwinden. Die Vögel flattern davon, von denen sehen wir hier keinen mehr.«

»Bei allem Respekt, General, aber das denke ich nicht.« Eine Pause dehnte sich aus und zerrte an meinen Nerven. Dann sprach Olivier weiter. »General, die Familienbande dieser Kreaturen scheinen eng, besonders bei den Raben. Der Schwarm wird in der Nähe bleiben, solange der Junge hier ist. Außerdem ist da noch der ältere Bruder. Der ist schon zwanzig und hat keine Zeit mehr. Es wird eine Metamorphose geben, vertrauen Sie mir.«

»In Ordnung, warten wir also noch ab. Auf den Tag kommt es nicht an. Übrigens, gute Arbeit, Olli.«

»Gute Arbeit wäre es gewesen, wenn wir Adrian nicht verloren hätten«, erwiderte Olivier bitter. »Der Junge hat ihn mit drei Kugeln erwischt, er war sofort tot.«

»Tut mir leid für Sie. Sie haben lange zusammengearbeitet, richtig?«

»Vier Jahre, General.«

»Der Junge wird seine Strafe bekommen. Was macht eigentlich Ihr Arm? Ich habe gehört, Sie sind auch getroffen worden.«

»Glatter Durchschuss, kaum der Rede wert.«

Ich hielt die Luft an. Wenn Marlon seine Strafe bekommen würde … dann war er noch am Leben.

Schritte näherten sich. Ich spürte, dass mir mein Rock über die Oberschenkel gerutscht war, meine Beine lagen nackt auf kaltem Steinboden. Das Stillhalten fiel mir so schwer wie noch nie in meinem Leben, aber ich hatte nicht den Mut, diesen Leuten ins Gesicht zu sehen.

»Was ist mit dem Mädchen?«, fragte der Mann, den Olivier General genannt hatte. Ich spürte seine Blicke auf mir. Mir wurde ganz schlecht. »Gibt es schon Gewissheit, was sie ist?«

»Noch nicht, General. Zu den Raben gehört sie nicht, so viel steht fest. Sieht eher aus wie ein Spatz. Der Junge hat gestammelt, sie hätte nichts damit zu tun, bevor er das Bewusstsein verloren hat.«

»Natürlich nicht«, höhnte der General. »Diese Vögel haben ja nie mit irgendetwas zu tun.«

»Die reinsten Friedenstäubchen. Verwunderlich ist nur, dass dieses Spätzchen ständig um unsere Vögel herumflattert. Aber um ehrlich zu sein, halte ich sie eher für ein Opfer dieser Kreaturen.«

»Armes Ding.« Der Tonfall des Generals klang spöttisch und ich hasste ihn dafür. »Nun, wir werden es bald genau wissen.«

Die beiden Männer entfernten sich, ich verstand nicht mehr, was sie sagten. Ich hörte ein rollendes Donnern, schließlich einen Knall und dann folgte tiefste Stille. Erst jetzt wagte ich, die Augen wieder zu öffnen. Ich lag mit dem Gesicht einer nackten Wand zugewandt. Zunächst versuchte ich hastig, meinen Rock nach unten zu ziehen, was sich als schwierig herausstellte, man hatte mir die Hände auf dem Rücken zusammengebunden. Ich warf mich herum und ein Schrei brach über meine Lippen – Marlon lag auf der anderen Seite der Garage, sein Gesicht ruhte in einer Blutlache. Was hatten sie ihm nur angetan? Ich mühte mich auf die Knie, kroch zu ihm und presste die Lippen an seine Halsbeuge. Seine Haut war kühl, aber darunter spürte ich einen Puls. Ich wisperte seinen Namen. Mehr als ein Zucken seiner Lider bewirkte ich damit nicht. Sein linkes Auge war völlig zugeschwollen, die Lippe aufgeplatzt. Seine Hände waren wie meine gefesselt. Mit Kabelbindern, wie ich jetzt erkannte. Eilig sah ich mich nach etwas um, womit ich uns befreien konnte, aber die Garage war vollkommen leer. Nur ein stinkender Ölfleck am Boden und eine Leuchtstoffröhre an der Decke leisteten uns Gesellschaft. Lieber Gott, das sah böse aus.

Ich stieß Marlon an, aber erreichte nur, dass er mit dem Gesicht über den Boden schrammte. Das ging so nicht, ich musste etwas tun. Ich riss an meinen Fesseln. Sinnlos. Wenn ich die Arme wenigstens vor den Körper bekäme, dann würde ich mich nicht mehr wie ein Käfer fühlen, den man aufs Kreuz gelegt hatte. Ich machte den Rücken rund, rollte mich zu einer Kugel zusammen und schob die gefesselten Hände unter meinem Po hindurch. Es war Millimeterarbeit, ich brauchte viel Kraft und die Kabelbinder schnitten mir in die Handgelenke. Wären meine Arme nur einen Zentimeter kürzer gewesen, hätte ich es unmöglich geschafft. Ich kippte um, stieß mir schmerzhaft die Schulter, doch es gelang. Mit den Beinen durch das

O zu schlüpfen, das meine Arme um die Oberschenkel formten, war ganz leicht. Nun waren meine Hände zwar immer noch zusammengebunden und durch die engen Fesseln wurden meine Finger bereits blau, aber ich machte mich sofort daran, die Plastikschlinge mit den Zähnen zu bearbeiten. Das war schwieriger, als ich gedacht hatte, und dauerte länger, als meine Nerven durchhielten.

Marlon kam zu sich und stöhnte leise. Ich zog seinen Kopf in meinen Schoß, was ihm ein schmerzerfülltes Keuchen entlockte.

»Tut mir so leid, Marlon. Halte durch.« Ich biss und zerrte weiter an der harmlos anmutenden Kunststoffschlinge. Wie konnte dieses beschissene Plastik nur so zäh sein? Als ich es endlich geschafft hatte, liefen mir Schweiß und Tränen übers Gesicht. Tiefe Schnitte hatten sich in die Haut an meinen Gelenken gegraben und das Blut, das nun zurück in meine Hände floss, verursachte höllische Schmerzen. Ich hatte das Gefühl, alle meine Zähne seien locker – zwischen ihnen hingen Kunststofffasern. Doch ich konnte die Finger bewegen, ich konnte Marlon das Haar aus der Stirn streichen und ich konnte die Fäuste ballen vor Wut auf diese verdammten Jäger.

Das Erste, was Marlon sagte, war: »Nein, mir muss es leidtun. Ich habe dich in all das reingezogen.« Er brauchte länger als eine Minute für diese beiden Sätze.

»Ich fürchte, ich gehöre hierher. Zu dir.«

Er schloss erneut die Augen und ich bekam ihn ein paar Minuten nicht wach. Schließlich fragte er: »Was ist passiert?«

Es dauerte qualvoll lange, bis Marlon wieder bei vollem Bewusstsein war. Er wusste nur noch, dass wir uns ergeben hatten und sie dann mit Betäubungspfeilen auf uns geschossen hatten. Nicht dass das nicht schon schlimm genug war. Ich war siebzehn Jahre alt, hatte niemandem je etwas Böses gewollt und konnte am Nachgeschmack, den ich im Mund hatte, eine Betäubung mit Chloroform von einer mittels Giftpfeilen unterscheiden. Das war doch nicht richtig! Doch so, wie Marlon aussah, konnte das noch nicht alles gewesen sein. Die hatten ihn übel zugerichtet. Seine Lippen waren blutverkrustet und so trocken, dass er kaum sprechen konnte. Die Huntsmen hatten uns nicht einmal Wasser dagelassen. Jede Bewegung tat Marlon weh. Vorsichtig tastete ich über seine Rippen, aber mehr als Schwellungen konnte ich nicht diagnostizieren. Herrgott, ich war doch keine Krankenschwester. Mein Arm juckte. Mit einem Zipfel meines Rockes tupfte ich Marlon das Blut von der Lippe und erzählte ihm von dem Gespräch zwischen Olivier und dem Mann, den er General nannte. Doch eine Sache ließ ich unerwähnt: den Toten.

»Hilft uns das weiter?«, fragte ich abschließend.

Marlon zeigte ein bemühtes Grinsen. »Offenbar schon, sonst hätten sie mich längst erschossen. Es sei denn –«

Es sein denn, sie brauchten ihn lebend. Wozu auch immer. »Hör auf!«, unterbrach ich ihn barsch und sprang auf. »Ich will so was nicht hören.« Ich lief zur Hintertür und rüttelte daran. Verschlossen. Natürlich – was hatte ich erwartet? Auch das große Schwingtor rührte sich nicht. Ich trat dagegen. »Fuck!«

»Ich hätte sie niederschießen sollen«, murmelte Marlon. »Ich hatte die beiden direkt vor dem Lauf, Magpie, aber ich konnte nicht abdrücken. Ich habe ihnen ins Gesicht gesehen und, Jäger hin oder her, ich konnte nicht, verstehst du?«

Ich nickte. Hockte mich neben ihn. Nickte noch einmal, weil es ehrlicher wird, wenn man sich näher ist. »Ist schon gut. Du hast nichts falsch gemacht, überhaupt nichts.«

Ich erzählte ihm nicht, dass er einen Mann erschossen hatte. Ein Leben auszulöschen, verändert das eigene. Auch wenn man im

Krieg ist und der Getötete der Feind. Es hinterlässt Spuren auf der Seele. Wenn du jemanden tötest, so sagt man, stirbt ein Stückchen von dir mit. Dieser Tote sollte Marlons Gewissen nicht zusätzlich belasten, darum behielt ich das Wissen für mich. Richtig oder falsch? Es war mir scheißegal. Ich ergriff schlicht und ergreifend die Möglichkeit, ein wenig von Marlon zu beschützen.

»Weißt du, was ich denke?«, fragte ich. »Sie haben keine Ahnung, dass wir ihre Pläne kennen. Sie glauben zu wissen, wo die diesjährige Verwandlung stattfinden wird. Dass der Ort inzwischen ein anderer ist, haben die Jäger nicht mitbekommen.«

»Wie auch«, meinte Marlon. Seine Schultern zitterten ein wenig. »Sie können nicht wissen, dass du diesen Zettel gefunden hast.«

»Ich frage mich, wie sie von unserem Treffen mit Ebony erfahren haben. Sie waren bestens vorbereitet und haben uns ganz gezielt umzingelt.«

»Entweder sind sie uns gefolgt«, überlegte Marlon, »oder jemand hat uns verraten. Das liegt nahe, schließlich wussten sie auch von der Metamorphose in Mitterhafen. Vielleicht haben wir einen Verräter in unseren Reihen.«

»Wer sollte so etwas tun?«

»Ich kenne außer Ebony niemanden aus dem Schwarm, Noa. Ich habe nicht die geringste Ahnung. Wichtiger ist erst mal, dass wir hier rauskommen.«

»Olivier sagte, er lässt das Haus bewachen.« Ich prüfte gerade Marlons Fesseln, da runzelte er die Stirn.

»Noa, was ist das da an deinem Arm?« Sein besorgter Gesichtsausdruck erschreckte mich. Ich folgte seinem Blick. In meiner Armbeuge, die die ganze Zeit schon bestialisch gejuckt hatte, prangte ein geröteter Punkt.

»Ist das eine … Einstichstelle?« Ich rieb darüber, aber der Punkt verschwand nicht. »Wie von einer Spritze.« Bei dem Gedanken daran, dass die Huntsmen mir irgendetwas injiziert hatten, wurde mir gepflegt übel. Die bösartigsten Erkrankungen tanzten in meinem Kopf Squaredance. Ich schluckte heftig, um den Würgereiz zu unterdrücken.

»Vielleicht ein Betäubungsmittel«, versuchte Marlon mich zu beruhigen. »Möglicherweise wirkte das Mittel in den Pfeilen nicht lange genug.« Unweigerlich sah ich auf seine Arme. Keine Einstichstellen.

Ich spuckte auf den Punkt und verrieb den Speichel, als würde ich den gröbsten Dreck damit wegbekommen und der Ekel abflauen.

Marlon sah mich an, die Augen nass vor hilfloser Wut. Aber Panik hatte keinen Sinn, wir mussten Ruhe bewahren.

»Beug dich vor, damit ich deine Fesseln aufmachen kann«, sagte ich und versuchte, nicht mehr an Spritzen mit dubiosen Inhalten zu denken – schwieriges Unterfangen, äußerst schwierig, um nicht zu sagen: zum Scheitern verurteilt. Die Schlinge um Marlons Hände war deutlich fester zugezogen als meine. Ich fand mit den Zähnen keinen Ansatzpunkt und bekam sie nicht durchgebissen, ach, nicht einmal angeknabbert. Sie zog sich sogar noch weiter zu, als ich mit den Zähnen daran riss, sodass ich frustriert aufgeben musste. Ich wollte gerade einen wütenden Schrei ausstoßen, da hörte ich Schritte. Rasch griff ich nach dem zerbissenen Kabelbinder, mit dem sie mich gefesselt hatten, versteckte ihn in meiner Rocktasche und kauerte mich neben Marlon an die Wand, die Hände hinter dem Rücken versteckt.

Die Hintertür der Garage wurde geöffnet. Wir blickten erst in den Lauf einer Waffe, dann in das ausdruckslose Gesicht von Stephan Olivier. Neben ihm stand eine Frau, ebenfalls bewaffnet. Sie bewachte die Tür, während Olivier, der mit einem langärmligen Hemd und Jeans bekleidet war und einen Rucksack trug, eintrat. Er war noch immer ein enorm gut aussehender Mann und noch immer hatte er mir in der U-Bahn das Leben gerettet. Trotzdem war er zu meinem personifizierten Albtraum geworden. Dass ich Naivchen geglaubt hatte, er sei ein Schutzengel, war im Nachhinein der Gipfel an Absurdität. Ich musste fast laut lachen, verkniff es mir aber, weil ich dann sicher die Nerven verloren und einen Heulkrampf bekommen hätte. Ich beließ es dabei, die Zähne zusammenzubeißen und ihn wütend anzustarren. Marlon beherrschte diese Technik besser, denn seine Wut saß tiefer und gleichzeitig ließ er sich genau das nicht anmerken. Er sah zum Himmel schreiend arrogant aus, wie er mit zerschlagenem Gesicht im Staub kauerte und zu Olivier aufsah.

Der ging einen Meter von uns entfernt in die Knie und forschte unverhohlen in Marlons Miene. »So sieht man sich wieder.«

»Ja«, meinte Marlon trocken. »Ich bin auch höchst unerfreut.«

»Du hast geglaubt, du würdest es schaffen, oder? Soll ich dir was sagen? Bis heute Morgen dachte ich das auch. Ist schon bemerkenswert, dass wir dich an deinem letzten Tag als Mensch in die Finger kriegen.«

»Lass mich eine Nacht drüber schlafen, ob ich euch gratuliere.«

Olivier stieß zischend Luft durch die Zähne aus. »Spar dir deine gute Laune besser auf, du wirst sie noch brauchen.«

»Ich kann es mir denken und daher kooperiere ich«, entgegnete Marlon kühl und mein Herz setzte für einen Schlag aus, um dann in doppelter Geschwindigkeit weiterzurasen. »Egal was ihr verlangt. Ich sage euch, was ich weiß.«

»So, so.« Olivier spottete nicht. Er schien allerdings auch nicht erstaunt. »Wie kommt es zu diesem Sinneswandel?«

»Ein Geständnis und eine Bitte«, sagte Marlon und griff damit meine Worte auf. »Meine Freundin ist ein Mensch. Ich weiß, dass ihr solche Verbindungen verabscheut und bestraft.« Ach? »Ich will, dass ihr sie freilasst. Hier und jetzt. Ich will, dass sie unbehelligt nach Hause gehen kann.«

Olivier stand auf. »Tut mir leid. Wir haben keinerlei Interesse an deiner – wie nanntest du es? – Kooperation. Was sollen wir mit einem komischen Vogel, der singt, wenn wir zwei komische Vögel haben können, die beide früher oder später singen?«

Marlon atmete tief ein. »Sie ist keine Harpyie.« Sie weiß nichts von dem, was ihr erfahren wollt. Wir haben ihr nichts gesagt.

»Das werden wir bald erfahren«, gab Olivier gelassen zurück.

Der Mann machte mir ernsthaft Angst. Er war glatt wie eine Eisfläche und ebenso kalt. Ich fragte mich, ob in ihm überhaupt noch ein Mensch mit Gefühlen steckte oder vielleicht eher eine programmierte Maschine. Aber dann erinnerte ich mich an das Frettchen, das er oft bei sich hatte. Ein Tierfreund konnte doch nicht vollkommen herzlos sein, oder? Dass Hitler seine Schäferhündin sehr geliebt haben soll, blendete ich aus.

»Was haben Sie mit uns vor?«, wollte ich wissen. Das Beben in meiner Stimme schien mir zugutezukommen.

Olivier gab keine Antwort, allerdings warf er mir einen abschätzenden Blick zu, steckte die Pistole in das Holster und zog eine Wasserflasche aus seinem Rucksack. Er drehte sie auf, kam auf mich zu und hielt sie mir an die Lippen. Ich trank etwas, doch aus der Flasche lief zu viel, sodass ich mich verschluckte und husten musste. Er kippte einfach weiter, schüttete mir das Wasser über Gesicht,

Dekolleté und Brust. Beinahe hätte ich das Wasser mit den Händen abgewehrt und mich verraten.

»Verdammt, lass sie in Ruhe, du Mistkerl!«, brüllte Marlon.

Olivier schlug ihm die Flasche gegen die Schläfe und setzte einen Tritt gegen seine Brust nach. Marlon taumelte, konnte gefesselt das Gleichgewicht nicht halten und fiel um.

In Seelenruhe schüttete mir Olivier die letzten Wassertropfen über den Kopf. Dann schlug er mir mit der flachen Hand ins Gesicht. Diesmal verriet ich mich. Ich riss die Hände schützend vor meinen Kopf. Er schien das nicht einmal zu bemerken. Stattdessen verpasste er mir eine weitere schallende Backpfeife. In meinen Ohren klingelte es, dahinter hörte ich mich wimmern. Marlon trat nach Olivier und brüllte wüste Beschimpfungen.

Olivier fasste mir an die Stirn, ich wich zurück, aber er griff mir ins Haar und hielt mich fest. Die Flasche fiel herunter, zerbrach neben mir auf dem Boden. Ich spürte Scherben gegen meine nackten Unterschenkel springen.

Er legte mir erneut die Hand auf die Stirn, als würde er meine Temperatur fühlen. Dann ließ er mich los und machte einen Schritt auf Marlon zu. »Du streitest nicht ab, dich verwandeln zu wollen?«

Marlon antwortete mit einem hasserfüllten Blick.

Olivier seufzte. Er trat ihm gegen die Hüfte, holte ein weiteres Mal aus und traf ihn am Oberschenkel. Über Marlons Lippen kam ein unterdrückter Schmerzlaut.

»Aufhören!«, schrie ich. Ich verstand, was der Huntsman tat. Er dachte, durch Provokation die Verwandlung auslösen und uns damit als Harpyien identifizieren zu können. »Er wird sich verwandeln! Er hat es nie abgestritten, oder? Hören Sie damit auf!«

»Ist das wahr?« Olivier beugte sich über Marlon, der jeden Muskel anspannte, um sich vor weiteren Tritten zu wappnen. »Gibst du es zu, eine Chimäre zu sein?«

Marlon zuckte mit den Schultern. »Ich wünschte, ich könnte es abstreiten.«

Olivier nickte, wandte sich ab, verließ mit der Frau die Garage und schloss zweimal hinter sich ab.

Ich sprang über die Scherben zu Marlon, wir rückten aus der Wasserpfütze und verbrachten einige stille Minuten damit, uns aneinanderzulehnen. Dann stand ich auf, trat zur Hintertür, schlug dagegen und brüllte Beschimpfungen, bis ich heiser war.

»Besser?«, fragte Marlon, nachdem ich mich beruhigt hatte.

»Nein.« Ich hockte mich hin und suchte nach einer Scherbe. »Dreh dich um, ich versuche es noch mal.«

»Und dann?«

Ich schnaubte trotzig. Und dann? Was sollte die dumme Frage? Es gab weder ein Und noch ein Dann, denn wir konnten nichts tun. Die Tür war verschlossen. Wie das Schwingtor war sie aus Metall und würde sich ohne Werkzeug – das uns bedauerlicherweise fehlte – nicht öffnen lassen. Nicht zu vergessen, dass vor dem Haus jemand Wache hielt, der im Gegensatz zu uns bewaffnet war. Herrgott, der Mist stand uns bis zur Unterlippe! Nichtsdestotrotz musste ich irgendetwas tun. Marlons Hände vor dem Absterben zu retten war schon mal ein Anfang.

Ich fand eine Glasscherbe, die über eine scharfe Spitze verfügte, sich aber gleichzeitig durch eine abgerundete Seite gut greifen ließ. Es war eine mühsame Arbeit. Ich musste vorsichtig sein, um Marlon nicht zu verletzen, gleichzeitig aber mit Kraft vorgehen, denn so ein Kabelbinder ist wirklich verdammt zäh. Natürlich patzte ich, rutschte ab und fügte Marlon einen tiefen Kratzer zu. Er gab keinen

Laut von sich, zuckte nicht einmal zusammen. Ich war mir nicht sicher, ob er es überhaupt gespürt hatte, und arbeitete weiter, ohne ihn um Verzeihung zu bitten.

Als die Plastikschlinge endlich nachgab, fielen Marlons Hände schlaff zu seinen Seiten herab. Ich seufzte erleichtert und bekümmert zugleich, denn mit dem Durchtrennen der Fessel hatte ich alles getan, was ich tun konnte. Nun schlug die Hilflosigkeit erneut wie eine Faust auf mich ein. Erschöpft sank ich gegen die Mauer. In den nassen Sachen begann ich allmählich erbärmlich zu frieren. Vielleicht fror ich auch schon die ganze Zeit, aber zuvor hatte ich es nicht bemerkt. Meine Armbeuge juckte vor Ekel, als hätten sich Maden darin eingenistet. Ich kratzte mir die Haut blutig, während Marlon seine Gelenke rieb und die Schultern dehnte. Schließlich zog er sein T-Shirt aus und reichte es mir. Ich wechselte es gegen mein nasses und breitete dieses zum Trocknen auf dem Boden aus.

Zusammen untersuchten wir noch einmal das Tor auf eine Möglichkeit hin zu entkommen. Marlon rüttelte, fühlte, schaute in jede Ritze und begutachtete das Schloss. Nichts. Schließlich trat er mit Anlauf so hart dagegen, dass mir der Donnerhall schier das Gehör aus dem Kopf blies. Fehlanzeige. Mal was ganz Neues. Der Tritt hatte Marlon nicht gutgetan, er sank weiß wie ein Blatt Papier zu Boden, krümmte sich und hielt sich die Rippen.

Ihm nicht helfen zu können machte mich rasend. Meine Hilflosigkeit ließ mich vergessen, dass ich selbst ebenso eingesperrt war; sie ließ mich die Ohrfeigen vergessen, obwohl meine Wangen heiß waren, und sie ließ mich jegliche Angst vergessen. Ich tigerte in der Garage auf und ab, ganz auf meine gleißende Wut konzentriert, die alle anderen Gefühle wie Säure auflöste. Als ich mich schließlich wieder zu Marlon setzte, hatte ich mich nicht beruhigt, sondern lediglich mit Zorn betäubt. Die Erschöpfung umfing mich, kaum dass ich den Rücken an die Wand und den Kopf an Marlons Schulter lehnte. Meine Augen fühlten sich wund an, es war eine solche Erleichterung, sie zu schließen. Nur einen Moment, ich wollte gar nicht schlafen, nur für ein paar Sekunden die Augen zumachen.

»Kleine Kämpferin«, murmelte Marlon. »Nichts und niemand kriegt dich klein. Du kommst hier raus, ich verspreche es dir.« Es klang, als spräche er durch dicke Watte. Ein flüsterndes Kribbeln verriet mir, dass er über meine Fingerknöchel strich, und ich bemerkte, dass ich immer noch die messerartige Scherbe in der Faust hielt. Bewaffnet. Und beschützt. So gut es eben ging. Mit diesen Gedanken schlief ich ein.

»Noa. Noa, wach auf.«

Worte berührten mein Ohr. Ich blinzelte gegen zu helles Licht an, während grelle Schmerzen durch meinen Rücken jagten, als wäre ich verprügelt worden. Ich saß zusammengekauert an die Wand sowie gegen Marlon gelehnt und wunderte mich, wie ich in dieser Position hatte schlafen können.

»Sie kommen«, flüsterte Marlon. »Ich höre ihre Schritte. Zwei Personen. Wenn sich eine Gelegenheit bietet, dann versuchen wir es.«

»Bist du sicher?« Ich war es nicht. Meine eigentliche Frage war allerdings eine andere. Was zum Geier wollte er versuchen?

Als er die Hände hinter den Rücken nahm, um vorzugeben, noch immer gefesselt zu sein, sah ich etwas Dunkelgrünes aufblitzen. Auch er hatte nach Scherben gegriffen. Ich wog meine in der Hand. Sie hatten Pistolen. Wir Glasscherben. Prima Aussichten. Ich verbarg meine erbärmliche Waffe in den Falten meines Rockes und schlang die Arme um den Oberkörper. Besser, sie hielten mich für ein braves Opfer. Mehr als einen einzigen Überraschungsmoment hatten wir nicht.

»Warte auf mein Zeichen«, raunte Marlon. »Dann lauf. Lass dich nicht aufhalten. Lauf, was immer auch passiert!«

Unsere Blicke verflochten sich ineinander. Seiner war undurchschaubar. Ich ahnte dennoch, was er vorhatte, und bedauerte, ihn so gut einschätzen zu können. Er wollte sie aufhalten, damit mir die Flucht gelang.

»Wenn du Dummheiten machst, Marlon, werde ich dir das nie verzeihen.«

»Abgemacht.«

Es ging ihm am Arsch vorbei, ob ich ihm verzieh.

Ich wollte ihn schütteln und anschreien, aber mir blieb keine Zeit, denn die Tür wurde aufgeschlossen. Marlon kreuzte die Füße und stemmte sich hoch, die Hände immer noch hinter dem Rücken. Seine Fingerknöchel waren weiß, doch er hielt seine beiden Glasscherben ruhig, ohne das geringste Zittern.

Olivier trat ein. Er trug etwas Schwarzes bei sich, unvermittelt schlug er es Marlon ins Gesicht. Marlon keuchte, ein Beben schüttelte seinen Körper. Ein Kratzer blieb auf seiner Wange zurück. Das Schwarze fiel vor mir zu Boden. Es war ein Rabe. Tot, die Füße mit dem gleichen Kabelband zusammengebunden, wie ich es schon bei dem Star gesehen hatte. Der Schnabel war leicht geöffnet, eine bläuliche Zunge hing zur Seite heraus. Ich presste mir die linke Hand auf den Mund. Noch lieber hätte ich mir Augen und Ohren zugehalten.

»Ein Freund von dir? Er war unser Gast, schon eine ganze Weile. Leider wollte er uns irgendwann nichts mehr sagen. Verweigerte heute Nacht endgültig die Mitarbeit und verwandelte sich. Schade.«

Ich biss die Zähne zusammen. Das war also der Verräter. Sie hatten die Informationen durch Folter aus ihm herausgepresst und ihn getötet, als sie ihn nicht mehr brauchten. In meinen Augen brannten Tränen für den Menschen, der dieser Vogel gewesen war.

»Ich hoffe, du bist eine ergiebigere Quelle«, sagte Olivier zu Marlon. »Das Mädchen kann gehen.«

Ich schnappte nach Luft, merkte erst jetzt, dass ich den Atem angehalten hatte. Plötzlich wurde mir schwindelig. »Ihr lasst mich frei?«

»Du gehörst nicht zu denen.« Olivier sah auf mich nieder, als wäre plötzlich Mitleid in ihm ausgebrochen. Er hielt mir die Hand hin, als wollte er mir aufhelfen. »Du kannst mit mir zum Haus kommen. Wir lassen dich gehen, sobald hier alles vorbei ist. Wenn diese Kreatur erledigt ist, wirst du wieder frei sein. Die böse Magie, die sie wirken lassen, um euch zu beeinflussen, ist sehr stark. Aber nicht von Dauer.«

Seine Worte zogen an mir vorbei wie Wolken. Greifen konnte ich sie nicht. Ich machte mich kleiner, duckte mich vor seiner Hand.

»Du kannst uns vertrauen«, fuhr er fort. »Wir haben dir eine Blutprobe entnommen und wissen nun, dass du keine von denen bist.«

Das erklärte die Einstichstelle. Ich starrte auf den winzigen roten Punkt. Ich zitterte und hätte mich am liebsten auf dem Boden zusammengerollt. »Bei Anna-Lena habt ihr nicht nach Blutproben gefragt.«

Er wusste sofort, von wem ich sprach. Von Corbins Freundin, die wie ich ein normales Mädchen gewesen war.

Olivier kniete sich neben mich, sah auf den Boden vor meinen Füßen statt in meine Augen.

Tu etwas, beschwor ich Marlon in Gedanken. Er hätte Olivier in diesem Moment die Nase aus dem Gesicht treten und die Kehle durchschneiden können, doch er stand still und reglos da, den Kopf gesenkt.

»Wir haben aus unserem Fehler gelernt«, erklärte Olivier schließlich und sah mich an. »Dieses Mädchen hätte nicht sterben müssen. Sie haben sich hinter ihr versteckt. Wir sind darauf reingefallen. So etwas darf nicht passieren. Es gibt keinen unter uns, der das nicht bedauert.«

»Lass uns beide gehen.« Ich erwiderte seinen Blick, so eisern ich konnte, was sicherlich wenig eindrucksvoll war, kauerte ich doch noch immer auf dem Boden.

»Das willst du nicht«, entgegnete Stephan Olivier überraschend sanft. »Er pflanzt dir diesen Wahn ein. Er versteckt sich hinter dir, so wie sich sein Bruder hinter diesem armen Mädchen versteckt hat.«

Marlon stieß den Hauch eines bösen Lachens hervor. »Wer hat dir diese Märchen erzählt? Dein Vater?«

Oliviers Miene wurde frostig. Helle Punkte tanzten in seinen blauen Augen, als schneite es in seinen Gedanken. »Halt's Maul.«

»Du weißt, wer deine Mutter ist«, fuhr Marlon fort. »In deinen Adern fließt das Blut derer, die du so verabscheust.«

»Schnauze!« Eine Zornesfalte zerfurchte Oliviers Stirn. Diese menschliche Regung besorgte und beruhigte mich gleichermaßen. Er war keine Maschine. Er war ein Mensch. Unberechenbar. Ich hatte Angst um Marlon und zugleich schwoll Hoffnung in mir an. Marlon kämpfte.

»Du spürst es doch, nicht wahr?« Marlon lächelte wissend. »Du hörst die Stimmen in den Steinen. Ist das nicht Beweis genug?« Er bluffte. Ich hörte die Stimmen auch, man musste dazu kein Harpyienblut in sich haben. Doch Stephan Olivier wusste das offenbar nicht. Er wurde blass.

»Wir haben deine Mutter gesehen«, sagte ich zu ihm. »Sie hat nie aufgehört, nach dir zu suchen.«

Er fasste mich hart an der Schulter. »Meine Mutter wurde von ihnen geraubt. Sie haben sie uns weggenommen, verstehst du? Sie einer Gehirnwäsche unterzogen und sie zu einem Tier gemacht. Dir blüht dasselbe. Dir und vielen anderen, wenn wir sie nicht aufhalten.«

»Das ist gelogen.« Ich wagte nur zu flüstern. Olivier schien so erregt, dass ich Angst hatte, er würde gleich den Verstand verlieren. Ich sah die Pistole warnend in seinem Hüftholster stecken.

»Deine Mutter wollte sich von deinem Vater trennen«, sprach Marlon weiter. »Aber er war ein herrschsüchtiger, eifersüchtiger Mann und hat sich gerächt. Er hat dich entführt, als du ein kleiner Junge warst.«

Erinnere dich!, betete ich still.

Ich stand auf, meine Scherbe fiel aus den Falten meines Rockes und klimperte über den Boden. Ich stellte den Fuß darauf – ein armseliger Versuch, sie zu verbergen –, doch Stephan Olivier achtete nicht auf mich. Er schritt gefährlich langsam auf Marlon zu. In meiner Brust brannte es, ich konnte mich nicht erinnern, jemals mehr Angst und Hoffnung zugleich verspürt zu haben. Das eine Gefühl nährte das andere.

Marlon atmete tief ein und langsam wieder aus. »Die Harpyien, mit denen deine Mutter fortging, fingen sie auf, nachdem dein Vater sie ins Bodenlose gestürzt hatte. Deine Mutter wurde nicht geraubt. Sie wählte.«

»Du verlogener Bastard!«, spuckte Olivier ihm ins Gesicht. »Spar dir deine Geschichten. Damit kannst du kleine Mädchen beeindrucken, aber nicht mich.«

»Sieh den Tatsachen ins Auge, Stephan Olivier. Wir sind, wer wir sind. Ich kann nichts dagegen tun, dass ich mich in einen Vogel verwandle.« Er deutete zu mir. »Ich kann nichts dagegen tun, dass sie ein Mensch bleiben wird. Ich könnte sie nicht verwandeln, selbst wenn ich es wollte. Ich will, glaub mir, aber es ist nicht möglich. Ich kann nichts dagegen tun, dass ich sie sehr bald verlieren werde. Und du kannst nichts dagegen tun, dass deine Mutter von meiner Art ist.« Sein Blick fiel auf den toten Raben zu seinen Füßen. »Und von seiner. In ihrem Elend hat sie sich für ein Leben als Vogel entschieden. Dein Vater hat sie nicht brechen können, er hat sie vertrieben.«

Ich zwang mich zu sprechen, in unkontrollierten Schlangenlinien an dem Kloß aus Angst in meiner Kehle vorbei. »Stephan, du bist der Einzige von uns, der eine Wahl hat, der frei entscheiden kann.«

Olivier reagierte nicht. Wusste er vom Schicksal seiner Mutter? Ahnte er es, irgendwo tief in seinem Inneren? Möglicherweise hatte er ihr Lied im Stein ebenso gehört wie wir.

»Ihr benutzt die Menschen nur«, erwiderte er schließlich, doch sein langes Schweigen hatte seine Stimme brüchig gemacht. Der Satz war nicht echt und das begann nun auch er einzusehen.

Marlon schüttelte den Kopf. »Ich schließe nicht aus, dass es Harpyien gibt, die das tun. Aber ich nicht, meine Schwester nicht und mein Bruder nicht. Du bist es, mit dem gespielt wurde. Auf Menschenart. Ganz ohne Magie, nur durch Lügen und Gerüchte.« Marlon bewegte die Lippen weiter, aber ich hörte keinen Laut mehr. Dafür weiteten sich die Augen seines Gegenübers in ungläubigem Staunen. Ich wusste, was Marlon tat. Er sprach über das Echo der Steine direkt in Oliviers Kopf.

»Nein!« Olivier schlug ihm ohne Vorwarnung die Faust in den Magen, sodass Marlon mit dem Rücken gegen die Wand knallte. »Verlogener Bastard! Ich dresche dir deine Unverschämtheiten aus dem Leib!«

Ich erstarrte, wollte ihn aufhalten, doch meine Gedanken waren vor Schreck wie betäubt.

Olivier ging auf Marlon los, ließ die Fäuste auf seinen Körper niederprasseln. Marlon wehrte sich nicht. Er kassierte Treffer in den Bauch und auf die angeschlagene Rippenpartie und schützte nur mit fest angespannten Unterarmen und hocherhobenen Scherben in den Fäusten sein Gesicht. Er kämpfte – auf seine Art.

Ich hörte mich aufschreien, als Oliviers Hand zur Waffe schnellte. Mein Kopf war leer, mein Körper übernahm die Kontrolle. Ich griff nach der Glasscherbe am Boden, nahm Schwung und hackte sie Olivier in den Handrücken. Einen Wimpernschlag lang starrte ich auf meine lächerliche Waffe und all das Blut, das an ihr vorbeilief. Es glitzerte feucht und dunkel auf dem Glas. In Rinnsalen troff es auf den Estrich. Ein scharfer Schmerz in meinem Zeigefinger deutete darauf hin, dass ein wenig davon mein eigenes war.

»Glaub ihm!«, stieß ich hervor. »Wir können es beweisen. Hör ihm zu!«

Noa, lauf!, hörte ich Marlon von allen Seiten in meinem Kopf rufen. Doch da fegte mich schon ein Schlag vor die Schläfe von den Füßen.

Ich stürzte gegen die Wand, rutschte zu Boden und blieb einen Augenblick benommen liegen. In meinem linken Ohr pfiff es wie ein Teekessel. Vor meinen Augen drehten sich rote Spiralen und wurden zu pulsierenden Klecksen. Ich schüttelte den Kopf, umfasste ihn mit beiden Händen, weil ich glaubte, ansonsten ohnmächtig zu werden. Als mein Blick wieder klarer wurde, sah ich, wie Olivier Marlon an der Kehle packte und seinen Hinterkopf mit brachialer Gewalt gegen die Wand schlug. Ich glaubte, Knochen knirschen zu hören. Mit verdrehten Augen sackte Marlon in sich zusammen. Olivier zerrte ihn wieder in die Aufrechte.

»Ich bin noch nicht mit dir fertig, Bastard!«

Ich versuchte auf die Füße zu kommen, knickte weg und fiel neben Olivier auf die Knie. Ich wimmerte wirre Satzfragmente hervor. »Glaub uns … Hör uns an … eine Sekunde!« Die Worte mussten da sein, aber ich hörte mich selbst nicht.

Olivier zog die Pistole. Mein Verstand verlor sich in Panik. Ich kippte in abgehackten Bewegungen vor und zurück und stammelte ein Lied, ohne zu wissen, warum. Mein Körper tat instinktiv irgendetwas, was sich meiner Kontrolle entzog. Mit zugepressten Augen wartete ich auf den Knall. Der nicht kam.

Stattdessen spürte ich Berührungen an den Schultern, am Haar, im Gesicht. Jemand zog an mir, ich kippte gegen einen Körper, roch nackte Haut, Blut, Schweiß und einen Hauch von Zimt. Marlon hielt mich an sich gepresst und ich wagte aufzusehen.

Olivier stand einige Schritte entfernt, die Waffe nach wie vor auf uns gerichtet. Ich starrte in ihr schwarzes Auge. Es schien zu zwinkern. Ich brauchte einen Augenblick, bis ich den Grund verstand. Seine Hand zitterte. Millimeter für Millimeter tastete mein Blick an der Waffe und dann seinen Arm entlang, bis ich sein Gesicht erkannte. Meine Sicht war verschwommen, aber ich gewann den Eindruck, dass sich in seiner Miene etwas verändert hatte. Da waren plötzlich Zweifel. Die erkannte ich, denn sie waren mir vertraut.

Er wandte sich ab, ging zur Tür und klopfte. Die Frau öffnete ihm und er nickte mir zu. »Du solltest jetzt gehen, Mädchen.«

Ich schüttelte den Kopf.

Es war keine Geste der Aufopferung, kein Heldentum und keine Tapferkeit. Es war nichts als pure Angst. Ohne Marlon, so viel war klar, würde ich es nicht einmal bis zur Tür schaffen. An das Leben da draußen, wenn er zurückblieb, wollte ich gar nicht denken.

»Noa.« Mein Name klang aus Marlons Mund wie ein Stöhnen tief aus seiner Kehle. »Geh!«

Ich sah zwischen ihm und Olivier hin und her. Da war zu viel Eis in Oliviers Augen. Marlons waren leer. Ein dünnes Blutrinnsal lief aus seinem Mundwinkel, die Tropfen fielen ihm vom Kinn auf die Brust.

»Nein.«

»Mädchen! Deine letzte Chance!«

»Noa, geh! Bitte, geh! Verschwinde!« Marlons Worte ersoffen in seinem Mund, wurden zu hastigem Gestammel, das ich kaum mehr verstand. »Er hat recht. Ich liebe dich nicht, das habe ich nie. Ich habe dich nur benutzt. Du bist mir nichts schuldig. Du musst gehen!«

Es war so absurd, dass ich lächeln musste, obwohl dazu wirklich kein Grund bestand. Wahrscheinlich eine instinktive körperliche Reaktion, ähnlich wie bei Katzen, die in Todesangst zur Selbstberuhigung manchmal schnurren. Ich versuchte Marlon zu umarmen, doch er verzog vor Schmerz das Gesicht, weil ich so unbeholfen vorging.

Als es plötzlich in meinem Rücken knallte, glaubte ich für ein paar Sekunden tatsächlich, Olivier würde uns beide erschießen. Ich fragte mich, ob ich Licht sehen, Bedauern oder Schmerz spüren würde. Dann streifte ein Luftschwall meine Schulter. Olivier hatte nicht geschossen, er hatte die Tür hinter sich zugeschlagen.

»Du bist das dümmste Wesen unter den Sternen.« Marlon wandte den Blick ab und zog die Beine an den Körper.

Ich vernahm jeden seiner schweren Atemzüge. Und Atemzug um Atemzug vernahm ich auch die Anklage hinter seinen Worten. Ich begriff meinen Fehler. Wäre ich weggelaufen, hätte ich Hilfe holen können. Die Harpyien, die Polizei, wen auch immer. Ich hatte die Chance bekommen, ihn zu retten. Und sie ziehen lassen. Sie abgewiesen. Weggestoßen. Ein eisiges Zittern lief meine Wirbelsäule hinauf und hinunter. Ich rutschte ein Stück von Marlon weg, lehnte den Kopf an die Wand und versuchte krampfhaft, an etwas anderes zu denken als an das Pfeifen in meinem Kopf. Es wurde zu einer höhnischen Melodie, die vom Versagen sang.

Ich weiß nicht, wie viel Zeit verging. War ich eingenickt? Sah ganz so aus. Das Pfeifen hatte nachgelassen. Rauer Stoff berührte mein Gesicht. Ich lag mit dem Kopf in Marlons Schoß, mit seinen Fingern kühlte er meine Wange. Der tote Vogel lag von meinem feuchten T-Shirt bedeckt in der anderen Ecke der Garage.

»Es tut mir leid«, flüsterte ich. »Ich hätte gehen und Hilfe holen müssen –«

»Schsch.« Erstaunlich, wie sanft sein Lächeln wirkte, auch wenn er mit all dem Blut und den Schwellungen im Gesicht aussah wie der Terrorist, für den ich ihn mal gehalten hatte. »Du hast ihn beeindruckt. Er glaubt dir.«

»Wen meinst du? Olivier?«

»Wen denn sonst. Er hat das Lied erkannt, das Kinderlied seiner Mutter.«

Ich grübelte. »Das habe ich gesungen? Ich kann mich kaum erinnern.«

»Ich habe es auch gesungen. Direkt in seinen Kopf, kurz bevor er ausgerastet ist. Aber geglaubt hat er dir, nicht mir. Du singst offenbar schöner als ich.« Er machte eine Pause, strich meine Augenbraue mit der Kuppe seines Zeigefingers nach. »Hast du mir denn geglaubt?«

»Dass du mich nur benutzt? Ja. Und nein. Es ist mir egal, es ändert nichts. Ich will, dass du hier rauskommst. Ohne dich gehe ich nicht.«

Er schluckte so schwer, dass ich es hören konnte. »Das wirst du müssen, fürchte ich. Jetzt mach die Augen zu, okay? Ich möchte dich anschauen.«

Ich gehorchte und schwieg, weil alles, was ich hätte erwidern können, hohle Phrasen gewesen wären.

Ein Geräusch weckte mich, das ich zunächst nicht lokalisieren konnte. Dann begriff ich, dass Marlon den Atem anhielt und das Geräusch Stille war.

»Ist alles in Ordnung?«

Im nächsten Moment wurde die Tür geöffnet. Dunkelheit rahmte Stephan Oliviers Silhouette ein, es musste tiefe Nacht sein.

Zielstrebig trat er auf uns zu. Wir hatten Mühe, auf die Füße zu kommen. Meine Gelenke stachen vor Steifheit. Marlon biss die Zähne so fest aufeinander, dass sie knirschten. Seine Hände lagen auf meinen Schultern, nicht um mich festzuhalten, sondern um mich von sich wegzuschieben, sollte es nötig werden. Unmittelbar vor uns blieb Olivier stehen.

»Wenn du gelogen hast, Bastard, dann werde ich jeden vermaledeiten Vogel auf dieser Welt vom Himmel holen. Ich krieg dich in die Finger, wenn du mich linkst, glaub mir.«

Unfähig zu begreifen, was vor sich ging, starrte ich von einem zum anderen. Marlon nickte, als verhandle er nur ein harmloses Geschäft. Aber ich sah seinen Puls so hart an seinem Hals hämmern, dass ich befürchtete, er würde in Ohnmacht fallen.

»Ihr … Du lässt uns gehen?« Ich versuchte, kein Ja zu erwarten. Zertretene Hoffnungen taten mehr weh als konstante Aussichtslosigkeit.

Doch Olivier spiegelte Marlons kühles Nicken. Ob er uns wirklich glaubte oder ob die Schuld an Anna-Lenas Tod an ihm fraß und er diese durch unsere Freilassung zu sühnen versuchte, wusste ich nicht. Es war mir auch völlig egal.

Das Frettchen schaute aus Oliviers Sweatweste. Ich hatte immer ein wenig Angst vor dem Tier gehabt. Frettchen sind doch Eierräuber – das klassische Haustier, wenn man Vögel jagte –, außerdem haben sie so einen hinterlistigen Blick. Aber in diesem Moment wurde mir klar, dass Stephan Olivier es vielleicht nur deshalb bei sich trug, weil er sich einsam fühlte.

Wir traten zur Tür, meine Knie wabbelten wie Wackelpudding. Draußen war es so dunkel, dass man die Hand nicht vor den Augen sehen konnte.

»Geh nach Westen, dort liegt die Stadt«, sagte Olivier zu Marlon. »Mein General wird nicht vor Mittag von deinem Verschwinden erfahren. Bis dahin solltest du dich unsichtbar gemacht haben. Ich hoffe für dich, dass das, was du über meine Mutter gesagt hast, keine Lüge war. Denn ansonsten wirst du eines Tages schwer bedauern, dass ich dich nicht sofort erschossen habe.«

»Deine Antworten liegen auf dem Grund des Löwenbrunnens. Dort ist eine Pforte. Im Stein. Ich gehe davon aus, dass du sie passieren kannst. Du wirst deine Mutter erkennen, aber erwarte nicht, dass sie sein wird wie zuvor. Und sei vorsichtig, es ist nicht ungefährlich.« Marlon sprach ohne jedes Stottern, ohne eine Betonung. Emotionslos erfüllte er seinen Teil der stumm geschlossenen Abmachung. Dann nahm er meine Hand, betrachtete meine Finger im schwachen Licht, das aus der Garage drang. »Ich bin dir zu Dank verpflichtet. Du hast Noa gerettet, in der U-Bahn. Ich schulde dir etwas.«

Oliviers Blick fing mich ein wie ein Netz, wie gedankenverloren kraulte er das Frettchen. »Ich hätte dir nicht geholfen, wenn ich gewusst hätte, was aus dir werden würde. Das weißt du, oder?«

Ich nickte. Trotzdem hatte ich eine erste Verbindung geschaffen zwischen diesen Männern, die sich als Feinde gegenüberstanden, aber ihren Krieg für einen Moment vergaßen. Weil sie eine Entscheidung trafen, die weder richtig noch falsch war und vielleicht die nächste Katastrophe heraufbeschwor. Aus nichts als einem Quäntchen guten Willens heraus. Aus Bereitschaft, dem anderen zu glauben.

War das nicht das Wichtigste?

LEKTION 17

Wie man Abschied nimmt

Wir sahen uns nicht um, sondern eilten, so schnell Marlon laufen konnte, in die Dunkelheit. Die Nacht war finster und die Flucht kostete uns unsere ganze Kraft, sodass kaum mehr als Schwärze in meiner Erinnerung zurückblieb. Der Schock ebbte ab, Erschöpfung flutete meinen Kopf. Ich stolperte voran wie von einer höheren Macht an Fäden über den Boden geschleift.

Aus einem Garten, in dem jemand die Wäsche über Nacht auf der Leine gelassen hatte, klauten wir zwei Männerhemden gegen die Kälte. Wir erreichten das Hotel, als der frühe Morgen durch die Straßen kroch und alles in ein bleichgraues Licht tunkte. Hineinzugehen schien uns zu riskant und so holten wir nur das Auto und fuhren auf schnellstem Weg aus der Stadt.

Wir flüchteten ins Landesinnere. Falls es ein Ziel gab, dann wusste ich nicht, wo es lag. Wir flohen vor dem Ort, der nach Marlon verlangte, den Jägern sowie den Erinnerungen an vergangene Nacht und jagten selbst das letzte bisschen Zeit, das uns noch blieb, vor uns her.

An einer Autobahnraststätte hielten wir an, benutzten die Fernfahrerduschen und trafen uns anschließend im Restaurant, um etwas zu essen. Viele Reisende hatten dieselbe Idee – wir mussten uns in eine lange Schlange einreihen und standen dort wie auf dem Präsentierteller. Marlons linke Gesichtshälfte schillerte in besorgniserregenden Farben, und so blass und übernächtigt, wie wir in den identischen XXL-Altherrenhemden, die wir am Leib trugen, wirkten, sahen wir vermutlich wie drogensüchtige Ausreißerkids aus. Marlon bemühte sich um Unauffälligkeit, aber seine Blicke schossen angsterfroren im Raum umher. Die Leute starrten uns an, was man ihnen kaum verübeln konnte. Ich tat es trotzdem. Ich hasste ihr neugieriges Gaffen und wünschte jedem Einzelnen im Stillen die Pest an den Hals.

»Lass uns gehen«, flüsterte ich mit zusammengebissenen Zähnen.

»Hast du keinen Hunger?«

Was für eine Frage! Ich hatte seit dem Frühstück gestern nichts mehr gegessen. Ich konnte mich nicht erinnern, jemals so lange nichts gegessen zu haben; ich hätte nicht einmal angenommen, dass ich derart langes Fasten überleben würde. Der Geruch von gebratenem Speck machte mich schwindelig, aber Marlons Nervosität, der gehetzte Schatten über seinen Augen, war schlimmer als ein Loch im Bauch. »Eigentlich nicht. Lass uns einfach nur von hier verschwinden.«

Er widersprach nicht, zapfte im Vorraum einen Becher Kaffee für sich und eine heiße Schokolade für mich und fuhr zum nächsten Rastplatz, wo er weitab von allen anderen Autos anhielt. Wir hörten Schlagermusik, weil das Radio nur einen einzigen Sender ohne Rauschen empfing, tranken unsere Becher leer und ich musste kichern, weil mein Magen knurrte, was ich als recht verräterisch empfand. Marlon grinste gequält und presste sich die Hand auf die Rippen.

»Schaffst du es so überhaupt?«, platzte es aus mir heraus. »Ich bin kein Arzt, ich habe ja nicht einmal einen blöden Erste-Hilfe-Kurs gemacht, aber ich würde vermuten, dass mindestens eine Rippe gebrochen ist. Kannst du dich so verwandeln und übers Meer fliegen?«

Ich weiß nicht, was ich erwartet hatte. Vielleicht hoffte ich, seine Verletzungen würden Marlon zwingen, länger bei mir zu bleiben. Egoistisch? Aber hallo! Es war klar, dass ihm kein weiteres Jahr blieb.

»Das wird heilen, wenn die Metamorphose einsetzt«, sagte er und ich musste gegen den Drang ankämpfen, mir die Ohren zuzuhalten.

»Es gibt da etwas, das ich dir noch nicht über mich erzählt habe, Marlon.« Ich starrte nach draußen. Der Tag hatte beschlossen, diesig zu bleiben. Trübes Licht, das keine Schatten warf, umnebelte meine Stimmung. »Ich kann nicht loslassen. Ich mag mich von nichts trennen, selbst von den kaputten Sachen nicht. Dominic sagt, ich bin ein Messie.«

»Schau mich mal an, Magpie.« Ich tat es zögernd. Er erwiderte meinen Blick sehr ernst, musterte mich auf diese Weise, die mich immer ein wenig erschöpfte. »Sehe ich aus, als könnte ich fliegen? Ganz sicher nicht. Ich werde es trotzdem tun. Und du kannst das akzeptieren, das weiß ich.«

»Weil uns nichts anderes übrig bleibt.«

»Nein. Weil wir über uns hinauswachsen und Dinge schaffen, die vorher unmöglich waren. Das ist typisch für uns. Das ist … menschlich.«

Ich stimmte ihm wortlos durch ein Nicken zu, rang mir einen entschlossenen Gesichtsausdruck ab, fragte mich jedoch im Stillen, wo die Grenzen dieser Regel liegen mochten, die er für uns beide abgesteckt hatte und die ich im Gegensatz zu ihm nicht kannte. Das Ergebnis meiner Überlegungen war so einfach, wie es schwer hinzunehmen war. Ich würde erfahren, ob ich loslassen konnte. Noch heute Nacht.

Zeit totschlagen ist ein unsinniger Ausdruck. In Wahrheit schlägt man sich selbst, denn die Zeit wird nur stärker durch die Versuche, sie zu bekämpfen, sie gewinnt an Macht und an Bedrohung.

Wir redeten über alles, was wir uns noch nicht erzählt hatten. Marlons ersten Kuss in der Grundschule. Meinen letzten unglücklichen Verehrer. Marlons Vorliebe für Himbeeren und meine Abneigung gegenüber Diät-Lebensmitteln. Wir sprachen über die Musik seines Bruders und den köstlich süßen Milchgeruch meines Bruders. Ich erfuhr, dass er Keira Knightley sexy fand, und weil mir das nicht passte, ließ ich ihn wissen, dass mir Zac Efron gefiel. Gut, das war mit fünfzehn gewesen, aber was soll's? Er fand das albern, doch ich durchschaute ihn. Er war eifersüchtig – und das war gut so.

Je älter der Tag wurde, desto kindischer verhielten wir uns. Wir lästerten und spotteten über die Welt, unsere Worte wurden kantig und spitz, doch die Waffe war und blieb stumpf. Der Samstag näherte sich dem Abend und es gab nichts, was wir dagegen hätten tun können. Marlon fuhr weiter, genauso wie zuvor, ohne erkennbaren Plan. Doch ich erkannte schaudernd, dass er nun die Schilder las. Als er an einer Tankstelle hielt, glaubte ich hinter Öl, Benzin und Abgasen bereits das Salz des Meeres zu riechen. Es ließ meine Augen brennen.

Marlon blieb lange im Kassenhäuschen, viel zu lange, denn außer uns waren keine weiteren Kunden da. Ich folgte ihm und sah ihn durch eine spiegelnde Scheibe in ein Münztelefon sprechen. Vermutlich verabschiedete er sich. Ich wusste nicht, von wem, nur, dass es ihm schwerfiel. Er stützte sich an der Wand neben dem Apparat ab und hielt die Augen geschlossen, als würde es ihn nicht kümmern, dass jederzeit einer der Jäger um die Ecke biegen konnte. Ich blieb vor dem Fenster stehen, bis er sie wieder öffnete, dann lief ich rasch zurück zum Wagen. Er kam wenig später, schien nicht bekümmerter als zuvor, doch er atmete so viel schwerer, dass es mich all meine Beherrschung kostete, ihn nicht zu fragen, wen er angerufen hatte. Er reichte mir eine Flasche Cola und Thunfisch-Sandwichs in einer durchsichtigen Plastikbox, die von innen beschlagen war, und fuhr los.

Wieder hielt er auf einem Parkplatz, diesmal völlig abgeschieden, eingekeilt zwischen einem Wald und einem Sägewerk, wo um diese Zeit niemand mehr war. Über uns verwischte der Himmel, aus Putzlappengrau wurde langsam, aber sicher abendliches Dunkelblau. Wir aßen die matschigen Sandwichs und liebten uns auf dem Rücksitz. Es war mehr eine Art Ritual als Leidenschaft, ein hilflos ausgestreckter Mittelfinger in Richtung der drohenden Nacht. Mich quälte die Angst, ihm körperliche Schmerzen zu bereiten, und meine Angst ließ ihn seelische Schmerzen erleiden. Wir genossen die gegenseitige Nähe dennoch, vielleicht deshalb sogar umso intensiver. Alles andere wäre Verschwendung gewesen und zu verschwenden hatten wir nichts.

Spät am Abend fuhren wir zum Strand, wo laut Ebonys Plan B die Verwandlung stattfinden sollte. Wir verpassten bewusst den Moment, als die Sonne im Meer versank, weil keiner von uns die Romantik zu würdigen gewusst hätte. Was hier geschehen würde, hatte die Kulisse eines Sonnenunterganges nicht verdient. Auch die Sterne und der tief hängende safranfarbene Vollmond waren eine Farce. Ich hätte auf ihre Anwesenheit verzichten können, doch als wollten sie mich verhöhnen, lösten sich alle Wolken in Wohlgefallen auf, kaum dass die Sonne schlafen gegangen war. Jeder verfluchte Stern schien aus der Dunkelheit zu glotzen, um nicht zu verpassen, was hier unten vor sich ging. Das Mondlicht spiegelte sich so hell im Wasser, dass der Gedanke an Nacht unvorstellbar erschien, obwohl wir schon fast zwölf hatten. Selbst der Himmel wollte nicht schwarz werden, sondern leuchtete in der Farbe von Lapislazuli. Der Sand war voller Möwenscheiße, aber Möwen sah man keine. Richtige Vögel schienen Angst vor Harpyien zu haben, sie blieben auf Abstand.

Wir zogen unsere Schuhe aus und Marlon krempelte seine Jeans hoch, was ich albern fand, denn in kurzer Zeit würde er sie nicht mehr brauchen. Hand in Hand näherten wir uns dem Meer, bis die vorwitzigsten Wellen unsere Knöchel umspülten. Wenn wenigstens das Wasser eklig kalt gewesen wäre. Aber nein, es umschmeichelte die Füße frisch, aber angenehm. Der Wind strich mir das Haar aus dem Gesicht und schmeckte salzig wie heruntergeschluckte Tränen.

»Der perfekte Ort für ein Happy End«, sagte Marlon. Er sprach so leise, dass ich zuerst dachte, der Wind hätte ein wenig aufgefrischt und mir ins Ohr gesäuselt.

»Abscheulich, nicht wahr?«

»Widerlich.« Er senkte lächelnd den Kopf. »Ich habe nachgedacht. Vielleicht gehe ich das Ganze falsch an. Ich habe so viele schlimme Dinge getan, Noa. Kann es nicht sein, dass das Erinnern ein Neuanfang sein wird, den ich mir erarbeiten muss? Nicht jeder verdient es, gerettet zu werden, weißt du noch? Ist es denkbar, dass das hier eine Prüfung ist und ich mir mein Happy End verdienen muss?«

»Ich will kein Happy End«, erwiderte ich. »Ich will gar kein Ende.«

»Nichts endet, Noa. Eines Tages wird genau hier etwas Neues beginnen. Willst du hierher zurückkommen in der Lammas-Nacht?«

Heute schon würde hier etwas Neues beginnen: die Zeit des Wartens. Ich nickte dennoch, schluckte, versuchte etwas zu sagen und musste erneut schlucken. »Wann?«, würgte ich an dem Kloß vorbei, der meine Kehle verstopfte. Sag, im nächsten Jahr, bat ich in Gedanken.

Als keine Antwort kam, konnte ich das Weinen nicht mehr aufhalten. »Solange ich mich an dich erinnere, werde ich hier sein. Jedes Jahr. In jeder beschissenen Lammas-Nacht.«

Unser Abschiedskuss versoff, weil ich Rotz und Wasser heulte. Marlons Gesicht war nass von meinen Tränen – vielleicht waren ein paar davon auch von ihm. Immer wieder sah er sich um und ich erkannte die wachsende Sorge in seinen Augenwinkeln. Ob er sich vor der Verwandlung fürchtete? Nein, ihn ängstigte etwas ganz anderes.

Denn was würde geschehen, wenn die anderen Harpyien nicht kamen? Sie müssten doch längst hier sein, oder nicht? Als ich den Gedanken gerade weiterspinnen wollte, machte ich einen feinen schwarzen Streifen im Dunkelblau des Himmels aus. Ich schloss die Lider, rieb sie, und als ich sie wieder öffnete, war der Streifen breiter geworden. Es sah so aus, als zerrisse das Firmament und gäbe den Blick frei auf das, was dahinterlag. Hinter dem Himmel, hinter den Sternen, hinter der Nacht. Schwärze. Auf rabenschwarzes Nichts.

Erst jetzt begriff ich, was ich da sah.

Es war ein Schwarm. Ein Schwarm von unzählbar vielen schwarzen Vögeln. Raben. Nein, Harpyien.

»Oh mein Gott«, flüsterte ich, drängte mich gegen Marlon und focht einen Kampf mit jedem Atemzug aus, weil die Luft in meiner Brust bleiben wollte. »So viele. Marlon, schau nur, wie viele es sind.«

»Sie tun dir nichts«, erwiderte er, aber er begriff nicht, worauf ich hinauswollte.

Ich hatte keine Angst. Es waren Erleichterung und eine perverse Art von Glück, die mein Herz zerspringen ließen.

»Verstehst du nicht?«, rief ich. »Sie sind hier, um dich zu holen. Sie sind alle deinetwegen gekommen. Deine Eltern, deine Familie … sie alle sind da oben. Sie haben dich nicht vergessen! Nie!« Die Worte sprudelten aus mir heraus, ich schrie gegen das Rollen und Rauschen der Wellen an. »Nichts ist vergessen, wenn man sich erinnert. Und ich werde mich an dich erinnern, hast du verstanden. Ich vergess dich nicht! Und du wirst mich auch nicht vergessen! Und dich selbst erst recht nicht. Du wirst dich erinnern!«

Marlon senkte den Blick, betrachtete seine Hand. »Noa. Sieh mal.«

Es dauerte einen Moment, bis auch ich es erkannte: Hauchfeines bläuliches Flackern flüsterte über seine Haut, leckte an seinen Fingern. Kaum wahrnehmbar. Magische Energie oder energetische Magie – ich hatte keine Ahnung. Ich berührte seinen Handrücken, betastete das bläuliche Züngeln und spürte nichts Ungewöhnliches.

Eine Wolke verdunkelte den Mond. Das Flackern auf Marlons Haut leuchtete heller. Es wisperte von Stirn zu Schläfe und Kinn, seinen Nacken herab und ließ ihn erschaudern. Er sah in den Himmel, ein Kaleidoskop aus Gefühlen drehte sich in seinen Augen. Er lächelte und weinte zugleich, öffnete den Mund, um etwas zu sagen, aber es kam kein Laut heraus. Ich spürte, wie sein Körper heißer wurde. Die Hitze ging von seiner Brust aus und verteilte sich, bis sie seine Hände erreicht hatte. Er ließ mich los, trat einen Schritt von mir weg, tippte sich zum Gruß an die Schläfe und verbarg ein letztes Mal alle Angst, um mir Mut zu machen. Dann sank Marlon in die Knie, fiel auf die Hände, als würde sein Körper ihn nicht mehr tragen. Ich wollte ihn wenigstens berühren, um Trost zu bieten, doch das magische Flackern nahm zu und entwickelte eine Hitze, die mir die Fingerspitzen versengte. Ich roch verbrannte Haut. Mein Herz zog sich zusammen und lag mir als Stein in der Brust, jeder Schlag ein brutales Springen. Die Dunkelheit wurde drückend und unnachgiebig wie Friedhofserde über einem Sarg, als der Schwarm lautlos wie eine schwarze Wolke über uns hinwegzog. Marlon hob den Kopf und ich sah ein letztes Mal in seine Augen, in denen nichts Menschliches mehr war. Licht von unwirklicher Helligkeit jagte über seinen Körper, hüllte ihn ein und fraß ihn auf. Ich musste die Augen mit den Händen bedecken und hatte trotzdem das Gefühl, dass das Gleißen durch jede Ritze dringen und mich blenden würde. Es ließ nach und ich blinzelte, vor meinen Augen pulsierten helle Flecken. Dahinter hockte ein Rabe inmitten von Marlons Kleidung im nassen Sand.

Wir starrten uns an. Er atmete flach und hastig. Ich überhaupt nicht.

Aus meinem Innern quoll Hoffnung, er würde mich erkennen, mir ein Zeichen geben. Ich wusste, dass das unwahrscheinlich war – ach was, es war albern. Idiotisch! Ich rang mit dieser Hoffnung. Vergeblich. Nur ein kleines Zeichen, dass du mich erkennst, Marlon.

Über uns erhob sich ein Krächzen, ein Schreien und Lärmen, wie ich es noch nie gehört hatte. Sie riefen nach ihm, all die tausend Harpyien schrien Marlons Namen, während sie eine weite Schleife zogen. Er musste ihnen folgen, es war seine einzige Chance, doch ich hätte in diesem Moment alles dafür gegeben, wenn er nur bei mir geblieben wäre.

»Marlon!« Ich machte einen zaghaften Schritt in seine Richtung, streckte die Hand nach ihm aus.

Da richtete er sich plötzlich zu seiner ganzen Größe auf und streckte die Flügel zu beiden Seiten aus. Ein fauchender Laut stieß mir entgegen. Mein Körper wich zurück, ehe mein Verstand begriff, was geschah. Er drohte mir. Ich war eine Fremde, die seine Sicherheit gefährdete, und er verteidigte sich.

Er hatte mich vergessen. Innerhalb von Sekunden. Schlimmer noch, er hatte sich vergessen. Ich vergaß, wie man sprach, wie man weinte oder nur atmete.

Der Schwarm entfernte sich in Richtung Horizont. Die Vogelschreie wurden leiser und statt einzelner Körper konnte ich nur noch eine große, dunkle Masse erkennen.

Marlon sah ihnen nach, der Schnabel deutete wie ein Teleskop in Richtung des Himmels. Seine Schwingen zuckten, als hätte er sie nicht unter Kontrolle. Er hüpfte ihnen hinterher, bis die Wellen gegen seine Brust schwappten.

»Du musst fliegen!«, rief ich.

Sein Kopf ruckte herum, er hackte warnend mit dem Schnabel in die Luft. Er wollte leben und das jagte Mut durch meine Adern. Aber irgendetwas schien ihn aufzuhalten. Er zögerte viel zu lange.

»Sie fliegen ohne dich! Siehst du das denn nicht? Dann war alles umsonst. Das tust du mir nicht an!« Ich packte meine Schuhe an den Schnürsenkeln, schwang sie wie ein Lasso über dem Kopf, rannte auf ihn zu und brüllte wie von Sinnen. »Nun hau auch ab! Verschwinde! Du wirst nicht hierbleiben, um zu sterben! Das lasse ich nicht zu! Flieg endlich, du bescheuerter Vogel!«

Er ergriff die Flucht, schlug mit den Flügeln, während er hüpfend durchs flache Wasser floh.

Ich warf einen Schuh, verfehlte Marlon um Haaresbreite und er erhob sich in die Luft. Ein schwankender Halbkreis und ein erbostes Kreischen folgten, dann nahm er Kurs auf den Horizont und flog seinem Schwarm hinterher.

Ich blieb allein zurück.

LEKTION 18

Vom Weitermachen

Es fällt mir schwer zu beschreiben, was in dieser Nacht geschah. Erinnerungen sind unzuverlässig, wenn sich der Verstand weigert, Geschehnisse zu bewahren, weil diese auf den ersten Blick nichts Bewahrenswertes an sich haben. Vergessen wäre einfacher. Doch ich weiß zu gut um die Bedeutung von Erinnerungen, als dass ich den einfachen Weg gehen würde.

Ich erinnere mich, dass ich nicht stehen blieb, nicht stehen bleiben konnte. Hätte ich angehalten, wäre ich zusammengebrochen. Stattdessen rannte ich den Strand entlang. Ich rannte, bis Marlons kleine Silhouette mit der großen des Schwarms verschmolzen war. Ich rannte, bis meine Oberschenkel in Flammen standen, und ich rannte noch, als ich so erschöpft war, dass ich alle paar Meter stürzte und in den harten, nassen Sand fiel. Ich rannte so lange, bis der Schwarm in die Dunkelheit am Firmament eingetaucht und nichts mehr von ihm zurückgeblieben war. Um Luft ringend, das Gesicht nass von Schweiß und Tränen, stolperte ich fort vom Meer, pflügte den ganzen langen Weg durch den tiefen Sand zurück und spürte kaum, wie mir Strandgras und Muschelscherben die Haut zwischen den Zehen aufschlitzten.

Auf blutenden Füßen rannte ich über den Deich und krachte auf die Knie. Ich erinnere mich, dass mein Vater und Dominic dort auf mich warteten, und ich erinnere mich, dass ich in haltloses Weinen ausbrach, als mir klar wurde, warum sie gekommen waren. Wer mich zum Bulli trug, in welches Hotel wir fuhren, wann ich einschlief und wieder aufwachte, versank in Vergessen. Grausam klar blieb, dass Marlon sie angerufen hatte. Seine letzten Telefonate betrafen nicht seine Vergangenheit und seine Ängste. Stattdessen meine Zukunft und meine Sicherheit.

Ich erfuhr nie, was er ihnen erzählt hatte, aber niemand stellte mir Fragen. Als ich bereit war zu reden und die Wahrheit erzählte, weil es zu anstrengend gewesen wäre, mir Lügen auszudenken, geschah etwas vollkommen Undenkbares.

Sie glaubten mir.

* * *

Wenn schlimme Dinge passieren, verzerrt sich oft das, was man für die Realität hält. Man braucht kein ausgeprägter Egomane zu sein, um den Eindruck zu bekommen, die Welt müsse doch anhalten oder zumindest stocken, weil das Bild, das man von ihr hat, aus den Fugen geraten ist und nun haltlos im Wind treibt. In Katastrophen begreift der Mensch, was für ein kleines Licht er ist, denn während das eigene flackert und ums Überleben kämpft, leuchten alle anderen umso heller weiter. Was gut ist, denn sie müssen ja für den einen mitleuchten. Den Ausfall wettmachen.

Ich weiß nicht mehr, wie lange ich mich hinter der Diagnose Schock versteckte, mich im Dunkeln verkroch und aller Welt ihr Leuchten missgönnte. Ich erinnere mich nicht an diese Tage. Nur an den einen, als ich beschloss, dass es nun genug war. Ich war auf dem besten Weg, das Opfer zu werden, das ich nie hatte sein wollen. Das war zu viel Schuld, um sie auf Marlons Schultern abzulegen. Dazu waren sie zu fragil.

Ich musste mit jemandem reden. Blieb nur die Frage, mit wem?

Der wissende Blick meiner Oma gab mir Antwort, als ich sie besuchte.

»Er ist fort, nicht wahr?« Sie sah mich dabei nicht an. »Jetzt ist er endgültig fort. Aber du bist hiergeblieben.« Es klang, als würde sie das bedauern. Eine Träne rann über ihre Wange, floss durch die Falten ihrer Haut wie Wasser durch einen Kanal. Als die Träne von ihrem Kinn in ihren Schoß tropfte, begriff ich.

»Du weißt, was er ist. Du wusstest es von Anfang an.«

Sie wischte sich mit ihrem Tuch übers Gesicht. »Es war nur eine Ahnung. Ich wollte es nicht glauben, Noa. Verzeih mir.«

»Woher wusstest du es?«

»Ich war auch mal jung, Herzchen. Ich war wie du.«

Sie verriet mir nie, wie der Mann hieß, der ihr Herz mit in den Himmel genommen hatte. Sie behauptete, sich kaum noch an ihn zu erinnern und dass er ihr nichts zurückgelassen hatte als Leid, das sie mit ihrem Ehrgeiz, ihrer Arbeit und ihrer späteren Ehe überdeckt hatte, bis sie es nicht mehr fühlte. Bis sie überhaupt nichts mehr fühlte.

Oma empfahl mir, Briefe zu schreiben und sie zu verbrennen, damit sie in den Himmel stiegen.

Es gelang ihr nicht, ihre Angst zu verbergen, Marlon hätte zu viel von meiner Seele mit sich ins Nirgendwo genommen. Ich sprach es nicht aus, ertappte mich aber bei dem Wunsch, er hätte es getan. Kurze Gedanken, schnell wieder fortgewischt, denn ich durfte ja nicht aufgeben. Ich war kein Opfer, nicht einmal das meiner eigenen Gefühle.

»Er ist nicht fort«, stellte ich mit gestrafften Schultern klar und meine Oma sank in sich zusammen. »Er ist einfach nur woanders.«

Doch ihren Rat nahm ich sofort an. Die E-Mail-Adresse marlonsshadow@topmail.de existierte noch.

Also schrieb ich ihm.

Ich schrieb ihm E-Mails, bis Corinna mir ein paar Tage vor ihrer Verlobung mit meinem Vater ein hübsch gebundenes Notizbuch mit einem Schloss daran schenkte. Von da an schrieb ich alles in dieses Buch, was ich Marlon sagen wollte. Meine Sehnsüchte. Meine Träume. Mein schlechtes Gewissen, weil ich es nicht über mich brachte, Corinna zu erzählen, dass Cat Stevens tot war. Ich schrieb ihm einen endlosen Brief, als man Stephan Oliviers Leiche im Brunnen fand und noch Wochen später über diesen mysteriösen Todesfall rätselte. Ob er bei seiner Mutter in der steinernen Welt geblieben ist?, fragte ich Marlon. Ob er eine Wahl hatte? Ich brachte zu Papier, wie sehr mich Oliviers Tod berührte, auch wenn ich nicht behaupten konnte, dass es mir um ihn leidtat. Immer wieder schrieb ich, dass ich nach Steinen suchte, die zu mir sangen, doch nie mehr fündig wurde. Seitenlang berichtete ich ihm vom ersten Schnee, der so heftig über die Stadt herfiel, dass der Kanal über die Ufer trat und die Hundestatue, an der wir uns einst getroffen hatten, unterspülte, sodass sie ins Wasser stürzte und versank. Als die Stanzerei geschlossen wurde und die Stadt ihren nächtlichen Herzschlag verlor, erfuhr einzig und allein das Buch, wie sehr mir das permanente *Pmpf-pmpf-pfmp* fehlte. Ich schrieb von meinem Date mit Lukas, das einem Desaster glich, da sein Zimmer nach Katzenpisse stank, was umso schlimmer war, da er keine Katze hatte. Meine Handschrift füllte Blatt um Blatt mit Aufzeichnungen über meine Poi-Auftritte und bald kamen erste Zeitungsartikel dazu. Ich klebte Fotos von der neuen, größeren Wohnung ein, die wir nach Papas Hochzeit bezogen, und erzählte vom Abriss der Schrebergärten im Jahr darauf.

Ich kaufte ein neues Buch, als das erste voll war, darauf ein weiteres und noch eins.

Ich schrieb von dem ignorierten Meisenknödel an meinem neuen Fenster – und musste lachen – sowie von meinem ersten Auto, einem Fiat – und musste weinen. Manchmal schrieb ich einfach nur um des Schreibens willen. Weil in diesen wenigen Minuten alles, was wir gemeinsam erlebt hatten, wieder real und greifbar war, während es abseits der Seiten schien, als wären meine Erinnerungen nichts als Illusionen und Marlon nie bei mir gewesen.

Ich schrieb unsere Geschichte auf, angefangen beim ersten stockenden Gefühl in der U-Bahn.

Je mehr Erinnerungen ich auf die Seiten bannte, umso leichter wurde es weiterzuleben. Ich litt Höllenqualen, wenn ich Marlon schrieb, wie sehr er mir fehlte, doch ich lernte, den Schmerz zwischen den Buchdeckeln zu lassen, sobald ich diese zuschlug. Den Schmerz, aber nicht meine Erinnerungen und Erwartungen. Es gab so viel zu tun, so viel Leben auszufüllen. Es tat beinahe weh, zu begreifen, dass ich ohne ihn überleben konnte, und auch das schrieb ich ihm, in der Hoffnung, es wäre ein Trost für ihn oder würde ihn so wütend machen, dass er zurückkam.

Ich schrieb ihm, dass ich wieder mehr mit meiner Mutter redete, die zwar in Asien lebte und damit vermutlich weiter von mir entfernt war als er, doch wenigstens meine Sprache verstand.

Jedes Jahr verfasste ich einen langen Brief mit seinem Füllfederhalter, die Tinte gelöscht mit Sand, auf den der Vollmond der Lammas-Nacht geschienen hatte. Die Briefe endeten stets mit denselben Worten: *Dann kommst du eben nächstes Jahr.*

OUTRO

Ich bin zum letzten Mal am Strand. Die letzte Lammas-Nacht – das habe ich mir geschworen. Vage erinnere ich mich, mir im letzten Jahr etwas Ähnliches vorgenommen zu haben.

Doch die Stimmen werden lauter, die mir sagen, dass ich aufgeben muss.

Er kommt nicht zurück, Noa. Nie.

Sie sind so laut geworden, dass ich seine darunter nicht mehr höre. Ich habe vergessen, wie sie klingt. Zuerst verloren sich die Details, die kleinen Unterschiede im Tonfall, wenn Marlon seine Belustigung hinter einem Mundverziehen verbarg oder seine Angst mit Kälte maskierte. Schließlich vergaß ich, wie er die T und D betont hatte. Ich wusste, dass da eine Besonderheit gewesen war, die mich an einen spanischen Akzent erinnert hatte, aber ich konnte mich nicht mehr an den genauen Klang erinnern.

Inzwischen weiß ich kaum noch, wie er aussah. Es ist, als läge meine Erinnerung an einem Ort, den man nur aus dem Augenwinkel wahrnimmt. Dreht man sich hin, verschwindet das Bild, so wie sich ein Traum beim Erwachen auflöst. Alles, was man nicht halten kann, löst sich auf, und irgendwann muss man es ziehen lassen.

So ist Marlon.

Mein Blick schweift übers Meer, das rau ist in dieser Nacht. Ich höre mich flüstern, völlig ungewollt, meine Stimme nur ein Säuseln vor dem Lied, das die Wellen singen.

»Wo bist du? Was denkst du, wenn du in den Himmel siehst? Siehst du noch, dass die Sterne dir einen Weg zeigen? Oder hat er dich woanders hingeführt und es war nie deine Bestimmung zurückzukommen? Zu mir …«

Das Meer spiegelt sich im Himmel. Rauchgraue Wolken, die das Firmament verschleiern. Der Mond ist dahinter nur zu erahnen, von Sternen nichts zu sehen. Wie soll er da den Weg finden? Meine bloßen Füße hinterlassen Spuren im nassen Sand, die von den Wellen wieder ausgewaschen werden. Wie soll ich den Weg zurück finden?

So viel ist geschehen in den letzten neun Jahren. Teure Hotels und Restaurants machen mir schon lange keine Angst mehr, weil ich in ihnen ein und aus gehe. Der Traum von einer Karriere als Schauspielerin hat sich nicht erfüllt – gescheitert an meinem bekannten Problem, mir die Texte zu merken. Am Theater bin ich trotzdem. Als Regieassistentin, mit dem festen Ziel, die Assistentin bald hinter mir zu lassen. Ich gehe meinen Weg.

Doch in jeder ersten Vollmondnacht im August fühle ich diesen Weg unter meinen Füßen zerbrechen. Bemerke, dass er nur aus Sand ist, nicht aus Stein. Sehe, was mir fehlt. Halt. Und falle auf die Knie.

Das muss aufhören, sagen meine Freunde. Dominic und Rosalia haben mich einige Male an die Küste begleitet. Dieses Jahr ist Rosa auf einer Messe in den Staaten. Dominic ist bei seiner Frau, die in wenigen Tagen ein Baby erwartet, mein zweites Patenkind. Oh, auch ich hatte Beziehungen, so ist es nicht. Aber keinem anderen Mann ist es gelungen, mich mit trockenen Kommentaren zum Lachen zu bringen, bis mir die Tränen kommen, keinen habe ich wegen seiner zu großen Füße geliebt und keiner sieht mich so an, dass es mich erschöpft. Keinem würde ich verzeihen, ein Terrorist zu sein, und keinem, den Abzug nicht zu drücken, obwohl er mich beschützen muss. Ich bin eine gute Freundin und eine gute Liebhaberin – aber für nichts und niemanden auf der Erde kann ich beides zugleich sein. Niemand außer Marlon hat je in meinem Herzen gebrannt, sodass ich an nichts anderes mehr denken konnte – und halbe Sachen machen mich nicht glücklich. Manchmal lasse ich den Gedanken zu, dass wahr sein könnte, was Marlon befürchtet hat. Dass mich die Sehnsucht nach ihm nie mehr loslässt und ein Zauber mich in seinen Klauen hält. In manch einer sturmgepeitschten Nacht, wenn der Wind scharfpoliert ist vom Salz in der Luft, wünsche ich mir, er wäre ein Meereswesen, wie Brijan vom Trassdeich. Ins Meer könnte ich ihm folgen. Es würde nur mein Leben kosten. Ganz billig.

Der Himmel aber ist ferner als das Meer. Unerreichbar.

Ich verbiete mir die Grübeleien. Ich bin kein Opfer. Nie gewesen. Wenn ich mich nach ihm sehne, dann aus Liebe und nicht aufgrund eines Hokuspokus. Es gibt diesen Zauber, da bin ich mir sicher, denn er glaubte daran. Aber ich bin stärker, und wenn ich ihn nicht loslasse, dann, weil ich nicht will, und nicht, weil ich nicht freikomme. Der Schmerz ist süß, weil es der Schmerz um Marlon ist. Das Einzige, was nicht verblasst, sondern seine Spuren tiefer und tiefer in meine Seele zeichnet.

Eine Böe reißt an meinem Haar, eine Welle schwappt mir bis ans Knie und tränkt den Saum meines Rockes. Irgendwo regt sich ein Schatten, aber ich bin es müde, mich nach Trugbildern umzusehen, die immer lautlos kichernd verschwinden. Ich betrachte den Schaum, den das Wasser am Strand zurücklässt. Kleine Muscheln werden angespült und wieder mit in die Ferne genommen. Ein Krebs flieht vor meinen Füßen und ich bemerke, dass viele von ihnen unterwegs sind in dieser Nacht, dafür erstaunlich wenig Möwen. Gar keine, um genau zu sein. Ich weiß, was die Möwen höchst effektiv vertreibt.

Harpyien.

Ich bleibe stehen, konzentriere mich auf den Wind auf meiner Haut und forsche, ob darunter noch etwas anderes zu finden ist. Ein Gefühl von … Blicken in meinem Rücken, vielleicht?

Lange stehe ich da. Bin unsicher. Als ich mich schließlich umdrehe, vermischen sich Traum und Realität. Habe ich ihn nicht schon viele Tausend Mal im Wellenspiel knien sehen? Doch nie zerzauste der Wind sein Haar. Nie war es so lang wie jetzt, seine Haut von einem bläulichen Schimmer und nie grub er die Finger in den Sand, als hätte er Angst, der Sturm würde ihn fortreißen. Nie zuvor war er splitterfasernackt.

»Träume ich?« Ich will nicht umsonst näher gehen, will mich meiner Hoffnung nicht umsonst hingeben. In meinen Träumen sagt er an dieser Stelle immer den Namen, den er mir gegeben hat. Magpie. Er sagt Magpie – ich wache auf und weine. So ist es immer, denn Träume zählen nicht zu den Dingen, die man festhalten kann. Träume sind wie Marlon.

Er sagt nichts. In dem Hauch von Mondlicht, das sich durch die Wolken stiehlt, sehe ich, wie er den Mund öffnet, ihn wieder schließt. Er japst wie ein Fisch auf dem Trockenen und es dauert endlos viele Herzschläge, bis ich begreife, dass er lacht.

Ich wage einen Schritt in seine Richtung, auch einen zweiten, aber ein dritter wäre zu viel. Gleich, gleich wird er Magpie sagen und sich auflösen.

Er legt eine Hand auf seine Brust, doch findet nicht, was er sucht.

Wie sehr er sich verändert hat. Die Schultern sind breiter, die Brust kräftiger. Sein Haar ist stumpf und verfilzt und reicht ihm bis auf den Rücken. Ich suche nach dem Hauch von Blau und Petrol darin, nach den Rabenfarben, aber ich erkenne nur Salzkrusten, als wäre er viele Male ins Wasser gefallen und von der Sonne getrocknet worden.

Ungewollt trete ich noch näher. Nun kann ich ihn fast berühren. Seine Augen sind so dunkel wie eh und je und ich tauche in das lang vermisste Gefühl ein, von Schwärze gewärmt zu werden. Ich falle auf die Knie und presse mir beide Hände auf den Mund, als mir eine Muschel schmerzhaft in die Haut schneidet.

Ich höre seinen Atem, höre ihn nach Worten suchen. Ich tippe mit den Fingern auf meinen Oberschenkel. »Erinnerst du dich? Du brauchst einen Takt.«

Er begreift sofort.

Gleich wird er es sagen, er wird Magpie sagen und im Wind vergehen. Wenn ich mir doch vorher sein Gesicht einprägen oder ihn ein einziges Mal berühren könnte! Ich strecke die Hand aus, bis meine bebenden Finger beinahe seine Wange erreichen. Zu mehr fehlt mir der Mut. Ich mag stark sein, aber feige.

»W...wie la...lange ... w...war ich fort?«

Meine Träume werden immer grausamer. Gestottert hat Marlon darin noch nie. Etwas zerreißt in meinem Innern, alte Wunden beginnen erneut zu bluten. Doch ich will, ich muss ihn nun berühren. Nur ein einziges Mal, bevor er wieder verschwindet.

»Du warst nie fort. Du bist woanders.«

»Du weinst.«

Nein, ich breche in hysterische Tränen aus, als sein Finger den Weg meiner Tränen nachzieht.

Wo immer woanders auch sein mag, es kann nicht weit fort sein. Wenn der Traum so wirklich ist, dass ich ihn fühle, dann ist er nah. Seine Finger sind kalt auf meiner heißgeweinten Haut. Traum oder nicht, etwas hat sich verändert.

Er ist mir fremd.

Ist er noch der, in den ich mich einst verliebt habe? Bin ich noch die, die er geliebt hat, für die er zurückgekommen ist? Was für absurde Fragen. Ich habe nicht die geringste Ahnung und würde dennoch jederzeit die verstümmelten Reste meines Herzens opfern, um es ausprobieren zu dürfen.

Ja, er ist mir fremd. Aber das war schon einmal so und aufgehalten hat es uns nicht.

Salzige Wellen lecken an meinen aufgeschürften Knien. Es brennt, aber ich denke an etwas vollkommen anderes. »Bist du tatsächlich zurückgekommen? Du …«, ich wage es, ich lege meine Hand an seine Wange, spüre, wie sich sein Kiefer darunter bewegt, »du hast dich wirklich erinnert?«

Er nickt, aber glauben kann ich ihm dennoch nicht. Glauben reicht nicht länger. Ich will es jetzt wissen und sage ihm das allein mit meinen Augen.

Mit beiden Händen fährt er mir durchs Haar. Ungeschickt. Er zittert, seine Finger verheddern sich in meinen windzerzausten Strähnen. Nie haben sich ein paar ausgerissene Haare süßer angefühlt.

»Magpie«, flüstert er an meinen Lippen. Seine Stimme ist rau. In ihr höre ich all die Jahre, in denen er nicht gesprochen hat.

Er verschwindet nicht, wie er es sonst tut. Nein, er schüttelt den Kopf, presst seine Lippen eine Sekunde lang unbeholfen auf meine. Ich schmecke Salz.

Und Marlon sagt: »Noa.« Laut und deutlich.

Und ich realisiere, dass er nicht verschwinden wird.

Vielleicht nie mehr.